FÜR
BENJAMIN UND EMMA

Halluzinationen sind ebenfalls Fakten.
Louis Althusser

ULLSTEIN

Das Buch

In der Ehe des Verlegersohnes Davey Chancel kriselt es gewaltig. Seine Frau Nora, die als Krankenschwester in Vietnam war, kann sich nicht von den schrecklichen Erinnerungen befreien – doch so sieht Davey keine Zukunft für ihre Beziehung, zumal Nora auch mit seiner Familie auf Kriegsfuß steht; besonders sein Vater, der berühmte Verleger, wollte die Schwiegertochter nie akzeptieren. Zu Ruhm und Reichtum hat dessen Verlag es besonders mit einem Buch gebracht: Um den Roman *Reise in die Nacht* hat sich inzwischen sogar ein regelrechter Fankult entwickelt. Die Tatsache, daß Nora diese Begeisterung so ganz und gar nicht teilen kann, macht sie einmal mehr zur Außenseiterin.
In der Kleinstadt Westerholm geht derweil ein Frauenmörder um, der die weibliche Bevölkerung in Angst und Schrecken versetzt. Ausgerechnet Nora wird nun mit diesen Morden in Verbindung gebracht. Doch bevor sie von der Polizei verhört werden kann, wird sie entführt – und macht durch den gemeingefährlichen Frauenmörder Dick Dart unfreiwillige Bekanntschaft mit einem besessenen Hugo-Driver-Fan. Nora ist eines klar: Wenn sie überleben und entkommen will, muß sie sich zum Schein auf die Seite des Psychopathen schlagen. Bald findet sie heraus, welche Kraft den Mörder, der hemmungslos jeden umbringt, der sich ihm in den Weg stellt, antreibt; Stück um Stück enthüllt sich vor Noras entsetzten Augen die grauenerregende Entstehungsgeschichte des Kultromans *Reise in die Nacht* ...

Der Autor

Peter Straub wurde in Milwaukee, Wisconsin, geboren und lebt heute in New York. Er hat bereits dreizehn Romane veröffentlicht, die in einundzwanzig Sprachen übersetzt wurden. Sein Werk wurde mit zahlreichen Preisen ausgezeichnet, unter anderem mit dem Bram-Stoker-Award, dem British-Fantasy-Award und sogar zweimal mit dem World-Fantasy-Award. *Hellfire Club* stand wochenlang auf den oberen Plätzen der amerikanischen Bestsellerlisten.

Peter Straub

Hellfire Club
Reise in die Nacht

Roman

Aus dem Englischen
von Joachim Körber

Ullstein

Besuchen Sie uns im Internet:
www.ullstein-taschenbuch.de

Umwelthinweis:
Dieses Buch wurde auf chlor- und säurefreiem Papier gedruckt.

Ullstein Verlag
Ullstein ist ein Verlag des Verlagshauses Ullstein Heyne List GmbH & Co. KG.
Dezember 2002

Titel der amerikanischen Originalausgabe: *The Hellfire Club* (Random House Inc., New York)
Übersetzung: Joachim Körber
Umschlaggestaltung: Thomas Jarzina, Köln
Titelillustration: Thomas Jarzina, unter Verwendung eines Motivs von Premium
Druck und Bindearbeiten: Ebner & Spiegel, Ulm
Printed in Germany
3-548-25586-8

INHALT

SHORELANDS, JULI 1938

Eine unsichere Agnes Brotherhood trug um neun Uhr dreißig, zu einem Zeitpunkt also, wo die einzige Bewohnerin, die Dichterin Katherine Mannheim, in der Küche im Erdgeschoß ein Frühstück aus trockenem Toast und starkem Tee zu sich nehmen sollte, ihren Mop, Eimer und Teppichkehrmaschine zur Tür von Gingerbread. Agnes wählte einen Schlüssel an dem schweren Bund aus, der an ihrer Taille hing, und rammte ihn ins Schloß, worauf die nicht verschlossene Tür von selbst aufschwang. Agnes, unsicherer denn je, biß sich auf die Zunge und trat tapfer ein.

Sie stemmte die Hände in die Hüften und rief den Namen der Dichterin. Nirgendwo in dem Haus ertönte eine Antwort. Agnes ging in die Küche, wo sie zu ihrem Mißfallen einen großen Kaffeefleck fand, der im Lauf der Nacht zu einer zähen braunen Haut getrocknet war. Sie machte sich mit Mop und Eimer über den Fleck her. Als sie sich nach oben vorgearbeitet hatte, lüftete sie die unbenützten Schlafzimmer und bezog das zerknitterte Bett der Dichterin neu.

Als sie zum Haus Rapunzel aufbrach mit seinen schrecklichen Bewohnern, einer ein mittelloses Frettchen, der andere, der seine Hände nicht bei sich behalten konnte, eine verkommene Kröte, übertrat Agnes eines der Gebote von Shorelands und schloß die Tür von Gingerbread nicht ab.

Eine Stunde nach dem Mittagessen trug der Romancier Mr. Austryn Fain eine gekühlte Flasche von Shorelands bestem Puligny Montrachet zu eben jener Tür, klopfte, drehte versuchsweise am Knauf, trat ein und sah in jedes Zimmer, ehe er mit seiner Flasche zurück ins Haus Pepper Pot ging. Dort trank er die Flasche halb aus und versteckte sie in seinem Schrank, um sie vor seinem erfolgreicheren Kollegen, Mr. Merrick Favor, dem anderen Bewohner von Pepper Pot, zu beschützen.

Am folgenden Abend führte Georgina Weatherall, die Gastgeberin von Shorelands, nach dem Essen eine Abordnung besorgter Gäste vom Rasen vor dem Main House den Fußweg entlang, der nach Gingerbread führte. Georgina leuchtete mit der Taschenlampe auf das Schlüsselloch und verkündete, daß die Tür nicht abgeschlossen sei. Mr. Fain, der unmittelbar hinter ihr stand, fragte sich, wie sie das mit einem bloßen Blick feststellen konnte. Georgina stieß die Tür auf, stapfte in Gingerbread hinein und schaltete sämtliche Lichter an.

Der Suchtrupp fand ein paar von Miss Mannheims Kleidern im Schrank, ihre Zahnbürste und andere Kosmetikartikel im Bad auf dem Zwischengeschoß, eine Fotografie von zwei kleinen Mädchen, Federhalter, Schreibfedern und ein Tintenfaß auf dem Tisch im Schlafzimmer sowie einen Stapel Bücher neben dem Bett, das Agnes am Morgen zuvor gemacht hatte. Auf der Steppdecke lag ein schiefergraues, unter den Armen eingerissenes Seidenkleid. Georgina hob das Kleid mit zwei Fingern, schürzte die Lippen und ließ es auf das Bett zurückfallen. »Ich bedaure es, sagen zu müssen«, sagte sie, obwohl sie offenbar gar nichts bedauerte, »aber es sieht so aus, als hätte Miss Mannheim sich aus dem Staub gemacht.«

Kein Manuskript, vollständig oder fragmentarisch, wurde je gefunden, ebensowenig irgendwelche Notizen. Agnes Brotherhood sprach erst Anfang der neunziger Jahre von ihren bösen Ahnungen, als ein Mörder und eine entführte Frau in ihr Krankenzimmer im ersten Stock des Hauptgebäudes gebracht wurden.

ERSTES BUCH

VOR DEM MORGENGRAUEN

In einer Zeit kurz vor unserer erwachte ein Junge namens Pippin Little, der sich verirrt hatte, in tiefer Nacht.

1

Um drei Uhr in der Nacht erwachte eine Frau namens Nora Chancel, die sich bald verirren sollte, mit dem üblichen Erschauern aus den üblichen Alpträumen und sondierte zum tausendstenmal ihre Umgebung. Dunkelheit; ein unbekanntes Zimmer, in dem sie vage zwei Gegenstände ausmachte, bei denen es sich um Stühle handeln konnte, ein langer Frisiertisch mit Spiegel, unsichtbare Bilder in Rahmen, eine spindeldürre, unerklärliche Maschine, wie etwas von Rube Goldberg, und eine flache, mit gestreiftem Stoff bezogene Couch. Nicht nur, daß ihr nichts davon vertraut vorkam, es war auch alles falsch. Wo immer sie sich befand, sie war *nicht sicher*.

Nora stützte sich auf einen Ellbogen und tastete nach einer illegalen Schußwaffe, Dauerleihgabe eines Neurochirurgen namens Harwich, der zurück in eine Welt rotiert war, an die sich keiner von ihnen richtig erinnern konnte. Sie vermißte Dan Harwich, dachte jedoch nicht an ihn. (Der gute alte Dan Harwich, der einmal gesagt hatte: *Eine Kugel ins Gehirn ist besser als eine Kugel in den Bauch*.) Nora ließ die Finger über das Laken gleiten und bohrte sie unter ein Kissen nach dem anderen, bis sie am anderen Ende des Betts an den Saum der Matratze stießen. Sie wälzte sich herum und richtete sich auf, weil sie gerade den Klang ferner Musik gehört hatte.

Musik?

Ihre eigene dunkle Silhouette betrachtete sie aus dem Spiegel heraus, und die Gegenwart stellte sich in einer Serie fast gleichzeitiger Erkenntnisse ein. Nora Chancel, die sich zu Hause bei ihren Stühlen, Bildern, dem gestreiften Sofa und dem unbenutzten Heimtrainer ihres Mannes befand, hatte die Dämonen der Vergangenheit wieder einmal umgebracht, indem sie in ihrem Schlafzimmer an der Crooked Mile Road in Westerholm, Connecticut, den Schlaf von sich abschüttelte, einem netten kleinen Ort, laut eigenem Bekunden ein *zauberhafter* kleiner Ort, recht schönen Dank, abgesehen von einem allzu gegenwärtigen

Dämon, der bereits eine Anzahl Frauen ermordet hatte. Eines Tages, bald, hoffte sie, würde es zu Ende sein. Ihr Mann hatte Stunden damit verbracht, ihr zu versichern, daß es zu Ende sein würde. Sobald das FBI und die Polizei von Westerholm ihre Arbeit getan hatten, konnten sie wieder ein normales Leben führen, wie immer das aussehen mochte. Es würde sich herausstellen, daß der Täter ein ganz normaler Mensch war, der im Eisenwarenladen Insektenvertilger verkaufte, der Hecken schnitt oder in der Mount Avenue Swimmingpools saubermachte, der am Weihnachtsmorgen ins Haus kam und ein Trinkgeld ablehnte, nachdem er einem den kaputten Gasbrenner repariert hatte. Er wohnte bei seiner Mutter und bastelte in seiner Freizeit an seinem Auto herum. Bei Nachbarschaftspartys war er der Fachmann hinterm Grill. Soweit es Nora betraf, hätten ein halbes Dutzend übergewichtige Polizisten so lange auf seinem Brustkorb herumhüpfen können, bis er in seinem eigenen Blut ertrank. Als Frau mit einem großen, gezwungenermaßen heimlichen Wissen über Dämonen machte sie sich keine Illusionen darüber, wie sie zu behandeln waren.

Die Musik unten hörte sich wie ein Streichquartett an.

Davey versuchte, die Dinge in Ordnung zu bringen, indem er endlose Notizen auf einem gelben Block machte. Er wollte oder konnte sich nicht zu der einzigen Handlung aufraffen, mit der die Dinge in Ordnung zu bringen waren, die sich in Ordnung bringen ließen: Er weigerte sich, seinem Vater die Stirn zu bieten. Möglicherweise lag er auf dem Sofa im Wohnzimmer, hörte Beethoven und trank Kümmel, das Lieblingsgetränk seines Lieblingsautors. Kümmel roch nach Kümmelkörnern, und Hugo Driver mußte nach Kümmel gestunken haben, eine Tatsache, die keiner seiner Biographen erwähnte.

In den Nächten, wenn Davey spät ins Bett kroch, roch er häufig nach Kümmel. Gestern nacht war es zwei Uhr gewesen, als er nach oben gekommen war; in der Nacht davor halb vier. Nora wußte, wann es gewesen war, weil die vertrauten Alpträume sie in beiden Nächten aus dem Schlaf geschreckt und nach einer automatischen Pistole hatten suchen lassen, die sie vor dreiundzwanzig Jahren an einem strahlenden Junitag in eine Latrine geworfen hatte.

Die Pistole lag rostend auf dem Grund eines Geländes, das heute wahrscheinlich ein vietnamesisches Reisfeld war. Dan Harwich hatte sich scheiden lassen und wieder geheiratet – Ereignisse, für die sich Nora selbst teilweise verantwortlich fühlte, obwohl sie Springfield, Massachusetts, nie verlassen hatte. Er hätte ebensogut neben einem Reisfeld vor sich hinrosten können. Man konnte sich nicht zweimal so verlieben; man konnte nichts zweimal genauso tun, außer in Träumen. Träume gaben niemals auf. Sie lagen einfach auf der Lauer, wie Tiger, bis frisches Fleisch vorbeikam.

2

Davey hatte Natalie Weil auch gekannt. Halb Westerholm hatte Natalie Weil gekannt. Vor zwei Jahren, als sie ihnen die ehemalige Ranch mit drei Schlafzimmern und einem ›Familienzimmer‹ im Erdgeschoß in der Crooked Mile Road verkauft hatte, war Natalie Weil eine kleine Blondine mit durchtrainierter Figur gewesen, schätzungsweise zehn Jahre jünger als Nora, eine Frau mit einem breiten, weißen Lächeln, bezaubernden Fältchen um die Augenwinkel und einem Ex-Mann namens Norm. Sie rauchte zuviel und zog beim Sprechen mit den Händen Spiralen durch die Luft. In der Zeit, als Nora und Davey bei Alden und Daisy, den älteren Chancels, im Gästeflügel von Poplars in der Mount Avenue wohnten, hatte Natalie Weil die gespannte Atmosphäre in dem großen Haus intuitiv erahnt und ihre dankbaren Schützlinge häufig zum Abendessen in ihr eigenes großes Ranchhaus in der Redcoat Road eingeladen. Dort hatten Nora und Davey Chili und Guacamole gegessen, mexikanisches Bier getrunken und mit einem Auge den Catchern im Kabelfernsehen zugesehen, während Natalie zu ihrem Entzücken die Stadt analysierte, wo Noras Mann aufgewachsen war. »Weißt du, Davey, du stammst von der Mount Avenue, darum siehst du diese Stadt so, wie sie vor fünfzig Jahren war, als sich noch alle zum Abendessen umgezogen haben, alle bis an ihr Lebensende verheiratet blieben und niemand irgendwelche Juden kannte. Vergiß es!

Heutzutage sind alle geschieden oder lassen sich scheiden, sie ziehen in jede beliebige Stadt, wenn ihr Arbeitgeber es ihnen befiehlt, sie denken an nichts anderes mehr als an Geld – mein Gott, da ist Ric Flair, eines Tages werde ich mich erniedrigen und ihm einen echt abgedroschenen Fanbrief schreiben. Und wir haben drei Synagogen, alle mit regem Zulauf. Ric, Süßer, könntest du mir treu sein?«

Nachdem sie ihnen das Haus in der Crooked Mile Road verkauft hatte – ein Haus, das Alden und Daisy Chancel bezahlten –, lud Natalie sie zum Mittagessen ins General Sherman Inn ein, gab ihnen den Rat, sich so schnell wie möglich Babys zuzulegen, um das Familienzimmer damit zu bevölkern, und verschwand aus ihrem Leben. Von Zeit zu Zeit hatte Nora gesehen, wie sie mit dem Arm ruderte, wenn sie zwei neue Interessenten in ihrem Schiff von einem roten Lincoln die Post Road hinauf fuhr. Vor sechs Monaten hatte sie Natalie getroffen, die tiefgefrorene Pizza in einen Einkaufswagen schaufelte, der schon halb mit Sechserpacks mexikanischem Bier und Diätcola gefüllt war, und hatte sich zehn Minuten mit ihr unterhalten. Natalie hatte gesagt, ja, sie träfe sich ab und zu mit einem Mann, aber es würde nichts Festes daraus werden, weil der Kerl eine Pflaume sei. Sie würde Nora anrufen, ganz bestimmt, es wäre toll, einmal Ruhe vor der Pflaume zu haben.

Vor zwei Nächten war Natalie Weil aus einem blutüberströmten Schlafzimmer verschwunden. Ihre Leiche war nicht zurückgelassen worden, wie bei den vier anderen Frauen, aber Natalie war mit ziemlicher Sicherheit genauso tot wie sie. Sie waren, wie Natalie, geschiedene Geschäftsfrauen der einen oder anderen Art, und hatten alle allein gelebt. Sophie Brewer war selbständige Börsenmaklerin gewesen, Annabelle Austin Literaturagentin, Taylor Humphrey Inhaberin eines Fuhrunternehmens, Sally Michaelman Besitzerin eines Lampengeschäfts. Alle Frauen waren Mitte bis Ende Vierzig. Die Familie Chancel junior hatte eine Alarmanlage einbauen lassen, als sie in ihr neues Haus eingezogen waren, und nach den beiden ersten Morden tippte Nora in den Nächten, wenn Davey spät nach Hause kam, den Code ein, mit dem die Anlage eingeschaltet wurde, bevor sie zu Bett ging. Sie schloß alle Türen ab, wenn sie sich im Haus aufhielt. Nach dem Mord an Taylor Humphrey schaltete sie die Alarmanlage ein, sobald es dunkel wurde.

Nora hatte die Geschichte mit Sally Michaelman von einer bildschönen Frau Mitte Zwanzig zwei Plätze vor ihr in der Schlange an der Kasse bei Waldbaum's gehört, dem Supermarkt, wo sie Natalie Weil zum letztenmal begegnet war. Nora fiel die junge Frau zunächst auf, weil sie sich um zehn Uhr vormittags ein atemberaubendes Make-up aufgelegt und ein weites, aber maßgeschneidertes Leinenkleid angezogen hatte, nur um in einem Supermarkt einzukaufen. Man hätte sich vorstellen können, daß sie in einem Werbespot für ein Parfüm mit einem Namen wie *Arsenic* an einer Kolonnade hoher Säulen entlangschritt. Nora beugte sich in ihrer ausgebeulten Shorts und dem alten blauen T-Shirt, die sie nach ihrem morgendlichen Jogging angezogen hatte, über ihren Einkaufswagen, um zu sehen, was die Mittzwanzigerin auf das Förderband gelegt hatte: dreißig Dosen Feinschmeckermenüs für Katzen und zwei Flaschen Mineralwasser Marke Swedish, zu denen sie gerade eine dritte stellte.

»Ihre Putzfrau hat meine Putzfrau angerufen«, sagte sie zu der Frau hinter ihr, ebenfalls eine Mittzwanzigerin in voller Montur. »Kannst du dir so einen Mist vorstellen? Es ist diese Frau von Michaelman's Geschäft, und ich war letzte *Woche* dort und suchte nach einem, du weißt schon –«

»Dieses Ding in deiner Diele, dieses Ding gleich neben der Tür.«

»So was, wie *du* hast. Ihre Putzfrau konnte nicht rein, und mit all dem, du weißt schon –«

Sie bemerkte Nora, warf ihr einen finsteren Blick zu, griff in ihren Wagen und legte eine Tüte Pflaumen auf das Förderband. »Man könnte fast meinen, wir wohnen in der South *Bronx*.«

Nora kannte die Frau, der Michaelman's gehörte; sie kannte ihren Namen nicht, aber die Frau hatte ihr gut zugeredet und sie davon überzeugt, die Halogenlampe zu kaufen, die sie sich für das Familienzimmer gewünscht hatte. Sie war bodenständig und hübsch und kumpelhaft gewesen, ein Typ Mensch, den Nora stets instinktiv als Kameradin betrachtete. Ihre erste Reaktion war, diese großartige Frau vor diesen beiden egozentrischen Idioten vor ihr in Schutz zu nehmen, aber was hatten sie schon getan, außer sie diese Frau von Michaelman's zu nennen? Ihre zweite Reaktion kam fast gleichzeitig mit der ersten: sich panisch vor Angst zu fragen, ob sie auf dem Weg zum Auto die Hintertür abgeschlossen hatte.

Dann hatte Nora den blutüberströmten Leichnam der großartigen Frau aus dem Lampenstudio gesehen. Ihre Gestalt verwandelte sich augenblicklich in die eines jugendlichen Soldaten mit aufgedunsenem Bauch auf einem Feldbett, aus dessen verblüfften Augen das Leben entwich. Ihre Knie wurden weich wie Butter, sie senkte den Kopf und wartete schwer atmend, bis die beiden Mittzwanzigerinnen die Kasse freigemacht hatten.

Der sterbende junge Mann und andere wie er bevölkerten ihre besseren Alpträume. Die schlimmeren waren viel schlimmer.

3

Nora schüttelte den Alptraum ab, der eindeutig zur schlimmeren Variante zählte, und stieg aus dem Bett. Da sie beherrschter aussehen wollte, als Davey vermutlich sein würde, strich sie sich mit den Händen über die Stirn und wischte sich die Handflächen an ihrem Nachthemd ab. Draußen, auf dem Flur, hörte sich die Musik nicht mehr wie ein Streichquartett an. Sie hatte einen wilderen, chaotischeren Unterton; Davey hatte eine von Mahlers Symphonien aufgelegt, die er sie schätzen gelehrt hatte.

Niemand, der klassische Musik nicht mochte, konnte mit Davey Chancel verheiratet bleiben, der sein Heil in der Musik suchte, wenn ihn Sorgen quälten. Nora, der Stolz der Curlews, hatte beschlossen, Daveys Werbung bei seinem zweiten Heiratsantrag nachzugeben – sechs Monate, nachdem sie sich kennengelernt hatten, ein Jahr nach Springfield und ihrem völlig verdrängten Wiedersehen mit Dan Harwich.

Nora tapste an einem Regal voll mit Büchern von Chancel House vorbei bis zur Treppe, die zur Eingangstür hinabführte. Neben der Tür leuchtete das rote Licht beruhigend neben der Tastatur der Alarmanlage. Nora ging lautlos die Treppe hinunter und vergewisserte sich, daß die Tür noch geschlossen war. Als sie die zweite Treppenflucht zum Familienzimmer hinunterging, gewann die Musik an Klarheit. Undeutliche Stimmen erklangen. Sie hatte einen Soundtrack gehört. Davey, der sich außer den Nachrichten nie etwas ansah, hatte den Fernseher eingeschaltet. Sie ging die letzte Treppe hinunter, und ihr Mitgefühl gerann zu Zorn. Schon wieder: Alden hatte seinen Sohn schon wieder in aller Öffentlichkeit gedemütigt.

Sie machte die Tür des Familienzimmers auf und beugte sich vor. Der erstaunte, aber nicht ersichtlich niedergeschlagene Davey, der einen leichten thailändischen Morgenmantel über seinem Pyjama trug und einen Stift über einem offenen Notizbuch hielt, sah sie an. Sein überraschter Gesichtsausdruck spiegelte ihren eigenen wider. »Oh, Schatz«, sagte er. »Hab ich dich geweckt?«

»Ist alles in Ordnung?« Nora betrat das Zimmer und warf einen Blick auf den Bildschirm. Ein alter, in Lumpen gekleideter Mann fuchtelte vor einer Höhle mit einem Stab herum. *Pippin! Vergiß nicht, tapfer zu sein! Du mußt tapfer sein!*

Davey richtete die Fernbedienung auf das Gerät, worauf der Soundtrack verstummte. »Tut mir leid, ich hätte nicht gedacht, daß du es hören würdest.« Er legte die Fernbedienung anmutig wie eine Katze im gleichmäßigen Licht der Halogenlampe auf den Notizblock und sah Nora mit scheinbar aufrichtigem Mitgefühl an. »Heute hat sich uns ein Problem gestellt, ein Ärgernis, Dad hat mich gebeten, mich darum zu kümmern, und ich kam auf die Idee, mir dieses Ding anzusehen.«

»Es lag nicht am Fernseher. Ich bin aufgewacht.«

Er legte den Kopf schief. »Wie gestern nacht?« Die Frage verdankte sich vielleicht nicht reiner Sympathie.

»Diese Sache mit Natalie – du weißt schon…« Nora unterbrach sich selbst mit einer Handbewegung. »Alle alten Weiber in Westerholm schlafen derzeit schlecht.« Sie drehte sich wieder zu dem Fernseher um. Ein verdreckter, etwa acht- oder neunjähriger Junge schleppte einen Sack auf den Schultern durch einen tropfenden Sumpf. Verkrüppelte, monströse Bäume führten in einen leuchtenden Dunst hinein.

»Und die meisten haben ebensowenig Grund, sich Sorgen zu machen, wie du.«

Gestern nacht hatte Davey alle Gründe aufgezählt, weshalb sich Nora keine Sorgen zu machen brauchte: Sie lebte nicht allein und hatte kein eigenes Geschäft; sie machte Fremden nicht die Tür auf. Sollte ihr etwas verdächtig erscheinen, konnte sie jederzeit den Alarmknopf an der Tastatur drücken. Und, obschon dies taktvoll unausgesprochen blieb, reagierte sie nicht ein wenig übertrieben und ließ sich von den alten Problemen überwältigen?

»Ich hab mich gefragt, wo du steckst«, sagte sie.

»Nun, jetzt weißt du es.« Er klopfte mit dem Stift auf den Notizblock und brachte ein Lächeln zustande. Vor die Wahl gestellt, entschied er sich für Freundlichkeit. »Du könntest dir das mit mir zusammen ansehen.«

Sie setzte sich neben ihn auf das Sofa. Davey tätschelte ihr Knie und konzentrierte sich auf den Film.

»Was ist das, etwa *Night Journey*?«

»Genau, *Reise in die Nacht*. Du warst so laut, daß ich wieder aufgestanden bin, und als ich in die Zeitung geschaut habe, stellte ich fest, daß er läuft. Ich muß mir das Ding sowieso mal ansehen, also warum nicht jetzt?«

»Du mußt dir Notizen zu *Reise in die Nacht* machen?«

»Wir haben ein bißchen Ärger mit dem Driver-Nachlaß.« Er richtete die Fernbedienung auf den Bildschirm und stellte den Ton lauter. In der Ferne heulten Wölfe in dem dunstigen Sumpf. Verärgerter, als sie sein wollte, verfolgte Nora, wie der Junge unter den monströsen Bäumen dahinschritt. »Alles wird gut«, sagte Davey. Einen Augenblick hielt er ihre Hand. Nora drückte seine, zog die Beine an und legte den Kopf auf seine Schulter. Davey zuckte und gab ihr damit zu verstehen, daß sie sich nicht an ihn lehnen sollte.

Nora rückte weg und legte den Kopf auf die Sofalehne. »Was für Probleme?«

»Psst.« Er beugte sich nach vorne und griff nach dem Stift.

Also durfte sie nicht sprechen. Also war sie eine Ablenkung. Aus irgendeinem Grund mußte Davey mitten in der Nacht aufstehen und sich Notizen über die Filmversion von *Reise in die Nacht* machen, dem ungeheuer erfolgreichen Romanerstling von Hugo Driver und Eckstein von Chancel House, dem Verlag, den Lincoln Chancel, Daveys Großvater und Hugo Drivers Freund, gegründet hatte. Davey, der ungeheuer stolz auf seine Abstammung war, hatte *Reise in die Nacht* mindestens einmal pro Jahr gelesen, seit er fünfzehn war. Jemand, der nicht über Noras Nachsicht verfügte, hätte sagen können, daß er von dem Buch besessen war.

4

Viele waren besessen von Hugo Drivers erstem Roman. Eine von Daveys Aufgaben bei Chancel House bestand darin, Bitten um Fotos zu beantworten, bei Dissertationen und Examensarbeiten zu helfen und andere Post zu beantworten, die den Autor betraf und unaufhörlich ins Haus strömte. Die Anfragen kamen von High-School-Schülern, Börsenmaklern, Lastwagenfahrern, Sozialarbeiterinnen, Sekretärinnen, Friseusen, Imbißköchen, Krankenwagenfahrern; von Leuten, die mit Namen der Figuren aus dem Roman unterschrieben, und auch von bekannten Irren und Psychopathen. Leonard Gimmell, der während eines Schulausflugs zu den Smoky Mountains die vierzehn Kinder seiner zweiten Klasse ermordet hatte, schrieb zweimal wöchentlich aus einem Staatsgefängnis in Tennessee, und Teddy Brunhoven, der vor einem Aufnahmestudio in der West-Fifth Street gewartet und den Leadsänger einer berühmten Rockband erschossen hatte, meldete sich fast täglich aus einer Zelle im Staat New York. Beide Männer rechtfertigten ihre Taten mit komplexen, detaillierten Hinweisen auf den Roman. Davey bereitete es mehr Freude, die Fanpost für Hugo Driver zu beantworten, als jede andere Aufgabe, zum Beispiel Kreuzworträtsel oder Fahnenkorrektur, die ihm sein Vater übertrug.

Nora hatte zweimal angefangen, *Reise in die Nacht* zu lesen, kam aber immer nur bis zu dem Kapitel, in dem der jugendliche Held sich eine Krankheit zuzog und in einer Landschaft erwachte, die den Tod symbolisieren sollte. Fantasy-Romane langweilten sie immer, und sie konnte die Ankunft von Trollen und sprechenden Bäumen förmlich riechen.

Davey bewunderte auch *Reise in die Dämmerung* und *Reise ins Licht*, die weniger erfolgreichen Fortsetzungen, hatte sich aber gegen die Entscheidung ausgesprochen, die Filmrechte an *Reise in die Nacht* zu verkaufen. Als der Film vor einem Jahr in die Kinos gekommen war, hatte er sich geweigert, ihn anzusehen. Jede Verfilmung des Romans war zum Scheitern verurteilt und kam einem Verrat gleich. Man konnte gute Filme aus zweitklassigen Büchern machen; Filmen, die auf grandiosen literarischen Vorlagen basierten, haftete stets ein peinlicher Gestank an. Ob diese Faustregel nun generell zutraf oder nicht, bei *Reise in die Nacht* hatte sie sich bewahrheitet. Trotz Spezialeffekten für vierzig Millionen Dollar und einer hochkarätigen Besetzung hatte der Film nur vernichtende Kritiken geerntet und war in leeren Kinos gelaufen. Er verschwand nach zwei Wochen und hinterließ genau den Gestank, den Davey vorhergesagt hatte.

5

Da ihr nicht gestattet war, zu sprechen, lehnte sich Nora zurück und verfolgte, wie die Katastrophe ihren Lauf nahm. Das Riesenbudget war in unglaubwürdige Bäume, zerlumpte Kostüme und jede Menge Nebel geflossen. Der Junge ließ die letzten Bäume hinter sich und gelangte auf eine einsame Hochebene. Hier und da ragten Pappmachéfelsen aus dem silbernen Nebel heraus. In der Ferne heulten Wölfe.

Davey hatte sich über seinen Notizblock gebeugt und runzelte die Stirn wie ein ernsthafter Student, der sich in einer Vorlesung Notizen macht, die er nicht mag. Ernst und Konzentration steigerten die zufällige Ähnlichkeit zwischen ihnen. Mit vierzig hatte er immer noch die großen, klaren Augen und die fast durchscheinende Haut, die sie bei ihrer ersten Begegnung fasziniert und zugleich abgestoßen hatten. Ihr erster zusammenhängender Gedanke über ihn, als sie sich an die unerwartete Ähnlichkeit zwischen ihnen gewöhnt hatte, war gewesen, daß seine Version ihres Gesichts *zu* hübsch wirkte. Jeder Mann, der so aussah, mußte unglaublich eitel sein. Daß man ihn ein Leben lang verwöhnt und verhätschelt hatte, mußte ihn egoistisch und oberflächlich gemacht haben. Zu diesen unüberwindlichen Nachteilen kam sein Alter. Männer, die rund zehn Jahre jünger waren als sie, waren blinde, ehrgeizige Babys, die noch alles zu lernen hatten. Aber das Schlimmste war, daß Davey Chancel eine entspannte Aura der Sorglosigkeit umgab. Ihr Vater, Fabrikarbeiter und zeit seines Lebens Gewerkschaftsmitglied, hatte gewußt, daß solche Leute der Feind waren, und nichts, das sie gesehen oder erlebt hatte, hatte sie etwas anderes gelehrt.

Schließlich hatten sich lediglich Noras letzte Eindrücke als zutreffend erwiesen. Es stimmte, daß er der Sproß einer reichen Familie war, aber Davey war zu unsicher, um eitel zu sein. Er war sein ganzes Leben lang unbarmherzig kritisiert worden, nicht verhätschelt. Er war umsichtig und seltsam verwundbar; sein Ehrgeiz ging nur dahin, anderen zu gefallen und gute Bücher zu verlegen. Eine Eigenschaft freilich besaß er, die man als Fehler hätte betrachten können, sogar als großen Fehler, aber Nora hatte beschlossen, sie als *Charakterzug* anzusehen, nicht als gravierendes Problem. Er hatte Phantasie, und Phantasie, darin schienen sich alle einig, war eine ausgesprochen positive Eigenschaft. Und er brauchte sie. Sie hatte es verführerisch gefunden, gebraucht zu werden.

»Es ist, als hätten sie absichtlich versucht, das Buch zu verhunzen. Jede Einzelheit ist falsch.« Er warf ihr einen verdrossenen Blick zu. »Jedesmal, wenn sie zu einer grandiosen Stelle kommen, vermasseln sie sie. Schau gut zu, du wirst verstehen, was ich meine.«

Nora sah zu, wie der Junge durch den Nebel stapfte.

»Das Tempo stimmt nicht, und die Stimmung ebensowenig. Das hier müßte fast *ekstatisch* wirken. Alles sollte von einem *Glanz* erfüllt sein. Aber statt einen Ansturm von Gefühlen zu erleben, sieht der Junge aus, als wäre er mal eben ein Sandwich holen gegangen. Ich wette, es dauert noch fünf Minuten, bis wir Lord Night zu sehen bekommen.«

Nora hatte keine Ahnung, wer Lord Night war, und dachte sogar, Davey hätte Lord Knight gesagt.

»Er wird ewig und drei Tage so weiterschlurfen, und derweil sehen die Steine von Toon durch und durch künstlich aus.« Er machte sich wieder eine Notiz. »Du hast doch Freund Sanftmut gesehen, oder nicht? Als du reingekommen bist?«

Nora vermutete, daß der in Fetzen gekleidete alte Mann Freund Sanftmut gewesen sein mußte. »Kann sein.«

»Damit ist alles gesagt. *Drivers* Freund Sanftmut ist ein heroischer Aristokrat, der der Welt entsagt hat, und der hier ist ein dreckiger Einsiedler. Wenn er Pippin sagt, daß er tapfer sein soll, hat man nicht den Eindruck, als wüßte er mehr als alle anderen über Tapferkeit. Aber in dem Buch ... nun, du weißt ja.«

»Klar.« Ohne direkt zu lügen, hatte Nora Davey in dem Glauben gewiegt, daß sie den Roman beim zweiten Anlauf ganz gelesen und als Meisterwerk erkannt hatte.

»Freund Sanftmut gibt die wichtigste Botschaft seines Lebens weiter – daß man die Tapferkeit jeden Tag aufs neue erschaffen muß. Und weil er davon überzeugt ist, kann er auch Pippin davon überzeugen. In dieser Travestie ist die ganze Szene so abgedroschen. Okay, hier kommt Lord Night, der selbstverständlich auch völlig daneben ist.«

Ein großes, zottiges Tier, bei dem es sich entweder um einen Hund oder Wolf handeln konnte, war vor dem Jungen auf einem Felsen aufgetaucht. Auf den anderen Felsen ließen sich Wölfe oder Hunde in Paaren nieder. Der Junge sah mit einem leeren Gesichtsausdruck zu den Tieren auf, den man als Entschlossenheit hätte interpretieren können.

»Buh, und wer magst du wohl sein? Siehst du, man hat nicht die geringste Ahnung, daß Pippin genau *deswegen* unbedingt *begreifen* muß, was Tapferkeit bedeutet. Er muß sich Lord Night stellen und ist wie gelähmt vor Angst. Würde dir dieser Köter Angst machen?«

»Wahrscheinlich«, sagte Nora.

»Lord Night ist furchteinflößend, er hat Zähne wie Rasierklingen, er ist ein magisches Wesen. Er ist der Grund für all die Emotionen, die zu Beginn dieser Szene hätten präsent sein müssen, es aber nicht *waren*. Wir wissen, daß Pippin ein gefährliches Wesen treffen soll, und wen sehen wir statt dessen? Rin Tin Tin.«

Nora fand, daß das Tier, das von dem Felsen herabschaute, genau wie ein Wolf aussah. Er war vor dem Dreh gefüttert worden, aber sein Trainer stand für alle Fälle mit einem Betäubungsgewehr gleich neben der Kamera. Der Wolf war das Beste in dem ganzen Film. In seinem Realismus wirkte er eindrucksvoller als das Wesen, das er darstellen sollte. Der Junge wirkte so ausdruckslos, weil er zuviel Angst hatte, um zu schauspielern. Er war ein kluger Junge.

Dann stellte Nora fest, daß Davey recht hatte. Der Film-Wolf war nur ein Hund. Sie hatte aus ihm den Wolf von Westerholm gemacht, den unbekannten Mann, der den Leichnam der komischen, verzweifelten, fröhlichen Natalie Weil gestohlen und vier weitere Frauen ermordet hatte. Und der Junge, der Pippin Little spielte, war nicht ängstlich oder klug, er war einfach ein lausiger Schauspieler. Als sie ihn angeschaut hatte, hatte sie ihre eigene Furcht gesehen.

»Natürlich haben sie auch die Dialoge versaut«, sagte Davey. »Lord Night sagt nicht: ›Wie wirst du genannt, Kind?‹ Er *kennt* Pippins Namen. *Tatsächlich* sagt er: ›Pippin Little, gehst du heute nacht mit uns auf die Reise?‹«

Ein abtrünniger Teil in Nora hatte übersehen, mit welcher Wildheit der unbekannte Mann sich in Szene setzte. Der unbekannte Mann schlenderte auf den hübschen Alleen von Westerholm hierhin und dorthin und hinterließ seine Zeichen. Er war wie der Krieg.

Das Tier in dem Film machte das lange Maul auf und sagte: »Wirst du heute nacht mit uns kommen, Pippin Little?«

Davey schlug sich an die Stirn. »Ich vermute, das halten sie für eine Verbesserung.«

Nora überlegte sich, daß es Zeit wurde, sich zu verdrücken, wenn sie wertvolle moralische Lektionen an Mord finden konnte. Jahr für Jahr bewies Westerholm, daß Natalie Weils Einschätzung seiner Scheinheiligkeit noch zu wohlwollend gewesen war. Leo Morris, ihr Anwalt von Aldens und Daisys Gnaden, hatte das ganze *QE2* für den sechzehnten Geburtstag – Sweet Sixteen – seiner Tochter gemietet. Einer ihrer Nachbarn hatte sich eine goldene Badewanne im Bad neben dem Schlafzimmer einbauen lassen und bat seine Gäste turnusmäßig, sich hineinzusetzen und sie auszuprobieren.

Seit mindestens einem Jahr wuchs ein Gedanke in Nora, der jedesmal angesichts aller erdenklichen Einwände zurückwich, die man gegen ihn vorbringen konnte, ebenso angesichts von Daveys sicherer Ablehnung, doch nun stellte sich dieser Gedanke als eine Überzeugung wieder ein. Sie sollten das Haus verkaufen und Westerholm verlassen. Alden und Daisy würden ein Gezeter anstimmen, aber Davey verdiente genug Geld, daß sie sich ein Apartment in New York leisten konnten.

Ja, sagte Nora zu sich, es ist höchste Zeit aufzuwachen. Es war einfach, es war richtig, und es war überwältigend. Der Umzug würde schwierig sein, ein Risiko, eine Prüfung, aber wenn es ihr gelang, sich an den Gedanken zu klammern, daß er unvermeidlich war, würde sich ihr Leben doch noch zum Besseren wenden.

Sie sah Davey an und fürchtete fast, er könnte ihre Gedanken gelesen haben. Davey sah sie mit einem Ausdruck schockierter Fassungslosigkeit an. »Ist das nicht unglaublich?«

»Was ist unglaublich?«

Er riß die Augen auf. »Du mußt das Buch noch mal lesen. Sie haben Paddys Geschichte ganz rausgeschnitten und machen gleich mit dem Dampfenden Feld weiter. Was bedeutet, daß der erste Schwung Fragen und Antworten völlig außen vor gelassen wurde, ebenso wie die Ratten. Es ist unglaublich.«

»Man stelle sich vor, keine Ratten.«

»Das ist wie *Der Zauberer von Oz* ohne die fliegenden Affen. Wie *Der Herr der Ringe* ohne Sauron.«

»Wie *Huckleberry Finn* ohne Papa.«

»Genau«, sagte Davey. »Man kann das nicht ändern, das geht einfach nicht.«

Das werden wir ja sehen, sagte Nora zu sich.

6

Einige Zeit später erwachte sie benommen und hatte den Kopf auf Daveys Schoß liegen. Ein Mann mit breiten Schultern, Falten um den Augen und einem heroischen Bart trug den Jungen durch ein riesiges Holztor. Die Musik, schluchzende Geigen und schmetternde Trompeten, applaudierte. Die Ereignisse kamen zu einem Ende. Nora erinnerte sich an ein Gefühl der Entschlossenheit, wußte aber nicht mehr, wozu sie sich entschlossen hatte. Mit der Erinnerung an ihre Entschlossenheit strömten jedoch auch neue Kraftreserven in sie ein. Sie hatte den Entschluß gefaßt, zu handeln. *Höchste Zeit, aufzuwachen.* Sie und Davey würden Westerholm den Rücken kehren und die entscheidenden vierzig Meilen nach New York City ziehen. Es wurde Zeit, wieder als Krankenschwester zu arbeiten.

Oder wenn das nicht klappte, dachte sie sofort, dann als etwas anderes. Noras letzte Erlebnisse als Krankenschwester waren eine radioaktive Substanz, die zu heiß zum Anfassen war. Bis zum letzten Monat hatte sich die Radioaktivität im geheimen ausgedrückt, in Alpträumen, Magenproblemen, unvermittelten Wutanfällen und Depressionen. Die hämischen Dämonen waren gelegentlich aufgetaucht. Weder Nora noch Davey hatten derlei Unregelmäßigkeiten mit ihrer Arbeit im Norwalk Hospital in Zusammenhang gebracht, erst im letzten Monat, als Nora selbst radioaktiv geworden war. Eine unbedachte, aber nichtsdestoweniger notwendige Handlung hatte sie eine Zeitlang in den Dunstkreis der Polizei geführt. Natürlich hatte sie kein Verbrechen begangen. Sie hatte moralisch gehandelt, nicht unmoralisch, aber unbesonnen. Nachdem sie eingewilligt hatte, natürlich zum größten Bedauern aller Kollegen, eine »Pause zu machen«, hatte sie ein halbes Dutzend Papiere unterschrieben und das Krankenhaus zu unglücklich verlassen, um auch nur ihren letzten Gehaltsscheck abzuholen.

Noras unbesonnenes, aber moralisches Vorgehen hatte zunächst wie eine Entführung ausgesehen. Der einjährige Sohn eines prominenten Mannes war mit einem gebrochenen Bein und Blutergüssen auf der Brust eingeliefert worden. Die Treppe hinuntergefallen, hatte die Mutter gesagt. Sie habe es selbst nicht gesehen, aber ihr Mann. Klaro, hatte ihr Mann gesagt, ein aalglattes Exemplar in einem Wall-Street-Anzug. Seine Haut hatte einen öligen Schimmer, und sein Lächeln war erstaunlich weiß. Hab den Jungen einen Moment aus den Augen gelassen, und als ich wieder hinsah, peng, hätt fast 'nen Herzanfall gekriegt. Eine halbe Stunde, nachdem der Junge eingeliefert worden war, gingen beide Elternteile. Drei Stunden später kam der lächelnde Daddy mit einem Plüschhasen unter dem nadelgestreiften Arm wieder. Er betrat das Privatzimmer, kam fünfzehn Minuten später wieder heraus, noch öliger, und lächelte verbissen. Als Nora nachsah, war der Junge fast bewußtlos.

Als sie berichtete, was sie gesehen hatte, beschied man sie, daß der Vater des Jungen unmöglich für die Verletzungen des Kindes verantwortlich sein konnte. Der Vater sei ein Zauberer, ein Finanzgenie, und zu anständig, um sein eigenes Kind zu schlagen. Am nächsten Tag kamen Mom und Dad um acht Uhr. Dad ging nach einer halben Stunde wieder, Mom ging am Mittag nach Hause. Um sechs, als Nora gerade Feierabend machen wollte, kam Dad allein wieder. Als Nora am nächsten Tag nach dem Kind sah, erfuhr sie, daß es am vergangenen Abend einen rätselhaften ›Rückfall‹ erlitten hatte, sich inzwischen aber wieder auf dem Weg der Besserung befand. Wieder teilte sie ihren Vorgesetzten ihren Verdacht mit und wurde wieder zurechtgewiesen. Inzwischen stimmten ihr zwei oder drei Schwestern bereits insgeheim zu. Die Eltern hatten sich wieder um acht Uhr eingefunden, und die Schwestern hatten beobachtet, daß der Zauberer die Rolle des besorgten Vaters lediglich zu *spielen* schien.

Als der Vater an diesem Abend zurückkam, blieb Nora, die eine Stunde vergeblich auf die Verwaltung eingeredet hatte, in dem Krankenzimmer, bis der Vater sie bat, ihn mit dem Baby allein zu lassen, und dann entfernte sie sich gerade lange genug, um drei Anrufe zu machen – einen mit einer Bekannten, die den Kindergarten Jack and Jill in der South Post Road in Westerholm leitete; einen mit dem Chefarzt der Kinderklinik und einen mit Leo Morris, ihrem Anwalt. Sie sagte: *Ich rette diesem Kind das Leben.* Dann begab sie sich wieder in das Zimmer. Der erboste Zauberer drohte, daß er eine Beschwerde einreichen werde, und stürmte hinaus. Nora wickelte das Kind in eine Decke ein und verließ die Klinik. Sie fuhr zum Kindergarten Jack and Jill, übergab das Baby der Obhut ihrer Freundin und ging zurück, um sich dem Sturm zu stellen, den sie entfesselt hatte. Vier Monate nachdem sich die Wogen wieder geglättet hatten, gab die Frau des Zauberers in einer Presseerklärung bekannt, daß sie die Scheidung eingereicht hätte, weil ihr Mann sowohl sie wie auch ihren Sohn regelmäßig verprügelte.

»Wenigstens eines haben sie richtig gemacht«, sagte Davey. »Der Grüne Ritter sieht *tatsächlich* wie ein erwachsener Pippin aus. Aber es wird nicht deutlich, daß *Pippin* das weiß.«

Auf dem Bildschirm wurde das Gesicht des Mannes elektronisch manipuliert, indem die Runzeln geglättet, das Haar gekürzt, die Wangen schmaler gemacht wurden und der Bart lediglich als Halbschatten um ein Gesicht herum stehenblieb, das fast identisch mit dem des Jungen war.

»Man braucht den Text. *Seine eigene Erlösung lag in ihm selbst. Pippin hatte die große Wahrheit hinter seiner Reise durch endlose Dunkelheit gefunden. Leben und Tod regten sich unter seinen Händen, und seine Hände beherrschten sie.*« Davey rezitierte die Worte emotionslos, aber ohne Zögern.

»Oh, natürlich«, sagte Nora. »Unbedingt.«

Nicht einmal eine Sekunde leuchtete das Gesicht des Jungen unter dem Schatten des Mannes auf, dann verdeckten die verfilzte Haartracht, der graue Bart und die harten Linien von Stirn und Wangenknochen es wieder. Der Mann trug den Jungen eine Wiese am Hang hinab. Sonnenlicht färbte sein Haar und seine Oberarme golden. Auf dem Hügel hinter dem Mann und dem Jungen stand, wie eine Luftspiegelung, ein riesiges Tor in einem dunklen Rahmen. Unter ihnen, in einer Falte des Tals am Fuß des Hangs, verbargen streichholzgroße Eichen ein weißes Farmhaus.

Sie drehte den Kopf zu Davey herum und stellte fest, daß er nicht auf den Bildschirm schaute, sondern sie mit einem Anflug von Sorge in den Augen betrachtete.

»Irgendwie hübsch«, sagte sie.

»Also ist es vollkommen falsch.« Sein Blick wurde finster. »Das ist nicht Mountain Glade. Sieht es aus, als würde dieser Ort ein großes Geheimnis bergen? Mountain Glade ist nicht hübsch, aber es birgt ein großes Geheimnis.«

»Na klar.«

»Das ist ja das Entscheidende«, sagte Davey. Seine Augen schienen in den Schädel zurückgewichen zu sein.

»Ich gehe besser wieder ins Bett.« Nora richtete sich ohne Hilfe von Davey auf. »Ist der Film nicht sowieso fast zu Ende?«

»*Wenn* er denn zu Ende ist«, sagte er.

Auf dem Bildschirm verblaßte der bärtige Mann langsam zur Unsichtbarkeit. Als sie aufstand und sich unentschlossen einen Schritt vom Sofa entfernte, verschwand er völlig. Der Junge lief auf das Farmhaus zu, dann verdeckte ihn der Abspann.

Nora ging noch einen Schritt auf die Tür zu, und Davey warf ihr einen kurzen, undeutbaren Blick zu. »Ich komme gleich nach«, sagte er.

Nora ging wieder die Treppe hinauf, überprüfte gewohnheitsmäßig, ob die Eingangstür abgeschlossen und die Alarmanlage eingeschaltet war. Sie legte sich wieder ins Bett und spürte, wie der Schweiß der Nacht ihr Nachthemd tränkte, und ihr wurde klar, sie mußte Davey überzeugen, daß ihr Entschluß, Westerholm zu verlassen, nichts mit Natalie Weil oder dem Wolf in Menschengestalt zu tun hatte.

Eine halbe Stunde später betrat er das Schlafzimmer und tastete sich an der Wand entlang, bis er die Badezimmertür gefunden hatte. Ohne richtig bemerkt zu haben, wie sie eingeschlafen war, schlug Nora die Augen auf und erwachte aus einem Traum, in dem Dan Harwich sie von kolossaler, ungetrübter Zärtlichkeit erfüllt angesehen hatte. Sie drehte sich herum und vergrub den Kopf tief im Kissen. Davey putzte sich lange Zeit die Zähne, während das Wasser lief. Er wusch sich das Gesicht und riß ein Handtuch vom Halter. Er gab einige mißfällige Worte von sich, die sie nicht verstehen konnte. Wenn er sich allein und unbeobachtet wähnte, führte er häufig einseitige Unterhaltungen mit nicht anwesenden Personen, genau wie seine Mutter, eine Angewohnheit, fand Nora, die man rein technisch gesehen nicht als Selbstgespräch bezeichnen konnte. Das Licht im Bad wurde klickend ausgeschaltet, die Tür geöffnet. Davey tastete nach dem Bett, fand den Rand der Matratze in der Dunkelheit, tastete sich seitlich daran entlang und zog die Decke zurück. Er legte sich hin und streckte sich auf seiner Bettseite aus, so weit entfernt von Nora, wie er konnte, ohne herauszufallen. Sie fragte, ob alles mit ihm in Ordnung sei.

»Vergiß nicht das Mittagessen morgen«, antwortete er.

Einmal, während ihrer radioaktiven Phase, hatte Nora vergessen, daß sie zum Essen in Poplars eingeladen waren. Normalerweise erschienen ihr Daveys Erinnerungen an diesen längst vergessenen Fehler wie unnötige Provokationen. Heute nacht jedoch deutete seine Bemerkung eine Möglichkeit an, ihren Entschluß in die Tat umzusetzen.

»Nein«, sagte Nora.

Sie konnte ihnen helfen, indem sie sich besser mit Daisy Chancel stellte; sie konnte die Wucht des Schlages ein wenig mildern.

7

Ein paar Minuten, nachdem sie am frühen Nachmittag des nächsten Tages auf die Terrasse von Poplars hinausgegangen waren, ließ Nora Davey und Alden stehen, die Bloody Marys in den Händen hielten und über den in der Sonne glitzernden Sund hinausschauten. Die Ankündigung, daß sie hinaufgehen und nach Daisy sehen wollte, war nur pro forma auf Widerspruch gestoßen, obschon Davey verdrossen wirkte, daß er so kurz nach ihrer Ankunft mit seinem Vater allein gelassen wurde. Daveys Vater schien zufrieden, sogar dankbar über Noras Ankündigung zu sein. Alden Chancel war im Alter zu einer stattlichen und ausgeglichenen Erscheinung geworden, weil er stets alles bekommen hatte, was er wollte, doch obwohl er mit Sicherheit gewollt hatte, daß sein Sohn heiratete, hätte er sich wohl nie träumen lassen, daß Davey jemanden wie Nora Curlew heiraten würde.

Nora durchquerte rasch das Wohnzimmer im Erdgeschoß, betrat den Marmorboden der Diele und schickte sich an, die breite Treppe hinaufzusteigen. Auf dem Absatz blieb sie vor dem riesigen Spiegel stehen. Statt nach ihrem morgendlichen Dauerlauf wie immer Jeans und ein T-Shirt anzuziehen, hatte sie eine weiße Hose und eine weite, dunkelblaue Seidenbluse angelegt. Im Spiegel wirkten die Kleidungsstücke fast so angemessen für ein Mittagessen auf der Terrasse von Poplars wie zu Hause.

Sie drückte an ihrem Haar, ohne die Frisur nennenswert zu verändern, und ging die verbleibenden Stufen zum ersten Stock hinauf. Eine Tür fiel ins Schloß, und das italienische Hausmädchen, Maria, die kleinwüchsige, grauhaarige Frau, die vor Jahrzehnten Nachfolgerin der berühmten Helen Day geworden war, die man auch die Tassenträgerin und, geheimnisvoller, O'-Dotto genannt hatte, kam mit einem leeren Tablett aus Daisys Atelier. Die Tassenträgerin, die Davey vergötterte, hatte legendäre Nachspeisen zubereitet, Kuchen mit sieben Böden und Eiercreme mit Schlagsahne; Maria war dagegen dienstbar, nicht legendär, und verstand sich Noras Erfahrungen zufolge darauf, vorzügliche französische und italienische Mahlzeiten zuzubereiten.

Maria lächelte ihr zu und fuchtelte kurz und nachdrücklich mit dem Tablett durch die Luft, als wollte sie sagen: *Aha! Da sind wir ja!*

»Hallo, Maria, wie geht's Mrs. Chancel heute?«

»Ausgezeichnet, Mrs. Nora.«

»Und Ihnen?«

»Ebenso.«

»Hätte sie etwas gegen Gesellschaft einzuwenden?«

Maria schüttelte immer noch lächelnd den Kopf. Nora klopfte zweimal und stieß die Tür auf.

Am gegenüberliegenden Ende einer langen, beigefarbenen Couch vor einem Beistelltisch aus Glas und einem offenen Kamin hob Daisy den Kopf von dem Taschenbuch in ihrer Hand und sah Nora zur Begrüßung strahlend an. Der weiße Schreibtisch aus Eiche hinter ihrem Kopf, der an der Couch stand wie der Querstrich eines großen T, war leer, abgesehen von einer elektrischen Schreibmaschine und einem Glas mit gelben Bleistiften; auf dem Glastisch stand eine Vase, prallvoll mit fleischigen weißen Casablanca-Lilien, eine Packung Zigaretten mit geringem Teergehalt, ein goldenes Feuerzeug, ein Aschenbecher aus Stein voller Kippen und ein Schwenker mit Eis und einer hellroten Flüssigkeit. Weiße Aluminiumjalousien, die in ihrem eigenen Schatten minzgrün aussahen, waren wegen der Sonne schräg gestellt worden.

»Nora, liebe Güte, was für eine Freude, komm zu mir, wo ist dein Drink?«

»Ich muß ihn auf der Terrasse stehengelassen haben.« Nora betrat Daisys Dunstkreis von Blumen und Zigarettenrauch.

»O nein, das darfst du nicht tun, das italienische Mädchen soll ihn holen.« Sie schob eine Postkarte in das Buch.

»Nein, nicht, ich muß nicht –«

Daisy hatte sich bereits nach vorne gebeugt und eine kleine Glocke vom Tisch genommen. Die Glocke gab ein absurd leises Klingeln von sich. »Maria«, sagte Daisy im Plauderton.

Maria erschien wie herbeigezaubert und machte die Tür auf. »Mrs. Chancel?«

»Würden Sie so lieb sein und Noras Drink heraufbringen? Er steht auf der Terrasse.«

Maria nickte, ging hinaus und schloß die Tür hinter sich.

Daisy klopfte auf die beige Couch und legte das Taschenbuch, *Reise ins Licht*, der zweite posthum erschienene Roman von Hugo Driver, auf den Glastisch.

»Ich störe doch nicht?«

Mitte der fünfziger Jahre, frisch verheiratet und vierzig Pfund leichter, hatte Daisy Chancel zwei Romane veröffentlicht, nicht bei Chancel House, und arbeitete seither angeblich an einem neuen.

Nora hatte die Hoffnung auf dieses Buch fast, aber noch nicht ganz aufgegeben, von dem sie bei den unregelmäßigen Besuchen im Atelier nie auch nur eine Spur gesehen hatte. Davey weigerte sich schon lange, darüber zu sprechen, und Alden selbst redete nur in euphemistischen Wendungen darüber. Bei den abendlichen Mahlzeiten deutete Daisys Verhalten, steif und vage, freilich darauf hin, daß sie, statt zu arbeiten, Martinis getrunken hatte, mit denen sie das italienische Mädchen versorgte. Aber einst mußte es ein Buch gegeben haben, und daß Daisy immer noch vorgab, daran zu arbeiten, mußte bedeuten, daß es ihr immer noch wichtig war.

»Ganz und gar nicht«, sagte Daisy. »Ich dachte mir, ich lese wieder mal Driver. Er ist so ein inspirierender Autor, weißt du. Jedenfalls inspiriert er *mich* immer. Ich kann nicht verstehen, weshalb das Publikum *Reise ins Licht* immer abgelehnt hat.« Sie schenkte Nora ein rätselhaftes Lächeln und beugte sich nach vorne, um mit den dicken Fingern wohlwollend auf das Buch zu klopfen. Ihre Hand wanderte weiter seitwärts, ergriff den Schwenker und führte ihn zum Mund. Sie trank einen kräftigen

Schluck, dann noch einen. »Du gehörst doch nicht zu den Leuten, die finden, daß *Reise ins Licht* eine schreckliche Enttäuschung ist, oder?« Daisy stellte den Drink ab und hob Zigaretten und Feuerzeug auf.

»Der Meinung bin ich nie gewesen.«

Daisy zündete sich eine Zigarette an, inhalierte und verteilte den Rauch mit einer Handbewegung, als sie ausatmete. »Nein, selbstverständlich nicht.« Sie warf das Päckchen auf den Tisch. »Das könntest du gar nicht in Gegenwart von Davey. Ich erinnere mich, als *er* es das erste Mal gelesen hat.«

Jemand klopfte an die Tür. »Dein Getränk. Komm rein, Maria.«

Das Mädchen brachte die Bloody Mary herein und reichte sie Nora mit funkelnden Augen. Sie freute sich, wenn es Daisy gutging.

»Wann sind wir soweit?«

»In einer halben Stunde. Ich mache frische Mayonnaise für den Hummersalat.«

»Machen Sie viel davon, Davey mag Ihre Mayonnaise.«

»Mr. Chancel ebenfalls.«

»Mr. Chancel mag alles«, sagte Daisy, »es sei denn, es beeinträchtigt seinen Schlaf oder das Geschäft.« Sie zögerte einen Augenblick. »Könnten Sie uns in etwa fünfzehn Minuten frische Drinks bringen? Der von Nora sieht so *wäßrig* aus. Und lassen Sie Jeffrey, kurz bevor wir hinunterkommen, den Wein öffnen.«

Nora wartete, bis Maria das Zimmer verlassen hatte, dann drehte sie sich um und lächelte Daisy andeutungsweise zu, während sie sie durch den blauen Dunst des Zigarettenrauchs betrachtete. »Da wir gerade von Hugo Driver sprechen, gibt es irgendwelche Probleme mit seinem Nachlaß?«

Daisy zog die Brauen hoch.

»Davey ist mitten in der Nacht aufgestanden, um sich die Filmversion von *Reise in die Nacht* anzusehen. Er sagte, Alden wolle, daß er sich um irgendein Problem kümmert.«

»Ein Problem?«

»Vielleicht sagte er auch ein Ärgernis.«

Nach diesen Worten ließ Daisy die Brauen wieder sinken, die Zigarette im Mundwinkel hängen und nahm ihr Glas in die

Hand. Sie nickte mehrmals, bevor sie die Zigarette herausnahm, Rauch ausstieß und noch einen Schluck von ihrem Drink zu sich nahm. Sie leckte sich die Lippen. »Ich genieße deine Besuche in meiner kleinen Zelle stets aufs neue.«

»Hast du Hugo Driver je kennengelernt?«

»O nein, er starb bevor Alden und ich geheiratet haben. Alden hat ihn zwei- oder dreimal getroffen, glaube ich, als er zu Besuch hier war. Tatsächlich hat Hugo Driver in diesem Zimmer übernachtet.«

»Hast du es deshalb genommen?« Nora sah sich in dem langen, schmalen Raum um und versuchte sich vorzustellen, wie er in den dreißiger Jahren ausgesehen hatte.

»Könnte sein.« Daisy zuckte die Achseln.

»Hat dein eigenes Werk Ähnlichkeit mit dem von Driver – hast du an so etwas gearbeitet?«

»Ich kann mich kaum noch erinnern«, sagte Daisy.

»Ich denke, ich bin ein bißchen neugierig.«

»Ich denke, das bin ich auch!«

»Hat jemals jemand gelesen, was du geschrieben hast?«

Daisy richtete sich kerzengerade auf und sah zum Bücherregal neben dem Kamin, so daß Nora ihr weiches, glattes weißes Haar und den Umriß einer aufgedunsenen Wange sehen konnte. Dann drehte Daisy sich zu ihr um und sah sie auf eine undeutbare, aber ganz und gar nicht vage Weise an. »Vor langer Zeit hat mein Agent ein paar Kapitel gelesen. Aber im Lauf der Jahre haben wir uns ... *aus den Augen verloren*. Und seither hat sich vieles verändert. Mehrmals. Man könnte sagen, alles hat sich mehrmals vollkommen verändert.«

»Dein Agent war keine große Hilfe.«

Daisys Wangen dehnten sich zu einem kurzen, freudlosen Lächeln. »Ich habe ihm vergeben, als er gestorben ist. Es war das mindeste, was wir tun konnten.« Sie trank ihr Glas leer, zog an der Zigarette und stieß eine dünne Rauchfahne aus, die wie eine vorbeiziehende Wolke an der Vase abprallte.

»Und seither?«

Daisy legte den Kopf schief. »Bittest du mich, mein Manuskript lesen zu dürfen, Nora? Entschuldige, ich sollte sagen, bietest du mir an, es zu lesen?«

»Ich dachte nur …« Nora gab sich größte Mühe, beschwichtigend zu sein. Ihre Schwiegermutter sah sie mit Augen an, die plötzlich nur noch halb so groß zu sein schienen. »Ich habe mich nur gefragt, ob … ob es dir weiterhelfen könnte, wenn es jemand liest. Ich bin kein Kritiker.«

»Ich will auch keinen *Kritiker.*« Daisy beugte sich über den Bauch nach vorne und drückte die Zigarette aus. »Könnte interessant sein. Frische Perspektive, und so weiter. Ich werde darüber nachdenken.«

Es klopfte an die Tür, und Maria kam mit zwei Drinks auf einem Tablett herein. Sie räumte Daisys leeres Glas ab und stellte Noras zweites neben das fast unberührte erste. »Ich mache Ihnen ein extra Glas Mayonnaise, das Sie mit nach Hause nehmen können, Mrs. Nora.«

Nora dankte ihr.

»Kommen die Jungs unten zurecht, Maria?«

»Ganz ausgezeichnet.«

»Kein Brüllen? Keine Drohungen?« Diese Seite von Daisy hatte Nora kaum je kennengelernt.

Maria lächelte und schüttelte den Kopf.

»Unterhalten sie sich über etwas Interessantes?«

Marias Lächeln gefror.

»Oh, ich verstehe. Nun, falls sie fragen, was sie selbstverständlich nicht tun werden, können Sie ihnen sagen, daß *alles*, worüber wir uns unterhalten, interessant ist.«

Nora überlegte sich, daß Daisy ihre innigste Beziehung zu Maria unterhielt.

Daisy überraschte sie erneut, indem sie ihr zublinzelte. Diese strahlende, lebhafte Daisy war in dem Moment zum Vorschein gekommen, als Nora sich erboten hatte, sich das Manuskript anzusehen.

Nora sagte ja, es wäre interessant, und Maria strahlte sie an, bevor sie wieder hinausging.

»Was meinst du, worüber sie sich unten unterhalten?«

»Möchtest du, daß das Herz eines Verlegers schneller schlägt und *trip trap, trip trap* macht, wie die kleine Babyziege, die über die Brücke geht? Dann zeig ihm ein hübsches, saftiges Verbrechen, ein ›wahres Verbrechen‹, wie er sich ausdrücken würde.«

Daisy lächelte wieder kalt und trank einen Schluck von ihrem frischen Drink. »Magst du diesen Ausdruck nicht auch? Ich glaube, ich werde ein wahres Verbrechen begehen. Gleich nachdem ich einen Tatsachenroman verbrochen habe. *Trip trap, trip trap, trip trap*.« Sie machte den Mund auf, verdrehte die Augen und klopfte sich in gespielter Ekstase auf die Brust. »Ich weiß, ich werde ein wahres Verbrechen begehen, indem ich einen Tatsachenroman über Hugo Driver schreibe!« Daisy kicherte. »Vielleicht habe ich das all die Jahre getan! Vielleicht gibt Alden mir eine Million Dollar, und ich gehe weg, nach Tahiti!«

»Vielleicht komme ich mit dir«, sagte Nora. Es würde Spaß machen, mit dieser Daisy Chancel nach Tahiti zu gehen.

Daisy drohte ihr mit einem fetten Zeigefinger. »Nein, das wirst du nicht, das wirst du nicht. Du kannst nicht weggehen und Davey ganz alleine lassen.«

»Wahrscheinlich nicht«, sagte Nora.

»Nein, nein, nein«, sagte Daisy. »Nee.«

»Selbstverständlich nicht«, sagte Nora. »Schreibst du wirklich einen Tatsachenroman?«

Die ältere Frau platzte beinahe, als würde sie derart unfaßbare Geheimnisse kennen, daß sie ewig Andeutungen machen könnte, ohne sie jemals preiszugeben. Nora sah die glänzenden, von einem Film überzogenen Augen und wußte, daß Daisy sie das Manuskript lesen lassen würde.

8

»Klar, jede Frau in Westerholm hat Angst«, sagte Alden. »Sollen sie auch haben.«

»Was meinst du damit, sollen sie auch haben?« fragte Nora.

»Du glaubst, daß ich Mord gutheiße.«

»Nein, ich wollte nur wissen, was du damit sagen willst.«

Er sah am Tisch in die Runde. »Wenn Nora mich anschaut, sieht sie den Teufel.«

»Einen *Tatsachen*-Teufel«, sagte Daisy.

»Dad, ich glaube, ich verstehe auch nicht.«

»Alden möchte, daß die Leute denken, er ist der Tatsachen-... der Wahre-Verbrechen-Teufel.« Daisy hatte das Stadium erreicht, in dem sie die Worte sorgfältig formen mußte.

»Das möchte der Teufel auch«, sagte Nora gereizt.

»Genau«, sagte Alden. »Wo immer dieser Bursche hingeht, ist er die Sensation. Er bekommt seine wöchentliche Ausgabe der *Westerholm News*, und er ist auf der Titelseite.«

Er nahm sich eine zweite Portion Hummersalat und gab Jeffrey, der im allgemeinen als »der Neffe des italienischen Mädchens« bezeichnet wurde, das Zeichen, Wein nachzuschenken. Jeffrey nahm die Flasche aus dem Eiskübel, wischte sie an einem weißen Tuch ab und ging zum Ende des Tischs, um Daisys Glas aufzufüllen. Er ging am Tisch entlang, aber Nora hielt die Hand über ihr Glas. Jeffrey bedachte sie mit einem komischen Stirnrunzeln, ehe er zum Kopf der Tafel weiterging.

Nora hatte nie gewußt, was sie von Jeffrey halten sollte. Es schien unwahrscheinlich, daß der große, altersmäßig zwischen fünfundvierzig und fünfundfünfzig angesiedelte Jeffrey mit seiner akzentfreien Sprache, dem hellbraunen Haar, das am Scheitel einheitlich dünner wurde, ein Verwandter von Maria sein konnte. Nora wußte, daß Maria ihn vor rund zehn Jahren aus dem Hut gezaubert hatte, als Alden erstmals davon sprach, jemanden einzustellen, der ans Telefon ging, Türen aufmachte und Botengänge erledigte. Jeffrey hatte intelligente Augen und eine anmutige, verschlossene Art, die eine gewisse Verspieltheit nicht ausschloß. An manchen Tagen sah er wie ein Schurke aus. Nora beobachtete ihn, wie er Davey Wein nachschenkte, sich abwandte, die Flasche wieder in das Eis schraubte und danach seinen Posten am Rand der Terrasse wieder bezog. Jeffrey trug heute einen eng anliegenden dunklen Anzug und ein schwarzes Hemd, was bedeutete, er hatte einen seiner Schurken-Tage. Daisy erinnerte sie an ihre private Theorie über Jeffrey, indem sie sagte: »Normalerweise bist du ... origineller ... als *das*«, und dabei im Rhythmus der Worte mit der Gabel auf den Teller klopfte.

Jeffrey war eingestellt worden, um Daisy zu überwachen.

»Ich bin noch nicht fertig, meine Liebe.«

»Dann bitte, bitte erleuchte uns.«

Alden lächelte in die Runde. Seine ebenmäßigen Zähne und sein weißes Haar leuchteten, Röte verdunkelte sein einheitlich gebräuntes breites Gesicht. In Blazer und meliertem Hemd, dessen oberster Knopf offen war und ein Halstuch mit Paisleymuster zeigte, mit seinen leuchtenden, ausdruckslosen Augen und den tiefen, Divots ähnelnden Runzeln um die Mundwinkel sah Alden genau wie der Typ Mann aus, der jemanden wie Jeffrey einstellen würde. Nora merkte, wie unausstehlich sie ihn fand.

»Überlegt doch einmal, wieviel Exemplare die *Westerholm News* inzwischen verkaufen. Leute, die sie in ihrem ganzen Leben nicht angesehen haben, kaufen sie jetzt. Und das trifft nicht nur auf unsere kleine Provinzzeitung zu. Die Sensationsblätter in New York springen jedesmal auf und salutieren, wenn wieder eine Frau in ihrem eigenen Bett abgeschlachtet wird. Und glaubt ihr, die Alarmanlagenbranche in Fairfield County müßte wegen des branchenüblichen Sommerlochs klagen? Und die Waffengeschäfte? Ganz zu schweigen von Zäunen, Hoflichtern und Türschlössern. Wie ist es mit Fernsehreportern und den Fotografen von *People?*«

»Vergiß die Verleger nicht«, sagte Nora.

»Auf keinen Fall. Wieviel Bücher werden deiner Schätzung nach im Augenblick über Westerholm geschrieben? Vier? Fünf? Denk an das Papier, das für diese Bücher benötigt wird. Druckerschwärze, Prägefolie für die Einbände. Denk an die Disketten, die Laptops, die Notizbücher, die Fax-Geräte. Das *Faxpapier*. Die *Kugelschreiber*.«

»Eine ganze Industrie«, sagte Davey. »Okay.«

»Eine verdammt blutige Industrie, wenn du mich fragst«, sagte Daisy. Nora applaudierte ihr insgeheim.

»Das war der Zweite Weltkrieg auch«, sagte Alden. »Und Vietnam, Nora, wenn du mir verzeihen willst.«

Nora glaubte nicht, daß sie das wollte.

»Ah, wenn Blicke töten könnten – aber ist es nicht so, daß die Staffelkommandeure eine bestimmte Munitionsmenge hatten, die sie tagtäglich abfeuern mußten – natürlich nicht offiziell, aber trotzdem ziemlich dezidiert? Haben wir nicht eine gewaltige Menge Uniformen und Fahrzeuge da drüben verschlissen, haben wir nicht Stützpunkte errichtet und Bier ausgeschenkt und tonnenweise Essen verkauft? Hat nicht jemand Leichensäcke hergestellt? Nora, ich weiß, ich flirte mit der Gefahr, aber ich liebe es, wenn deine Augen so blitzen.«

Er flirtete mit ihr, nicht mit der Gefahr. Sie sah über den Tisch zu ihrem Mann und stellte fest, daß er die Serviette auf seinem Schoß betrachtete.

»Herrje, ich mag es auch, wenn deine Augen blitzen, Alden«, sagte sie. »Dadurch siehst du so jung aus.«

»Im Grunde genommen, Nora, bist du die Älteste hier am Tisch.«

Um ihres Mannes und Daisys willen zwang Nora sich, ruhig zu bleiben.

»Du bist durch eine Art von Feuer gegangen, die uns anderen unbekannt geblieben ist, und darum bist du so wunderschön! Ich habe mein Leben lang schöne Frauen bewundert, schöne Frauen sind die Rettung der Menschheit. Allein, daß sie dein Gesicht sehen konnten, muß einer Menge Jungs da drüben über den Berg geholfen haben.«

Sie machte den Mund auf, klappte ihn wieder zu und sah Alden an. »Was bist du doch für ein Süßholzraspler.«

»Du mußt einen großen Eindruck auf die jungen Männer gemacht haben, die durch deine Hände gegangen sind.«

»Ich finde, aus deiner Perspektive sieht alles billig aus«, sagte Nora. »Tut mir leid. Es ist widerlich.«

»Wenn ich mit den Fingern schnippen und bewirken könnte, daß du nie nach Vietnam gegangen wärst, würdest du es mich tun lassen?«

»Dann wäre ich ja so jung wie du, Alden.«

»Wohltaten kommen in allen Größen und Formen daher.« Er ließ sein Lächeln am Tisch erstrahlen. »Gibt es sonst noch etwas, das ich euch verdeutlichen kann?«

Einen Augenblick sprach keiner ein Wort. Dann sagte Daisy: »Es wird Zeit, daß ich in meine Zelle zurückkehre. Ich bin ein bißchen müde. Es war schön, dich zu sehen, Davey. Nora, wir bleiben in Verbindung.«

Alden sah Nora an, bevor er seinen Stuhl zurückschob und aufstand. Davey erhob sich einen Augenblick später.

Daisy hielt sich an der Stuhllehne fest und drehte sich zur Tür um. »Jeffrey, bitte danken Sie Maria. Der Hummersalat war *köstlich*.«

Mit seinem höflichen Lächeln wirkte Jeffrey mehr denn je wie ein geschniegelter Einbrecher, der sich als Bediensteter verkleidet hat. Er trat beiseite und machte Daisy die Tür auf.

9

Alden und Davey setzten sich wieder. »Nach ihrem Nickerchen ist deine Mutter wieder völlig auf dem Damm«, sagte Alden. »Was sich in ihrem Atelier abspielt, ist ihre Sache, aber ich habe das Gefühl, als hätte sie in letzter Zeit härter als sonst gearbeitet.«

Davey nickte langsam, als wollte er entscheiden, ob er seinem Vater zustimmen sollte.

Alden warf Nora einen Blick zu und trank einen Schluck Wein. »Hast du Pläne mit Daisy?«

»Warum fragst du?«

Davey schüttelte sich das Haar aus der Stirn und sah von Nora zu seinem Vater und wieder zurück.

»Nennen wir es Intuition.«

»Ich würde gern mehr Zeit mit ihr verbringen. Einkaufen, eines Tages mit ihr essen gehen, und so weiter.« Unter Aldens Blick kam sie sich vor, als würde sie einen Vorgesetzten belügen.

»Großartig«, sagte Alden, worauf sich Davey ein wenig auf seinem Stuhl entspannte. »Im Ernst. Hübsche Vorstellung, daß sich meine beiden Mädchen zusammen amüsieren.«

»Mom hat hart gearbeitet?«

»Nun, wenn du mich fragst, geht da oben etwas vor sich.« Er sah Nora fast mit einem Verschwörerblick an. »Was war dein Eindruck, Nora?«

»Ich hab sie nicht arbeiten sehen, falls du das meinst.«

»Ah, Daisy ist wie Jane Austen; sie verbirgt alle Beweise. Als sie ihre beiden ersten Bücher geschrieben hat, habe ich sie nicht einmal an der Schreibmaschine gesehen. Um die Wahrheit zu sagen, manchmal flüsterte eine Stimme in meinem Kopf: *Und wenn sie das alles nur erfindet?* Eines Tages traf dann ein Paket von einem meiner Konkurrenten ein, sie schleppte es in ihr Atelier und kam wieder raus und überreichte mir ein Buch! Im Jahr danach wiederholte sich dasselbe Spiel. Also ließ ich sie einfach gewähren. Verdammt, Davey, du weißt doch Bescheid. Du bist in diesem verrückten System aufgewachsen.«

Davey nickte und sah über den Tisch, als würde er sich ebenfalls fragen, ob Nora über geheime Informationen verfügte.

»Ich hatte mein ganzes Leben lang mit Schriftstellern zu tun, und sie sind großartig – jedenfalls einige von ihnen –, aber ich habe nie verstanden, was sie machen oder wie sie es machen. Verdammt, ich glaube, nicht einmal sie selbst wissen, warum sie es tun. Schriftsteller sind wie Babys. Sie schreien und weinen und gehen einem tierisch auf die Nerven, und dann produzieren sie diesen großen Haufen, und man sagt ihnen, wie toll er geworden ist.«

»Gilt das auch für Hugo Driver? War er auch eines der schreienden Babys?«

Davey sagte: »Nora –«

»Aber sicher. Der Unterschied bei Driver bestand darin, daß jeder dachte, sein Haufen riecht besser als die der anderen Bälger.« Alden schien nicht mehr allzu entzückt von seiner Metapher zu sein.

»Daisy hat gesagt, du hast ihn einige Male getroffen. Wie war er?«

»Woher soll ich das wissen? Ich war noch ein Kind.«

»Aber einen Eindruck mußt du doch gehabt haben. Er war der bedeutendste Autor deines Vaters. Er hat sogar in diesem Haus gewohnt.«

»Nun, wenigstens weiß ich jetzt, worüber ihr euch da oben unterhalten habt.«

Sie schenkte dieser Bemerkung keine Beachtung. »Tatsächlich war Driver verantwortlich für –«

»Driver hat ein Buch geschrieben. Tausende Menschen schreiben jedes Jahr Bücher. Seines war zufällig erfolgreich. Wäre es nicht Driver gewesen, dann jemand anders.« Er bemühte sich um eine Aura neutraler Autorität. »Du mußt noch viel über das

Verlegen lernen, Nora. Ich sage das mit allem gebotenen Respekt.«

»Tatsächlich.«

Davey strich sich mit den Fingern das Haar aus der Stirn. »Es stimmt, was du sagst, aber –«

Sein Vater brachte ihn mit einem Blick zum Schweigen.

»Aber es war ein klassischer Fall von Kooperation«, fuhr Davey fort. »Die Synergie war unglaublich.«

»Ich bin zu alt für Synergie«, sagte Alden.

»Du hast mir nie gesagt, was du persönlich von ihm gehalten hast.«

»Persönlich dachte ich, daß er ein Geschäftspartner meines Vaters war.«

»Das ist alles?«

Alden schüttelte den Kopf. »Er war ein unscheinbarer kleiner Bursche mit einem geschmacklosen Tweedjackett. Er dachte, daß er wie der Prince of Wales aussieht, aber tatsächlich sah er wie ein Taschendieb aus.«

Davey schien so schockiert, daß er kein Wort herausbrachte, und Alden fuhr fort. »He, ich war auch immer der Meinung, daß der Prince of Wales wie ein Taschendieb aussieht. Driver war ein außerordentlich talentierter Schriftsteller. Was ich von ihm dachte, als ich ein kleiner Junge war, spielt keine Rolle. Was für ein Mensch er war, auch nicht.«

»Hugo Driver war ein großer Schriftsteller.« Davey murmelte den Satz in seinen Teller.

»Kein Widerspruch.«

»Das war er.«

Alden lächelte bedeutungslos, schaufelte sich noch etwas Hummer in den Mund und spülte ihn mit einem Schluck Wein hinunter. Davey vibrierte förmlich vor unterdrückter Abneigung. Alden sagte: »Du kennst meine Regel: Ein großer Verleger liest niemals seine eigenen Bücher. Das stört einen nur bei der Beurteilung. Da wir gerade beim Thema sind – haben wir etwas für unseren Freund Leland Dart?«

Das war der überspannteste ihrer Anwälte, Partner von Leo Morris in der Kanzlei Dart & Morris.

Davey sagte, er würde daran arbeiten.

»Um ganz ehrlich zu sein, ich frage mich, ob unser Freund Leland nicht ein doppeltes Spiel treibt.«

»Hat er etwas mit dem Driver-Nachlaß zu tun?« fragte Nora.

»Bitte, Nora«, sagte Davey. »Nicht.«

»Was nicht? Bin ich gerade unsichtbar geworden?«

»Wißt ihr, was an Leland Dart interessant ist?« fragte Alden, der sich eindeutig verpflichtet fühlte, das Gespräch zu retten. »Abgesehen von seiner völligen Überheblichkeit und so weiter? Seine Beziehung zu seinem Sohn. Die kapiere ich nicht. Ich meine Dick – ich kann in gewisser Weise verstehen, was mit Petey passiert ist, dem älteren, aber Dick stellt mich vor ein Rätsel. Macht der Bursche eigentlich irgendwas?«

Jetzt lachte Davey. »Nein, ich glaube nicht. Wir haben ihn vor einem oder zwei Monaten getroffen, erinnerst du dich, Nora? Im Gilhoolie's, gleich nach der Eröffnung.«

Nora erinnerte sich, und inzwischen amüsierte sie auch die Erinnerung an den abstoßenden Menschen namens Dick Dart. Dart war zwei Jahre nach Davey an der Akademie gewesen. Sie war ihm an der Bar eines Restaurants vorgestellt worden, das in Waldbaum's Einkaufszentrum Nachfolger einer mittelmäßigen Pizzeria geworden war. Männer und Frauen um die Zwanzig und Dreißig hatten sich an dem langen Tresen gedrängt, der die Tür vom Speisesaal abgrenzte, und auf den Speisekarten, in Plastikhüllen auf den rotkarierten Tischdecken, standen Getränke wie Mudslides und Long-IslandEistee. Als sie und Davey sich durch die Menge drängten, hatte sich ein großer, verstört aussehender Mann zu Davey umgedreht, ihm eine Hand auf die Schultern fallen lassen und ihn mit einer seltsamen Mischung aus Arroganz und Unterwürfigkeit angesprochen. Er trug einen hübschen, leicht zerknitterten Anzug, hatte die Krawatte gelockert und das blonde Haar in die Stirn hängen. Er schien eine mehr als ausreichende Menge Mudslides intus zu haben. Er hatte so etwas gesagt wie: *Ich nehme an, du wirst so tun, als könntest du dich nicht mehr an unsere alten nächtlichen Ausflüge erinnern.*

Während Davey das bestritt, hatte der Mann den Kopf schiefgelegt und in einer Weise von einem Chancel zum anderen gesehen, die darauf hindeutete, daß sie einen amüsanten Anblick boten. Nora hatte sich geduldig ironische Komplimente über ihr »heroisches« Gesicht und ihre »reizende« Frisur angehört. Nachdem er Davey aufgefordert hatte, abends einmal allein bei ihm vorbeizuschauen, damit sie sich über die wilden Zeiten unterhalten konnten, die sie miteinander erlebt hatten, hatte Dart sie gehen lassen, allerdings nicht ohne eine Bemerkung darüber, wie sehr er Noras Duft *vergötterte*. Nora hatte gar kein Parfum aufgelegt. Als sie an ihrem Tisch angelangt waren, sagte Nora, sie würde Davey zwingen, in der Garage zu schlafen, sollte er jemals etwas mit diesem schwachköpfigen Trottel zu tun haben. Ach komm, hatte Davey gesagt, Dart versucht nur, dir an die Wäsche zu gehen. Er läßt sich von alten Peter-O'Toole-Filmen inspirieren. Mehr von alten George-Sanders-Filmen, antwortete Nora und fragte sich, ob wirklich jemals jemand zum Zuge kam, indem er so tat, als verabscheute er die Person, die er verführen wollte.

Während der faden Mahlzeit hatte Nora einmal aufgeschaut und gesehen, wie Dart ihr von der Bar zublinzelte. Sie hatte Davey gefragt, womit sein alter Busenfreund seinen Lebensunterhalt verdiente, worauf Davey ihr mit der überraschenden Eröffnung kam, daß Dick Anwalt in der Kanzlei seines Vaters sei.

Nun sagte Davey zu seinem Vater, was er Nora im Gilhoolie's erklärt hatte, daß Dick Dart von den Brosamen lebte, die von den Tischen der wohlhabenderen Klienten von Dart & Morris herunterfielen; er führte ältere Witwen zum Essen in gemütliche französische Restaurants und versicherte ihnen, daß Leland Dart ihr Vermögen vor den Zugriffen einer sozialistischen Bundesregierung rettete.

»Warum macht er das?«

»Wahrscheinlich geht er gern essen«, sagte Davey. »Und ich vermute, er rechnet damit, daß er die Kanzlei einmal erben wird.«

»Darauf würde ich mich nicht verlassen«, sagte Alden. Nora spürte so deutlich einen kalten Windhauch, als würde er vom Sund hereinwehen. »Dafür ist der alte Leland zu schlau. Er ist seit der Zeit von Ernest Forrest Ernest im Hintergrund einer der Drahtzieher republikanischer Politik in diesem Bundesstaat, und er wird nicht im Traum daran denken, diesem Jungen das Ruder bei Dart & Morris in die Hand zu geben. Warte nur ab. Wenn Leland abtritt, wird er Dick sagen, daß er noch mehr Erfahrung braucht, und ihm einen gewieften alten Hasen vor die Nase setzen, wie er einer ist.«

»Warum sagst du Davey das alles?« fragte Nora.

»Damit er unsere geschätzte Anwaltskanzlei versteht«, sagte Alden.

»Vielleicht hat Lelands Frau ja eigene Pläne, was die Zukunft ihres Sohnes angeht«, sagte Nora.

Alden grinste überschwenglich. »Lelands Frau, nun ja. Ich frage mich, was diese Lady davon hält, daß ihr Sohn herumzieht und dieselben Frauen bezirzt, die ihr Mann vor vierzig Jahren verführt hat. Leland ist mit ihnen ins Bett gegangen, damit sie ihn zu ihrem Rechtsbeistand machen, und Dick raspelt Süßholz, damit es dabei bleibt. Glaubst du, unser lieber Dick klettert zu ihnen ins Bett, so wie einst sein Daddy? Das muß doch ein seltsamer Junge sein, der so etwas tut, meinst du nicht auch?«

Davey sah wortlos auf den Sund hinaus.

»Ich vermute, du gehst davon aus, daß ihm die Frauen dankbar sind«, sagte Nora.

»Vielleicht beim erstenmal«, sagte Alden. »Ich kann mir nicht vorstellen, daß Dick ihnen nennenswerte Gründe gibt, dankbar zu sein.«

»Wer weiß«, sagte Davey und lächelte vielsagend in Richtung Sund.

Alden betrachtete die leeren Teller, als suchte er nach Hummerresten. »Sind wir fertig?«

Davey nickte, und Alden schaute zu Jeffrey auf, der zur Seite glitt und die Tür aufmachte. Nora dankte ihm im Vorübergehen, aber Jeffrey tat so, als hätte er es nicht gehört. Ein paar Minuten später saß Nora in Daveys kleinem roten Audi und hielt ein Glas selbstgemachte Mayonnaise auf dem Schoß, während er von der Mount Avenue in die neuen, weniger eleganten Viertel von Westerholm fuhr.

10

»Bist du böse?« fragte sie. Davey war die ganzen anderthalb Meilen der Churchill Lane gefahren, ohne ein Wort zu sagen.

Das war eine Frage, die sie im Laufe ihrer Ehe schon öfter gestellt hatte, und die Antworten, die sie darauf erhielt, waren zwar nie direkt ausweichend, aber auch nie präzise. Wie bei vielen Männern trugen Daveys Gefühle häufig keine Etiketten.

»Ich weiß nicht«, sagte er, was besser als eine Verneinung war.

»Hat dich überrascht, was dein Vater gesagt hat?«

Er betrachtete sie etwa eine Viertelsekunde mißtrauisch. »Wenn mich jemand überrascht hat, dann du.«

»Warum?«

»Meinem Vater macht es Spaß, seinen Standpunkt übertrieben vorzubringen. Das heißt nicht, daß man ihn attackieren sollte.«

»Du meinst, daß ich ihn attackiert habe?«

»Hast du nicht gesagt, daß er widerlich ist? Daß er alles billig aussehen läßt?«

»Ich habe seine Vorstellungen angegriffen, nicht ihn. Außerdem hat es ihm gefallen. Alden schätzt einen verbalen Schlagabtausch.«

»Der Mann wird fünfundsiebzig. Ich finde, er hat mehr Respekt verdient, besonders von jemandem, der nicht die geringste Ahnung von der Verlagsbranche hat. Ganz zu schweigen von der Tatsache, daß er mein Vater ist.«

Die Ampel an der Post Road wurde grün, und Davey fuhr an und entfernte sich von den Eichen neben der Steinbrücke am Ende der Churchill Lane. Entweder weil ihnen kein Verkehr entgegenkam oder weil er es vergaß, blinkte er nicht an der Kreuzung, wo sie auf die Post Road und damit nach Hause einbogen. Dann wurde ihr klar, daß er nicht blinkte, weil er nicht vorgehabt hatte, in die Post Road einzubiegen.

»Wohin fährst du?«

»Ich möchte mir etwas ansehen«, sagte er. Offenbar wollte er ihr nicht sagen, was es war.

»Es mag dich vielleicht überraschen, aber ich dachte, daß dein Vater mich angegriffen hat.«

»Er hat überhaupt nichts Persönliches gesagt. Du bist diejenige, die persönlich geworden ist.«

Nora erstellte im Geiste eine Liste aller Bemerkungen, bei denen sie sich von Alden angegriffen gefühlt hatte, und entschied sich für die ungefährlichste. »Er spricht immer gern von meinem Alter. Alden war immer der Meinung, daß ich zu alt für dich bin.«

»Er hat gar nichts über dein Alter gesagt.«

»Er sagte, ich wäre die älteste Person am Tisch.«

»Herrgott, Nora, er hat herumgeflachst. Und da hat er dir ein Kompliment gemacht, falls du es nicht bemerkt hast. Tatsächlich hat er dir sogar hundertmal Komplimente gemacht.«

»Er hat mit mir geflirtet, und das hasse ich. Er benutzt es immer, um Leute niederzumachen.«

»Das ist verrückt. Leute seiner Generation machen immer solche gewaltsamen Komplimente. Sie denken, das ist so, als würde man einer Frau einen Blumenstrauß geben.«

»Ich weiß«, sagte Nora. »Aber *das* ist verrückt.«

Davey schüttelte den Kopf. Nora lehnte sich im Sitz zurück und ließ die prunkvollen Häuser an sich vorbeiziehen. Alden hatte in einem recht gehabt: Vor jedem Grundstück stand ein Metallschild mit dem Namen eines Wachdienstes. Viele drohten mit SCHUSSWAFFENGEBRAUCH.

Er bedachte sie mit einem kurzen, stechenden Blick. »Noch etwas. Eigentlich sollte ich es dir nicht sagen müssen, aber offenbar muß ich es doch.«

Sie wartete.

»Was meine Mutter in ihrem Atelier macht, ist ihre Sache. Das geht dich nichts an, Nora.« Noch ein wütender Blick. »Nur für den Fall, daß du nicht mitbekommen hast, was Dad dir sagen wollte. Und zwar ziemlich taktvoll, wie ich betonen möchte.«

Nora atmete verstimmter ein, als sie eigentlich sein wollte, und atmete langsam aus, während sie sich eine Antwort überlegte. »Erstens, Davey, habe ich mich nicht aufgedrängt. Sie hat sich gefreut, mich zu sehen, und ich habe mich in ihrer Gesellschaft wohl gefühlt.« An Daveys Reaktion erkannte sie, daß er das glauben wollte. »Tatsächlich war sie ein völlig anderer Mensch als beim Essen. Sie war glücklich. Sie war komisch.«

»Okay, das ist schön. Aber ich möchte wirklich nicht, daß du sie unglücklicher machst, als sie ohnehin schon ist.«

Nora sah ihn einen Augenblick wortlos an. »Du glaubst nicht, daß sie da oben arbeitet, oder? Und dein Vater auch nicht. Ihr denkt beide, daß sie euch seit Jahren etwas vormacht, und ihr spielt mit, weil ihr sie beschützen wollt oder so was in der Art.«

»Oder so was in der Art.« Seine anfängliche Verbitterung machte seine Stimme schneidend. »Hast du schon mal gehört, daß man keine schlafenden Hunde wecken soll?« Er sah sie mit einem unglücklichen, spöttischen Blick an. »Du glaubst, sie geht da hinauf, um zu arbeiten? Willst du das damit sagen?«

»Ich glaube, sie schreibt *irgendwas*, ja.«

Er stöhnte. »Ich bin sicher, das ist für euch beide ziemlich nett.«

»Möchtest du nicht, daß deine Mutter und ich … vielleicht nicht Freunde werden, aber ein freundschaftlicheres Verhältnis als jetzt haben?«

»Sie hatte nie Freunde.« Davey dachte einen Moment nach. »Ich nehme an, sie war, soweit das eben ging, mit der Tassenträgerin befreundet. Dann ging sie weg, und damit war das Thema erledigt. Ich war am Boden zerstört. Ich hätte nie gedacht, daß sie jemals gehen würde. Wahrscheinlich dachte ich, Helen Day sei meine wirkliche Mutter. Die andere hat auf jeden Fall nicht viel Zeit mit mir verbracht.«

»Ich wünschte, du hättest sehen können, wie sie bei mir war. Irgendwie … unbeschwert.«

»Irgendwie betrunken«, sagte Davey. »Was für eine Überraschung.« Er seufzte so traurig, daß Nora die Arme um ihn legen wollte. »Wofür sie selbstverständlich einen guten Grund hat.«

Alden, dachte Nora, aber Davey hätte nie und nimmer dem großen Verleger die Schuld am Zustand seiner Mutter gegeben. Sie legte den Kopf schief und betrachtete ihn mit einem fragenden Blick.

»Der andere. Der vor mir, der gestorben ist. Das liegt auf der Hand.«

»O ja.« Nora nickte und sah Davey, wie sie ihn schon hundertmal gesehen hatte, wie er im Wohnzimmer unter einer

Lampe von Michaelman's saß, *Reise in die Nacht* in Händen hielt und die Seiten betrachtete, die er immer wieder gelesen hatte, weil er, genau wie die Mörder Leonard Gimmel und Teddy Brunhoven, den Schlüssel für sein eigenes Leben darin entdeckte.

»Du denkst viel darüber nach, richtig?«

»Ich weiß nicht. Schon möglich.« Er vergewisserte sich mit prüfendem Blick, ob sie ihn kritisierte. »Irgendwie... drüber nachdenken, ohne dran zu denken, könnte man sagen.«

Sie nickte, sagte aber nichts. Einen Augenblick schien Davey im Begriff zu sein, mehr zu sagen. Dann machte er den Mund zu, der Ausdruck in seinen Augen veränderte sich, und der Augenblick war vorbei.

Der Audi hielt an einem Stop-Schild vor einer mit Ranken überwucherten Baumgruppe, die den Blick auf das Straßenschild fast versperrte. Dann rollte auf der anderen Seite eine graue Mercedes-Limousine auf die Kreuzung zu, und als Davey den Blinker betätigte, bevor er auf das Gaspedal trat und das Lenkrad nach links riß, brachte der Straßenname eine Glocke in ihrem Kopf zum Läuten. Er war in die Redcoat Road gefahren, und was er sich ansehen wollte, war das Haus, in dem der Wolf Natalie Weils Leben genommen und ihre Leiche hatte verschwinden lassen.

11

Neben Natalie Weils Einfahrt stand ein Metallpfosten mit dem hellblauen Schild eines Alarmanlagenherstellers, dessen Produkte teurer waren als die desjenigen, für den die Chancels sich entschieden hatten. Natalie hatte festgestellt, welche Ähnlichkeiten zwischen den ersten Opfern und ihr selbst existierten, und eine Menge Geld für eine Anlage auf dem neuesten Stand der Technik ausgegeben.

Davey ließ den Wagen stehen und ging am grasbewachsenen Rand der Redcoat Road entlang auf die Einfahrt zu. Nora stieg aus und folgte ihm. Sie bedauerte die Bloody Mary und das Glas

Wein, das sie zum Essen getrunken hatte. Die Augustsonne stach ihr in die Augen. Davey betrachtete Natalie Weils Haus vom Ende der Einfahrt, und seine Hosen berührten beinahe das Schild des Alarmanlagenherstellers.

Das Haus, das weit entfernt von der Straße stand, bot Ausblick über einen Vorgarten im Schatten von Eichen und Ahornbäumen, die zwischen begrünten Erhebungen und Granitfelsen standen. Gelbes Markierungsband der Polizei war zwischen den Bäumen zu sehen und sperrte die Eingangstür ab. Ein schwarzweißer Streifenwagen der Polizei von Westerholm und eine anonyme blaue Limousine parkten vor der Garagentür.

»Gibt es einen Grund, weshalb du hierherkommen wolltest?« fragte sie.

»Ja.« Er sah sie an, dann wieder zu dem Haus zurück. Vor zwanzig Jahren war das Haus in dem eigentümlich blassen Rotbraun der Info-Zentren in Nationalparks gestrichen worden. Ihr eigenes Haus war im selben Braunton gehalten, allerdings blätterte die Farbe da noch nicht ab. Der Schnitt ihres Hauses mit seiner eckigen Fassade und der Fensterreihe unter dem Dach glich ebenfalls dem von Natalie Weil.

Im Schlafzimmer über der Garage beugte sich ein weißes Gesicht über einer dunklen Uniform ans Fenster.

»Dieser Polizist ist in dem Zimmer, wo sie getötet wurde«, sagte Davey. Er ging die Einfahrt hinauf.

Das Gesicht wich vom Fenster zurück. Davey kam zu der Stelle, wo das gelbe Band um einen Ahornbaum am Rand der Einfahrt gebunden war, und ging in gerader Linie weiter zum Haus und der Garage. Er streckte die Hand aus und lehnte sich an den Ahornbaum.

»Warum tust du das?«

»Ich versuche, dir zu helfen.« Der Polizist kam ans Wohnzimmerfenster und sah zu ihnen heraus. Er stemmte die Hände in die Hüften und zog sich wieder vom Fenster zurück.

»Vielleicht ist es verrückt, aber glaubst du, daß du deswegen hierherkommen wolltest, worüber wir im Auto gesprochen haben?«

Er sah sie unsicher an.

»Über den anderen. Den anderen Davey.«

»Hör auf«, sagte er.

Wieder diese Neigung der Chancels, die Geheimnisse der Chancels zu wahren. Der Polizist machte die Eingangstür auf und kam ihnen durch die Schatten auf Natalie Weils Rasen entgegen.

12

Nora war sicher, daß der Grund, weshalb Davey so fasziniert von *Reise in die Nacht* war, einem Roman über ein Kind, das von einem sogenannten Grünen Ritter vom Tod gerettet wurde, in seiner Kindheit verwurzelt lag. Einst hatte es einen anderen David Chancel gegeben, den ersten Sohn von Alden und Daisy. Der Säugling Davey war urplötzlich in der Wiege gestorben. Er war weder krank, schwach, noch in irgendeiner Form gefährdet gewesen. Er war ganz einfach plötzlich tot. Lincoln Chancel hatte sie gerettet, indem er eine Adoption vorgeschlagen, möglicherweise sogar angeordnet hatte. Lincolns Beharren auf einen Enkel war ein entscheidendes Element der Legende, die Davey Nora erzählt hatte. Ein Baby, das zur Adoption freigegeben worden war, hatten sie in New Hampshire gefunden und anstelle des toten Jungen großgezogen.

Davey hatte die Babysachen des toten Davey getragen, in seiner Wiege geschlafen, auf sein Lätzchen gesabbert, seine Rassel in den Mund genommen und aus seinem Fläschchen getrunken. Als er alt genug war, hatte er mit den Spielsachen gespielt, die für das Geisterbaby gekauft worden waren. Als hätte Lincoln Chancel vorhergesehen, daß er den vierten Geburtstag des Jungen nicht mehr erleben würde, hatte er Bauklötze, Bälle, Plüschtiere, Schaukelpferde, elektrische Eisenbahnen, Baseballhandschuhe, Fahrräder in verschiedenen Größen, Dutzende Brettspiele und vieles andere gekauft; an den entsprechenden Geburtstagen waren diese Geschenke aus ihren mit der Aufschrift DAVEY versehenen Schachteln und Kisten genommen und feierlich überreicht worden. Im Lauf der Zeit hatte Davey begriffen, daß es Geschenke eines toten Großvaters für einen toten Enkel waren.

Seit jener Nacht, als der betrunkene Davey im Wohnzimmer herumgetorkelt war und seine Geschichte deklamiert hatte, sah Nora ihn in einer Weise, die nur anfangs überraschend oder beunruhigend gewesen war. Er hatte sich stets eingebildet, daß er unter peinlichster Beobachtung durch ein Schatten-Ich stand – daß der rechtmäßige David Chancel ihn rief, um erkannt oder gerettet zu werden.

13

Der Detective umrundete einen delphinfarbenen Steinblock, kam näher und betrachtete Nora mit einer Mischung aus offizieller Reserviertheit und privater Besorgnis. Sie konnte sich nicht erklären, wie sie seinen blauen Anzug und die gemusterte rote Krawatte für eine Polizeiuniform hatte halten können. Er hatte einen schweren, kantigen Schädel, ein desillusioniertes Gesicht und einen dicken braunen Schnurrbart, der sich um die Mundwinkel krümmte. Als er so nahe herangekommen war, daß sie das Grau in dem Tatarenbart erkennen konnte, konnte sie auch sehen, daß seine dunkelbraunen Augen zugleich ernst, verärgert, bittend und tief unten, auf dem Grund, in einer Art und Weise unbeteiligt waren, die, vermutete Nora, ausschließlich Polizisten vorbehalten blieb. Etwas an diesem Mann erinnerte sie an Dan Harwich, was sie mit einem gewissen Maß an teilnahmsvollem Verständnis rechnen ließ. Körperlich wies er keinerlei Ähnlichkeit mit Harwich auf, denn er war vierschrötig und untersetzt mit breiten Schultern und Bauch, mehr Clydesdale als Greyhound.

»Alles in Ordnung?« fragte er, was ihren unbewußten Erwartungen entsprach, und als sie nickte, wandte er sich an Davey und sagte: »Sir, falls Sie nur neugierig sind, rate ich Ihnen, sich mit dieser Lady wieder zu entfernen«, was ihren Erwartungen nicht entsprach.

»Ich wollte Natalies Haus noch einmal sehen«, sagte Davey. »Mein Name ist Davey Chancel, und das ist meine Frau Nora.«

Nora wartete darauf, daß der Detective sagte: *Ich habe Sie für Bruder und Schwester gehalten*, was manche Leute taten. Statt dessen sagte er: »Sind Sie mit der Familie auf der Mount Avenue verwandt? Wie heißt das Haus noch? Poplars?«

»Ich bin ihr Sohn«, sagte Davey.

Der Mann kam näher und streckte eine große Hand aus, die Davey ergriff. »Holly Fenn. Chief of Detectives. Sie kannten Mrs. Weil?«

»Sie hat uns unser Haus verkauft.«

»Und Sie waren schon einmal hier?«

»Natalie hat uns zweimal eingeladen«, sagte Nora, um an dem Gespräch mit Holly Fenn teilzuhaben. Er war ein Mörtelträger, ein Torfstampfer, so durch und durch irisch wie Matt Curlew. Ein Blick auf diesen Burschen, und man wußte, daß er echt war. Er sah sie mit seinem komplizierten Blick an. Sie räusperte sich.

»Fünfmal«, sagte Davey. »Vielleicht sechsmal. Haben Sie ihre Leiche schon gefunden?«

Daveys Charakterzug, die Eigenschaft, die Nora veranlaßt hatte, ihre Meinung über den Mann, den sie heiraten wollte, ein ums andere Mal zu überdenken, war, daß er die Wahrheit dehnte. Davey log nicht im üblichen Sinne, um sich Vorteile zu verschaffen, aber, wie sie schließlich einsah, aus ästhetischen Gründen, um die Realität aufzupolieren.

Davey nickte immer noch, als würde er alle Besuche durchgehen und addieren. Als Nora selbst nachzählte, kam sie auf drei. Einmal auf Drinks, etwa eine Woche, nachdem sie angefangen hatten, nach Häusern zu suchen; das zweite Mal zum Dinner; das dritte Mal, als sie vorbeikamen, um den Schlüssel des Hauses in der Crooked Mile Road abzuholen.

»Was denn nun?« fragte Fenn. »Zweimal oder sechsmal?«

»Sechsmal«, sagte Davey. »Erinnerst du dich nicht, Nora?«

Nora fragte sich, ob Davey Natalie Weil allein besucht hatte, verwarf den Gedanken aber wieder. »Oh, klar«, sagte sie.

»Wann waren Sie zum letztenmal hier, Mr. Chancel?«

»Vor etwa zwei Wochen. Wir haben mexikanisch gegessen und uns Catchen im Fernsehen angesehen – richtig, Nora?«

»Hm.« Damit sie den Detective nicht ansehen mußte, drehte

sie den Kopf zum Haus und stellte fest, daß sie sich doch nicht geirrt hatte. Der uniformierte Polizist, den sie vorhin gesehen hatte, stand am Schlafzimmerfenster und schaute hinaus.

»Sie waren Freunde von Mrs. Weil.«

»Könnte man sagen.«

»Sie scheint nicht viele Freunde gehabt zu haben.«

»Ich glaube, es gefiel ihr, alleine zu sein.«

»Nicht genug. Nichts für ungut.« Fenn steckte die Hände in die Taschen und wich zurück, als bräuchte er Distanz, damit er sie deutlicher sehen konnte. »Mrs. Weil führte penibel Unterlagen, was ihren Job anbetraf, trug alle Termine ein und so weiter, aber mit ihrem Privatleben haben wir nicht soviel Glück. Vielleicht können Sie beide uns helfen.«

»Klar, jederzeit«, sagte Davey.

»Wie?« fragte Nora.

»Was ist in dem Glas?«

Nora sah auf das Glas hinab, das sie ganz vergessen hatte. »Oh!« Sie lachte. »Mayonnaise. Ein Geschenk.«

Davey sah sie ärgerlich an.

»Darf ich daran riechen?«

Nora schraubte verwirrt den Deckel auf und hob das Glas hoch. Fenn beugte sich nach vorne, nahm die Hände aus den Taschen und schnupperte. »Ja, hausgemacht. Ist nicht leicht, Mayonnaise zu machen. Die Zutaten wollen sich immer trennen. Für wen ist die?«

»Für uns«, sagte sie.

Er nahm die Hände von dem Glas. »Ich frage mich, ob Sie in diesem Haus je andere Freunde von Mrs. Weil kennengelernt haben.«

Er sah immer noch Nora an, die den Kopf schüttelte. Nach einem Augenblick, in dem sie versucht war, selbst an dem Glas zu riechen, schraubte sie den Deckel wieder darauf.

»Nein, niemals«, sagte Davey.

»Wissen Sie etwas von einem festen Freund? Jemand, mit dem sie ausging?«

»Darüber wissen wir gar nichts«, sagte Davey.

»Mrs. Chancel? Manchmal erzählen Frauen einer Freundin Dinge, die sie nicht einmal ihrem Ehemann erzählen.«

»Sie hat manchmal über ihren Ex-Mann gesprochen. Norm. Aber er hörte sich nicht nach dem Typ Mann an, der –«

»Mr. Weil hielt sich mit seiner neuen Frau in ihrem Strandhaus in Malibu auf, als Ihre Freundin getötet wurde. Inzwischen ist er Filmproduzent. Wir glauben nicht, daß er etwas damit zu tun hatte.«

Ein Filmproduzent in einem Strandhaus in Malibu, das hörte sich nicht nach dem Mann an, den Natalie beschrieben hatte. Auch Holly Fenns Benehmen entsprach nicht Noras Vorstellungen von einer normalen polizeilichen Ermittlung.

»Ich nehme an, Sie haben keine Ahnung, was Ihrer Freundin zugestoßen sein könnte.« Er sah immer noch Nora an.

»Nora glaubt nicht, daß sie tot ist«, sagte Davey und sog sich eine weitere Ausschmückung aus den Fingern.

Nora sah Davey an, der ihren Blick nicht erwiderte. »Nun denn. Offensichtlich weiß ich es nicht. Jemand ist in das Haus eingedrungen, richtig?« sagte sie.

»Das steht fest. Wahrscheinlich kannte sie den Kerl.« Er drehte sich zum Haus um. »Die Alarmanlage ist ziemlich neu. Ist Ihnen die bei Ihrem letzten Besuch aufgefallen?«

»Nein«, sagte Davey.

Nora betrachtete das Glas in ihren Händen. Sein Inhalt erinnerte sie an eine ekelhafte Körperflüssigkeit.

»Das Schild ist kaum zu übersehen.«

»Sollte man meinen«, sagte Davey.

»Die Anlage wurde vor etwas mehr als zwei Monaten eingebaut.«

Nora schaute von dem Glas auf und stellte fest, daß er ihr in die Augen sah. Sie richtete den Blick ruckartig wieder auf das Haus und hörte sich sagen: »Ist es wirklich erst zwei Wochen her, seit wir zuletzt hier gewesen sind, Davey?«

»Vielleicht etwas mehr.«

Fenn wandte sich ab, und Nora hoffte, er würde sie gehen lassen. Er mußte gewußt haben, daß sie ihm nicht die Wahrheit sagten. »Glauben Sie, Sie könnten mit reinkommen? Normalerweise machen wir so etwas nicht, aber diesmal bin ich auf jede Hilfe angewiesen, die ich bekommen kann.«

»Kein Problem«, sagte Davey.

Der Detective trat zurück und streckte einen Arm zur Eingangstür aus. »Ducken Sie sich einfach unter dem Band durch.« Davey beugte sich nach vorne. Fenn lächelte Nora zu, wobei sich Fältchen um seine Augen bildeten. Er sah aus wie der galante Sheriff einer Grenzstadt in einem modernen Anzug – wie Wyatt Earp. Er hörte sich sogar an wie Wyatt Earp.

»Woher kommen Sie, Chief Fenn?« fragte sie.

»Ich bin ein Junge aus Bridgeport«, sagte er. »Nennen Sie mich Holly, das machen alle anderen auch. Sie müssen da nicht rein, wissen Sie. Es ist ziemlich blutig.«

Nora versuchte, so hartgesotten auszusehen, wie es ihr mit einem Glas Mayonnaise in den Händen möglich war. »Ich war Krankenschwester in Vietnam. Wahrscheinlich habe ich mehr Blut gesehen als Sie.«

»Und Sie retten Kinder in Gefahr«, sagte er.

»Das habe ich in Vietnam mehr oder weniger auch getan«, sagte sie errötend.

Er lächelte erneut und hielt das Band hoch, während Davey, der neben einem überwucherten Hortensienbeet stand, sie stirnrunzelnd ansah.

14

Holly Fenn, der sich als einer von den Männern entpuppte, die aus der Nähe betrachtet größer werden, beanspruchte fast die gesamte Breite der Treppe. Seine Schultern, seine Arme, selbst sein Kopf schienen doppelt so groß wie normal zu sein. Pure Energie spannte die Nähte seiner Anzugjacke und kräuselte sein dunkelbraunes Haar im Nacken. Die Luft in Natalies Haus roch nach Staub, welken Blumen, ungespültem Geschirr, dem Atem und den Ausdünstungen vieler Männer und in die Abfallkörbe geworfenen Zigaretten. Davey stieß einen kurzen Laut des Ekels aus.

»Solche Orte stinken nicht schlecht«, sagte Fenn.

Ein Poster, das ein Fischerdorf mit geweißten Fassaden zeigte, hing an der Wand, wo in ihrem eigenen Haus die Regale mit den

Büchern von Chancel House standen. Im Wohnzimmer drehten sich drei Männer zu ihnen um. Der uniformierte Polizist, den Nora für Holly Fenn gehalten hatte, kam in die Diele. Die beiden anderen trugen identische graue Anzüge, weiße Hemden mit Button-down-Kragen und dunkle Krawatten. Sie hatten schmale, hochmütige Gesichter und standen nebeneinander wie Schachfiguren. Nora nahm den schwachen, fauligen Geruch von altem Blut wahr.

Davey kam die letzte Stufe hinauf. Seine in dem trüben Licht unnatürlich lebhaften dunklen Augen und seine dunklen, markanten Brauen ließen sein Gesicht weiß und unfertig erscheinen.

Fenn machte sie mit Officer Michael LeDonne bekannt sowie mit Mr. Hashim und Mr. Shull, die vom FBI waren. Hashim und Shull waren einander ziemlich unähnlich; Mr. Hashim, der jüngere und kompaktere der beiden, glich im Körperbau mehr einem von Natalies Catchern als Mr. Shull, der größer und heller als sein Partner war. Ihre Haltung und die Gesichter jedoch erzeugten einen Ähnlichkeitseffekt, zusammen mit der beiden eigenen Aura überirdischer Autorität.

»Mr. und Mrs. Chancel waren Freunde der Verstorbenen, und ich habe sie gefragt, ob sie bereit wären, sich einmal umzusehen, ob ihnen etwas auffällt, das uns weiterbringen könnte.«

»Sich einmal umzusehen«, sagte Mr. Shull.

Mr. Hashim sagte: »Sich einmal umzusehen«, und bückte sich, um seine auf Hochglanz polierten schwarzen Schuhe zu betrachten. »Stark.«

»Ich freue mich, daß wir alle einer Meinung sind. Mike, vielleicht könntest du das Glas von Mrs. Chancel halten.«

Officer LeDonne nahm das Glas und hielt es dicht vor sein Gesicht.

»Sind diese Leute kürzlich hier gewesen?« fragte Mr. Shull, der ebenfalls das Glas betrachtete.

»Kürzlich genug«, sagte Fenn. »Schauen Sie sich gründlich um, aber denken Sie daran, nichts anzufassen.«

»Tun Sie so, als wären Sie in einem Museum«, sagte Mr. Shull.

»Genau so«, sagte Mr. Hashim.

Nora ging an ihnen vorbei ins Wohnzimmer. Mr. Shull und Mr. Hashim hatten den Wunsch in ihr geweckt, alles in Reichweite anzufassen. Schlieren von Zigarettenasche verunstalteten den braunen Teppichboden, in das ockergelbe Sofa war ein Loch gebrannt worden. Zeitschriften und ein Stapel Zeitungen bedeckten den gesamten Beistelltisch. Zwei Taschenbücher von Dean Koontz standen auf dem Steinsims über dem Kamin. An den Wänden hingen die metallenen Wetterhähne und das Strandgut, das Natalie weniger gesammelt als vielmehr zusammengetragen hatte. Die FBI-Leute folgten Nora mit ausdruckslosen Augen. Sie sah Mr. Shull finster an. Er blinzelte. Ohne ihren Gesichtsausdruck zu ändern, drehte sich Nora um und studierte das Zimmer. Es schien aufgeladen zu sein mit der Präsenz von Natalie Weil, und zugleich vollkommen frei von ihr. Mr. Shull und Mr. Hashim hatten recht gehabt: Sie standen in einem Museum.

»Hat Natalie in der fraglichen Nacht telefoniert?« fragte Davey.

Fenn sagte: »Nee.«

Während Natalie in die Küche ging, überlegte sie sich, daß sie dieses Haus nicht, ganz entschieden nicht, sehen wollte, schönen Dank auch. Und doch war sie hier, in Natalies Küche. Davey schritt die Küchenschränke ab, schüttelte den Kopf vor der Spüle und blieb vor Fotografien stehen, die an einer Pinnwand aus Kork neben dem Kühlschrank festgesteckt waren. Um Natalies willen zwang Nora sich, alles zu betrachten, was sich ringsum befand, und stellte fast augenblicklich fest, daß einerlei, was sie wollte und nicht wollte, eine Veränderung stattgefunden hatte. Im Wohnzimmer hatte sie eine Binde aus Gewohnheit und Nervosität vor den Augen getragen.

Nachdem diese Binde nun entfernt worden war, erkannte sie Spuren von Natalie Weils Entscheidungen und Vorlieben, wohin sie auch sah. Holztresen wiesen Kratzer auf, wo Natalie das Sauerteigbrot geschnitten hatte, das sie gerne zum Frühstück toastete; Plastikverpackungen von Waldbaum's lagen zusammen mit zusammengeknüllten Zigarettenschachteln im Abfalleimer. Halbvolle Marmeladengläser bedrängten den Toaster. Fleckige Gläser, die vage nach Bier rochen, standen neben der Spüle, wo sich schmutziges Geschirr stapelte, an dem angetrocknete Marmelade, Toastkrümel und Stückchen Roastbeef klebten. Eine

Tüte mit verfaulten Trauben lag auf dem Tresen neben drei stehenden Weinflaschen. Was auch immer Norman Weil und seine neue Frau auf der Terrasse ihres Strandhauses in Malibu tranken, wahrscheinlich war es kein Rotwein Firehouse Golden Mountain Jug zu neun Dollar neunundneunzig der Liter.

In blauen Recyclingtonnen neben der Hintertür lagen leere Wein- und Bierflaschen und eine ausgetrunkene Flasche Stolichnaya Cristall. In einem anderen blauen Eimer befanden sich Stapel von Zeitungen aus New York und Westerholm, zusammen mit einigen Bündeln *Time, Newsweek, Fangoria* und *Wrestlemania*.

»Ich wünschte mir, meine Leute würden einen Tatort so inspizieren wie Sie.«

Nora schaute erschrocken auf und sah Holly Fenn, der an der offenen Flurtür lehnte.

»Was entdeckt?«

»Sie hat Toast und Marmelade zum Frühstück gegessen. Sie war ein bißchen schlampig. Sie lebte billig und hatte nicht den besten Geschmack. Das hätte man ihr nicht angesehen.«

»Noch etwas?«

Nora dachte nach, was sie gesehen hatte. »Sie interessierte sich für Horror-Filme, was mich irgendwie überrascht, aber warum, könnte ich wirklich nicht sagen.«

Fenn schenkte ihr ein knappes Lächeln. »Warten Sie, bis Sie das Schlafzimmer sehen.« Nora wartete darauf, daß er etwas über Mordopfer und Horror-Filme sagte, aber das tat er nicht. »Was noch?«

»Sie hat billigen Wein getrunken, aber ab und zu gönnte sie sich teuren Wodka. Wir haben sie immer nur Bier trinken gesehen.«

Fenn nickte. »Sehen Sie sich weiter um.«

Sie ging zum Kühlschrank und sah das halbe Dutzend Magneten, an die sie sich von vor zwei Jahren erinnerte. Ein lechzender Dracula und ein Frankenstein-Monster mit ausgestreckten Armen hingen am Gefrierfach; eine halb geschälte Banane, ein Hippie mit Großmutterbrille, Hosen mit weitem Schlag und einem Joint im Mund, der halb so groß war wie er selbst, ein länglicher Löffel mit einem Berg weißen Pulvers darauf, sowie ein Miniatur-Hulk-Hogan schmückten die Tür darunter.

Holly Fenn zwinkerte ihr von der Tür her zu. »Die sind schon seit Jahren hier«, sagte sie.

»Echt schräg«, sagte Fenn. »Ihr Mann sagt, Sie glauben nicht, daß Mrs. Weil tot ist.«

»Ich hoffe, daß sie es nicht ist.« Nora ging ungeduldig zu dem mit Fotos überladenen Korkbrett. Sie spürte, daß sie immer noch rot im Gesicht war, und wünschte, der Detective ließe sie in Ruhe.

»Glauben Sie, daß Natalie Weil Drogen genommen haben könnte?«

»Na klar«, sagte Nora und drehte sich zu ihm um. »Davey und ich sind andauernd hergekommen, um Koks zu schnupfen. Danach haben wir ein paar Joints geraucht, während wir unsere Lieblingscatcher bejubelt haben. Wir wußten, daß wir ungestraft davonkommen würden, weil es die Polizei von Westerholm nicht mal schafft, die Kinder zu fangen, die unsere Briefkästen kaputtschlagen.«

Erst als er zurückwich, merkte sie, daß sie ein paar Schritte auf ihn zugegangen war.

Fenn hielt die Hände hoch, Handflächen nach außen. Sie sahen wie Baseballhandschuhe aus. »Haben Sie Probleme mit Ihrem Briefkasten?«

Sie wandte sich von ihm ab und stellte sich vor die Fotografien. Natalie Weils Gesicht, manchmal allein, manchmal nicht, grinste sie an. Sie hatte mit ihrem Haar herumexperimentiert, hatte es bis auf die Schultern wachsen lassen, abgeschnitten, Strähnchen hineingemacht, es wasserstoffblond gefärbt. Eine langhaarige Natalie saß inmitten einer Gruppe von grinsenden, weißhaarigen Ex-Lehrern und Verkäufern in kurzen Hosen und T-Shirts lächelnd in einem Liegestuhl an der Reling eines Kreuzfahrtschiffs.

Schöne Drogensüchtige, dachte Nora. Sie wandte sich einer Reihe von Fotografien zu, manche durch große Lücken voneinander getrennt, die Natalie in einem apricotfarbenen Badeanzug zeigten. Die waren im Schlafzimmer aufgenommen worden, und Natalie lag mit den Händen hinter dem Kopf auf dem Bett. Sie spürte unbehaglich Holly Fenns Präsenz im Türrahmen hinter ihr, als ihr klar wurde, was Natalie da trug. Es handelte sich um die Art von Unterwäsche, die Frauen niemals für sich selbst kaufen und die sie nur in einem Schlafzimmer tragen konnten. Nora wußte nicht einmal, wie man dazu sagte. Natalie umfing ihre Brüste, drückte die Taille zusammen und reckte die Hüften hoch. Mit der verschwenderischen Menge von Strapsen und Knöpfen sah sie aus wie das Weihnachtsgeschenk eines Lüstlings. Nora sah sich das Funkeln eines Armbands hinter Natalies Rücken genauer an und stellte fest, daß sie die unverkennbar stählerne Krümmung von Handschellen vor sich hatte.

Sie unterdrückte ihr Mißfallen und ging einen Schritt auf Holly Fenn zu. »Wahrscheinlich macht das auf Sie einen höchst dekadenten Eindruck«, sagte er.

»Was für einen Eindruck macht es auf Sie?«

»Harmlose Vergnügungen und Spielchen.« Er trat beiseite, und sie trat in den Flur.

»Harmlos?«

Nora drehte sich zum Schlafzimmer um und überlegte sich, daß die Chancels möglicherweise recht hatten und Geheimnisse geheim bleiben sollten. Mord zog dich nackt aus und setzte dich unbarmherziger Beurteilung aus. Was man vermeintlich nur mit einem anderen Menschen teilte, wurde ... Sie blieb stehen.

»Ist Ihnen etwas eingefallen?«

Sie drehte sich um. »Ein Mann hat diese Bilder gemacht.«

»Irgendwie eine Verschwendung, wenn ihre Schwester sie gemacht hätte.«

»Aber es sind keine Bilder von ihm da.«

»Das stimmt.«

»Glauben Sie, es waren mal welche da?«

»Meinen Sie, ob er manchmal auf dem Bett gelegen und sie die Kamera gehalten hat? Ich könnte mir denken, daß so etwas passiert ist, klar. Ich hab ein Bild von dir gemacht, jetzt mach du eins von mir. Was ist mit den Bildern des Mannes passiert?«

»Oh«, sagte sie und dachte an die breiten Lücken an diesem Teil der Pinnwand.

»Ah. Ich liebe diese kurzen Augenblicke der Erleuchtung.«

Nach diesem kurzen Augenblick der Erleuchtung wurde ihr übel.

»Mich würde interessieren, was Sie über ihre Männerbekanntschaften wissen.«

»Ich wünschte, ich wüßte etwas.«

»Wahrscheinlich haben Sie die Bilder bei Ihrem letzten Besuch nicht bemerkt.«

»Da war ich nicht in der Küche.«

»Und davor?«

»Ich kann mich nicht erinnern, ob ich in der Küche war. Wenn ja, hab ich diese Bilder auf jeden Fall nicht gesehen.«

»Jetzt kommt der Augenblick, wo ich diese Frage stellen muß«, sagte Fenn. »Haben Sie und Ihr Mann jemals bei den Spielchen Ihrer Freundin mitgemacht? Wenn Sie ja sagen, werde ich es Slim und Slam da drinnen nicht verraten. Haben Sie Bilder zu Hause, auf denen Mrs. Weil zu sehen ist?«

»Nein. Natürlich nicht.«

»Ihr Mann sieht ziemlich gut aus. Er ist etwas jünger als Sie, richtig?«

»Tatsächlich«, sagte sie, »wurden wir am selben Tag geboren. Nur in verschiedenen Jahrzehnten.«

Er grinste. »Sie wissen wahrscheinlich, wo das Schlafzimmer ist.«

15

Durch die offene Tür sah Nora einen ansteigenden Bogen brauner Flecken, die auf die elfenbeinfarbene Wand gespritzt waren. Das Bett unter den Spritzern sah aus, als wäre rostrote Farbe über die Laken geschüttet worden.

Fenn meldete sich hinter ihr zu Wort. »Sie müssen da nicht reingehen, wenn Sie nicht wollen. Vielleicht wollen Sie aber noch mal die Möglichkeit überdenken, daß sie nicht tot ist.«

»Vielleicht ist es nicht ihr Blut«, sagte sie und war sauer auf Davey, der schuld war, daß sie so was sagen mußte.

»Oh?«

Sie zwang sich, das Zimmer zu betreten. Trockenes Blut bedeckte das Bett, Streifen und Tropfen von Blut besudelten den

Teppichboden daneben. Laken und Kissen waren zerschnitten. Steife Baumwollfetzen waren über steifen Schaumstoffchips zurückgeschlagen, die aussahen wie die Eingeweide kleiner Tiere. Alles sah schäbig und traurig aus. Die Traurigkeit kam nicht überraschend, aber das Gefühl der Erbärmlichkeit rührte ihr Herz.

Davey hockte zusammengesunken in der gegenüberliegenden Ecke neben Officer LeDonne, schaute zu ihr auf und schüttelte den Kopf.

Sie drehte sich zu Fenn um, der die Brauen hochzog. »Haben Sie eine Kamera gefunden? Besaß Natalie eine Kamera?«

»Wir haben keine gefunden, aber Slim und Slam sagen, daß alle Bilder mit derselben Kamera aufgenommen wurden. Einer dieser kleinen Dr. h. D.-Apparate.«

»Dr. h. D.?«

»Drück hier, Dummkopf. Autofokus. Eine kleine Olympus oder Canon. Mit Zoom.«

Mit anderen Worten, Natalies Kamera war genau wie ihre, ganz zu schweigen von den meisten anderen Kameras in Westerholm. In dem Schlafzimmer herrschte eine erstickende, heiße, deprimierende Atmosphäre. Ein Irrer, der Frauen gern wie Sexspielzeuge anzog, hatte seine Phantasien zum logischen Ende geführt und Natalie Weils Bett als Operationstisch benützt. Nora fragte sich, ob er sich im selben Zeitraum mit allen fünf Frauen getroffen hatte.

Sie war froh, daß sie kein Cop war. Man mußte über zu vieles nachdenken, und die Hälfte davon ergab keinen Sinn. Aber das Schlimmste daran, hier zu sein, war *hier* zu sein.

Sie mußte etwas sagen. Aus ihrem Mund kam folgendes: »Wurden auch in den anderen Häusern Bilder gefunden? Wie die in der Küche?« Sie hörte die verneinende Antwort des Detective kaum; sie hatte ihre eigene Frage kaum gehört. Irgendwie war sie über mehrere Meter unbesudelten braunen Teppichboden gegangen und stand vor vier langen Bücherregalen. Davey hockte einen Schritt neben ihr und sah sie an wie ein Tier in einem Käfig. Nora flüchtete sich in die Sicherheit der Buchtitel, fand aber keine Sicherheit dort. Im Wohnzimmer hatte Fenn etwas über Natalies Vorliebe für Horror-Romane gesagt, und hier hatte sie den Beweis, alphabetisch nach Autorennamen geordnet. Die Bücher trugen Titel wie *Die Ratten* und *Ich bin die Dunkelheit* und *Silver Skull*. Da standen *Blutdurstig* und *Das Höllenhaus*, *Die Bücher des Blutes* und *The Brains Of Rats*. Natalie besaß mehr Romane von Dean Koontz, als Nora für möglich gehalten hätte, und sie besaß jeden Roman von Stephen King, von *Carrie* bis *Dolores Claiborne*, alles von Anne Rice, Clive Barker und Whitley Strieber.

Nora schritt wie in Trance an den Regalen entlang. Hier sah sie eine Natalie Weil, die sich mit Geschichten von Vampiren, Verstümmelung, Monstern mit Tentakeln und Mundgeruch, Kannibalismus, Psychokillern und entwürdigendem Tod amüsierte, der willkürlich zuschlug. Diese Person wollte Angst, aber eine gruselige, sichere Angst. Sie war wie einer dieser Achterbahnfreaks gewesen, für die zahme Jahrmarktsfahrten auf dem Lande genauso gut waren wie die Achterbahnen, die einen herumwirbelten und so schnell in die Tiefe sausen ließen, daß einem die Augen rot wurden. Es war alles nur eine Karussellfahrt.

Auf dem untersten Regal fielen ihr die Namen Marletta Teatime und Clyde Morning über einer mürrisch dreinschauenden Krähe auf, dem Emblem von Blackbird Books, der kleinen Horror-Reihe von Chancel House, die demnächst eingestellt werden sollte. Alden hatte sich konstanten, automatischen Profit von diesen Autoren versprochen, aber sie hatten sich nicht durchsetzen können. Die Bücher mit den schreienden Umschlägen voll von abgehackten Köpfen und verstümmelten Puppen waren innerhalb weniger Tage nach der Veröffentlichung von den Grossisten retourniert worden. Davey hatte sich dafür ausgesprochen, die Reihe beizubehalten, die schon deshalb in jedem Halbjahresprogramm einen kleinen Gewinn abwarfen, weil Teatime und Morning nie mehr als zweitausend Dollar pro Buch bekamen. (Davey gab manchmal frivolerweise zu verstehen, daß sie beide ein und dieselbe Person wären.) Alden ließ Daveys Argument nicht gelten, daß er den Büchern mit seiner Weigerung, Werbung oder Öffentlichkeitsarbeit dafür zu machen, keine Chance gegeben hätte; das Schöne am Horror sei, daß er sich wie von selbst verkaufte. Davey behauptete, sein Vater würde die

Bücher wie Waisenkinder behandeln, worauf Alden antwortete, verdammt richtig, und sie müßten alleine zurechtkommen, genau wie Waisenkinder.

»Mrs. Chancel?« sagte Holly Fenn.

Ein weiterer Titel fiel ihr auf dem untersten Regal ins Auge. *Reise in die Nacht* ragte in einem schiefen Winkel zwischen zwei Folianten von Stephen King hervor, als hätte Natalie es hastig irgendwo reingequetscht, bevor sie zur Tür gegangen war.

»Mr. Chancel?«

Sie sah unter D nach, aber Natalie besaß keine anderen Romane von Driver.

»Tut mir leid, daß ich Ihnen keine große Hilfe war.« Daveys Stimme hörte sich an, als spräche er vom Grund eines Brunnens.

»Einen Versuch war es wert.« Fenn gab die Tür frei.

Davey warf Nora einen weiteren bekümmerten Blick zu und ging zur Tür. Nora folgte ihm, LeDonne bildete das Schlußlicht. Die vier gingen im Gänsemarsch ins Wohnzimmer, wo sich Slim und Slam nach vorne beugten und automatisch jede Spur von Individualität abstreiften. Davey sagte: »Entschuldigen Sie, ich muß noch mal zurück.«

Fenn drückte seine Leibesfülle an die Wand, um Davey vorbeizulassen. Nora und die beiden Polizisten sahen ihm nach, wie er den Flur hinabging und ins Schlafzimmer bog. LeDonne warf Fenn einen fragenden Blick zu, aber der schüttelte den Kopf. Nach ein paar Sekunden kam Davey entnervter denn je heraus.

»Haben Sie was vergessen?« fragte Fenn.

»Ich dachte, ich hätte etwas gesehen – könnte aber nicht mal sagen, was es war. Aber –« Er spreizte die Hände und schüttelte den Kopf.

»So was kommt vor«, sagte Fenn. »Falls es Ihnen wieder einfällt, zögern Sie nicht, mich anzurufen.«

Als sie sich umdrehten, um die Treppe hinunterzugehen, traten die beiden FBI-Männer beiseite und wandten den Blick ab.

16

»Was dachtest du, hättest du gesehen?«

»Nichts.«

»Du bist noch mal ins Schlafzimmer gegangen. Du hattest irgendwas vor. Was?«

»Nichts.« Er sah sie von der Seite an und war blaß vor Erschütterung. »Es war eine dumme Idee. Ich hätte einfach nach Hause fahren sollen.«

»Und warum hast du's nicht getan?«

»Ich wollte das Haus sehen.« Pause. »Und ich wollte, daß du es siehst.«

»Warum?«

Er ließ sich Zeit mit seiner Antwort. »Ich dachte mir, wenn du es dir ansiehst, hättest du keine Alpträume mehr.«

»Ziemlich komischer Gedanke«, sagte Nora.

»Okay, es war eine Scheißidee.« Seine Stimme wurde lauter. »Es war die dümmste Idee der Weltgeschichte. Tatsächlich war jede Idee, die ich in meinem Leben hatte, einfach schrecklich. Sind wir uns jetzt einig? Gut. Dann können wir die Sache ja vergessen.«

»Davey?«

»Was?«

»Erinnerst du dich, als ich dich gefragt habe, ob du sauer bist?«

»Nein.« Er zögerte, dann seufzte er wieder, und sein Blick kündigte ein Geständnis an. »Warum sollte ich sauer sein?«

Nora atmete tief durch. »Was dein Vater über Hugo Driver gesagt hat, muß überraschend für dich gewesen sein.«

Er sah sie an, als versuche er, sich an Aldens Worte zu erinnern. »Er hat gesagt, daß Driver ein großer Schriftsteller war.«

»Du hast gesagt, daß er ein großer Schriftsteller war.« Nach einem Augenblick des Schweigens sagte sie: »Ich meine seine Einstellung.«

»Ja«, sagte Davey. »Du hast recht. Das war eine Überraschung. Ich schätze, er wollte mich aufrütteln.«

Für Nora waren die folgenden Sekunden von einer hoffnungsvollen Spannung erfüllt.

»Mir geht etwas durch den Kopf, ich denke, ich war durcheinander... Ich will mich nicht streiten, Nora.«

»Also bist du nicht mehr wütend auf mich.«

»Ich war nicht wütend auf dich. Ich bin nur verwirrt.«

Zwei Stunden bei seinen Eltern hatten ihn wieder in Pippin Little verwandelt. Falls er einen Grünen Ritter benötigte, meldete sie sich auf der Stelle freiwillig. Sie wollte einen Job und hatte einen direkt hier neben sich. Sie konnte David helfen, ein erfolgreicher erwachsener Mensch zu werden. Sie würde ihm helfen, bei Chancel House die Position zu bekommen, die er verdiente. Ihre anderen Pläne, Freundschaft mit Daisy zu schließen und der Umzug nach New York, waren lediglich Bestandteile dieser größeren, wahreren Aufgabe. *Fang an*, befahl sie sich. *Sofort.*

»Davey«, sagte sie, »was würdest du bei Chancel House gerne machen?«

Wieder schien er sich zum Nachdenken zwingen zu müssen. »Lektoratsarbeit.«

»Dann solltest du das auch machen.«

»Ja, schon, aber du kennst doch Dad...« Er sah sie resigniert an.

»Du bist nicht wie dieser widerliche Kerl, der alte Damen zum Essen einlädt, du bist nicht Dick Dart. Welchen Job möchtest du am liebsten?«

Er biß sich auf die Innenseite der Wange, ehe er verkündete, was sie ohnehin schon wußte. »Ich würde gerne Blackbird Books betreuen. Ich glaube, ich könnte etwas Gutes aus Blackbird machen, aber Dad stellt die Reihe ein.«

»Nicht, wenn du ihn überzeugst, sie zu behalten.«

»Wie kann ich das?«

»Das weiß ich nicht genau. Aber du mußt ihm auf jeden Fall einen Plan vorlegen.« Sie dachte einen Augenblick nach. »Beschaff dir alle Zahlen über Blackbird Books. Zeig ihm Umsatzerwartungen, zeig ihm Diagramme. Mach ihm eine Liste aller Autoren, die du gern unter Vertrag nehmen möchtest. Laß eine Präsentation ausdrucken. Sag ihm, daß deine andere Arbeit nicht darunter leiden wird.«

Er drehte den Kopf und sah sie staunend an.

»Ich helfe dir. Wir stellen etwas zusammen, das er gar nicht ablehnen kann.«

Er sah weg, sah wieder her und holte tief Luft. »Na gut. Versuchen wir's.«

»Blackbird Books, wir kommen«, sagte sie und erinnerte sich an die Reihe Bücher von Clyde Morning und Marletta Teatime in Natalies Schlafzimmer. Im Gegensatz zu Natalies sonstigen Büchern waren sie nicht alphabetisch eingeordnet gewesen, sondern standen abseits, ganz unten im Regal.

»Weißt du, es könnte klappen«, sagte er.

Nora fragte sich, ob die Tatsache, daß die Bücher beisammen standen, zu bedeuten hatte, daß sie deutlich besser oder deutlich schlechter als die anderen Horror-Romane waren. Möglicherweise war das Entscheidende an ihnen, daß sie von Blackbird veröffentlicht wurden – Chancel House.

»Ich hab mir mal überlegt, daß wir eine Reihe mit Klassikern machen könnten, deren Copyright abgelaufen ist.«

»Gute Idee«, sagte Nora. Zurückblickend wurde ihr klar, daß die Blackbird-Bücher in Natalies Regal alle neu und makellos ausgesehen hatten, als wären sie gleichzeitig gekauft und nie gelesen worden.

»Wenn es uns gelingt, eine seriöse Präsentation zusammenzustellen, wird er uns zuhören müssen ...«

»Davey ...« Ein Gefühl der Hoffnung und Vorfreude erfüllte sie, und die Frage kam ihr über die Lippen, bevor sie es verhindern konnte. »Denkst du jemals daran, aus Westerholm wegzuziehen?«

Er hob das Kinn. »Um die Wahrheit zu sagen, ich denke fast jeden Tag daran, aus diesem Loch zu verschwinden. Aber ich weiß, wieviel es dir bedeutet, hier zu leben.«

Ihr Gelächter erstaunte ihn.

ZWEITES BUCH

PADDYS SCHWANZ

Als erstes sah Pippin die Spitze eines dünnen Schwanzes, nicht breiter als vier zusammengebundene Roßhaare, aber auf der Suche nach dem Tier folgte er dem Schwanz um Felsen herum, durch hohes Gras, in großen Kreisen, Anhöhen in dem Gras hinauf und wieder hinunter, und als er schließlich das Ende des langen, langen Schwanzes erreicht hatte, fand er an seinem Ende eine winzige Maus. Die Maus schien tot zu sein.

17

Obwohl Davey launisch und zerstreut wirkte, gehörten die folgenden fünf Tage zu den glücklichsten, an die Nora sich erinnern konnte. Eine andere unbeschwerte Zeit – mehrere Wochen in Vietnam, ihrer Erinnerung nach der glücklichste Abschnitt ihres Lebens – hatte sie erlebt, als sie zu beschäftigt gewesen war, um an etwas anderes als ihre Arbeit zu denken. Rückblickend hatte sie zu sich gesagt: *Das also war das Glück*.

Der erste Monat im Lazarett hatte sie so von Grund auf erschüttert, daß sie am Ende nicht mehr sagen konnte, was sie brauchte, um durchzuhalten. Pot, okay. Alkohol, na klar. Emotionale Schwielen, noch besser. Bei einer Anzahl von zwanzig bis dreißig Operationen täglich hatte sie alles über Wundtoilette und Spülung – abgestorbene Haut entfernen und Wunden säubern, um Infektionen zu verhindern –, Würmer im Brustkorb, Amputationen und Pseudomonas gelernt. Pseudomonas, eine Bakterieninfektion, die Opfer von Verbrennungen mit grünlichem Schleim überzog, haßte sie besonders. Im Verlauf dieses Monats hatte sie fast alles über Bord geworfen, was man ihr in der Schwesternschule beigebracht hatte, und gelernt, bei hastigen Notoperationen zu assistieren, Blutgefäße abzuklemmen und dort zu schneiden, wo der Neurochirurg es ihr befahl. Nachts hinterließen ihre Stiefel blutige Abdrücke auf dem Boden. Sie befand sich in einer Fleischfabrik, nicht in einem Hospital. Die alte, idealistische Nora Curlew wurde ohne viel Aufhebens abgeschält wie eine Schicht abgetragener Kleidungsstücke, und die neue sah sie lediglich als seelenlosen Automaten.

Dann geschah vorübergehend ein Wunder. Während viele Patienten im Verlauf oder nach der Operation starben, die Verwundeten weiter auf ihren Pritschen schrien und Nora immerzu erschöpft war, aber nicht *so* erschöpft, wurden die Verwundeten zu Individuen. Für diese Menschen tat sie schnelle, präzise, notwendige Dinge, die ihnen oft das Leben retteten. Mitunter hielt sie den Kopf eines sterbenden jungen Mannes und spürte, wie Splitter ihres eigenen Wesens auf ihn übergingen, ihm Linderung verschafften und ihn stabilisierten. Sie hatte eine scharf gebündelte Konzentration aus dem Chaos rings um sie herum gewonnen, und jede Operation wurde zu einem Drama, in dem sie und der Chirurg notwendige, innovative Handlungen ausführten, die die Unordnung vertrieben oder zumindest im Zaum hielten. Manche dieser Taten waren elegant; manchmal war das gesamte Drama von einer rigorosen, erschütternden Eleganz. Sie lernte die Unterschiede zwischen den Chirurgen, von denen einige wie Holzfäller waren, andere wie Konzertpianisten, und genoß die Komplimente, die sie ihr machten. Nachts, wenn sie vor Erschöpfung nicht einschlafen konnte, rauchte sie Montagnard-Gras mit den anderen und spielte mit, was immer an dem Tag gespielt wurde – Karten, Volleyball, Beleidigungen.

Am Ende ihrer fünften Woche in Vietnam war ein Neurochirurg namens Chris Cross versetzt worden und ein neuer Chirurg namens Daniel Harwich an seine Stelle getreten. Cross, ein fröhlicher blonder Athlet mit einem Arsenal von mehreren tausend geschmacklosen Witzen und einem unstillbaren Bierdurst, war ein Chirurg der Marke Holzfäller gewesen, aber ein großartiger Holzfäller. Er arbeitete sportlich, mit Anfällen erstaunlicher Anmut, und Nora war zu dem Ergebnis gekommen, daß sie alles in allem wahrscheinlich keinen besseren Chirurgen zu sehen bekommen würde. Die gesamte Einheit bedauerte seine Versetzung, und als sich sein Nachfolger als schlaksige Bohnenstange mit fusseligen Haaren, Brillengläsern wie Colaflaschen und ohne eine sichtbare Spur von Humor entpuppte, bildeten sie eine Wagenburg um das Andenken an Captain Cross herum und schlossen den Eindringling höflich aus. Eine zähe kleine Schwester namens Rita Glow sagte, sie würde mit dem Clown arbeiten, hol's der Teufel, es wäre sowieso alles Jacke wie Hose, und während Nora ihre Ausbildung im Wundersamen unter den beiden anderen Chirurgen der Einheit fortsetzte, einer ein Hauruck-Holzfäller, der andere ein Pianist, der ein paar Hauruck-Techniken von Chris Cross gelernt hatte, stellte sie fest, daß der schlaksige Dan Harwich nicht nur wie alle anderen seine Zwölf-Stunden-Schicht absolvierte, sondern mehr Patienten mit weniger Theater behandelte und obendrein weniger lamentierte als die anderen.

Eines Tages sagte Rita Glow zu ihr, sie müßte diesem Mann einmal bei der Arbeit zusehen, er wäre rechtschaffen, er wäre ein verdammter *Steptänzer* da drinnen, und am nächsten Morgen änderte sie den Dienstplan, damit Nora Harwich am Tisch gegenüberstand. Zwischen ihnen lag ein gelähmter junger Soldat, dessen Rücken wie Hackfleisch aussah. Harwich sagte ihr, daß sie ihm helfen müßte, während er Granatsplitter aus den Rückenwirbeln des Jungen schnitt. Er war Holzhacker und Pianist in einem, seine Hände erstaunlich flink und sicher. Nach drei Stunden verschloß er den Rücken des Jungen mit den schnellsten, saubersten Stichen, die sie je gesehen hatte, sah Nora an und sagte: »Und jetzt, wo ich warm geworden bin, machen wir was richtig Schwieriges, okay?«

Nach drei Wochen schlief sie mit Harwich, und nach vier hatte sie sich in ihn verliebt. Dann taten sich die Himmel auf. Zerschundene, verstümmelte Soldaten überfluteten den OP, und sie arbeiteten achtundsiebzig Stunden am Stück. Sie und Harwich krochen mit dem Blut anderer Menschen besudelt ins Bett, machten Sex, schliefen eine Sekunde, standen auf und fingen wieder von vorne an. Sie wurden mitten in Operationen und mitten in der Nacht bombardiert, was mitunter beides zusammenfiel, und als die Klarheit der Anfangsperiode zerfaserte, brannten sich Einzelheiten individueller Soldaten in ihren Verstand ein. Geistig längst nicht mehr auf dem Damm, verdrängte sie Grauen und Panik und verschloß sie in einem Schrank in ihrem Inneren.

Nach drei Monaten wurde sie von zwei strohdummen Frontschweinen vergewaltigt, die sie erwischten, als sie Pause machte und ins Freie ging. Einer schlug ihr seitlich an den Kopf, stieß sie um und warf sich auf sie. Der andere kniete auf ihren Armen. Zuerst dachte sie, sie hätten sie mit einer Vietkong verwechselt, doch wurde ihr fast im selben Moment klar, daß sie sie lediglich mit einer lebenden Frau verwechselt hatten. Die Vergewaltigung bestand aus einer hastigen Abfolge von Stößen und Schlägen und riesigen, stinkenden Händen auf ihrem Mund; die Luft wurde ihr aus den Lungen gepreßt, während sich grunzende Tiere an ihren intimsten Stellen zu schaffen machten. Nora wurde durch den Boden der Welt gerammt. Im durchaus wörtlichen Sinne. Die Säule der Welt reichte vom Boden bis in die Wolken, und nun war sie zusammen mit dem Rest der Scheiße durch den Boden gerammt worden. Dämonen beugten sich schnatternd aus der Dunkelheit.

Der zweite Soldat rollte von ihr herunter, der erste Soldat ließ ihre Arme los, dann rannten sie weg. Sie hörte ihre Schritte und merkte, daß sie sich auf der anderen Seite befand, bei den stammelnden Dämonen; dann fing sie die Dämonen mit den Händen ihrer Seele ein und stopfte sie in einen inneren Behälter, der gerade groß genug war, sie zu fassen.

Nora erzählte Harwich erst Stunden später, was geschehen war, als sie an sich hinunterschaute, das Blut sah, das ihre Kleidung tränkte, es für ihr eigenes hielt und das Bewußtsein verlor. Ein grimmiger Harwich akzeptierte ihre Weigerung, den Vorfall zu melden, folgte ihr aber während einer Pause aus dem OP und gab ihr die Pistole eines gefallenen Offiziers. Die behielt sie bis zum Morgen ihres letzten Tages in Vietnam immer in Reichweite, und dann ließ sie sie in die Schwesternlatrine fallen. Auch nachdem Dan Harwich Vietnam verlassen und geschworen hatte, daß er schreiben würde (was er tat) und sie eine gemeinsame Zukunft hätten (was nicht zutraf), dachte sie an die Waffe unter dem Kopfkissen, um Alpträume über den Zwischenfall abzuwehren, bis sie fast glauben konnte, sie hätte ihn vergessen. Jahre nach Vietnam schien es tatsächlich so zu sein, als hätte sie ihn vergessen – bis sie in Westerholm, Connecticut, einen Zustand provisorischen Glücks erreicht hatte. In Westerholm mußten die gewöhnlichen, schrecklichen Alpträume von toten und sterbenden Soldaten anderen, schlimmeren Alpträumen weichen – in denen sie durch das Loch auf dem Boden der Welt gestoßen wurde.

Lange danach erinnerte Nora sich manchmal an die ausgelassene Zeit, bevor der Krieg über sie hereingebrochen war, und dachte: *Das Glück stellt sich ein, wenn man anderswo hinschaut, es ist ein an sich unbedeutendes Nebenprodukt.*

18

In dieser Woche beschäftigten sich Nora und Davey jeden Abend mit Blackbird Books, spielten mit den Zahlen und versuchten, eine Präsentation auszuarbeiten, die Alden überzeugen würde. Davey blieb launisch und geistesabwesend, schien aber dankbar für Noras Hilfe zu sein. Um zu sehen, wie die Blackbird Books waren, las Nora *Das wartende Grab* von Marletta Teatime und *Blutsbande* von Clyde Morning. Davey hörte sich bei Agenten um; er und Nora stellten eine Liste mit Autoren zusammen, die bereit sein konnten, ihre Bücher in den wiederbelebten Blackbird Books erscheinen zu lassen. Sie stellten fest, daß der größte Vorteil von Blackbird Books die Zugehörigkeit zu Chancel House war, daß Chancel House aber noch weniger für die Reihe getan hatte, als Davey angenommen hatte.

1977, im ersten Jahr, hatte Blackbird Books zwölf Taschenbuchoriginalausgaben von damals unbekannten Autoren veröffentlicht. 1979 hatte die Hälfte der ursprünglich zehn Autoren auf der Suche nach mehr Werbung, höheren Tantiemen und einem besseren Lektorat Kontakte mit anderen Verlagen geknüpft. Damals hatte ein Lektor namens Merle Marvell die Reihe betreut. Marvells Sekretärin, die darüber hinaus noch für zwei weitere Lektoren arbeitete, hatte die Bücher von Blackbird für fünfzehn Dollar pro Buch korrekturgelesen. (Alden wollte kein Geld für einen professionellen Korrektor verschwenden.) Blackbird weigerte sich halsstarrig, einen Profit abzuwerfen, und 1981 waren alle ursprünglichen Autoren zu anderen Verlagen abgewandert, zurück blieben nur Teatime und Morning, die ihre ersten Bücher veröffentlicht hatten. Merle Marvell wurde zum Cheflektor befördert und kaufte einen Erstlingsroman, der einen bedeutenden Preis gewann, und einen weiteren, der es auf die Bestsellerliste schaffte, aber danach hatte er keine Zeit mehr für Blackbird. Seither schickten die letzten beiden Stützen von Blackbird Books regelmäßig ihre Manuskripte und bekamen ihr Geld. Keiner der beiden hatte einen Agenten. Ihre Post ging an Postfachadressen – Teatime in Norwalk, Connecticut, Morning in Manhattan. Ihre Telefonnummern hatte keiner je in Erfahrung gebracht. Sie hatten nie höhere Tantiemen, Geschäftsessen oder größere Werbeetats verlangt. Clyde Morning war 1983 mit dem British Fantasy Award ausgezeichnet, Marletta Teatime 1985 für den World Fantasy Award nominiert worden. Beide produzierten ein Buch jährlich bis 1989, dann hörten sie gleichzeitig auf zu schreiben.

»Chancel House hat diese Autoren mehr als zehn Jahre lang veröffentlicht, und du kennst nicht einmal ihre Telefonnummern?«

»Das ist gar nicht das Seltsame«, sagte Davey. Sie vertilgten eine Pizza mit Salami und Pilzen, die ein Gnom mit Astronautenhelm gebracht hatte, der sich bei genauerem Hinsehen als sechzehnjähriges Mädchen mit einem Motorradhelm entpuppte. Sie hatten auf dem Tisch Platz gemacht für eine Flasche Robert Mondavi Private Reserve Cabernet Sauvignon und zwei Gläser, indem sie Unterlagen, Ausdrucke und aus Blöcken herausgerissene Notizblätter zu Stapeln zusammenschoben. »Seltsam ist, was ich heute auf einem Regal im Konferenzzimmer gefunden habe.«

Er zog die Brauen hoch, lächelte und neckte sie, genau wie der alte Davey. Nora fand, daß er wundervoll aussah. Ihr gefiel, wie er Pizza aß, mit Messer und Gabel. Nora nahm sich ein Stück, biß hinein und zog lange Mozzarellafäden heraus, aber Davey behandelte eine Pizza wie ein Filet Mignon. »Okay«, sagte sie. »Was hast du auf diesem Regal gefunden?«

»Erinnerst du dich, wie ich dir sagte, daß jedes Manuskript in einer Art Kladde festgehalten wird? Jetzt ist das alles im Computer. Was immer mit dem eingereichten Manuskript passiert, wird ebenfalls mit dem Titel festgehalten – abgelehnt, zurückgeschickt oder angenommen, mit Datum. Ich habe mich gefragt, ob wir Bücher von Morning oder Teatime abgelehnt haben, also bin ich bis 1989 zurückgegangen, das erste Jahr, in dem wir Computer benutzt haben, und da war Clyde Morning. Er hat im Juni 1989 ein Buch mit dem Titel *Gespenster* angeboten, und das Manuskript hat nie das Haus verlassen. Es wurde nicht abgelehnt, aber es wurde auch nie angenommen. Er hatte nicht einmal einen persönlichen Lektor, daher war niemand für das Manuskript verantwortlich.«

»Was ist damit passiert?«

»Genau. Ich war unten in der Herstellung. Natürlich konnte sich niemand erinnern. Die meisten Manuskripte, an denen sie arbeiten, werden nach der Veröffentlichung ein oder zwei Jahre aufbewahrt, warum, weiß ich nicht, und dann dem Lektor gegeben, der sie dem Autor zurückschickt. Ich habe alle durchgesehen, konnte *Gespenster* aber nicht finden. Ein Assistent in der Herstellung erinnerte mich dann daran, daß sie manchmal Sachen im Regal des Konferenzzimmers verstauen. Das ist so etwas wie die Sammelstelle für Irrläufer.« Davey grinste.

»Und du bist in das Konferenzzimmer gegangen« – er nickte mit dem Kopf und grinste noch breiter – »und du ... du hast das Buch gefunden?«

»Genau dort. Und nicht nur das ...«

Sie sah ihn erstaunt an. »Du hast es gelesen?«

»Zumindest überflogen. Es ist ein bißchen schlampig, aber ich denke, man kann es veröffentlichen. Ich muß herausfinden, ob es noch zu haben ist – wahrscheinlich muß ich herausfinden, ob Morning überhaupt noch *lebt* –, aber es könnte der Auftakt unserer neuen Reihe sein.«

Das *unserer* gefiel ihr. »Also sind wir so gut wie fertig.«

»Ich will am Montag zu ihm.« Deutlicher mußte er nicht werden. »Montagnachmittag ist er immer noch ziemlich guter Laune.« Es war Freitag abend. »Ich habe heute morgen einen Anruf von einem Agenten bekommen, der mir zwei Autoren angeboten hat, die wir bekommen könnten, ohne die Bank zu sprengen.«

»Du Teufel«, sagte sie. »Du trägst das mit dir herum, seit du nach Hause gekommen bist.«

»Ich habe nur auf den richtigen Augenblick gewartet.« Er aß den Rest seiner Pizza. »Willst du noch eine Weile mit der Präsentation herumspielen, oder könnten wir etwas anderes tun?«

»Zum Beispiel feiern?«

»Wenn du in der Stimmung bist«, sagte Davey.

»Ich spüre eindeutig, daß eine Stimmung im Anzug ist«, sagte Nora.

»Nun denn.« Er sah sie fast unsicher an.

»Komm her, großer Junge«, sagte sie. »Wir kümmern uns später um das Geschirr.«

Zwanzig Minuten später lag Davey mit auf dem Bauch gefalteten Händen da und sah zur Decke. »Liebling«, sagte sie, »ich habe nicht gesagt, daß es weh getan hat, es war nur unangenehm. Ich fühlte mich trocken, bin aber sicher, daß es nur vorübergehend ist. Ich habe nächste Woche einen Termin bei meiner Ärztin, um über Hormonaufbau zu sprechen. Sieh es mal so – wahrscheinlich müssen wir uns keine Gedanken mehr darüber machen, daß ich schwanger werden könnte.«

»Ich habe Kondome. Du hast dein ... Ding. Natürlich müssen wir uns darüber keine Gedanken machen.«

»Davey, ich bin neunundvierzig. Mein Körper verändert sich. Es muß eine Anpassungsphase geben.«

»Anpassungsphase.«

»Das ist alles. Meine Ärztin sagt, daß alles gut wird, wenn ich mich richtig ernähre und fit halte, und wahrscheinlich muß ich anfangen, Östrogen zu nehmen. Das passiert jeder Frau, und jetzt bin eben ich an der Reihe.«

Er drehte sich zu ihr um. »Warst du beim letztenmal auch trocken?«

»Nein.« Sie versuchte, nicht zu seufzen. »Das war ich nicht.«

»Und warum diesmal?«

»Weil es diesmal eben passiert ist.«

»Aber du bist keine alte Frau.« Er rollte sich herum und begrub das Gesicht halb im Kissen. »Ich weiß, was passiert ist. Ich war zu erregt oder so, und jetzt hast du keine Lust mehr.«

»Davey, ich komme in die Wechseljahre. Natürlich habe ich Lust. Ich liebe dich. Wir hatten immer wunderbaren Sex.«

»Man kann nicht wunderbaren Sex mit jemandem haben, der fast jede Nacht stöhnend und keuchend aufwacht.«

»Es ist nicht ...« Diese Bemerkung würde sie nicht weiterbringen. Ebensowenig würde die Feststellung sie weiterbringen, daß du keinen Sex mit einem Mann haben konntest, der nicht zu dir ins Bett kam oder dein Bett verließ, um sich Gedanken über seine Arbeit oder Hugo Driver zu machen, oder worum Davey sich auch immer spät in der Nacht Gedanken machte.

»Nun, jedenfalls in vielen Nächten«, sagte er, indem er ihre unausgesprochene Bemerkung aufgriff. »Vielleicht brauchst du eine Therapie oder so was. Du bist zu jung für die Wechseljahre.

Als meine Mutter das durchgemacht hat, hatte sie eine Menge weiße Haare, war über fünfzig und hat sich in ein regelrechtes Biest verwandelt. Sie war unmöglich, sie war ein Jahr lang immerzu gereizt.«

»Die Leute reagieren unterschiedlich darauf. Man muß keine Angst davor haben.«

»Frauen in den Wechseljahren haben keine Periode. Du hast vor kurzem eine gehabt.«

»Ich hatte eine Periode, die über zwei Wochen dauerte. Dann hatte ich sechs Wochen keine mehr.«

»Ich will nicht alle blutigen Einzelheiten hören.«

»Ganz recht, die blutigen Einzelheiten sind meine Sache. Aber es wird alles wieder gut. Dies ist nur *vorübergehend.*«

»Herrgott, ich hoffe es.«

Was, hoffte Davey, war vorübergehend? Die Wechseljahre? Älterwerden? Sie rutschte über das Laken und legte ihm einen Arm um die Schultern. Er wandte das Gesicht ab. Nora küßte seinen Hinterkopf und schob den anderen Arm unter ihn. Als er nicht versuchte, sie abzuschütteln oder wegzustoßen, zog sie ihn an sich. Er zögerte nur eine oder zwei Sekunden, bevor er den Kopf zu ihr umdrehte und die Arme um sie schlang. Seine Wange fühlte sich naß an ihrer an. »Oh, Liebling«, sagte sie, nahm den Kopf zurück und sah Tränen aus seinen Augen laufen. Davey wischte sich das Gesicht ab und drückte sie an sich.

»Das ist nicht gut.«

»Es wird wieder besser.«

»Ich weiß nicht, was ich *tun* soll.«

»Versuch, darüber zu reden«, sagte Nora und verschluckte die Worte *zur Abwechslung*.

»Irgendwie hab ich das Gefühl, das muß ich.«

»Gut.«

Nun hatte er einen verstockten, fast verstohlenen Ausdruck. »Weißt du, weshalb ich mir in letzter Zeit solche Gedanken mache? Wegen etwas, das zehn Jahre, bevor ich dich kennengelernt habe, passiert ist.« Er schaute zur Decke auf, und sie wappnete sich mit der bereits altbekannten Resignation auf eine Geschichte, die ebensoviel mit Hugo Driver wie mit Daveys wahrem Leben zu tun haben würde. »Mir ging es ziemlich schlecht, weil Amy Randolph gerade mit mir Schluß gemacht hatte.«

Nora hatte alles über Amy Randolph gehört, eine wunderschöne, aber selbstzerstörerische Dichterin/Fotografin/Drehbuchautorin/Malerin, die Davey am College kennengelernt hatte. Er hatte seine Jungfräulichkeit bei ihr verloren, und sie ihre bei ihrem Vater. (Falls es sich dabei nicht um eine weitere farbige Ausschmückung handelte.) Nach dem Abschluß waren sie durch Nordafrika gereist. Amy hatte mit jedem attraktiven Mann geflirtet, den sie kennengelernt hatte, und bekam Anfälle von Tyrannei, wenn die Männer darauf reagierten. Schließlich waren die beiden aus Algerien ausgewiesen worden und hatten sich ein Apartment im Village geteilt. Amy mußte immer wieder ins Krankenhaus, zweimal wegen Selbstmordversuchen. Sie fotografierte Leichen und Drogensüchtige. Sie interessierte sich nicht für Sex. Davey sagte einmal zu Nora, Amy sei so brillant gewesen, daß er sie aus Angst, eines ihrer Gespräche zu versäumen, nicht habe verlassen können. Am Ende hatte sie ihn ihrer Gespräche beraubt, indem sie mit einer älteren Frau zusammengezogen war, einer rumänischen Emigrantin, die eine intellektuelle Zeitschrift herausgab. Er hatte mit Nora nie darüber gesprochen, wie er den Verlust hingenommen hatte, oder gesagt, was er nach der Trennung von Amy, und bevor er ihr begegnete, gemacht hatte.

»Nun«, sagte Nora, »was immer es ist, viel seltsamer als das Zusammenleben mit Amy kann es nicht gewesen sein.«

»Denkst du«, sagte Davey.

19

»Es war etwa einen Monat nachdem Amy gegangen war. Weißt du, ich glaube, ich habe mich sogar ein wenig für sie gefreut. Manche Leute taten so, als sollte ich darüber beunruhigt sein, was sie machte, aber ich wußte nicht, warum. Amy hat sich sowieso nie viel aus Sex gemacht, daher ging es nur darum, mir zu überlegen, mit wem sie es *nicht* trieb, statt mit wem, was irgendwie lächerlich ist. Wie dem auch sei, nach etwa einem Monat habe ich mein Apartment frisch gestrichen und neue Poster an die Wände gehängt, und dann kaufte ich mir eine richtig gute Stereoanlage und eine Menge neue Platten. Wenn ich etwas fand, das mich an sie erinnerte, warf ich es raus. Ein paarmal, als sie anrief, habe ich einfach aufgelegt. Schließlich war alles vorbei, richtig?«

»Du warst ziemlich wütend«, sagte Nora.

Davey schüttelte den Kopf. »Ich erinnere mich nicht, daß ich wütend war. Ich sah einfach keinen Sinn darin, mit ihr zu reden.«

»Okay.« Nora griff seitlich neben das Bett und hob ihren BH und die Bluse vom Boden auf. Den BH warf sie in den Wäschekorb, die Bluse zog sie an.

»Ich war nicht wütend auf Amy«, sagte er. »Alle wollten mir einreden, ich müßte es sein, aber ich war es nicht. Man kann nicht wütend auf Verrückte werden.«

Nora gab auf und nickte.

»Auf jeden Fall war ich in einer merkwürdigen Stimmung. Nachdem mein Apartment fertig war, las ich Hugo Driver noch einmal – alle drei Bücher –, wenn ich von der Arbeit nach Hause kam. Und dann las ich noch einmal *Reise in die Nacht*. Ich fühlte mich wie Pippin.«

Mit anderen Worten, dachte Nora, er fühlte sich, als hätte Amy ihn getötet.

»Ich konnte es nicht ertragen, allein in dem Apartment zu sein, hatte aber fast keine Freunde, weil das, wie du weißt, wegen Amy schwierig gewesen war. Ich wollte keine Zeit mit meinen Eltern verbringen, weil sie Amy haßten, mir aber nur *allzu* gerne erzählten, wie glücklich ich mich schätzen konnte. Ich machte diese merkwürdige Phase durch. Manchmal starrte ich die ganze Nacht in die Glotze. Ich hörte mir das ganze Wochenende immer wieder ein und dasselbe Musikstück an.«

»Ich schätze, du hast Drogen genommen«, sagte Nora.

»Nun, ja. Amy hat Drogen immer gehaßt, aber jetzt war ich frei... klar? Ein Typ in der Postabteilung namens Bang Bang verkaufte Stoff, wovon Dad nichts wußte. Eines Tages sah ich den Kerl in der Pause aus der Postabteilung kommen, sah ihn an, er sah mich an, und ich folgte ihm ins Freie. Ich kaufte ein bißchen Koks und ein bißchen Pot, und das ging etwa ein Jahr lang so. Während der Arbeitszeit hielt ich mich ziemlich zurück, aber wenn ich in mein Apartment zurückkehrte, Mann, da schenkte ich mir ein Glas Bombay-Gin auf Eis ein, zog mir zwei dicke, fette Linien rein, drehte mir einen Joint und feierte eine kleine Party, bis ich ins Bett ging. Oder auch nicht. Ich war dreißig, einunddreißig. Ich brauchte nicht viel Schlaf. Nur duschen, rasieren, etwas Murine einwerfen, zwei Linien, frische Sachen angezogen und ab zur Arbeit.«

»Und eines Tages hast du diese Pfadfinderin getroffen«, sagte Nora.

»Bist du sicher, daß du es hören willst?«

»Warum sagst du nicht einfach: ›Nora, damals, als ich mit Drogen herumspielte, hatte ich diese verkorkste Freundin, und wir sind zusammen durchgedreht‹?«

»Weil es nicht so einfach ist. Du mußt dir über meine geistige Verfassung im klaren sein, um zu begreifen, was passiert ist. Sonst hat es keinen Sinn.«

Nora überlegte sich, daß alles, was er sagte, sei es nun die reine Wahrheit oder nicht, informativ sein würde. Vielleicht war Davey ein Wochenend-Punk gewesen!

»Es geht nicht nur um ein Mädchen, richtig?«

»Im Grunde genommen geht es um Natalie Weil.« Er stützte sich auf und zog die Bettdecke über den Nabel. »Hör zu, Nora, ich habe dir gestern nicht die Wahrheit gesagt. Das ist der wahre Grund, warum ich in Natalies Haus wollte.«

Sie zog die Beine an, beugte sich nach vorne und wartete.

20

»Ich saß eines Morgens in einer Kabine der Herrentoilette und fühlte mich hundeelend, weil ich die ganze Nacht wach gewesen war. Ich schnupfte etwas Koks und bekam Nasenbluten. Ich mußte mit dem Kopf nach hinten auf der Toilette sitzen und Toilettenpapier an meine Nase halten. Schließlich hörte es auf zu bluten, und ich beschloß, den Tag in Angriff zu nehmen.

Ich kam aus der Kabine. Ein kleiner Bursche ging zu den Waschbecken. Ich nahm ein paar Papierhandtücher, trocknete mir die Hände ab, während dieser kleine Kerl an seinem Haar herummachte, und ich sah sein Gesicht im Spiegel und hätte fast einen Herzschlag bekommen.«

»Der kleine Kerl war ein Mädchen.«

»Woher weißt du das?«

»Weil du fast einen Herzschlag bekommen hättest.«

»Sie arbeitete im Layout. Sie hatte kurzes Haar und trug Männerkleidung. Mehr wußte ich nicht. Ich kannte nicht mal ihren Nachnamen. Ihr Vorname war Paddi.« Er sah Nora an, als wäre das von ungeheurer Bedeutung.

»Patty?«

»Paddi. Zwei *d* und ein *i*. Okay, meine Nase fing wieder an zu bluten. Ich schnappte mir ein frisches Handtuch und hielt es an meine Nase. Paddi schüttete zwei Häufchen Koks vor sich auf das Waschbecken. ›Versuchen Sie das hier‹, sagte sie. Wir stehen mitten in der Herrentoilette! Ich beugte mich vor und schnupfte das Zeug vom Spülbecken weg, und bingo! Ich fühlte mich tausend Prozent besser. ›Kapiert?‹ fragte sie. ›Immer nur guten Stoff nehmen.‹

›Von welchem Planeten kommen Sie?‹ fragte ich sie.

Sie sah mich lächelnd an und sagte: ›*Ich wurde in einem Dorf am Fuße eines großen Berges geboren. Mein Vater ist ein Schmied.*‹

Ich wäre fast ohnmächtig geworden. Sie zitierte aus *Reise in die Nacht*. Ich sagte: ›*Ich wandere weit und verirre mich manchmal. Mein Ziel ist größer als ich, nämlich Kinder vor der Dunkelheit zu retten.*‹

Und sie ergänzte: ›*Ich bezwinge meine eigene Furcht.*‹

Wir sahen uns einen Moment grinsend an, dann bugsierte ich sie hinaus, bevor jemand kam. Sie wartete auf der anderen Seite des Flurs auf mich. ›Ich bin Paddi Mann‹, sagte sie. ›Und Sie sind Davey Chancel von den berühmten Chancel House Chancels. Möchten Sie mich heute abend auf einen Drink einladen?‹

Normalerweise stoßen mich selbstbewußte Frauen ab, und wir sollen nicht mit Frauen aus dem Büro ausgehen, aber sie konnte Hugo Driver zitieren! Ich sagte ihr, daß wir uns um halb sieben im Hannigan's treffen sollten, einer zwei Blocks entfernt gelegenen Bar, aber sie sagte nein, wir sollten in den Hellfire Club in der Second Avenue gehen, ein tolles Lokal, und erst um halb acht, damit sie noch einiges erledigen konnte, was sie vorhatte. Prima, sagte ich, und sie trat dicht vor mich, hob den Kopf und flüsterte: ›*Seine eigene Erlösung lag in ihm selbst.*‹«

Nora hatte diese Worte schon einmal gehört, konnte sich aber nicht mehr erinnern, wann.

»Weißt du was? Ich dachte, ich könnte etwas von ihr lernen. Es war, als hätte sie Geheimnisse, und zwar Geheimnisse, die ich wissen mußte.«

»Klar«, sagte Nora. »Du mußtest wissen, wie man an Koks rankommen konnte, das besser als das von Bang Bang war.«

Davey war nach Hause gegangen und hatte Jeans, einen schwarzen Pullover und eine schwarze Lederjacke angezogen, bevor er zur Second Avenue gegangen war. Der Hellfire Club lag zwischen der Eighth und Ninth Street an der East Side. Er kam nur wenige Minuten nach halb acht zur Ecke Ninth und Second und ging auf der Ostseite der Straße entlang, an einem Imbiß und einem mexikanischen Restaurant vorbei und sah weiter unten im selben Block eine Bar. Er ging etwas schneller, passierte ein Fenster, hinter dem man ein paar zusammengekauerte Männer an einer langen, dunklen Theke sitzen sah, legte die Hand auf den Türgriff und sah gerade unter seiner Hand den Schriftzug MORLEY'S.

Er hatte es tatsächlich geschafft, den Club zu verfehlen. Er ging an der Ostseite der Straße zurück und las die Namen an den Häusern, übersah ihn aber wieder.

Nur wenige Schritte entfernt standen drei Münzfernsprecher. Am ersten hing statt eines Hörers nur ein abgerissenes Kabel, am zweiten kam kein Freizeichen, der dritte schluckte sechs Siebtel von Daveys Vierteldollarmünze und blockierte dann.

Verdrossen wandte sich Davey von den Telefonen ab und ging bis zur Ecke, wo er wartete, daß die Ampel umschaltete. Er sah den Block entlang, und diesmal fiel ihm eine schmale Steintreppe mit einem schmiedeeisernen Geländer zwischen Morley's Bar und einem Lampenstudio auf. Die Treppe führte zu einer dunklen Holztür, die zu elegant für die Umgebung wirkte. Im obersten Panel der Tür war eine Messingplatte angebracht, nicht größer als eine Visitenkarte.

Die Ampel schaltete um, aber anstatt die Straße zu überqueren ging Davey zu der besagten Treppe zurück und sah an einem fünfstöckigen Haus aus braunem Sandstein hinauf, das zwischen zwei Apartmentgebäude eingequetscht worden war. Auf beiden Seiten der Tür befanden sich zwei Fenster mit Vorhängen. Die Schrift auf der Messingplakette konnte man von unten nicht deutlich erkennen. Er stieg zwei Stufen hinauf und sah, daß HELLFIRE CLUB auf der Plakette stand, und darunter NUR FÜR MITGLIEDER. Er ging die Treppe hinauf und öffnete die Tür. Auf der anderen Seite einer winzigen Diele befand sich eine zweite, glänzend schwarz lackierte Tür. Drei Gebote standen auf einer weißen Holzplakette dicht unterhalb der Höhe seiner Augen:

FRAGE NICHT.
RICHTE NICHT.
ZÖGERE NICHT.

Davey machte die schwarze Tür auf. Vor ihm lag ein Flur mit Blumenmusterteppich, von dem eine weitere Treppe nach oben führte. Links von ihm stand eine ältere Frau an einem Garderobentresen neben der Tür in eine spärlich beleuchtete Bar. Jenseits der Bar stand ein großer lederbezogener Ohrensessel neben einem üppigen getopften Farn. Ein weißhaariger Concierge an einem glänzenden schwarzen Schreibtisch wandte sich ihm mit einem diplomatischen Halblächeln zu. Um die Förmlichkeiten abzukürzen, spähte Davey in die Bar, sah aber nur wohlhabende Männer in Anzügen, die an den Tischen saßen oder in Dreier- und Vierergruppen beisammen standen. Er sah einige Frauen in dem Raum, aber Paddi war nicht dabei. In dem Augenblick, bevor der Mann am Schreibtisch ihn ansprach, sah er – oder glaubte zu sehen – einen nackten, von den Handgelenken bis zum Hals tätowierten Mann neben einer nackten Frau stehen, die Davey den Rücken zuwandte; sie hatte sich den Kopf rasiert und ihren Körper mit Puder oder sonstwie in einem konturlosen, toten Weiß gefärbt.

»Kann ich Ihnen helfen, Sir?«

Davey drehte sich erschrocken zu dem Concierge um. Er räusperte sich. »Danke. Ich möchte mich hier mit einer Frau namens Paddi Mann treffen.« Er sah wieder in die Bar und hatte den Eindruck, als hätten die Leute in der Bar die Plätze gewechselt, um das surrealistische Paar zu verbergen.

»Sir.«

Davey sah den Concierge an.

»Miss Mann?«

Als Davey bejahte, bat der Concierge ihn, sich zu setzen, und sah ihm nach, wie er zu dem Ledersessel ging, von dem aus man nichts Ungewöhnlicheres als die breite Mahagonitür und eine Reihe mit Drucken von Jagdszenen an der Wand gegenüber sehen konnte. Der Concierge machte eine Schublade auf, zog ein mindestens fünfzig Jahre altes Bandmikrophon heraus, stellte es direkt vor sich und sagte: »Ein Gast für Miss Mann.« Die Worte hallten aus der Bar, aus den oberen Zimmern und hinter der Mahagonitür.

Ein Flügel der Mahagonitür ging auf, und eine Paddi Mann, die gebildeter und nicht so ordinär wie im Büro aussah, betrat lächelnd die Diele. Der dunkle Anzug, den sie angelegt hatte, sah teurer aus als die meisten Anzüge von Davey. Ihr glänzendes Haar fiel anmutig über Stirn und Ohren.

Sie fragte ihn, weshalb er so gekleidet wäre.

Er entgegnete, daß er geglaubt habe, sie würden sich in einer Bar treffen.

Bars seien abstoßend. Was meinte er, weshalb hatte sie ihn in ihren Club eingeladen?

Das wisse er nicht, sagte er. Wenn es ihr lieber wäre, könne er nach Hause gehen und einen Anzug anziehen.

Sie sagte ihm, das sei nicht nötig, sie könnten ja einfach die Jacketts wechseln.

Er zog seine Lederjacke aus und hielt sie ihr hin. Paddi schlüpfte aus ihrer Anzugjacke und streifte sich seine Lederjacke so gewandt über, daß er kaum Zeit für die Feststellung hatte, daß sie Hosenträger trug.

»Du bist dran«, sagte sie.

Er fürchtete, er würde die Schulternähte zerreißen, aber das

Jackett spannte nur minimal an seinem Rücken und den Schultern.

»Hast du ein Glück, daß ich große Jacketts mag.«

Paddi öffnete die Mahagonitür zu einem Raum, in dem Sessel und Sofas gruppenweise vor einem Fenster angeordnet standen. Er sah die Hinterköpfe mehrerer Männer, einen gestikulierenden weißen Arm, Zeitungen und Zeitschriften auf einem langen Holzregal. Ein Kellner mit schwarzer Krawatte, schwarzer Weste und rasiertem Kopf hielt ein leeres Tablett und einen Bestellblock.

Paddi führte Davey zu zwei Sesseln vor einer Bücherwand auf der rechten Seite des Zimmers. Zwischen den Sesseln stand ein runder Tisch, auf dem ein A4-Umschlag mit dem Emblem von Chancel House lag. Der Kellner erschien an Paddis Seite. Sie bestellte das Übliche, Davey einen doppelten Martini auf Eis.

Er fragte, was das Übliche wäre, worauf sie antwortete: »Ein Top-and-Bottom: halb Portwein und halb Gin.« Das sei ein Outsider-Drink, sagte sie zu ihm.

Während er über diese Kategorie nachdachte, nahm Davey zur Kenntnis, daß der zu dem nackten Arm zugehörige Mann, den er von der Diele gesehen hatte, in mittleren Jahren war und in einem Ledersessel ziemlich in der Mitte des Raumes saß. Die Armlehnen verbargen seine Leibesmitte, aber er trug keine Kleidung über seinem wabbeligen Oberkörper, und auch nicht an den weißen Beinen, die er vor dem Sessel Knöchel auf Knie überkreuzt hatte. Um den Hals trug er ein Lederband. Eine Kette, eine richtige Kette, sagte Davey zu Nora, wie man sie einem Hund verpaßt, der neunzig Kilo wiegt und dessen Leibgericht Babys sind, hing zwischen ihm und dem bärtigen Mann im dreiteiligen Anzug, der das andere Ende hielt. Der Mann, der die Kette trug, drehte den Kopf herum und bedachte Davey mit einem Was-dagegen?-Blick. Davey wandte sich ab und stellte fest, daß die meisten Leute in dem Raum konventionell gekleidet waren, aber ein Mann, der Zeitung las, eine schwarze Lederhose, Motorradstiefel und eine offene schwarze Lederjacke trug, unter der man ein verschlungenes Geflecht von Narben auf seiner Brust erkennen konnte.

Davey fragte sich, wie Paddi etwas gegen seine Kleidung einwenden konnte, wo mindestens ein Mitglied des Clubs überhaupt nichts anhatte.

»Hier drinnen«, sagte sie, »tragen die Leute das, was zu ihnen paßt. Zu dir paßt ein Anzug.«

»Einige dieser Leute müssen Ärger bekommen, wenn sie den Club verlassen«, sagte er.

»Einige dieser Leute verlassen den Club niemals«, sagte sie.

»Ist das alles wahr?« fragte Nora. »Oder hast du es erfunden?«

»So wahr wie das, was mit Natalie passiert ist«, sagte Davey.

Paddi arbeitete bei Chancel House, weil sie *Reise in die Nacht* veröffentlicht hatten. Durch ihren Job hatte sie eine einmalige Verbindung mit dem Buch, das sie mehr als jedes andere liebte. Und da sie gerade beim Thema war, zog sie ein steifes, glänzendes Blatt Papier aus dem Umschlag von Chancel House, in dem Davey die Innenseite eines Schutzumschlags erkannte.

»Eine Idee von mir«, sagte Paddi, drehte das Blatt um und zeigte ihm eine Zeichnung, die Davey erst einige Augenblicke später verstand; dann aber fragte er sich, weshalb er nie selbst darauf gekommen war. Paddi hatte den Umschlag für eine kommentierte, kritische Ausgabe von *Reise in die Nacht* gezeichnet. (Ihr Entwurf basierte auf der berühmten ›GI-Ausgabe‹ des Romans.) Jeder einzelne der hunderttausend Driver-Fanatiker im Land würde die Ausgabe kaufen müssen. Anglisten würden imstande sein, das Entstehen des Buches anhand sukzessiver Varianten zu verfolgen, und könnten über den Sinn von Veränderungen in dem Text diskutieren. Es war eine großartige Idee.

»Aber es gab ein Problem«, sagte Davey zu Nora. »Für eine kritische Ausgabe brauchten wir das Manuskript.«

»Und wo ist da das Problem?« fragte Nora.

Das Problem, sagte Paddi, bestand darin, daß das Manuskript offenbar verschwunden war. Hugo Driver war 1950 gestorben, seine Frau 1952, und ihr einziges Kind, ein pensionierter Englischlehrer an der High School, hatte in einem Interview am zwanzigsten Jahrestag der Erstveröffentlichung des Buches gesagt, daß er niemals Manuskripte der Bücher seines Vaters gesehen hätte. Soweit er wußte, wären sie nie von Chancel House zurückgeschickt worden.

Davey sagte, er würde herauszufinden versuchen, was mit dem Manuskript geschehen war. Lincoln Chancel hatte es wahrscheinlich irgendwo in einem Bankschließfach verstaut. Verlorengegangen konnte es auf keinen Fall sein. Nichts derart Wichtiges konnte in irgendwelchen Ritzen verschwunden sein – Herrgott noch mal, schließlich handelte es sich um das Manuskript des ersten Buches von Chancel House!

»Angesichts der Gerüchte wäre das eine unglückliche Fügung«, sagte Paddi.

»Was für Gerüchte?«

»Daß Hugo Driver das Buch gar nicht wirklich geschrieben hat«, sagte Paddi.

Woher kamen immer wieder solche Gerüchte? Sie wußte selbstverständlich, worum es sich handelte, oder nicht? Das passierte immer, wenn einer der ganz Großen auf der Bildfläche erschien, dann kamen die Frettchen und versuchten, ihn madig zu machen. Auf diese Weise tobte Davey weiter, bis ihm die Puste ausging; an dem Punkt holte er tief Luft und verkündete, daß es an sich völlig logisch wäre; *Reise in die Nacht* sei so ein brillantes Buch, daß die Frettchen nicht damit fertig werden würden. Das passierte immer wieder. Irgendwo behauptete jemand, daß Zelda Fitzgerald die wahre Verfasserin von *Zärtlich ist die Nacht* wäre.

»Zelda *war* die wahre Verfasserin von *Zärtlich ist die Nacht*«, sagte Paddi. »Entschuldigung. War nur Spaß.«

Davey fragte sie, ob sie diesen Mist glaubte.

»Nein, überhaupt nicht«, sagte sie. »Ich stimme dir zu. Hugo Driver müßte auf Briefmarken abgebildet werden. Ich finde, sein Bild müßte auf *Geldscheinen* sein. Ich mag diesen Club unter anderem, weil er so eine Hugo-Driver-Atmosphäre hat, oder nicht?«

Davey sagte, daß dem wohl so wäre.

Ob er gerne noch mehr davon sehen würde?

»Ich habe mich schon gefragt, wann wir zu dem Teil kommen würden«, sagte Nora.

21

Auf dem Absatz über der Wendeltreppe führte ihn Paddi nicht in den dunklen Korridor, sondern eine weitere Treppenflucht hinauf. Eine noch schmalere Version der Treppe ging weiter nach oben, aber Paddi brachte ihn in einen mit dem eine Etage tiefer gelegenen identischen Flur. Davey kam sich vor, als würde er Paddi nachts durch einen Wald folgen.

Dann verschwand sie, und er stellte fest, daß sie in einer offenen Tür verschwunden war. Die Jalousien waren heruntergezogen, in dem Zimmer war es noch dunkler als auf dem Flur. Nachdem sie sich ausgezogen hatten, führte sie ihn zu einem Futon. Als Davey sich neben ihr ausstreckte, fühlte sich sein Körper heiß wie ein Backstein in der Sonne, ihrer dagegen kühl wie ein Flußkiesel an. Er zog sie dicht an sich, und ihre kalten Hände glitten über seinen Rücken. Als er zum Orgasmus kam, schrie er vor Lust. Sie blieben eine Zeitlang ruhig liegen, dann unterhielten sie sich, und als sie geklärt hatten, daß momentan keiner eine andere Beziehung unterhielt, schlief Davey ein.

Er erwachte eine Stunde später hungrig, schwindelig und nicht sicher, wo er sich befand. Er erinnerte sich, daß er im East Village auf dem Boden lag. Plötzlich war er schmachvoll davon überzeugt, daß Paddi ihm sein Geld gestohlen hatte. Er richtete sich auf und berührte mit der Hand die Schulter eines Mädchens. Als er nach unten sah, konnte er den Umriß ihres Kopfes auf dem Kissen erkennen. Kissen? Er konnte sich nicht an ein Kissen erinnern. Sie waren beide mit einem Laken zugedeckt.

»Wir sollten etwas essen«, sagte er.

»Darum kümmere ich mich. Möchtest du nicht vorher etwas anderes tun?«

Er streckte sich neben ihr aus und spürte wieder, daß er heiß wie eine Ofenkachel war, sie dagegen kühl wie etwas, das man gerade aus dem Fluß gezogen hatte. Davey ergab sich seinen Gefühlen.

Eine unvorstellbare Zeitspanne später lagen sie nebeneinander und starrten zur Decke. Davey hatte vergessen, wo er war. Ein leises, hohes Summen tönte in seinen Ohren. Die Frau neben ihm schien unglaublich schön zu sein. Paddi drehte sich zur Seite, nahm ein Instrument, das wie die Sprechmuschel eines altmodischen Telefons aussah, und bestellte Austern und Kaviar und anderes, das er nicht verstand, und dazu, wie es sich anhörte, eine Menge Wein.

Wenig später betraten zwei junge Frauen das Zimmer und brachten runde Tabletts herein, von denen sie eine Anzahl zugedeckter Schüsseln rund um das Futonbett aufstellten. Zwei offene Flaschen und vier Gläser standen plötzlich neben Daveys linker Schulter. Die Frauen lächelten Paddi zu, die der Länge nach auf dem Laken lag, würdigten Davey aber keines Blickes. Als sie die letzte Schüssel abgestellt hatten, richteten sie sich auf und gingen zur Tür, wo eine sagte: »Soll ich?«

»Ja«, sagte Paddi. Ein rosiges Dämmerlicht erfüllte den Raum, und die beiden Frauen gingen lächelnd zur Tür hinaus.

Kiebitzeier, Klöße, dampfende gedünstete Pilze, Aal, Weißfisch, Entenstreifen, gegrillte Schweinefiletstreifen, kleine pizzaähnliche Torteletts mit frischem Basilikum und glänzenden Tomatenstücken, runde, würzige Bällchen in einer Zellophanhülle, bei denen es sich um Hackfleisch handeln mußte, die aber nach Single Malt Whisky schmeckten, Trauben, Clementinen; ein exzellenter weißer Burgunder und ein noch besserer roter Bordeaux. Paddi nahm selbst fast nichts, stellte aber einen Teller nach dem anderen vor ihn. Davey kostete von allem, und zusammen leerten sie die Hälfte jeder Flasche. Paddi unterhielt ihn mit Geschichten aus der Layout-Abteilung und Klatsch über Mitarbeiter von Chancel House; sie zitierte Hugo Driver und stellte Mutmaßungen über die Freundschaft zwischen dem Schriftsteller und Lincoln Chancel an. Ob Davey wußte, wo sich dieses ungleiche Paar kennengelernt hatte?

»Klar, in Shorelands«, sagte Davey, »dieses Anwesen in Massachusetts. Sie waren im selben Haus untergebracht.« Er glaubte, daß die Inhaberin, Georgina Weatherall, die wußte, daß Daveys

Großvater kurz davor war, einen eigenen Verlag zu gründen, die beiden in der Hoffnung zusammengebracht hatte, daß Lincoln Chancel eine Hilfe für Driver sein könnte. Und genau so war es gekommen. Driver mußte Chancel das Manuskript von *Reise in die Nacht* gezeigt haben, und Chancel hatte die Gelegenheit beim Schopf ergriffen, Driver reich gemacht und sich selbst noch reicher.

»Haben sie sich wirklich dort kennengelernt?« wandte sich Nora an Davey. »In einer Art Künstlerkolonie?«

»Shorelands war ein privates Anwesen, dessen Besitzerin sich gerne in dem Glauben wiegte, daß sie literarisch bedeutsame Werke förderte, aber im großen und ganzen ist es so gewesen. Und ob Georgina Weatherall es nun geplant hatte oder nicht, sie brachte Driver mit meinem Großvater zusammen, und dann ergab sich alles wie von selbst. Keiner der beiden war vorher in Shorelands gewesen, daher haben sie wahrscheinlich eine Menge Zeit zusammen verbracht, wie Jungs, die zusammen in eine neue Schule kommen.«

Ein Geschäftsmann und Millionär und ein bettelarmer Schriftsteller? Nora bezweifelte, daß Lincoln Chancel, der ohne jede Skrupel Firmen aufkaufte, sich jemals wie ein neuer Schüler gefühlt hatte. »Wer war sonst noch zu der Zeit in Shorelands? Ich wette, hinterher haben sich alle gewünscht, sie wären mit deinem Großvater untergebracht worden. Ist er jemals wieder hingegangen?«

»Grundgütiger, nein«, sagte Davey. »Hast du denn nie das *Bild* gesehen?«

Davey fing an zu lachen.

»Was ist so komisch?«

»Mir ist nur etwas eingefallen. Es existiert ein Bild vom Besuch meines Großvaters in Shorelands – eine Fotografie von den ganzen Leuten, wie sie auf dem Rasen sitzen. Georgina Weatherall ist darauf zu sehen, Hugo Driver und alle anderen, die diesen Sommer dort verbracht haben. Mein Großvater sitzt eingequetscht in diesem abgewrackten Korbsessel und sieht aus, als wollte er gleich jemanden erwürgen.«

Den Rest der Nacht lag Davey neben Paddi, trank die unterschiedlichsten Drinks, die von Mädchen hereingebracht wurden, die er manchmal sah und manchmal nicht; ab und zu hörte er Musik aus den unteren Etagen, und hin und wieder schnappte er ein Schluchzen, einen Ruf oder Gelächter in anderen Räumen des Gebäudes auf.

Und dann schien es, als würde er ohne jeden Übergang die Tür seines Apartments abschließen, nachdem er geduscht, sich rasiert und frische Sachen angezogen hatte, ohne sich daran erinnern zu können, wie er nach Hause gekommen war und diese Aufgaben bewerkstelligt hatte. Seine Uhr zeigte acht. Er fühlte sich ausgeruht, nüchtern und hatte einen klaren Kopf. Aber wie war er nach Hause gekommen?

22

Er betrat das Chancel Building durch die Eingangstür mit zwei Terminen im Sinn, einer mußte noch gemacht werden, der andere stand bereits fest. Bevor er heute das Haus verließ, mußte er seinen Vater sehen, um mit ihm über die Manuskripte von Driver und eine Ausgabe letzter Hand des Romans zu sprechen, und heute abend würde er wieder in den Hellfire Club gehen. Für beide Begegnungen war er bereit. Sein Vater würde gewiß offen für Vorschläge sein, die dem Ansehen der Firma dienten, und zu seiner Verabredung mit Paddi konnte er gleich die guten Nachrichten von seinem Vater mitbringen. Falls Alden Chancel sich des Manuskripts von *Reise in die Nacht* angenommen hatte, wollte Davey sich seiner Wiedergeburt annehmen.

Seine üblichen Pflichten nahmen den ganzen Vormittag bis elf Uhr in Anspruch, und da mußte er zu einer Versammlung. Nach der Versammlung ging er zwei Stockwerke hinauf zum Büro seines Vaters, wo die Sekretärin ihm mitteilte, daß Alden zu Tisch gegangen sei und frühestens um fünfzehn Uhr dreißig wieder zurück wäre.

Fünf Minuten vor halb vier ging Davey zu seinem Vater.

Alden zeigte sich anfangs ungeduldig, interessierte sich aber schließlich für das Projekt, das Davey vorschlug. Ja, es wäre möglich, eine derartige Ausgabe im Taschenbuch für den Gebrauch im Literaturunterricht herauszubringen. Ja, man könnte darüber nachdenken, das Umschlagbild der GI-Edition zu verwenden, das hatte sich schon einmal bestens bewährt. Was das Manuskript betraf, war das nicht an Driver zurückgeschickt worden?

Davey sagte, daß eine Mitarbeiterin der Layout-Abteilung, die Person, die ihm den Vorschlag gemacht hatte, ihn bereits hatte wissen lassen, daß sich das Manuskript nach Ansicht von Drivers Sohn sich noch im Besitz von Chancel House befinde. Als er den Namen der Mitarbeiterin nannte, sagte sein Vater: »Paddi Mann, interessant, bei dem Termin, von dem ich gerade komme, ging es um einen ihrer Einfälle, nämlich zwei verschiedene Umschläge für die neue Taschenbuchausgabe von *Reise in die Nacht* zu verwenden. Kluges Kind, diese Paddi Mann.« Was aber das Manuskript anging – wenn der letzte überlebende Driver nicht wußte, wo es sich befand, war es möglicherweise verlorengegangen.

Die nächsten zwei Stunden durchsuchte Davey die verpackten Manuskripte auf den Regalen im Konferenzzimmer und schaute in Besenkammern und die fensterlosen Winzbüros, in denen die Korrektoren saßen. Er gab erst auf, als er sah, daß ihm nur noch zwanzig Minuten bis zu seiner Verabredung mit Paddi blieben.

Leise murmelnde Unterhaltungen erklangen von der Bar, und Davey sah so automatisch durch den Torbogen, wie er die Gebotstafel an der inneren Tür gelesen hatte. Einen Augenblick dachte er, er hätte Dick Dart gesehen, aber der Mann verschwand in der Menge. Dick Dart? Konnte er Mitglied im Hellfire Club sein? War es *Leland?*

Die Stimme des Concierge zwang ihn, sich von der Bar abzuwenden. »Kann ich Ihnen helfen, Sir?«

Davey setzte sich in den Sessel neben dem Farn, der Concierge machte seine Schublade auf, holte das schwere Mikrophon heraus, stellte es mit peinlicher Sorgfalt vor sich und sagte sein Sprüchlein auf. Paddi kam durch die Mahagonitür. Sie hatte ihren »Hellfire-Club-Look«, obwohl sie genau dasselbe zu tragen schien wie zur Arbeit. Sie bestellten beim selben Kellner dieselben Drinks. Davey schilderte ihr seine Suche, und Paddi sagte ihm, es sei wichtig, von entscheidender Bedeutung, das Manuskript zu finden. Wurden nicht irgendwo Aufzeichnungen über alles geführt, was eintraf und wieder zurückgeschickt wurde?

»Doch«, sagte Davey, »aber damit wurde erst etwa einen oder zwei Monate nach Verlagsgründung begonnen. Davor nahm man es nicht so genau.

»Uns wird etwas einfallen«, sagte Paddi. »Denk nach – was hast du vergessen?«

»Die Abstellkammer im Keller«, sagte Davey. »Ich glaube nicht, daß irgend jemand weiß, was da unten ist. Mein Großvater hat nie etwas weggeworfen.«

»Okay. Was würdest du heute abend gerne machen?«

Es liefen ein paar neue Filme, wie wäre es damit?

»Oder wir könnten nach oben gehen. Würde dir das gefallen?«

»Ja«, sagte er. »Sehr sogar.«

23

Als sie sich angezogen hatten und das Zimmer verließen, Arme umeinander geschlungen, spürte Davey, daß sich eine fundamentale Veränderung in seinem Leben vollzogen hatte. Tage und Nächte waren vertauscht, und seine Tagespersönlichkeit, die bei Chancel House langweiligen Tätigkeiten nachging, war lediglich ein Traum der abenteuerlustigeren Nachtpersönlichkeit, die unter Anleitung von Paddi Mann erblühte.

An der Treppe, die zu schmal war, um nebeneinander hinunterzugehen, ließen sie einander los. Paddi ging vor ihm, und er legte ihr die Hände auf die Schultern. Sein Hemdsärmel rutschte am Handgelenk hoch und entblößte die quadratische goldene Uhr. Es war ein paar Minuten nach sechs. Er fragte sich, was sie tun würden, wenn sie auf die Straße hinaustraten – es schien unvorstellbar, daß eine Außenwelt existierte.

Davey folgte ihr die letzten Stufen hinab, an dem unbesetzten Schreibtisch vorbei, und hinaus in eine viel zu grelle Welt. Lärm erfüllte polternd und mißtönend die Luft. Taxis in der Farbe von Waldbränden rasten auf der Straße vorbei. Ein betrunkener Teenager in Jeans und drei Nummern zu großem Drillichhemd lehnte an einer Parkuhr; giftige Dämpfe aus Schweiß, Bier und Zigarettenrauch drangen brodelnd durch Daveys Haut und stiegen ihm in die Nasenlöcher.

»Davey –«

»Ja?«

»Such weiter nach dem Manuskript. Vielleicht ist es in dem Haus in Westerholm.«

Ein Bus, so groß wie ein Flugzeug, rauschte zum Bordstein, verdrängte Tausende Kubikmeter Luft und pulverisierte eine Geröllschicht. Davey hielt sich die Ohren zu, und Paddi winkte und glitt davon.

Alden mußte in das leerstehende Büro geschaut und gesehen haben, wie Davey einen Stapel vergessener Manuskripte durchblätterte, teilweise so alt, daß es sich noch um Kohlepapierdurchschläge handelte, denn als Davey über die Schulter sah, stand sein Vater hoch aufgerichtet hinter ihm. Wo, zum Teufel, hatte er die beiden vergangenen Nächte gesteckt? Seine Mutter hatte versucht, ihn übers Wochenende nach Connecticut einzuladen, aber der Junge ging einfach nie ans Telefon. Was war passiert, hatte er eine neue Freundin gefunden, oder wurde er zum Nachtschwärmer?

Davey sagte, ihm sei nicht nach Gesellschaft zumute gewesen. Auf den Gedanken, daß seine Eltern am Telefon waren, sei er gar nicht gekommen. Schließlich sah er seinen Vater jeden Tag.

Es werde erwartet, daß er das Wochenende in Poplars verbringen würde, ab Freitag abend. Alden machte kehrt und stapfte aus dem kleinen Büro hinaus, das die trostlose Atmosphäre aller leeren Räumlichkeiten hatte, in denen es eigentlich von emsigen und produktiven Leuten wimmeln sollte.

Paddis Trophäe fand sich nicht unter den Papieren in dem unbenutzten Büro. Davey fuhr mit dem Fahrstuhl in den Keller.

Um vierzehn Uhr fünfundzwanzig kam er mit schwarzen Händen und Staubflecken auf Anzug und Gesicht aus dem Lagerraum heraus. Er hatte kistenweise Briefe verstorbener Autoren an verstorbene Lektoren gefunden, Gruppenbilder von unbekannten Männern in steifen zweireihigen Anzügen und mit Adolphe-Menjou-Schnurrbärten, eine Meerschaumpfeife und einen völlig angelaufenen silbernen Cocktailshaker mit silbernem Rührstab, aber seine Trophäe hatte er nicht gefunden.

Zwei Stunden vor seinem Treffen mit Paddi Mann, die ihm die Adresse auf ein Stück Papier geschrieben hatte, das er nun in der Brusttasche bei sich trug, ging er in den Keller und machte sich noch einmal über die Kartons her. Er förderte einen Karton mit achtundsiebziger Schellackplatten von Artie Shaw und einen Jägerhut zutage, der zweifellos einmal zu der Meerschaumpfeife gehört hatte. In einem chaotischen Durcheinander alter Kataloge fand er Exemplare der beiden ersten Romane seiner Mutter, die er beiseite legte. Ein mit einem Band zugebundenes Kuvert enthielt einen Abzug des Fotos, das er Paddi beschrieben hatte, und auch das legte er beiseite. Doch das kostbare Manuskript von *Reise in die Nacht* wollte sich nicht einfinden. Paddis Abschiedsworte fielen ihm wieder ein, und er beschloß, gründlich in den Schränken und auf dem Dachboden von Poplars zu stöbern, bevor er am Sonntag in die Stadt zurückfuhr.

24

Über allen Wochenenden, die Davey im Haus seiner Eltern verbrachte, schwebte, wie gedämpft auch immer, eine Aura von Katastrophen. Mitunter kam Daisy so betrunken zum Dinner, daß sie nicht aufrecht sitzen konnte, und wenn sie nicht ganz so betrunken war, bekam sie einen Weinkrampf, noch ehe die Suppe abgetragen wurde. Anschuldigungen, teilweise so verschleiert, daß Davey nicht begriff, wem was vorgeworfen wurde, wurden über den Tisch geschleudert. Selbst die ereignislosen Wochenenden waren von einer Atmosphäre von Unterdrückung und geheimnisvollen, aber entscheidenden Dingen geschwängert, die ungesagt blieben. Dieses Wochenende jedoch geriet zu einem regelrechten Desaster.

Jeffrey, der Neffe des italienischen Mädchens, war erst vor kurzem in den Haushalt von Poplars aufgenommen worden. Zu diesem Zeitpunkt schien seine Anwesenheit in Aldens Augen eine unnötige Formalität zu sein. Als Davey am Freitag abend in Westerholm eintraf, hatte er eine jüngere männliche Version von Maria erwartet, einen fröhlichen, lächelnden Menschen mit dem kräftigen Körperbau eines Tenors, der herbeigeeilt kam, um ihm seine Reisetasche abzunehmen. Aber als Davey und Alden das Haus betraten, entpuppte sich Jeffrey als großer Mann mittleren Alters in einem maßgeschneiderten grauen Anzug, der keinerlei Anstalten traf, zu eilen, Reisetaschen abzunehmen oder etwas anderes zu tun, als ihnen zuzunicken und weiter durch den Flur zu gehen, vermutlich auf dem Weg zur Küche. Sein Gesicht schien unausgesprochene Gedanken und Vorbehalte auszudrücken, und seine Augen wirkten umwölkt. Davey dachte, es müsse sich um einen ausländischen Verleger handeln, den sein Vater in sein Netz gelockt hatte. Dann hatte Alden sie einander vorgestellt, und die beiden hatten sich Blicke zugeworfen, die Davey als mißtrauisch interpretierte.

Das Abendessen am Freitag verlief nicht ungewöhnlich. Alden beherrschte die Unterhaltung, Daisy stimmte allem zu, was er sagte, und Davey schwieg. Als er die Neuausgabe von Drivers Buch erwähnte, wechselte sein Vater das Thema. Nach dem Essen sagte Alden, er hoffe, Davey würde sich ein wenig ausruhen, um ehrlich zu sein, sähe er gar nicht gut aus. Um zehn war er in seinem alten Bett eingeschlafen, dem Kaffee zum Trotz.

Zu seiner Überraschung erwachte Davey am Samstag morgen erst um elf Uhr. Als er sein Zimmer verließ, war es halb zwölf. Das unregelmäßige Klappern einer Schreibmaschine und der Geruch von Zigarettenrauch drangen zusammen mit den leisen Klängen eines Radios aus dem Atelier seiner Mutter. Einen Augenblick überlegte er, ob er die Bücher holen gehen sollte, die er im Keller von Chancel House gefunden hatte, beschloß aber, seine Mutter beim Sonntagsbrunch damit zu überraschen, wie er es ursprünglich vorgehabt hatte.

Maria schenkte ihm dampfenden Kaffee in eine Tasse, enthüllte goldbraunen Toast in einem silbernen Ständer und fragte, ob er ein kleines Omelette haben wollte. Davey sagte, Toast und Marmelade würden genügen, und fragte, ob sie wisse, wo sich Mr. Chancel aufhielt. Mr. Chancel war einkaufen gegangen. Als sie sich anschickte, zu gehen, fragte er sie nach Jeffrey.

Jeffrey war der Sohn ihrer Schwägerin. Ja, es gefiel ihm sehr gut, für die Chancels zu arbeiten. Bevor er hierher kommen? Nun, bevor er hierher kommen, er viele Dinge tun. College-Student. Soldat. Ja, Offizier in Vietnam.

Wo College?

Maria dachte angestrengt nach. Harterford? Haverford? half Davey ihr fassungslos auf die Sprünge. In Massachusetts, sagte Maria, die den Namen grausam verstümmelte. Ein schrecklicher Gedanke kam Davey. *Harvard?* Möglicherweise, könnte sein, entgegnete Maria. Sie band ihre Schürze auf und ließ ihn grübelnd zurück.

Da ihm mindestens eine Stunde Zeit blieb, bevor sein Vater oder seine Mutter sich melden würden, durchsuchte er den Keller – ohne Erfolg. Als er nach oben kam, packte sein Vater gerade verschiedene Lebensmittel, darunter auch Scotch und Wodka, aus Tüten mit der Aufschrift Waldbaum's und Good Grape Harvest aus.

»Macht Jeffrey so etwas nicht?« fragte er.

»Jeffrey hat das Wochenende frei«, verkündete Daveys Vater. »Wie du. Was hast du da unten getrieben, daß du dich so schmutzig gemacht hast?«

»Ich habe versucht, ein paar alte Bücher zu finden«, sagte Davey.

Beim Essen verzichtete Alden auf seinen gewohnten Monolog und stellte seinem Sohn Fragen nach Frank Neary und Frank Tidball, die seit ewigen Zeiten die Kreuzworträtsel für sie machten. Jahrzehntelang hatten Neary und Tidball in der Firma lediglich Daveys Vorgänger als Ansprechpartner gehabt, einen liebenswürdigen Alkoholiker namens Charlie Westerberg. Kaum hatte sich Charlie vergnügt in seinen wohlverdienten Ruhestand verabschiedet, hatten sich Neary und Tidball einen Agenten genommen, mit dem Ergebnis, daß sie nun ein geringfügig höheres

Honorar für ihre Kreuzworträtsel bekamen. Den größten Teil der Honorarerhöhung fraß der Anteil des Agenten wieder auf, aber Alden wurde nicht müde, Davey die Schuld an diesem Vorfall zu geben. Eine halbe Stunde lang mußte er die beiden alten Rätseltüftler vor den Vorwürfen seines Vaters in Schutz nehmen, sie hätten ihre Blütezeit überschritten und sollten ersetzt werden. Aldens wahre Vorbehalte, die er allerdings nicht zugab, galten der kurz nach Westerbergs Pensionierung gemachten Entdeckung, daß die beiden Männer eine gemeinsame Wohnung in Rhinebeck hatten. Es wäre schwieriger, Neary und Tidball zu ersetzen, als seinem Vater bewußt war. Es gab nur wenige junge Kreuzworträtselmacher, und die meisten hatten Neuerungen eingeführt, die bei den Kunden von Chancel House, die sich nicht nach Hinweisen auf Texte der Moody Blues oder Filme von Cheech und Chong sehnten, nicht gut ankommen würden.

Während dieser Unterhaltung spielte Daisy mit ihrem Essen und lächelte in unregelmäßigen Abständen, um anzudeuten, daß sie aufmerksam zuhörte. Kaum räumte Maria das Geschirr ab, entschuldigte sie sich mit ihrer Kleinmädchenstimme und ging wieder nach oben. Alden stellte Davey ein paar Fragen nach Leonard Gimmel und Teddy Brunhoven – er interessierte sich immer für die Mörder –, dann stand auch er auf, um sich ein Baseballspiel im Fernsehen anzusehen. In spätestens fünfzehn Minuten würde er in seinem Sessel dösen. Davey bedankte sich bei Maria für das Essen und ging die Treppe hinauf auf den Dachboden.

Der Dachboden von Poplars war in drei ungleiche Bereiche unterteilt. Die Unterkunft des alten Mädchens, der kleinste davon, bestand aus drei Zimmern um ein gemeinsames Badezimmer herum und eine schmale Treppe an der Nordseite des Hauses. Diese schäbigen Zimmer standen seit den Anfängen der Herrschaft von Helen Day leer. (Daveys Eltern hatten zwei große Apartments über der Garage anbauen lassen, eines für die Tassenträgerin, das andere für Gäste, und in diesen Apartments waren heute Maria und ihr Neffe untergebracht.) Der zweite, mittlere Teil des Dachbodens etwa so groß wie ein Ballsaal in einem Hotel, wies einen Bodenbelag und Wandpaneele auf, war ansonsten aber unverändert geblieben. Hier waren Lincoln Chancels Geschenke an den ersten David Chancel für den zweiten aufgehoben worden, und aus diesem Grund hatte der mittlere Abschnitt des Dachbodens für Davey stets eine niederdrückende und abweisende Atmosphäre von Betrug gehabt. Der dritte Abschnitt, den man durch eine Tür des mittleren Teils erreichen konnte, hatte einen Dielenboden, war aber darüber hinaus im Urzustand geblieben.

Davey hielt gewissermaßen seelisch den Atem an, um sich gegen die Atmosphäre im mittleren Abschnitt des Dachbodens zu wappnen, und schritt zwischen dem Durcheinander von alten Stühlen, kaputten Lampen, unzähligen Kartons und fadenscheinigen alten Sofas hindurch, um sich zu vergewissern, daß die alten Gesindezimmer so unbewohnt waren, wie er sie in Erinnerung hatte.

In den drei kleinen Zimmern befand sich nichts außer Spinnweben, weißen Wänden mit Schimmelflecken und staubiggrauen Fußböden. Dann unternahm er einen weiteren hastigen Ausflug durch den mittleren Teil des Dachbodens und inspizierte den unvollendeten Teil. Schließlich konnte er es nicht mehr länger hinauszögern, sich den Hauptteil des Dachbodens mit seinem Durcheinander viktorianischer Möbel vorzunehmen.

Die altbekannte Bedrücktheit überkam ihn erneut, während er Polsterkissen hob und sich bückte, um in Wäscheschränke zu schauen. Davey verspürte Unwillen. Warum vergeudete er derart seine Zeit? Und was bildete sich Paddi überhaupt ein, ihn wie einen Dieb im Haus seiner Eltern herumschleichen zu lassen?

Daveys Gedanken hatten diesen unglücklichen Punkt erreicht, als er Schritte auf der Treppe zum Quartier des Mädchens hörte. Er erstarrte. Sein Verstand wurde völlig leer, als wäre er ein Einbrecher kurz vor der Entdeckung. Halb stapfte und halb rannte er zum Lichtschalter neben der Haupttreppe des Dachbodens, schaltete das Licht aus und duckte sich hinter einen chinesischen Paravent in einem schweren Holzrahmen.

Die Schritte auf der Treppe erklangen im Zimmer des Mädchens, als Davey gerade Zuflucht gefunden hatte. Schritte ertönten auf dem Holzboden. Davey spähte um den Rand der

Trennwand herum und sah einen Lichtstreifen unter der Tür, die das Gesindequartier vom Rest des Dachbodens trennte. Er wich zurück. Die Schritte näherten sich der Tür. Er drückte den Oberkörper an die Knie und bedeckte den Kopf mit den Händen. Die Tür ging auf, und ein Lichtstrahl schwang auf ihn zu. Dann erglänzte der gesamte Raum in hellem Licht.

Eine Stimme, die er nicht kannte, rief: »Wer ist da?«

Schritte kamen in seine Richtung. Davey sprang auf die Füße und bedrohte den Schatten, der zu ihm herumwirbelte, mit erhobenen Fäusten. Der Schatten grunzte erschrocken und überrascht und schlug zu. Der Schlag rammte Daveys rechte Hand gegen seinen Nasenrücken. Blut ergoß sich auf seine Kleidung, eine helle, klare Woge von Schmerzen ließ die Welt dunkel werden. Er prallte mit dem Kopf seitlich gegen den Rahmen des Paravents.

Eine Hand packte ihn am Haar und zog ihn brutal und schmerzhaft nach oben. »Warum zum Teufel haben Sie das getan?«

Jeffreys konsterniertes Gesicht sah auf ihn herab.

»Ich dachte, Sie wären jemand anders«, sagte Davey.

»Sie haben mich angegriffen«, sagte Jeffrey. »Sie sind hochgesprungen wie ein –«

»Geist«, sagte Davey. »Tut mir leid.«

»Mir auch«, sagte Jeffrey.

Davey hielt sich am Schirm einer hohen Stehlampe fest und legte den Kopf zurück. Zähflüssiges Blut lief ihm in den Rachen. Er sagte: »Ich glaube, ich habe Angst bekommen. Woher wußten Sie, daß jemand hier oben ist? Ich dachte, Sie hätten das Wochenende über frei?«

»Ich habe von meinem Fenster aus gesehen, wie das Licht anging.«

Davey suchte in seinen Taschen nach einem Taschentuch und wischte sich damit das Gesicht ab, bevor er es an die Nase hielt. »Eine Frage, Jeffrey.«

»Ja?«

»Sind Sie in Harvard gewesen?«

»Wenn ja, findet es hoffentlich niemand heraus«, sagte Jeffrey.

Davey schluckte. Sein ganzes Gesicht tat weh.

Er verbrachte eine halbe Stunde damit, Blutflecken vom Boden zu wischen, dann ging er ins Bad, wusch sich Gesicht und Hände und schlief auf der Bettdecke liegend und mit einem kalten Tuch auf dem geschwollenen Gesicht ein. Er erwachte gerade rechtzeitig, um zu duschen und sich frische Sachen zum Dinner anzuziehen. Seine Nase war geschwollen, an der rechten Schläfe wölbte sich ein purpurroter Bluterguß. Als er beim Essen erklärte, daß er sich die Schlafzimmertür gegen das Gesicht geschlagen habe, sagte sein Vater: »Komisch, wenn man Kinder bekommt, sagt einem nie jemand, wie viele Lügen man sich in den nächsten dreißig oder vierzig Jahren anhören muß.«

Daisy murmelte: »Oh, Alden.«

»Wenn er sich die Tür ins Gesicht geschlagen hat, dann hat er es geübt.«

»Hat dich jemand ins Gesicht geschlagen, mein Lieber?« fragte seine Mutter.

»Da du danach fragst, ja. Jeffrey und ich hatten ein kleines Mißverständnis.«

Alden lachte und sagte: »Wenn Jeffrey dich jemals am Kopf trifft, würdest du eine Woche im Krankenhaus liegen.«

Am nächsten Tag um halb eins brachte Davey die beiden Exemplare der Romane seiner Mutter mit ins Eßzimmer und legte sie unter seinen Stuhl. Sein Vater zog die Brauen hoch, aber Daisy schien es nicht zu bemerken. Mary brachte allen dreien unaufgefordert Bloody Marys.

Nach den Bloody Marys kamen eine Flasche Barolo und eine Suppe, in der Eierstich, Petersilie, Pestosauce und Nudeln in einer Hühnerbrühe schwammen. Davey trank ein halbes Glas Wein und aß nervös seine Suppe. Nach der Suppe folgten hausgemachte Ravioli mit Pilzen und Gorgonzola, und nach den Ravioli zarte Rinderfilets mit Kartoffelkroketten. Maria verkündete, daß sie zu Ehren von Mr. Davey eine Zabaglione gemacht hatte, die in wenigen Minuten serviert werden würde. Hatten sie diese üppigen Mahlzeiten jedes Wochenende, aßen sie jeden Abend so? Kein Wunder, daß Daisy aufgedunsener denn je aussah, obwohl Alden vollkommen unverändert wirkte. Davey sagte, er könnte sich gar nicht erinnern, daß das italienische Mädchen so eine begnadete Köchin sei, worauf Alden sagte: »*Vin ordinaire*, mein Junge.«

Das kurze Schweigen nach den Worten seines Vaters schien der perfekte Zeitpunkt zu sein, sein Geschenk zu überreichen.

»Mom, ich habe etwas für dich.«

»Wie schön, wie schön.«

Da er Alden nicht verraten wollte, daß er im Keller von Chancel House herumgestöbert hatte, sagte Davey, daß er die beiden Bücher letzte Woche im Strand gefunden hätte und hoffte, Daisy würde sich freuen, sie wiederzusehen. Er stand von seinem Stuhl auf und brachte ihr das bescheidene Päckchen.

Daisy nahm die Tüte, zog die Bücher heraus, betrachtete lächelnd die Schutzumschläge und schlug sie auf. Ihre Augen verschwanden in einem roten Band, das ihr Gesicht wie eine Maske überzog. Sie legte die Bücher auf die Tischkante und wandte sich ab. Davey, der immer noch glaubte, daß sie sich über sein Geschenk freute, sagte: »Sie sind in einem so guten Zustand.« Daisy holte tief Luft und ließ sie mit einem schrecklichen Laut entweichen, der bald zu einem Wimmern wurde. Sie stieß den Stuhl zurück und rannte aus dem Zimmer, als das italienische Mädchen mit Schalen voll Zabaglione auf einem Tablett hereinkam. Fassungslos sah Davey in das erste der beiden Bücher und sah in einer selbstbewußteren und entschiedeneren Handschrift als der seiner Mutter: *Für Alden, meinen Herzallerliebsten, von seiner glückseligen Daisy.*

25

Um acht Uhr am vergangenen Donnerstag abend hatte Davey, ein flaches Päckchen unter dem Arm geklemmt, unsicher vor einem Restaurant namens Dragon Seed in der Elizabeth Street gestanden und von der Tür des Restaurants auf ein Stück Papier in seiner Hand gesehen. Eine Reihe ledriger Enten mit einer Farbe wie Melasse hingen im Schaufenster des Restaurants. Die schwarze Zahl an der Fassade neben einer festgeklebten Speisekarte stimmte mit der Nummer überein, 67, die Paddi ihm auf das Stück Papier geschrieben hatte.

Ein köstlicher Duft nach gerösteter Ente und bratenden Nudeln schlug ihm entgegen, als er die Tür aufmachte. Davey trat ein, blieb einen Moment am Ende des Tresens stehen, ließ den Blick kurz durch den Raum schweifen, ging zu dem einzigen freien Tisch und setzte sich.

Keiner der Männer in dem Raum beachtete ihn. Davey sah sich nach einer Tür um, die zu einer Treppe führte, und sah zwei einander entgegengesetzt an der Rückwand, auf einer stand TOILETTEN, auf der anderen PRIVAT. Dann stand er auf.

Zwei Kellner in weißen Hemden und schwarzen Westen beobachteten ihn von der anderen Seite des Raums, ein dritter stellte einen Teller Nudeln vor vier gleichmütige Männer in Anzügen und kam danach quer durch das Restaurant auf ihn zu.

Davey versuchte, ihn fortzuwinken, und sagte: »Ich weiß, es ist privat, aber das geht in Ordnung.«

»Nicht in Ordnung.«

Davey legte die Hand auf den Türknauf, aber der Kellner legte die Hand auf seine, ehe er aufmachen konnte. »Sie hinsetzen.«

Der Kellner zerrte ihn zu seinem Tisch zurück und drückte ihn auf den Stuhl. Davey legte sein Päckchen auf den Schoß und überlegte, ob er einen Fluchtversuch zur Tür unternehmen sollte. Er sah sich um und stellte fest, daß jeder in dem Restaurant ihn anstarrte.

Der Kellner kam mit einem Tablett, auf dem eine Teekanne und eine fingerhutgroße Tasse standen, zwischen den Tischen hindurch zurück. Beides stellte er vor Davey und wandte sich ab, worauf hinter ihm ein kleiner Mann mit Reißverschlußjacke auftauchte, der einen Stuhl herumdrehte, sich breitbeinig daraufsetzte und Davey mit einem gräßlichen Lächeln ansah. »Sie komisch«, sagte der Mann.

»Ich wurde eingeladen.« Davey holte das Papier aus der Tasche, auf das Paddi ihre Adresse geschrieben hatte, und zeigte es dem Mann.

Der Mann betrachtete blinzelnd das Papier. Er sah Davey direkt in die Augen, dann wieder auf den Zettel. Ohne Übergang fing er an zu lachen. »Kommen Sie«, sagte der Mann und stand auf. Er führte Davey zur Vordertür, ging hinaus und winkte Davey, ihm zu folgen. Davey kam heraus. Der Mann ging einen Schritt nach links und zeigte auf die Tür des Dragon Seed. Er zeigte wieder darauf, und diesmal sah Davey es.

Zwischen dem Eingang des Dragon Seed und einem Geschäft mit Souvenirs von Chinatown lag, in einem Winkel, daß man sie nicht erkennen konnte, wenn man nicht wußte, daß sie da war, versetzt eine Holztür mit der in schwarzer Farbe aufgemalten Nummer 67.

Grinsend bohrte der Mann Davey den Zeigefinger in die Brust. »Sie gehn rein, aber Sie kommen nicht mehr raus.« Davey klemmte sich das Päckchen unter den Ellbogen, klopfte an die bekritzelte Tür, und eine leise Stimme bat ihn, hereinzukommen.

Er befand sich am Fuß einer Kellertreppe. »Schließ die Tür hinter dir zu«, rief die Stimme herab.

Er kam nach oben und trat durch eine zweite Tür in eine geräumige, dunkle Wohnung, in der die Innenwände größtenteils entfernt worden waren. Einige trübe Lichter beleuchteten hingekritzelte Wandgemälde, in denen er erst nach einigen Augenblicken Illustrationen von Szenen aus *Reise in die Nacht* erkannte. Dicke, dunkle Vorhänge hingen vor den Fenstern. In einiger Entfernung standen ein Sofa mit hoher Lehne und zwei Sessel vor einer mit Schnitzereien geschmückten Kaminummantelung, die sich an einer Wand ohne offenem Kamin befand. Lange Bücherregale beanspruchten die Wand an der Vorderseite des Gebäudes. Rauhe Trennwände teilten zwei Räume ab, und eine davon wurde geöffnet, als Davey tiefer in das Halbdunkel vordrang. Paddi Mann trat völlig ungezwungen nackt aus der Tür.

»Was ist das?«

»Meine Wohnung«, sagte Paddi, die doch nicht nackt war, sondern einen fleischfarbenen Overall trug. Sie lächelte ihm zu und ging zu dem Sofa, zog ein Herrenoberhemd von einem Polsterkissen, zog es an und knöpfte die unteren Knöpfe zu, so daß es sie bedeckte wie ein kurzer weißer Kittel.

»Was hast du da unter dem Arm?«

»Ich hatte Mühe, dich zu finden.« Daveys Beine lösten sich aus ihrer Starre und gestatteten ihm, durch die Dunkelheit zu ihr zu gehen.

»Sieht so aus, als hättest du auch Mühe gehabt, das Manuskript zu finden. Es sei denn, *das* ist es.«

»Nein.«

Paddi verlagerte ihr Gewicht, zog die Beine unter sich und winkelte sie an. Sie klopfte dreimal neben sich auf das Sofa.

Er stellte fest, daß er unmittelbar vor ihr stand, und setzte sich wie befohlen. Sie drückte die Füße an seinen Oberschenkel, als wollte sie sie wärmen. »Hier«, sagte sie, drehte sich zur Seite, nahm ein Glas mit Eiswürfeln und einer trüben rötlichen Flüssigkeit von einem Tablett und drückte es ihm in die Hand.

Er trank, dann warf er wegen des stechenden, unangenehm süßlichen Geschmacks den Kopf zurück. »Was ist das?«

»Ein Top-and-Bottom. Gut für dich.«

Davey ließ den Blick durch die dunklen, vollgestopften Räumlichkeiten von Paddis Loft schweifen. Torbögen und Öffnungen führten in unsichtbare Kammern, aus denen unhörbare Stimmen drangen. »Willst du mir nicht zeigen, was in dem Päckchen ist?«

Davey sagte: »Oh«, weil er das Päckchen vergessen hatte, und gab es ihr. Innerhalb von Sekunden hatte sie mit den Fingern die Knoten gelöst. Eine weitere Sekunde später lag das Geschenkpapier zurückgeschlagen wie ein Rahmen um den Rahmen auf ihrem Schoß, und Paddi betrachtete die querformatige Fotografie mit leicht geöffnetem Mund.

»Shorelands, Juli 1938.«

»Und da ist dein Großvater.«

Lincoln Chancel sah mit den Warzen und Geschwüren auf Nase und Hals, dem kantigen Kiefer über dem Stehkragen, seinen Brauen, die durch die gerunzelte Stirn fast über den stechenden Augen zusammenzuwachsen schienen, den um die Stuhllehnen verkrampften Händen und der unterdrückten Wut, die an Knöpfen, Nähten und Säumen seines Maßanzugs zerrte, mehr aus, als hätte er in Eisenbahnen und Kohlebergwerken gefrühstückt.

Davey betrachtete das Phänomen mit jener Mischung aus Staunen, Respekt und Angst, die sein Großvater immer in ihm auslöste. In den fünfzig Jahren seines Lebens als erwachsener

Mann hatten Leichen seinen Weg nach Süden von Bridgeport, Connecticut, bis New York und Washington D. C., und nach Norden bis Boston und Providence gepflastert. Bevor er in einem privaten Speisesaal des Ritz-Carlton von einem Schlaganfall niedergestreckt worden war, hatte der große Mann es ununterbrochen mit einem Wust von Anklagen und Prozessen zu tun gehabt. Nach seinem Tod war die verschlungene Pyramide, die Lincoln konstruiert hatte, fast völlig in sich zusammengebrochen. Übrig blieb ein Hotel für Durchreisende in Rhode Island, eine unprofitable Spinnerei in Lowell, Massachusetts, die beide bald darauf in Konkurs gegangen waren, und sein letztes Spielzeug, Chancel House.

»Er sieht so unglücklich aus.«

»Er ist der einzige, der in die Kamera schaut«, sagte Davey, dem das zum erstenmal auffiel. »Siehst du? Jeder andere betrachtet eine andere Person aus der Gruppe.

»Abgesehen von ihr.« Paddi klopfte behutsam auf das Glas, wo das Gesicht einer atemberaubend hübschen jungen Frau im weißen Hemd mit halb offener Krawatte und Hosen zu sehen war. Sie saß neben Lincoln Chancel auf dem Boden und betrachtete gedankenverloren das Gras.

»Ja«, sagte Davey. »Ich wünschte, ich würde ihren Namen kennen.«

»*Wessen* Namen kennst du denn?«

»Abgesehen von Driver und meinem Großvater nur ihren.« Er zeigte auf eine große Frau mit einem Kinn wie eine Bulldogge und einer fleischigen Nase, die aufrecht saß und Lincoln Chancel aus einem Korbsessel ansah. »Georgina Weatherall. Sie und Hugo Driver sehen beide meinen Großvater an.«

»Wahrscheinlich fragen sie sich, was sie ihm aus den Rippen leiern können«, sagte Paddi.

»Ach?«

»Es sind einige Bücher über Shorelands geschrieben worden«, sagte Paddi. »Georgina wollte im Mittelpunkt des Interesses stehen. Hinter ihrem Rücken haben sich alle über sie lustig gemacht.«

»Georgina dürfte über dieses Mädchen nicht allzu glücklich gewesen sein.«

Nun zeigte Davey auf einen schlaksigen, bärtigen Mann in ausgebeulter Tweedkleidung, der auf die junge Frau hinabsah und dabei die Lippen so verkniffen hatte, daß sie wie dünne Drähte aussahen. »Das ist kein besonders freundliches Lächeln«, sagte Davey. »Ich frage mich, wer der Bursche war.«

»Austryn Fain«, sagte Paddi. »1938 hatte er gerade einen Roman mit dem Titel *Die gewundene Hecke* veröffentlicht. Sollte angeblich ein Meisterwerk sein und so weiter, aber soweit ich weiß, geriet er schnell wieder in Vergessenheit. Er hat 1939 Selbstmord begangen. Im Januar. Hat sich in der Badewanne die Pulsadern aufgeschnitten.«

»Wollte Georgina ihm nicht helfen?«

»Georgina hat ihn einfach fallenlassen. Aber sieh dir diesen Mann an, Davey. Sein Name war Merrick Favor. Er wurde etwa sechs Monate nachdem dieses Foto gemacht wurde ermordet.«

Paddi deutete auf das breite, hübsche Gesicht eines Mannes im aufgeknöpften zweireihigen blauen Blazer und einer weißen Hose, der unmittelbar hinter Georgina stand. Ebenso wie Austryn Fain lächelte er dem Mädchen zu, das im Gras saß.«

»Ermordet?«

»Merrick Favor war angeblich ein Senkrechtstarter. Sein erster Roman *Brennende Büsche* bekam hervorragende Kritiken, als Scribner's ihn 1937 veröffentlicht hatte, und angeblich arbeitete er an einem noch besseren. Eines Tages tauchte seine Freundin auf, nachdem sie mehrere Tage vergeblich versucht hatte, ihn anzurufen, und da er die Tür nicht aufmachte, kletterte sie zum Fenster hinein, sah sich um und wäre fast umgekippt.«

»Sie hat seine Leiche gefunden?«

»Sein Haus war ein Chaos, und überall Blutflecken. Favor war erstochen worden, sein Leichnam lag in der Badewanne. Der Mörder wurde nie gefunden. Das Buch, an dem er gearbeitet hatte, war in tausend Fetzen zerrissen.«

»Shorelands hat diesen Leuten nicht viel Glück gebracht«, sagte Davey. »Was ist aus dem Burschen hier geworden?«

Er zeigte auf einen langhaarigen jungen Mann mit Hornbrille, einer zerknautschten Krawatte, Samtjackett, sanften Augen, einer kurzen Nase und sardonischem Mund. Dieser Mann schien all seine Gedanken auf den hübschen Merrick Favor zu konzentrieren.

»Oh, Creeley *Monk*. Noch eine traurige Geschichte. Ein Dichter. Sein zweites Buch trug den Titel *Das unbekannte Feld*, und daran erinnert sich heute nur noch jemand, weil viele Drittkläßler das Titelgedicht auswendig lernen mußten.«

»Oh«, sagte Davey, »das mußten wir in der Akademie aufsagen. *Das unbekannte Feld, das ich zu kennen glaubte / In Kindertagen, meine Wege führen mich zurück zu dir*.«

»Creeley Monk hat sich ebenfalls umgebracht. Mit einer Flinte in den Kopf geschossen. Etwa zu der Zeit, als Merrick Favor getötet wurde.«

Davey starrte sie an. »Dieser Mann hat sich ein paar Monate nach seiner Abreise aus Shorelands den Kopf weggepustet?«

Paddi nickte

Davey starrte sie immer noch an. »Zwei der Gäste jenes Sommers in Shorelands haben sich umgebracht?«

»Es kommt sogar noch besser. Drei haben sich umgebracht. Dieser Mann hier, der wie ein Maurer aussieht, ebenfalls.« Paddi klopfte mit dem Finger auf die Brust eines breiten, vierschrötigen Mannes in einem zerknautschten blauen Rollkragenpullover, der versuchte, gleichzeitig in die Kamera und Lincoln Chancel zuzulächeln.

»Sein Name war Bill Tidy, und er hat ein Buch mit dem Titel *Unsere Schmelztiegel* veröffentlicht. Es waren die Erinnerungen an seine Kindheit im South End von Boston. Das muß der einzige Gast aus der Arbeiterklasse gewesen sein, den Georgina je in Shorelands hatte. *Unsere Schmelztiegel* ist ein wunderbares Buch, aber es war fast auf der Stelle vergriffen und wurde erst in den sechziger Jahren neu aufgelegt. Ich bin mir nicht sicher, glaube aber, Tidy hatte große Probleme, nach seiner Rückkehr nach Boston mit einem neuen Buch anzufangen. Wie dem auch sei, er sprang aus einem Fenster im vierten Stock. Im Januar 1939.«

»Wann …«

»Ziemlich genau zwischen Merrick Favors Ermordung und dem Selbstmord von Monk, die wenige Tage auseinanderlagen, und zwei Tage bevor Fain sich umbrachte. Das ist wie ein Fluch oder so etwas, oder nicht?«

»Herrgott, es ist fast, als hätten sie für Hugo Drivers Erfolg bezahlt.«

»Du solltest ein Buch über das alles schreiben«, sagte Paddi.

»Ich dachte, du hättest bereits ein Buch über das alles gelesen.«

»Ich lese eine Menge Bücher über Shorelands, weil ich mich für Hugo Driver interessiere, aber diese Informationen sind überall verstreut. Ehrlich gesagt, interessiert sich kaum jemand dafür, was nach den frühen dreißiger Jahren in Shorelands passiert ist. Als der Krieg ausbrach, war alles vorbei. Georgina trank viel und nahm Laudanum, und ihre Geschichten rochen allmählich nach Fisch. Sie erzählte den Leuten, daß Marcel Proust das Honigkuchenhaus mit seinem Asthmapuder vollstänkerte, was eine hübsche Geschichte ist, aber Proust hat Frankreich nie verlassen. Georgina zog sich schließlich in ihr Schlafzimmer zurück und starb um 1950. Das Haus vergammelte, bis ein Denkmalschutzbund es gekauft hat.«

»Was ist aus dem Mädchen geworden, das neben meinem Großvater auf dem Boden saß?«

»Angeblich ist sie während ihres Aufenthalts verschwunden, aber nicht einmal das ist völlig geklärt.«

Die Leute auf der Fotografie, sein Großvater und der große Schriftsteller, Austryn Fain und Merrick Favor und Creeley Monk, Georgina Weatherall und Bill Tidy und die unbekannte junge Frau, sie alle kamen ihm so vertraut vor, so *bekannt* wie seine alten Schulkameraden von der Akademie. Er durchschaute sie so sehr, daß ihm unverständlich erschien, weshalb er das Offensichtlichste an dem Bild bisher nicht bemerkt hatte. Bisher hatte er immer nur die komische Wut seines Großvaters gesehen. Aber am deutlichsten sah man dem Foto den Grund für das einhellige Unbehagen an.

Als wäre das Bild plötzlich mit Ton und Rückblende ausgestattet, platzte es förmlich damit heraus, daß Lincoln Chancel der attraktiven jungen Frau zu seinen Füßen einen unbeholfenen Antrag gemacht und die junge Frau ihn rasch und verletzend abgewiesen hatte. Während sie nach innen gekehrt wirkte und Chancel explodierte, bezogen alle anderen auf der Fotografie Stellung.

Davey sagte: »Weißt du was? Ich weiß nichts über dich. Ich weiß nicht, wo du geboren worden bist, wer deine Eltern sind, welches College du besucht hast, ob du Geschwister hast und dergleichen. Es ist, als wärst du vom Himmel gefallen. Wo hast du gelebt, bevor du bei uns angefangen hast?«

»An allen möglichen Orten.«

»Wo bist du geboren worden?«

»Du willst es wirklich wissen, was? Okay. Ich bin in Amherst in Massachusetts zur Welt gekommen. Meine Eltern heißen Charles Roland und Sabina. Sabina unterrichtet Deutsch an der High School in Amherst, und Charles Roland war Englischprofessor am Amherst College. Ich habe die Fachhochschule für Grafik und Design in Rhode Island besucht. Als ich dort fertig war, bin ich nach Europa gefahren und herumgereist, habe aber überwiegend in London gelebt, wo ich gemalt und Kunst studiert habe, und nach zwei Jahren kam ich zurück und lebte in L. A., habe ein paar Entwürfe für Kleinverlage gemacht und alles über Hugo Driver gelesen, und da erfuhr ich von Shorelands, und nach einer Weile kam ich nach New York, um einen Job bei Chancel zu bekommen. Ich ging einfach hin, zeigte Rod Clampett meine Arbeiten, und er hat mich eingestellt.«

»Das mit der Fachhochschule für Grafik und Design hätte ich wissen müssen«, sagte Davey. Rod Clampett, der Grafiker von Chancel House, hatte an dieser Fachhochschule studiert und stellte mit Vorliebe ihre Absolventen ein.

Paddi sagte: »Kommt es dir nicht auch so vor, als wäre diese ganze Sache mit Shorelands eine riesige Verschwörung, die man nicht so ganz durchschaut?«

Davey fing an zu lachen. »Nun, wenn du nach einem finsteren Ränkeschmied suchst, bist du bei Lincoln Chancel genau an der richtigen Adresse. Ich bin sicher, daß er ein Obergauner gewesen ist. Das ist das große Geheimnis meiner Familie – wir reden nicht darüber. Auf dem Weg nach oben hat mein Großvater offenbar jedem, den er kennenlernte, einen Dolchstoß in den Rücken versetzt, er muß mit beiden Händen gestohlen haben, wann immer sich die Möglichkeit dazu bot, er hat sich ein riesiges Vermögen ergaunert...«

Davey verstummte einen Moment mit einem sinnlosen Grinsen im Gesicht, während die gedrängte Finsternis in der Mitte des Raums sich zu verdichten schien. Er sah nach unten und erblickte die Fotografie von Shorelands an die Sofalehne gestellt. Lincoln Chancel erschien plötzlich vor ihm und ergoß ungedämpfte Wut, Rachsucht und Frustration in seine Seele.

Paddi streichelte seine Wange mit kühlen Fingern und stand auf, streckte die Hand aus und führte ihn durch das Zimmer.

»Sie hat meinen Großvater beleidigt, oder nicht? Das Mädchen, das verschwunden ist.«

»Vielleicht hat dein Großvater sie beleidigt.«

Sie wich zurück und zog ihn zu einem Wandbild, das Lord Night als Wachtposten neben einem schwarzen Höhleneingang zeigte, ging zu der Wand und stieß nicht dagegen, sondern schlüpfte in die Höhle hinein. Davey folgte ihr durch die Öffnung.

Und das, sagte Davey, war das Ende seiner Geschichte.

26

»Wie kann es das Ende sein?« Nora bemühte sich, nicht zu schreien. »Was ist passiert?«

»Das ist der Teil, der schwer zu erklären ist.«

Davey hatte noch nicht aufgehört, von Paddi Mann zu reden. Er hatte nur aufgehört, auf diese Weise zu reden.

»Erinnerst du dich, was wir heute gesehen haben? Wo wir gewesen sind?«

Nora nickte, und ihr graute fast davor, was er als nächstes sagen würde.

Er gab ihr keine Hilfestellung. »Genau darum geht es.«

»Hast du das Manuskript jemals gefunden? Was ist aus ihr geworden? O nein, du wirst mir doch nicht erzählen, daß sie getötet wurde, oder?«

»Das Manuskript habe ich nie gefunden. Auf jeden Fall hat mein Vater mir gesagt, daß er sich gegen eine kritische Ausgabe von *Reise in die Nacht* entschieden hätte.«

»Darüber muß Paddi sich sehr geärgert haben.«

Davey machte sich wieder daran, den Bettbezug glattzustreichen, und Nora versuchte es erneut. »Sie hat sich so für das Projekt eingesetzt.«

Davey nickte, senkte den Kopf und spitzte die Lippen wie immer, wenn er gezwungen war, sich mit einer unangenehmen Situation auseinanderzusetzen.

»Erzähl mir einfach, was passiert ist.«

»Es war Donnerstag abend, als ich ihr das Bild gegeben habe. Am Montag sah ich sie gar nicht, und als ich wieder in meinem Apartment war, begann das ganze Koks zu wirken, und ich schlief zwei volle Tage durch. Ich war einfach weggetreten. Ich wachte gerade noch rechtzeitig auf, um zu duschen und frische Kleidung anzuziehen, bevor ich ins Büro ging.«

»Wo Alden dir eröffnete, daß er dein Lieblingsprojekt kippt. Und du mußtest Paddi die Nachricht überbringen.«

»Sie wartete in der Diele, als ich in den fünfzehnten Stock hinaufkam, als hätte ihr jemand gesagt, was passieren würde. Wir hatten kaum Zeit, miteinander zu reden, bevor ich hineinging, und sie sagte: ›Halb acht?‹ oder so etwas, und ich nickte, und dann ging ich rein zu Dad. Sie war immer noch da, als ich rauskam, und ich erzählte ihr die schlechte Nachricht gleich. Sie sagte kein Wort. Drehte sich nur um und lief davon. Ich ging um halb acht zu ihr.

Als ich ihre Wohnung betrat, war sie nicht da, daher wartete ich eine Weile und schlenderte herum. Ich dachte mir, sie würde schlafen oder im Bad sein oder so. Ich sah mir ihre Bücher an. Weißt du, was für welche es waren? Nur verschiedene Ausgaben von Drivers Romanen. Hardcover, Taschenbücher, Übersetzungen, illustrierte Ausgaben.«

»Das überrascht mich nicht«, sagte Nora.

»Warte. Natürlich mußte ich durch die Öffnung in dem Wandbild gehen und mir den einzigen anderen Raum in der Wohnung anschauen, den ich je zu Gesicht bekommen hatte. Also betrat ich die Höhle. Die Augen treten mir vor den Kopf, das Herz bleibt mir fast stehen, und ich bin wie erstarrt. Nach schätzungsweise hundert Jahren löse ich mich aus der Starre und stelle fest, daß ich doch nicht ohnmächtig werde.«

Er sah Nora an, die seinen Blick lediglich erwiderte. Auch das hörte sich nach einer von Daveys Erfindungen an.

»Es sah aus wie in einem Schlachthof. Überall Blut. Ich hatte solche *Angst*. Ich war ziemlich sicher, daß man unmöglich soviel Blut verlieren und noch am Leben sein konnte, und biß die Zähne zusammen, falls ich ihre Leiche finden würde. Ich ging auf die andere Seite des Bettes, wo ein riesiger Blutfleck sich auf dem Boden befand und die halbe Wand hinaufreichte. Und da mußte ich fast kotzen, weil ich sicher war, daß ich sie dort finden würde. Ich habe sogar unter dem Bett nachgesehen.«

»Warum hast du die Polizei nicht angerufen?« *Und warum will ich das glauben? Er beschreibt Natalies Zimmer.*

»Ich wußte nicht, wo das Telefon war! Ich weiß nicht mal, ob sie ein Telefon hatte!« Davey blickte wie wild im Schlafzimmer umher und machte mehrmals den Mund auf und zu, als wollte er diese Bemerkung wieder hinunterschlucken.

»Hast du keine Angst gehabt, der Täter könnte noch dort gewesen sein?«

»Nora, wenn ich daran auch nur *gedacht* hätte, hätte ich auf der Stelle einen Herzschlag bekommen.«

»Wo hast du ihre Leiche gefunden?«

»Gar nicht.«

»Nun, wo war sie? Irgendwo muß sie ja gewesen sein.«

»Nora, das versuche ich dir doch zu erklären. Niemand hat sie gefunden. Sie war nicht da.«

»Jemand hat sie mitgenommen?«

»*Ich weiß es nicht!*« schrie Davey. Er preßte beide Hände auf das Gesicht und ließ sie wieder sinken.

»Oh. Du meinst, es war genau wie bei Natalie. Der Leichnam war verschwunden, wie der von Natalie.«

Er nickte. »Wie bei Natalie.«

Nora bemühte sich, die Situation wieder in den Griff zu bekommen, eine Welt zu errichten, in der alles einen Sinn ergab. »Aber es kann doch keinen Zusammenhang geben, oder?«

»Glaubst du, das wüßte ich?«

Sie versuchte es noch einmal. »Ich nehme nicht an, daß Natalie Weil Hugo Driver zitiert und dich auf die Suche nach verschollenen Manuskripten geschickt hat ...« Da fielen Nora die Bücher in Natalie Weils Schlafzimmer ein, und sie verstummte.

»Nein, wohl kaum«, sagte Davey, der immer noch nicht aufschaute.

Nora kam der Augenblick des Schweigens, der folgte, ungewöhnlich bedrückend vor.

»Was hast du gemacht, als dir klar wurde, daß sie nicht da war?«

Davey holte tief Luft und sah über ihre Schulter. »Ich hatte zu große Angst, um nach Hause zu gehen, also lief ich zu Fuß in die Stadt und nahm mir unter falschem Namen ein Hotelzimmer. Am nächsten Tag rief ich gegen Mittag Rod Clampett an und fragte ihn, ob Paddi sich schon gemeldet hätte. Er sagte, er habe sie den ganzen Tag nicht gesehen, würde ihr aber sagen, daß sie mich anrufen sollte, sobald sie auftauchte. Natürlich tauchte sie nie wieder auf.«

»Ich schätze, du hast nicht einfach nach ihr suchen können«, sagte Nora. »Aber entschuldige, Davey, was hat das alles zu bedeuten?«

»Ich muß aufstehen und mich ein bißchen bewegen. Könntest du einen Kaffee oder so was machen?«

»Ich könnte uns koffeinfreien machen«, sagte sie und sah auf die Digitaluhr des Radioweckers. Es war zwei Uhr. Sie nahm einen hellgelben Morgenmantel von der Couch, zog ihn an und band den Gürtel zu. Davey saß aufrecht im Bett und starrte ins Leere. Einen Moment sah er aus, als hätte Nora ihn noch nie zuvor gesehen, ein untüchtiger Mann, den das Leben immer vor Rätsel stellen würde. Dann schaute er zu Nora auf und war wieder ihr Mann, Davey Chancel, der sich bemühte, nicht ganz so durcheinander auszusehen, wie er war.

»Nora«, sagte er, »weißt du, wo der blaue Seidenmorgenmantel ist, der aus Thailand?«

»Am Haken im Bad«, sagte sie und trottete hinaus, um Kaffee zu machen.«

27

Davey nippte an seinem koffeinfreien French Roast und verzog das Gesicht, weil der Kaffee so heiß war. »Ein kleiner Kümmel würde ausgezeichnet zu diesem Mocha Java passen, findest du nicht?«

Nora schüttelte den Kopf, änderte aber ihre Meinung. »Warum nicht.«

Davey ging zum Schrank und holte die Flasche Hiram Walker Kümmel heraus; einen anderen hatte Nora bei ihrem letzten Ausflug zum Spirituosenladen nicht finden können. Er betrachtete das Etikett stirnrunzelnd, um ihr zu zeigen, daß sie zu einem anderen Laden hätte gehen müssen, wenn nicht nach Deutschland, um einen anständigen Kümmel zu finden, und füllte seine Tasse bis zum Rand. Dann trat er hinter Nora und goß ihr etwa einen Zentimeter von der Flüssigkeit in die Tasse. Der Geruch von Kümmelkörnern und trunkenen Blumen erfüllte die Küche.

»Nun?« sagte sie.

»Ja.«

»Was ja?« Sie schluckte etwas, das wie ein Gegengift schmeckte, das zufällig eine Ähnlichkeit mit Kaffee hatte.

»Ja, es kommt noch mehr. Ja, ich bin nicht ganz sicher, ob ich dir davon erzählen soll.«

Sie trank einen zweiten Schluck der Mischung, die nicht mehr ganz so abscheulich schmeckte wie zuvor.

»Als ich von meinem letzten Besuch in Paddis Wohnung erzählte, habe ich etwas weggelassen.«

»O nein.«

»Ich habe nichts *getan*, Nora. Ich habe mir nichts *zuschulden* kommen lassen.«

Warum siehst du dann so schuldbewußt aus? fragte sie sich.

»Okay, ich hab doch etwas getan.« Er trank und legte den Kopf nach hinten, als müßte er das wie ein Vogel tun, um zu schlucken. Dann senkte er den Kopf und legte die Hände um die Tasse. »Ich hab dir gesagt, daß ich unter das Bett gesehen habe.«

Nora spürte plötzlich, daß das, was Davey als nächstes sagen würde, ihre Einstellung zu ihm für alle Zeiten ändern würde.

Dann überlegte sie sich, daß seine Geschichte von Paddi Mann ihre Einstellung zu Davey ohnehin verändert hatte.

»Ich hab da unten etwas gesehen.«

»Du hast etwas gesehen«, sagte sie.

»Ein Buch.«

Ist das alles? dachte Nora. *Kein abgehackter Kopf, keine Million Dollar in einer Papiertüte?*

»Als ich es hervorgeholt hatte, dachte ich mir, sie hätte es möglicherweise sogar für mich dort hinlegen können. Was meinst du, ist es gewesen?«

»Das Ägyptische Totenbuch? Dieses Ding von Lovecraft, äh, das *Necronomicon?*«

»*Reise in die Nacht*. Ein Taschenbuch.«

»Nichts für ungut«, sagte sie, »aber das scheint mir nicht gerade erstaunlich zu sein.«

David hielt ihrem Blick stand und trank noch einen Schluck von seinem Kaffee mit Schuß. »Hm-hmm. Ich habe es aufgeschlagen. Du weißt schon, es hätte ja eine Nachricht für mich darin sein können. Aber es war nichts drin, was nicht hineingehört hätte. Und ihr Name.«

»Ihr Name«, sagte Nora, die sich wie ein Echo vorkam.

»Auf dem fliegenden Vorsatz. Ganz oben. Paddi Mann.«

»Sie hat ihren Namen hineingeschrieben.«

»Ganz recht. Ich habe das Buch in die Tasche gesteckt und mitgenommen. Ein paar Tage später habe ich versucht, es zu finden, aber das verdammte Ding war weg.«

»Es ist dir aus der Tasche gefallen.«

»Es geht noch weiter«, sagte er und stellte die Tasse hin. »Wart's ab. Ich bin gleich wieder da.« Davey stand auf und ging aus der Küche, wobei er nervös den blauen Morgenmantel zurechtstrich.

Nora hörte, wie er ins Schlafzimmer zurückkehrte. Eine Schranktür wurde auf- und wieder zugemacht. Einen Augenblick später kam er mit einem vertrauten schwarzen Taschenbuch zurück. Er setzte sich, und als wollte er es nur ungern hergeben, hielt er es mit beiden Händen vor sich, bevor er es Nora reichte.

»Nun, ich nehme nicht an, das ist …« Nora stellte fest, daß sie das Buch ebenso ungern nehmen, wie er es loslassen wollte. Sie verstummte und ließ es sich geben. Auf dem leicht verblaßten fliegenden Vorsatzpapier stand, mit Kugelschreiber in kleinen deutlichen Druckbuchstaben geschrieben, PADDI MANN. Unter ihren Namen hatte Davey seinen eigenen geschrieben.

»Also ist es wieder aufgetaucht«, sagte Nora.

»Was meinst du, wo?«

»Woher soll ich das wissen?« Sie legte das Buch aus der Hand und dachte sich, daß es sie kein bißchen interessierte, wo es wieder aufgetaucht war, und hoffte aus einem unerfindlichen Grund, sie würde es nicht herausfinden müssen. Sie machte sich für eine weitere Erfindung Daveys bereit.

»In Natalie Weils Schlafzimmer.«

»Aber –« Nora machte den Mund zu und wieder auf. Sie konnte den Ausdruck in Daveys Augen nicht mehr ertragen, betrachtete ihre Finger, die sie auf der Tischplatte gespreizt hatte, als wollte sie Klavier spielen. »Dieses Buch, dasselbe Buch.«

»Dasselbe Buch. Ich habe es gesehen, als wir reingegangen sind, und als dieser große Cop rausgegangen ist, bin ich noch mal zurück, weißt du nicht mehr? Ich habe es aufgeschlagen und wäre beinahe umgekippt. Dann habe ich es in die Tasche gesteckt.«

»Warum bist du noch mal zurückgegangen? Hast du vermutet, es könnte sein, daß –?«

»Selbstverständlich nicht. Ich wollte es mir genauer ansehen.« Er zuckte die Achseln.

»Du hast keine Ahnung, wie es dorthin gekommen ist?«

»Ich habe es nicht hingebracht, falls du das meinst.«

»Du hast Natalie nie ein Exemplar von *Reise in die Nacht* gegeben.«

Er sah sie ehrlich gereizt an. »Muß ich es dir schriftlich geben?«

Nora vermutete, das wäre das beste.

»Jemand hat es mir gestohlen. Er hat Paddi getötet und das Buch zurückgelassen, damit ich es finden sollte. Noch in derselben Woche hat er es mir gestohlen. Und dieselbe Person hat jetzt Natalie getötet und es in ihrem Schlafzimmer zurückgelassen.«

»Der Wolf hat Paddi Mann getötet?« fragte Nora, zu verwirrt, um deutlich zu sprechen.

»Lord Night? Was hat der damit zu tun?«

»Nein, entschuldige, ich meinte *unseren* Wolf. Den Wolf von Westerholm.« Sie fuchtelte mit den Händen vor sich, als würde sie eine Schiefertafel abwischen. »So habe ich den ... den Kerl getauft. Den Mann, der Natalie und die anderen ermordet hat.«

»*Unseren* Wolf.« Davey schien verstört zu sein, und Nora fürchtete, der Grund dafür könnte ihre Entweihung eines Tieres sein, das Hugo Driver heilig gewesen war. »Ja, es war derselbe Kerl. Er muß es sein. Aber er hat keine große Ähnlichkeit mit Lord Night.«

»Davey«, sagte sie, »nicht alles hat mit Hugo Driver zu tun.«

»*Reise in die Nacht* schon. Paddi Mann hat sich auf jeden Fall für Driver interessiert.«

Sie hatte ihn in die Defensive gedrängt. »Davey, ich wollte nur sagen, daß er Paddi Manns Exemplar von *Reise in die Nacht* nicht im Schlafzimmer von Sally Michaelman, Annabelle Austin oder einer der anderen zurückgelassen haben könnte. Und möglicherweise hat er dein Exemplar gar nicht gestohlen. Vielleicht hat er es gefunden.«

Davey schüttelte heftig den Kopf. »Ich wette, es besteht ein Zusammenhang zwischen den Frauen, die er getötet hat, und bestimmten Stellen in dem Buch. Im Grunde genommen liegt das auf der Hand.«

»Wieso liegt es auf der Hand?«

»Wegen Paddi«, sagte er. »Paddi war eindeutig Paddy, findest du nicht auch?«

»Paddi war Paddi«, sagte sie. »Das verstehe ich nicht.«

»In dem Buch. Die Maus. Die Maus namens Paddy, die Pippin Little von dem Dampfenden Feld erzählt. Herrgott, kannst du dich an überhaupt nichts erinnern? Paddy ist ... Manchmal frage ich mich, ob du *Reise in die Nacht* wirklich je gelesen hast.«

»Ich habe es teilweise gelesen.«

»Du hast gelogen.« Er sah sie in völliger Fassungslosigkeit an. »Du hast mir gesagt, du hättest es zu Ende gelesen, und du hast mich belogen.«

»Ich habe darin geblättert«, sagte sie. »Ich entschuldige mich. Mir ist klar, daß es wichtig für dich ist –«

»*Wichtig.*«

»– aber beunruhigt es dich nicht im geringsten, daß der Mann, der fünf Frauen getötet hat, in irgendeinem –«

»Was?«

»– irgendeinem Zusammenhang mit dir steht? Ich weiß nicht, wie ich es ausdrücken soll, weil ich es nicht verstehe.« Stechender Schmerz explodierte hinter Noras rechter Stirnhälfte und bohrte einen heißen Stachel in ihre Pupille. Sie lehnte sich auf dem Stuhl zurück und legte eine Hand auf ihr Auge.

»Ich kann bestimmt nicht mehr einschlafen. Ich glaube, ich gehe runter ins Familienzimmer und höre etwas Musik.«

Nora wartete, daß er sie einladen würde, mit ins Familienzimmer zu kommen, damit sie ablehnen konnte. Sie hörte, wie er den Stuhl zurückschob und aufstand.

Er sagte ihr, daß sie versuchen sollte, sich hinzulegen. Er riet zu Aspirin.

Nora nahm die Hand vom Gesicht. Davey hielt die rechteckige braune Flasche über seine Tasse und schenkte sich mehrere Zentimeter der bernsteinfarbenen Flüssigkeit ein, die nach Kümmelsamen roch.

»Du hast gesagt, du hättest das Manuskript, das du im Konferenzzimmer gefunden hast, das Buch von Clyde Morning? Würde es dir etwas ausmachen, wenn ich es mir ansehe?«

»Du möchtest Clyde *Morning* lesen?«

»Ich möchte mir das erste neue Blackbird Book ansehen«, sagte Nora, aber Davey quittierte diese versöhnliche Geste lediglich mit einem Stirnrunzeln und einem Achselzucken. »Würdest du es mir holen?«

Davey legte den Kopf schief und verdrehte die Augen. »Wenn du willst.« Er ging in sein ›Büro‹. Nora konnte hören, wie er mit sich selbst redete, während er die Laschen seiner Aktentasche aufmachte. Er kam in die Küche zurück und hielt linkisch einen überraschend schmalen Stapel Papier, der von Gummibändern zusammengehalten wurde. »Da ist es.« Er legte das Manuskript auf den Tisch. »Laß mich wissen, ob es deiner Ansicht nach was taugt.«

Sie sagte: »Du zweifelst an dem großen Clyde Morning?«

Unter der Küchentür drehte sich Davey um, betrachtete sie mit einem Blick, der Mitgefühl heucheln sollte, daß sie allein gelassen wurde, und entfloh.

Sie entfernte die Gummibänder und klopfte mit der Unterkante des Manuskripts auf die Tischplatte. Dann schlug sie die letzte Seite auf und las die Zahl in der oberen rechten Ecke. Welche Wunder der Erzählkunst die große Hoffnung von Blackbird Books auch immer mit *Gespenster* vollbracht haben mochte, er hatte sie auf 183 Seiten vollbracht.

Von unten tönte die unheimliche Stimme von Peter Pears herauf, der Worte aus einer Oper von Britten sang, die Nora oft gehört hatte, aber nicht einordnen konnte. Die Stimme schien aus einem überirdischen Reich irgendwo zwischen Erde und Himmel zu kommen. *Der Tod in Venedig*, das hörte sich Davey an. Sie nahm das schmale Manuskript, trug es ins Wohnzimmer, schaltete eine Lampe ein, die Sally Michaelman ihr verkauft hatte, und streckte sich auf dem Sofa aus, um zu lesen.

DRITTES BUCH

IN TIEFSTER NACHT

*Schließlich verlor das Kind jegliche Hoffnung
und gestand sich selbst ein, daß dieses finstere Land
der Tod war, aus dem es kein Entrinnen geben konnte.
Eine Zeitlang verlor es alle Kraft und Vernunft
und weinte vor Angst und Verzweiflung.*

28

Anderntags, am frühen Morgen, drehte Nora dem Long Island Sound den Rücken zu, lief über die gebogene Holzbrücke an der Trap Line Road in die zwölf Morgen bewaldetes Sumpfland, die Pierce-A.-Gordon-Naturschutzgebiet genannt wurden. Die Luft war frisch und kühl, und hinter ihr hüpften Möwen an dem langen, tangverschmutzten Strand auf und ab. Sie hatte die Hälfte ihrer Laufstrecke überwunden, und vor ihr lagen die Freuden des ›Vogelparks‹, wie die Einwohner von Westerholm das Naturschutzgebiet nannten, wo sie sich knapp fünfzehn Minuten der Illusion hingeben konnte, daß sie durch eine Landschaft ähnlich der Wildnis Michigans lief, wohin Matt Curlew sie als Kind immer zu Angelausflügen mitgenommen hatte. Diese fünfzehn Minuten waren das geheime Herz ihres Morgenlaufes, und am Morgen ihrer buchstäblich ersten schlaflosen Nacht seit Jahren, wünschte sich Nora nichts sehnlicher, als ihre Gedanken oder Sorgen oder was auch immer vergessen zu können und die Viertelstunde zu genießen. Altbekannte Bäume mit Kardinalsvögeln und keifenden Eichelhähern standen ringsum. Sie sah auf die Uhr und stellte fest, daß sie bereits fünf Minuten später dran war als sonst.

Daveys verrückte Geschichte hatte ihr mehr zugesetzt, als sie zuzugeben bereit war. Früher hatten Daveys Ausschmückungen, sofern sie nicht eindeutig Selbstzweck waren, stets entweder der Dramatik oder Erheiterung gedient. Die Geschichte von Paddi Mann dagegen, obschon höchst dramatisch, schien mehr zu verbergen, als sie preisgab. Selbst wenn er lediglich das Ausmaß seiner Verführung hatte betonen wollen, war er eindeutig über das Ziel hinausgeschossen.

Noch etwas anderes machte Nora zu schaffen. Nora hatte die ersten zwanzig Seiten von *Gespenster* in einem solchen Strudel von Zweifeln und Zorn gelesen, daß ihr kein einziger Satz im Gedächtnis geblieben war.

Welches Recht hatte Davey, von ihr zu verlangen, daß sie sich für einen zweitklassigen Autor interessieren sollte? Seinetwegen hatte sich Nora ein immenses Wissen über klassische Musik angeeignet. Sie kannte den Unterschied zwischen Maria Callas und Renata Tebaldi, sie konnte fünfzig Opern anhand der ersten paar Takte identifizieren, sie konnte unterscheiden, wann Horowitz ein Nocturne von Chopin spielte und wann Ashkenazy. Weshalb sollte sie einen Diener vor Hugo Driver machen?

An diesem Punkt zwang Noras Gewissen sie zu dem Eingeständnis, daß sie Davey tatsächlich belogen hatte, was Drivers Buch anbetraf. Sie hatte das Manuskript zugeschlagen, war nach unten gegangen und hatte vor der Tür des Familienzimmers gezögert. *Der Tod in Venedig* tönte aus den Lautsprechern. Sie stieß langsam die Tür auf und hoffte, Davey würde aufrecht sitzen, sich Notizen machen, die Wand anstarren oder irgend etwas tun, das bewies, daß er mindestens so wach war wie sie. Davey lag mit geschlossenen Augen und bebendem Mund unter einer karierten Überwurfdecke auf dem Sofa. Genau wie sie es vorausgesehen hatte: Mr. Sensibelchen hatte die beiden Britten-CDs in den CD-Player geschoben, sich hingelegt, den Überwurf wie eine Babydecke um sich geschlungen und sich darauf verlassen, daß sie vor ihm eingeschlafen sein würde.

Das war es, das *reichte*. Nora ging ins Wohnzimmer zurück und schaltete das Radio ein. Sie drehte an dem Abstimmungsknopf, bis sie einen Sender gefunden hatte, der James Cotton spielte, Blues mit *Pfiff*, Blues mit *Biß*, drehte die Lautstärke auf und fing von vorne an, *Gespenster* zu lesen.

Gespenster war das zweite, das sie auf dem Lieblingsabschnitt ihres Laufes gerne vergessen hätte. Als sie etwa eine Stunde gelesen hatte, kam ihr ein vager Verdacht, was Clyde Morning betraf. Dieser Verdacht, sollte er sich erhärten, konnte Auswirkungen auf sie und Davey haben, oder auch nicht. Dann gab es ein Problem mit dem Buch selbst. Wie sie befürchtet hatte, entpuppte sich *Gespenster* als schmales Buch. Es las sich wie das Grundgerüst der kaum mehr als angerissenen Geschichte eines Schriftstellers, der zu erschöpft oder schlampig war, sich auch nur die Namen seiner Helden zu merken. George Carmichael, der Held, war auf Seite 15 zu George Carstairs und auf Seite 35 wieder zu

George Carmichael geworden. Auf den restlichen Seiten des Buches ging es hin und her, je nachdem, vermutete Nora, welcher Name Clyde Morning als erster eingefallen war, wenn er sich an die Schreibmaschine gesetzt hatte.

Noch schlimmer war die Erschöpfung, die man dem Stil allenthalben anmerkte. Drei verschiedene Personen sagten: »Nur zu wahr.« Viel zu viele Sätze fingen mit den Worten »In der Tat« an, gefolgt von einem Komma. Die Augen von George Carmichael/Carstairs waren grundsätzlich von einem »tiefen, gütigen Braun«, seine Schuhe ständig »mit einem Muster von Kratzspuren gezeichnet«. Weder der Sinn noch die Grammatik waren sicher. Wenn er die Treppe hinunterlief, stach die Sonne George in die Augen, die von einem »tiefen, gütigen Braun« waren. Wenn er Lily Clark, seine Liebste, »sehnsüchtig« ansah, klebten seine Augen an ihrem Kleid. Oder sie flogen durch den Raum und hefteten sich an ihre »Tigerlippen«. Ein halbes dutzendmal kam es vor, daß George oder andere Personen »Schuhleder verschlissen«, indem sie »auf dem Pflaster stapften« oder die Treppe hinaufrannten, indem sie »zwei Stufen auf einmal nahmen«. Als ihr diese Wiederholungen auffielen, stand Nora auf, suchte einen Kugelschreiber und machte winzige Zeichen an den Rand, wenn wieder eine auftauchte.

Als sie fertig war mit Lesen, fiel fahles Licht schräg zu den Fenstern an der Vorderseite des Hauses herein. Sie ging in die Küche, frischen Kaffee holen, und stellte fest, daß sie Bohnen aus der Packung French Roast gemahlen hatte, die nicht koffeinfreien enthielt. Ihr Rundfunksender hatte die ganze Nacht Blues gebracht und war zu Jazz übergewechselt, während sie die letzten Seiten des Manuskripts gelesen hatte. Ein Tenorsaxophon spielte eine Ballade so zärtlich, daß einzelne Töne durch ihre Haut zu schweben schienen. »Scott Hamilton«, sagte der Sprecher, »mit ›Chelsea Bridge‹.«

Scott Hamilton... war das nicht der Name eines Schlittschuhläufers?

Nora hatte benommen und unsicher von dem Manuskript aufgeblickt. Sie hatte den Eindruck, als wäre mit den Klängen des Saxophons ein heimlicher Gedanke, der zu einer normalen Tageszeit die innere Zensur nicht überwunden hätte, in ihren

Verstand geschwommen, wo er Form angenommen hatte, und war wieder hinausgeschwebt. Carmichael/Carstairs und Paddi Mann waren Bestandteil dieses Gedankens gewesen, aber jetzt war er schon wieder fort. Nach diesem Erlebnis kam sie sich auf seltsame Weise wie eine Besucherin in ihrem eigenen Leben vor. Sie stand auf, stemmte die Hände in die Hüften und drehte den Rücken zweimal heftig nach rechts, dann zweimal nach links.

Davey hatte das Familienzimmer während der Nacht nicht verlassen, aber ihre Wut auf ihn war verraucht. Nachdem er seine Ängste fast eine Woche in sich behalten hatte, war er schließlich doch mit seinem Geständnis herausgeplatzt. Und wenn auch nur ein Zehntel davon stimmte, war es doch ein Geständnis.

Nora ging nach unten und sah nach ihrem Mann. Ein Angsttraum verzerrte sein Gesicht über der Decke. Sie schaltete das Licht und den CD-Player aus. Oben wickelte sie die Gummibänder wieder um *Gespenster*. Sie fühlte sich hundemüde und hellwach zugleich. Warum sollte sie das Geschenk der zusätzlichen Stunden nicht nützen, jetzt gleich ihren Dauerlauf machen und dann für sich und Davey ein Frühstück zubereiten, bevor er nach New York aufbrach? In Hochstimmung zog sie Shorts und Turnschuhe an, ein Oberteil und einen Pullover, setzte sich eine Mütze mit langem Schirm auf und verließ das Haus. Nachdem sie ein paar Minuten Lockerungsübungen auf dem taufeuchten Rasen des Vorgartens gemacht hatte, der im fremden Licht der Dämmerung graublau aussah, lief Nora an den schlafenden Häusern der Fairytale Lane vorbei.

Zweifel und Sorgen griffen immer wieder mit Tentakeln nach ihrer Konzentration, während sie durch die fast halluzinatorische Landschaft des Vogelschutzgebiets lief. Paddi Mann war kein Problem; auch nicht, was immer auch Davey verheimlicht hatte. Daveys Geheimnisse waren unweigerlich weniger wichtig, als er glaubte. Das Problem war, ob sie ihm sagen sollte, was sie über Clyde Morning herausgefunden hatte, oder nicht.

29

Nora hob die *New York Times* von der Türschwelle auf, schloß die Eingangstür auf und überprüfte automatisch das Signal an der Tastatur der Alarmanlage. Das grüne Licht leuchtete; niemand hatte das System angerührt, seit sie das Haus verlassen hatte. Sie ging mit der Zeitung nach unten und machte die Tür des Familienzimmers auf. Da lag Davey und schlief tief und ruhig; er hatte den Überwurf um die Hüften gewickelt, die Augen geschlossen und den Mund gerade so weit offen, daß er sich die Lippen lecken konnte.

Sie kniete sich vor Davey nieder und strich mit der Hand über seine Wange. Er schlug die Augen auf. »Wie spät ist es?«

Sie sah auf die Digitaluhr neben dem CD-Player. »Siebzehn Minuten nach sieben. Du mußt aufstehen.«

»Warum? Mensch, hast du vergessen, daß Samstag ist?«

»Es ist *Samstag?* Großer Gott«, sagte sie. »Tut mir leid. Ich bin so durcheinander, daß ich gedacht habe, es wäre Montag.«

Er bemerkte, was sie anhatte. »Du hast deinen Lauf schon hinter dir? Es ist so *früh*.« Er richtete sich auf und betrachtete ihr Gesicht eingehender. »Hast du überhaupt geschlafen?« Er setzte sich und schwang die Füße auf den Boden. Ein schwacher Geruch von verbrauchtem Alkohol ging von seiner Haut aus. Er ließ sich gegen die Wand sinken und sah sie an. »Du siehst wirklich total *aufgekratzt* aus. Ich wußte nicht, daß *Gespenster* so spannend ist. Soweit ich mich erinnere, ist es ein ziemlicher Käse.«

Der Zeitpunkt schien nicht günstig zu sein, ihm ihre Theorie über Clyde Morning zu präsentieren. »Nun, ich hatte ein, zwei Ideen, sollte mir das Manuskript aber noch mal ansehen, bevor ich darüber rede.«

»Ach?« Er legte den Kopf schief und sah sie argwöhnisch an.

»Ich will nur noch einiges überprüfen. Möchtest du noch ein bißchen schlafen?«

Er rieb sich die Wangen. »Ich kann genausogut aufstehen. Vielleicht vor dem Mittagessen noch ein bißchen Golf spielen. Wäre dir das recht?«

»Gute Idee.« Nora küßte seine stoppelige, leicht muffige Wange und stand auf. Im Wohnzimmer merkte sie, daß sie immer noch die Zeitung bei sich hatte, und warf sie auf einen Sessel.

Nachdem sie hastig geduscht hatte, drehte Nora das Wasser ab und trat aus der Kabine, als Davey nackt das Badezimmer betrat. Als sie nach dem Handtuch griff, packte er eine ihrer Pobacken. Sie bauschte das Handtuch vor seiner Brust und schubste ihn auf die Dusche zu.

Sie trocknete sich ab, wickelte das Handtuch um den Oberkörper und ging ins Schlafzimmer, um sich anzuziehen. Davey, der sich das Haar trockenrieb, kam nackt und rosa aus dem Bad und sagte: »Das einzige Problem, wenn ich so früh in den Club gehe, besteht darin, daß ich mit diesen alten Angebern spielen muß, die mich alle behandeln, als wäre ich der schwachsinnige Enkel von irgend jemandem. Keiner hört je zu, was ich zu sagen habe.«

Das Telefon neben dem Bett läutete. Beide sahen es an. »Jemand muß sich verwählt haben«, sagte Davey. »Wimmle ihn ab.«

Nora nahm den Hörer ab und sagte: »Hallo?«

Eine Männerstimme, die sie schon einmal gehört hatte, aber nicht zuordnen konnte, nannte ihren Namen.

»Ja.«

»Hier spricht Holly Fenn, Mrs. Chancel. Entschuldigen Sie, daß ich Sie so früh störe, aber in all dem Trubel hier unten ist etwas passiert, bei dessen Klärung Sie uns vielleicht helfen könnten.«

Davey tauchte mit hellgrünem Polohemd, Boxershorts und blauen Kniestrümpfen vor ihr auf. »Was ist das für ein Idiot?«

Sie legte die Hand auf die Sprechmuschel. »Holly Fenn.«

»Ich kenne niemanden, der Holly Fenn heißt.«

»Dieser Cop. Der Detective.«

»Ach, *der* Kerl. Wie nett.«

Fenn sagte: »Hallo?«

»Ja, ich bin noch dran.«

»Möglicherweise könnten Sie Ihrer örtlichen Polizei einen kleinen Gefallen tun und mit Ihrem Mann ins Revier kommen. Als Freunde von Mrs. Weil.«

Davey nahm eine Khakihose aus dem Plastikbeutel der Wäscherei und warf den Beutel samt Kleiderbügel Richtung Abfalleimer, den er um einen Meter verfehlte.

»Ich verstehe nicht ganz«, sagte sie. »Sie möchten mit uns über Natalie sprechen?« Davey murmelte etwas und stieg in ein Hosenbein.

»Ich habe möglicherweise eine gute Nachricht für Sie«, sagte Fenn. »Sieht so aus, als wäre Ihre Freundin möglicherweise doch nicht tot. LeDonne hat sie erst vor ganz kurzer Zeit unten in der South Post Road gefunden, oder jedenfalls jemanden, der behauptet, Mrs. Weil zu sein. Können Sie bald hier sein? Ich würde Ihre Hilfe wirklich zu schätzen wissen.«

»Klar, gerne«, sagte sie. »Das wäre wirklich wunderbar. Aber wozu brauchen Sie uns, um sie zu identifizieren?«

»Ich erkläre Ihnen alles, wenn Sie hier sind, aber darauf läuft es wohl hinaus. Sie sollten vielleicht durch die Hintertür reinkommen. Hier ist das reinste Tollhaus.«

»Wir sind in etwa zehn Minuten da«, sagte sie.

»Ich bin Ihnen inmitten des Tohuwabohus hier sehr dankbar«, sagte Fenn. »Danke.« Er legte auf.

Nora, die den Hörer noch in der Hand hielt, sah Davey an, der nachdenklich vor dem Schuhregal stand. »Ich verstehe es immer noch nicht«, sagte sie. Davey sah sie an, gab einen kehligen, fragenden Laut von sich und bückte sich, um ein Paar Slipper auszusuchen. »Er möchte, daß wir ins Polizeirevier kommen, weil der Polizist, der in Natalies Haus war – LeDonne? –, weil er sagt, daß LeDonne in der South Post Road eine Frau gefunden hat, die behauptet, sie sei Natalie.«

Davey richtete sich langsam auf und sah sie stirnrunzelnd an. »Und warum brauchen sie uns?«

»Das weiß ich nicht genau.«

»Albern. Sie müssen sich nur ihren Führerschein ansehen. Was hat es für einen Sinn, uns da mit hineinzuziehen?«

»Keine Ahnung. Er sagte, er würde es erklären, wenn wir dort sind.«

»Es kann nicht Natalie sein. Du hast ihr Schlafzimmer gesehen. Nach einem derartigen Blutbad steht man nicht einfach auf und läuft davon.«

»Laut deiner Geschichte ist es bei Paddi Mann genauso gewesen«, sagte sie.

Sein Gesicht wurde knallrot; er wandte sich ab und schlüpfte in die Schuhe. »Das habe ich nicht gesagt. Ich sagte, sie ist verschwunden. Natalie wurde ermordet.«

»Warum wirst du rot?«

»Ich werde *nicht* rot«, sagte er. »Ich bin sauer. Man geht irgendwie davon aus, daß Cops dumpf und inkompetent sind, aber das ist ein neuer Tiefststand. Sie gabeln eine Irre auf, die behauptet, daß sie Natalie ist, und wir müssen uns den Morgen um die Ohren schlagen und ihre Arbeit für sie machen.« Er stapfte zur Tür, steckte die Hände in die Taschen und sah sie argwöhnisch an. »Ich hoffe, du hast Verstand genug, nichts von dem auszuplappern, was ich dir gestern nacht erzählt habe.«

Nora stellte fest, daß sie den Hörer noch in der Hand hielt, und legte auf. »Warum sollte ich?«

»Ich wünschte, wir hätten Zeit, um etwas zu essen«, sagte Davey. »Bringen wir es hinter uns, ja?«

Ein paar Minuten später sauste der Audi unter den Bäumen am Rand der Old Poetry Road dahin, während Davey laut darüber nachdachte, ob er der Polizei erzählen sollte, daß er Paddi Manns Exemplar von *Reise in die Nacht* in Natalie Weils Schlafzimmer gefunden hatte. »Das Problem ist, ich habe es mitgenommen. Ich wette, deshalb könnte ich Ärger bekommen.«

Für Nora stellte diese Frage ein weiteres Beispiel für Hugo Drivers erstaunliche Fähigkeit dar, auch lange nach seinem Tod noch Ärger zu machen. »Es besteht kein Grund, das zu erwähnen.«

Davey warf ihr einen gekränkten Blick zu. »Es ist *ernst*, Nora. Vielleicht sollte ich nicht mit dir reingehen. Diese Frau kann nicht Natalie sein – aber wenn sie es nun doch ist?«

»Wenn sie es nicht sein kann, ist sie es nicht. Und wenn sie irgendwie doch Natalie sein sollte, wird sie über viel mehr zu sprechen haben als ein Exemplar von *Reise in die Nacht*.«

»Wahrscheinlich.« Er seufzte. »Du hast gesagt, du hättest eine Idee für *Gespenster*.«

»Oh!« sagte sie. »Als ich heute morgen durch das Vogelschutzgebiet gelaufen bin, ist mir etwas am Stil aufgefallen. Aber ich könnte mich irren.«

Davey beschleunigte bergab in Richtung der grünen Ampel an der Post Road, blinkte und scherte nach Norden auf die zweite Spur aus.

»Weißt du noch, wie du gewitzelt hast, Clyde Morning und Marletta Teatime könnten ein und dieselbe Person sein? Ich glaube, das wäre durchaus möglich.«

Er sah sie fassungslos an.

»Letzten Monat habe ich einen Roman von Marletta Teatime gelesen, weißt du noch? *Das Grab wartet?*«

»*Das wartende Grab*«, sagte Davey.

»Richtig. Einiges an dem Stil kam mir komisch vor. Marletta ließ ihre Figuren ein paarmal ›Nur zu wahr‹ sagen, wenn sie mit irgend jemand einer Meinung waren. Wer sagt ›nur zu wahr‹? Möglicherweise Engländer oder Australier, aber Amerikaner nicht. In *Gespenster* sagen die Leute andauernd ›nur zu wahr‹.«

»Offensichtlich liest Clyde ihre Bücher.«

»Aber das ist noch nicht alles. Marletta begann ein halbes Dutzend Sätze mit ›in der Tat‹. In *Gespenster* ist es genauso. Und dann die Sache mit den Schuhen. In dem Buch von Marletta sind die Schuhe dieses Gärtners, der den kleinen Jungen tötet, mit einem Muster von Kratzspuren gezeichnet. Dadurch findet man später heraus, daß er sich in einer anderen Stadt für einen Priester ausgegeben hat. Nun, in *Gespenster* schreibt Morning immer wieder, daß George Soundsos Schuhe mit einem Muster von Kratzspuren gezeichnet sind. Es ist nicht einmal eine besonders gute Beschreibung.«

»Oh, großartig, demnach bist du jetzt Lektorin.«

Nora sagte nichts.

»Du weißt, wie ich es meine. Ich finde nicht, daß es eine schlechte Beschreibung ist.«

»Okay, dann schau dir die Namen an. Morning und Teatime, das ist, als würde man Sechs Uhr und Vier Uhr heißen.«

»Ha«, sagte Davey. »Weißt du, vielleicht hat sich Morning Teatime als Pseudonym ausgedacht. Unmöglich wäre es nicht.«

»Danke.«

»Mit zwei Namen hätte er doppelt so viele Bücher an den Mann bringen können. Weiß Gott, das Geld konnte er wahrscheinlich gebrauchen. Er mußte nur Marlettas Postfach einrichten und ein zweites Bankkonto eröffnen. Niemand hat je einen von ihnen zu Gesicht bekommen.«

»Wenn sie ein und derselbe sind, würde das demnach keine Probleme machen?«

»Wenn wir es keinem sagen, nicht«, sagte Davey. »Wenn *Gespenster* lektoriert wird, nehmen wir alle Nur-zu-wahrs und In-der-Tats und die Kratzspuren raus, das ist alles.«

»Man könnte ein bißchen Werbekapital daraus schlagen«, sagte Nora.

»Damit wir wie Dummköpfe dastehen? Nein, danke. Am besten schweigen wir einfach und warten, bis sich das Problem erledigt. Ich wünschte, wir könnten es mit dieser blöden Driver-Geschichte genauso machen.«

»Welcher Driver-Geschichte?«

»Das ist so lächerlich, daß ich nicht mal darüber reden will.«

»Es ist das Problem, von dem dein Vater gesprochen hat.«

»Der Grund, weshalb ich mir diese Travestie ansehen mußte. Okay, da sind wir.«

Davey bog von der Post Road ab und fuhr auf das Backsteingebäude des Polizeireviers von Westerholm zu. Nora kam der angrenzende Parkplatz ungewöhnlich belebt vor.

»Wie kann dieser Film ein Ärgernis für Chancel House sein?«

»Gar nicht«, sagte Davey, der sich resigniert anhörte, »nicht der Film an sich. Zufälligerweise sind zwei alte Tanten in Massachusetts reingegangen, nachdem sie im Keller alte Papiere der Familie durchgesehen hatten.« Davey verließ den öffentlichen Parkplatz und fuhr auf den des Polizeireviers, der ebenso überfüllt war wie derjenige, den sie gerade hinter sich gelassen hatten. Autos und Kleinbusse parkten vor dem Revier.

Nora sagte: »Sieh dir diese Busse an.« Sie zeigte auf zwei lange Busse mit den Emblemen und Schriftzügen von zwei Fernsehsendern in New York.

»Das hat uns gerade noch gefehlt.«

»Diese Frauen haben alte Unterlagen der Familie gefunden?«

»Sie dachten, sie hätten eine Möglichkeit gefunden, eine Menge Geld aus meinem alten Herrn herauszupressen. Es hätte nicht viel gefehlt, und ihr schmieriger Anwalt hätte es offen ausgesprochen.«

Davey war zum entgegengesetzten Ende des Polizeiparkplatzes gefahren, ohne eine Lücke zu finden, und fuhr zu den Parknischen, die für Polizeiautos reserviert waren.

»Das verstehe ich nicht«, sagte Nora.

»Sie fanden Notizen, die eine Schwester von ihnen angeblich gemacht hat. Ganze *drei Seiten*. In einem Koffer.« Er fuhr in eine freie Parklücke zwischen zwei Polizeiautos.

»Behaupten sie, daß ihre Schwester *Reise in die Nacht* geschrieben hat?«

Was immer die Frauen in Massachusetts behaupteten, sollte offenbar kein Gegenstand einer Diskussion werden, da Davey unverzüglich aus dem Auto ausstieg. Nora machte ihre Tür auf, stieg aus und sah Officer LeDonne, der auf sie zukam. Er sah aus, als stünde er unter großem Druck.

»Ich werde das Auto nicht wegfahren«, sagte Davey. »Sie haben uns gebeten, hierherzukommen.«

»Würden Sie mir bitte ins Revier folgen, Mr. Chancel? Mrs. Chancel? Ich muß Sie bitten, mir möglichst schnell zu folgen und mit niemandem zu sprechen, bis wir bei Chief Fenn sind.« Er kam weiter auf sie zu, während er das sagte, und blieb zwei Schritte vor Davey stehen. »Bleiben Sie so dicht wie möglich hinter mir.« Er sah beide an, drehte sich um und ging zur Front des Gebäudes zurück.

Als sie um die Ecke des Reviers kamen, fiel Nora etwas auf, das sie bisher nicht bemerkt hatte. Im Gegensatz zu den Autos auf dem Hauptparkplatz saßen in diesen hier Leute. Die Männer und Frauen in den Autos beobachteten, wie LeDonne die Chancels zur Treppe des Polizeireviers führte.

»Die halbe Stadt ist hier«, sagte sie.

»Schon seit Tagesanbruch«, sagte LeDonne.

Sie liefen hastig die drei langen Stufen hinauf. Nora spürte, wie Hunderte aufmerksame Augen sie hinter Windschutzscheiben beobachteten, wurde aber von dem Tumult auf der anderen Seite der Tür abgelenkt. LeDonne seufzte. »Wenn es nach mir ginge, würden wir sie alle in die Arrestzelle sperren und einzeln wieder freilassen.« Er drehte sich zur Tür um, winkte sie näher und sprang hinein. Davey trat hinter Nora, legte ihr die Hände an die Hüften und schob sie.

Nora wußte von ihrem unglückseligen Abenteuer mit dem Kind des Millionärs, daß der mit einem Sergeanten besetzte hohe Tresen eine Seite des Raums hinter der Tür beherrschte und auf der anderen Seite zwei lange Reihen mit Holzbänken standen. Einige Schritte vor ihr drängte LeDonne durch die Menschenmenge, die von diesen Bänken vorwärtsdrängte. Zwei uniformierte Beamte hinter dem Tresen riefen die Leute zur Ordnung. Daveys Hände stießen sie an einem ausgestreckten Mikrophon vorbei in eine Flut von Leibern und gemurmelten Fragen hinein. Stimmen redeten auf sie ein. Davey schien sie hochzuheben und in dem schmalen Freiraum hinter LeDonne vorwärtszuschieben. Hinter ihrem rechten Ohr hörte Nora einen Reporter etwas über die Familie Chancel fragen, doch die Frage verhallte, als sie einen breiten Flur betraten, wo sie unvermittelt alleine waren.

»Das Büro von Chief Fenn liegt geradeaus«, sagte LeDonne zu ihnen, als wolle er versprechen, daß dort alle Fragen beantwortet würden, setzte sich wieder in Bewegung und führte sie an einer Reihe von Türen mit Ornamentglasfenstern vorbei. Auf der anderen Seite einer breiten Metalltreppe öffnete er eine Tür mit der Aufschrift CHIEF OF DETECTIVES auf dem Milchglasfenster.

In dem Büro standen ein Schrank mit Rolltür, ein langer, grüner Metallschreibtisch mit zwei Holzstühlen davor und ein grauer Metalltisch an einer hellgrünen Schlackesteinwand. Auf beiden Metalltischen lagen Papiere, und aus dem offenen Schrank quollen ebenfalls Unterlagen. Ein schmales Fenster hinter dem Schreibtisch bot Ausblick auf den Parkplatz der Polizei, wo der Audi wie ein Fremdling zwischen den Reihen schwarzweißer Streifenwagen stand.

»Holly Fenn schlampig«, sagte Davey, der das Zimmer mit vor der Brust verschränkten Armen betrachtete. »Überrascht uns das? Nein, tut es nicht.«

Nora setzte sich auf einen wackeligen Holzstuhl, und schon kam Holly Fenn, der ein dickes, zerkratztes Notizbuch wie eine

Waffe vor sich hertrug, zur Tür hereingeschossen. »Ich nehme an, die Presse da draußen hat Sie in die Mangel genommen.«

»Stimmt«, sagte sie und lachte. »Was suchen die eigentlich hier?«

»Unser Chief dachte, wir würden hier im Gebäude ein bißchen besser mit ihnen fertig.« Er hielt Davey die Hand hin, der sie schüttelte. »Danke, daß Sie so rasch gekommen sind, Mr. Chancel.«

»Ich meinte, was suchen sie *hier?*« sagte Nora. »Ich verstehe nicht, wie sie so schnell von dieser Frau erfahren konnten, die behauptet, daß sie Natalie ist.«

Fenn blieb auf halbem Weg zu seinem Schreibtisch stehen, drehte sich um und sah sie an. »Sie meinen, Sie wissen es wirklich nicht?«

»Ich denke, nein«, sagte sie.

»Haben Sie heute morgen keine Zeitung gesehen?«

Sie sah im Geiste, wie sie die Zeitung auf einen Sessel geworfen hatte.

»Mein Gott.« Davey legte die Hände auf den Kopf. »Sie haben es geschafft? Sie haben ihn?«

»Sieht so aus.« Einen Augenblick sah Fenn fast aus, als wäre er zufrieden mit sich.

»Was geschafft?« fragte Nora.

»Unseren Mörder geschnappt«, sagte Fenn. »Er ist seit etwa zehn Uhr gestern abend in Gewahrsam. Ich glaube, Popsie Jennings hat die *Times* persönlich angerufen. Sie kennen doch Popsie, oder nicht?«

Beide Chancels kannten die berüchtigte Popsie Jennings, der ein Damenoberbekleidungsgeschäft in der Main Street mit Namen Die entfesselte Frau gehörte und die im Gästehaus auf dem Anwesen ihres dritten Mannes auf der schönen Seite der Mount Avenue wohnte, etwa eine Viertelmeile von Poplars entfernt. Popsie, eine kleinwüchsige, kompakte Blondine Mitte Fünfzig mit einer Gitanes-Stimme und einer Neigung zu derben Flüchen, sah aus, als wäre sie auf einem Segelboot zur Welt gekommen und auf einem Golfplatz großgezogen worden, aber sie hatte ein unkonventionelles, mitunter sogar tolldreistes Leben geführt und ihr Geschäft angeblich so genannt, wie sie sich selbst sah. Man sagte, daß in ihrem Schlafzimmer zwei Gemälde, Pferdebilder, von George Stubbs hingen, die ihr erster Mann ihr geschenkt hatte, und daß sie gern betonte, alle drei wären gut bestückt – die beiden Pferde und ihr erster Mann.

»Er ist in *Popsies* Haus eingebrochen?« sagte Davey. »Da kann er sich glücklich schätzen, daß sie ihn nicht nackt ans Bett gefesselt und ihm gewaltsam Wodka eingeflößt hat.«

»Das wäre ihm fast passiert«, sagte Fenn. »Er stattete ihr gestern abend gegen neun einen Besuch ab. Sie wurde mißtrauisch, schlug ihm einen Schürhaken über den Kopf, fesselte ihn mit Klebeband, während er bewußtlos war, holte ein Hackmesser und drohte, ihn zu kastrieren, wenn er kein Geständnis ablegte.«

»Mann«, sagte Nora. »Popsie muß ja ziemlich selbstsicher gewesen sein.«

»Und ziemlich wütend obendrein.«

»Und wer ist der Kerl?« fragte Davey.

»Ich glaube, Sie kennen ihn auch. Richard Dart.«

»Dick *Dart?*« Davey ließ sich unbeholfen auf den Stuhl neben Nora fallen und sah sie mit einem völlig leeren, fassungslosen Blick an. »Ich bin mit ihm zur Schule gegangen. Petey, sein Bruder, war in meiner Klasse, und Dick war im ersten Jahr, als ich meinen Abschluß gemacht habe. Wir waren keine Freunde oder so, aber ich habe ihn ab und zu in der Stadt getroffen. Vor zwei Monaten habe ich ihn Nora vorgestellt – erinnerst du dich, Nora?«

Sie schüttelte den Kopf und fragte sich derweil, weshalb sie nicht über Natalie Weil sprachen, konnte sich aber immer noch nicht vorstellen, daß sie den Mann, den sie den Wolf von Westerholm genannt hatte, tatsächlich kennengelernt haben sollte. »Wo?«

»Gilhoolie's. Gleich nach der Eröffnung.«

Und dann erinnerte sie sich an den verdrossenen, langweiligen Mann in der gräßlichen Bar, der ihr Komplimente wegen ihres Parfüms gemacht hatte, obwohl sie gar keines trug. Demnach hatte sie mit dem Mann gesprochen, den sie den Wolf nannte, hatte ihm in die Augen gesehen, war von ihm berührt worden, und nun entpuppte er sich als unheimlicher, in die Jahre gekommener Sonnyboy mit einem Alkoholproblem. Der Grund, weshalb er so tat, als haßte er Frauen, bestand darin, daß er Frauen tatsächlich haßte. Dennoch entsprach Dick Dart in keiner Weise dem vagen Bild, das sie sich von Westerholms Mörder gemacht hatte. Er war in falscher Hinsicht zu gewöhnlich, und in anderer falscher Hinsicht ganz und gar nicht gewöhnlich. Aber vielleicht hätte sie damit rechnen sollen, daß sich der Wolf kaum verhohlen im Gefühl seiner eigenen Überlegenheit sonnte.

»Ich kann es immer noch nicht glauben«, sagte Davey jetzt. »Du erinnerst dich doch an ihn, Nora, oder nicht?«

»Er war gräßlich, aber ich hätte mir nicht träumen lassen, daß er *so* gräßlich sein könnte.«

»Damit hat sein Vater auch gewisse Schwierigkeiten.« Fenn ging um seinen Schreibtisch herum, klatschte das Notizbuch darauf und nahm ihnen gegenüber Platz. »Leland hat Leo Morris hergeschickt, sobald er erfuhr, was vorgefallen war, und Leo sitzt uns seit zwei Uhr nachts im Nacken. Er ist immer noch bei Ihrem Freund in der Arrestzelle.«

Leo Morris, der Anwalt der Familie Chancel, der das QE2 für die Sweet-Sixteen-Party seiner Tochter gemietet hatte, gehörte zu den mächtigsten Anwälten in Connecticut, galt aber gemeinhin nicht als Experte für Strafrecht, und daher brachte Davey seine Überraschung angesichts dieser Wahl zum Ausdruck.

»Leo wird den Fall nicht vor Gericht vertreten, dafür haben sie einen scharfen jungen Burschen, aber er wird die Verteidigung vorbereiten. Uns steht ein harter Kampf bevor.«

»Sie sind sicher, daß er der Täter ist«, sagte Davey.

»Er ist es«, sagte Fenn. »Als wir ihn eingebuchtet haben, hatte er ein silbernes Zigarettenetui von Sally Michaelman in der Tasche. Sie hat vor zehn, zwölf Jahren aufgehört zu rauchen, aber ihr Mann hat ihr das Etui zwei Jahre vor ihrer Scheidung gegeben. Und als wir Darts Apartment durchsucht haben, fanden wir eine Menge hübscher Sachen. Schmuck, Uhren, Kleinigkeiten, die den Opfern gehörten. Einige Sachen waren graviert, den Rest überprüfen wir, aber ich würde alles darauf setzen, daß das meiste aus den Häusern der Frauen stammt. Verdammt, bei Annabelle Austin hat er sogar ein Buch über Ted Bundy mitgehen lassen – sie hatte ihren Namen reingeschrieben. Ich schätze, er wollte ein paar Tips aufschnappen. Außerdem hatte Dart ein Album mit Artikeln über die Morde, Ausschnitte aus sämtlichen Zeitungen im Umkreis von fünfzig Meilen. Und als Krönung hat er, als Popsie seine Männlichkeit bedrohte, noch eine Einzelheit ausgespuckt, die wir der Presse nicht mitgeteilt hatten.«

Davey, der ein wenig beunruhigt gewirkt hatte, als die Sprache auf das Buch kam, fragte: »Was?«

»Das kann ich Ihnen nicht sagen«, sagte Fenn.

»Warum hat Popsie eigentlich Verdacht geschöpft?« fragte Nora.

»Dart hatte keinen stichhaltigen Grund, sie in ihrem Haus aufzusuchen. Er rief an und sagte, er müsse etwas mit ihr besprechen, aber als er dort war, faselte er nur irgendwelchen Unsinn über das Inventar der Boutique – Sachen, mit denen er überhaupt nichts zu tun hatte. Dann sagt er, es könnte nützlich sein, sich die Bilder in ihrem Schlafzimmer anzusehen, möglicherweise könnte sie sie einem Museum vermachen, um Steuern zu sparen. Er möchte sich die Bilder ansehen, bevor sie fortfahren. Popsie sagt ihm, daß er sich das abschminken kann, heute abend finden keine Führungen durch das Schlafzimmer mehr statt, aber in Wirklichkeit denkt sie: *Der Kerl ist einsam, er will nur reden*. Popsie hat genug Erfahrung mit Männern, um einzusehen, daß der Bursche nicht richtig tickt, es geht überhaupt nicht um Sex, daher beschließt sie, ihm noch einen Drink zu geben und ihn dann rauszuwerfen. Also steht sie auf, geht um ihn herum und stellt fest, daß er sie nicht nur nervös macht, sondern *richtig* nervös. Sie steht neben dem Kamin. Und dann fällt ihr etwas ein, so daß sie den Schürhaken nimmt und ihn ihm über den Kopf schlägt.«

»Was war das?« fragte Nora.

»Alle ermordeten Frauen waren Klienten von Dart & Morris. Popsie hatte Brewer, Austin und Humphrey an Dart selbst empfohlen, und Sally Michaelman hatte *sie* empfohlen. Sie standen nicht auf Dicks Dinner-Liste, kannten ihn aber alle. Sie hatte sozusagen eine Eingebung, und da es sich um Popsie handelte, schlotterte sie nicht vor Angst, sondern wurde wütend und hat ihm einen Gong verpaßt.«

»War Natalie Klientin von Dart?« fragte Nora.

Fenn legte den Kopf zurück und betrachtete ein paar Sekunden lang die Decke. Als er sie wieder ansah, wirkte er fast verlegen. »Danke, danke, danke, Mrs. Chancel. Ich scheine zu alt für diesen irren Job zu werden. Die Aufregung hier hat mich so angesteckt, daß ich ganz den wahren Grund vergessen habe, warum Sie hier sind.« Er rückte das dicke Notizbuch näher zu sich, schlug es auf und überflog die letzte Seite. Von der anderen Seite des Schreibtischs sah Nora, daß Fenns Notizen nicht hingekritzelt waren, wie sie erwartet hatte, sondern mit einer winzigen, beinahe kalligraphischen Schrift geschrieben. Er sah Nora an, dann wieder auf die Seite. »Lassen Sie mich Ihnen von dieser Frau erzählen. Officer LeDonne trat seinen Dienst auf meine Bitte hin früher an. Er fuhr die South Post Road entlang, als ihm das sonderbare Verhalten einer Frau vor dem leerstehenden Gebäude im 1300er-Block südlich der alten Möbelfabrik auffiel, in dem früher der Jack-and-Jill-Kindergarten untergebracht war.« Er sah sie an.

»Ja.« Sie verspürte einen Anflug von Panik.

»Officer LeDonne fuhr rechts ran und näherte sich der Frau. Sie schien sich in einem Zustand erheblicher Verwirrung zu befinden.

»Sah sie Natalie ähnlich?« fragte Nora.

Fenn beachtete die Frage nicht. »Die Frau bat ihn mehr oder weniger darum, mit aufs Revier genommen zu werden. Sie bestand darauf, von dem ehemaligen Kindergarten weggebracht zu werden. Als LeDonne ihr in den Streifenwagen half, fiel ihm eine Ähnlichkeit mit den Fotografien von Mrs. Weil auf, die er gesehen hatte, und er fragte sie, ob sie Natalie Weil sei. Die Frau bejahte. Er fuhr sie hierher, und sie wurde ins Büro des Station Commander gebracht, wo sie fast auf der Stelle einschlief. Wir haben ihren Hausarzt angerufen, aber nur seinen Auftragsdienst bekommen, wo man uns sagte, daß er uns zurückrufen würde. Wir bringen sie heute morgen ins Krankenhaus, aber vorerst schläft sie noch auf der Couch des Revierleiters.«

»Sie hat nicht erklärt, was ihr zugestoßen ist? Sie ist einfach umgekippt?«

»Sie schlief praktisch schon im Stehen, als sie das Revier betrat. Ich sollte noch folgendes erwähnen: LeDonne hat Mrs. Weil nie persönlich kennengelernt. Ich habe Mrs. Weil nie persönlich kennengelernt. Ebensowenig der Station Commander. Keiner von uns weiß, wie sie in natura aussieht. Scheint so, als könnten Sie beide uns noch einmal helfen, wenn es Ihnen nichts ausmacht.«

»Ich hoffe, es ist Natalie«, sagte Nora. »Können wir sie sehen?«

Holly Fenn kam mit einem unter dem Schnurrbart gerade noch sichtbaren Lächeln um den Schreibtisch herum. »Machen wir einen kleinen Spaziergang.«

»He, als Dick Dart Popsie und den Polizisten in ihrem Haus seine Version erzählt hat, was hat *er* da über Natalie gesagt?« Davey folgte Nora und dem Detective zur Tür.

»Er sagte, daß er nicht mal in ihrer Nähe gewesen ist.«

»Er ist nicht mal in ihrer Nähe gewesen?« Nora war es noch nicht gelungen, Natalies blutiges Verschwinden vom Schicksal der anderen Frauen zu trennen.

»Sie glauben ihm?« Davey blieb stehen und ließ Fenn an sich vorbei zur Tür.

»Klar.« Fenn machte die Tür auf und drehte sich zu ihnen um. »Dart hat Popsie alles andere gestanden. Weshalb sollte er wegen eines einzigen Opfers lügen? Aber der wahre Grund, weshalb ich ihm glaube, ist der, daß Natalie Weil keine Klientin von Dart & Morris war.«

»Er hat nur Klientinnen seines Vaters getötet«, sagte Davey, als wäre ihm diese Tatsache gerade wieder bewußt geworden.

»Da macht man sich so seine Gedanken, nicht?« Fenn winkte sie durch die Tür.

Draußen, auf dem Flur, führte er sie zwischen dunkelgrünen Wänden, Schwarzen Brettern und Türen zu vollgestellten Büros hindurch. Sie näherten sich einer offenen Metalltür hinter einem uniformierten Polizisten. Jenseits der Tür konnte man eine Reihe vergitterter Zellen erkennen. Nora fiel auf, daß die Zellen genau wie in Filmen aussahen, aber erst wenn man sie tatsächlich sah, wurde einem bewußt, wie furchteinflößend sie waren. »Ihr Freund Dart ist da hinten«, sagte Fenn. »Und da wird er bleiben, bis wir ihn in den County-Knast verlegen. Leo Morris ist bei ihm, also könnte es noch eine Weile dauern. Wir müssen ihn immer noch fotografieren und seine Fingerabdrücke nehmen.«

Nora versuchte sich den behäbigen, grinsenden Mann aus dem Gilhoolie's in einer dieser gräßlichen Zellen vorzustellen. Die Vorstellung erfüllte sie mit Grauen. Dann ging sie einen Schritt weiter, bis die gesamte Zellenreihe sichtbar wurde. In der letzten saß ein Mann gebückt auf dem Ende der Pritsche, ein anderer, dessen Gesicht von Gitterstäben verdeckt wurde, stand über ihm. Sie sprachen nicht. Nora konnte den Blick nicht abwenden.

Davey und Holly Fenn gingen an der offenen Tür vorbei. Nora betrachtete den am Pritschenende hockenden Mann, bemerkte das lockige graue Haar und erkannte, daß es Leo Morris war. Unwillkürlich sah sie den Mann an, der neben dem Anwalt stand, und in diesem Augenblick trat der Mann zur Seite und wurde zu Dick Dart, der über das ganze Gesicht strahlte, als er sie erkannte. Sie spürte einen Stromschlag in der Magengegend. Dick Dart *erinnerte* sich an sie.

Dart wirkte entspannt und vollkommen unbesorgt. Ihre Blicke begegneten sich. Ihr Anblick schien ihm eine unerklärliche Freude zu bereiten. Er blinzelte, worauf sie entschlossen weiterging und sich sagte, daß es lächerlich war, wegen eines Blinzelns Angst zu haben.

Weiter hinten in dem Flur befand sich eine Tür mit der Aufschrift STATION COMMANDER. Nora zwang sich, das Bild des blinzelnden Dick Dart aus ihren Gedanken zu verdrängen, und holte tief Luft.

»Mal sehen, was passiert.« Fenn machte die Tür einen Spalt auf und sah hinein. Sofort kam eine untersetzte Frau in Polizeiuniform heraus. Fenn sagte: »Leute, das ist Barbara Widdoes. Sie ist unser Station Commander, und sie ist gut. Barbara, das sind die Chancels, Freunde von Mrs. Weil.«

»Holly hat mir diesen Job gegeben.« Barbara Widdoes begrüßte sie mit einem festen Handschlag. »Er muß sagen, daß ich ihn gut mache. Wie geht es Ihnen?« Sie war auf eine herzliche, saubergeschrubbte Art und Weise attraktiv und hatte freundliche braune Augen und kurze, dunkle Haare, so fein wie die eines Babys. Nora hatte sich bei ihrem Alter um mindestens fünf Jahre verschätzt. Die Frau vor ihr war Ende Dreißig, sah aber jünger aus, weil ihr Gesicht fast keine Fältchen hatte. »Eigentlich sorge ich nur dafür, daß niemand diesem alten Brummbären hier in die Quere kommt. Und ich verleihe meine Couch an erschöpfte Vermißte.«

»Können wir zu ihr reinschauen?« fragte Fenn.

Barbara Widdoes sah hinein. Sie nickte und gestattete Nora, Davey und Holly Fenn, ihr Büro zu betreten.

Eine kleine, ältere Frau, bis zum Hals mit einer Decke zugedeckt, lag auf einem kurzen, zweckdienlichen Sofa an der Seitenwand des dunklen Büros. Ihre Augen lagen tief in den Höhlen, die Wangen waren eingefallen. Nora drehte sich zu Holly Fenn um und schüttelte den Kopf. »Tut mir leid. Es ist jemand anders.«

»Gehen Sie etwas näher hin«, flüsterte Fenn.

Als Davey und Nora zwei Schritte näher zu der Frau auf der Couch traten, konnte man ihr Gesicht deutlicher erkennen. Nun wurde Nora klar, warum LeDonne sie für Natalie gehalten hatte. Die Stirn, die Form der Nase, sogar der Mund wiesen eine gewisse Ähnlichkeit auf. Nora schüttelte wieder den Kopf. »Zu schade.«

Davey sagte: »Das ist Natalie.«

Nora schüttelte den Kopf. Er mußte blind sein.

»*Sieh doch*«, sagte Davey, worauf die Frau sofort die Augen aufschlug und sich aufrichtete, als hätte sie trainiert, aus dem Tiefschlaf zu erwachen. Sie trug einen verdreckten blauen Hosenanzug, ihre bloßen Füße waren schwarz vor Schmutz. Nora sah, daß es sich bei dieser alten Frau doch um Natalie Weil handelte, die sie mit vor Entsetzen weit aufgerissenen Augen ansah.

»*Nein!*« kreischte Natalie. »*Schafft sie hier weg!*«

Nora wich erschrocken zurück.

Natalie kreischte, und Nora drehte sich mit offenem Mund zu Holly Fenn um. Davey wich bereits zur Tür zurück. Natalie zog die Beine an, schlang die Arme darum und senkte den Kopf, als wollte sie versuchen, sich zu einem Ball zusammenzurollen.

Fenn sagte: »Barbara?«

»Ich kümmere mich um sie«, sagte die Polizistin, ging durch

das Zimmer und legte die Arme um Natalie. Nora folgte Fenn zur Tür hinaus.

»Tut mir leid, daß Sie das durchmachen mußten«, sagte Fenn. »Sind Sie beide der Meinung, daß sie Natalie Weil ist?«

»Es ist Natalie, aber was ist mit ihr passiert?« fragte Nora. »Sie ist so –«

»Warum reagiert Natalie so auf dich?« fragte Davey.

»Glaubst du, das wüßte ich?«

»Wir bringen Mrs. Weil ins Krankenhaus«, sagte Fenn, »und ich melde mich wieder bei Ihnen, sobald ich die ganze Angelegenheit durchschaue. Können Sie sich einen Grund vorstellen, weshalb Mrs. Weil Angst vor Ihnen haben könnte?«

»Überhaupt keinen. Wir waren befreundet.«

Fenn, der so verwirrt aussah, wie sich Nora fühlte, führte sie den Flur entlang, aber nicht zum Eingang zurück, sondern weiter in die Richtung, in die sie gegangen waren. »Dürfte ich Sie bitten, den Nachmittag über zu Hause zu bleiben? Vielleicht möchte ich später noch ein Schwätzchen halten.«

»Klar«, sagte Davey.

Fenn machte eine Tür an der Rückseite des Reviers auf, und die Chancels traten hinaus ins grelle, heiße Sonnenlicht.

Davey sagte kein Wort, während sie zum Auto gingen, und auch nicht, als er eingestiegen war und den Zündschlüssel herumdrehte. »Davey?« sagte sie.

Er fuhr mit einem Affenzahn hinter dem Polizeirevier vorbei auf die schmale Straße, die vom Brachland und dem Fluß wegführte. Auf diese Weise würden sie länger bis nach Hause brauchen, aber Nora vermutete, daß er der Menge und den Reportern vor dem Gebäude aus dem Weg gehen wollte. »Davey, komm schon.«

»Was?«

Etwas Unerwartetes kam ihr in den Sinn, und sie hörte sich fragen: »Fragst du dich nie, was aus diesen ganzen Leuten von Shorelands geworden ist? Merrick Favor und den anderen, von denen das Mädchen dir erzählt hat?«

Er schüttelte den Kopf, fast zu wütend, um zu sprechen, aber zu geringschätzig, um zu schweigen. »Glaubst du, mich interessiert, was 1938 passiert ist? Ich finde, du solltest weder mich noch sonst jemandem mit dem blöden *Shorelands* im blöden *1938* auf den Wecker gehen. Ich finde, du hättest überhaupt nichts tun sollen. Was immer du getan hast.«

»Was immer ich getan habe?« Sie verstand kein Wort.

Aber Davey weigerte sich, auf der Heimfahrt mehr zu sagen, und als sie wieder in der Crooked Mile Road waren, sprang er aus dem Auto, rannte ins Haus, verschwand im Familienzimmer und knallte die Tür hinter sich zu.

30

In solchen Augenblicken wünschte sich Nora stets, ihr Vater würde noch leben, um ihr Ratschläge zu geben, was in den Köpfen der Männer vor sich ging. Männer waren zu Verhaltensweisen fähig, die nur andere Männer begreifen konnten. Das meiste herkömmliche Wissen zu dem Thema war nicht nur falsch, sondern irreführend, jedenfalls Noras Erfahrungen zufolge. Würde Matt Curlew ihr raten, das Gespräch mit ihrem Mann zu suchen, oder würde er ihr raten, ihm vorläufig die Ruhe zu lassen, die er suchte? Ein wütender Teil ihrer selbst deutete an, Matt Curlew würde sie daran erinnern, daß heutzutage selbst Katholiken bekanntlich aus kaputten Ehen ausbrächen. Matt Curlew hätte Davey Chancel ganz sicher nicht als passenden Schwiegersohn betrachtet. Sie konnte jedenfalls hören, wie er beide Vorgehensweisen mit gleicher Deutlichkeit vorschlug: *Geh da rein und zwing ihn, die Hosen runterzulassen*, und: *Laß gut sein und gib dem launischen Mistkerl ein bißchen Zeit*.

Nora wandte sich von der Tür ab, als ihr einfiel, daß ihr Vater selbst sich manchmal in seine Werkstatt im Keller verkrochen und deutlich gemacht hatte, daß er nur in Notfällen von der Größenordnung Feuer oder Tod gestört zu werden wünschte. Davey machte so ziemlich das gleiche.

Nora ging nach oben und las in der *Times* über Richard Dart. In der unteren Hälfte der ersten Seite befand sich unter der Schlagzeile PARTYLÖWE MUTMASSLICHER SERIENMÖRDER VON FAIR-

FIELD COUNTY das Porträtfoto eines kaum wiederzuerkennenden grinsenden Jungen mit umwölkten Augen. Nora dachte, daß es sich um das Foto zum Abschluß seines Jurastudiums handeln mußte. Dem Artikel zufolge war Dart siebenunddreißig, Absolvent der Mount Avenue Academy in Westerholm, Connecticut, der Yale University und der Juristischen Fakultät der University of Connecticut. Seit seinem Abschluß arbeitete Dart bei Dart & Morris, der Anwaltskanzlei seines Vaters, Leland Dart, einer bedeutenden republikanischen Figur auf dem politischen Schachbrett des Staates Connecticut, der 1962 bei der Wahl zum Gouverneur unterlegen war. Richard Darts Spezialgebiet in der Firma war Nachlaßverwaltung. Er war zum Verhör mitgenommen worden, nachdem Mrs. Ophelia Jennings, 62, Witwe des Segeljacht- und Rennstallbesitzers Sterling ›Breezy‹ Jennings, den Verdächtigen bewußtlos der Polizei übergeben hatte, als sie während einer nächtlichen beruflichen Konsultation die Überzeugung von seiner Schuld gewann. Westerholms Polizeichef gab seiner Zuversicht Ausdruck, Richard Dart als den Mörder von vier Frauen aus der Gemeinde zu identifizieren, und sagte wörtlich: »Wir haben unseren Mann und sind imstande, zu gegebener Zeit hinreichende Beweise vorzulegen.« Redeten Polizisten wirklich so, oder gaben Reporter nur vor, daß sie es taten?

Leland Dart verweigerte der Presse eine Stellungnahme, ließ aber durch einen Sprecher verlauten, daß die Vorwürfe gegen seinen Sohn jeglicher Grundlage entbehrten.

Zwei lange Spalten auf Seite 21 präsentierten die wenigen Informationen, die die Reporter der *Times* im Lauf der Nacht hatten zusammentragen können. Mr. Darts Bruder Peter, Anwalt bei einer Kanzlei in der Madison Avenue, war von der Unschuld seines Bruders überzeugt, ebenso mehrere Nachbarn der Eltern des Angeklagten. Roger Struggles, ein momentan arbeitsloser Bootsbauer und enger Freund des Angeklagten, sagte gegenüber einem Reporter: »Dick Dart ist ein lockerer, scharfsinniger Bursche mit einem großartigen Sinn für Humor. So etwas brächte er in einer Million Jahren nicht fertig.« Ein Barkeeper namens Thomas Lowe beschrieb ihn als »lässig und richtig charmant, ein gebildeter Typ«. Mr. Saxe Coburg, sein pensionierter Englischlehrer, erinnerte sich an einen Jungen, »der bemerkenswert zufrieden damit zu sein schien, jede Aufgabe mit dem geringstmöglichen Aufwand zu erledigen«. In seinem Eintrag im Jahrbuch nannte Dart überraschenderweise Arzt als Berufsziel und hatte als sein Motto gewählt: *Was das Leben angeht, das machen unsere Diener für uns.*

In Yale, das sein Großvater und sein Vater vor ihm besucht hatten, wurde Dart im zweiten Semester aus nicht näher bezeichneten Gründen suspendiert, schaffte seinen Abschluß aber dennoch mit der Gesamtnote 3. Von den zweihundert Jurastudenten seines Jahrgangs belegte Dart Platz hunderteinundsechzig. Er legte das Examen beim zweiten Versuch ab und begann unmittelbar danach seine Tätigkeit bei Dart & Morris. Der Pressesprecher der Kanzlei bezeichnete ihn als »einzigartiges und unersetzliches Mitglied in unserem Team, dessen spezielle Begabung unserem erklärten Ziel dienlich ist, allen unseren Klienten den bestmöglichen Rechtsbeistand zu bieten«.

Der Anwalt mit der einzigartigen und speziellen Begabung lebte in einer Drei-Zimmer-Wohnung im Harbor Arms, dem einzigen Apartmentgebäude in Westerholm, gegenüber vom Jachthafen in der Sequonset Bay in der Gegend von Blue Hill. Seine Nachbarn in dem Gebäude beschrieben ihn als Einzelgänger, der in den wenigen Nächten, wenn er vor zwei oder drei Uhr morgens nach Hause kam, laute Musik hörte.

Diesem faulen, selbstgefälligen Schwein war es gelungen, sich mit den Beziehungen seines Vaters durchs Leben zu mogeln, von drei ausgezeichneten Schulen ganz zu schweigen. Er hatte sich dafür entschieden, drei Zimmer im Harbor Arms zu bewohnen. Blue Hill gehörte zu den besten Vierteln von Westerholm, und der Jachtclub nahm nur Leute wie Alden Chancel und Leland Dart auf. Aber das Harbor Arms, das in den zwanziger Jahren als Casino erbaut worden war, war eine häßliche Beleidigung für das Auge, die nur deshalb geduldet wurde, weil sie den Barkeepern, Kellnerinnen und anderen kleinen Angestellten des Jachtclubs bequeme Unterkünfte bot. Was hatte Dick Dart in dieser Klitsche verloren? Vielleicht lebte er dort, um seinen Vater zu ärgern. Dick Darts Beziehung zu seinem Vater, überlegte sich Nora, war noch schlimmer als die Daveys zu seinem.

Plötzlich sah sie vor ihrem geistigen Auge in aller Deutlichkeit, wie Dick Dart in seiner Zelle einen Schritt zur Seite machte und sie mit seinem strahlenden Augenzwinkern erstarren ließ. Nora legte die Zeitung zusammen, bedauerte, daß sie Dart auch nur einmal getroffen hatte, und war froh, daß sie ihn niemals wieder sehen mußte. Wenn die Geschichte schlimmer wurde, wenn der Prozeß die Papierflut auslöste, die Alden so fröhlich vorhergesagt hatte, würde sie ihr so wenig Beachtung wie möglich schenken.

Dann fragte sie sich, wie es sein würde, wenn sie Dick Dart tatsächlich gut gekannt hätte. Wie konnte man seine Erinnerungen mit dem in Einklang bringen, was er getan hatte? Erschauernd wurden ihr die Gründe für Daveys Unbehagen klar. Er hatte einen moralischen Schock bekommen. Jemand, den er zwei Jahre lang Tag für Tag gesehen hatte, war als Teufel entlarvt worden. Nun würde der sensible Matt Curlew zu ihr sagen: *Laß ihn ungestört darüber nachdenken, so lange er will, dann mach ihm ein gutes Frühstück und bring ihn zum Reden.*

Nora ließ die Zeitung auf den Küchentisch fallen und ging in die Küche, um Brötchen aufzubacken, den vegetarischen Streichkäse herauszuholen und vier Eier für Rührei in ein Glas zu schlagen. Heute war nicht der Tag, sich um Cholesterin Gedanken zu machen. Sie mahlte Kaffeebohnen ihres French Roast und setzte Wasser im Kessel auf. Danach deckte sie den Tisch und legte die Zeitung neben Daveys Teller. Sie stellte gerade die aufgebackenen Brötchen und den vegetarischen Streichkäse auf den Tisch, als die Musik unten verstummte. Die Tür des Familienzimmers ging auf und zu. Sie drehte sich zum Herd um, verrührte die Eier noch einmal und kippte sie in die Pfanne, als sie hörte, wie er die Treppe heraufkam und sich der Küche näherte. Sie hatte eine ziemlich klare Vorstellung davon, was sie zu sehen bekommen würde, als sie sich zu einem Lächeln zwang und sich umdrehte. Davey sah sie ausdruckslos an, dann betrachtete er den Tisch und nickte. »Ich habe mich schon gefragt, ob wir nie frühstücken würden.«

»Ich mache gerade noch Rührei«, sagte sie.

Davey betrat die Küche auf eine fast zögernde Weise. »Ist das die Zeitung?«

»Seite eins«, sagte Nora. »Im Innenteil ist noch ein längerer Artikel.«

Er grunzte und fing an zu lesen, während er sich Streichkäse auf ein Brötchen strich. Nora mahlte Pfeffer über die Eier und wendete sie in der Pfanne.

Als sie die Teller auf den Tisch stellte, sah Davey auf und sagte: »Popsies richtiger Name ist *Ophelia?*«

»Man lernt nie aus.«

»Genau wie ich gedacht habe«, sagte Davey und konzentrierte sich auf seinen Teller. »Weißt du, wir essen nicht oft welche, aber du hast immer ausgezeichnete Rühreier gemacht. Genau die richtige Konsistenz.«

»Hast gemacht?«

»Wie auch immer. Der einzige Mensch, der sie sonst noch genauso machen konnte, wie ich sie mag, war D'Otto.«

Sie setzte sich. »Wenn ihr Name Day war, wieso nanntest du sie dann D'Otto?«

»Keine Ahnung. So haben wir sie eben genannt.«

»Und warum hast du sie Tassenträgerin genannt?«

Nun endlich sah er sie mit demselben gereizten Widerwillen an, mit dem er die Küche betreten hatte. »Kann ich das vielleicht lesen?«

»Entschuldige«, sagte sie. »Ich weiß, wie dich das beunruhigen muß.«

»Eine Menge Dinge beunruhigen mich.«

»Los doch«, sagte sie. »Lies.«

Er legte die Zeitung auf die andere Seite, so daß er vom Teller zu dem Gedruckten und wieder zu seinem Teller sehen konnte, ohne riskieren zu müssen, was immer er dabei zu riskieren glaubte, sie anzusehen. Hinter Nora fing der Kessel an zu pfeifen, und sie stand auf, kippte die gemahlenen Bohnen in die Kanne und schüttete heißes Wasser darüber. Sie setzte den Deckel darauf und trug die Maschine zum Tisch. Davey beugte sich mit einem Brötchen in der Hand über die Zeitung. Nora schob sich eine Gabel Rührei in den Mund und stellte fest, daß sie keinen großen Hunger hatte. Sie beobachtete, wie die Flüssigkeit in der Kanne dunkler wurde, während Krümel gemahlener Bohnen nach unten sanken. Nach einer Weile versuchte sie die Eier erneut und stellte zufrieden fest, daß sie immer noch warm waren.

Davey grunzte über etwas, das er in der Zeitung gelesen hatte. »Mannomann, sie haben einen Kommentar von Saxe Coburg, diesem zynischen alten Sack. Der muß doch inzwischen hundert sein. Ich habe ihn einmal gefragt, ob er je daran gedacht hätte, *Reise in die Nacht* auf den Lehrplan zu setzen, worauf er sagte: ›Ich kann mich darauf verlassen, daß meine Schüler solchen Schrott in ihrer Freizeit lesen.‹ Kannst du dir das vorstellen? Coburg trug jeden Tag dieselbe Tweedjacke, und Krawatten wie Merle Marvell. Er hat sogar ein bißchen wie Merle Marvell ausgesehen.« Marvell, der als Lektor der Blackbird Books angefangen hatte, war ein Jahrzehnt der angesehenste Lektor bei Chancel House gewesen, und Nora wußte, daß Daveys Bewunderung für ihn von Eifersucht getrübt wurde. Aus Bemerkungen, die er fallengelassen hatte, schloß sie, daß Davey auch fürchtete, Marvell würde wenig von seinen Fähigkeiten halten. Die wenigen Male, als sie sich bei Verlagsparties und in Poplars getroffen hatten, fand sie ihn stets charmant, obwohl sie Davey davon nichts gesagt hatte.

Sie berührte seine Hand, und er duldete die Berührung einen Augenblick, bevor er die Hand wegzog.

»Das muß sehr seltsam für dich sein. Ein Junge, den du in der Schule kanntest, hat all diese Morde begangen.«

Davey schob den Teller weg und legte die Hände vor das Gesicht. Als er sie wieder sinken ließ, sah er durch den Raum und seufzte. »Willst du darüber reden, was mich beunruhigt? Läuft es darauf hinaus?«

»Ich dachte, dabei wären wir schon.«

»Dick Dart interessiert mich nicht die Bohne.« Er schloß die Augen und verzog das Gesicht. Dann legte er die Hände auf den Tisch, verschränkte die Finger ineinander und ließ den Blick durch den Raum schweifen, bevor er wieder sie ansah. Das mulmige Gefühl in ihrer Brust wurde stärker. »Nora, wenn du wirklich wissen willst, was mich beunruhigt, du bist es. Ich weiß nicht, ob diese Ehe funktioniert. Ich weiß nicht einmal, ob sie funktionieren *kann*. Etwas echt Bizarres geht mit dir vor. Ich fürchte, daß du am Durchdrehen bist.«

»Am Durchdrehen?« Das schrille Läuten der Alarmanlage in ihrem Kopf fiel unvermittelt in ein Koma.

»Wie früher«, sagte er. »Ich sehe, daß alles wieder von vorne anfängt, und ich glaube nicht, daß ich es verkraften kann. Ich wußte, daß du Probleme hast, als ich dich geheiratet habe, aber ich dachte nicht, daß du den Verstand verlieren würdest.«

»Ich habe nicht den Verstand verloren. Ich habe einem kleinen Jungen das Leben gerettet.«

»Sicher, aber die Art, wie du es getan hast, war verrückt. Du hast das Kind aus dem Krankenhaus entführt und uns alle einem Alptraum ausgesetzt. Du mußtest deinen Job kündigen. Erinnerst du dich daran? Etwa einen Monat, aber eigentlich waren es mehr zwei, bevor du mit dieser Kindesentführung allem die Krone aufgesetzt hast, anstatt den offiziellen Weg zu gehen, hast du dich mit den Ärzten gestritten, hast fast nicht geschlafen, hast grundlos geweint, und wenn du nicht geweint hast, hast du Tobsuchtsanfälle bekommen. Weißt du noch, wie du den Fernseher zertrümmert hast? Weißt du noch, wie du *Geister* gesehen hast? Und was ist mit *Dämonen?*«

Davey fuhr fort, gewisse Exzesse zu schildern, die sie sich während ihrer radioaktiven Phase geleistet hatte. Sie erinnerte ihn daran, daß sie eine Therapie gemacht hatte und sie sich beide einig waren, daß sie funktioniert hatte.

»Du bist zwei Monate lang zweimal wöchentlich zu Dr. Julian gegangen. Alles in allem macht das sechzehn Mal. Vielleicht hättest du länger hingehen sollen. Ich weiß nur eines, im Augenblick ist es schlimmer denn je, und für mich wird es zuviel.«

Nora suchte nach Hinweisen, daß er übertrieb oder Spaß machte oder irgendwas, nur nicht das aussprach, was er für die Wahrheit hielt. Allerdings konnte sie keine derartigen Hinweise entdecken. Davey beugte sich mit den Händen auf dem Tisch, zusammengebissenen Zähnen und entschlossenen Augen ohne eine Spur von Ängstlichkeit nach vorne. Er hatte schließlich den Punkt erreicht, an dem er alles laut aussprach, das er zu sich selbst gesagt hatte, während er im Familienzimmer saß und Chopin hörte.

»Ich wünschte, du wärst nie in Vietnam gewesen«, sagte er. »Oder daß du das alles endlich vergessen könntest.«

»Na prima. Jetzt spreche ich also mit Alden Chancel. Ich dachte, du hättest mehr begriffen. Es ist so dumm, diese ganze Vorstellung, daß man etwas vergessen könnte.«

»Verrückt zu werden ist auch nicht gerade klug«, sagte er. »Bist du bereit, die Wahrheit anzuhören?«

»Ich schätze, ich kann es kaum erwarten«, sagte sie.

31

»Fangen wir mit den Kleinigkeiten an«, sagte er. »Bist du dir darüber im klaren, wie du dich mitten in der Nacht aufführst?«

»Woher willst du wissen, wie ich mich mitten in der Nacht aufführe? Du sitzt ja immer unten und trinkst Kümmel.«

»Hast du schon mal versucht, neben jemandem zu schlafen, der sich derartig herumwälzt, daß das ganze Bett wackelt? Manchmal schwitzt du so stark, daß das Laken völlig durchnäßt ist.«

»Du sprichst von zwei Nächten letzte Woche.«

»Genau das meine ich«, sagte er. »Du hast keine Ahnung, was du tatsächlich *treibst.*«

Sie nickte. »Demnach hatte ich ein paar schlimme Nächte mehr, als ich dachte, und das findest du beunruhigend. Okay, das verstehe ich, aber jetzt, wo Dick Dart hinter Gittern ist, schlafe ich besser.«

Er biß sich auf die Unterlippe und lehnte sich auf seinem Stuhl zurück. »Wenn du eine dieser schlimmen Nächte hast, suchst du da manchmal unter dem Kissen nach einer Pistole?«

Einen Augenblick war Nora so verblüfft, daß sie kein Wort herausbrachte. »Nun, ja. Manchmal, nach einem wirklich schlimmen Alptraum. Kann schon sein.«

»Du hast früher mit einer Waffe unter dem Kopfkissen geschlafen.«

»Im Evac Hospital. Wie bist du überhaupt dahintergekommen, wonach ich suche?«

»Ich bin eines Nachts dahintergekommen, als du wie verrückt geschwitzt und unter jedem Kissen im Bett herumgesucht hast. Nach einem Teddybären konntest du kaum suchen. Ich frage mich nur, was würdest du mit einer Pistole machen, wenn du eine finden würdest?«

»Woher soll ich das wissen?« Er wartete auf den Rest. *Los doch*, sagte sie zu sich, *dann gib ihm den Rest.* »Eines Nachts haben mich zwei Männer vergewaltigt, und ein Arzt hat mir die Waffe gegeben, damit ich mich nicht so hilflos fühle.«

»Du bist vergewaltigt worden und hast es mir nie gesagt?«

»Das ist schon lange her. Du wolltest nie mehr als auch nur ein Zehntel von dem hören, was passiert ist. Wie alle.« Nora spürte, daß sie entweder zuviel oder zuwenig gesagt hatte, prüfte Daveys Reaktion und sah Gekränktheit und Schock zu gleichen Teilen.

»Du warst nicht der Meinung, daß das etwas ist, wovon ich wissen sollte?«

»Herrgott, ich habe dir nicht absichtlich ein großes, dunkles Geheimnis verschwiegen. Du hast es auch nicht gerade eilig gehabt, mir von Paddi Mann und dem Hellfire Club zu erzählen, oder?«

»Das ist etwas anderes«, sagte er. »Schau mich nicht so an, Nora, es ist einfach etwas anderes.« Er kniff die Augen zusammen. »Ich nehme an, in einigen deiner Alpträume geht es um diese Vergewaltigung?«

»In den schlimmsten.«

Er schüttelte baß erstaunt den Kopf. »Ich kann nicht glauben, daß du mir nie davon erzählt hast.«

»Wirklich, Davey, davon abgesehen, daß ich nicht gerne darüber nachdenken wollte, wollte ich dich wahrscheinlich nicht beunruhigen.«

Er sah zur Decke, holte tief Luft und stieß sie wieder aus den Lungen. »Kommen wir zum nächsten Punkt. Diese Sache mit Blackbird Books ist nichts weiter als ein Hirngespinst. Zugegeben, eine Zeitlang hattest du mich angesteckt, aber die ganze Sache ist lächerlich.«

Es war, als hätte er sie geohrfeigt. »Wie kannst du das sagen? Du kannst endlich –«

»Hör sofort auf. Mein Vater würde um nichts auf der Welt sein Einverständnis geben. Wenn ich zu ihm reingehen würde, wie wir das geplant hatten, würde er mich in die Postabfertigung stecken. Die ganze Sache ist nur ein hysterischer Tagtraum. Was ist nur in mich gefahren?« Er rieb sich eine Zeitlang mit zusammengekniffenen Augen die Stirn. »Nächster Punkt. Du wirst unter keinen Umständen – unter gar keinen Umständen, meine Mutter überreden, dir ihr sogenanntes Manuskript zu geben. Das kommt nicht in Frage.«

»Ich sagte schon, daß ich das nicht vorhabe«, sagte sie. »Warum kommst du nicht zum nächsten Punkt, wenn es einen gibt?«

»Oh, noch mehrere. Und vergiß nicht, wir befassen uns immer noch mit den Kleinigkeiten.«

Sie lehnte sich zurück und sah ihn an, während die Ironie der Situation sie insgeheim schwindlig machte. Als er endlich das Selbstvertrauen aufbrachte, das sie in ihm aufbauen gewollt hatte, nutzte er es, um sich über sie zu beklagen.

»Ich wünsche, daß du meinen Vater mit dem Respekt behandelst, den er verdient. Ich habe deine ständigen Unverschämtheiten durch und durch satt.«

»Du möchtest, daß ich schweige, wenn er mich beleidigt.«

»Wenn du so verstehen willst, was ich gerade gesagt habe, ja. Und nun zum Thema, daß wir aus Westerholm wegziehen sollten. Das ist verrückt. Du willst nur vor deinen Problemen davonlaufen, und obendrein möchtest du noch mein Verhältnis zu meinen Eltern kaputtmachen, was ich nicht zulassen werde.«

»Davey, Westerholm paßt nicht zu uns. New York ist viel interessanter, abwechslungsreicher, aufregender –«

»Gefährlicher, teurer. Wir brauchen nicht noch mehr Aufregung in unserem Leben. Ich fahre jeden Tag nach New York, weißt du nicht mehr? Möchtest du mit Obdachlosen zu tun haben, die überall auf den Straßen liegen, und mit Räubern an jeder Ecke? Du würdest noch verrückter werden, als du ohnehin schon bist.«

»Du glaubst wirklich, daß ich verrückt bin?«

Er schüttelte den Kopf und hob die Hände. »Vergiß es. Jetzt kommen wir zu den ernsteren Themen. Denken wir einmal daran, wie Natalie Weil im Polizeirevier auf dich reagiert hat. Sie ist durchgedreht. Und zwar nicht meinetwegen. Nicht wegen diesem Cop. Sondern weil sie dich gesehen hat.«

»Etwas ist ihr zugestoßen. Darum hat sie so reagiert.«

»Ja, etwas ist ihr zugestoßen. Und es ist ihr im selben Haus zugestoßen, wohin du dieses Kind entführt hast, als du beschlossen hattest, Gott zu spielen. Willst du mir etwa einreden, daß das ein Zufall ist?«

»Du glaubst, daß *ich* sie dorthin gebracht habe?« Die Vorstellung war so undenkbar, daß es ihr einen Moment den Atem verschlug.

»Es gibt keine andere Erklärung. Du hast sie in dieses leerstehende Gebäude verschleppt und eingesperrt, bis sie sich befreien konnte. Ich frage mich nur, ob du dich an das alles erinnern kannst oder nicht. Du hast nämlich wirklich überrascht ausgesehen, als Natalie zu schreien anfing, und ich glaube nicht, daß du eine so gute Schauspielerin bist, Nora. Ich glaube, du mußt eine Art Nervenzusammenbruch gehabt haben.«

»Ich habe sie in einem leerstehenden Gebäude eingesperrt. Ich schätze, dann muß ich auch das ganze Blut in ihrem Zimmer verschüttet haben. Was habe ich sonst noch getan? Sie gefoltert? Habe ich sie hungern lassen?«

»Das mußt du mir sagen«, sagte Davey. »Aber so, wie sie sich benommen hat – wie sie *ausgesehen* hat –, würde ich sagen, beides.«

»Du setzt mich in Erstaunen.«

»Das beruht auf Gegenseitigkeit.«

Nora betrachtete ihn in dem nachfolgenden Schweigen und dachte, daß es ihm irgendwie gelungen war, sich in einen Menschen zu verwandeln, den sie überhaupt nicht kannte. »Würdest du mir auch erklären, weshalb ich Natalie Weil das alles antun sollte, obwohl ich sie mag? Und die ich ungeachtet dessen, was du Holly Fenn erzählt hast, seit zwei Jahren nicht gesehen habe?«

Zum erstenmal im Verlauf dieses Streits schien Davey nervös zu werden. Er wälzte ein Problem im Geiste, und die Nervosität schlug deutlich sichtbar in Zorn um. »Meine Güte, was könnte das wohl sein? Wer könnte das wissen?«

»Nun, ich jedenfalls nicht«, sagte Nora. »Offenbar ist es direkt vor meiner Nase, aber ich kann es nicht sehen.«

»Ist das wirklich nötig? Ich meine, in diesem Stadium?«

»Du Dreckskerl«, sagte sie. »Möchtest du, daß ich rate?«

»Du mußt nicht raten, Nora. Sag mir nur, daß ich es sagen soll.«

»Dann sag es.«

Er drehte den Kopf und sah sie an, als hätte sie ihn gerade aufgefordert, eine Handvoll Dreck zu essen. »Du weißt über mich und Natalie Bescheid. Jetzt zufrieden?«

»Du und Natalie Weil?«

Er nickte resigniert.

»Du hattest eine Affäre mit *Natalie Weil?*«

»Unser Liebesleben war nicht gerade berauschend, oder? Wenn wir Sex hatten, warst du nie in Stimmung. Der Grund dafür ist, du bist in die Twilight Zone abgedriftet. *Ich* weiß nicht, wohin du verschwunden bist, aber wo immer es war, für mich war dort nicht viel Platz.«

»Nein«, sagte sie und bemühte sich, die Wogen von Wut, Übelkeit und Fassungslosigkeit zu unterdrücken, die in ihr tobten. »Du hast *mich* ausgesperrt. Du warst nervös wegen deiner Arbeit, jedenfalls dachte ich das, du und deine Ängste, und das wirkte sich aus, wenn wir ins Bett gingen, woraufhin du noch nervöser wurdest, und das hat dich noch ängstlicher gemacht.«

»Es war alles meine Schuld.«

»Niemand war schuld!« schrie Nora. »Du gibst mir die Schuld, weil du mit Natalie geschlafen hast, der Teufel soll sie holen, und weißt du, was das ist? Kindisch. Ich habe dir nicht gesagt, daß du ihr deinen Schwanz reinstecken sollst. Darauf bist du von ganz alleine gekommen.«

»Du hast recht«, sagte er. »Dich trifft keine Schuld. Du weißt ja kaum noch, was Wirklichkeit ist.«

»Ich finde es gerade heraus. Wann hat es angefangen? Bist du eines Tages einfach zu ihr gefahren und hast zu ihr gesagt: Mensch, Natalie, mit der alten Nora und mir läuft es nicht mehr so gut, wie wäre es, wenn wir beide ein Nümmerchen schieben?«

»Wenn du wissen willst, wie es angefangen hat, ich habe sie eines Tages in dem Feinkostgeschäft in der Main Street getroffen, wir haben uns unterhalten und ich habe sie zum Essen eingeladen. Und von da an hat es sich eben einfach ergeben.«

»Und wann war dieses wunderbare Essen?«

»Vor etwa zwei Monaten. Ich frage mich nur, wann du es herausgefunden und deinen verrückten Plan ausgeheckt hast.«

»Ich hab's vor etwa zwei Sekunden rausgefunden!« schrie sie.

»Es wird interessant sein, zu hören, was Natalie sagt, wenn sie wieder reden kann. Soweit ich sehen konnte, hat sie eine Heidenangst vor dir.«

»Sollte sie auch«, sagte Nora. »Aber wegen dem, was sie mir angetan hat, und nicht umgekehrt.«

Damit steckten sie in einer Sackgasse und sahen einander einen Augenblick an. Dann ging Nora ein Licht auf. »Darum wolltest du neulich in ihr Haus. Du wolltest nachsehen, ob du etwas vergessen hattest. Was du mir gestern nacht erzählt hast, war auch nur wieder eins von Davey Chancels Märchen.«

»Okay, ich hatte Angst, ich könnte etwas in dem Haus vergessen haben. Wenn ich etwas gesehen hätte, hätte ich sagen können, daß ich es bei unserem letzten Besuch vergessen habe.«

»Und mir eine Lüge auftischen, wie es dorthin gekommen ist.«

Er zuckte die Achseln.

»Wie ist Paddi Manns Buch in Natalies Haus gekommen?«

Er lächelte. »Dick Dart hat es ihr nicht gegeben, soviel steht fest.«

Nora hätte am liebsten das gesamte Geschirr in der Küche an die Wand geworfen. Dann erinnerte sie sich zitternd und in aller Deutlichkeit daran, wie Alden sich auf der Terrasse mit Davey über Dick Dart unterhalten und dabei so etwas gesagt hatte wie: *Ich frage mich, was Lelands Frau davon hält, daß ihr Sohn herumzieht und dieselben Frauen bezirzt, die ihr Mann vor vierzig Jahren verführt hat.* Alden hatte gesagt: *Das muß doch ein seltsamer Junge sein, der so etwas tut, meinst du nicht auch?* Alden war der Mann gewesen, den Natalie »die Pflaume« genannt hatte. Wahrscheinlich hatte Alden die Fotos in Natalies Schlafzimmer gemacht. Davey, der nicht mehr lächelte, sah sie mit einem unsicheren, schuldbewußten Blick an, und da wußte sie, daß sie recht hatte. »Natalie hatte eine Affäre mit deinem Vater, richtig?«

Davey blinzelte und wirkte schuldbewußter denn je. »Ah. Nun ja. Das stimmt.« Er biß sich auf die Unterlippe und überlegte. »Komisch, daß du davon weißt.«

»Ich habe es nicht gewußt. Es ist mir eben erst klargeworden.«

»Ich nehme an, sie hätte es dir sagen können, als es noch aktuell war. Hast du Natalie nicht vor einer Weile im Supermarkt getroffen?«

»Alden hat ihr diese Bücher von Blackbird gegeben«, sagte sie, als sie zu einer weiteren Schlußfolgerung gelangt war. »Ich habe mich gefragt, warum sie auf dem Regal abseits standen. Sie waren ein Geschenk von einem Liebhaber, darum hatte sie sie nebeneinander stehen.«

»Sie ist nie dazu gekommen, sie zu lesen«, sagte Davey.

»Kein Wunder, bei ihrem Lebenswandel. Hat sie ihm den Laufpaß gegeben, als du aufgetaucht bist? War es wie ein Tausch, ein neueres Modell gegen ein altes?«

»Da war ihre Affäre schon vorbei. Es war sowieso nichts Besonderes.«

»Im Gegensatz zu deiner unsterblichen Leidenschaft. Daß du deinem Alten seine Schlampe ausspannen konntest, muß ja Balsam für dein Ego gewesen sein. Eine Art Ur-Sieg.«

»Von ihr und meinem Vater habe ich erst später erfahren.« Daveys linkes Bein fing an zu zittern, und er kaute noch heftiger auf seiner Unterlippe.

»Hast du irgendwelche Vergleichswerte bekommen? Länge? Stehvermögen? Die Sachen, worüber ihr Jungs euch immer solche Sorgen macht.«

»Sei still«, sagte er. »Selbstverständlich nicht. Es war nichts Besonderes.«

»Für dich ist nichts etwas Besonderes, richtig? Du bist dir über deine Gefühle überhaupt nicht im klaren. Du verdrängst sie einfach und hoffst, daß sie verschwinden.«

»Nora, ich hatte eine Affäre. Überall auf der Welt machen andere Leute dasselbe. Aber wenn ich emotional so unterentwickelt bin, wie du behauptest, warum führen wir diese Unterhaltung dann überhaupt? Ich mache mir Sorgen um dich, soviel steht fest. Ich habe für alles nur eine Erklärung, nämlich die, die ich dir gerade gegeben habe. Und ich habe keine Ahnung, was ich mit dir machen soll, wenn du wieder durchdrehst.«

»Aber ich habe es nicht getan! Du hast diese billige kleine Affäre gehabt, du hast mich *betrogen*, und dann hast du deine Schuldgefühle auf mich übertragen. Wenn ich verrückt bin, dann ist das eine Rechtfertigung für deinen Ehebruch.«

»Okay«, sagte er. »Vielleicht gibt es eine andere Erklärung. »Ich hoffe es, denn ich kann nicht sagen, daß mir diese besonders gefällt.«

»Oh, das ist großartig«, sagte sie. »Es beweist soviel Vertrauen und Zuneigung.«

»Ich schätze, wir warten ab, was passiert.«

»Ich kann es nicht mehr ertragen«, sagte Nora vor Wut wie elektrisiert. »Ich kann *dich* nicht mehr ertragen. Ich bin wütend auf dich, weil du mit Natalie geschlafen hast, und dennoch, wenn du mir beweisen würdest, daß du langsam begreifst, wer ich bin, könnte ich mit der Zeit wahrscheinlich darüber hinwegkommen, aber dieser Unsinn ist soviel schlimmer, daß ich …« Ihr fehlten die Worte.

»Wenn ich mich irre, werde ich über Glasscherben kriechen, um mich zu entschuldigen.«

»Herrgott, es macht mich überglücklich, das zu hören«, sagte sie.

Er stand auf und eilte aus dem Zimmer, ohne sie anzusehen.

32

Nachdem die Tür des Familienzimmers geöffnet und wieder geschlossen worden war, öffnete Nora ihre geballten Fäuste und versuchte, ihren Körper zu zwingen, sich zu entspannen. Die ersten Klänge von *Manon Lescaut* tönten die Treppe herauf. Er würde sich verstecken, möglicherweise bis ein Haufen Polizisten kam, um sie ins Irrenhaus zu bringen.

Er hatte sie *erniedrigt*, hatte sie *klein* gemacht. In seiner Version ihrer Ehe quälte eine verbrecherisch irrationale Frau einen liebevollen, geplagten Ehemann. Nora war nicht wütend genug, abzustreiten, daß ihr Liebesleben alles andere als perfekt gewesen war, und sie wußte, daß viele Ehen, möglicherweise die meisten, nach einem Seitensprung wieder in Ordnung kamen. Sie konnte einräumen, daß ihre nächtlichen Alpträume, die offenbar viel schlimmer waren, als sie gedacht hatte, eine Rolle bei Daveys Ausrutscher gespielt haben mochten. Sie war bereit, ihren Teil der Schuld auf sich zu nehmen. Nicht verzeihen dagegen konnte sie die Tatsache, daß Davey *sie abgeschrieben hatte*.

Sobald die Altersdifferenz zwischen ihnen tatsächlich zu einer *Differenz* geworden war, war Davey in Panik geraten. Wenn eine Frau neunundvierzig wurde und ein Mann vierzig, lagen dazwischen einige ganz entscheidende Schritte. Davey Chancel graute vor den Wechseljahren, nicht vor Alpträumen und irrationalem Verhalten.

Das war ein niederschmetterndes Thema, und Nora stieß sich vom Tisch weg. Sie stapelte das Geschirr aufeinander, sammelte das Silberbesteck ein und widerstand dem Impuls, alles auf den Boden zu werfen. Sie verstaute Teller, Tassen und Besteck in der Spülmaschine, die Pfannen in der Spüle. Wenn Davey sie verließ, wohin sollte sie gehen? Würde er in Poplars einziehen, während sie in diesem Haus blieb? Beim Gedanken, allein in der Crooked Mile Road zu leben, wurde ihr fast schwindlig vor Übelkeit.

Sie konnte sich erinnern, was sie an jedem einzelnen Tag seit Natalies Verschwinden getan hatte. Sie hatte eingekauft, die Betten gemacht, das Haus geputzt, gelesen, trainiert. Sie hatte für Blackbird Books mit Agenten telefoniert. Am Nachmittag nach Natalie Weils Verschwinden, als sie laut Davey die entführte Frau angeblich in der South Post Road mißhandelt hatte, war Nora in einem Café auf der Main Street namens Alice's Adventure Arturo Landrigans Frau Beth begegnet. Obwohl sie mit einem großkotzigen Mann verheiratet war, der dachte, er müßte in einer goldenen Wanne baden (»Fühlst dich wie ein großer Wein in einem goldenen Pokal«, hatte Arturo ihr anvertraut), war Beth Landrigan eine unprätentiöse, kluge und sympathische

Frau Mitte Fünfzig, eine der wenigen Frauen in Westerholm, die Nora eine Freundschaft zu versprechen schien, deren Haupthindernis die gelinde wechselseitige Antipathie ihrer Männer war. Davey hielt Arturo Landrigan für einen Spießer, und Nora konnte sich vorstellen, was Landrigan von Davey hielt. Die beiden Frauen hatten die zufällige Begegnung genutzt und sich eine Stunde in Alice's Adventure unterhalten, und mindestens die Hälfte dieser Zeit hatten sie über Natalie Weil gesprochen.

Vielleicht bin ich wirklich verrückt, sagte sie sich zwanzig Minuten später, während sie mit ihrem Auto ziellos durch die Alleen von Westerholm fuhr. Nora bog noch einmal ab, fuhr eine kurvige Steigung hinauf und stellte fest, daß sie von viel mehr Autos umgeben war, als sie bis jetzt bemerkt hatte. Dann stellte sie fest, daß sie auf dem Merritt Parkway Richtung New York fuhr. Ein Teil von ihr hatte beschlossen, einfach wegzulaufen, und dieser Teil zog den ganzen Rest mit. Sie hatte etwa fünfzehn Meilen zurückgelegt; New York lag nur noch fünfundzwanzig entfernt. In einer halben Stunde könnte sie das Auto in einem Parkhaus am FDR Drive abstellen. Sie hatte ein paar hundert Dollar in der Tasche und konnte am Geldautomaten noch mehr holen. Sie könnte unter falschem Namen in einem Hotel absteigen, ein paar Tage dort bleiben und abwarten, was passieren würde. *Wenn du dein Leben ändern willst, Nora*, sagte sie zu sich, *mußt du nur weiterfahren.*

Nun saßen also zwei Noras am Steuer ihres Volvo. Eine wollte auf dem Merritt Parkway in Richtung New York weiterfahren, die andere wollte an der nächsten Ausfahrt raus und nach Westerholm zurück. Beide Aktionen schienen gleichermaßen plausibel. Die erste schien durchaus verlockend zu sein, wogegen sich die zweite mehr mit dem Bild vertrug, das sich Nora selbst von ihrem Charakter machte. Aber warum sollte sie dazu verdammt sein, immer dem zu folgen, was sie für richtig hielt? Und weshalb sollte sie automatisch davon ausgehen, daß Umkehren die einzig richtige Möglichkeit war? Wenn sie nach New York fliehen wollte, dann war New York die richtige Entscheidung.

Nora entschied sich dafür, sich nicht zu entscheiden: Sie würde abwarten, was sie tat, und erst später Bilanz ziehen. Ein paar Minuten fuhr sie in einem Zustand angenehm unbeschwerter moralischer Freiheit den Parkway entlang. Das Schild einer Ausfahrt tauchte auf und blieb hinter ihr zurück, gefolgt von der Ausfahrt selbst. Die beiden separaten Noras genossen ihre friedliche Koexistenz in einem einzigen Körper. Zehn Minuten später tauchte ein weiteres Ausfahrt-Schild auf, aber sie blieb auf der linken Spur und dachte: *Also nun wissen wir es*. Mehrere Sekunden später, als die Ausfahrt selbst vor ihr auftauchte, setzte sie den Blinker und schaffte es gerade noch, vom Parkway runterzufahren.

33

Nora fuhr den Volvo in die leere Garage. Daß sie Davey keine Erklärung abgeben mußte, erfüllte sie mit Erleichterung, die mit der Neugier gepaart war, was er treiben mochte. Zuerst dachte sie, daß er seine Eltern besuchen würde, aber als sie zur Hintertür ging, überlegte sie sich, daß Holly Fenn möglicherweise mit Neuigkeiten über Natalie angerufen hatte. Nach einer Vision ihres Mannes, wie er Natalie Weil Zärtlichkeiten ins Ohr flüsterte, wäre sie am liebsten wieder in den Volvo gestiegen und losgedüst, irgendwohin weit weg, nach Kanada oder New Mexico. Oder nach Hause, in ihr verlorenes Zuhause, die Upper Peninsula. Sie hatte Freunde in Traverse City, die sie aufnehmen und beschützen würden. Der Gedanke an Schutz beschwor sofort das Bild von Dan Harwich herauf, aber von diesem falschen Trost wollte sie nichts wissen. Dan Harwich war mit seiner zweiten Frau verheiratet, und weder Bräutigam noch Braut würden Nora in ihrem hübschen Haus in der Longfellow Lane in Springfield, Massachusetts, mit offenen Armen willkommen heißen.

Sie warf einen Blick ins Familienzimmer und ging weiter nach oben. Sie fragte sich, ob Davey sie suchen gegangen sein konnte. Die wahrscheinlichste Erklärung für seine Abwesenheit schien ihr, daß er ins Polizeirevier gerufen worden war, aber in diesem Fall hätte er eine Nachricht hinterlassen. Sie ging dorthin, wo sie üblicherweise Nachrichten füreinander plazierten, den Abschnitt des Küchentresens neben dem Telefon, wo ein dicker Notizblock neben einem Glas mit Kugelschreibern lag. Auf dem obersten Blatt standen die Worte »Pilze« und »K-Y«, der Anfang eines Einkaufszettels. Nora ging zum zweitwahrscheinlichsten Platz, dem Wohnzimmertisch, wo sie lediglich einen Stapel Zeitschriften fand. Dann kehrte sie in die Küche zurück und inspizierte den Tisch und den Rest des Tresens, fand nichts und ging schließlich zum vierten und unwahrscheinlichsten Platz für eine Nachricht, ins Schlafzimmer, wo sie lediglich die zerwühlten Laken und Bettdecken vom Morgen vorfand.

Mit dem Gefühl, daß sie die verantwortungslose Nora hätte werden sollen, die nach New York verschwunden war, ging sie zum Wohnzimmer zurück, als das Telefon läutete.

Sie nahm den Hörer ab und hoffte unwillkürlich, sie würde Daveys Stimme hören. Eine Frau sagte: »Ich habe mich entschieden und möchte, daß du es tust.«

»Sie haben sich verwählt.«

»Sei nicht albern«, sagte die Frau, die Nora nun als ihre Schwiegermutter erkannte. »Ich will es so.«

»Ist Davey bei euch?«

»Niemand ist hier. Ich kann gleich rüberkommen und es dir geben. Ich bin schon so lange allein mit diesem Ding und finde es *wichtig*, daß du es liest. Ich werde keine ruhige Minute mehr haben, bis ich von dir höre.«

»Du möchtest dein Buch hierherbringen?« fragte Nora.

»Ich möchte ein bißchen vor die Tür«, sagte Daisy, die Noras Aufregung falsch interpretierte. »Ich habe dieses Haus seit wer weiß wie lange nicht mehr verlassen! Ich will die Straßen sehen, ich will alles sehen! Seit ich mich entschieden habe, bin ich absolut *begeistert*.«

»Du bist dir sicher«, sagte Nora.

»Danke für dein Angebot, tausend Dank. Du kannst es mir am Dienstag oder Mittwoch zurückbringen, wenn die Männer bei der Arbeit sind.«

»Wirst du fahren?« Daisy hatte seit Jahrzehnten kein Auto mehr weiter als bis zum Ende der Einfahrt gesteuert.

Daisy lachte. »Natürlich nicht. Jeffrey wird mich fahren. Keine Bange, Jeffrey ist *vollkommen* zuverlässig. Er ist wie der *Kreml.*«

Nora gab auf. »Du solltest dich besser beeilen. Ich weiß nicht, wann Davey zurückkommt.«

»Das ist so *aufregend*«, sagte Daisy. Sie legte auf.

Nora stieß ein Seufzen aus und ließ sich gegen die Wand sinken. Davey durfte nie erfahren, daß sie das Buch seiner Mutter gesehen hatte. Die gesamte Transaktion mußte ablaufen wie unter einer Decke in tiefster Nacht. Daisy würde ihr das Manuskript geben, und sie würde es ihr in ein paar Tagen zurückbringen. Sie mußte es nicht lesen. Sie mußte Daisy nur den Zuspruch geben, den sie brauchte.

Nora richtete sich auf ging zum Wohnzimmerfenster und fühlte sich alles andere als wohl bei dem Gedanken, Daisy so schäbig zu behandeln.

Als sie dachte, daß Daisys Wagen jeden Moment in die Crooked Mile Road einbiegen würde, verließ sie das Haus und ging zum Ende der Einfahrt. Ein Mercedes kam auf sie zugefahren. Daisy riß die Tür auf, bevor der Wagen richtig zum Stillstand kam, und Nora wich zurück. Daisy sprang heraus und umarmte sie. »Mein genialer Liebling! Meine Retterin!«

Daisy lehnte sich zurück und sah Nora übermütig strahlend an. Ihre Augen waren feucht und glasig, ihr Haar stand in weißen Strähnen vom Kopf ab. »Ist das nicht herrlich, ist es nicht verrucht?« Sie schenkte Nora ein weiteres übermütiges Grinsen, drehte sich um und zerrte vor ihrem Sitz einen mit Gurten zugebundenen, dicken Lederkoffer heraus. »Hier. Ich übergebe es deinen wundervollen Händen.«

Sie hielt den Koffer wie eine Trophäe hoch, und Nora nahm ihn am Griff. Als Daisy an den Seiten losließ, sackte der Koffer, der zehn oder fünfzehn Kilo wiegen mußte, ein gutes Stück nach unten. »Schwer, nicht?« sagte sie.

»Ist es fertig?«

»Das will ich von dir erfahren«, sagte Daisy. »Auf jeden Fall fast, fast, fast, und darum ist es so eine brillante Idee. Ich kann es kaum erwarten, bis ich höre, was du dazu zu sagen hast. Mein Gott!« Ihre Augen wurden groß. »Weißt du, was?«

Nora dachte, Daisy hätte in der Morgenzeitung von Dick Dart gelesen.

»Sie haben diese abscheuliche *Festung* in der Post Road gebaut, genau dort, wo das hübsche kleine Muschelrestaurant gewesen ist!«

»Oh«, sagte Nora. Daisy meinte ein Discountkaufhaus, einen Betonklotz, der seit rund zehn Jahren zwei Blocks der Post Road für sich beanspruchte.

»Ich glaube, ich sollte einen Beschwerdebrief schreiben. Bis dahin wird Jeffrey meinen Horizont erweitern, indem er mich hierhin und dorthin fährt, was du auch tun wirst, meine Teure, indem du mit mir über mein Buch sprichst. Während ich die Sehenswürdigkeiten betrachte, wirst du in meinen *Hexenkessel* schauen.«

»Viel Spaß, Daisy«, sagte Nora.

»Auch dir viel Spaß«, sagte Daisy. »Ich denke, Jeffrey und ich sollten uns jetzt besser auf den Weg machen. Ich werde dich heute abend anrufen und nach deinem ersten Eindruck fragen. Wir brauchen ein Kodewort, damit wir wissen, ob die Luft rein ist.« Sie ballte die Fäuste, spreizte die Finger und strahlte. »Ich weiß, wir nehmen, was du gesagt hast, als ich dich angerufen habe. Wenn Davey im Zimmer ist, dann sagst du ›Falsch verbunden‹. Ich glaube, das ist perfekt. Ich habe eine Begabung für so etwas. Vielleicht hätte ich Spionin werden sollen.« Sie stieg wieder in das Auto ein und flüsterte zum offenen Fenster heraus: »*Ich kann es kaum erwarten.*«

Nora bückte sich, um zu sehen, was Jeffrey von alledem hielt. Sein Gesicht war starr und reglos, seine Augen dunkle, glänzende Schlitze. Er beugte sich nach vorne und sagte bedächtig: »Mrs. Chancel, ich will nicht anmaßend klingen, aber falls ich einmal etwas für Sie tun kann, rufen Sie mich an. Mein Nachname ist Deodato, und ich habe einen eigenen Anschluß.«

Nora wich zurück, das Auto setzte sich in Bewegung. Daisy hatte sich auf dem Sitz herumgedreht, und Nora versuchte, ihr Lächeln zu erwidern, bis Daisys Gesicht nur noch ein blasser, leuchtender Ballon war, der die Straße hinabschwebte.

34

Nora hievte den Koffer auf das Sofa und öffnete die Gurte. Der Koffer mit seinen Kratzern und Schrammen und verschiedenen nachgedunkelten Flecken schien vierzig oder fünfzig Jahre alt zu sein. Als Nora schließlich den Reißverschluß öffnete, klaffte der Deckel mehrere Zentimeter auf und die Masse Papier darunter dehnte sich aus, als holte sie tief Luft.

Tausende Seiten verschiedener Größen, Farben und Beschaffenheit wölbten sich hoch. Bei den meisten handelte es sich um normales weißes Schreibmaschinenpapier, manche alt und vergilbt; die restlichen Seiten waren überwiegend Schreibmaschinenpapier in unterschiedlichen Farben, beige, grau, ocker, hellblau und rosa. Der Rest, etwa ein Drittel, bestand aus Zetteln von Notizblöcken, Hotelbriefbögen, Rechnungsvordrucken von Chancel House, deren weiße Rückseiten beschrieben worden waren, und der Art von Notizpapier, die mit Bildern von Hunden und Pferden verziert ist.

Wo konnte sie dieses Monstrum verstecken? Wahrscheinlich paßte es unter das Bett. Sie kniete nieder, schob die Arme unter den Koffer, hob ihn vom Sofa und konnte kaum über den oberen Rand sehen, während sie rückwärts stolperte. Ein schwacher Geruch nach Staub und Mottenkugeln haftete der Masse Papier und Leder auf ihren Armen an.

Die erste Seite schwebte vor Noras Augen und nahm allmählich die Gestalt einer Titelseite an, die es offenbar nie geschafft hatte, sich zu entscheiden. Im Lauf der Jahre hatte Daisy sich eine wachsende Zahl von Titeln überlegt und dazugeschrieben, ohne die alten zu verwerfen.

Im Schlafzimmer ging Nora vorsichtig zur Couch, dort bückte sie sich und stellte den Koffer auf das ausgestreckte Bein einer Jeans und eine Bluse, die sie hatte bügeln wollen. Sie hielt den Atem an und legte eine Hand auf die Oberseite des Koffers, während sie mit der anderen die Jeans auf einer und die Bluse auf der anderen Seite darunter hervorzog. Dann setzte sie sich neben den Koffer. Sie betrachtete ihn einen Moment und bedauerte, daß sie je angeboten hatte, dieses unhandliche Epos zu lesen, darauf packte sie ihn an Vorder- und Rückseite und setzte ihn auf den Boden. Ja, möglicherweise würde er ganz knapp, gerade so, unter das Bett passen.

Nora betrachtete das helle Doppelfenster in der Wand zu ihrer Linken. Sie stand auf, schob die untere Scheibe so weit es ging nach oben und kehrte zur Couch zurück. Sie sah auf den unordentlichen Stapel Papier zu ihren Füßen hinunter, seufzte, hob sechzig oder siebzig Seiten auf, blätterte die Titelseite um, besser gesagt, die Nicht-Titelseite, und las die Widmung. Auf einem vergilbten Blatt mit dem Briefkopf des Sahara Hotels in Las Vegas, inklusive einer geprägten Darstellung der Hotelfassade, stand zu lesen: *Dem einzigen Menschen, der mir je die Ermutigung zuteil werden ließ, die jeder Schriftsteller braucht; meiner einzigen Gefährtin, ohne deren Unterstützung ich dieses Unternehmen schon längst aufgegeben hätte – mir selbst.*

Auf der nächsten Seite, ebenfalls auf Briefpapier des Sahara Hotels, Las Vegas, stand ein Zitat, das einem Wolf. J. Flywheel zugeschrieben wurde. *Die Welt wird von Undankbaren, Schwachköpfen, Arschlöchern und denen, die unter ihnen stehen, bevölkert.*

Allmählich machte Nora die Sache Spaß.

Teil Eins. Wie die Dreckskerle an die Macht kamen.

Sie fing an, das erste Kapitel zu lesen. Durch ein Labyrinth von durchgestrichenen Zeilen, Pfeilen zu Absätzen am Rand und verbesserten Worten folgte sie den trüben Taten von Clementine und Adelbert Poison, die in einer Stadt namens Westfall in einem baufälligen gotischen Herrenhaus wohnten, das The Ivy genannt wurde. Clementine, eine Malerin, der man die einstige Schönheit trotz der Pfunde, die sie im Verlauf einer unglücklichen Ehe zugenommen hatte, noch ansah, trank ein bißchen, weinte ein bißchen, dachte an Selbstmord und hatte eine seltsam ironische, distanzierte Beziehung zu ihrem Sohn Egbert. Adelbert machte und verlor Millionen, indem er mit den weitaus mehr Millionen spielte, die ihm sein tyrannischer Vater Archibald Poison hinterlassen hatte, und verführte Kellnerinnen, Sekretärinnen, Putzfrauen und die Avonberaterin. Wenn er zu Hause war, saß Adelbert gerne auf seiner verrottenden Terrasse und hielt mit einem Fernrohr im Long Island Sound nach sinkenden Schiffen und ertrinkenden Schwimmern Ausschau.

Egbert war ein verweichlichter Schlappschwanz und verbrachte die meiste Zeit im Bett. Ein vages, aber schlimmes Geheimnis, möglicherweise mehrere vage, aber schlimme Geheimnisse, verpesteten die Atmosphäre.

Als sie das Ende des ersten Kapitels erreichte, schaute Nora auf und stellte fest, daß sie eine halbe Stunde gelesen hatte. Davey war immer noch nicht zurückgekehrt. Sie sah wieder auf die Seite, deren letzte Zeile lautete: *»Du weißt sehr wohl, daß ich Egbert niemals wiederbekommen wollte«, sagte Adelbert.* Ihn wiederbekommen? Egbert wirkte wie etwas, das man wiederbekommen hatte, wie einen verirrten Hund.

Das Telefon läutete. Nora hoffte, die Stimme ihres Mannes zu hören, nahm ab und sagte: »Hallo?«

»Schön, schön, du hast nicht ›falsch verbunden‹ gesagt, also kannst du reden.« Daisys leicht nuschelnde Stimme. »Was meinst du?«

»Ich finde es interessant«, sagte Nora.

»Pups. Da mußt du schon mehr sagen.«

»Es gefällt mir, wirklich. Ich mag Adelbert und sein Teleskop.«

»Alden hat Stunden damit verbracht, nach barbusigen Mädchen auf Segelbooten Ausschau zu halten. Wie weit bist du?«

»Am Ende von Kapitel eins.«

»Och.« Daisy hörte sich enttäuscht an. »Was hat dir am besten gefallen?«

»Nun, ich schätze einmal, der Stil. Dieser schwarze Humor. Wie Charles Addams in Worten.«

»Das liegt daran, daß du nur das erste *Kapitel* gelesen hast«, sagte Daisy. »Danach folgen alle möglichen Umschwünge. Du wirst schon sehen, dir steht ein echter Hochgenuß bevor. Jedenfalls *hoffe* ich es. Lies weiter. Aber bis jetzt hat es dir wirklich gefallen?«

»Sehr«, sagte Nora.

»Juch-hee!« sagte Daisy. »Hör auf, mit mir rumzuschwätzen, und stürz dich ins Buch.« Sie legte auf.

Nora ging zur Couch zurück und fing mit dem zweiten Kapitel an. Adelbert stand neben einer großen, dürren blonden Frau und trug sich unter einem falschen Namen in einem Hotel ein. In ihrem Zimmer befahl Adelbert der Frau, sich auszuziehen. *Schatz, können wir nicht vorher etwas trinken?* Er sagte: *Tu, was ich dir sage.* Die Frau zog sich aus und umarmte ihn. Adelbert stieß sie weg. Die Frau sagte, sie hätte gedacht, sie wären Freunde. Adelbert holte einen Revolver aus der Jackentasche und schoß ihr in die Stirn.

Nora las die Zeile noch einmal. *Adelbert hob den Revolver, drückte ab und jagte ihr eine Kugel in ihre dumme Stirn.* Das war eine neue Seite von Adelbert. Nora lächelte über den Einfall Daisys, aus Alden einen Mörder zu machen. Sie brachte die Eroberungen ihres Mannes um.

Das Telefon läutete wieder. Stöhnend nahm Nora ab und meldete sich mit den Worten: »Daisy, bitte, du mußt mir mehr Zeit lassen.«

Eine Männerstimme fragte: »Wer ist Daisy?«

»Entschuldigung«, sagte Nora. »Ich dachte, Sie wären jemand anders.«

»Offensichtlich. Ich hoffe, sie läßt Ihnen soviel Zeit, wie Sie brauchen, wer immer sie ist.«

»Holly«, sagte Nora. »Ich meine, Chief Fenn. Wie peinlich. Ich bin froh, daß Sie anrufen. Sie müssen Neuigkeiten haben.«

»Ich heiße Holly, und ich rufe nur aus dem Grund an, daß wir bis jetzt noch keine Neuigkeiten haben. Es ist uns endlich gelungen, Mrs. Weils Arzt vom Golfplatz zu holen, und er hat sie mit Beruhigungsmitteln vollgepumpt und ins Norwalk Hospital gebracht. Er meint, daß wir frühestens am Montag morgen eine zusammenhängende Geschichte aus ihr herausbekommen werden. Ich dachte, ich lasse es Sie wissen, damit Sie wenigstens eine Nacht ruhig schlafen können.«

Sie dankte ihm und sagte: »Ich denke, wenn ich Sie Holly nennen soll, müssen Sie mich Nora nennen.«

»Mach ich schon«, sagte er. »Ich melde mich Montag früh um neun, spätestens um zehn.«

Eine Woge der Erleichterung entkrampfte Noras Rückenmuskeln. Holly Fenn schien ihr keine Schuld daran zu geben, was Natalie zugestoßen war, der Schlampe. Holly Fenn wollte die Sache *aufklären.*

Sie wandte sich wieder Daisys Epos zu. Adelbert parkte vor seinem baufälligen Herrenhaus und zerrte Egbert aus dem Bett. Egbert stand vom Boden auf, kroch wieder ins Bett und zog die Decke über den Kopf. Adelbert ging nach unten und befahl einem unterwürfigen Hausmädchen, ihm einen Martini, sechs Teile Gin, ein Teil Wermut, in die Bibliothek zu bringen. Als das Mädchen mit seinem Drink kam, hatte sich Adelbert bereits in ein Buch mit dem Titel *Die Geschichte der Familie Poison in Amerika* vertieft.

Ein neues Kapitel begann, offenbar aus einem weitaus älteren Stadium des Romans. Auf den vergilbten Seiten ragten die Buchstaben über und unter die Zeilenlinie hinaus, jedes *e* nach links geneigt, jedes *o* ein Durchschuß. Nach anfänglichen Schwierigkeiten mit dem Stil, der viel überladener war als in den beiden ersten Kapiteln, stellte Nora fest, daß Adelbert die Geschichte seines Vaters unmittelbar nach der Geburt von Egbert las. Archibald, ein heimlicher Sympathisant der Nazis, hatte Millionen mit Investitionen in deutsche Rüstungskonzerne gemacht und wurde derzeit gerade durch ein familiäres Problem, das ihn rasend machte, von seinen heimlichen Versuchen abgelenkt, eine Gruppe ultrarechter Millionäre zu einer faschistischen Bewegung zusammenzuschweißen. Nachdem sie einige Seiten dreimal gelesen hatte, kam Nora zu dem Schluß, daß Adelbert und Clementine vielleicht den Enkel produziert hatten, den sich Archibald so sehr wünschte. Entweder war das Kind gestorben, oder sie hatten es zur Adoption freigegeben. Archibalds Tiraden, die in aller Ausführlichkeit wiedergegeben wurden, hatten sie nicht dazu bewogen, den Verlust auszugleichen. Als seine Befehle und Ultimaten nichts fruchteten, ließ Archibald seinen Sohn wissen, daß er aus seinem Testament gestrichen würde, wenn er keinen Erben beibrächte.

Das alles lag halb verborgen unter einem explosionsartigen Wust von Ausrufungszeichen, verworrener Grammatik und von hinten aufgezäumten Sätzen. Archibalds Hirngespinste über einen amerikanischen Faschismus füllten ganze Seiten mit Beschreibungen von Nazi-Uniformen und anderen Insignien. Verwirrenderweise trat Hitler auf. Nora konnte nicht mit Sicherheit sagen, ob das neue Kind wiedergefunden oder adoptiert worden oder gar von den Toten auferstanden war.

Nora schlug eine Seite auf, die auf dem Briefbogen des Ritz-Carlton Hotels getippt war, und las drei Abschnitte durch, bis die ersten beiden Sätze einen Groschen bei ihr fallen ließen. Sie las sie wieder, und dann las sie die Sätze noch einmal. *Adelberts Schuhe waren mit einem Muster von Kratzspuren gezeichnet. In der Tat, Adelberts Schuhe waren nicht die eines ordentlichen Mannes, und derlei heimliche Flecken und üble Gerüche durchdrangen seinen gesamten Charakter.*

»Mein Gott«, sagte Nora. »Es war Daisy.«

35

Sie sah erstaunt auf. Nicht nur waren Clyde Morning und Marletta Teatime ein und dieselbe Person, beide waren Daisy Chancel. Nachdem die ersten Autoren der Blackbird Books Chancel House den Rücken gekehrt hatten, hatte Alden sie durch seine Frau ersetzt, die Horror-Reißer rausgehauen und gleichzeitig an ihrem grimmigen Monstrum von Manuskript gearbeitet hatte. Die beiden Flaggschiffe von Blackbird hatte nie jemand zu Gesicht bekommen, weil sie Phantome waren. *Gespenster* war von dem Regal im Konferenzzimmer verschwunden, weil Daisy das Interesse daran verloren und es geschrieben hatte, während sie betrunken oder müde oder beides war. Alden würde Blackbird nicht wieder ins Leben rufen. Was das anging, hatte Davey recht gehabt, obwohl er nicht wußte, warum.

Sie fragte sich, wie er reagieren würde, wenn sie ihm ihre Entdeckung präsentierte, doch dann wurde ihr klar, daß sie das gar nicht konnte. Nora wußte genau, wie Davey reagieren würde; er würde zwanzig Minuten lang mit Schaum vor dem Mund toben und dann nach unten gehen und sich hinter Puccini verstecken. Eine drängendere Frage war, ob sie Daisy erzählen sollte, was sie herausgefunden hatte. Wieder bewohnten eine Zeitlang zwei verschiedene Noras denselben Körper, der aufstand und in die Küche ging, um sich ein Schinkensandwich zu machen. In Daisys empfindlichem Zustand schien es gleichermaßen wahrscheinlich, daß sie wütend oder entzückt sein würde, weil ihre Pseudonyme gelüftet worden waren. Nora ging mit dem Sandwich ins Schlafzimmer und stellte fest, daß Davey schon seit Stunden weg war. Wenigstens steckte er nicht im Norwalk Hospital und schäkerte mit Natalie Weil. Sie beschloß, genau dasselbe zu tun, was sie auf dem Parkway getan hatte, nämlich die Entscheidung zu verschieben, bis sie sich von selbst ergab. Daisys Verhalten würde ihre Entscheidung bestimmen.

Nora biß in ihr Sandwich und überflog die Seiten, um zu erfahren, in welche Richtung sich die Geschichte entwickelte.

Nach einer weiteren Stunde kam sie zu dem Ergebnis, daß die Geschichte, sofern sie sich überhaupt weiterentwickelte, in eine Daisy-Richtung ging, die der normalen Welt verschlossen blieb. Szenen wurden zum Abschluß gebracht und wiederholten sich dann mit geringfügigen Variationen, als wäre eine frühere Fassung nicht herausgestrichen worden. Der Stil wechselte von trocken zu hysterisch und wieder zurück. Manchmal hatte Daisy eine verständliche Szene unterbrochen und handschriftlich zusammenhanglose Worte und Satzfetzen eingefügt. Manche Absätze brachen mitten im Satz ab, als hätte Daisy später darauf zurückkommen wollen, es dann aber vergessen. Die Geschichte hatte keine auch nur annähernd konventionelle Handlung. Ein vollständiges Kapitel lautete: *Die Verfasserin möchte noch einen Drink und dann ins Bett gehen. Ihr Idioten solltet dasselbe machen.*

Nachdem sie diesem Durcheinander durch ein Labyrinth von Pfeilen und Streichungen gefolgt war, wurde Nora allmählich übel. Sie beschloß zu lesen, was am Ende passierte, und nahm die letzten dreißig Seiten aus dem Stapel. Diese blütenweißen Seiten wiesen keinerlei Streichungen, Einschübe oder Anmerkungen irgendwelcher Art auf. Nora lehnte sich zurück, fing an zu lesen und verstrickte sich wenig später erneut in Stacheldraht.

Das Ende von Daisys Buch schilderte einen Streit zwischen Clementine und Adelbert, der sich über ihre gesamte Ehe erstreckte. An verschiedenen Stellen waren sie um die Zwanzig,

Vierzig, Fünfzig und Sechzig. Der Schauplatz des Streits verlagerte sich von verschiedenen Zimmern ihrer Villa in Eisenbahnabteile, Hotelspeisesäle und Terrassen in europäischen Städten. Sie lagen in einem Londoner Park im Gras und saßen um zwei Uhr morgens in einer Kneipe in der Third Avenue. Das Ende war eine Zusammenfassung ihrer sämtlichen Ehekräche. Allerdings verstand Nora nicht, worum es dabei ging.

Clementine stieß Vorwürfe aus, und Adelberts Antworten nahmen überhaupt nicht darauf Bezug, handelten meistens von Musik. *Ich habe dein Geschäft über Wasser gehalten, du Dreckskerl, aber statt mir zu danken, hast du mich in die Zähne getreten.* (Adelbert: *Ich habe Hank Williams nie besonders gemocht.*) *Deine gesamte Existenz basiert auf einer Lüge, genau wie die unseres Sohnes.* (Adelbert: *Billige Musik klingt nur in Autoradios gut.*) *Du bist nicht nur ein Hochstapler, sondern ein Hochstapler mit Blut an den Händen.* (Adelbert: *Die meisten Menschen würden lieber zu einem Baseballspiel als zu einem Symphoniekonzert gehen, und damit haben sie völlig recht.*) Die Absätze waren von Galle getränkt, eine Verbitterung, die von einem Thema heraufbeschworen wurde, das Clementine und Adelbert so vertraut zu sein schien, wie es Nora unklar blieb.

Der letzte Abschnitt wandte sich von den Protagonisten ab, um die Terrasse eines Restaurants in den italienischen Alpen zu beschreiben. Gläser funkelten neben weißen Tellern und Silberbesteck auf rosa Tischtüchern. In der Ferne sang ein Vogel, und ein Gast antwortete mit einer Nachahmung, die so exakt wie ein Echo war. Von einem Nebentisch stieg eine weiße Wolke Zigarrenrauch auf und löste sich in der Luft auf.

»Hochstapler«, sagte Clementine, und die idiotische Sonne, die keine andere Wahl hatte, schien auf die vergiftete Welt der Poisons hinab.

Nora legte die letzte Seite auf die anderen und hörte das Geräusch, vor dem ihr am meisten graute, das Läuten des Telefons.

36

»Gott sei gedankt, daß ich nicht den verabscheuungswürdigsten Ausdruck auf dieser Erde hören mußte, ›falsch verbunden‹. Bin ich nicht artig gewesen? War ich nicht das geduldigste kleine Geschöpf auf Gottes weiter Welt? Ich bin bis zum äußersten Äußersten stolz auf mich. Ich bin um das Telefon herumgeschlichen, ich habe den Hörer abgenommen und wieder aufgelegt, ich habe mehrmals die ersten drei Ziffern deiner Nummer gewählt und das vermaledeite Ding wieder aufgelegt, ich habe dir Stunden der Ruhe und des Friedens ohne Störungen durch meine Wenigkeit versprochen, und nach meiner Rechnung sind inzwischen drei Stunden und darüber hinaus zweiundzwanzig Minuten vergangen, und was meinst du? Sag es mir, sprich, erkläre dich, teuerste Nora, bitte sag etwas.«

»Hallo, Daisy«, sagte Nora.

»Ich weiß, ich bin zu nervös, um still zu sein und dich reden zu lassen, hör nur, wie ich plappere! Wie weit bist du? Was meinst du? Es gefällt dir, oder nicht?«

»Es ist wirklich ein Brocken«, sagte Nora.

»Kann man wohl sagen! Weiter.«

»Ich habe etwas Derartiges noch nie gelesen.«

»Du hast das ganze Ding durch? Das kann nicht sein, du mußt es *überflogen* haben.«

»Nein, das habe ich nicht«, sagte Nora. »Es ist nicht die Art von Buch, die man überfliegen kann, nicht wahr?«

»Was meinst du damit?«

»Zum einen, weil es so intensiv ist.« Daisy gab ein zufriedenes Grunzen von sich, und Nora fuhr fort. »Man muß sich beim Lesen konzentrieren.«

»Das will ich doch hoffen. Weiter, Nora, *sprich* mit mir.«

»Es ist ein echtes Erlebnis.«

»Was für ein Erlebnis? Werde deutlicher.«

Verwirrend? Ärgerlich? »Ein intensives Erlebnis.«

»Aha. Aber ich glaube, das sagtest du schon. Was für eine *Art* von intensivem Erlebnis?«

Nora suchte nach Worten. »Nun, intellektuell.«

»Intellektuell?«

»Man muß beim Lesen gründlich nachdenken.«

»Okay, aber du sagst immer wieder dasselbe. Vorhin, als du sagtest, daß es nicht die Art von Buch ist, die man überfliegen kann, sagtest du ›zum einen‹, also mußtest du noch einen Grund haben. Was für einen?«

Nora versuchte sich zu erinnern. »Ich schätze, ich meinte den Zustand des Manuskripts.«

Ominöses Schweigen folgte diesen Worten.

»Du weißt, was ich meine, diese vielen Änderungen und Streichungen.«

»Um Himmels willen, das ganze Ding muß neu abgetippt werden, aber vergiß nicht, du wolltest es sehen, daher habe ich es dir so gegeben, wie es ist, das liegt doch auf der Hand, aber wenn es veröffentlicht ist, kann jeder ein Buch lesen, darauf kommt es nicht an, ich will hören, was du zu sagen hast, und du sprichst von vollkommen unwichtigen Dingen.«

»Tut mir leid. Ich wollte damit nur sagen, daß man es auf diese Weise viel langsamer lesen muß.«

»Ja, diesen Sachverhalt hast du hinreichend deutlich gemacht, so trivial er auch sein mag, und nachdem wir das nun hinter uns haben, möchte ich mich zurücklehnen und deine ehrliche Meinung hören.«

Nora konnte Daisy ihre zunehmende Ungeduld deutlich anhören. »Manches ist sehr komisch«, sagte sie.

»Schön, schön. Ich wollte, daß einige Teile *ekstatisch* komisch sind. Aber nicht alle.«

»Selbstverständlich nicht. Es enthält auch eine Menge Wut.«

»Unbedingt. Wut über Wut. Grrr.«

»Und du bist viele Risiken eingegangen.«

»Wunderbares Mädchen, das hast du gemerkt? Gott segne dich. Erzähl mir mehr.«

»Mir ist es ausgesprochen experimentell vorgekommen.«

»Experimentell? Was, um alles in der Welt, kann dir denn *experimentell* vorkommen?«

»Wie du bestimmte Szenen wiederholst. Oder wie manche Abschnitte aufhören, bevor sie zu Ende sind.«

»Du meinst, wenn dasselbe noch mal passiert, nachdem es beim erstenmal passiert ist, aber anders, wodurch die wahre Bedeutung ans Licht kommt. Und die andere Sache, von der du redest, das sind Stellen, wo jeder Halbidiot sehen kann, was passiert, wodurch es unnötig ist, es aufzuschreiben. Mein Gott, das ist ein Roman, kein journalistischer Artikel.«

»Nein, du hast recht. Es ist ein großartiger Roman, Daisy.«

»Dann sag mir, was daran großartig ist.«

Nora suchte nach der unverfänglichsten Bemerkung, die sie über das Buch machen konnte. »Es ist kühn. Es ist eine Herausforderung.«

»Aber warum findest du das?« schrie Daisy.

»Nun, viele Bücher haben einen Anfang und erzählen dann eine Geschichte, und das war's. Ich schätze, ich will damit sagen, du bist bereit, nicht linear zu sein.«

»Das Buch ist so linear wie eine Wäscheleine. Wenn du das nicht begreifst, dann begreifst du überhaupt nichts.«

»Daisy, sei doch bitte nicht so abwehrend. Ich sage dir, was mir an deinem Buch gefällt.«

»Aber du *zwingst* mich in die Abwehr! Du sagst diese dummen Sachen! Ich habe fast mein ganzes Leben an diesem Buch gearbeitet, und dann kommst du daher und sagst mir, daß es nicht einmal eine Geschichte hat.«

»Daisy«, sagte Nora, »ich versuche dir zu sagen, daß es viel gehaltvoller ist als die Bücher, die nur eine Geschichte erzählen.«

Ein wenig besänftigt fragte Daisy: »Welches ist bisher deine Lieblingsstelle?«

Nora versuchte, sich an etwas zu erinnern, das ihr gefallen hatte. »Ich habe viele Lieblingsstellen. Wie Adelbert die Frauen umbringt. Wie du Egbert porträtiert hast. Deine Beschreibungen von Adelberts Kleidung.«

Daisy kicherte. »Wie weit bist du? Was passiert gerade?«

Nora versuchte, sich daran zu erinnern, was an der Stelle passiert war, ab der sie nur noch quergelesen hatte. »Ich bin an der Stelle, wo Archibald sich über Naziuniformen ausläßt und mit

Hitler spricht, während er Clementine und seinen Sohn zwingt, ihm einen Enkel zu schenken.«

»Die Phantasie? Du bist erst bei der Phantasie? Dann kannst du unmöglich die Zusammenhänge erkennen, du hast kein Recht, überhaupt darüber zu sprechen. Ich habe dir meine Seele anvertraut, und jetzt trampelst du mit deinen großen, schmutzigen Füßen darauf herum, ich gebe dir ein Meisterwerk, und du spuckst darauf.«

Nora, die während dieser Tirade mehrmals Daisys Namen ausgesprochen hatte, unternahm einen verzweifelten Versuch, sie zu beruhigen. »Daisy, du kannst mir nicht so das Wort im Mund herumdrehen, ich habe dich nicht angelogen, mir ist klar, was du in dein Buch investiert hast, und ich weiß, daß es etwas ganz Besonderes ist, weil du diese Bücher von Clyde Morning und Marletta Teatime geschrieben hast, und dies hier ist so abenteuerlich und komplex.«

In dem anschließenden längeren Schweigen dachte sie, es wäre ihr vielleicht gelungen, dem Gespräch eine andere Wendung zu geben, aber Daisy hatte nur Luft geholt und schrie nun: »*Verräterin! Judas!*«

Und legte auf.

Nora legte den Hörer auf die Gabel, schlang die Arme um sich und stolperte blind durch das Schlafzimmer. Als sie wieder beim Telefon ankam, setzte sie sich und wählte die Nummer von Poplars. Sie hörte das Telefon dreimal läuten, viermal, fünfmal. Beim zehnten Läuten legte sie auf und ließ sich stöhnend auf das Bett fallen. Dann richtete sie sich auf und wählte die Nummer von Poplars erneut.

Nach dem zweiten Läuten nahm Maria ab und sagte argwöhnisch: »Hallo?«

»Maria, hier ist Nora«, sagte sie. »Ich weiß, Mrs. Chancel möchte nicht mit mir sprechen, aber würden Sie ihr bitte ausrichten, daß ich ihr etwas Wichtiges zu sagen habe?«

»Mrs. Chancel will nicht«, sagte Maria.

»Sagen Sie ihr, was immer Sie wollen, aber bringen Sie sie dazu, mit mir zu reden.«

Nora hörte, wie der Hörer abgelegt wurde, dann ein paar fast unhörbare Worte von Maria, gefolgt von einem unterbrochenen lauten Heulen.

»Mrs. Chancel sagt, Sie sind nicht Familie, ihr Sohn Familie, aber Sie nicht. Kein Zweck. Nicht reden.« Sie legte auf.

Nora ließ sich auf das Bett zurückfallen und betrachtete die Decke. Nach einer unbestimmten Zeitspanne sah sie einen schwachen Trost. Daisy würde Alden nie sagen, was passiert war. Aus dieser Gewißheit erwuchs ein noch größerer Trost. Weil Daisy Alden nicht behelligen würde, würde Alden Davey nicht behelligen. Mit der Zeit würde das Problem von Daisys Roman in gewohnter Weise behandelt werden. In einer oder zwei Wochen würden sie und Nora eine Versöhnung ausarbeiten.

Sie stand vom Bett auf, ordnete das Manuskript und verstaute es wieder in dem Koffer.

37

Nora wanderte, immer noch aufgewühlt, in die Küche und wischte den Tresen ab. Das Problem war, wenn etwas schiefgehen konnte, dann ging es für gewöhnlich auch schief. Für Daisy war das Manuskript in Feindeshand, solange es bei Nora blieb. Sie überlegte, ob sie den Koffer unter dem Bett hervorziehen und zur Mount Avenue fahren sollte, aber dieser Gedanke löste unverzüglich Erschöpfung und Verzweiflung aus.

Ohne darüber nachzudenken, was sie tat, ging Nora zur Spüle, drehte den Heißwasserhahn auf, drückte sich Flüssigseife auf eine Handfläche und wusch sich die Hände. Danach wusch sie sich das Gesicht. Als sie fertig war, wusch sie sich wieder Gesicht und Hände. Als sie sich zum viertenmal Seife auf Wangenknochen und Nasenrücken rieb, merkte Nora erst, was sie tat. Das heiße Wasser verbrannte ihr die Haut. Sie drehte den Kaltwasserhahn auf, spülte sich das Gesicht ab und griff nach einem trockenen Geschirrtuch. Ihr Gesicht brannte, als hätte sie es mit Schmirgelpapier behandelt. Während Nora sich abtrocknete, wurde ihr klar, daß sie sich immer noch abstoßend schmutzig fand – nein, nicht *immer noch*, sondern so, als würde sie in nicht allzu ferner Zukunft abstoßend schmutzig *sein*. Sie kämpfte gegen den Wunsch, das Wasser aufzudrehen und sich noch einmal abzuschrubben, ging ins Wohnzimmer, legte sich auf das Sofa und machte die Augen zu, bis das Geräusch von Daveys Auto, das in die Einfahrt einbog, sie weckte. Sie fragte sich, wo er die vergangenen neun oder zehn Stunden gesteckt haben mochte, und stellte fest, daß es sie nicht interessierte. Der Audi fuhr in die Garage.

Nun stellte sich ein neues interessantes Problem: Würde er sich ins Familienzimmer verkriechen und so tun, als wäre sie nicht da, oder würde er nach oben kommen und sie zur Rede stellen? Davey machte die Hintertür auf und zu. Seine Schritte führten ihn zur Treppe. Wie langsam auch immer, er bewegte sich in ihre Richtung.

Davey erreichte das Ende der Treppe und sah in die Küche, bevor er ins Wohnzimmer kam. Er suchte nach ihr, definitiv ein gutes Zeichen. Nannte man das nach einem Strohhalm greifen? *Los doch*, dachte sie, *greif*. Er betrat das Wohnzimmer. Er sah ihr in die Augen und wieder weg. Als er sich in den am weitesten von Nora entfernten Sessel hatte fallen lassen, lehnte er sich zurück, ließ die Arme herunterbaumeln und machte die Augen zu.

Nora sagte: »Willkommen zu Hause.«

»Hat die Polizei angerufen?«

»Natalie hat Beruhigungsmittel bekommen.«

Er lag immer noch wie hineingeworfen in dem Sessel und hielt die Augen geschlossen.

»Es wäre schön, wenn du etwas sagen würdest.«

Davey schlug die Augen auf, beugte sich nach vorne, sah ihr in die Augen und senkte wieder hastig den Blick. »Als ich gehört habe, daß du fortgegangen bist, bin ich durch das Haus gehüpft wie ein Tischtennisball. Schließlich entschied ich mich für eine Spazierfahrt, kam auf die Schnellstraße und fuhr Richtung Norden. Ich hatte keine Ahnung, wohin ich fuhr. Ich mußte nachdenken. In New Haven bin ich runter vom Highway, auf den Campus gefahren und etwa eine Stunde herumgelaufen.

»Eli, Eli«, sagte Nora. Sie fragte sich, ob Davey in New Haven je Kontakt mit Dick Dart gehabt hatte.«

»Werd nicht sarkastisch, ja? Nora, ich habe über dich nachgedacht. Heute morgen schien alles so klar zu sein. Etwa zehn Minuten nachdem du gegangen warst, kamen mir Zweifel. Paßte das wirklich zu dir? Du kannst schon unüberlegt handeln, aber ich dachte mir, vor Entführung und Folter würdest du einen Strich ziehen.«

»Was sagt man dazu?« sagte Nora.

»Ich habe darüber nachgedacht, was du gesagt hast – daß ich meine Schuldgefühle auf dich übertrage. Aber alles paßte so gut zusammen, der ganze Zusammenhang war so plausibel, daß mir schien, es müßte die Wahrheit sein. Wie bei einem dieser Kreuzworträtsel, die Frank Neary und Frank Tidball machen! Das einzige, das nicht hineinpaßte, warst du!«

»Du hast Zwiesprache geführt.«

Er nickte. »Und je länger ich darüber nachdachte, desto lächerlicher erschien mir der Gedanke, du könntest Natalie entführt haben. Ich stieg wieder in mein Auto ein und fuhr durch New Haven. New Haven ist eine schäbige Stadt, wenn man Yale hinter sich gelassen hat.« Dabei sah er Nora an, als hätte die Irrelevanz dieses Satzes ihn befreit.

»Ich habe mich vollkommen verirrt, kannst du dir das vorstellen? Ich habe vier Jahre in New Haven verbracht, und so groß ist es nicht. Weißt du, was passiert ist? Ich bekam Angst. Ich dachte, ich würde nie wieder herausfinden. Ich fuhr immer wieder am selben kleinen Imbiß und derselben Bar vorbei, und es schien, als wäre ich verflucht. Ich bekam fast einen *Nervenzusammenbruch*.« Er wischte sich die Stirn ab. »Nach etwa einer Stunde fuhr ich an dieser Pizzeria vorbei, wo ich häufig gewesen bin, und da wußte ich wieder, wo ich war. Ohne Scheiß, ich weinte fast vor Erleichterung. Ich fuhr zurück auf die I-95. Meine Hände zitterten noch. Ich dachte mir, daß mein ganzes Leben auf der Kippe steht.«

»Gut gedacht«, sagte Nora.

Er nickte. »Ich war so *müde* und so *hungrig*. Als ich am Cousin Lenny's vorbeikam, fuhr ich auf den Parkplatz. Ich setzte mich in eine Nische und bestellte Hackfleisch mit Kartoffelpüree. Als es serviert wurde, habe ich Ketchup über das Hackfleisch geschüttet wie ein kleines Kind, und beim Essen kam mir ein Gedanke, so klar und deutlich wie eine riesige Schriftrolle: Wenn ich mich in New Haven verfahren konnte, dann konnte es auch sein, daß du die Wahrheit sagst. Wer sagt überhaupt, daß alle Teile zusammenpassen müssen? Eines wußte ich mit Sicherheit: Selbst wenn du etwas über mich und Natalie herausgefunden hättest, hättest du sie nie und nimmer entführen können. Das paßt nicht zu dir.«

»Danke.«

»Du warst es wirklich nicht, oder?«

»Das habe ich heute morgen drei- oder viermal gesagt.«

»Ich war einfach so *überzeugt* …« Er schüttelte den Kopf und senkte den Blick, dann schaute er wieder auf. Komplexe Gefühle, allesamt schmerzlich, standen in seinen Augen. »Hat es einen Sinn, wenn ich mich entschuldige?«

»Versuch es doch einfach.«

»Ich entschuldige mich für alles, was ich gesagt habe. Ich wünsche mir von ganzem Herzen, daß du mir verzeihst. Und es tut mir leid, daß ich mich in diese Sache mit Natalie Weil eingelassen habe.«

»Diese Sache nennt man normalerweise ein Bett«, sagte Nora.

»Du bist wütend auf mich und mußt mich verabscheuen und Natalie hassen.«

»Das trifft in etwa zu.«

»Hast du heute morgen nicht gesagt, daß wir einen Weg finden könnten? Das möchte ich, Nora. Ich hoffe, du verzeihst mir. Nimmst du mich wieder auf?«

»Warst du denn weg?«

»Gott segne dich«, sagte Davey und erinnerte Nora unangenehm an seine Mutter. Er stemmte sich aus dem Sessel und kam näher. Nora fragte sich, ob er sich vor sie hinknien wollte. Statt dessen küßte er ihre Hand. »Morgen fangen wir ganz von vorne an.« Er legte eine Hand in ihren Schoß und streichelte ihr Bein. »Und was hast du den ganzen Tag gemacht?«

»Ich wäre fast nach New York gefahren.« Sie zog den Schenkel von seiner Hand weg. »Ich habe mir überlegt, überhaupt nicht zurückzukommen. Dann habe ich gewendet und bin doch zurückgekommen.«

»Ich wäre verrückt geworden, wenn du bei meiner Rückkehr nicht hier gewesen wärst.«

»Hier bin ich.«

Er küßte ihren Scheitel. »Ich muß mich hinlegen und etwas schlafen. Ich kann mich kaum noch auf den Beinen halten. Macht es dir etwas aus?«

»Natürlich nicht.«

Er ging zum Flur, drehte sich um, schenkte ihr einen dankbaren Blick und ein knappes Winken und ging hinaus.

Nora lehnte sich in das Sofa zurück. Wenn sie überhaupt Gefühle hatte, dann glichen sie den kleinen schwarzen, verschrumpelten Hülsen, die nach einem Brand zurückblieben. Sie ging davon aus, daß eines Tages wieder Gefühle daraus werden würden.

38

Hunger veranlaßte Nora schließlich, vom Sofa aufzustehen. Nach ihrer Uhr war es zehn Minuten vor acht. Davey schlief noch. Nora dachte, daß er wahrscheinlich gegen Mitternacht aufwachen, sich aus seiner Kleidung schälen und direkt ins Bett kriechen würde, um sein Hackfleisch und sein Kartoffelpüree weiter zu verdauen, ein weiteres Beispiel dafür, daß Davey unter Streß immer wieder in kindliches Verhalten zurückfiel. Nora durchsuchte die Küche und förderte eine Dose Pilzsuppe zutage, tolle Geschichte. Sie kippte den festen grauen Zylinder in einen Topf, schaltete die Herdplatte ein und wartete darauf, daß er schmolz, während sie zwei Scheiben Vollkornweizenbrot toastete.

Kaum löffelte sie Suppe in ihren Mund, wurde ein innerer Thermostat hochgedreht, und ein Gefühl des Wohlbefindens breitete sich in ihr aus. Sie würde Daisys Buch zurückgeben, und damit wäre der Fall erledigt. Sie konnte Natalie Weil überwinden, würde ihr aber nie wieder vertrauen; sie würde die platinblonde Kakerlake nie wieder sehen oder ein Wort mit ihr wechseln müssen. Wenn sie sich an der Milchtheke im Waldbaum's begegnen würden, verschwände Natalie auf ihren munteren kleinen Kakerlakenabsätzen binnen einer Nanosekunde hinter einem Berg Toilettenpapier und wartete, bis Nora auf dem Parkplatz war. Nora gefiel diese Vorstellung, als sie den letzten Teller Suppe aß, das letzte Stückchen Toast zerbiß und aufstand, um das Geschirr zu spülen.

Das Telefon läutete. Nora ließ das Geschirr stehen und lief rasch hin, bevor es Davey wecken konnte. Sie sagte: »Hallo?« Darauf folgte etwas, das ihr ein eiskaltes Gefühl im Magen bescherte, bevor ihr Gehirn es überhaupt verarbeiten konnte. Ein Mann mit vor Wut eiskalter Stimme sagte etwas über einen unvorstellbaren Vertrauensbruch, etwas über eine unerhörte Einmischung und noch etwas von am Boden zerstört. Schließlich erkannte sie die tobende Stimme als die von Alden Chancel.

»Und was ich nie verstehen werde«, sagte er jetzt, »abgesehen von der unglaublichen Anmaßung, du könntest Ratschläge übers Schreiben erteilen, ist dein Beharren auf einem Kurs, von dem du genau gewußt hast, daß er gefährlich ist. Hast du dir nie überlegt, daß dein Leichtsinn *Folgen* haben könnte?«

»Alden, schrei mich nicht an«, sagte Nora.

»Du weigerst dich, auf Leute zu hören, die es besser wissen als du, greifst nach einer Axt und schlägst um dich. Du frißt dich hinein wie eine Termite und zerstörst das Leben anderer Menschen. Du bist eine Schande.«

»Alden, ich weiß, daß du aufgeregt bist, aber –«

»Ich bin nicht *aufgeregt!* Ich bin *wütend!* Wer aufgeregt sein wird, bist *du!*«

»Alden, Daisy wollte, daß ich ihr Manuskript lese. Sie bestand darauf, es hierher zu bringen, sie hätte niemals ein Nein akzeptiert.«

»Sie laboriert schon seit Jahrzehnten an diesem gottverdammten Ding, aber wäre sie je auf die Idee gekommen, es jemand anders zu zeigen, bevor du dich bei ihr eingeschmeichelt hast? Daisy will nichts über unvollendete Manuskripte hören. Du hast ihr Vertrauen erschlichen, wie du dich in diese Familie hineingeschlichen hast, und sie mit einem Virus angesteckt. Du hättest sie auch gleich umbringen können.«

»Alden, ich habe versucht, ihr zu helfen.«

»Helfen? Du hast ein Messer genommen und es ihr ins Herz gebohrt.«

»*Alden!*« schrie Nora. »Das stimmt alles nicht. Als Daisy mich angerufen und gefragt hat, wie ich mit ihrem Buch vorankomme, habe ich ihr gesagt, daß es ein wunderbares Buch ist. Sie hat mir jedes Wort im Mund herumgedreht und zu einer Beleidigung gemacht.«

»Und das überrascht dich? Du mußt schwachsinnig sein. Daisy weiß, daß ihr Buch ein chaotisches Durcheinander ist. Es kann gar nichts anderes sein.«

»Ich weiß nicht, ob es ein chaotisches Durcheinander ist, und du weißt es auch nicht, Alden.«

»Du bist eine destruktive Schlampe, und man sollte dich auspeitschen.«

»*Alden!*« schrie sie wieder. »Wenn du dich nicht beruhigst und verstehen willst, was wirklich passiert ist, wirst du –«

Davey kam mit auf einer Seite flach an den Kopf gedrückten Haaren und zerknitterter Kleidung in die Küche und sah sie mit offenem Mund an.

»Ist das Dad? Sprichst du mit meinem Vater?«

Nora hielt den Hörer vom Ohr weg. »Ich muß dir das erklären«, sagte sie zu Davey. »Deine Mutter hat etwas falsch verstanden, und jetzt dreht dein Vater durch.«

»Was hat sie falsch verstanden?«

Aldens Stimme bellte aus dem Hörer.

»Du mußt jetzt zu mir halten«, sagte Nora. »Sie flippen beide aus.«

Alden heulte blechern Noras Namen.

Sie hielt den Hörer wieder ans Ohr. »Alden, ich werde noch eines sagen, und dann lege ich auf.«

»Laß mich mit ihm reden«, sagte Davey.

»Nein!« sagte Nora zu ihm. »Alden, ich möchte, daß du dich beruhigst und darüber nachdenkst, was ich zu dir gesagt habe. Ich würde Daisy niemals absichtlich weh tun. Laß bitte etwas Gras über die Sache wachsen. Ich werde erst wieder mit dir reden, wenn du bereit bist, dir meine Version der Geschichte anzuhören.«

»Nora, ich will mit ihm reden.«

»Ich höre die Stimme meines Sohnes«, sagte Alden. »Gib ihn mir.«

Davey griff nach dem Hörer, und Nora gab ihn widerwillig her.

»Er hat mich eine Termite genannt. Und eine Schlampe.«

Davey winkte ihr, sie solle still sein. »Was?« Er griff sich ins Haar und sank gegen den Tresen. Seine Finger gruben sich tiefer in sein Haar, und er warf Nora einen gequälten, ungläubigen Blick zu. »Ich *weiß* das, wie könnte ich es nicht wissen?« Er machte die Augen zu. Obwohl er den Hörer ans Ohr gepreßt hielt, konnte Nora immer noch das Geräusch von Aldens Stimme hören. »Nun, sie sagt, sie wollte Mom helfen ... Ich weiß, ich weiß ... Ja, sicher, aber ... Ja. Okay, fünfzehn Minuten.« Er legte den Hörer auf. »O Gott.«

Er sah sich in der Küche um, als wollte er sich vergewissern, daß die Schränke, der Kühlschrank und die Spüle noch an Ort und Stelle waren. »Wir fahren hin. Ich muß mir das Gesicht waschen und die Zähne putzen. So kann ich mich dort nicht sehen lassen.«

»Ruf ihn zurück und sag ihm, wir kommen morgen abend. Wir können da jetzt nicht hin.«

»Wenn wir in fünfzehn Minuten nicht dort sind, kommt er hierher.«

»Das wäre besser«, sagte Nora.

»Wenn du ihn noch wütender machen willst.« Davey kam durch die Küche und sah sie finster an. »Wo ist dieses verdammte Manuskript überhaupt?«

»Unter dem Bett.«

»O Gott.« Davey lief in den Flur hinaus.

39

Als sie die Post Road erreichten, hatte Nora die Gespräche geschildert, die sie vor und während der Lektüre des Buchs mit Daisy geführt hatte, und als der schmiedeeiserne Zaun von Poplars in Sichtweite kam, hatte sie ihm auch von dem Anruf erzählt, der zu den momentanen Schwierigkeiten geführt hatte. Nicht beschrieben hatte sie ihm das Buch selbst. Und noch eine Einzelheit hatte sie ihm verschwiegen. Der Koffer lag im Kofferraum und verströmte giftige Dämpfe.

»Sie hat es dir aufgezwungen«, sagte Davey.

»Wenn ich nicht eingewilligt hätte, hätte sie schon da einen Schreikrampf bekommen.«

»Hört sich nicht so an, als hätte sie dir eine andere Wahl gelassen.«

»So ist es.«

Davey bog in die Einfahrt seiner Eltern ein. Als sie die graue Steinfassade sah, verspürte Nora ein noch größeres Unbehagen, als der Anblick von Poplars normalerweise bei ihr hervorrief.

»Es sollte uns möglich sein, Dad das begreiflich zu machen«, sagte Davey.

»Du wirst größtenteils das Reden übernehmen müssen.«

Als sie aus dem Auto ausstiegen, sah Davey an dem Haus hinauf und wischte sich die Hände an den Hosen ab. Ein paar Sekunden standen sie beide reglos da.

»War das Buch eigentlich gut?«

»Ich habe keine Ahnung«, sagte Nora. »Hauptsächlich ist es eine wütende Attacke gegen Alden. Sein Name in dem Buch ist Adelbert Poison.«

David machte die Augen zu. »Und wie ist ihr Name in dem Buch?«

»Clementine.«

»Clementine Poison. Komme ich auch darin vor?«

»Fürchte, ja.«

»Wie ist mein Name?«

»Egbert. Du verläßt fast nie das Bett.«

»Ich will das hinter mich bringen und nach Hause.« Er ging zum Heck des Autos und holte grunzend den Koffer heraus. »Das muß ja ein Mammutmanuskript sein.«

»Du hast keine Ahnung«, sagte Nora. »Davey, es war mir ernst mit dem, was ich gesagt habe. Du mußt reden, denn wenn ich etwas sage, wird Alden mich anschreien.«

»Er wird mich auch anschreien.« Davey schlug den Kofferraum zu und schleppte den Koffer zur Treppe. »Ganz egal, was du vielleicht möchtest, Nora, du kannst nicht hier draußen stehenbleiben.«

Sie und Davey gingen langsam die Stufen hinauf. Er drückte auf den messinggefaßten Knopf neben der riesigen Walnußtür.

Maria machte die Tür auf, bevor Davey die Hand von dem Knopf genommen hatte. Offenbar war sie am Eingang postiert worden. »Mr. Davey, Mrs. Nora, Mr. Chancel sagt, Sie sollen in Bibliothek kommen.« Sie warf einen nervösen Blick auf den Koffer.

»Ist meine Mutter auch dort?«

»O nein, o nein, Ihre arme Mutter kann ihr Zimmer nicht verlassen.« Maria wich zurück und hielt die Tür auf.

»Als ich ein Kind war, hat er mich immer in der Bibliothek zur Schnecke gemacht.« Im Wohnzimmer verdunkelte ein Wasserfleck, zweimal so groß wie der Koffer, den Teppichboden vor einem Podest, auf dem eine venezianische Vase gestanden hatte. Ein zweiter großer Fleck verunzierte tropfend die Wand neben dem Kamin.

Die Bibliothekstür am anderen Ende des Flurs war geschlossen. »Nichts zu machen«, sagte Davey und öffnete sie.

Alden, der eigens für den Anlaß einen blauen Nadelstreifenanzug trug, stand von einem roten Ledersessel am anderen Ende eines Orientteppichs in leuchtenden Blau- und Rottönen auf. »Ich denke, die erste Amtshandlung ist die Übergabe des Manuskripts.«

Davey näherte sich seinem Vater wie ein mit einem Schweizer Offiziersmesser bewaffneter Mann einem hungrigen Tiger. Alden nahm den Koffer und stellte ihn ab. Er zeigte auf eine gepolsterte Ledercouch hinter einem lederbezogenen Beistelltisch. »Setzt euch.«

»Dad –«

»Setzt euch.«

Sie gingen um den Tisch herum und setzten sich. Alden setzte sich in den Sessel und drückte mit dem Fuß auf einen zwischen den Teppichfransen in den Boden eingelassenen Knopf.

»Dad, dies alles ist nicht –«

»Nicht jetzt.«

Die Tür ging auf, und Jeffrey kam herein.

»Das Objekt wurde zurückgegeben«, sagte Alden. »Bringen Sie es nach oben zu Mrs. Chancel, und übergeben Sie es ihr persönlich.«

Jeffrey bückte sich, hob den Koffer auf, drehte sich um und trug ihn davon wie ein totes Tier. Auf dem Weg hinaus bedachte er Nora mit einem dunklen, undeutbaren Blick. Die Tür fiel hinter ihm ins Schloß.

»Du hast in dieser Angelegenheit nichts zu sagen«, ließ Alden seinen Sohn wissen. »Es sei denn, du hast entweder deine Frau oder deine Mutter zu ihrem Tun ermutigt.«

»Selbstverständlich nicht«, protestierte Davey. »Ich habe Nora gesagt, sie soll die Finger von Moms Buch lassen. Ich wußte, daß etwas Schreckliches passieren würde.«

»Und so ist es auch gekommen. Und nun müssen wir uns mit den Folgen beschäftigen. Deine Mutter ist völlig verzweifelt. Als ich nach Hause kam, fand ich sie weinend und heiser vom Schreien vor. Das Wohnzimmer war übersät mit Glasscherben. Maria wußte vor Angst nicht aus noch ein, und Jeffrey, der gewußt haben muß, daß seine Rolle in dieser unglücklichen Episode auf ihn zurückfallen würde, hatte sich in seinem Apartment verkrochen.«

»Jeffrey?« sagte Davey. »Welche Rolle hat Jeffrey gespielt?«

Alden beachtete ihn nicht. »Selbstverständlich hat Jeffrey lediglich einer Bitte seiner Arbeitgeberin entsprochen. Ich habe mit ihm gesprochen und sichergestellt, daß Jeffrey niemals wieder an einer derartigen Transaktion mitwirken wird. Aber so etwas wird nie wieder vorkommen.«

»Was hat er getan?« fragte Davey.

»Er hat sie gefahren«, sagte Nora.

»Ja. Er hat Daisy zu dem Haus gefahren, in dem du mit dieser Natter wohnst.«

»Bitte, Dad, beschimpf sie nicht. Du mußt erfahren, was tatsächlich passiert ist. Mom hat Nora angerufen und darauf bestanden, daß sie das Buch liest. Sie hat ihr keine Möglichkeit gelassen, nein zu sagen.«

»Tatsächlich.« Alden wandte sich vor Verachtung triefend an Nora. »Hast du keinen freien Willen? Du hast nicht die Ausrede, daß du auf unserer Gehaltsliste stehst, es sei denn indirekt, und du kannst nicht behaupten, daß du eine Freundin von Daisy bist. Daisy hat keine Freunde. Warst du eine pflichtbewußte kleine Schwiegertochter?«

»In gewisser Weise, ja«, sagte Nora. »Ich dachte mir, ich könnte ihr in irgendeiner Weise helfen.«

»Also hast du vorgeschlagen, zu lesen, was sie geschrieben hatte, um ihr editorischen Rat zu geben.«

»Nein, nur damit sie jemand hatte, mit dem sie über ihr Buch reden konnte. Um sie zu unterstützen.«

»Wir sehen ja, was daraus geworden ist. Aber du leugnest nicht, daß dieser üble Vorschlag von dir gekommen ist?«

»Ich wollte helfen.«

»Ich wiederhole. War es dein Vorschlag?«

»Ja, aber Davey und ich haben darüber gesprochen und waren uns einig, daß ich der Sache nicht weiter nachgehen sollte. Heute hat mich Daisy angerufen und mir gesagt, daß ich ihr Buch lesen sollte und sie unverzüglich zu mir kommen würde.«

»An dem Punkt hättest du ihr sagen können, daß du beschäftigt bist, oder hundert andere Ausreden.«

»Sie hätte keine Ausreden akzeptiert. Wenn ich versucht hätte, mich herauszureden, wäre sie schrecklich beleidigt gewesen.«

»Du hast ihren Wahn angespornt, statt ihn zu dämpfen. Aber diese Gemeinheit ist nichts, verglichen mit der unerhörten Boshaftigkeit zu behaupten, daß meine Frau die Verfasserin der Romane von Clyde Morning und Marletta Teatime ist.«

»Was?« Davey wirbelte herum und starrte Nora an.

»Das ist sie«, sagte Nora zu ihm. »In ihrem Buch finden sich die Kratzspuren an den Schuhen und die Sätze, die mit ›in der Tat‹ anfangen.«

»Warum hast du mir das nicht vorher gesagt?«

»Ich habe es vergessen«, sagte sie, was der Wahrheit entsprach. »Ich hatte soviel anderes im Kopf, daß ich einfach nicht daran gedacht habe.«

Alden sagte: »Siehst du jetzt, was für eine Frau du geheiratet hast? Dämmert es dir allmählich?«

»Er will nicht, daß du es erfährst«, sagte Nora. »Er will nicht, daß es überhaupt jemand erfährt.«

»Halt dein Schandmaul«, brüllte Alden und zeigte auf Nora. »Diese Lüge ist nicht nur eine Beleidigung für meine Frau, die sich als Künstlerin betrachtet und niemals auch nur einen unserer Horror-Romane *gelesen* hat, sie diskreditiert auch mich und meine Firma. Du gefährdest unseren und meinen Ruf. Das ist ein Skandal, und ich werde es nicht dulden.«

»O Gott«, sagte Davey.

»Davey, hör auf zu jammern und hör mir zu.« Alden holte Luft. »Deine Heirat war ein Fehler. Diese Kreatur hat vom ersten Augenblick an Zwietracht in unsere Familie gebracht. Sie hat dich in einer Weise verletzt, die du noch nicht einmal ansatzweise begreifst.« Alden, der wieder zu brüllen angefangen hatte, beherrschte sich mühsam. »Möglicherweise haben wir beide ein Faible für unberechenbare Frauen.«

»Ich gehe«, sagte Nora und stand auf.

»Du läufst immer weg, wenn du die Wahrheit hörst, nicht wahr?«

»Ich nehme keine Befehle von dir entgegen, Alden. Davey, laß uns gehen.«

Davey, der nur halbwegs wach aussah, erhob sich langsam.

»Setz dich«, sagte Alden.

Davey setzte sich.

»Ich werde es dir ganz einfach machen, Davey. Ich stelle dich vor die Wahl. Wenn du dich von dieser Frau scheiden läßt und dein Leben in Ordnung bringst, bleibst du bei Chancel House und in meinem Testament. Wenn du dich weigerst, die Realitäten zu sehen und die Ehe erhalten willst, verlierst du deinen Job, und ich enterbe dich. Du wirst einen Weg finden müssen, deinen Lebensunterhalt selbst zu verdienen – und so leid es mir tut, ich bezweifle, daß du das kannst.«

»Das ist keine Wahl, das ist ein Ultimatum«, sagte Nora.

»Was mich betrifft, bist du nicht mehr in diesem Zimmer. Davey, ich möchte, daß du über deine Entscheidung nachdenkst. Gründlich nachdenkst. Möchtest du bei dieser Irren bleiben, die du geheiratet hast, oder möchtest du das Leben, das du verdienst? Wir wären überglücklich, dich wieder hier bei uns zu haben.«

»Ist das wirklich alles dein Ernst?« fragte Davey.

»Du hast eine Woche Zeit, um über alles nachzudenken. Ich möchte, daß du die richtige Entscheidung triffst, und ich bin sicher, du wirst einsehen, daß ich nur in deinem Sinne handle.«

Nora sagte: »Du benützt dein Geld als Druckmittel. Wenn du bei diesem sadistischen Plan bleibst, wirst du deinen Sohn verlieren. Möchtest du, daß es soweit kommt?«

Alden stand auf. »Davey, du darfst jetzt gehen. Ich muß nach oben und mich um deine Mutter kümmern.«

Davey stand gehorsam auf. Alden marschierte zur Tür und hielt sie auf.

»Dad«, sagte Davey.

»Wir sprechen uns nächsten Sonntag.«

Davey ging zur Tür. »Junge, das wird dir leid tun«, sagte Nora. Alden tat so, als könnte er sie weder sehen noch hören und klopfte Davey auf den Rücken, als dieser zur Tür hinausging. Nora unterdrückte den Wunsch, seine Hand wegzuschlagen.

Maria, die in einer entlegenen Ecke des Wohnzimmers ein weißes Tuch umklammerte, erschauerte und ging langsam auf den Eingang zu. Alden sagte: »Mein Sohn findet selbst den Weg hinaus.« Sie erstarrte in der Bewegung.

»Auf Wiedersehen, Maria«, sagte Nora, aber Maria war zu eingeschüchtert, um etwas zu sagen.

40

Sie traten aus dem Haus in dunkle Nacht. Davey ging eine Stufe hinunter und schaute zur Tür zurück. »Vielleicht sollten wir noch einmal reingehen.«

»Weshalb? Er hat seine Ansprache gehalten.«

»Wahrscheinlich hast du recht. Er ist zu wütend.«

»Quatsch. Er ist so glücklich wie seit Jahren nicht mehr. Er denkt, daß er dich genau da hat, wo er dich haben will.«

Davey schüttelte den Kopf, ging den Rest der Treppe hinunter und wühlte dabei in seiner Tasche. »Würdest du fahren? Ich fühle mich wie durch die Mangel gedreht.«

Nora nahm die Schlüssel. Als sie sich auf den Fahrersitz gesetzt und ihn nach vorne gezogen hatte, lehnte er sich mit geschlossenen Augen und in so schlaffer Haltung zurück, daß er leblos wirkte. »Komm schon«, sagte sie. »Er wird niemals ernst machen. Du mußt seinen Bluff nur auffliegen lassen.«

»Er blufft nicht.«

Nora ließ den Motor an und fuhr in einem Kokon von Dunkelheit zum fernen Tor. Nach einem Moment schaltete sie die Scheinwerfer ein. »Glaubst du, er ist wirklich bereit, dich für immer aus seinem Leben zu verbannen?«

»Ich *weiß* es nicht«, stöhnte Davey.

»Selbstverständlich nicht«, sagte Nora. »Er versucht nur, dich einzuschüchtern. Diesmal darfst du ihm das nicht durchgehen lassen.« Sie bog in die Mount Avenue ein und gab Gas, worauf das Auto wie ein nervöses Pferd vorwärtsschoß.

»Was meinst du damit?«

Nora, die normalerweise eine ausgezeichnete, sogar tollkühne Fahrerin war, drehte kurz am Lenkrad, und der Audi fuhr über die unterbrochene gelbe Linie. Sie steuerte ihn in die richtige Spur zurück und entspannte willentlich ihre Hände. »Um nichts in der Welt will er dich verlieren. Nur darum geht es hierbei.«

Davey stöhnte wieder, aber sie konnte nicht sagen, ob wegen seiner mißlichen Lage oder ihrer Fahrweise. »Er wird alles tun, was er gesagt hat.«

»Na und? Nach ein paar Wochen wird er herumschnüffeln kommen, um zu sehen, wie es dir geht. Wenn du keinen neuen Job hast, wird er dir deinen alten wiedergeben. Wenn du akzeptierst, wird er dir eine Gehaltserhöhung oder eine bessere Position anbieten.«

»Und wenn nicht. Wenn es keine Strategie ist.«

Ein seltsames Gefühl der Vertrautheit, das fast einem Déjà-vu-Erlebnis gleichkam, überfiel Nora. Hatte sie nicht ein Buch gelesen, in dem eine der Personen ein ähnliches Ultimatum gestellt hatte wie Alden? Welche Szene, welches Buch? Dann fiel es ihr ein: Alden hatte sie an Archibald Poison erinnert, der Adelbert und Clementine zwang, ihm einen Enkel zu schenken.

»Darauf weißt du keine Antwort, oder?«

»Was?«

»Was passiert, wenn er es wirklich ernst meint?«

»Jeder Verlag in New York würde dich nehmen. Manche würden dich einstellen, nur um Alden eins auszuwischen. Eigentlich…« Sie grinste Davey scheel an, der beide Hände flach an den Kopf preßte. »Scheiß auf die Woche Frist. Ruf die Leute in anderen Verlagen an, die du kennst. Nimm das beste Angebot an, dann geh in das Büro deines Vaters und kündige. Er wird ausrasten.«

»Nein, das würde er nicht«, sagte Davey. »Und warum sollte mir jemand einen Job geben? Ich lektoriere Kreuzworträtselbücher. Ich verschicke Formbriefe im Namen der Hugo-Driver-Gesellschaft. Außerdem hast du keine Ahnung, wie es in der Verlagsbranche zugeht. Niemand kündigt mehr. Es ist nicht mehr wie in den achtziger Jahren, als die Leute andauernd gewechselt haben.«

»Davey, du brauchst diesen Quatsch nicht. Ruf ein paar Leute an und sieh zu, was passiert.«

Den Rest des Heimwegs fuhren sie schweigend.

In der Dunkelheit tastete Nora nach dem Lichtschalter und stellte fest, daß Davey immer noch im Audi saß. Sie nannte seinen Namen. Er stieg langsam aus dem Auto aus. Als Nora die Hintertür aufmachte, ging er wie ein Zombie zur Vorderseite der Garage.

»Es wird alles gut«, sagte sie und bemühte sich, ihren Optimismus zu wahren. Sie machte die Tür hinter ihnen zu und sah, wie er ins Familienzimmer spähte. »Komm mit nach oben«, sagte sie.

Er schleppte sich zur Treppe. Nora folgte ihm in die Küche und schaltete die Lichter ein, während Davey vorausging. »Ich werd dir was machen«, sagte sie.

»Glaubst du, ich kann essen?«

Nora sah ihm zu, wie er die Flasche Kümmel vom Regal nahm, ein Whiskeyglas nahm und es bis zwei Zentimeter unter den Rand füllte. Er nahm ihr gegenüber Platz und drehte das Glas auf dem Tisch. Schließlich sah er sie an.

»Du nimmst das zu schwer.«

»Es gibt einen gewaltigen Unterschied zwischen uns, Nora. Er ist nicht dein Vater.«

»Gott sei Dank«, sagte Nora, ein wenig unbedacht vielleicht. »Mein Vater hätte dich niemals so behandelt.«

»Das hatte ich ganz vergessen, der große Matt Curlew war perfekt. Deiner Meinung nach ist mein Vater ja der Abschaum der Erde.«

»Das habe ich nie gesagt«, wehrte sich Nora. »Ich hasse es nur, wie er dich behandelt, und dieses Ultimatum ist das beste Beispiel. Er benützt Daisys Anfall, um uns auseinanderzubringen.«

»Oh, danke. Falls ich nicht verstehe, was mein Vater tut, mußt du es mir drei- oder viermal erklären.« Er trank einen Schluck aus dem Glas, woraufhin seine Wangen eine zarte Rosafärbung annahmen.

»O Davey, vielleicht habe ich zuviel geredet, aber er hat mich schrecklich wütend gemacht. Und du hast zu allem geschwiegen.«

»Du vergißt, daß er mein *Vater* ist. Der Mann, von dem du behauptest, daß er mich mein Leben lang schlecht behandelt hat, hat mich auf die besten Schulen in Amerika geschickt – etwas, das der heilige Matt Curlew für dich nie getan hat –, er hat mir einen Job gegeben und bezahlt mir mehr Geld, als ich verdiene, er leitet eine bedeutende Firma – auch etwas, das Matt Curlew nicht getan hat –, und falls du es vergessen hast, siehst du diesen Tisch? Er hat ihn bezahlt. Er hat alles in diesem Haus bezahlt, einschließlich der Glühbirnen und des Toilettenpapiers. Ich finde, er verdient etwas Dankbarkeit, ganz zu schweigen von Respekt.«

»Mit anderen Worten, du bist sein Eigentum.«

»Ich bin nicht sein Eigentum, er liebt mich. Obwohl mir manches nicht gefällt, was er tut, kannst du mir nicht befehlen, ihn zu hassen.«

»Ich will nicht, daß du ihn haßt«, log Nora. »Aber ich liebe dich auch, und ich möchte, daß du nicht mehr unter seiner Fuchtel stehst.« Davey hob sein Glas und trank. »In gewisser Weise hatte er recht. Du mußt dich entscheiden, wen du mehr willst, ihn oder mich. Aber wenn du dich für ihn entscheidest, verlierst du mich für immer, und wenn du dich für mich entscheidest, wirst du ihn im Handumdrehen wiederhaben.«

»Ich bin mit dir verheiratet, nicht mit meinem Vater«, sagte er.

»Gott sei Dank, ich hatte mir schon Sorgen gemacht.«

»Aber ich will keinen von euch verlieren. Ich glaube, du bist verrückt, wenn du denkst, daß er es sich anders überlegt.«

»Er wird es sich nicht anders überlegen, er wird nur auf eine neue Gelegenheit warten.«

»Wie kannst du da so sicher sein? Wenn er mich rauswirft und ich keinen neuen Job finde, geht uns in etwa drei Monaten das Geld aus. Was dann? Sozialhilfe? Ein Pappkarton überm Kopf?«

»Soweit würde er es nie kommen lassen. Du weißt, er –«

»Wenn ich einen Job bei einem anderen Verlag bekäme, weißt du, was ich dann verdienen würde? Etwa ein Drittel von dem, was ich jetzt verdiene. Wir ziehen hier aus, okay, aber wir könnten uns bestenfalls ein heruntergekommenes Dreckloch von einem Apartment leisten.«

»Wer sagt, daß du in der Verlagsbranche arbeiten mußt? Die Welt ist voller Jobs.«

»Liest du keine Zeitungen? Okay, vielleicht könnte ich einen Job als Buchhalter bekommen, dann bekämen wir ein halbes Dreckloch.«

»Ich kann mir einen Job suchen«, sagte Nora. »Dann würde es für ein ganzes Dreckloch reichen.«

»Herrgott, das ist, als wäre man mit Polyanna verheiratet.«

»Aber du wirst anrufen, oder nicht?«

Davey schürzte die Lippen und bedachte den Kühlschrank mit einem nachdenklichen Blick. »Möglicherweise gibt es einen anderen Weg.«

»Was für einen anderen Weg?«

»Ich werde ihm sagen, daß ich wieder bei ihnen einziehe, wenn er verspricht, daß du hier wohnen darfst, solange du willst. Ich denke, darauf würde er sich einlassen.«

»Wir hätten die Anwälte am Hals, bevor du zu Ende gesprochen hast. Die guten alten Herren Dart und Morris würden eine zwei Meter dicke Mauer zwischen uns ziehen. Was würde uns das nützen?«

»Wenn ich dort bin, kann ich mit ihm reden, und wenn ich mit ihm reden kann, kann ich ihn umstimmen. Früher oder später wird er vernünftigen Argumenten zugänglich sein.«

»Davey, das Trojanische Pferd.«

»Ganz recht.«

Nora lehnte sich auf ihrem Stuhl zurück und sah ihn unbewegt an.

»Ich wußte, daß dir das nicht gefallen würde. Aber früher oder später muß er sich wieder beruhigen.«

»Davey, dein Vater tut alles, um wieder ein Kind aus dir zu machen, und du willst ihm noch dabei helfen. Wenn er dich erst einmal da oben eingesperrt hat, wird er nicht mehr lockerlassen. Wenn er mit dir fertig ist, wirst du Windeln tragen und Karottenbrei essen, und wir sind geschieden.«

»Was für eine Meinung du von mir hast.« Sein Gesicht nahm eine tiefere Rosafärbung an.

»Ich weiß, was passiert, wenn du bei deinem Vater bist. Du verstummst und tust alles, was er sagt.«

»Diesmal nicht.« Er betrachtete stirnrunzelnd sein Glas, dann sah er Nora auf eine fast herausfordernde Art an. »Wo hast du diesen Unsinn gefunden, daß meine Mutter die Bücher von Morning und Teatime geschrieben hat. Im Horoskop?«

»Es ist wahr«, sagte Nora. Davey verzog das Gesicht. »Ich habe in dem Manuskript gelesen, und da waren die Kratzspuren auf den Schuhen und ein Satz, der mit ›In der Tat‹ anfing. Ich war von den Socken.«

»Nicht so von den Socken wie meine Mutter. Sie liest niemals solche Romane. Du hast gehört, was mein Dad gesagt hat. Warum sollte sie es überhaupt tun?«

»Weil Alden es ihr eingeredet hat. Er dachte, er könnte mit Horror-Romanen eine Menge schnelles Geld verdienen.«

Er setzte einen angeekelten Gesichtsausdruck auf und sah in sein Glas. »Nora, selbst wenn du diesen verrückten Einfall gehabt hast, warum mußtest du ihr davon erzählen? War dir nicht klar, was passieren würde? Ich verstehe nicht, wie du …« Er hob hilflos die Hände.

»Sie hat mich bereits angefahren, ich spuckte auf ihr Meisterwerk, und da wollte ich meinen Hals aus der Schlinge ziehen, indem ich ihr sagte, daß es viel besser wäre als diese Bücher. Ich dachte wohl, sie würde sich geschmeichelt fühlen.«

»Schlau«, sagte er. »Du wirfst eine Bombe ins Wohnzimmer und gehst davon aus, daß sie es als Kompliment verstehen würde.«

Nora stieß sich vom Tisch ab. »Ich muß ins Bett. Kommst du auch?«

»Ich bleibe noch auf. Ich werde stundenlang nicht schlafen können.«

»Aber du wirst anrufen?«

»Ich brauche nicht noch jemanden, der mir Vorschriften macht.«

»Tut mir leid, ich werde nichts mehr sagen, ich verspreche es.« Nora ging zur Tür. »Dann sehen wir uns später.«

»Wahrscheinlich.«

Sie zwang sich zu einem Lächeln und verließ den Raum.

41

Etwa eine halbe Stunde nachdem Davey am Montag morgen zur Arbeit gegangen war, erwachte Nora durch ihren eigenen Aufschrei. Ihr ganzer Körper war schweißgebadet, die Laken hatten sich vollgesogen. Eine kleine, bebende Pfütze hatte sich zwischen ihren Brüsten gebildet. Sie stöhnte und strich sich mit den Händen über das Gesicht, dann ergriff sie einen trockenen Zipfel von Daveys Bettlaken und wischte sich damit die Brust ab. »Ach du dickes Ei«, sagte sie, ein Ausdruck, den sie von Matt Curlew geerbt hatte. Kaum hatte sie die Nässe weggewischt, quoll mehr aus ihren Poren. Ihr Körper verströmte Hitze. »Oh, verdammt«, sagte sie. »Eine Hitzewallung.« Sie hatte nicht gewußt, daß man im Schlaf Hitzewallungen bekommen konnte. Ein Insekt kroch an ihrem rechten Bein entlang, und sie hob den Kopf, um nachzusehen. Nichts saß auf ihrem Schenkel, aber das Gefühl blieb. Nora versuchte, es durch Reiben abzuschütteln. Der unsichtbare Käfer krabbelte noch fünf Zentimeter an ihrem Bein hinauf und verschwand. Sie legte sich auf das feuchte Laken zurück und fragte sich, ob Phantominsekten übliche Begleiterscheinungen von Hitzewallungen waren oder ob es sich um ihre eigene, ganz spezielle kleine Zugabe handelte. Ein paar Sekunden später wurde die Feuchtigkeit auf ihrem Körper kalt, und es war vorbei.

Als sie geduscht und aus alter Gewohnheit ein dunkelblaues T-Shirt, weiße Shorts und ihre Nikes angezogen hatte, begriff Nora, daß sie sich für ihren Dauerlauf angezogen hatte. Sie tapste in die Küche, um ein Glas Orangensaft zu trinken, und dabei fiel ihr ein, daß sie zumindest einen Menschen kannte, der bodenständig genug war, sich nicht an einer Frage zu stören, die andere möglicherweise als ungebührlich ansehen würden. Sie nahm das Telefonbuch zur Hand und suchte Beth Landrigans Nummer heraus. Erst nachdem sie gewählt hatte, fragte sie sich, ob sie vielleicht zu früh anrief.

Beths unbekümmerter Gruß zerstreute diese Bedenken. »Nora, wie schön, ich hatte gerade an dich gedacht. Unser Essen letzte Woche war so schön, daß wir es unbedingt wiederholen sollten. Nur wir beide, keine lauten Ehemänner. Schlagen wir über die Stränge und gehen ins Château.«

»Prima«, sagte Nora. »Ich liebe das Château, und Davey will nie hingehen.«

»Arturo wohnt praktisch im Château, aber zum Mittagessen geht er nie hin, also sind wir sicher. Mittwoch?«

»Abgemacht. Halb eins?«

»Ginge es auch um eins? Mittwochs habe ich um halb zwölf Japanischunterricht, und der dauert eine Stunde.«

»Klar«, sagte Nora. »Mann, Japanischunterricht. Ich bin beeindruckt.«

»Ich ebenso. Ich kann es bald sprechen wie ein Einheimischer ... aus Deutschland unglücklicherweise. Wie auch immer, du hast sicher nicht angerufen, um dich nach meinen Sprachproblemen zu erkundigen. Was ist los?«

»Ich wollte eine Frage stellen und hoffe, du bist nicht böse.«

»Schieß los.«

»Es hat etwas mit den Wechseljahren zu tun.«

»Böse, soll das ein Witz sein? Alle, die ich kenne, sind in den Wechseljahren, ich eingeschlossen. Es ist der letzte Schrei. Was für eine Frage?«

»Ich hatte heute morgen meine erste Hitzewallung.«

»Willkommen an Bord.«

»Etwas Seltsames ist passiert. Mittendrin war mir, als würde ein Käfer an meinem Bein hochklettern, aber da war kein Käfer. Ich konnte ihn wirklich *spüren*. Ist dir so was schon mal passiert?«

Beth lachte. »O Gott, als mir das das erste Mal passiert ist, wäre ich fast aus der Haut gefahren. Sie erzählen dir von den Wallungen, und sie erzählen dir von Nachtschweiß und allen möglichen anderen unangenehmen Dingen, aber sie erzählen dir nie von dem Käfer.«

»Ich bin froh, daß es nicht nur mich betrifft.«

»Es gibt sogar einen Namen dafür. Ich kann mich nicht erinnern, aber es ist so etwas Ähnliches wie Masturbation. Vielleicht frage ich meinen Lehrer, wie man es auf japanisch nennt. Wenn ich es mir recht überlege, lieber nicht. Wahrscheinlich würde er aus dem Haus rennen. Er ist ein richtiger Intellektueller, aber über die Wechseljahre weiß er wahrscheinlich nichts.«

»Wahrscheinlich weiß er viel mehr über Masturbation«, sagte Nora, und beide Frauen lachten und unterhielten sich noch ein paar Minuten, bevor sie auflegten.

Nora, die nach der Unterhaltung aufgemuntert war und frohgemut einer möglichen Freundschaft zu der lustigen, klugen Beth Landrigan mit ihrem kühlen Kopf entgegensah, setzte ihre blaue Schirmmütze auf ihren eigenen, wie sie hoffte, kühlen Kopf und verließ das Haus.

Fünfundvierzig Minuten später hörte Nora das Telefon läuten, als sie die Eingangstür aufmachte, und lief die Treppe hinauf, um abzunehmen. Schweiß tränkte das dunkelblaue T-Shirt und bedeckte ihre Beine. Sie riß den Hörer hoch und sagte: »Hallo?«

»Nora, hier spricht Holly. Ich möchte, daß Sie sofort ins Revier kommen. Können Sie das einrichten?«

»Hat Natalie etwas gesagt?«

»Wir müssen über vieles reden, und das ist eines davon. Wenn Sie kein Auto haben, kann ich Ihnen jemanden schicken.«

»Ich bin gerade eben von meinem Dauerlauf zurückgekommen und klatschnaß. Lassen Sie mich rasch duschen und frische Sachen anziehen, dann komme ich sofort.«

Er zögerte. »Okay, aber einige Leute hier werden ziemlich nervös werden, wenn Sie sich nicht bald sehen lassen, also machen Sie, so schnell Sie können.«

»Holly, Sie hören sich so ... so brüsk an. Sollte ich mir wegen etwas Sorgen machen? In letzter Zeit ist mein Leben eine einzige Katastrophe, daher würde es mich nicht wundern.«

»Ganz so einfach ist es nicht«, sagte er. »Tun Sie, was Sie tun müssen, und kommen Sie so schnell wie möglich her.«

»Wir sehen uns in zwanzig, fünfundzwanzig Minuten.«

»Kommen Sie zum Hintereingang. Hier ist das reinste Affentheater.«

Nora sagte: »Bis gleich«, und Fenn legte wortlos auf.

42

Nora parkte auf dem Platz hinter Fenns Büro, wo auch Davey geparkt hatte, und sah Fenns Hinterkopf und Schultern am Fenster, während er sich mit Barbara Widdoes unterhielt, die vor seinem Schreibtisch auf und ab ging. Darüber hinaus schienen noch mehrere Leute, dunkle Schemen im hinteren Teil des Zimmers, anwesend zu sein. In der schwülen Luft lief Nora hastig an den Polizeiautos vorbei. Sie hatte eine blaue Chambraybluse, Jeans und braune Schuhe angezogen. Nasses Haar klebte ihr an den Ohren. Ihr Herz klopfte.

Ganz so einfach ist es nicht. Was bedeutete das?

Die Hintertür ging auf, als sie den Betonweg entlanglief. Ein rothaariger, von Aknenarben entstellter *fullback* in einem knappen Uniformhemd kam heraus. Er sah von einer Seite zur anderen, ehe er ihr sein gefurchtes Gesicht zuwandte.

»Mrs. Chancel, okay? Ich werde Sie über den Flur zu Chief Fenns Büro führen, aber wir müssen uns beeilen. Die Lage ist hier echt kompliziert heute.«

»Hier ist sie auch ziemlich kompliziert«, sagte sie. Der Polizist sah sie unverbindlich an. Sie trat durch die Tür in das relativ kühle Innere. Ein chaotisches Stimmengewirr ertönte von der Vorderseite des Gebäudes. »Hier entlang«, sagte der Polizist, ging an ihr vorbei und schritt hastig einen Korridor mit Betonwänden entlang. Nora dachte sich, daß sie eine Menge Zeit damit verbrachte, Männern zu folgen. Sie gingen an der Tür mit der Aufschrift STATION COMMANDER vorbei und näherten sich der Metalltür zu der doppelten Zellenreihe. Eine lebhafte Erinnerung daran, wie Dick Dart ihr zugeblinzelt hatte, erinnerte Nora daran, daß sie starr geradeaus schauen mußte, daher sah sie nicht mehr als Männer in den Stammesuniformen von Polizisten und Anwälten, die sich im Gang zwischen den Zellen drängten. Eine konzentrierte, leise Unterhaltung fand zwischen den Anwälten statt, aber weder konnte noch wollte Nora hören, was sie sagten. Das Murmeln von der Vorderseite des Gebäudes wurde lauter, während sie ihre Schritte hinter dem Polizisten beschleunigte. Schließlich erreichten sie Fenns Büro.

Der Polizist klopfte an die Tür und beugte sich hinein. Er sagte: »Mrs. Chancel.« Mehrere Leute begaben sich an unterschiedliche Positionen. Ein Stuhl wurde gerückt. Fenn sagte: »Bringen Sie sie herein.«

Fenn stand mit herunterhängenden Armen hinter seinem Schreibtisch und sah sie mit einem entschieden nicht lächelnden Gesicht an, genau wie Barbara Widdoes, die an der entgegengesetzten Ecke des Schreibtischs in Habachtstellung stand. Nora spürte, wie sich ein Eiszapfen der Panik in ihren Magen bohrte. Zwei Männer in dunklen Anzügen und weißen Hemden, von denen einer eine Sonnenbrille mit schwarzem Gestell trug, traten von der Wand gegenüber nach vorne: Slim und Slam, die beiden FBI-Agenten, die in Natalie Weils Haus gewesen waren.

»Hallo, Mrs. Chancel«, sagte Fenn. Demnach war Nora nicht mehr Nora. »Ich glaube, Sie haben alle Anwesenden bereits kennengelernt. Barbara Widdoes, unser Station Commander, und die beiden diesem Fall zugeteilten FBI-Agenten Mr. Shull und Mr. Hashim.« Mr. Shull, der größere der beiden, trug die Sonnenbrille. Sie verlieh ihm das Aussehen eines Hipsters, was Nora plötzlich urkomisch fand.

»Schön, Sie wiederzusehen«, sagte sie, eine Bemerkung, auf die eine Sekunde Schweigen folgte.

»Ich denke, wir können alles aufklären«, sagte Fenn und

wurde wieder zu Holly. »Fassen wir einmal zusammen, was wir hier haben.«

»Wird auch Zeit«, sagte Mr. Shull entweder zu sich selbst oder zu Mr. Hashim, der die Arme verschränkte und zusah, wie Nora sich einen Stuhl nahm. Holly setzte sich, Barbara Widdoes zwängte sich neben Nora auf die Schreibtischkante und preßte ihre dicken Knie und Waden zusammen. Die beiden FBI-Agenten blieben stehen.

Mr. Shull klappte die Sonnenbrille zusammen und verstaute sie in der Brusttasche seines Jacketts.

»Nun denn, Nora«, sagte Holly und lächelte ihr zu. »Die Leute in diesem Zimmer haben unterschiedliche Ansichten zu verschiedenen Fragen, und eine davon ist, was wir mit Ihnen machen sollen, aber mit Ihrer Hilfe gelingt es uns vielleicht, einen Konsens zu finden. Es ist wichtig, daß Sie vollkommen ehrlich und offen zu mir sind. Können Sie das?«

»Was hat Natalie gesagt?« fragte Nora. Einer der FBI-Agenten hinter ihr machte ein leises Plop mit den Lippen.

»Mrs. Weil hat eine Menge gesagt, worauf wir gleich zu sprechen kommen werden. Ich möchte, daß Sie sich daran erinnern, wie wir uns vor ihrem Haus kennengelernt haben. Wir hatten eine kurze Unterhaltung, nach der ich dachte, Sie und Ihr Mann könnten uns vielleicht behilflich sein. Erinnern Sie sich daran?«

»Ich erinnere mich«, sagte Nora. »Wir sagten, wir wären ein paarmal dort gewesen.«

»Sechsmal, wenn ich mich recht erinnere. Das letzte Mal zwei Wochen vor ihrem Verschwinden.«

Nora nickte stumm und verfluchte Davey insgeheim wegen seiner eigennützigen Lüge.

»Möchten Sie bei dieser Aussage bleiben, oder haben Sie es sich anders überlegt?«

»Nun, um ehrlich zu sein, bin ich seit zwei Jahren nicht in diesem Haus gewesen.«

Barbara Widdoes schlug sich mit einer Hand auf den Schenkel, und Mr. Hashim und Mr. Shull bezogen langsam auf der anderen Seite von Fenns Schreibtisch Stellung.

»Das stimmt mit dem überein, was uns Mrs. Weil gesagt hat. Falls es einen Grund gab, mich hinsichtlich Ihrer Beziehung zu Mrs. Weil in die Irre zu führen, würde ich ihn gerne erfahren.«

Nora seufzte. »Eigentlich war es Davey, mein Mann, der behauptet hat, daß wir sie öfter besucht hatten und zwei Wochen zuvor zum Essen bei ihr gewesen wären. Erinnern Sie sich? Er sagte, wir hätten mexikanisch gegessen und uns einen Ringkampf im Fernsehen angesehen, aber das haben wir etwa einen Monat, bevor wir unser Haus kauften, gemacht, als wir dort gewesen sind.«

»Haben Sie eine Ahnung, warum er das alles gesagt hat?«

Sie seufzte wieder. »Er hat so eine Angewohnheit, ich weiß auch nicht, die Wahrheit zu dehnen. Meistens ist es nicht mehr als Übertreibung – eine Ausschmückung der Fakten.«

»Soweit ich mich erinnern kann, haben Sie ihm diese spezielle Ausschmückung durchgehen lassen.«

»Wir hatten uns gerade gestritten, und ich wollte ihn nicht reizen, schon gar nicht dadurch, daß ich ihm in Ihrem Beisein widersprochen hätte. Jetzt wo ich darüber nachdenke, glaube ich aber, Sie haben gleich gewußt, daß er lügt.«

»Dazu brauchte es keinen Sherlock Holmes«, sagte Holly. »Aus unserer Sicht machte das Sie beide irgendwie interessant. Daher beschloß ich, Sie in das Haus zu lassen, um zu sehen, ob sich noch was Interessantes ergeben würde.«

»Kommen wir jetzt zur Sache?« fragte Mr. Shull. »Können wir das Geplauder überspringen?«

»Zur Sache?« Nora sah Mr. Shull an, der ihr zulächelte.

»Etwas finden wir alle verwirrend«, sagte Holly. »Es hat etwas mit den Spuren am Tatort zu tun, ebenso mit einigen Bemerkungen, die Sie und Ihr Mann gemacht haben. Erinnern Sie sich, wie Ihr Mann mir sagte, Sie würden nicht glauben, daß Mrs. Weil tot ist?«

»Ich habe keine Ahnung, woher er das hatte. Ich war überzeugt, daß sie tot ist.«

»Die Bemerkung Ihres Mannes zeugt von einem bemerkenswerten Weitblick, finden Sie nicht auch?«

»Um die Wahrheit zu sagen, ich glaube, daß er nur versucht hat, mich als Närrin hinzustellen.«

»Wegen Ihres Streits?«

»Wahrscheinlich.«

»Worum ging es bei dem Streit?«

»Er findet, ich erweise seinem Vater nicht genügend Respekt, und ich finde, sein Vater ist ein Tyrann. Wir sind zu keinem Ergebnis gekommen.«

»Der Streit ist nicht wichtig«, sagte Mr. Shull. »Wenn Sie nicht sofort zur Sache kommen, übernehme ich.«

»Wir sind schon soweit«, sagte Holly. Er lächelte Nora wieder zu, aber nicht rachsüchtig, wie Mr. Shull. »Kommen wir dazu, wie wir vor Mrs. Weils Schlafzimmer standen. Erinnern Sie sich, in welchem Zustand das Zimmer war?«

Nora nickte.

»Wissen Sie noch, was ich zu Ihnen gesagt habe?«

»Daß ich nicht reingehen müßte, wenn ich nicht wollte.«

»Wissen Sie auch noch, was ich gleich danach gesagt habe?«

»Nein. Tut mir leid.«

»Ich sagte, Sie sollten sich vielleicht von dem Gedanken verabschieden, daß Mrs. Weil nicht tot ist.«

»Daran kann ich mich nicht erinnern«, sagte Nora.

»Sie erinnern sich nicht an Ihre Antwort? Es ging um das Blut in dem Zimmer.«

»Tatsächlich?«

»Sie sagten: ›Vielleicht ist es nicht ihr Blut.‹ Erinnern Sie sich jetzt?«

»Oh, Sie haben recht, jetzt fällt es mir wieder ein. Aber das kam mir nur wegen Davey in den Sinn, wegen dem, was er draußen gesagt hatte.« Sie schaute zu Mr. Shull, der den Blick lächelnd erwiderte. »Selbstverständlich war es ihr Blut, es hätte nichts anderes sein können.« Sie wandte sich an Holly Fenn. »Es war nicht ihr Blut? Es war irgendwelches Blut?«

»Ja, es war irgendwelches Blut.«

»Was für Blut?«

»Tierisches Blut«, sagte Holly. »Höchstwahrscheinlich von einem Schwein. Sie sehen, warum wir uns für diese Bemerkung interessieren.«

»Durchaus«, sagte Nora. »Aber sie war einfach nur so dahingesagt.«

»Wir befinden uns hier in einer Art Dilemma, Nora.«

»Sie befinden sich in einem Dilemma«, sagte Mr. Shull.

»Als Sie es sagten, konnten Sie demnach nicht wissen, daß die Flecken in dem Zimmer nicht Mrs. Weils Blut waren?«

»Keineswegs. Aber alles im Zusammenhang mit Natalies Verschwinden ist seltsam.«

»Ja, bleiben wir doch bei Mrs. Weil. Mrs. Weil hat viel Widersprüchliches gesagt, aber sie konnte uns eine neue Information geben.«

Barbara Widdoes meldete sich zum erstenmal zu Wort. »Sie haben gewußt, daß Mrs. Weil und Ihr Mann eine Affäre hatten, oder nicht?«

»Ich habe es erst am Samstag nachmittag erfahren.«

»Wie kam es dazu?«

»Davey hat es mir gesagt. Ihn beschäftigte, was ihr zugestoßen war, und da ist es ihm herausgerutscht.«

»Sie leugnen, daß Sie etwas mit der Entführung und Mißhandlung von Mrs. Weil zu tun haben?«

»Es steht noch gar nicht fest, daß es sich um eine Entführung handelt«, sagte Holly.

»Holly, Sie waren am Samstag vormittag in meinem Büro«, sagte Barbara Widdoes. »Sie haben gesehen, wie die Frau hysterisch wurde, als sie Mrs. Chancel gesehen hatte, und in diesem Zustand blieb, bis sie das Beruhigungsmittel bekommen hat. Für mich ist ziemlich klar, was geschehen ist, und für Sie sollte es auch klar sein. Mrs. Chancel hat von der Affäre ihres Mannes erfahren, das Opfer aus ihrem Schlafzimmer entführt und sie an ihrem alten Lieblingsplatz gefangengehalten, dem ehemaligen Kindergarten. Ich bin sicher, Sie erinnern sich an den Vorfall. Dort hat sie sie festgehalten, bis es dem Opfer gelungen ist, sich zu befreien. Mir gefallen diese vielen Zufälle nicht. Wir haben es hier mit einem klaren Muster zu tun, und ich denke, Mrs. Chancel sollte dieses Revier nicht verlassen dürfen, bevor ihr ihre Rechte und die unterschiedlichen Anklagepunkte vorgelesen worden sind.«

»Endlich hat es jemand ausgesprochen«, sagte Mr. Shull.

»Sie wollen mich festnehmen?« fragte Nora. »Ich habe Natalie nichts getan. Ich würde meinen schlimmsten Feind nicht so behandeln.« Sie sah über den Schreibtisch hinweg Holly Fenn an. »Haben Sie nicht gesagt, daß sich Natalie widersprochen hätte? Was meine Rolle betrifft?«

»Ist es nicht so, Barbara?« sagte Holly. »Denken Sie auch mal darüber nach, Mr. Shull. Wir haben hier ein Opfer, das einen Schritt davon entfernt ist, zu behaupten, daß sie von kleinen grünen Männchen aus dem Weltall entführt worden ist. Sie sagte, Mrs. Chancel hätte sie gewaltsam aus ihrem Haus gezerrt und in dem alten Krankenhaus eingesperrt, aber hat sie auch nur ein Wort über das Tierblut im Schlafzimmer verloren?«

Er konzentrierte sich wieder auf Nora. »Das ist die Situation mit Mrs. Weil. Als wir sie heute morgen besucht haben, hat sie als erstes gesagt, daß Sie sie in ihrem Haus aufgesucht, mit einem Messer bedroht, zu diesem Gebäude gefahren und dort gefesselt haben. Zwei Minuten später haben wir sie gebeten, die Geschichte zu wiederholen, damit wir ein Protokoll aufnehmen können, und sie sagte, sie hätte keine Ahnung, was mit ihr passiert ist. Die Erinnerungen an die vergangene Woche seien wie Nebel. Sie glaubt, daß sie allein zur South Post Road gefunden hat, kann aber nicht sagen, wie oder warum. Also haben wir es so aufgeschrieben und ihr vorgelesen und gefragt: Ist es so passiert? Und sie sagt: Ich kann mich nicht erinnern. Dann liegt sie eine Weile still da, danach kann sie wieder Fragen beantworten, wir fragen sie nach Ihnen, und sie schreit, Sie hätten sie zu dem Gebäude verschleppt, und die ganze Sache fängt von vorne an.« Er sah zu Barbara Widdoes. »Ist das korrekt? Habe ich irgend etwas übertrieben?«

»Holly, unser Opfer ist sichtlich verstört. Aber sie kam immer wieder auf den Vorwurf zurück, und das genügt mir. Lassen Sie ihr noch einen oder zwei Tage Zeit, und sie wird die Zusammenhänge herstellen können.«

»Barbara, Mrs. Weil kommt immer wieder auf die Geschichte mit der Entführung zu sprechen, aber sie erzählt auch immer wieder, daß sie alleine losgezogen ist. Wenn Mrs. Chancel nicht ein Geständnis ablegt und auf schuldig plädiert, werden wir das Opfer in den Zeugenstand rufen müssen. Glauben Sie wirklich, daß wir hier einen hieb- und stichfesten Fall haben?«

Barbara Widdoes sah Mr. Shull an. »Wir haben das älteste aller Motive, sie hatte jede Menge Gelegenheit, und wir werden jeden

Moment genügend Beweise finden. In dem alten Kindergarten, wo Mrs. Chancel ein Kind hingebracht hat, als sie zum erstenmal mit Kidnapping experimentierte.«

Nora und Holly Fenn begannen beide zu protestieren, aber Barbara Widdoes stand auf und sagte: »Ich möchte zur nächsten Phase übergehen. Sobald wir Mrs. Chancels Fingerabdrücke genommen haben, kann sie mit ihrem Anwalt Verbindung aufnehmen.« Sie sah auf Nora hinab. »Wahrscheinlich ist Ihr Anwalt sogar hier. Sind Sie nicht Klientin von Dart & Morris? Leo Morris wartet darauf, daß Anklage gegen Mr. Dart erhoben wird, womit wir anfangen werden, sobald wir mit Ihnen fertig sind. Wenn Sie wollen, kann ich ihn über Ihre Situation informieren und ihm sagen, daß Sie ihn sehen möchten.«

Nora wirbelte auf dem Stuhl herum und sah Holly an. »Ist das wirklich wahr? Werde ich für etwas festgenommen, das ich nicht getan habe?«

»Barbara ist unser Station Commander. Es ist ihre Entscheidung. Informieren Sie Ihren Anwalt.«

Da erst wurde ihr das ganze Ausmaß ihrer Situation bewußt, und die unglaubliche Hoffnungslosigkeit veranlaßte sie, in den Stuhl zu sinken und laut aufzulachen. Alle in dem Raum sahen sie an, und die Skala der Gefühle reichte von Besorgnis bis Verachtung.

»Mrs. Chancel, geht es Ihnen nicht gut?« fragte Barbara Widdoes.

»Wenn Sie wüßten, was sonst noch mit meinem Leben passiert.«

Holly sah auf die Uhr, als er um den Schreibtisch herumkam. »Ich würde Ihnen mein Telefon zur Verfügung stellen, um Ihren Mann anzurufen, aber unsere Zeit wird knapp. Ich möchte, daß Sie die Prozedur hinter sich bringen, bevor der Zirkus um Dick Dart losgeht. Wenn wir fertig sind, bringe ich Sie in eines der Konferenzzimmer. Sie können dort telefonieren, während Sie auf Leo Morris warten.«

Sie stand auf.

»Wir brauchen auch noch etwas Zeit mit Mrs. Chancel«, sagte Mr. Shull.

»Wie konnte ich das nur vergessen?« Holly legte eine Hand zwischen ihre Schulterblätter und schob sie weiter. »Wenn wir es nicht schnell erledigen, wird es Stunden dauern. In etwa zehn Minuten wird hier ein heilloses Durcheinander herrschen.«

»Es herrscht schon ein heilloses Durcheinander«, sagte Nora.

Holly machte mit einer Hand die Tür auf, behielt die andere auf ihrem Rücken, schob sie in den Flur hinaus und folgte ihr auf dem Fuß. Stimmen und das Trampeln von Schritten erklangen aus dem vorderen Teil des Gebäudes, und noch ehe Barbara Widdoes und die FBI-Agenten das Büro verlassen hatten, stürmte eine Gruppe von Männern um die Ecke auf sie zu. Allen voran ging Officer LeDonne, dicht gefolgt von Leo Morris, der Nora einen durchdringenden, feindselig neugierigen Blick zuwarf. Neben dem Anwalt ging Dick Dart in einem grauen Anzug und weißen Hemd, aber ohne Krawatte, der Nora erblickte und grinste.

»Was ist das?« fragte Holly. »Jesses, sie bringen ihn hinten rein, um ihn von den Reportern fernzuhalten. Ich schicke sie in die Zellen zurück, damit wir uns zuerst um Sie kümmern können.«

Officer LeDonne wurde langsamer, als er Holly Fenn sah, und die beiden anderen Männer stießen mit ihm zusammen.

»LeDonne, bringen Sie diesen Mann in die Arrestzelle zurück. Ich möchte erst die andere Angelegenheit erledigen, bevor wir uns um ihn kümmern. Ist Ihnen das recht, Counselor?«

Leo Morris betrachtete Nora finster mit seinen dunkel umrandeten Augen.

Nora versuchte, durch die Tür zurückzuweichen, damit Dick Dart sie nicht mehr angrinsen konnte, aber Barbara Widdoes drückte sich gegen sie und packte sie an den Armen.

»Davey Chancels zauberhafte Gattin«, sagte Dart. Nora machte die Augen zu.

Holly wandte sich an LeDonne. »Bringen Sie ihn zurück, und halten Sie die Reporter fern.«

Bevor LeDonne antworten konnte, kam eine zweite Gruppe um die Ecke gestürmt, die Fragen brüllte und den gesamten Korridor für sich beanspruchte. Zwei oder drei Männer mit Videokameras auf den Schultern drängten sich nach vorne durch.

»Alle stehenbleiben!« brüllte Holly. »Leute, bleibt stehen! LeDonne, warten Sie einen Augenblick, bevor Sie den Gefangenen zurückbringen. Ich möchte, daß Barbara diese Männer mit in ihr Büro nimmt. Mrs. Chancel und ich warten hier.«

Barbara Widdoes ließ Nora los und zwängte sich, gefolgt von den FBI-Agenten, aus dem Büro hinaus. Sie entkamen durch den Korridor.

Holly versuchte, sich Gehör zu verschaffen. »Sämtliche Reporter, bitte in den vorderen Teil des Reviers zurück! Dies ist nicht gestattet, habe ich mich klar ausgedrückt?«

»Nora-Törtchen«, sagte Dick Dart, und sie sah die funkelnden Augen in dem grinsenden Gesicht.

Leo Morris und Holly Fenn schlugen jeder auf seine Weise vor, daß Dart den Mund halten sollte, aber er hielt Noras Blick mit seinem gefangen und sagte: »Was für ein interessanter Tag.« Dann legte er den linken Arm um den Hals von Officer LeDonne und riß ihm so schnell den Revolver aus dem Halfter, daß LeDonne in dem Würgegriff zappelte und der Revolver an seine Stirn gehalten wurde, ehe Nora richtig mitbekam, daß sich Dart überhaupt bewegt hatte.

LeDonne gab seine Gegenwehr auf, und Holly ging einen Schritt nach vorn. Die Reporter verstummten. Dart krümmte den Finger am Abzug. »Aber, aber«, sagte er. »Seien Sie ein braver Junge.«

Holly hielt die Hände hoch. »Mr. Dart, Sie befinden sich in einem Polizeirevier. Lassen Sie den Mann los, und geben Sie die Waffe her.«

»Tu, was er sagt«, sagte Leo Morris. Die Worte des Anwalts kamen als schrilles Krächzen heraus.

»Leo, ist nicht offensichtlich, daß ich hier das Sagen habe?«

»Nicht lange«, sagte Holly.

Holly ging langsam auf die andere Seite des Korridors, und Nora folgte ihm.

»Nein, Nora, Sie gehen wieder zur Tür.« Dart hielt LeDonne den Revolverlauf an die Stirn und führte den Polizisten wie eine Puppe auf sie zu. LeDonnes Gesicht war rosafleckig, Wut und Panik standen in seinen Augen. Nora sah Holly Fenn an, der stirnrunzelnd nickte. Sie wich zurück.

»Was soll das Ihrer Meinung nach werden?« fragte Holly.

»Einfacher Austausch von Gefangenen«, sagte Dart. »Gefolgt von einem tollkühnen Ausbruch und einer erfolgreichen Flucht, so was in der Art.«

Holly machte den Mund auf, aber bevor er etwas sagen konnte, stieß Dart LeDonne in seine Richtung und stand im selben Augenblick neben Nora. LeDonne stieß mit Holly zusammen, und Dart legte einen Arm um Noras Hals und hielt ihr den Revolver an die Schläfe. Das Metall fühlte sich kalt und brutal an, und Darts Arm schnürte ihr die Luft ab. »Fertig?« fragte er. »Koffer gepackt? Reisepaß griffbereit?« Er zog sie in Hollys Büro und stieß die Tür mit dem Fuß zu.

VIERTES BUCH

FREUND SANFTMUT

Der alte Mann drehte sich zu dem zitternden Jungen um und sagte: »Du hast meine Höhle nicht ohne Grund betreten. In dieser Dunkelheit sollst du etwas über die Angst lernen.«

43

Dick Dart beugte Nora über sein Knie nach hinten, um die Bürotür abzuschließen. »Wir beide gehen jetzt zu diesem Fenster. Wenn du mir Schwierigkeiten machst, werde ich dich gleich hier töten. Hast du verstanden?« Sie nickte, worauf er sie durch den Raum stieß. »Wo ist dein Auto?« Sie zeigte zum Fenster hinaus auf den Volvo. Holly Fenn rief etwas von der anderen Seite der Tür, und der Knauf rasselte. »Ich führe ein gesegnetes Leben«, sagte Dart. »Mach das Fenster auf. Sofort. Spring raus und setz dich ans Steuer. Ich komme gleich hinter dir her.«

Nora griff mit den Händen, zielstrebigen kleinen Händen, nach der Unterseite des Fensters und schob es hoch. Sie schob das linke Bein durch den Rahmen und sah seinen Umriß vor dem Gras unten, ihr schlankes Bein in blauem Jeansstoff, ihren Knöchel, ihren schlanken Fuß, ohne Socke, in braunen Stoffschuhen. Ihr Bein wirkte über dem Gras vollkommen surreal. Was würde es als nächstes tun, dieses unternehmungslustige Bein?

Das unternehmungslustige Bein streckte sich einem Grünstreifen zwischen dem Gebäude und dem betonierten Weg entgegen, und als sie ihr Hinterteil über den Fenstersims hievte, landete es unvermittelt auf dem Rasen. Linkisch zog sie das rechte Bein durch das Fenster. Kaum stolperte sie rückwärts, flog Dick Dart, Gesicht voraus, den Revolver an die Brust gepreßt, durch das Fenster. Er schlug einen Salto in der Luft, landete so dicht bei ihr auf den Füßen, daß sie die Erschütterung im Boden spürte, wirbelte herum und drückte ihr die Waffe in den Rücken.

»Schlüssel«, sagte Dart. Sie griff in die Tasche und holte sie heraus, während sie auf das Auto zuging. »Steig ein und fahr. *Los!*« Er ließ sich bereits auf den Beifahrersitz fallen.

Schwitzend setzte Nora zurück und fuhr aus der Parklücke. »Soll ich diese schmale Straße nehmen?«

»Was für eine Mistkarre du fährst. Wir müssen sie tauschen. Schneller, schneller. Wenn du ans Ende dieser Straße kommst, bieg nach links ab und fahr auf die I-95.«

Nora bremste vor dem Stop-Schild am Ende der Straße, worauf Dart fluchte und ihr die Waffe an den Kopf hielt. Nora trat aufs Gas, schoß an dem Stop-Schild vorbei und bog links ab. Dart hielt ihr weiter die Waffe an die Stirn, sah zur Heckscheibe hinaus und johlte. »Sie verfolgen uns nicht! Diese Idioten sprechen immer noch mit der Tür!« Er ließ die Waffe sinken und klatschte sich aufs Knie. »Ha! Sie konnten nicht an den Reportern vorbei. Das zeigt einem, wie beschissen die Presse in diesem Land ist.« Er sah sie grinsend an. Ein Gestank von Schweiß, Öl, Mundgeruch und unsichtbarem Schmutz umgab ihn. »Frohlocke, du bist mit Dick Dart unterwegs, das Abenteuer beginnt.«

Nora, die mit sechzig Meilen pro Stunde eine völlig unbekannte Allee hinabfuhr, von der sie genau wußte, daß sie sie schon ein dutzendmal gesehen hatte, hörte seine Worte kaum. Sie umklammerte mit den Händen das Lenkrad, biß die Zähne zusammen, und ihre Augen fühlten sich wie geschält an. Sie fuhr an zwei weiteren Stop-Schildern vorbei. Wo *war* die I-95?

»Ich wußte schon, als ich dich zum erstenmal gesehen habe, daß wir zusammengehören. Ich habe einen Schutzengel, ich bin beschirmt, nichts Böses kann mir je geschehen. Verdammt, was *machst* du da?« Er rammte ihr den Lauf des Revolvers ins Ohr. »Stop, verflucht noch mal.«

Nora trat mit dem Fuß auf die Bremse. Ihre Hände zitterten, ihre Kehle war zugeschnürt.

»Wo willst du hin? Es ist nicht die Zeit für eine Stadtrundfahrt.« Metall bohrte sich in ihr Ohr.

»Ich weiß nicht mehr, wie man hinfindet«, sagte sie.

»Kühl bis ans Herz hinan, wie?« Er sah durch die Heckscheibe und nahm den Revolver weg. »Zurück bis zum Stop-Schild, dann rechts. Zur Station Road, dann links. Wir wollen nach Norden, Richtung New Haven.«

Sie setzte zurück und bog zur Station Road ab. In der Ferne heulten Sirenen.

»Drück drauf, du Schlampe, du hast uns etwa dreißig Sekunden gekostet. Laß knacken.«

Nora trat auf das Gaspedal, und der Volvo schoß vorwärts. Am nächsten Stop-Schild schnitt sie einen Dodge-Lieferwagen, der gerade in die Kreuzung einbog. Der Fahrer drückte auf die Hupe und blieb darauf. »Arschloch«, sagte Dart. »Feg die da von der Straße, überhol sie.«

Zwei Autos fuhren vor ihnen die Straße entlang. Die Sirenen schienen näher zu kommen. Ein Mann in kurzen Bikerhosen mit Helm fuhr mit dem Fahrrad mitten auf der Gegenfahrbahn auf sie zu. »Was ist mit –«

»Fahr den dummen Wichser über den Haufen.«

Nora gab Gas und scherte auf die Spur des Fahrradfahrers aus. Der Mann am Steuer des Wagens vor ihnen drehte den Kopf zu ihnen um, aber sein überraschter Gesichtsausdruck war noch gar nichts, gemessen an der Fassungslosigkeit des Radfahrers. Nora hupte. Der Mann, dem etwa fünf Sekunden Zeit blieben, um sich zu überlegen, was er tun wollte, vergeudete zwei damit, daß er den Zeigefinger hob und etwas brüllte. Nora drückte die Ellbogen durch, spannte die Lippen und stieß ein schrilles, panisches Wimmern aus.

»Und *tschü-hüs*«, sang Dart.

Der Radfahrer schwenkte zur Seite und verschwand Sekundenbruchteile vor der Kollision vor der Windschutzscheibe des Volvo. Nora drehte den Kopf herum. Sie sah kurz Fahrrad und Mann als unentwirrbares Knäuel im Gras auf dem Grund des flachen Straßengrabens, dann raste sie mit siebzig Meilen pro Stunde an dem zweiten Auto vorbei.

»Hoffentlich hat er sich seinen dämlichen Hals gebrochen«, sagte Dart. »Gute Arbeit, Mädchen. Aber wenn du an der Ampel in der Station Road hältst, schieß ich dir den rechten Nippel weg. Ist das klar?«

Nora sauste eine kurze Steigung hinauf, und das Auto verlor eine Sekunde den Bodenkontakt, bis es wieder auf der Straße aufsetzte. Dick Dart johlte und schwenkte den Revolver. Zwei Blocks entfernt, am Ende der verlassenen Straße, leuchtete die Ampel grellrot. Autos strömten in beide Richtungen über die Kreuzung.

»Ich kann das nicht.«

»Armes Ding, du wirst deinen Nippel echt vermissen. Und weh tun wird es auch. Aber weißt du was?« Er tätschelte ihr den Kopf. »Ich wette, es wird grün, bis wir dort sind. Wenn ich gewinne, mußt du mir alles erzählen, was du Natalie Weil angetan hast.«

»Wenn Sie verlieren, sind wir Tomatensuppe.« Sie raste über eine Kreuzung, und ein Block trennte sie noch von der Ampel.

»C'est la vie.«

Nora gab einen leisen, kehligen Laut von sich und drückte die Ellbogen durch.

»Brems ein bißchen zum Abbiegen.« Dart klang völlig gelassen.

Nora trat hart auf die Bremse und stieß mit der Brust gegen das Lenkrad. Dick Dart, der zurückgelehnt auf seinem Sitz geflätzt saß, rutschte vorwärts, bis seine Knie gegen das Armaturenbrett knallten. Das Auto schlingerte und schoß in dem Moment auf die Kreuzung, als die Ampel grün wurde. Dart zog sich auf den Sitz zurück und hielt sich am Türgriff fest. Nora riß das Lenkrad herum und brachte das Auto wieder unter Kontrolle.

»Hurra! Nora darf ihren Nippel behalten«, rief Dart. »Ich persönlich bin darüber sehr froh.«

Er ist froh darüber? dachte Nora. Sie sagte: »Ich muß langsamer fahren – sehen Sie sich die vielen Autos an.« Eine Reihe Autos rollten in Zweier- und Dreiergruppen auf dem langen, vierspurigen Band der Station Road.

»Überhol sie, gib Gas und überhol sie, das ist mein voller Ernst. Sobald wir auf der Schnellstraße sind, haben wir's geschafft. Dann kannst du mir von Natalie Weil erzählen.«

Die nächsten vier Minuten waren ein Durcheinander von Hupen, fassungslosen Gesichtern, drohenden Fäusten und Unfällen, die nur deshalb in allerletzter Sekunde verhindert wurden, weil die anderen Fahrer einsahen, daß diese Frau, die ihren Volvo auf der Gegenfahrbahn steuerte, tatsächlich vorhatte weiterzufahren. Mehrmals führte Noras eigensinnige Fahrweise zu geringfügigen Blechschäden an den Autos der Fahrer, die für die Fahrer ausweichen mußten, die ihr ausweichen mußten. Schließlich fuhr sie quer über die rechten Fahrspuren und schlingerte unter einem allgemeinen entrüsteten Hupkonzert auf die Zufahrt zur Schnellstraße Richtung Norden. Es sah so aus, als tauchten vier dichtgepackte Fahrspuren mit Personen- und Lastwagen, die nach Hartford und New Haven unterwegs waren, vor ihr auf. Nora machte die Augen zu und ließ den Fuß auf dem Gaspedal. Als sie sie drei lange Sekunden später wieder aufschlug, fuhr sie beinahe auf das Heck eines Achtzehntonners auf, der ABSTAND HALTEN, DUMMKOPF! auf den riesigen Schmutzfängern stehen hatte. Sie hielt Abstand.

Ein Wagen der State Police raste auf der anderen Seite des Mittelstreifens mit blinkendem Blaulicht auf sie zu und an ihnen vorbei.

»Falls du deine Verbrecherkarriere fortsetzen möchtest, könntest du jederzeit einen Job als Fahrerin eines Fluchtautos bekommen. Aber jetzt wollen wir nicht mehr ganz so auffällig fahren, bevor wir zum Cousin Lenny's abbiegen.«

Das war das Restaurant, wo Davey bei in Ketchup ertränktem Hackfleisch die Überzeugung gewonnen hatte, daß sie unschuldig war.

»Warum dorthin?«

»Jeder Cop in diesem Staat – Scheiße, jeder Cop im Nordosten – wird nach dieser schwedischen Scheißkarre Ausschau halten. Nora, Herzblatt, wenn du Fahrerin eines Fluchtautos sein möchtest, mußt du lernen, wie eine zu denken.«

Ich bin nicht dein Herzblatt, dachte sie.

»Okay, erzähl mir, was du mit Natalie Weil angestellt hast.«

Er lehnte sich grinsend an die Beifahrertür.

»Woher wissen Sie von ihr? Sie waren zwei Tage in einer Zelle eingesperrt.«

»Wenn ich mich nicht mit dem ekelerregenden Leo Morris, diesem scheinheiligen, triefäugigen Furz, über meine *Hobbies* unterhalten habe, habe ich viel Zeit damit verbracht, mich mit den prächtigen jungen Polizisten von Westerholm zu unterhalten. Sie haben mir von dem *anderen* interessanten Fall im Revier erzählt. Ich habe gehört, daß die Revierleiterin glaubt, du hättest

Mrs. Weil entführt, während der Chief of Detectives von deiner Unschuld überzeugt ist.«

»Das haben sie Ihnen erzählt?« fragte Nora schockiert.

»Wenn ich zufällig der Mörder von einigen der angesehensten Schlampen von Westerholm wäre, ein Sachverhalt, den ich strikt geleugnet habe, allerdings nicht dir gegenüber, *wenn* ich die fragliche Berühmtheit wäre, würde es mich zweifellos interessieren, daß ich einen Nachahmer inspiriert habe. Und nicht nur irgendeinen Nachahmer, sondern die reizende Nora Chancel, die Frau des hübschen, aber erfolglosen Intellektuellen Davey Chancel. Es erübrigt sich zu sagen, daß ich mich geschmeichelt fühlte. Leo Morris hingegen hat die Nachricht nicht so fröhlich aufgenommen wie ich.«

»Leo Morris wußte es?«

»Ich habe es ihm gesagt. Er war alles andere als entzückt von der Aussicht, deine Verteidigung zu übernehmen. Tatsächlich kann er dich, deinen Mann und den gesamten Chancel-Clan nicht ausstehen.«

»Leo Morris?«

»Schweifen wir nicht vom Thema ab. Du hast es getan, richtig? Du hast die Scheiße aus diesem kleinen Arschloch rausgeprügelt. Du hast sie eingesperrt und gemeine Sachen mit ihr angestellt.«

Nora antwortete im ersten Moment nicht, dann sagte sie: »Ja. Ich habe die Scheiße aus ihr rausgeprügelt und sie in ein schmutziges Zimmer gezerrt und gemeine Sachen mit ihr angestellt.«

»Und was hat sie *dir* getan?«

»Sie hat mit meinem Mann geschlafen.«

»Wolltest du sie töten?« Nun war Dart nicht mehr so unbeteiligt.

»Ich hätte sie kaum laufenlassen können, oder?«

»Was für ein Ereignis! Mein Gegenstück, mein weibliches Selbst! Das heißt nicht, daß ich dich nicht töten werde, aber ich bin ganz aus dem Häuschen.«

»Warum haben Sie mich aus dem Gefängnis entführt, wenn Sie mich töten wollen?«

»Wenn du ein braves Mädchen bist, behalte ich dich vielleicht.«

»Allein kämen Sie schneller voran.«

»Was würdest du machen, wenn ich dich laufenließe?«

»Wahrscheinlich Geld an einem Geldautomaten holen und nach New York fahren. Mir eine Möglichkeit überlegen, mit Davey Verbindung aufzunehmen.«

»Du würdest keinen Tag durchkommen. Du würdest einen Block von dem Geldautomaten entfernt in einer Telefonzelle stehen und versuchen, den nichtsnutzigen Davey Chancel zu bezirzen, daß er dir dein Lieblingskleid von Ann Taylor schickt, und plötzlich würden hundert Cops ihre Waffen auf dich richten. Hör zu, du mußt lernen, in vollkommen neuen Bahnen zu denken. Bis dahin werde ich dafür sorgen, daß du nicht in Schwierigkeiten kommst.«

»Sind wir Ihrer Ansicht nach jetzt nicht in Schwierigkeiten?«

»Meiner Ansicht nach sind wir jetzt nicht im Gefängnis«, sagte er. »Aber es gibt noch einen Grund, warum ich dich eine Zeitlang bei mir behalten möchte.«

Die Haut in ihrem Nacken zog sich zusammen. Sie sah zur Seite und stellte fest, daß er an der Tür lehnte, Hände über einem Knie gefaltet und den Mund zu einem Lächeln verzogen. »Und der wäre?«

»Im Gegensatz zu dir habe ich einen Plan. Du hast dieses Wesensmerkmal – wie soll ich es nennen? –, eine Art bäuerliche Rechtschaffenheit, die mir die notwendigen Türen öffnen kann.«

»Was für Türen?«

Er legte den Zeigefinger auf die lächelnden Lippen.

»Was ist das für ein Plan?«

»Ich denke, in groben Umrissen kann ich ihn dir erzählen. Wir werden nach Massachusetts fahren, wo ich ein paar alte Fürze töten werde. Da kommt dieses widerliche Restaurant. Fahr auf den Parkplatz.«

Nora setzte den Blinker und wechselte die Fahrspur. Ein riesiges Schild, COUSIN LENNY'S ESSEN BENZIN, schwebte ihnen entgegen.

»Kann ich Sie noch was fragen?«

»Nur zu.«

»Woher wissen Sie, daß ich Kleider von Ann Taylor trage?«

»Nora, meine Liebste, ich habe mein Leben lang nichts anderes getan, als mit Frauen zu reden. Ich weiß alles.«

»Kann ich noch was fragen?«

»Solange es nicht langweilig wird.«

Nora bog auf die Einfahrt zum Parkplatz von Cousin Lenny's ab. »Holly Fenn sagte, daß eine Einzelheit über die Morde nie an die Presse gegeben wurde. Was ist das?«

»Ah, meine kleine Signatur. Ich habe sie aufgeschnitten und fast alle inneren Organe entnommen. Ich kann dir sagen, auf diese Weise lernt man viel mehr als aus Anatomiebüchern. Okay, fahr da rüber zur gegenüberliegenden Seite, dann warten wir, bis der geeignete Spender vorbeikommt.«

Nora fuhr an einer Reihe parkender Autos vorbei zum Ende des Parkplatzes. Betonbarrieren standen vor einer Formation grüner Müllcontainer. Hinter den Containern erstreckte sich Brachland bis zu einem fernen Windschutz schlanker Bäume.

»Rückwärts rein«, sagte Dart. »Wir möchten unsere potentiellen Wohltäter doch gerne sehen. Ihre Vor- und Nachteile abwägen.«

»Wissen Sie, wie man das mit den Kabeln macht?«

»Wenn ich wüßte, wie man ein Auto kurzschließt, dann säßen wir jetzt schon *in* einem und wären auf dem Weg nach Fairfield. Aber das sind wir noch nicht, teuerste Nora, oder? Nein nein, nein nein. Wir wünschen uns die Schlüssel zu unserem neuen Wagen, und daher müssen wir sie dem momentanen Besitzer abnehmen. Wir bevorzugen eine ältere Person, die allein schon beim Gedanken an Gewalt erzittert.« Er beugte sich nach vorne, legte die Hände auf das Armaturenbrett und sah von einer Seite zur anderen. Mit der rechten Hand hielt er den Revolver, Zeigefinger am Abzug. »Die Polizei wird hier bald aufkreuzen. Wir brauchen einen Wohltäter, und zwar schnell.«

»Bringen Sie niemanden um«, sagte Nora. »Bitte.«

»Ach, du süße gescheiterte Scharfrichterin. Entschuldige mich.« Er ließ den Blick wieder über den Parkplatz schweifen. »Hallo, hallo. Was haben wir denn da? Eindeutig eine Möglichkeit.« Ein langer schwarzer Lincoln, an dessen Steuer ein älterer

Mann mit rundem, kahlem Schädel saß, kam durch das Sonnenlicht auf sie zugefahren. Neben dem Fahrer saß eine junge Frau mit schulterlangem Haar. »Daddy Warbucks und seine Superschnalle«, sagte Dale. »Sonderangebot: zwei zum Preis von einem.«

»Alle in dem Restaurant werden die Schüsse hören.«

»Und so tun, als hätten sie nichts gehört.«

Der Lincoln wurde vorsichtig in die mittlere von drei freien Parklücken zurückgesetzt. »Der Mann liebt sein Auto«, sagte Dart. Er umklammerte Noras Handgelenk. »Meine Seite.« Er zog sie zu sich und steckte die Hand mit dem Revolver in die Jackentasche.

»Sie tun mir weh.«

»Lirum larum weedetan?« Er ließ ihr Handgelenk nicht los, während sich Nora aus dem Auto zwängte, und zog sie hinter sich her auf den Lincoln zu. »Wenn ich laufe, läufst du auch, kapiert?«

Sie nickte.

Dart zerrte sie noch zwei Meter weiter, dann blieb er stehen. »Was ist denn jetzt los?«

Der kahle Mann sah die junge Frau mit dem Ausdruck vollkommener Unschuld an. Die Frau gestikulierte; der Mann lächelte. Dart zog Nora hinter sich und ging langsam auf den Lincoln zu. Die Frau schlug sich mit der flachen Hand auf die Stirn, machte ihre Tür auf, stieg aus und wurde zu einem vierzehnjährigen Mädchen in einem engen weißen Jersey, abgeschnittenen Jeans und Espadrilles mit Plateausohlen. Ohne die Autotür zu schließen, lief sie zum Eingang des Restaurants. Der alte Mann im Leinenanzug, gestärkten weißen Hemd und marineblauer Krawatte saß friedlich am Steuer seines Wagens.

»Allah ist groß, gelobt sei Allah.« Dart zerrte Nora über den Asphalt zu der offenen Tür. Er bückte sich und sagte: »Ich grüße Sie.«

Der alte Mann blinzelte mit leuchtendblauen Augen zu Dick Dart auf. »Grüße Sie ebenfalls, Sir. Können Sie mir helfen?«

»Genau das habe ich vor«, sagte Dart. Er behielt die Hand in der Tasche, wo der Revolver den Stoff ausbeulte.

»Ich kann mich nicht erinnern, wer ich bin. Außerdem habe ich keine Ahnung, wo ich bin und wie ich hierher gekommen bin. Wissen Sie, ob das mein Wagen ist?«

»Nein, alter Freund, der hier gehört mir«, sagte Dart. Er nahm die Hand aus der Tasche, worauf die untere Hälfte seines Jacketts nach vorne schwang. »Aber ich habe Sie kommen sehen und kann Ihnen sagen, wo Ihrer steht.«

»Ach du liebe Güte, ich bitte um Entschuldigung. Ich kann mir nicht erklären, wie ... Ich hoffe, Sie haben nicht gedacht, ich wollte Ihr Auto stehlen.« Der alte Mann stieg aus und stand arglos blinzelnd in der Sonne. »Ich habe eine Enkelin, soviel weiß ich, und ich werde den Eindruck nicht los, als wäre sie gerade noch bei mir gewesen.«

»Sie ist in das Restaurant gegangen«, sagte Nora.

»Ach du liebe Güte, da sollte ich besser nach ihr sehen. Wo, sagten Sie, steht mein Wagen?«

»Am anderen Ende des Parkplatzes.« Dart funkelte Nora an. »Nicht zu übersehen. Ein hellroter Cadillac.«

»Himmel. Ein Cadillac. Wer hätte das gedacht.«

Dart nahm Noras Hand und zog sie zu der offenen Tür. »Meilen zu gehen, bevor wir schlafen können. Suchen Sie lieber Ihr Auto, bevor Sie nach Ihrer Enkelin sehen.«

»Ja.« Der alte Mann marschierte ein paar Schritte über den Parkplatz, dann drehte er sich lächelnd um. »Meilen zu gehen, bevor ich schlafen kann. Das ist Robert Frost.«

Dart stieg in den Lincoln ein. Einen Augenblick sah der Mann enttäuscht aus, doch dann lächelte er wieder und winkte ihnen zu, bevor er seinen Marsch zu einem nicht existierenden roten Cadillac fortsetzte.

Dart wendete den Wagen Richtung Schnellstraße. »Herrgott, der ist sogar vollgetankt.« Dann fuhr er Nora an. »Warum hast du diesem alten Zombie von seiner Enkelin erzählt?«

»Ich –«

»Laß gut sein, ich weiß schon. Er hat dir leid getan. Wir sind die beiden meistgesuchten Menschen auf der Welt, und du nimmst dir Zeit für Sozialarbeit.«

Er fädelte sich reibungslos in den Verkehr ein. Kühle Luft strömte aus Lüftungsklappen am Armaturenbrett. »Das war so großartig, daß ich einfach nicht wütend sein kann. *›Können Sie mir helfen?‹* Ich wäre fast ohnmächtig geworden. Fragt mich, ob das sein Auto ist!« Dart legte den Kopf zurück und stieß ein paar abgehackte Lachsalven wie Gewehrfeuer aus. »Er hat ihn mir gegeben!« Mehr Gelächter. »Hast du dieses große doofe Gesicht gesehen? Der alte Furz hat wie ein gelöschtes Tonband ausgesehen.«

»Sie haben recht«, sagte Nora.

»Sieh im Handschuhfach nach, und lies seinen Namen vom Versicherungsschein ab.«

Nora machte das Handschuhfach auf und betrachtete den Inhalt. Eine dicke schwarze Lederbrieftasche lag neben einem Stapel von mit Gummiband zusammengehaltenen Geldscheinen. »Gleich werden Sie viel glücklicher sein.«

»Warum?« Nora nahm die Geldscheine und die Brieftasche aus dem Fach. »Oh. Mein Gott. Sieh dir das an. Wieviel ist es?«

Ein Bündel Geldscheine wölbte das Innenfach der Brieftasche. Sie blätterte die Scheine durch, Hunderter, Fünfziger und Zwanziger. Dann entfernte sie das Gummiband von dem Stapel. »Eine erstaunliche Menge.«

Dart befahl ihr schreiend, es zu zählen. Nora zählte die Notenwerte zusammen – zwanzigtausend in Hundertern, tausend in Fünfzigern, fünfhundert in Zwanzigern.

»Einundzwanzigtausendfünfhundert Dollar? Zum Teufel, wer war der Kerl?«

Nora klappte eine Lederlasche hoch und sah sich den Führerschein an. »Sein Name ist Ernest Forrest Ernest. Er wohnt in Hamden.«

Dick Dart fing an zu lachen, als er den Namen hörte. »Das war der große Ernest Forrest Ernest?« Er stieß ein fröhliches, ungläubiges Johlen aus. »Dieser Tag kann sich locker unter die größten, allerschärfsten Tage meines ganzen Lebens einreihen. Du weißt nicht, wer er ist?« Vor unterdrücktem Gelächter glucksend und kichernd drehte er den Kopf und sah sie an. »Nein, du bist zu weltfern, um ihn zu kennen. Aber Alden kennt ihn bestimmt. In Gegenwart des großen Mannes würde sich Alden wahrscheinlich in seine Polohosen pinkeln.«

»Wer ist er?«

»Vor zwanzig Jahren war er der stellvertretende Gouverneur von Connecticut, und heute ist er so etwas wie der große alte Mann der Republikanischen Partei in diesem Staat. Der angesehene Scheißhaufen, den ich stolz meinen Vater nennen darf, betet ihn an. Was soll ich sagen? Der Mann ist ein Gott.«

Leise zuerst, dann immer lauter kam das Geräusch einer Polizeisirene auf sie zu. Dart sah in den Rückspiegel, warf Nora einen warnenden Blick zu, nahm den Revolver aus der Tasche und hielt ihn in der rechten Hand. »Sie können unmöglich schon etwas über dieses Auto wissen.«

Nora ballte die Fäuste und zwang sich, nicht zu schreien. Ekel, Haß und Angst durchfluteten ihren Körper. Sie drehte sich um, stellte fest, daß das Blinklicht immer noch eine Viertelmeile hinter ihnen war, und drehte sich um, damit sie Dick Dart ansehen und ihn zum erstenmal mit dem ganzen Ausmaß ihres Abscheus begutachten konnte. Obwohl zwei Jahre jünger als Davey, sah er mindestens fünf Jahre älter aus. Seine Haut hatte eine graue Färbung. Zahlreiche feine Runzeln überzogen seine Stirn. Zwei kleine, vertikale Linien, jetzt unter den dunklen Stoppeln kaum zu sehen, verliefen an seiner Wange hinab. Oberhalb der Stoppeln überzogen rote Äderchen seine Wangenknochen, und auf der langen, fleischigen Nase prangten größere rote und blaue Adern. Dicks Leber hatte einige Überstunden machen müssen. Sein langes, ovales Gesicht wäre auf unspektakuläre Weise hübsch gewesen, wäre da nicht diese höhnische Selbstgefälligkeit gewesen, die aus jeder Pore quoll. Die Augenbrauen waren permanent über den hellen, wachsamen Augen hochgezogen, und seine Wimpern wirkten wie eine Reihe Stacheln. Eine Unzuverlässigkeit, eine geringschätzige Mißachtung gegenüber Gesetzen und Befehlen, ging wie ein übler Geruch von diesem Gesicht aus. Wäre sein Haar in letzter Zeit gewaschen worden, hätte es die perfekte Schülerfrisur gehabt, ein bißchen zu lang, sanft an den Seiten des Gesichts gelockt, mit einer jungenhaften Tolle in die Stirn. Seine großen, derben Hände waren vor wenigen Tagen manikürt worden. Der abgetragene graue Anzug hatte eindeutig viel Geld gekostet, und er trug eine goldene Rolex. Seine alten Damen hatten ihn samt und sonders entzückend gefunden.

»Was machst du da, eine verdammte Inventur?«

»Nein«, sagte Nora hastig. »Ich habe über etwas nachgedacht.«

»Gib mir die Brieftasche und das restliche Geld.«

Die Brieftasche lag vergessen auf ihrem Schoß, die Scheine hielt sie noch in der Hand. Sie stopfte, soviel sie konnte, in das Geldfach und gab ihm alles zusammen, und er verstaute es in verschiedenen Jackentaschen. »Und worüber genau hast du nachgedacht?«

»Ich habe mich gefragt, weshalb Sie im ersten Jahr in Yale suspendiert worden sind.«

»Woher weißt du – oh, die Zeitung. Nun, ich habe dieses Schwein von einer Stadtpomeranze verprügelt. Glücklicherweise war sie tatsächlich ein Schwein, daher hatte es außer der Suspendierung keine Folgen.« Er sah in den Rückspiegel. »Da kommt er. Er wird bestimmt nach deinem beschissenen Volvo Ausschau halten.«

Nora wappnete sich.

Das Heulen der Sirene wurde immer lauter. Wenn Dart zu schießen anfing, würde sie sich in der Kuhle vor dem Beifahrersitz verstecken. Konnte sie ihm die Waffe entreißen? Nora erinnerte sich, wie er durch das Fenster gesprungen war, und verwarf den Gedanken, sich die Waffe zu schnappen. Dick Dart war erstaunlich gewandt für jemanden mit einer derart schlechten Kondition. Sie war durchtrainiert und wußte, sie hätte den katzenhaften Sprung durch das Fenster so nicht bewerkstelligen können.

Der Streifenwagen scherte auf die Überholspur aus und fuhr an ihnen vorbei. Keiner der Polizisten in dem Auto würdigte sie eines Blickes. Sekunden später waren Blinklicht und Heulen fünf Autos entfernt, und Dart jubilierte mit Johlen und Pfeifen.

»Hab ich's nicht gesagt?« Er hielt den Lauf des Revolvers an den Mund. »Ich möchte den Mitgliedern der Akademie danken, meiner Mutter und meinem Vater, meinen Kollegen im Büro. Ihr Jungs wißt, wen ich meine, Leo, Bert, Henry, Manny, ohne eure Unterstützung hätte ich es nie geschafft, und ich möchte auch nicht verabsäumen, die reizenden Damen zu erwähnen, meine liebenswürdigen Klientinnen, Martha, Joan, Leslie, Agatha – ich liebe deine Augen, Agatha! –, die teure JoAnne, die stets den besten Margaux auf der Weinkarte des Châteaus bestellt, Marjorie, Phyllis, die quirlige kleine Edna mit den pummeligen Knöcheln, und nicht zuletzt die Zauberin Olivia, bei der Leberflecken wie Schönheitspflästerchen aussehen. Ich möchte dem Schöpfer für die Gaben danken, mit denen er diesen seinen nichtswürdigen Diener ausgestattet hat, und auch der Polizei von Westerholm für ihre Unterstützung. Aber ganz besonders möchte ich meinem Glücksbringer danken, meiner Hasenpfote, meinem vierblättrigen Kleeblatt, meinem strahlenden Stern, meiner Geisel und Partnerin, der reizenden Mrs. Nora Chancel. Ohne dich hätte ich es nie geschafft, Baby, du wirkst den Zauber, du bist der Wind unter meinen Flügeln.« Er hauchte ihr mit dem Revolver einen Kuß zu.

»Sie sind noch verrückter, als ich gedacht habe«, sagte Nora.

»Die meisten Menschen können nie ihr wahres Gesicht zeigen, sie könnten nie tun, was du mit Natalie Weil getan hast. Der Unterschied zwischen dir und mir ist, wenn du jemanden verrückt nennst, hältst du es für eine Beleidigung, ich aber verstehe es als Kompliment.«

»Ich glaube nicht, daß ich noch ein wahres Gesicht habe«, sagte Nora.

»Ich werde dir dein wahres Gesicht zeigen«, sagte Dart zu ihr. »Vergiß nicht, du wirkst den Zauber.«

Nora stöhnte, aber nur innerlich, mit ihrem wahren Gesicht, und Dick Dart lächelte sein Spottbild eines menschlichen Lächelns, während er auf die Ausfahrt Fairfield zufuhr.

44

Dart fuhr durch eine Reihe enger Straßen mit zweistöckigen Häusern auf kleinen Grundstücken mit Gartenmöbeln, Plastikteichen und bunten Kinderspielzeugen. Ein tanzendes Funkeln leuchtete in seinen Augen. »Teuerste Nora, mir ist die schwere Verantwortung aufgebürdet worden, dich von deinen Illusionen zu befreien.« Er bremste vor einem Stop-Schild und bog rechts in die so gut wie menschenleere Main Street ein, wo er in Richtung des kleinen Geschäftsbezirks von Fairfield steuerte.

»Du wirst sehen, was ich sehe, mit meinen Augen. Ich spüre – spüre …« Er bog auf einen schrägen Parkplatz vor dem Eisenwarenladen ein und beugte sich zu Nora, die rechte Hand, deren Daumen und Zeigefinger sich fast berührten, nur sechs oder sieben Zentimeter von ihrem Gesicht entfernt. »Du bist *so* nah dran.«

Sein Geruch hüllte sie ein wie Nebel. Dart ließ die Hand sinken und lehnte sich mit leuchtenden Augen und zusammengepreßten Lippen zurück. Nora versuchte, sich ihren Ekel nicht anmerken zu lassen.

»Ich gehe in den Eisenwarenladen«, sagte er. Ein schwacher Funke der Hoffnung glomm in ihr auf.

»Du kommst mit mir, Nora. Und jede Bitte um Hilfe, jeder Fluchtversuch wird schwerwiegende Konsequenzen haben.« Er strahlte immer noch, als würde es ihn ungeheuer erheitern, diese Worte auf diese Weise auszusprechen. »Ich muß ein paar Einkäufe machen, und im Augenblick kann ich dich in diesem Auto noch nicht allein lassen. Dies ist ein Test, und wenn du ihn nicht bestehst, wirst du mit Sicherheit nie wieder einen machen müssen.«

»Sie könnten mich in dem Auto lassen«, sagte Nora. »Ich werde nicht fliehen. Wohin auch? Ich bin einer der zwei meistgesuchten Menschen auf der Welt.«

»Böses Mädchen.« Dart tätschelte ihr sanft das Knie. »Die Zeit wird kommen, da du verschiedene Freiheiten eingeräumt bekommst, aber zuerst müssen wir sicher sein, daß du sie nicht mißbrauchen wirst.«

Er stieg aus, ging um die Haube des Autos herum und machte die Tür auf. Sie sagte: »Haben Sie keine Angst, erkannt zu werden?«

»Ich war vielleicht einmal in diesem Laden. Außerdem hat niemand ein gutes Foto von mir.« Er beugte sich lächelnd herab und flüsterte: »Und sollte mich doch ein Unglückseliger erkennen, habe ich immer noch Officer LeDonnes mächtigen Achtunddreißiger.«

Dart legte eine Hand um ihren Ellbogen und schob sie in den Eisenwarenladen.

Das kühle, halbdunkle Innere erinnerte Nora sofort an die Eisenwarengeschäfte ihrer Kindheit. Am anderen Ende stand ein Mann in Hemdsärmeln zwischen einem Holztresen und einer Wand mit Batterieregalen, zusammengerollten Schläuchen, reihenweise Scheren, Klebebandrollen und hundert anderen Dingen. Auf dem weichen Holzboden zwischen dem Tresen und der Eingangstür standen Regale und Eimer, allesamt so durcheinander wie die hintere Wand. Matt Curlew war wie verzaubert durch solche Geschäfte gegangen. Im Gegensatz zu Matt Curlew bewegte sich Dick Dart schnell und zielstrebig durch die Gänge und schnappte sich Stricke, zwei verschieden große Schraubenzieher, eine Rolle Isolierband, eine Zange, einen Hammer. Er hatte Noras Ellbogen in dem Moment losgelassen, als sie das Geschäft betraten, und sie trottete hinter ihm her und beobachtete seine Einkäufe mit wachsender Besorgnis.

»Sie könnten alles auf den Tresen legen, damit ich schon anfangen kann zu addieren«, sagte der Verkäufer. Als er Nora sah, veranlaßte ihn, was er in ihren Augen erblickte, einen Schritt zurückzuweichen.

»Gute Idee«, sagte Dart und kam zum Tresen. »Ich brauche ein paar Sachen aus Ihrem Messerschaukasten. Würden Sie ihn für mich aufschließen?«

»Klar doch.« Der Inhaber schaute Nora noch einmal an, sah diesmal aber offenbar nichts, das ihn erschreckte. Er zog einen schweren Schlüsselring aus der Hosentasche und führte Dart zu dem Schaukasten. Er schloß die metallene Sperrklinke an der Vorderseite des Kastens auf, schob einen der Flügel zurück und sagte: »Was Spezielles?«

»Nur ein gutes Messer oder zwei.«

»Wir sind kein tolles Messergeschäft, aber ich habe ein paar gute deutsche Hirschfänger und so.«

»Ich mag schöne Messer«, sagte Dart.

Der Mann wich zurück, und Dart schob das Glas weiter auf und griff nach einem gefährlich aussehenden, dreißig Zentimeter langen Dolch mit gekrümmter Klinge und einem dicken schwarzen Griff.

»Da haben Sie ein richtiges Messer«, sagte der Inhaber.

Dart ging an dem Schaukasten entlang und entschied sich noch für ein Klappmesser mit Hirschhorngriff und einer Acht-Zoll-Klinge.

»Davon habe ich Ihnen erzählt, das ist ein echtes Sammlerstück.«

»Noch eines.« Dart stand auf und begutachtete die kleineren Messer im oberen Teil des Schaukastens. Er summte vor sich hin und glitt mit den Fingern am Glas entlang, ohne es tatsächlich zu berühren. Nach ein paar Takten erkannte Nora das Lied, das er summte: »Someone to Watch Over Me.« »Da haben wir es.« Er bückte sich und nahm ein kurzes, zweischneidiges Messer mit zweckmäßigem schwarzem Griff. »Haben Sie eine Scheide dafür?«

»Eine Gürtelscheide? Klar.«

Der Inhaber legte die Messer und ein schwarzes Lederetui zu den anderen Einkäufen, las die Steuer auf einer Tabelle ab und addierte die Zahlenreihe zusammen. »Nun, Sir, das macht zweihundertachtundzwanzig neunundachtzig. Bar oder mit Karte?«

»He, ich bin ein altmodischer Amerikaner, bar auf die Hand.« Dart nahm die prallvolle Brieftasche aus der Jacke und legte zweihundertvierzig Dollar auf den Tisch.

Der Inhaber grunzte und verstaute die Einkäufe in einer Tüte.

»Die Messer in eine andere Tüte«, sagte Dart.

»Hast du gar nicht schlecht gemacht, Nora-Baby.« Dart fuhr auf einer Nebenstraße zum Bahnhof Fairfield und hatte das kleinste der Messer in der Lederscheide, die er am Gürtel befestigt hatte, unter der Jacke versteckt. Die beiden anderen Messer waren in einer Tüte auf dem Rücksitz, die restlichen Einkäufe im Kofferraum. »Aber du hast diesem alten Dodo einen verteufelten Blick zugeworfen. Darauf mußt du achten, du mußt dich zusammennehmen.«

»Ich habe mich zusammengenommen«, sagte Nora. »Was haben Sie vor? Ich nehme nicht an, daß wir mit dem Zug fahren.«

»Daddy sucht nach etwas, und Wunder über Wunder, ich glaube, er hat es gerade gefunden. Du bist wirklich eine verdammte Hasenpfote.« Er fuhr an einem blauen Sportwagen mit getönten Scheiben vorbei und hielt vor einem Brachgrundstück am Bordstein. »Steig aus dem Auto aus und stell dich neben mich.«

Sie gesellte sich am Heck des Lincoln zu ihm. Während sich Dart in den Kofferraum beugte und einen Schraubenzieher aus der Tüte holte, sah Nora die Straße hinauf und hinunter und betete, daß ein Streifenwagen vorbeikam. Vor ihnen, auf der anderen Seite des langen, schmalen Parkplatzes, lag der Bahnhof; Richtung Main Street, jenseits des Brachgrundstücks, befanden sich die blumengesäumte Einfahrt und der grüngestreifte Baldachin eines Restaurants namens Euphemia's Diner.

Dart klappte den Kofferraum zu, ohne die Haube einrasten zu lassen. »Stell dich zwischen mich und die Straße. Laß niemanden sehen, was ich hier mache.« Er grinste sie an und griff sich mit der rechten Hand unten an den Rücken.

»Was haben Sie vor?«

»Uns etwas Zeit verschaffen.« Er führte sie zum Heck des kleinen blauen Autos. »Du wirst doch keine Dummheiten machen, oder?«

»Nein«, sagte sie. Eine kleine, glänzende Klinge ragte aus seiner Hand.

Er kniete sich neben die hintere Stoßstange und rammte das Messer in den Reifen. Als er die Klinge herauszog, zischte der Reifen leise und wurde platt. »Falls jemand vorbeikommt, betrachten wir unseren Platten. Sieh nicht mich an, sondern beobachte die Straße und sag mir, ob jemand kommt.« Er steckte das kleine Messer wieder in die Scheide.

Nora stellte sich so hin, daß sie ihn vom Bürgersteig abschirmte. »Ich verstehe nicht, was Sie machen.«

»Die Nummernschilder austauschen. Das ist nicht mehr so leicht wie früher. Diese Idioten behandeln ihre Nummernschilder inzwischen alle wie Ölgemälde. Das hier war das erste, das keinen *Rahmen* hatte.« Der Schraubenzieher klickte auf Metall. Dart grunzte und summte wieder »Someone to Watch Over Me«. Die Hitze drückte auf sie herab. Der Streifenwagen, um den Nora immer noch betete, kam einfach nicht.

»Jetzt nach vorne.« Sie folgte ihm und stand auf der Straße, während Metall auf Metall knirschte. »Möchtest du eine wenig bekannte Tatsache über unseren Kumpel Ernest Forrest Ernest wissen? Der große Mann sympathisierte während des Zweiten Weltkriegs mit den Nazis, was selbstverständlich ein dunkles, streng gehütetes Geheimnis war, und danach gehörte er einer exklusiven kleinen Gruppe ultrareicher Männer an, die versuchten, dem Faschismus genau hier in unserer guten alten Wiege der Freiheit zur Popularität zu verhelfen... Alles klar!«

Er ging zwei Schritte zum Heck des Lincoln und schraubte die Schrauben des Nummernschilds ab. »Selbstverständlich haben Sie nicht das fiese F-Wort benutzt. Sie nannten sich Americanism Movement, und das hielt sich schätzungsweise fünf Minuten, bis Joe McCarthy kam und sie in die Tasche steckte und sie so tun mußten, als wären sie froh darüber. Worauf es aber ankommt« – er rückte das Nummernschild des anderen Autos zurecht und schob die Schrauben in die Löcher – »ist die Tatsache, daß Daveys Großvater der eigentliche Drahtzieher hinter allem war.«

Nora erinnerte sich an die Abschnitte über Faschismus in dem Kapitel von Daisys Buch, das sie »Die Phantasie« genannt hatte.

»Lincoln Chancel war der böseste der Bösewichter.«

»Das habe ich schon mitbekommen.«

Dick Dart sah sie erheitert und überrascht an. »Ich glaube, Davey weiß nicht ein Viertel von dem, was der Alte alles angestellt hat.«

»Er weiß, daß er kein Heiliger war.«

Dart richtete sich auf, ging zur Haube des Lincoln und kniete sich hin, während Nora ihn vor der menschenleeren Straße abschirmte. In den zwei Jahren ihrer Ehe war sie vielleicht dreißigmal in Fairfield gewesen, um auf der Main Street Jeans und ihre Kleider von Ann Taylor zu kaufen, sie hatte Kalbskoteletts und *crown roasts* bei dem ausgezeichneten Metzger gekauft, hatte in drei verschiedenen Restaurants zu Mittag gegessen und dabei, fiel ihr jetzt ein, hatte sie nicht ein einziges Mal einen Polizisten gesehen.

»Wir wurden Zeuge eines unglücklichen Niedergangs der Familie Chancel«, sagte Dart. »Lincoln Chancel hätte Davey nicht als Zahnstocher benutzt. Lincoln war ein gemeingefährlicher Hurensohn, und Davey hat nicht mehr Mumm als ein Teddybär. Alden steht irgendwo dazwischen, ein Schurke und Schläger, aber kein *richtiger* Schurke und kein *richtiger* Schläger.«

»Er hat seine Anwandlungen«, sagte Nora.

»Du hast nie den wahren Jakob kennengelernt. Alden hält sich für eine große Nummer, stapft herum und führt sich großkotzig auf, aber ich glaube, sein Alter hat ihm die Eier abgeschnitten.« Er stand auf und winkte Nora, ihm zum Heck des Sportwagens zu folgen.

Sie gingen nebeneinander die Straße entlang wie ein gewöhnliches Paar. Der Mann an ihrer Seite sah wie ein Börsenmakler oder Anwalt nach einer anstrengenden Nacht aus, und sie wahrscheinlich wie seine Frau.

Das alte Nummernschild wurde abgenommen, das neue angeschraubt. »Wenn Alden Chancel nicht Chancel House geerbt hätte, was würde er machen? Er hat einen großartigen Lektor, Merle Marvell, und eine Menge Knallköpfe. Ein toter Schriftsteller, Hugo Driver, hält die Firma über Wasser. Seine Tantiemen machen rund vierzig Prozent des Gesamtumsatzes aus, und sie wiederum kommen zum größten Teil aus einem Buch, *Reise in die Nacht*. Alden ist eine Katastrophe. Im Augenblick verhandelt er gerade, um die Firma an einen deutschen Verlag zu verkaufen – um eine Menge Geld aus dem Betrieb zu holen, bevor er ihn in den Sand setzt. Der deutsche Verlag interessiert sich nur aus einem einzigen Grund dafür, wegen *Reise in die Nacht*.«

»Alden versucht, die Firma zu verkaufen? Woher wissen Sie das?«

»Wir sind seine Anwälte, Baby. Schon vergessen? Während wir fortfahren und weiter am guten Ruf von Dart & Morris kratzen, werde ich dich ein bißchen einweihen. Bevor wir damit anfangen, muß ich noch etwas *tun*, aber danach können die ersten Lektionen in Sachen Wirklichkeit anfangen. Okay, lassen wir diese langweilige Scheiße.«

Er stand auf, schüttelte die Arme aus, zog ein zerknittertes, durch und durch schmutziges Taschentuch aus der Hosentasche und wischte sich damit die Stirn ab.

»Er verkauft die Firma?«

»Er versucht es.« Dart zog sie die Straße entlang und kniete sich vor den Lincoln. »Ich werde dir etwas erzählen, das der kleine Davey nie von seinem Großvater gehört hat. Der Mann wurde nicht reich geboren, weißt du, er hat alles aus eigener Kraft erreicht. Hat viele, viele schlimme Sachen angestellt. Einmal hat er sogar jemanden ermordet.«

»Das glaube ich nicht«, sagte sie, obwohl es bei allem, was sie über Lincoln Chancel wußte, fast im Bereich des Möglichen lag.

»Der alte Lincoln war ein brutaler Kerl, Baby. Mein heiliger Daddy, der die wahre Geschichte der Chancels in den letzten vierzig Jahren kennt, hat mir in einem Augenblick unbesonnener Ehrlichkeit einmal gesagt, daß Lincoln Chancel einmal einen Mann in Stücke gerissen hat – er hat mit bloßen Händen Hackfleisch aus ihm gemacht. Lincoln wurde dabei ertappt, wie er mit zu vielen Bällen gleichzeitig jonglierte, ein Skandal drohte, und der einzige Ausweg war, einen Mann aus dem Weg zu schaffen. Er vereinbarte ein vertrauliches Treffen mit dem Burschen, sagte am Morgen des Tages ab, an dem sie sich treffen sollten, und tauchte unangemeldet etwa zum vereinbarten Termin des abgesagten Treffens auf. Niemand wußte, daß er dort sein sollte, und der Mann war allein. Lincoln ist ungeschoren davongekommen.«

Dart sagte: »Das wird uns einen weiteren Tag verschaffen. Gehen wir zur Main Street und kaufen ein paar Flaschen.«

45

Streifenwagen fuhren an ihnen vorbei, die meisten stumm, einige mit Blinklicht und Sirene. Dart machte sich einen Spaß daraus, mit dem Revolver auf Fahrer und Beifahrer in anderen Autos zu zielen und so zu tun, als schösse er auf sie. Hartford ragte am Rande der Schnellstraße auf, und Nora gab Gas und flog auf Möwenhöhe zwischen den Bürohochhäusern hindurch. Dart hatte sich halb in den Sitz und halb an die Tür geflätzt und lächelte sie höhnisch an.

»Warum hast du das Fenster unten? Was ist mit der Klimaanlage? Rettet den Planeten oder was?«

»Ich will von Ihrem Gestank nicht ohnmächtig werden.«

»Meinem Gestank?« Er machte sein Jackett auf und schnupperte an seinen Achselhöhlen. »Wahrscheinlich bist du ein wenig unpäßlich.«

»Sie hassen Frauen, richtig?«

»Nein, ich hasse meinen Vater, Frauen bewundere ich. Sie sind körperlich schwächer als Männer, darum mußten sie sich eine Million Mittel und Wege ausdenken, um sie zu manipulieren. Manche dieser Strategien sind geradezu phantastisch komplex. Männer, die nicht wissen, daß Frauen nicht zu psychologischer Geradlinigkeit fähig sind, haben keine Chance. Eines Morgens wachen sie neben einer Registrierkasse auf, die einen dicken, fetten Diamantring und einen goldenen Reif am Finger trägt, und sie kontrolliert die Muschi. Wenn er ran will, muß er die Kreditkarten rausrücken. Wenn er sich beschwert, sorgt sie dafür, daß er sich so klein und egoistisch vorkommt, daß er ihr eine Woche lang das Frühstück macht. Aber darf er nein sagen? Hn-hnn, Baby. Und bedenke folgendes. Sie kann ihn schlagen, prima. Ein brutaler Kerl wie er hat es nicht anders verdient. Aber kann ein Mann eine Frau schlagen? Wenn er es tut, reißt sie ihm vor dem Scheidungsrichter den Arsch auf und bekommt sein ganzes Geld, ohne ihm dafür Sex geben zu müssen. Er steht völlig unter Kontrolle eines launischen, amoralischen Wesens mit der gewaltigen Fähigkeit, Ärger zu machen. Erinnerst du dich an den Garten Eden? Großartiges Fleckchen, bis diese Frau vorbeikam und sagte: *Los doch, beiß schon ab, der Alte schaut gerade nicht her.* Immer noch dasselbe alte Lied. Wenn die Frau wirklich gut ist, glaubt das arme Schwein mit der Schlinge um den Hals, dem Dauerständer und der fremden Hand in seiner Tasche doch wahrhaftig, daß er das Sagen hat. Er ist so verblendet, daß er seine Frau für ein süßes kleines, in praktischen Fragen unbedarftes Ding hält, das aber so gut ist, verdammt, ein gottverdammter Engel, es mit ihm auszuhalten. Einmal im Jahr bläst sie ihm einen, und er ist ihr so dankbar dafür, daß er sofort losrennt und ihr einen Pelzmantel kauft. Diese Pelzmäntel im Restaurant, die Frauen nicht an der Garderobe abgeben wollen, ja? Jeder einzelne dieser Mäntel? Für jeden wurde ein Schwanz gelutscht, und jede Frau in dem Laden weiß es. Und noch etwas – je älter die Frau, desto besser der Mantel.«

»Und Sie behaupten, daß Sie Frauen bewundern«, sagte Nora.

»Ich habe das alles nicht erfunden. Ich habe die letzten fünfzehn Jahre damit verbracht, meine Marthas und Ednas und Agathas mit ins Château zu nehmen und ihnen beim Reden zuzuhören. Ich höre das, was sie mir erzählen, aber auch das, was sie *wirklich* sagen. Und manchmal, häufiger als du denkst, Nora, ist es ein und dasselbe. Eine fünfundachtzigjährige Frau, die dreimal geliftet worden ist und zwei Ehemänner hinter sich hat, davon mindestens einer ernsthaft reich, beide derzeit tot, und die ein paar Gläser Wein mit einem flotten, gutaussehenden jungen Anwalt getrunken hat, wird ihre Vorsicht vergessen und dir erzählen, wie sie ein langes und behütetes Leben geführt hat, ohne auch nur einen einzigen Tag zu arbeiten. Wenn sie merken, daß ich schon weiß, wie es läuft, können sie sich richtig entspannen. Diese Ladys sind normalerweise stinksauer, sie waren einmal faszinierend, die gesamte Männerwelt ist Schlange gestanden, um in ihre Muschis zu kommen, und damit war es vorbei, als sie alt wurden. Ihre Männer sind tot. Niemand auf der Welt interessiert sich dafür, ihnen zuzuhören. Außer mir. Ich könnte ihnen den ganzen Tag lang zuhören. Ich liebe diese sanften, eleganten, rauchigen Stimmen voll versteckter Rasierklingen, aber noch mehr liebe ich ihre Geschichten. Sie sind so korrupt. Sie begreifen nicht mal selbst, wie korrupt sie sind, das können sie nicht, sie besitzen nicht die moralische Maschinerie dafür. Und sie bedauern nur, daß die schöne Zeit nicht noch zehn Jahre gedauert hat, damit sie ihre Zähne in einen weiteren reichen Trottel schlagen konnten, der drauf abgefahren ist zu hören, was für einen tollen großen Schwanz er hat. Ich mag ihr Aussehen – ihr steifes Haar, das frisiert ist, daß es weich und sanft aussieht, Make-up so perfekt aufgetragen, daß man kaum ihre Falten sehen kann, Ringe an den Fingern, damit man die braunen Flecken und Venen und Knoten nicht sieht. Niemand kann mir erzählen, daß ich Frauen nicht mag.«

»Haben Sie mit Ihren alten Ladys geschlafen?«

»Ich hatte seit mindestens neun oder zehn Jahren keinen Sex

mehr mit einer Frau unter fünfundsechzig. Nein, zweiundsechzig, ich habe Gladys vergessen.«

»Aber Sie haben Frauen *getötet*«, sagte Nora.

»Das war nichts Persönliches.«

»Für sie schon«, sagte Nora.

»Ich habe Klienten getötet, kapiert? Jedesmal, wenn ich eine umgebracht habe, ist wieder ein Stück vom Geschäft des Alten den Bach runter. Etwa zu der Zeit, als ich Annabelle Austin abgemurkst habe, die literarische Agentin, hat er zwei Tage immer wieder gesagt: Könnten nicht die Klienten von jemand anders getötet werden? Wenn ich noch zehn geschafft hätte, dann hätte er sich die Haare ausgerissen.«

»Aber Sie haben immer Klient*innen* genommen, und immer einen bestimmten Typ Frau.«

Darts Augen wurden ausdruckslos und zweidimensional.

»Oh. Ihnen hat ihr Lebensstil nicht gefallen.«

»So könnte man sagen«, sagte Dart. »Diese Frauen haben sich aufgeführt wie Männer.«

Sein Tonfall verhalf ihr zu einer Einsicht. »Haben sie sich in Ihrer Gegenwart anständig benommen?«

»Wenn sie in die Kanzlei kamen und ich zu ihnen ging, um ihnen etwas Nettes zu sagen, brachten es die meisten kaum über sich, auch nur mit mir zu sprechen.«

»Im Gegensatz zu Ihren alten Ladys.«

»Ich hätte nie meine alten Lieblinge ermordet … Es sei denn, sie wären die letzten Klienten gewesen.«

»Was ist mit mir?«

Er lächelte langsam. »Meinst du, ob ich dich töten werde?«

Nora sagte nichts.

»Liebstes Nora-Törtchen. Nach unserer Lektion in Sachen Wirklichkeit werden wir mehr wissen.«

»Lektion in Sachen Wirklichkeit?«

Er tätschelte ihr Knie. »Es gibt eine Menge Motels in Massachusetts. Wir wollen eins mit einem schönen großen Parkplatz.«

46

Auf der anderen Seite von Springfield zeigte Dart auf ein dreistöckiges sandfarbenes Gebäude mit weißen Balkonen vor den Fenstern. »Bingo!« Es stand am gegenüberliegenden Ende eines Parkplatzes, der die Abmessungen eines Footballfelds hatte. Ein großes blau-gelbes Schild über dem Dach verkündete: Chicopee Inn. Links grenzte eine Schweizer Skihütte namens Home Cooking an den Parkplatz an. »Fahr rüber, wir wollen die Ausfahrt nicht verpassen.«

Nora wechselte über zwei Fahrspuren und verließ den Highway. »Ich vergaß, daß ich es mit Emerson Fittipaldi zu tun habe«, sagte Dart.

Sie fuhr eine kurze Strecke die Straße entlang und bog auf den Parkplatz ein.

»Darling, uns bleibt immer das Chicopee. Und Hausmannskost! Magst du keine Hausmannskost? Moms berühmte Rasierklingensuppe und so?«

»Soll ich eine bestimmte Parklücke nehmen?« Nora war erschöpft vor Entsetzen.

»Genau in der verdammten Mitte. Hast du ein bevorzugtes Alias, meine Liebe?«

»Ein was?« Sie lenkte den Lincoln in eine Parklücke etwa in der Mitte des Platzes.

»Wir brauchen neue Namen. Hast du irgendwelche Vorschläge, oder überläßt du mir die Entscheidung?«

»Mr. und Mrs. Hugo Driver.« Sie schloß die Augen und ließ sich in den Sitz fallen. »Die Drivers.«

»Die Idee gefällt mir, wunderbar angemessen, aber normalerweise ist es ein Fehler, die Namen bekannter Persönlichkeiten zu benützen.« Er drehte sich zur Seite und versuchte, an die Tüten auf dem Rücksitz heranzukommen. »Verflucht.« Dart kniete sich auf den Sitz und beugte sich nach hinten, so daß er mit den Pobacken fast das Autodach berührte. Nora schlug die Augen auf und sah die Tasche mit der Waffe etwa dreißig Zentimeter vor ihrem Gesicht baumeln. Sie überlegte, wieviel Energie und Schnelligkeit notwendig wären, um die Waffe aus seiner Tasche zu ziehen. Sie fragte sich, ob sie wußte, wie man einen Revolver abfeuert. Dan Harwich hatte ihr die Sicherung an seiner Pistole erklärt, aber hatten Revolver auch eine Sicherung, und wenn ja, wo war die? Bis ihr diese verblüffende Frage eingefallen war, hatte Dart schon zwei braune Papiertüten ergriffen und zog sich wieder über die Sitzlehne zurück. Er stellte ihr die Tüte mit den Flaschen auf den Schoß. »Du trägst die hier und die im Kofferraum. Und noch eines: Bitte vermeide es, die Leute mit diesen furchteinflößenden Blicken anzusehen, okay? Alle Welt liebt fröhliche Gesichter. Wo ich gerade darüber nachdenke, ich glaube, ich habe dich noch nicht lächeln sehen, dabei lächle ich dich die ganze Zeit an.«

»Sie haben mehr Spaß als ich.«

»Lächle, Nora. Versüß mir meinen Tag.«

»Ich glaube, ich kann nicht.«

»Als Probe für das strahlende Lächeln, das du dem Schwachkopf an der Rezeption schenken wirst.«

Nora drehte sich zu Dart um, zog die Lippen zurück und entblößte die Zähne.

Er warf ihr einen langen, nachdenklichen Blick zu. »Ruf dir die alte Leidenschaft ins Gedächtnis, Nora-Törtchen. Laß mich die glühende Gestalt sehen, die Natalie Weil windelweich geprügelt hat.«

»Die ist zu verängstigt, um herauszukommen.«

Er seufzte ergeben. »Dies ist ein *Projekt*.« Er bekreuzigte sich über seinem Herzen.

»Ein Projekt?«

»Rein mit dir.« Er nahm die Schlüssel und stieg aus. Sie wartete darauf, daß er sie über den Sitz ziehen würde, aber statt dessen ging er zur Vorderseite des Autos und sah sie mit hochgezogenen Brauen an. Nora stieg aus dem Auto aus und sah funkelnde Schlieren vor sich. Sie wischte sich mit dem Ärmel die Augen ab und ging zu Dart.

Ein junger Mann mit schulterlangem blondem Haar verstaute eine Halbliterflasche Evian auf einem unsichtbaren Regal vor sich, lächelte über den Tresen hinweg, als sie die kühle Halle betraten, und stand auf. Seine blaue Windjacke war ihm ein paar Nummern zu groß, die Ärmel hochgekrempelt. Auf einem silbernen Namensschild an seinem Revers stand Clark. »Willkommen im Chicopee Inn. Kann ich Ihnen helfen?«

»Wir brauchen ein Zimmer für eine Nacht«, sagte Dart. »Ich hoffe, Sie haben eins für uns. Wir sind seit zwei Tagen unterwegs.«

»Dürfte kein Problem sein.« Sein Blick wanderte zu den Tüten, die sie bei sich hatten, dann von Dart zu Nora und wieder zurück. Sein Lächeln verschwand. Er setzte sich wieder auf seinen Stuhl, zog eine Tastatur zu sich und drückte scheinbar wahllos Tasten. »Eine Nacht? Ich trage Sie ein, und dann kümmern wir uns um die notwendigen Informationen.« Er strich sein Haar zurück und entblößte dabei einen kreisrunden goldenen Ohrring. Tasten klapperten. »Drei-sechsundzwanzig, dritter Stock, Doppelbett. Ist das okay?« Nora ließ sich an den Tresen sinken und betrachtete das helle, unwirkliche Grün des Teppichbodens. »Name und Adresse, bitte?«

»Mr. und Mrs. John Donne. Fünf sechsundachtzig Flamingo Drive, Orlando, Florida.«

Auf Wunsch des Jungen buchstabierte er Donne. Dann buchstabierte Dart Orlando für ihn. Er präsentierte eine Postleitzahl und eine Telefonnummer.

»Orlando ist da, wo Disney World ist, richtig?«

»Man muß Amerika nicht verlassen, um exotische Gegenden zu sehen.«

»Äh, genau. Zahlungsweise?«

»Bar.«

Clark verweilte mit den Händen über der Tastatur und sah auf. Er strich wieder sein Haar zurück. »Sir, in diesem Fall besagt die Politik unseres Hauses, auf Vorauszahlung zu bestehen. Ihr Zimmer kostet siebenundsechzig Dollar und fünfundvierzig Cent inklusive Steuern. Ist das in Ordnung?«

»Politik ist Politik«, sagte Dart.

Clark beugte sich wieder über seine Tastatur. Seine Zungenspitze kam zwischen seinen Lippen zum Vorschein. Eine junge Frau, die den gleichen Blazer wie er trug, kam rechts hinter ihm zu einer Tür herein und nickte Dart zu, während sie am Tresen vorbei zu einer anderen Tür in der Wand links von ihm ging.

»Ich hole Ihre Schlüssel und nehme das Geld entgegen.« Er machte eine Schublade auf und zog zwei Schlüssel mit runden Griffen heraus. Er legte sie in einen kleinen braunen Umschlag und schrieb 326 in ein weißes Feld oben auf dem Umschlag. Der Junge stand auf und schob den Umschlag über den Tresen. Dart legte einen Hundertdollarschein daneben. »Sie können mit dem Auto hier vorfahren und Ihre Koffer hereintragen«, sagte der Junge, der den Schein nicht aus den Augen ließ.

»Was wir auf dieser Welt brauchen, haben wir genau hier.«

Der Junge nahm den Geldschein entgegen und sagte: »Einen Moment, Sir.« Er ging durch die Tür, aus der die junge Frau gekommen war.

Dart fing an zu summen: »I Found a Million-Dollar Baby«.

Ein paar Sekunden später tauchte der Junge wieder auf, lächelte Dart nervös an, schloß die Registrierkasse auf und zählte das Wechselgeld ab.

»Ein gutes Geschäft verlangt Wachsamkeit«, sagte Dart und steckte die Münzen und Scheine in eine Hosentasche.

»Ja. Ich sollte noch erwähnen, daß wir kein Restaurant und keinen Zimmerservice haben, aber von sieben bis zehn Frühstück in der Chicopee Lounge servieren, rechts unten gelegen, ebenso im Home Cooking, direkt auf der anderen Seite des Parkplatzes – dort bekommen Sie gutes Essen. Bis zwölf Uhr mittags muß das Zimmer geräumt sein.«

»Zeigen Sie mir den Weg zu den Fahrstühlen«, sagte Dart. »Sie haben zwei erschöpfte Reisende vor sich.«

»An der Halle vorbei links. Angenehmen Aufenthalt.«

Nora richtete sich ruckartig auf, und Dart wich einen Schritt vom Tresen zurück und machte ihr den Weg zu den Fahrstühlen frei. Sie schlurfte an ihm vorbei und versuchte, nicht auf die schmeichlerischen Stimmen in ihrem Kopf zu hören. Die Flaschen wurden mit jedem Schritt schwerer. Sie bemerkte das kleine, mit Sofas, Sesseln und Tischen möblierte offene Zimmer kaum, in das Dart schlüpfte, um eine zusammengelegte Zeitung vom Zeitschriftenständer zu nehmen. Er drückte ihr eine Hand in den Rücken und drängte sie zu den Fahrstühlen, wo er einen Knopf drückte. »Jedes kleine Vögelchen muß seinen Zweig finden.«

Oben steckte Dart in einem düsteren Korridor einen der Schlüssel ins Schloß der Tür von Zimmer 326. »Schau her, Nora.« Sie brauchte einen Moment bis sie die drei runden Löcher in der braunen Tür sah, die man notdürftig zugespachtelt und mit Farbe übertüncht hatte. »Einschußlöcher«, sagte Dart.

Nora trat ein. Jedes kleine Vögelchen mußte seinen Zweig finden. Man mußte Amerika nicht verlassen, um exotische Gegenden zu sehen. Als sie am Badezimmer und der Schiebetür eines Schranks vorbeiging, konnte sie hören, wie Dart die Tür zumachte und abschloß. Von einem Fenster, das zu einem schmalen weißen Balkon führte, hatte man Ausblick auf den Parkplatz. Sie stellte ihre Tüten auf den Tisch. Dart strich an ihr vorbei, drückte die Sperre des Fensters zu und zog einen dünnen Gazevorhang an einem Metallstab davor. Er wand sich aus dem Jackett, hängte es über eine Stuhllehne und nahm seine Messer aus der Tüte. »Schau her, schau her.« Er zeigte auf verblaßte Flecken am Lampenschirm. »Blutflecken. Genau das richtige Zimmer für uns.«

Nora betrachtete das Doppelbett, das ins Zimmer ragte.

Dart packte die Einkäufe aus dem Eisenwarenladen aus und legte sie fein säuberlich in einer Reihe auf den Tisch. »Ich hab eine Schere vergessen«, sagte er. »Wir werden es überleben.« Er legte zwei größere Messer ans Ende der Reihe, dann machte er sich daran, alles auszurichten. »Sollen wir anfangen?«

Sie sagte nichts.

Er nahm die Wodkaflasche, schraubte den Verschluß auf und gurgelte den Wodka im Mund herum, bevor er ihn schluckte, danach schraubte er die Flasche wieder zu und stellte sie behutsam auf den Tisch. »Zieh dich aus, Nora-Törtchen.«

»Mir ist gar nicht danach.«

»Wenn du es nicht selbst kannst, muß ich dich herausschneiden.«

»Bitte«, sagte sie. »Tun Sie das nicht.«

»Was soll ich nicht tun, Nora-Törtchen?«

»Vergewaltigen Sie mich nicht.« Sie fing lautlos an zu weinen.

»Habe ich was von Vergewaltigung gesagt? Ich sagte nur, du sollst dich ausziehen.«

Sie zögerte und sah durch ihre Tränen, wie er das größere der beiden Messer nahm, das Matt Curlew einen Arkansas-Schweinestecher genannt haben würde. Er kam auf sie zu, und sie knöpfte langsam ihr Hemd auf. Ein kleiner, von ihr unabhängiger Teil staunte über die Menge Tränen, die aus ihren Augen quollen. Sie legte das blaue Hemd unsicher auf einen Stuhl und betrachtete die verschwommene Gestalt von Dick Dart. Die verschwommene Gestalt nickte. Nora öffnete den Gürtel, knöpfte die Jeans auf, zog den Reißverschluß nach unten und streifte die braunen Schuhe ab. Haß und Ekel drangen durch den Kokon um ihre Emotionen. Sie gab ein leises, schrilles Wutschnauben von sich, streifte die Jeans nach unten und stieg, ein Bein nach dem anderen, aus ihnen heraus. Sie legte die Jeans über die Stuhllehne und wartete.

»Mit Unterwäsche hast du es wohl nicht so sehr, oder? Meine Güte, sieh dir nur diesen BH an. Der schlichteste Feinripp-Stretch Marke Sweet Nothings von Maidenform, richtig? Vierunddreißig B? Du solltest einen dieser neuen Stütz-BHs ausprobieren, nicht nur die mit den drahtverstärkten Körbchen, sondern die ganz neuen, die wirken Wunder und verhelfen dir zu einer netten Oberweite. Also? Legen wir Noras hübsche Milchdrüsen frei, ja?«

Nora machte die Augen zu und hob die Hände, um den BH aufzuhaken, einen schlichten Sweet Nothings von Maidenform, Größe Vierunddreißig B, wie Dart gesagt hatte. Sie ließ die Träger über die Schulter gleiten und entblößte ihre Brüste, zog den BH vom Körper weg und ließ ihn auf den Stuhl fallen.

»Zu Hause hängen wir unsere Kleidungsstücke wohl nicht auf, was? Du hast, hmmm, einen Plüschsessel mit ganzen Schichten von T-Shirts und Blusen auf der Lehne und auf der Sitzfläche zusammengelegten Jeans. Nein, das nehme ich zurück. Bei dir sehe ich eine große Couch, die man unter den vielen Kleidungsstücken kaum noch erkennen kann. Du wühlst in diesen Kleidungsstücken herum, trägst sie ein paarmal, und dann wirfst du sie in den Wäschekorb und fängst von vorne an.«

Tatsächlich machte es Nora genau so, wie Dart gesagt hatte, nur machte sie es nicht ganz so regelmäßig, wie Dart andeutete.

»Großer Gott, sieh dir das an, Her-Way-Schlüpfer von Hanes – und noch dazu purpurfarben zu dem faden weißen Maidenform. Nora, du solltest deine Unterwäsche nicht auf dem Wühltisch kaufen. Wenigstens aber sollten BH und Höschen zusammenpassen. Bei deinem Körper würdest du großartig in Sachen von Gitano aussehen. Die machen hübsche Höschen und BHs, die auch zusammenpassen, und billig sind. Wenn du mehr Geld ausgeben willst, solltest du es mit Bamboo oder Betty Wear versuchen. Ich selbst bin ganz verrückt nach Betty Wear, das sind hübsche Sachen. Hör zu, du solltest etwas für dich tun und die Kataloge von Victoria's Secret nicht mehr wegwerfen. Ich weiß, du hältst sie für abgeschmackt, aber wenn du sie dir einmal so *gründlich* ansehen würdest, wie es Davey zweifellos tut, würdest du erkennen, daß sie sehr nützlich sind. Und du wärst es dir zumindest schuldig, ab und zu einmal einen Blick in *Vogue* zu werfen. Großartige Zeitschrift, ich lasse mir keine einzige Ausgabe entgehen. Ich wette, du hast dir noch nie eine gekauft.«

»Einmal.«

»Wann? 1975?«

»Etwa zu der Zeit«, sagte sie mit vor den Brüsten verschränkten Armen und den Händen auf den Schultern.

»Das sieht man dir überdeutlich an, besonders diesen altbackenen Her-Way-Unterhosen von Hanes. Du solltest mehr auf dich achten. Zieh das scheußliche Ding aus.«

Sie schob die Unterhose über die Hüfte bis zu den Knien und stieg heraus.

»Nora hat einen tollen großen Busch! Nora, das ist ja ein *Dickicht*, laß uns die Heckenschere holen!«

Allmählich hatte sie sich selbst die Überzeugung eingeredet, daß kein Mann, der so mit einer Frau sprach, sie vergewaltigen würde – ein Vergewaltiger würde nie zum Kauf von Betty Wear raten, geschweige denn eine Hanes Her-Way-Unterhose oder einen Sweet Nothings von Maidenform identifizieren können –, aber seine nächsten Worte machten ihre vage Hoffnung zunichte, daß Dart nicht mehr tun würde, als ihren Körper einer Begutachtung zu unterziehen.

»Setz dich auf das Bett«, sagte er.

Sie ging wie auf Glasscherben zum Fußende des Betts und setzte sich mit den Händen auf den Schultern und zusammengepreßten Beinen. Mit dem plötzlich vor ihrem geistigen Auge erschienenen Bild von Barbara Widdoes mit ihren plumpen Knien und strammen Waden über den derben Schuhen kam die überraschende Erkenntnis, daß Barbara Widdoes wahrscheinlich eine Lesbe war.

»Ich werde dich eine Weile fesseln müssen«, sagte Dart und griff nach dem Seil, von dem er zwei etwa einen Meter zwanzig lange Stücke abschnitt. Diese trug er zu Nora, zusammen mit dem Messer und der Rolle Klebeband. »Könnte etwas unbequem werden, aber es wird nicht richtig weh tun.« Er kniete vor ihr, sah ihr in die Augen, blinzelte und legte ihr eine der Seilschlingen um die Knöchel. »Du hast einen hübschen Körper«, sagte er. »Vielleicht ein ganz klein wenig sehnig, und deine Haut könnte etwas Feuchtigkeitscreme vertragen.« Das Seil schnitt ihr in die Haut, und sie sagte: »Autsch.«

»Kneift nicht, dazu ist es nicht fest genug«, sagte Dart und band die Seilenden zu einem komplizierten Knoten. Er legte ihr die Hände auf die Knie und sah ihre Brüste direkt an. »Sie sind klein und hängen ein wenig, sind aber immer noch ein schöner Anblick, wenn du meine Meinung hören willst.« Er griff nach dem Klebeband, riß einen knapp einen Meter langen Streifen ab und wickelte ihn um das Seil an Noras Knöcheln. Dann stand er auf, hielt ihr einen Finger unter das Kinn und neigte ihr Gesicht zu seinem. »Du gehörst zu den Frauen, die glauben, daß sie kein Make-up nötig haben, von ein bißchen Lippenstift ab und zu abgesehen, aber da irrst du dich. Du solltest es mal mit Cover Girl Clean Make-up versuchen, vielleicht auch mit Maybelline Shine Free. Mehr wäre bei dir nicht nötig, ein bißchen Farbe. Und eines dieser tollen neuen Mascaras, zum Beispiel Long 'N Lush von Cover Girl. Und ein gutes Parfum brauchst du unbedingt. Du hast ein winzig kleines Fläschchen Chanel Nr. 5 auf dem Frisiertisch stehen, richtig, und du trägst einen oder zwei Tropfen davon auf, wenn Davey dich in ein schickes Restaurant ausführt. Richtig?«

Sie nickte.

»Eigentlich bist du nicht der Typ für Chanel Nr. 5, aber niemand hat je Verstand genug besessen, es dir zu sagen. Du solltest

Chanel Coco nehmen, wenn du Chanel möchtest, oder L'Air du Temps, wenn dir etwas weiblicher zumute ist. Du solltest jeden Tag ein gutes Parfum auflegen, den *ganzen* Tag, egal, was du machst.«

Er nahm den Finger von ihrem Kinn und ging hinter sie. Das Bett sank unter seinem Gewicht nach unten. »Hände«, sagte er. Sie hielt die Hände hinter den Rücken, und er band sie zusammen. »Das ist eine Schande. Du hättest eine Maniküre dringender nötig als alle anderen, die ich kenne. Und eine Pediküre. Und du solltest einen wirklich guten Nagellack nehmen; welche Marke, ist mir egal. Wir müssen das Allernotwendigste einkaufen gehen, und wenn wir uns Zahnpasta und diesen Kram besorgt haben, werde ich dir ein paar Sachen kaufen, die unserm Projekt dienlich sind.«

Sie hörte, wie er ein Stück Klebeband abriß und um das Seil an ihren Handgelenken band. »Warum machen Sie das? Wollen Sie weggehen?«

»Ich möchte nicht, daß du wegläufst, während ich den Knast von Westerholm von mir abwasche. Möchtest du mit mir duschen gehen?«

»Nein, danke.«

Er kicherte. »Du kannst danach duschen.«

»Wonach?«

Er tätschelte ihr die Schulter und stand vom Bett auf, um Klebeband und Messer zum Tisch zu tragen, wo er sie an ihre alten Stellen legte und darauf achtete, daß sie penibel ausgerichtet waren.

»Werden wir beide in diesem Bett schlafen?«

Er sah mit gespielter Überraschung über die Schulter. Langsam, als müßte er über die Frage nachdenken, drehte er sich zu ihr um. »Da es das einzige Bett ist, bin ich davon ausgegangen ... und Einzelbetten sind so brav ... Aber wenn du Einwände hast, könnte ich wohl auf dem Boden schlafen.« Seine Tonfall strafte seine Worte Lügen. »In Ordnung?«

Sie nickte.

»Nun gut.« Dick Dart zog sein Hemd aus, warf es auf den Boden und knöpfte die Hose auf. Er streifte die schwarzen Halbschuhe mit ihren Quasten ab, bückte sich und schlüpfte aus der

Hose. Seine Arme und Schultern waren wabbelig, eine Kruste schwarzen Haares bedeckte seine Brust. Die formlose Kurve seines Bauchs wölbte den Saum seiner mit einem Muster fliegender Fische geschmückten Boxershorts nach außen. »Aber ich glaube nicht, daß sich dieses Problem ergeben wird.« Er schob die Unterhose nach unten und entblößte ein Nest brauner Locken und einen dicken Gurkenpenis mit hervortretenden Adern. Er warf die Hose auf den Stuhl und ging unbekümmert zum Tisch, wo er die Rolle Klebeband holte. Seine Pobacken waren flach, fast nicht vorhanden, und seine feisten Schenkel und Waden mündeten in seltsam primitiven Füßen wie die eines Dinosauriers. Schwarze Haarbüschel wuchsen unten an seiner Wirbelsäule.

Er riß ein zehn Zentimeter langes Stück Klebeband ab und kam auf Nora zu, wobei sein Penis wie ein Pendel vor ihm schwang. »Wir werden uns schon einigen.« Dann stand er vor ihr, und die runzlige graue Gurke direkt vor ihren Augen verströmte einen Gestank wie ein Sumpf. Sie fing an zu zittern. Tränen quollen aus ihren Augen. Er hielt ihr Kinn hoch, lächelte über seine Wampe auf sie herab und drückte ihr das Klebeband auf den Mund. »Atme durch die Nase. Keine Panik.«

Er gab ihr einen Schubs an den Schultern, so daß sie rückwärts auf das Bett fiel. Er verschwand. Sie versuchte zu atmen, aber das rauhe Klebeband drückte auf ihre Lippen. Ihr Körper brauchte augenblicklich Sauerstoff. Schmerzen rasten durch ihre Schultern, und das Seil schnitt ihr in Knöchel und Handgelenke. Sie wälzte sich von einer Seite auf die andere, würgte durch das Klebeband und dachte schließlich daran, durch die Nase zu atmen. Sie hörte ein leises Kichern, dann wurde die Tür zum Bad zugemacht. Die Dusche zischte und prasselte in der Wanne. Dart sang mit seiner unmusikalischen Stimme »Them There Eyes.« Nora drehte Hände und Handgelenke die fünf Millimeter, die ihr Seil und Klebeband Spielraum ließen. Sie lag zusammengesunken auf der Bettdecke und war zu ängstlich, um auch nur zu schreien.

Nora stellte sich vor, wie sie von oben aussehen mußte: nackt, auf dem Bett ausgestreckt, zusammengebunden wie ein Braten, der in den Ofen soll. Sie sah aus wie die Leiche auf dem Foto eines Tatorts. Die Frau auf dem Bild war nichts, eine Leere, nicht einmal mitleiderregend. Einige Tode mochten dem Wahnsinn vorzuziehen sein, der in ihr wartete, aber nicht dieser.

Dart kam aus dem Bad; sein Haar klebte am Kopf, und das Wasser machte die Haare auf seinen Beinen zu vertikalen Linien. »Was für einen Anblick du bietest.« Er schüttelte ein Handtuch auseinander und rieb sich damit systematisch Arme, Brust, Bauch, Genitalien und Beine ab.

»Bin gleich wieder da.« Er verschwand im Bad und kam mit einem frischen Handtuch heraus. Statt zum Bett zu kommen, ging er zum Schrank zurück. Nora beobachtete sein Ebenbild im Spiegel an der Badezimmertür. Er frottierte sich das Haar, bis es vom Kopf abstand, dann strich er mit dem Handtuch behutsam über Hals, Brust und Penis. Er umklammerte den Penis mit dem Handtuch, zog mehrmals grob daran und massierte seine Hoden. Nachdem er sich auf diese Weise in ein hinreichendes Stadium der Erregung gebracht hatte, drehte er sich zur Seite, zog den Bauch ein, gab sich selbst einen aufmunternden Klaps, Schlag und Liebkosung zu gleichen Teilen, was seinen Penis einen weiteren Zentimeter aufrichtete. Dart hatte sie vollkommen vergessen. Sein Liebster, die Gurke, stand von seinem Körper ab. Dart legte eine Hand darum und bewegte sie auf und ab, so daß das gesamte Gebilde purpurrot anlief, sich einen weiteren Zentimeter ausdehnte und gekrümmt nach oben ragte. Nachdem er das bewerkstelligt hatte, drehte sich Dart um und betrachtete sich von vorne. Das Ding vor ihm versteifte sich angesichts des erregenden Anblicks zu einer gebogenen Rigidität, an deren Ende sich ein blau-roter Knopf, so groß wie ein kleiner Apfel, befand. Darts Augen waren glasig, sein Mund offen. Nora dachte, daß er jeden Moment ejakulieren würde. Er wog seine Hoden und stöhnte. *Los doch*, dachte sie bei sich, *spritz alles auf den Spiegel.*

Die Augen in dem Spiegel begegneten ihren.

47

Dart kam wieder in das Zimmer. »Ich hoffe, du weißt meine Rücksichtnahme zu schätzen, daß ich geduscht habe. Ich habe es mehr für mich als für dich getan, möchte aber auch nicht, daß dich unziemliche Körpergerüche von etwas ablenken, das die meisten Frauen als ein zutiefst lustvolles Erlebnis betrachten.« Er setzte sich breitbeinig auf ihre Beine, beugte sich über sie, drückte ihr den Penis in den Magen und rieb die Eichel an ihrem Bauch. »Gefällt dir das?« Er streichelte eine ihrer Brüste mit der freien Hand. Als Nora die Augen zumachte, kniff er sie in die Brustwarze. Sie stieß einen scharfen Protest in das Klebeband vor ihrem Mund aus. »Paß gut *au*-hauf!« sang er und zwirbelte ihre Brustwarze schmerzhaft zwischen Daumen und Zeigefinger. »Ich werde dich jetzt mit jemandem bekannt machen, und da ist es unhöflich, die Augen zu schließen.« Er rutschte lächelnd im Bett hoch und plazierte die Knie auf beiden Seiten ihres Brustkorbs. »Noras Titten, dies hier ist der Große Junge.« Er beugte sich nach vorne und strich mit dem Großen Jungen zuerst über eine, dann über die andere Brustwarze. Er ließ sich zwischen ihre Brüste sinken, drückte sie um seinen Penis und bewegte sich hin und her. Dart ließ ihre Brüste los, rutschte weiter hoch und hielt ihr seinen Liebsten vor die Augen. »Nicht umsonst nennen sie mich Dick, richtig? So einen hast du noch nie gesehen, was?«

Das Ding, das sich zehn Zentimeter vor Noras Augen befand, sah aus wie etwas, das man an einer archäologischen Fundstätte aus verkalktem Schlamm gegraben hatte; etwas, das zum halben Preis in einem arabischen Basar feilgeboten wurde; etwas, das aus einer riesigen Wurzel geschnitzt worden war. Großpapa hatte es von seinen Reisen mitgebracht und Großmama gezeigt, und nachdem sie aufgehört hatte, ihn anzuschreien, hatte er es auf den Dachboden gebracht und in einer Truhe versteckt. Die Oberflächenbeschaffenheit reichte von runzlig bis hin zu einer gefährlichen, glitschigen Glätte, von Adern durchzogen, ein mit Wackersteinen vollgestopfter Kropf – und das wollten die meisten Männer haben? Würde Davey sein hübsches, williges Glied dafür eintauschen? Sie kannte die Antwort. Auf jeden Fall.

Sie schüttelte den Kopf. *Nein.*

»Ich werde dir etwas zeigen, wozu dein Göttergatte nie fähig war, Nora-Törtchen.«

Er stieg vom Bett, ging zum Tisch und nahm das größte Messer. Dann kniete er sich vor Nora hin und schälte das Klebeband von ihren Füßen. Statt das Seil durchzuschneiden, löste er den Knoten unter Anstrengung. Ihre Beine sackten nach unten und auseinander. Nora kniff sie augenblicklich wieder zusammen, worauf Dart kicherte und aufstand. »Rutsch hoch«, sagte er.

Sie zögerte, und Dart brachte die Messerspitze in Kontakt mit ihrem linken Oberschenkel.

Sie stemmte die Füße auf das Bett und schob sich bis zu den Kissen hinauf. Ihre Arme und Schultern schmerzten, ihre Handgelenke brannten. Dart folgte ihr auf den Knien, Als er ihren Unterleib erreicht hatte, warf er das Messer auf das Kissen, schob eine Hand zwischen ihre Beine und tastete herum, bis es ihm gelang, die stumpfe Kuppe eines seiner Finger einzuführen. Noras Körper erschauerte und wurde kalt.

Dart summte vor sich hin, während er den Finger herauszog und sich über sie legte. Er spreizte ihre Beine, plazierte die Knie dazwischen und bewegte sich abwärts, um zu zielen. Nora gab einen schrillen, von dem Klebeband gedämpften Laut von sich. Ihr Gesicht war von Tränen bedeckt.

Dart manövrierte einen Teil seines Penis in sie hinein und grunzte. Er stieß zu. Nora war zumute, als würde sie entzweigerissen. Sie schrie und hörte nur ein dünnes, schwereloses Wimmern. Lächelnd stützte sich Dick Dart auf die Ellbogen und hielt ihr das Messer an die Kehle. »Wir haben es hier mit einer Lektion in Sachen Wirklichkeit zu tun. Jeder Sex ist Vergewaltigung, schlicht und einfach. Ich werde meinen Schwanz in deine Muschi schieben. Dieser Akt hat manche Frauen fast um den Verstand gebracht, aber selbst dann handelte es sich um eine Vergewaltigung ...« Er zwängte sich einen Zentimeter tiefer hinein.

»... und weißt du auch, warum? Wenn alles vorbei war, gehörten sie mir. Das ist das Geheimnis.« Er stemmte sich hoch, zog sich ein wenig zurück und rammte seinen Penis in sie hinein. Nora schrie wieder und rollte sich auf eine Seite.

Dart drückte sie wieder nach unten.

»Du solltest dich entspannen, sonst wird eine Menge Blut fließen. Ich muß dich dehnen, und das schaffen wir nur, wenn du dich entspannst.« Er zog sich zurück, stieß wieder zu und drang in sie ein. »Kennst du das Geheimnis?« Nora hatte sich mit geschlossenen Augen und verkrampftem Körper in sich selbst zurückgezogen, und als Dart sie auf die Wange schlug, wurde ihr klar, daß er mit ihr redete. »Hatte ich auch nicht erwartet.« Er stieß wieder zu. »Frauen, die Männer andauernd in Ketten legen, die schlauer sind als jeder Mann, der jemals gelebt hat, haben *eine* Schwäche. Gefickt zu werden lieben sie mehr als alles andere auf der Welt.« Seine oberlehrerhafte Stimme schien von einem weit entfernten Ort zu kommen und hatte nichts mit dem zu tun, was er tat.

»Geld, Autos, Pelzmäntel, Juwelen, Häuser, sie sind klug genug zu wissen, daß das alles nur Spielsachen sind. Sie würden das alles aufgeben für einen Kerl mit einem Ding, das groß genug ist, ihr Innerstes nach außen zu kehren. Dummerweise finden die meisten Frauen nie so einen Kerl. Aber wenn sie ihn finden, gehören sie *ihm*. Jeder Mann versucht das, weil jeder Mann tief in seinem Innersten weiß, daß es so sein sollte, und jede Frau hofft insgeheim, daß er ihr Innerstes nach außen kehrt, weil auch sie tief in ihrem Inneren weiß, daß es so sein sollte. Darum ist es immer eine Vergewaltigung.«

Als Nora die Augen aufschlug, bot sich ihr ein seltsamer Anblick. Dick Darts obere Hälfte hing über ihr. Sein fleckiges Gesicht war verkrampft vor Konzentration, und ein anderes Gesicht, ein heimliches Gesicht, schien unter dem öffentlichen sichtbar zu werden. Seine Lippen waren über die gelben Zähne zurückgezogen. Seine Nase war schmaler geworden, eine Andeutung von Haar färbte seine Wangen dunkel. Sie schloß die Augen und hörte fernes Artilleriefeuer.

Ewigkeiten später holte ein schnellerer Rhythmus der Tortur Nora in die Wirklichkeit zurück. Dick Darts Schweiß tropfte wie große Tränen auf sie. Er stöhnte, umklammerte mit den Händen ihre Schultern. Sein Körper erstarrte, seine Beine wurden zu Eisenstangen. Er krümmte den Rücken und stieß zwei-, drei-, vier-, fünfmal so heftig in sie hinein, daß ihr Kopf gegen den Kopfteil des Betts stieß.

Dart sank auf sie. Sie fühlte sich außerordentlich besudelt, so schmutzig, daß sie nie wieder sauber werden konnte. Als er sich von ihr herunterrollte, glaubte sie, daß er ihr systematisch jeden einzelnen Knochen im Körper gebrochen hatte. Sie würde nie mehr die Augen aufschlagen, nie wieder. Eine Hand strich über ihren Schenkel.

»War es schön für dich, Liebling?«

Er stand vom Bett auf und stapfte ins Bad. Überall tat ihr alles weh. Sie hatte Angst, die Augen aufzuschlagen.

Leise Stimmen zischelten und schwatzten. Ihre Dämonen hatten sie wiedergefunden. Die Dämonen liebten Zimmer 326, und augenblicklich liebten sie auch Nora, weil sie wieder durch den Boden der Welt in das Reich gestampft worden war, wo die Dämonen hausten. Nora haßte und fürchtete die Dämonen, aber viel mehr fürchtete sie sich vor dem, was sie finden würde, wenn sie die Augen aufschlug; aus diesem Grund mußte sie die Dämonen ertragen. Sie wußte von ihrem letzten Erlebnis, daß Dämonen nicht gesehen werden wollten, man aber manchmal doch welche erblicken konnte, die näherkrochen, um ein Stückchen ihres Dämonenwissens preiszugeben. Manche waren winzige rote Teufel mit Gabeln wie Zahnstocher, manche sahen wie Tiere aus, die ein verrückter Wissenschaftler geschaffen hatte: Dachse mit langen Zähnen und Rattenschwänzen; haarige Kugeln mit flinken Augen und scharfen Klauen. Manche Dämonen sahen wie bewegliche Flecken aus.

Ein undeutliches Ding mit Schwingen flatterte an ihrem Kopf vorbei und flüsterte: »*Er ist kein Wolf.*«

Nora fragte sich, ob sie die Dämonen auch haben würde, wenn sie mit einer vernünftigen Religion großgezogen worden wäre, beispielsweise dem Buddhismus.

Das Ding kreiste und kam wieder zu ihr geflattert. »*Er ist eine Hyäne.*«

»*Du gehörst einer Hyäne*«, kicherte etwas Unsichtbares in der Nähe. Ein blechernes Scheppern von Dämonenlachen folgte dieser Bemerkung.

»*Hat es nicht Spaß gemacht, hat es nicht Spaß gemacht?*« sang eine andere Stimme. »*Und jetzt bist du wieder bei uns!*«

Die meisten Informationen, die Dämonen preisgaben, entsprachen der Wahrheit, denn wenn sie Lügen verbreiteten, wären sie ein verrücktes Ärgernis, keine Dämonen.

Sie hörte, wie die Dämonen sie umkreisten und sich mit ihren Schnellfeuergewehrstimmen unterhielten, und machte sich so klein wie möglich, obwohl sie genau wußte, daß die freudig erregten Dämonen sie nie berühren würden. Wenn sie sie berührten, würde Noras Verstand zerbrechen, und sie wäre zu verrückt, um noch interessant zu sein.

Ein Dämon, der wie eine Ratte mit kleinen blauen Flügeln und einer Großmutterbrille aussah, flüsterte: *Hier kommst du nicht mehr raus, ist das klar? Du bist durchgekommen, und jetzt bist du auf der anderen Seite, ist das klar?*

Als sie nickte, sagte der rattenartige Dämon: *Willkommen im Hellfire Club.*

»Es ist nicht so schlimm, wie es aussieht«, sagte Dick Dart. Nora schlug die Augen auf, und die Dämonen verschwanden unter dem Bett, hinter Stühlen und in Schubladen. Die Schmerzen strömten wieder in ihren Körper und streckten sich wie eine große Katze. Dick Dart stand nackt, lächelnd und mit gekämmtem Haar neben dem Bett und spielte müßig an sich herum. Mit der freien Hand hielt er ein weißes Handtuch. Das heimliche Gesicht kam an die Oberfläche seines öffentlichen Gesichts. Nora sah, daß es stimmte: Er war eine Hyäne. »Sieh selbst nach. Du mußt dich sowieso hinsetzen, damit ich das Seil an deinen Handgelenken lösen kann.«

Sie schüttelte den Kopf.

Dart sagte ihr mit derselben humorvollen Stimme, daß sie sich aufrichten würde, ob sie wollte oder nicht, packte sie am Oberarm und zog sie in die Höhe. Das Zimmer schwankte vor ihr und unter ihr. Sie verzog das Gesicht, sah an sich hinab und verlor fast das Bewußtsein.

»Okay, machen wir es ab.« Dart griff nach dem Messer auf dem Kissen und löste geschickt das Klebeband. Er riß das Klebeband ab und machte sich an den Knoten zu schaffen, bis das Seil ihre Handgelenke freigab. »Jetzt der Knebel. Ich werde schnell machen. Wenn du einen Laut von dir gibst, der lauter als ein Pieps ist, durchbohre ich dich mit diesem Messer, hast du verstanden?« Sie schloß die Augen. Die schwatzenden Dämonen drängten sich um sie. Ihre Lippen und ein großer Teil Haut schienen mit dem Klebeband abgerissen zu werden, aber es gelang ihr, nicht einmal zu wimmern.

Er warf das feuchte Handtuch auf ihre Beine. »Wisch dich ab. Ich muß das Bett abziehen, in dieser Schweinerei will ich nicht schlafen.«

Nora strich fügsam mit dem Handtuch über ihre Oberschenkel und überlegte, daß sie aufstehen mußte, wenn er das Bett abziehen wollte. Sie bewegte das rechte Bein einen Zentimeter zur Seite, und ihre zahlreichen Schmerzen hielten stand. Nora biß die Zähne zusammen, schwang beide Beine vom Bett und zwang sich, aufzustehen. Ihr Kopf schwankte, und ein jäher Schmerz schoß durch ihren Unterleib nach oben.

»Das Mädchen ist ein Pfundskerl«, sagte Dart und nahm sein Messer an sich. »Um zu beweisen, daß ich nicht durch und durch böse bin, hab ich dir einen Gefallen getan. Rat mal, welchen.«

»Kann nicht«, murmelte sie.

Er lächelte sie an und zog an dem Bettlaken. »Ich hab dir ein Bad eingelassen, Nora-Törtchen. Bist du mir nicht dankbar?«

»Doch.« In diesem Augenblick wollte sie ein Bad mehr als ihre Freiheit.

»Leg dich in die Wanne.« Mit einer einzigen Bewegung riß er die blutige Decke samt dem Laken vom Bett, knüllte sie zusammen und warf sie in die Ecke.

Sie ging mit zitternden Knien ins Bad. Die Badewanne, groß wie ein Sarg, war zu drei Vierteln mit Wasser gefüllt. Im Seifenbecher lag eine kleine Plastikflasche Shampoo und ein Stück Seife so groß wie eine Wohlfahrtsmarke. Zwei schwarze Kraushaare klebten an der Seife.

Noras Magen verkrampfte sich, und sie konnte sich gerade noch rechtzeitig zur Kloschüssel umdrehen, um rosa Spucke hinein zu erbrechen. Sie zog ein Kleenex aus dem Spender, tappte zur Wanne, nahm das Stück Seife wie eine tote Spinne, warf das eingewickelte obszöne Ding in die Kloschüssel und spülte es hinunter. Aus einer muschelförmigen Schale neben dem Becken nahm sie ein anderes winziges Stück Seife, und stakste zimperlich wie ein Storch zur Wanne zurück.

Ah, ja. Sie wollte niemals wieder anderswo sein als in dieser Badewanne. Eine rosa Wolke schwamm von ihrer Leibesmitte aus in das Wasser. Behutsam tastete Nora sich ab. Sie blutete immer noch, wenn auch nicht schlimm, und hatte überall wunde Stellen. Mehrere kleine Feuer brannten da, wo Dart eingedrungen war. Sie seifte sich Arme und Beine ein und überlegte sich, daß sie noch einmal unter die Dusche mußte, um den Blutfilm des Wassers in der Wanne abzuwaschen. Sie beugte sich nach vorne, um den Stöpsel vom Abfluß zu ziehen, als Dick Dart ins Bad geschlendert kam. Sie lehnte sich zurück und ließ sich bis zum Hals in das trübe Wasser sinken; ihre Knie stiegen empor wie Inseln.

»Angenehm?« Dart sah grinsend auf sie hinab und betrachtete sein Gesicht im Spiegel. »Ich mag es nicht, wie sich Zähne anfühlen, wenn man sie nicht geputzt hat. Unrasiert zu sein, erfüllt mich auch nicht gerade mit Freude. Auf dem Weg zum Essen können wir nachsehen, ob es hier einen Souvenirladen gibt.«

Dart ging vorwärts, sah sich im Spiegel selbst in die Augen, wirbelte herum, setzte sich auf die Toilette und sah sie fast väterlich an. »Mir ist nicht entgangen, daß du ein gewisses Unwohlsein zu verspüren schienst während unserer Begegnung.« Er gab dem letzten Wort einen sarkastischen Unterton. »Um die Sache etwas angenehmer zu gestalten, werde ich tun, was ich auch mit meinen alten Damen tue, und etwas Gleitcreme kaufen, die die Hälfte deines Problems lösen wird, aber wenn du dich nicht entspannst, wirst du auch weiterhin Schmerzen haben.«

Nora machte die Augen zu. Ein Dämon flatterte herbei und zischte: *»Du wirst Schmerzen haben!«*

Sie schlug die Augen auf.

»Wir stehen am Anfang des großen Abenteuers der Wechseljahre, richtig?«

»Ja«, sagte sie erstaunt.

»Unregelmäßige Periode, Vaginaltrockenheit?«

»Ja.«

»Reizbarkeit?«

»Wahrscheinlich.«

»Hitzewallungen?«

»Haben gerade angefangen.«

»Ameisenlaufen?«

»Was ist das?«

»Das Gefühl, als würde einem ein Insekt über die Haut kriechen.«

Zu ihrem eigenen Erstaunen mußte sie lächeln.

»Machst du eine Hormonersatztherapie? Das solltest du, aber man muß mit der Dosierung experimentieren, bis man den Bogen raus hat.«

Sie schloß die Augen.

»Ich schlage vor, du duschst und wäschst dir die Haare, bevor wir das Home Cooking aufsuchen. Es wird Zeit für den nächsten Schritt deiner Ausbildung.«

Er schenkte ihr ein weiteres Hyänenlächeln und ging hinaus. Nora drehte wie in Trance an dem Knauf am Ende der Badewanne, worauf das Wasser gurgelnd in den Abfluß strömte. Sie zog sich auf die Füße, watete durch den Schaum und drehte beide Armaturen gleichzeitig. Wasser schoß aus dem Hahn. Sie drückte den Hebel, der das Wasser in den Duschkopf leitete, und eiskaltes Wasser prasselte auf ihren Körper.

FÜNFTES BUCH

LORD NIGHT

Es sah aus, als würde das riesige schwarze Tier ihn angrinsen. »Aber gewiß, nachdem du nun etwas über deine Angst gelernt hast, mußt du selbstverständlich lernen, ihr zu vertrauen.«

48

»Natürlich geht es um Geld.« Dart legte grinsend die Gabel beiseite. Er hatte sie in den Souvenirladen des Hotels mitgenommen, wo er Zahnbürsten und Zahnpasta, eine Packung Einwegrasierer und Rasierschaum, zwei Kämme, Mundwasser, einen Deoroller, ein schwarzes Polohemd mit der in kleinen roten Buchstaben gestickten Aufschrift MASSACHUSETTS auf der linken Brustseite und eine Ausgabe der *Vogue* gekauft hatte. Seine Zähne wirkten nicht mehr so gelb, und ohne die Stoppeln sahen seine Wangen fast rosa aus. Nora hatte nur die Hälfte von dem gehört, was Dart gesagt hatte, die andere Hälfte war im Summen der Dämonen verschwunden, das in ihrem Kopf widerhallte. »He, das hier ist Amerika! Geschäft ist Geschäft. Wenn man sieht, daß die Gegenseite viel mehr Geld einstreichen wird als man selbst, was tut man dann? Man wechselt die Seiten. Was wir hier auf dem Tisch haben, beläuft sich auf vier oder fünf Millionen Piepen. Wenn du das gegen eine popelige Rechnung von maximal zehntausend aufrechnest, hast du etwas, das die Jungs eine einmalige Chance nennen.«

»Von *Reise in die Nacht*.« Das hatte sie, zusammen mit dem Namen der jungen Frau, die unter geheimnisvollen Umständen aus Shorelands verschwunden war, Dick Darts Erläuterungen entnehmen können.

»Ganz genau. Wenn man beweisen kann, daß Hugo Driver das Manuskript gestohlen hat, fallen die Tantiemen von vierundfünfzig Jahren, ganz zu schweigen von zukünftigen Tantiemen, den wahren Erben zu. Und wenn man weiterhin beweisen kann, daß der Verlag bei dem Schwindel seine Hände im Spiel hatte, kommt noch eine ordentliche Summe Schadenersatz in den Pott. Und dazu kommt noch das ganze Geld der fremdsprachigen Ausgaben.«

Noras Beine fühlten sich an wie Gummi, und von ihrer Leibesmitte strömten unablässig Wogen von Schmerzen in sämtliche Körperteile. Sie sah auf ihren Teller. Neben fettglänzenden

Pommes frites floß ein Rechteck geschmolzenen Käses über einen Berg weißlicher Paste auf einer Scheibe Toastbrot.

»Also hat sich der Alte auf einen Handel mit Fred Constantine eingelassen, dem Anwalt der alten Damen. Constantine weiß, daß er völlig überfordert ist, kleine Kanzlei in Plainfield, macht ein paar kümmerliche Scheidungen und Immobiliengeschäfte, ist fünfundsechzig Jahre alt und seit dem Examen in keinem Gerichtssaal mehr gewesen. Stell dir seine Erleichterung vor, wenn der große Leland Dart, nachdem er dafür gesorgt hat, daß Constantine ein paar Wochen Blut pißt, den Vorschlag macht – den Vorschlag, wohlgemerkt –, daß man zu einer außergerichtlichen Einigung kommen könnte. Juchhee! Falls Mr. Constantine einer Summe in der Größenordnung von hunderttausend Dollar zustimmen würde, könnte Dart & Morris seinen armen, betrogenen Klientinnen möglicherweise ein wenig unter die Arme greifen, die es zweifellos entzücken würde, etwa fünfzig Prozent der letztlich ausgehandelten Summe ausbezahlt zu bekommen. Mr. Constantine, der keine Ahnung hat, um wieviel Geld es in Wahrheit geht, ist der Meinung, daß er ein tolles Geschäft macht!«

Ein abgebissenes Stück Pommes lag auf Noras Zunge wie ein Mehlwurm. Sie spuckte es in die Hand und legte es auf den Teller. »Wie können sie so etwas machen?«

»Äußerst vorsichtig.« Mit leuchtenden Augen stopfte er sich den Rest seines ersten Cheeseburgers in den Mund und wischte sich die Finger an der Serviette ab. »Das Zauberwort? Prellbock. Wenn man fertig ist, sitzt man tausend Meilen entfernt in einer Festung, und Baby, die Zugbrücke ist hochgezogen.«

»Ich meine, wie können sie so etwas *machen*?«

Dart hielt seinen zweiten Cheeseburger wenige Zentimeter vom Mund entfernt, sah zur Seite und grinste. »Nora-Törtchen, du bist so rührend. Das meine ich ehrlich. Geschäft ist Geschäft, wie schon gesagt. Wie nennt man unser Wirtschaftssystem? Heißt es nicht immer noch Kapitalismus?« Er schüttelte gespielt ungläubig den Kopf und biß einen gewaltigen Bissen von dem Cheeseburger ab. Geschnittener Salat quoll an der Hinterseite des Brötchens heraus, rosa Sauce tropfte auf seinen Teller.

Nora machte die Augen zu und kämpfte gegen Übelkeit. Alden Chancel und Dick Dart dachten in denselben Bahnen. Diese Entdeckung hätte amüsant sein können, wäre sie zu einer solchen Empfindung fähig gewesen. Leland Dart, der Aldens moralischen Standpunkt teilte, benützte ihn, um seinen eigenen Klienten übers Ohr zu hauen. Offenbar fand diese Moral ihre Erfüllung in diesem Irren, der auf der anderen Seite des Tischs fröhlich Cheeseburger verdrückte.

Nora erinnerte sich an eine Einzelheit auf der Terrasse von Poplars. »Ich habe gehört, wie Alden zu Davey sagte, Ihr Vater könnte ein doppeltes Spiel treiben.«

Dart schluckte. »Die Chancel-Jungs reden vor dir über so etwas?«

»Davey hat sich Notizen über den Film *Reise in die Nacht* gemacht, und als ich ihn nach dem Grund fragte, sagte er etwas von Problemen mit dem Driver-Nachlaß.« Die Nacht im Familienzimmer schien auf der anderen Seite eines gewaltigen Lochs in der Zeit stattgefunden zu haben. »Etwas später erzählte er mir etwas über zwei alte Damen in Massachusetts, die ein paar Notizen in ihrem Keller gefunden hätten.«

Sie stellte fest, daß sie eine zivilisierte Unterhaltung in einem Restaurant mit Dick Dart führte, als wäre das vollkommen normal.

»Notizen über den Film. Was für ein Trottel. Katherine Mannheims Schwestern haben das Buch natürlich nicht gelesen, sondern sich an den Film erinnert, als sie die Aufzeichnungen gefunden haben, aber ich meine, im Ernst ...«

»Ich nehme an, Sie wollen die Schwestern töten.« Nora stieß die Gabel in die weiße Pampe und führte ein Stück, so groß wie ein Bleistiftradierer, zum Mund. Anscheinend hatte sie ein überbackenes Thunfischsandwich bestellt.

»Auf keinen Fall. Die Leute, dich ich töten will, könnten gegen Chancel House aussagen. Wir werden den Namen Hugo Drivers schützen, was ich mit Vergnügen tue, weil ich Hugo Driver immer gemocht habe. Nicht die beiden letzten Romane, weißt du, nur den guten.«

»Sie mögen *Reise in die Nacht?*« Daß Dick Dart überhaupt ein Buch gefiel, überraschte sie.

»Mein Lieblingsbuch, ohne Konkurrenz«, sagte er. »Der einzige Roman, der mir je wirklich gefallen hat. Um einige meiner alten Damen bei Laune zu halten, mußte ich so tun, als wäre ich verrückt nach Danielle Steele, aber das war reine Arbeit. Agatha hatte eine Vorliebe für Jane Austen, also habe ich mich durch *Stolz und Vorurteil* gequält. Pure Zeitverschwendung. Darin geht es buchstäblich um überhaupt nichts. Aber *Reise in die Nacht* lese ich alle zwei Jahre wieder.«

»Erstaunlich.« Nora aß noch eine Gabel ihres Thunfischs. Wenn man den Plastikkäse abschälte und das Brot liegenließ, war das Sandwich durchaus genießbar.

»Erstaunlich? *Reise in die Nacht* ist ein Hammer von einem Buch. Das ganze Ding spielt in der Dunkelheit. Fast alles spielt sich unterirdisch ab, in Höhlen. Alle lebendigen Figuren sind Monster.«

Er hörte sich wie ein verzerrtes Echo von Davey an; zum tausendsten Mal hörte sie, wie ein Mann wegen dieses Buches ins Schwärmen geriet. Als er ihn gebeten hatte, die Vorwürfe gegen Chancel House zu recherchieren, hatte sich Leland Dart die einzige konventionelle Leidenschaft seines Sohnes zunutze gemacht. Die Erkenntnis, daß Alden Chancel dasselbe mit Davey gemacht hatte, löste erneut Übelkeit in ihr aus.

»Ich habe es nie gelesen«, sagte sie.

»Davey Chancels Frau hat *Reise in die Nacht* nie gelesen? Du hast ihn angelogen, richtig? Du hast ihm gesagt, du würdest es lesen, aber du hast gelogen.«

Nora drehte den Kopf und betrachtete zwei ältere Paare an verschiedenen Tischen am Fenster. Der Halbkreis der spiegelverkehrten roten Buchstaben am Fenster spannte sich über ihnen wie ein roter Regenbogen.

»Du hast es getan, du hast ihn angelogen.« Eine weitere Explosion dreckigen Gelächters. Er machte sich wieder über seinen zweiten Cheeseburger her. »Ich nehme an, du hast noch nie von einem Ort namens Shorelands gehört.«

»Hugo Driver war dort. Und Lincoln Chancel. 1938.«

»Bravo. Weißt du, wer in jenem Sommer sonst noch dort gewesen ist?«

»Eine Menge Leute mit komischen Namen.«

»Austryn Fain, Bill Tidy, Creeley Monk, Merrick Favor. Georgina Weatherall. Die Mädchen. Eine Menge Gärtner. Und Katherine Mannheim. Hat Davey dir etwas über sie erzählt?«

Nora dachte einen Moment nach. »Sie sah gut aus. Und sie ist weggelaufen.«

»Auf und davon.«

»Was meinen Sie, ist mit ihr passiert?«

»Ihre Schwestern sagen, sie hatte ein ›schwaches Herz‹, was immer das heißen mag. Sie sollte Anstrengungen meiden, wollte aber nicht als invalide gelten. Fuhr Fahrrad, machte Wanderungen. Wenn sie wie Emily Dickinson gelebt hätte, würde sie vielleicht noch leben.«

»Sie haben Emily Dickinson gelesen?«

Er zog ein galliges Gesicht. »Florence. Eine meiner Damen. War besessen von Emily Dickinson. Mußte mir das Zeug tonnenweise reinziehen. Sogar eine *Biographie* mußte ich lesen. Verglichen mit der Tante ist Jane Austen der reinste Mickey Spillane.« Er machte die Augen zu und rezitierte.

> »*There's a certain Slant of light,*
> *Winter Afternoons –*
> *That oppresses, like the Heft*
> *Of Cathedral Tunes –*
>
> *Heavenly Hurt, it gives us –*
> *We can find no scar,*
> *But internal difference*
> *Where the Meanings, are –*«

Er schlug die Augen auf. »Das ist nicht mal richtiges Englisch, es ist dieses Gestammel, das sie selbst erfunden hat. Ich habe für Florence Seite um Seite von diesem Schwachsinn gelesen, und jetzt geht es mir nicht mehr aus dem Kopf, genau wie alles andere, das ich je gelesen habe.«

Die Verse waren wie eine unerbittliche Abfolge von Wellen in Nora hineingeschwappt. »Zu dumm«, sagte sie.

»Du hast ja keine Ahnung. Wie dem auch sei, ich nehme an, diese Mannheim hat den Löffel abgegeben, und in dem anschließenden Durcheinander hat sich Driver ihr Manuskript geschnappt. *Reise in die Nacht* wurde im Jahr darauf veröffentlicht, und wie es so geht, wenig später hat es praktisch jeder auf der Welt gelesen.«

»Ich habe Soldaten in Vietnam gesehen, die es dabei hatten«, sagte Nora.

»Du warst in Nam? Verzeihung, in *Viet*-Nam. Kein Wunder, daß du diese wilde Ader hast. Warum warst du dort?«

»Ich war Krankenschwester.«

»Ach ja, ich erinnere mich an ein gewisses Abenteuer mit einem Kind, ja, ja.«

Sie sah auf ihren Teller.

»Nora läßt keine Begeisterung erkennen. Nun gut, kommen wir auf unser Thema zurück. Höchst, ich betone, höchst ungewöhnlich ist, daß Mr. Driver das Copyright seines Buches auf den Verleger überträgt und als Gegenleistung einen Vertrag erhält, daß er sämtliche Tantiemen bekommt, solange er und seine Frau leben, und danach besagte Rechte an den Verleger zurückfallen, der sich verpflichtet, einen geringeren Prozentsatz an das Kind oder die Kinder Drivers zu bezahlen, solange sie leben. Das soll eine Geste der Dankbarkeit gewesen sein, aber ist es nicht ein bißchen übertrieben?«

»Sie haben eine Menge Hausaufgaben gemacht.« Ihre Hand trennte aus eigenem Antrieb ein weiteres Stück Thunfisch ab und führte es zu ihrem Mund.

»Ich habe mir haufenweise Notizen gemacht, zu denen ich im Augenblick allerdings dank unserer hiesigen Polente keinen Zugang habe. Glücklicherweise habe ich mir das Wichtigste eingeprägt. Im Verlauf unseres emsigen Nachmittags möchte ich gerne eine Bibliothek besuchen und meine Recherchen fortsetzen, aber ich will dir unsere Mission in wenigen Worten umreißen.« Er sah zur Seite und vergewisserte sich, daß die Kellnerin immer noch am Tresen saß. »Du weißt, daß sich drei dieser Schreiberlinge selbst umgebracht haben.«

Sie nickte.

»Austryn Fain. Keine Frau, keine kleinen Fains. Creeley Monk war ein Homo, daher konnte er selbstverständlich keine weinende Witwe und hungrigen Kinder hinterlassen. Aber das Glück ist mit uns, denn im Sommer 1938 hatte Mr. Monk einen Lebensgefährten, der noch unter uns weilt, einen Arzt namens Mark Foil. Dr. Foil, Gott segne ihn, lebt noch in Springfield, eben der Stadt, in der er mit unserem Dichter weilte. Ich wiege mich in der Hoffnung, daß er noch im selben Haus wohnt, zusammen mit jeder Menge Andenken an Monk. Unglücklicherweise konnte ich keine Adresse finden, aber ich bin sicher, wenn wir erst in Springfield sind, werde ich sie herausfinden können.«

»Was dann?« fragte Nora.

»Wir rufen den Mann an. Du erklärst ihm, daß du für ein Buch über die Ereignisse in Shorelands 1938 recherchierst. Du hast den Eindruck, als stünden die anderen Gäste, speziell Creeley Monk, ungerechterweise im Schatten von Hugo Driver. Da du dich zufällig gerade in Springfield aufhältst, wärst du außerordentlich dankbar, wenn dir Dr. Foil eine Stunde seiner Zeit widmen könnte, um sich mit dir darüber zu unterhalten, was sich in jenem Sommer abgespielt hat – über alles, was Monk möglicherweise zu ihm gesagt, ihm geschrieben oder in einem Tagebuch festgehalten hat.«

Selbst in ihrem gegenwärtigen Zustand, in einem zähen, dichten Kokon gefangen, der sie um den Preis des Verzichts auf jede Art von Aktion vor allen Gefühlen beschützte, fiel Nora auf, wie seltsam es war, daß die Besessenheit dieser Kreatur so sehr der Daveys ähnelte. Was Dart von ihr verlangte, kam ihr so abstrakt wie die Kreuzworträtsel vor, die Daveys zwei alte Männer in Rhinebeck ausheckten. Sie füllte ein Quadrat mit einer Frage. »Was ist, wenn Monk nie von Hugo Driver gesprochen hat?«

»Höchst unwahrscheinlich, aber es spielt keine Rolle. Wenn wir drinnen sind, muß ich den alten Knaben töten.«

Die Hyäne in Dart zeigte die Zähne. »Er wird uns empfangen, Baby. Wenn wir Glück haben, wird der alte Knabe manches aufklären können. Unser nächster Halt ist Everett Tidy, der Sohn von Bill. Everett lebt in Amherst, er ist Englischprofessor. Glaubst du nicht, daß der Name Tidy in einer Schlagzeile Foils

Aufmerksamkeit erregen wird? Wir müssen unsere Spuren verwischen.«

Der Geruch von Zigarettenrauch schwebte ihnen entgegen, und Nora drehte sich um und sah die Kellnerin an ihren Tisch kommen.

Dart sagte: »Gehen wir einkaufen und in die Bibliothek, solange wir den Lincoln noch benützen können.«

49

Main Street, aber von welcher Stadt? Dart zog sie in Damenbekleidungsgeschäfte, scheuchte die Verkäuferinnen weg und zog sie Hand in Hand die Gänge entlang, während er Kleider, Blusen und Röcke begutachtete. Hier ein sandfarbener Hosenanzug aus Leinenstoff, ein knielanger Rock, ein Jackett ohne Aufschläge (»Dein Interview-Anzug«, sagte Dart), im nächsten Geschäft braune Pumps und eine beige Seidenunterjacke mit kurzen Ärmeln und ohne Kragen. Nein, sie mußte sie nicht anprobieren, sie würden perfekt passen. Kein Zweifel; er kannte, ohne zu fragen, ihre Größen. In einer Scheune, wo Schüler der Sommerschule mit klobigen Rucksäcken durch die langen Gänge schlenderten, kaufte Dart Jeans für sie und ihn, T-Shirts, dito, und einen dunkelblauen Baumwollpullover für sie. Eine minimalistische Boutique, wieder ein freundliches Schwätzchen mit der Verkäuferin, sechs BHs von Gitano, weiß, sechs Paar Unterhosen von Gitano, weiß, sechs Strumpfhosen von Gitano. Um die Ecke flache schwarze Reeboks für sie und ihn.

Zwei schwarze Koffer mit Rollen. In die Main Street Apotheke zu einer raschen Auswahl unter den Augen eines blondgrauen Schnurrbartträgers mit Kneifer auf der Nase: Performing Preference Haarfarbe von L'Oréal, Jet Black und Starlight Blond; Design Gel von LaCoup; Always Ultra Plus Maxi mit Klebestreifen, ihre Marke, obwohl Dart nicht gefragt hatte; Cover Girl Clean Make-up, Creamy Natural; Cover Girl Lip Advance, Mohnrot; Shine Free Sunset-Pink Lidschatten von Maybelline (»Glänzen, nicht glitzern«, sagte Dart); K-Y Gleitcreme; Cover Girl Long 'N Lush Mascara; Vidal Sassoon Ultra Care Shampoo und Festiger; Neutrogena-Badeseife; Perlier Honigbad und Duschgel; Sandblattfeilen und Nagelhaut-Sticks von Revlon; OPI Nagellack, eine blasse, unauffällige Farbe, die sie nicht erkennen konnte, bevor er das Glas in den Einkaufskorb warf; ein Flakon Coco von Chanel; eine Flasche Icy Cool Pfefferminz-Mundwasser; Nailclipper von Hoffritz, eine Nagelschere, Nagelreiniger. Hinter der Registrierkasse, wo sich die Zahlen auf über hundert Dollar addierten, verkündete der Schnurrbart: »Mister, ich habe schon fürsorgliche Ehemänner gesehen, aber Sie schießen den Vogel ab.«

Zurück zum Auto. Dart parkte vor einem Herrenbekleidungsgeschäft, Farnsworth & Clamm, und zog Nora in einen klimatisierten Salon, wo ein anderer Schnurrbart strahlend zwischen erleuchteten Glaskästen mit Anzügen auf sie zustolziert kam. Ja, murmelte Dart, 46 extra lang – den da, den da, einen zweireihigen blauen Blazer, vier blaue Hemden, vier weiße Hemden, merzerisierte Baumwolle, ausgestellter Kragen, 17er Hals, 36er Ärmel, acht Boxershorts, 38er Taille, acht Paar Socken, ein Dutzend Taschentücher, und legen Sie bitte ein paar passende Krawatten dazu. Änderungen sofort, wenn möglich. Nora wurde auf einem steifen Ledersessel neben einem hohen Spiegel abgesetzt, ein gebückter Mann mit Bandmaß um den Hals aus der Tiefe heraufbeschworen, Dart verschwand in einer Umkleidekabine und kehrte im Handumdrehen in einem der neuen Anzüge zurück. Eine zweite gebückte Gestalt huschte herbei und nahm den ersten Anzug mit, während Dart in den zweiten schlüpfte. Dart und sein Spiegelbild plusterten sich auf. Nachdem die Anprobe beendet war, setzte sich Dart ebenfalls auf einen Ledersessel, und der Schnurrbart brachte eine Flasche finnischen Wodka, zwei Gläser und einen Kübel Eis. Während Sie warten, Sir. Die Rechnung wurde präsentiert. Nora riskierte einen Blick und sah, daß Dart für sechstausend Dollar Kleidungsstücke gekauft hatte.

»Die nächste wirklich gute Bibliothek?« fragte Dart.

Er steuerte den Lincoln zur Ausfahrt Basketball Hall of Fame, und Nora wurde klar, wo immer sie vorher gewesen sein mochten, jetzt waren sie in Springfield, wo Dr. und Mrs. Daniel Harwich in der Longfellow Lane residierten. Wenn sie Dick Dart entkommen konnte, würden der Doktor und seine Frau ihr in ihrem Keller Unterschlupf bieten? Antwort dunkel, Frage wiederholen. Vor drei Jahren war eine halb-radioaktive Nora zu einem, wie sie sich einbildete, sentimentalen Besuch in Springfield aufgekreuzt und zuerst in einer Bar und dann in einem Motel mit einem seltsam verbitterten Dan Harwich gelandet, der sie hinterher bat, mit ihm nach Hause zu kommen. Um halb elf abends. Die damalige Mrs. Harwich, Helen, die sich ihre Hälfte des Abendessens eine Stunde vorher in der Mikrowelle aufgetaut und mit mehreren Wodka Tonic hinuntergespült hatte, fing von dem Moment an zu schreien, als sie durch die Tür kamen. Nora hatte einen Fluchtversuch unternommen, aber Harwich hatte sie in einen Sessel gesetzt, vermutlich als Zeugin. Was sie bezeugen durfte, war ein altmodischer Ehekrach gewesen. Helen Harwich warf sie beide hinaus, Dan dürfe am nächsten Morgen wiederkommen, ein paar Klamotten abholen und sich dann endgültig verabschieden. Zurück ins Motel, Harwich böse kichernd. Am nächsten Morgen versprach er, sie bald anzurufen. Bald hieß zwei Tage später, ein weiterer Anruf eine Woche später, ein dritter nach zwei Wochen. Danach in unregelmäßigen Abständen unregelmäßige Anrufe. Zwei Jahre später eine Heiratsanzeige mit einer Karte, auf der stand: *Falls du dich gewundert hast*. Die neue Mrs. Dr. Harwich hieß Lark, geborene Pettigrew.

»Ich muß aufs Klo, wenn wir in der Bibliothek sind«, sagte Nora.

Prima, er würde sie begleiten, zufälligerweise müsse er die Eidechse zur Ader lassen.

Dart parkte auf der anderen Straßenseite vor einem Gebäude aus Stein, das Ähnlichkeit mit dem Obersten Gerichtshof hatte, einschließlich der Stufen des Obersten Gerichtshofs. Die Damentoilette auf dem ersten Stock in einem breiten Flur mit Marmorboden war ebenso menschenleer wie der Lesesaal unten. Dick Dart zwängte sich hinter ihr hinein. Nora nahm eine Kabine, er eine andere. Sie gingen zusammen hinaus und erschreckten eine glubschäugige, zittrige Frau, deren Mund auf- und zuging wie der eines Goldfischs, bis sie um die Ecke verschwunden waren.

Dart drückte Nora nicht unsanft auf einen Stuhl vor einem langen Holztisch, setzte sich neben sie und schlug einen dicken Wälzer mit dem Titel *Shorelands – Heimstatt der Genies* auf. Sie setzte sich neben ihn und hörte ab und zu winzige, metallische Stimmen wie die Stimmen von Insekten. Sie befand sich in dem Kokon, der Kokon hielt Gefühle ab, es ging ihr gut. Dart sah grinsend in sein Buch. Sie zog *Musen in Massachusetts* von Quinn W. S. Dogbery zu sich, schlug es auf und las wahllos einen Abschnitt.

> Aufgrund der unberechenbaren Natur der künstlerischen Persönlichkeit muß jede Gemeinschaft wie Shorelands ihre Skandale hervorbringen. Im großen und ganzen verlief das Leben in Georgina Weatheralls Kolonie der Begabten ruhig und friedlich und brachte über Jahrzehnte bedeutende Werke hervor. Doch Probleme blieben nicht aus. Manche Leute rechnen das »seltsame« Verschwinden der unbedeutenden Dichterin Katherine Mannheim zu diesen, doch gehört der Verfasser nicht zu ihnen. Diese junge Frau hatte während ihres kurzen Aufenthalts Personal und Gäste gleichermaßen befremdet. Es kann kein Zweifel daran bestehen, daß ihre Gastgeberin fest entschlossen war, sie des Hauses zu verweisen. Miss Mannheim, die es nicht zu einem demütigenden Hinauswurf kommen lassen wollte, verabschiedete sich in einer Weise, die ein Höchstmaß an Verwirrung stiften mußte.
>
> Shorelands' wahre Skandale sind, wie wir erwarten dürfen, von gänzlich anderer Art.

Dart wälzte zwei Telefonbücher auf den Tisch und tätschelte ihr den Rücken.

Weitaus niederschmetternder für Georgina Weatherall dürfte nicht das Verschwinden einer aufmüpfigen jungen Mißvergnügten gewesen sein, sondern das eines berühmten Kunstwerks aus dem Speisesaal, ein Gemälde des Symbolisten Odilon Redon, das einen drallen Frauenakt mit dem Kopf eines Falken auf den Schultern zeigte. Es kann kein Zweifel daran bestehen, daß Georginas Hinwendung zu Redons Gemälde auf den Titel zurückzuführen ist, der identisch war mit einer der wichtigsten Traditionen von Shorelands. Die Arbeiten im Speisesaal waren typischerweise von einer mehr traditionellen Art. Das Gemälde von Redon, das einundzwanzig mal fünfundzwanzig Zentimeter maß, hing hoch oben an einer Wand, zusammen mit weiteren bekannten Kunstwerken. Einem Gast mit einem speziellen Interesse an Redon fiel das Verschwinden erstmals 1939 auf. Eine unverzügliche Durchsuchung sämtlicher Zimmer und Bungalows blieb ergebnislos. Georgina Weatherall bemerkte in den darauffolgenden Jahren mehrfach Gästen gegenüber, daß es sie nicht wundern würde, wenn Miss Mannheim es bei ihrer »mitternächtlichen Flucht« mitgenommen hätte, und man muß wohl oder übel eingestehen, auch wenn der Fall vielleicht niemals aufgeklärt wird, daß das Bild damals wie heute einen erheblichen finanziellen Wert besaß.

Dart sagte: »Raus hier«, packte Noras Arm und zog sie hinaus in Hitze und Licht.

Sie unternahmen drei Ausflüge, um alle Tüten und Päckchen ins Hotel zu schaffen.

»Clark, mein alter Freund, hätten Sie einen Moment Zeit, um uns zu helfen, diese lebenswichtigen Dinge auf unser bezauberndes Zimmer zu tragen?«

Clark leckte sich die Lippen. »Meinetwegen.« Er beugte sich in das Büro hinter sich und flüsterte etwas Unhörbares zu demjenigen im Inneren. Dann kam er durch die Tür der Halle, sah Dart an und ging zu den Koffern. Er war kleiner, als er hinter dem Tresen wirkte, ein paar Zentimeter über einsechzig.

»Ich nehme die Koffer«, sagte Dart. »Helfen Sie meiner Frau.«

»Meinetwegen.« Clark nahm so viele Tüten, wie er konnte. Nora trug drei weitere und ließ eine auf dem Boden stehen. Clark schaute zu Dart auf, der lächelte, den Mund aufmachte und mit den Zähnen klapperte. Der Junge sah Nora an, bückte sich, nahm die Kordelträger der letzten Tasche zwischen die Zähne und hob sie hoch.

Zu dritt drängten sie sich in den Fahrstuhl.

»Mich interessiert, wie Sie das Wort ›meinetwegen‹ gebrauchen«, sagte Dart. »Hat es etwas zu bedeuten, oder ist es nur verbales Rauschen?«

Der Junge grunzte und umklammerte seine Armladung Tüten. Schweiß lief ihm über die Stirn.

»Ist es so unhöflich gemeint, wie es sich anhört? Gewissermaßen eine Andeutung, daß die Person, die ›meinetwegen‹ sagt, eine gelinde Verachtung für den Gesprächspartner empfindet. Ist das zutreffend, oder bin ich nur paranoid?«

Clark schüttelte den Kopf.

»Eine große Erleichterung, Clark.«

Der Fahrstuhl erreichte den dritten Stock, und Dart führte sie den Flur entlang. »Clark, altes Haus, stellen Sie die Tüten vor dem Schrank hin, und hängen Sie die Kleidersäcke auf.«

Dart winkte Nora zur Tür herein. Clark bückte sich und stellte die Tüte, die er mit den Zähnen hielt, auf den Boden, atmete zitternd aus und stellte die Einkaufstaschen hin. Es gelang ihm, die Kleiderbügel über die Stange im Schrank zu hängen und in den Flur zurückzuweichen.

Dart schloß die Tür ab, trat mitten ins Zimmer und stellte sich lächelnd vor sie. Nora zog die Knie an und krümmte den Rücken. Er entfernte sich, und sie sah auf. Er wählte ein Stück Seil aus. »Muß ich dir denn alles sagen?«

Sie kickte die Schuhe fort. Ihre Finger, denen man nicht sagen mußte, was sie zu tun hatten, knöpften ihr Hemd auf. Dart ging ins Bad, die Tüte aus der Apotheke holen, die er zum Tisch trug, während Nora sich auszog. Nacheinander nahm er alle Gegenstände aus der Tüte und legte sie auf dem Tisch zurecht. Als er alles zu seiner Zufriedenheit vorbereitet hatte, nahm er die Schere aus ihrer Plastikhülle und winkte Nora ins Bad.

»Setz dich breitbeinig auf die Toilette«, sagte er. Nora setzte sich zitternd auf die Kloschüssel, und Dick Dart summte vor sich hin, während er den größten Teil ihres Schamhaars abschnitt und hinunterspülte.

»Okay«, sagte er, schob sie rückwärts wie eine Schaufensterpuppe, drehte sie um, plazierte eine Hand zwischen ihren Schulterblättern und drängte sie ins Schlafzimmer zurück, wo er ihr die Hände hinter den Rücken fesselte und den Mund zuklebte.

Sie sah zu der weißen Decke hinauf. Dart kletterte auf das Bett. »Diesmal wird es nicht so schlimm werden, siehst du?« Sie drehte den Kopf, so daß sie sehen konnte, wie er die Tube Gleitcreme zeigte.

Es war nicht ganz so schmerzhaft wie beim erstenmal, aber ganz genau so schlimm.

50

»Halt den Kopf gerade. Du mußt schon mit mir zusammenarbeiten, sonst wirst du aussehen wie ein Gassenkind.« Badeöl schwängerte die Luft im Badezimmer, und ihr noch nasses Haar hing glatt und strähnig herunter. Dart brachte seinen Kopf auf Höhe von ihrem, so daß sie beide vom Spiegel eingerahmt wurden. »Sag mir, was du siehst.«

Nora sah eine verängstigte Version ihrer selbst mit schockiertem Blick und einer Haut wie Pergament, die mit einer Hyäne posierte. »Uns.«

»Ich sehe ein Paar tolle Desperados«, sagte die Hyäne im Spiegel. »Du hast mich gebraucht, damit ich dir die Augen öffne, und ich bin gekommen. Das war kein Zufall, oder?«

»Ich weiß nicht, was es war, aber –«

Bevor sie hinzufügen konnte: *Ich wünschte, es wäre nie passiert*, leuchteten die Augen in dem Spiegel auf. »Das hast du mit deinem Göttergatten gemacht, richtig? Die Köpfe zusammengesteckt und in den Spiegel geguckt. Und ich weiß auch, warum.«

Sie mußte ihm nicht sagen, daß er recht hatte; das wußte er schon. »Warum?«

»Bis eben war mir nicht bewußt, welche Ähnlichkeit Davey mit dir hat. Das bringt bestimmt eine hübsche erotische Spannung mit sich – wahrscheinlich hat es Davey geholfen, einen hochzukriegen. Als würde man es mit demjenigen treiben, der man wäre, wenn man dem anderen Geschlecht angehört. Aber Davey ist nicht dein anderes Selbst. Das größte Risiko, das der arme Davey je eingegangen ist, war das, mit Natalie Weil ins Bett zu steigen, und der einzige Grund dafür war, daß sein alter Herr ihn so wegen seiner Männlichkeit verunsichert hat, daß er beweisen mußte, wie er Gebrauch davon machen kann.«

Nora preßte die Lippen zusammen, um nicht zuzustimmen, aber sie tat es dennoch.

»Ich bin dein wahres männliches Selbst. Der einzige Unterschied ist, ich bin höher entwickelt. Was bedeutet, mit der Zeit werden wir grandiosen Sex haben.«

Die Hyäne schlüpfte wieder in sein Gesicht. »Ist es nicht so, Nora-Püppchen, daß du diesmal einen kleinen Orgasmus gehabt hast?«

»Möglich«, sagte sie, weil sie dachte, daß er das hören wollte.

Er schlug sie so fest, daß ihr Kopf herumfuhr. Der Umriß einer breiten Hand erblühte auf ihrer Wange. »Ich weiß, daß du nicht gekommen bist, und du weißt es auch. Gottverdammt, wenn ich dich soweit bringe, daß du kommst, werden sie es im nächsten County hören. Scheiße.«

Er schlug mit der Faust gegen die Badezimmertür, dann drehte er sich um und zeigte auf ihr Gesicht im Spiegel. »Ich hole dich aus dem Knast, ich kaufe dir Kleider, ich werde dir den besten Haarschnitt verpassen, den du je in deinem Leben gehabt hast, danach werde ich nachholen, was deine Mutter versäumt hat, und dir etwas über Make-up beibringen, und du *lügst mich an?*«

Sie zitterte.

»Ich darf nicht vergessen, wie Frauen sind. Was ein Mann auch für sie tut, sie versetzen einem bei erster sich bietender Gelegenheit einen Dolchstoß in den Rücken.«

»Ich hätte nicht lügen sollen«, sagte sie.

»Vergiß es. Versuch es nur nie wieder, wenn du nicht deine eigenen Innereien in den Händen halten willst.« Er wischte sich das Gesicht mit einem Handtuch ab und legte es ihr über die Schultern. »Hör auf zu zittern.«

Nora hatte die Augen geschlossen und spürte in einer Welt, wo keine Dämonen existierten, wie ein Kamm durch ihr Haar strich. »Ich werde sie nur zwei bis drei Zentimeter kürzer schneiden, aber es wird vollkommen anders aussehen. Zunächst einmal schneide ich Haare viel besser als der Typ, der es beim letztenmal getan hat. Außerdem weiß ich, wie du aussehen solltest, wovon du nicht die geringste Ahnung hast. Zu dumm, daß wir eine Blondine aus dir machen müssen, aber glaub mir, auch das wird gut aussehen. Du wirst zehn Jahre jünger wirken.«

Er brachte ihren Kopf in Position und schnitt mit knappen, präzisen Bewegungen der Schere. Dunkle Haare fielen auf das Handtuch und rutschten auf ihre Brüste. Er sagte: »Halt still, ich werde die Haare später wegmachen.« Haarsträhnchen landeten auf ihren Unterarmen, ihrem Bauch, ihrem Rücken. Dart summte »There'll Be Some Changes Made«. »Gutes Haar«, sagte er. »Schöne, volle Beschaffenheit, gutes Volumen.«

Sie schlug die Augen auf und sah genau das, was er versprochen hatte, den besten Haarschnitt ihres Lebens. Zu schade, daß sie diese Frisur als Leiche bekam, die für den Sarg vorbereitet wurde. Seine Hände flatterten um ihren Kopf herum, zausten, schnitten.

»Ziemlich gut, wenn ich das selbst sagen darf.« Er riß das Handtuch von ihren Schultern und wischte Haare von ihrem Körper. »Und?«

Nora schnappte sich das Handtuch und wickelte es sich um die Brust. Im Spiegel sah Dart sie grinsend an. Sie strich mit den Fingern durch ihr kurzes, lebendiges Haar und sah, wie es perfekt wieder zurückfiel. Abgesehen von dem verblassenden roten Umriß der Hand auf ihrer Wange war das einzige Problem mit der Frau im Spiegel, daß ihr Gesicht unter dem wunderschönen Haarschnitt vollkommen tot war.

Dart machte die Verpackung der Haarfarbe auf und holte eine weiße Plastikflasche mit Düse und einen Zylinder mit einer bernsteinfarbenen Flüssigkeit heraus. Er kniff die Spitze der Düse ab. »Du wirst nicht so blond wie auf dem Bild, aber trotzdem blond.« Er stülpte die Plastikhandschuhe von der Innenseite der Gebrauchsanweisung über seine Hände. Nachdem er die bernsteinfarbene Flüssigkeit hineingegossen hatte, schüttelte Dart die Flasche.

»Beug dich nach vorne.« Sie lehnte sich über das Waschbecken, worauf Dart goldene Flüssigkeit in ihr Haar spritzte und mit den Fingern einmassierte. »So, jetzt fünfundzwanzig Minuten warten.« Er sah auf die Uhr. »Setz dich hierher, damit ich den Spiegel benützen kann.« Sie trug den Stuhl vor sich her, während sie zur Toilette zurückwich.

Dart beugte sich nach vorne und schnitt sich selbst das Haar. Am Hinterkopf schaffte er es besser, als Nora gedacht hatte, und verfehlte lediglich ein paar Stellen, wo lange Haare über die anderen fielen. »Wie sieht es aus?«

»Prima.«

»Hinten?«

»Prima.«

Er schnaubte. »Ich schätze, das bedeutet, man kann es so lassen.« Er machte die Packung schwarze Haarfarbe auf und mischte den Inhalt. »Ich muß die Augen zumachen, daher möchte ich, daß du mich mit der Hand berührst. Wenn du sie wegnimmst, schlage ich dir den Schädel an der Badewanne ein.«

»Wohin soll ich mit der Hand?«

»Faß an, was du willst.«

Sie rutschte nach vorne und drückte ihm, vor Ekel zitternd, eine Hand auf die Hüfte.

Dart drückte die Flüssigkeit in sein Haar. »Ich wünschte, ich wäre eine Frau, damit ich mir das selbst machen könnte. Ohne es so zu tun, meine ich.«

»Sie wünschten, Sie wären eine Frau«, sagte Nora.

Er hörte auf, sich den Schaum ins Haar zu massieren. »Das habe ich nicht gesagt.«

Nora bekam Gänsehaut auf den Armen.

»Ich habe nicht gesagt, daß ich eine Frau sein möchte. Das habe ich nicht gesagt.«

»Nein.«

Gewalt gerann um Darts massigen Körper herum und funkelte in der Luft. Er ließ die Hände sinken und sah sie an.

»Ich meinte, es würde mir gefallen, wenn ich das alles von mir gemacht bekäme. Die Frauen, denen meine Spezialbehandlung zuteil wird, können sich *extrem* glücklich schätzen. Ich denke, es wäre angenehm, verhätschelt zu werden, wie ich dich verhätschelt habe. Ist daran etwas merkwürdig?«

»Nein«, sagte sie.

Er drehte sich wieder zum Waschbecken um und warf ihr einen sengenden Blick zu. Sie legte ihre Hand an seine Hüfte. »Du bist im Würgegriff der beschissenen kleinen Konventionen, die Holzköpfe wie deinen Mann hemmen. In Wahrheit gibt es zwei Arten von Menschen, Schafe und Wölfe. Wenn das jemand verstehen sollte, dann du.«

Er zog die verschmierten Handschuhe aus. »Gut so.« Sie ließ die Hand sinken und schaute zur Tür. »Nee, wir bleiben hier drinnen. Setz dich auf den Rand der Wanne.«

Nora bewegte sich. Dart runzelte die Stirn, warf die Handschuhe in den Mülleimer, betrachtete sich im Spiegel und setzte sich auf die Toilette. »Wir müssen ein bißchen Zeit totschlagen. Frag mich etwas, aber bitte nichts allzu Dummes.«

Sie versuchte sich eine Frage auszudenken, die ihn nicht wütend machen würde. »Ich habe mich gefragt, warum Sie im Harbor Arms leben.«

Er hielt einen Finger wie ein Ausrufungszeichen hoch. »Ausgezeichnet! Als allererstes, weil meine Eltern dort nie hinkommen würden – das Haus ist ihnen unheimlich. Zweitens, weil niemand sich einen Scheißdreck dafür interessiert, was man treibt.« Fünfzehn Minuten lang erzählte er von den Vorzügen, die es mit sich brachte, in einem Haus zu leben, wo die Bewohner willig von Drogen über Sex zu Klatsch und Tratsch alles anboten – die Mitglieder des Jachtclubs gingen im allgemeinen davon aus, daß ihre Kellner und Laufburschen, Darts Vertraute, ihre Privatgespräche nicht mit anhörten.

Wenn sie am Leben wäre, dachte Nora, würde sie nichts als Verachtung für diesen eitlen, destruktiven, selbstgefälligen Mann empfinden. Dann stellte sie fest, daß sie im Augenblick tatsächlich Verachtung verspürte. Vielleicht war sie doch noch nicht ganz tot.

»Wie dem auch sei«, sagte Dart, »es wird Zeit, daß wir uns diesen Schmodder aus den Haaren spülen und den Festiger auftragen.«

»Das würde ich gerne selbst machen.«

Er hielt die Hände hoch. »Schon gut. Du mußt etwas warmes Wasser nehmen, einschäumen und ausspülen. Dann nimm das Röhrchen auf dem Waschbecken und massier dir alles ins Haar ein. Nach zwei Minuten spülen wir es aus.«

Nora massierte sich das Haar mit den Fingern, bis sich eine weiße Schaumkrone gebildet hatte, dann hielt sie den Kopf unter den Wasserhahn und spülte alles aus.

»Erstaunlich«, sagte Dart.

Nora schaute auf.

Eine ertrunkene sechzehnjährige Blondine starrte sie von der anderen Seite des Spiegels an. Kurzes, nasses Haar, nur unmerklich dunkler als das von Natalie Weil, klebte an ihrem Kopf.

»Ich hätte nicht gedacht, daß es *so* gut werden würde«, sagte Dart. »Vergiß den Festiger nicht.«

Nora wandte den Blick von dem ertrunkenen Mädchen ab, schraubte den Deckel auf, wandte sich wieder dem fremden Mädchen zu und drückte den Inhalt des Röhrchens als lange, gewundene Schlange auf ihren Kopf. Gemeinsam gruben sie und das Mädchen ihre Finger in das Haar.

»Ich bin dran.« Wenig später grinste ein schwarzhaariger Dick Dart sein Spiegelbild an. »Das hätte ich schon vor Jahren machen sollen. Findest du nicht, daß ich toll aussehe?«

Ein fettiger Krähenflügel lag flach über seinen Kopf. Flaumfedern klebten an seinen Schläfen und der Stirn.

»Großartig«, sagte sie.

Er zeigte auf das Waschbecken, und sie kam nach vorne und spülte den Festiger aus.

»Okay, nächster Schritt.« Dart zog sie zum Schlafzimmer und setzte sie an den Tisch. »Paß gut auf, was ich mache, damit du es später selbst machen kannst.« Er klappte ein verspiegeltes Kästchen auf und gab es ihr. Er trug etwas Make-up auf ihre Wangenknochen auf und verteilte es mit einem Pinsel auf den Wangen, strich Mascara auf ihre Wimpern, bemalte die Lippen mit Lippenstift. »Wenn wir fertig sind, möchte ich, daß du dir die Nägel und die Nagelhaut schneidest und diesen Lack aufträgst. Ich nehme an, *das* hast du schon mal gemacht.«

»Natürlich.« Sie konnte sich nicht erinnern, wann sie zum letztenmal Nagellack aufgetragen hatte.

»Der letzte Schliff«, sagte Dart und spritzte sich einen Klumpen Gel so groß wie ein Zehncentstück auf die Handfläche. Er stellte sich hinter sie und massierte ihre Kopfhaut. Er kämmte, tätschelte, kämmte, zupfte an ihrem Haar. »Beeindrucke mich. Geh ins Bad und sieh dich an.«

Nora zog ihr blaues Hemd an.

»Du wirst es nicht glauben.«

Nora stand vor dem Spiegel und schaute auf. Eine Frau, deren wahre Reife, ihre zweite, gerade begann, eine Frau, die in Fernsehspots für teures Shampoo Werbung machen sollte, sah sie an. Ihr leuchtendes Elfenhaar war zu kunstvollen Löckchen und Strähnchen geformt. Sie hatte perfekte Haut, einen hübschen Mund und lange, faszinierende Wimpern. Sie sah so aus, wie die magersüchtigen Zwanzigjährigen, die von Mineralwasser von Waldbaum's lebten, einmal aussehen wollten, wenn sie erwachsen wurden. Aus einem unerfindlichen Grund trug diese Frau Noras blaues Lieblingshemd.

Nora ging mit dem Gesicht bis auf wenige Zentimeter vor den Spiegel. Unter der Maske der blonden Frau sah sie sich selbst. Dann wich sie zurück und verschwand unter der Maske. Ein Wutgeheul ertönte im Schlafzimmer.

Dick Dart saß mit der Zeitung aus der Halle am Tisch. Die Flasche Cover Girl Clean stand auf der unteren Hälfte der Zeitung, und er stach mit dem Pinsel auf einen Artikel ein, so daß braune Flecken sich auf dem Papier ausbreiteten. »Weißt du, was diese Idioten sagen?« Er wandte ihr ein Gesicht aus einer Fotomontage zu, die linke Hälfte eine jüngere, glattere Version der rechten. »Ich sollte diese Arschlöcher verklagen.«

Nora ging an der Reihe der Einkaufstüten vor dem Schrank vorbei. »Was stimmt denn nicht?«

»Die *Times*, die stimmt nicht. Sie haben alles durcheinandergebracht, sie haben jeden nur erdenklichen Mist gebaut.«

Sie setzte sich auf das Bett.

»Weißt du, was du laut diesem Stuß hier bist? Eine Prominente. Wenn du eine Prominente bist, bin ich die Königin von Saba. ›Um seine Flucht zu bewerkstelligen, nahm sich Dart eine Geisel, Nora Chancel, 49, prominente Einwohnerin von Westerholm und Frau von David Chancel, Cheflektor von Chancel House und Sohn des derzeitigen Präsidenten und Geschäftsführers des angesehenen Verlagshauses, Alden Chancel. Weder David noch Alden Chancel wollten einen Kommentar abgeben.‹« Das alles las er mit einer affektierten, sarkastischen Stimme, durch die sich jedes Wort wie eine anmaßende Lüge anhörte.

Sie sagte nichts.

»Wenn man diesem Artikel glaubt, bin ich der einzige Kriminelle in Westerholm, und kannst du dir vorstellen, als was sie mich bezeichnen? Los doch, rat mal.«

»Als Mörder?«

»Als *Serienkiller!* Sind die wirklich so hirnverbrannt, daß sie den Unterschied zwischen mir und einem Psychopathen nicht kennen, der herumläuft und wahllos Leute umbringt?« Die Seite seines Gesichts, die er noch nicht behandelt hatte, lief vor Entrüstung rot an. »Sie beleidigen mich schwarz auf weiß!«

»Ich verstehe nicht –«

Dart zeigte mit dem Make-up-Stift auf sie wie mit einem Messer. »Serienkiller sind Abschaum. Selbst Ted Bundy war ein Niemand aus einer vollkommen unbedeutenden Familie von Niemanden aus Seattle.«

Er atmete keuchend.

»Ich verstehe«, sagte Nora.

»Welchen Sinn hat es, irgend etwas zu tun, wenn sie alles verdrehen? Wie steht es mit: Ehre wem Ehre gebührt?«

Sie nickte.

»Und noch eine Lüge. Sie sagen, ich sei ein *angeklagter* Serienkiller. Entschuldigung, aber wann soll das passiert sein? Ich wurde verhaftet aufgrund der Anschuldigungen einer betrunkenen Hure, ich habe etwa zwölf Stunden mit Leo Morris verbracht, aber wann, während dieser ganzen Zeit, bin ich angeklagt worden? Das ist Verleumdung.«

Sie sah ihm in die Augen.

»Da arbeitet man wie verrückt, begibt sich ständig in Gefahr, erreicht Dinge, von denen der Durchschnittstrottel nicht mal zu träumen wagte, und sie gehen her und verbreiten diese *Lügen* über einen. Das macht mich so *wütend!*«

»Haben sie eine Ahnung, wo wir sind? Was ist mit dem Auto?«

»Ob man es glauben kann oder nicht, hier steht, daß der Flüchtige und seine Geisel – Geisel, das ist gut – im Auto der Geisel geflohen sind, das später auf dem Parkplatz einer Raststätte an der I-95 gefunden wurde. Wahrscheinlich wissen sie auch schon von dem Lincoln dieses alten Arschlochs. Ich wollte heute nacht sowieso ein neues Auto beschaffen.« Er hob das Make-up-Fläschchen auf und warf die Zeitung nach ihr. »*Serienkiller.*«

Sie setzte sich auf die Fersen. »Was haben Sie vor?«

Er tauchte den Applikator wieder in das Make-up-Glas, stellte den Spiegel vor sich und machte sich an seiner rechten Gesichtshälfte zu schaffen. »Wir ziehen uns frische Sachen an und brechen auf. Morgen früh warten wir auf die Ankunft eines müden Reisenden, töten ihn und stehlen sein Auto. Ziehen in ein anderes Motel. Morgen vormittag machen wir Dr. Foil ausfindig. Danach reisen wir weiter nach Northampton und statten Everett Tidy einen Besuch ab, dem Sohn des armen Bill.«

Er schraubte die Flasche zu und hielt ihr das Gesicht zur Begutachtung hin. »Was meinst du?«

Vom Hals aufwärts war er ein anderer, jüngerer Mann, der ein Arzt hätte sein können. Die Krankenschwestern würden bestimmt mit ihm flirten und über ihn klatschen. »Bemerkenswert«, sagte sie.

Er griff über den Tisch nach Seil und Klebeband.

51

Nora kehrte in ihren Körper zurück. Möglicherweise auch ihr Körper in sie. Der Vorgang blieb unklar. Von einem unbestimmten Gefilde war sie in ein feuchtes Bett gestürzt, das bereits von einem großen Männerkörper beansprucht wurde, der Alkoholdünste ausschwitzte. Ihr Körper schwitzte ebenfalls. Sie hob eine kribbelnde Hand, um sich die Stirn abzuwischen, aber ihre Hand kam ruckartig zum Stillstand, bevor sie damit ihr Gesicht erreichen konnte, von einem festen Druck rings um ihr Handgelenk aufgehalten. Bei eingehenderer Begutachtung entpuppte sich dieser Druck als Seil. Das Seil verlief unter dem reglosen Körper des Mannes hindurch, und Nora konnte sich vage erinnern, wie er sie beide an den Handgelenken aneinandergebunden hatte, während sie durch eine Wolke nach der anderen fiel. Sie befand sich wieder bei Dick Dart und hatte die zweite Hitzewallung ihres Lebens. Eine hübsche Schar Dämonen in Hochstimmung hockten um das Bett herum, kicherten und schwatzten mit ihren Rat-tat-tat-Stimmen.

Ein Mann, in der Dunkelheit halb sichtbar, schlug in einem Sessel am Fenster die Beine übereinander, Knöchel auf Knie. Sie betrachtete den Mann eingehender und stellte fest, daß ihr Vater einen Weg gefunden hatte, ihr in dieser Unterwelt Gesellschaft zu leisten.

Daddy, sagte sie.

Da steckst du ja in einer ziemlichen Klemme, sagte ihr Vater. *Ich finde, im Augenblick könntest du einen guten Rat von deinem alten Herrn gebrauchen.*

Weck ihn nicht auf. Du redest zu laut.

He, dieser Clown kann mich nicht hören. Er hat fast die ganze Flasche Wodka getrunken, weißt du nicht mehr? Der Kerl ist weggetreten. Aber selbst stocknüchtern würde er keinen von uns beiden hören können.

Du fehlst mir.

Darum bin ich hier.

Nora fing an zu weinen. *Ich brauche dich.*

Liebes, die Person, die du brauchst, ist Nora. Du hast dich verirrt, und nun mußt du wieder zu dir selbst finden.

Ich habe kein Selbst mehr. Ich bin tot.

Hör mir zu, Süße. Dieser große Misthaufen hat dir das Schlimmste angetan, was er sich vorstellen konnte, weil er dich brechen wollte, aber das hat nicht funktioniert, nicht ganz. Vergiß diesen Quatsch, daß du tot bist. Wenn du tot wärst, würdest du nicht mit mir reden.

Warum nicht? Du bist doch auch tot.

Du bist nicht so leicht umzubringen, wie Dick Dart glaubt. Du wirst es überleben, aber um das zu schaffen, mußt du da durch. Es ist schwer, und ich wünschte, es müßte nicht so sein, aber manchmal muß man eine schrecklich bittere Pille schlucken.

Die Gestalt, die ihr den Fuß auf dem anderen Knie ruhend in dem Sessel gegenübersaß, war in der Dunkelheit zunehmend deutlicher geworden, und nun konnte sie sein offenes kariertes Hemd über dem weißen T-Shirt sehen, die vertikalen roten Streifen seiner Hosenträger, seine Arbeitsstiefel. Sein kurzgeschnittenes weißes Haar schimmerte. Sie konzentrierte sich auf das vertraute, geliebte Gesicht, die klaren, von zahllosen Krähenfüßen umgebenen Augen und die Stirn mit den tiefen Falten. Da saß Matt Curlew, ihr starker, tüchtiger, beständiger Vater, der sie mit einer Mischung aus Zärtlichkeit und Strenge ansah, die ihr Herz durchbohrte.

Es ist zuviel, sagte sie.

Du kannst es überstehen. Du mußt.

Ich kann nicht.

Er faltete die Hände auf dem erhobenen Bein und beugte sich nach vorne.

Okay, vielleicht kann ich. Aber ich will nicht.

Natürlich nicht. Niemand will das bis zum Ende durchmachen. Manche Leute kommen auch nie in die Verlegenheit. Du sagst vielleicht, das sind ziemlich glückliche Leute, aber in Wahrheit hatten sie nie eine Chance, ihre Ignoranz zu überwinden. Weißt du, was eine Seele ist, Nora? Eine richtige Seele? Eine richtige Seele ist etwas, das man bekommt, wenn man durch das Feuer geht. Indem man weitergeht und nicht vergißt, wie es war.

Ich bin nicht stark genug.

Diesmal mußt du es richtig machen. Als du das letzte Mal so schlimm verletzt worden bist, hast du die Augen zugemacht und getan, als wäre es nicht passiert. In deinem Inneren gibt es viele Türen, die du schon vor langer Zeit zugeschlagen hast. Jetzt mußt du diese Türen wieder öffnen.

Ich verstehe nicht.

Fang einfach an dich zu erinnern. Und zwar damit: Denk zurück an den Sommer, als du neun oder zehn warst und ich dir all diese Knoten beigebracht habe. Erinnerst du dich an den Palstek? Den Slipstek?

Wie sie Knoten band, als sie zehn Jahre alt war? Die derzeitige Nora war nie zehn Jahre alt gewesen.

Du hast auf dem Baumstumpf im Garten gesessen, dem von der Eiche, die während dieses höllischen Sturms umgefallen war.

Dann fiel es ihr wieder ein: die glatte, weiße Oberfläche des Baumstumpfs, sie als Göre, wie sie mit einem Stück Seil spielte, das sie in der Garage gefunden hatte, ihr Vater, der herbeigeschlendert kam und wissen wollte, ob sie ein paar richtig tolle Knoten lernen wollte. Dann die Freude an der Entdeckung, wie sich ein paar scheinbar willkürliche Schlingen auf wundersame Weise zu einem Muster ordneten. Sie hatte ihm wochenlang zugesetzt, am Küchentisch geübt, zahlreiche Jungs beeindruckt, stets völlig von einer dieser kindlichen Faszinationen erfüllt, die einen Sommer lang anhalten und dann für alle Zeiten verschwinden.

Ich erinnere mich.

Welches war der beste? Mit ihm hast du immer Lobo gefesselt.

Der Hexenfluch?

Der Mann, der ihn mir beigebracht hat, nannte ihn Hexenkopfschmerzen. Wahrscheinlich hat er ein Dutzend Namen. Wenn du ihn richtig bindest, kann ihn niemals jemand aufmachen, der den Trick nicht kennt. Soweit ich sehen kann, hat dich dein Freund Dick Dart an den Handgelenken mit dem Hexenkopfschmerzen-Knoten gefesselt, aber er weiß nicht halb soviel über Knoten wie über Kosmetik.

Nora betrachtete den komplizierten Knoten an ihrem Handgelenk, der so fest wie ein Armreif und so verschlungen wie ein Labyrinth war. Etwas an dem Muster stimmte nicht.

Du kannst dich innerhalb von Sekunden aus dieser Fessel befreien. Siehst du, wie es geht?

Nora zupfte mit der freien Hand hier und da und lockerte das Geflecht, dann zog sie langsam das Ende des Seils unter einem Strang hindurch, löste es von ihrem Handgelenk und zog es unter einem weiteren Strang durch. Der Knoten zerfiel in eine Anzahl Schlingen, aus denen sie ihre Hand mühelos befreien konnte.

Und jetzt binde ihn wieder ganz fest, mit dem dummen Fehler, wo er die Schlaufe vergessen hat.

Aber ich kann fliehen!

Du bist noch nicht fertig, Liebes. Du mußt noch eine Weile bei diesem Tier bleiben, dann wirst du imstande sein, das zu tun, was du tun mußt.

Ich weiß nicht, wovon du redest!

Ich wünschte, ich könnte dir garantieren, daß alles so ausgeht, wie es ausgehen soll, aber kann das jemals jemand versprechen? Mach dir keine Sorgen wegen des Knotens – er wird sich ganz von selbst binden, einschließlich der vergessenen Schlaufe.

Du denkst wahrscheinlich, das wäre leicht.

Nichts ist leicht. Aber du mußt trotzdem durch, Liebes. Diesmal mußt du bis zum Ende durch.

Nora beobachtete, wie sich das Seil zweimal um ihr Handgelenk schlang, eine Schleife bildete, sich hindurchzog, sich unter einem Strang hindurchbohrte, die entscheidende Schlinge verfehlte und sich zu einem Netz zusammenzog. Als sie aufschaute, sagte ihr Vater: *Ich liebe dich, Sonnenschein. Du bist ein tolles Mädchen.*

Hilf mir, sagte sie, aber der Sessel war leer.

52

Fahles graues Licht berührte die Säume der Vorhänge. Als Nora sie zum letztenmal betrachtet hatte, hatte sie nur Dunkelheit gesehen, demnach hatte sie doch geschlafen. Dart hatte einen ereignisreichen Tag geplant, und sie sollte ihn aufhalten. Sie konnte Dick Dart nicht aufhalten. Eine dicke Membran aus transparentem Gummi umgab sie, saugte ihr die Willenskraft aus und beraubte sie der Fähigkeit zu handeln. Innerhalb der Membran konnte sie nicht mehr tun, als Befehlen folgen und ab und zu eine Bemerkung von sich geben. Matt Curlew war ihr im Traum erschienen und hatte ihr gezeigt, daß Dart den Knoten namens Hexenkopfschmerzen nicht richtig binden konnte, aber er wußte nichts von der Membran.

Dart lag auf der Seite, von ihr abgewandt. Versuchsweise legte sie ihm die Hand auf die Schulter. Er drehte sich zu ihr um, seine blutunterlaufenen Augen glänzten. »Wir müssen heute früh raus. Hast du geschlafen?« Sein Atem roch wie brennende Autoreifen.

»Ich glaube, ein wenig.«

Er setzte sich auf und zog ihr Handgelenk auf seinen feisten Schenkel. »Ich nehme an, du hast keinen Versuch unternommen, diesen kleinen Knoten zu öffnen, während ich gepennt habe.«

»Ich habe ihn angefaßt, mehr nicht.«

»Ooh, Nora, du machst mir Spaß.« Er kicherte. »Dieser Knoten zieht sich nur fester zusammen, wenn man versucht, aus ihm herauszukommen. Man nennt ihn das Teufelsrätsel. Paß auf.« Er zog an einem Strang, führte ihn unter einem anderen durch, und der Knoten zerfiel. »Man braucht zwei Hände, damit es funktioniert. Wenn du es versuchst, wirst du den Blutkreislauf zu deinen Händen unterbinden.«

Das heißt, wenn du ihn richtig gebunden hättest, dachte sie. In ihrem Kokon lächelte sie geisterhaft.

Er sah auf die Uhr. »Als erstes möchte ich, daß du alles in deinen Koffer packst und nur eines der neuen T-Shirts und Jeans draußen läßt. Ich muß dein Gesicht und dein Haar herrichten. Danach müssen wir den Parkplatz im Auge behalten.« Er tätschelte ihr Gesicht. »Wenn ich das selbst so sagen darf, ich habe dein Aussehen um tausend Prozent verbessert. Findest du nicht auch? Bist du nicht auch der Meinung, daß derjenige, der dich aus deinem entehrenden Gefängnis gerettet hat, ein Genie ist?«

»Sie sind ein Genie«, sagte Nora.

Dart sprang aus dem Bett und wirbelte herum. »Ich bin ein Genie, ich wurde als Genie geboren, und ich habe noch nie etwas falsch gemacht! Ladies und Gentlemen, bitte führen Sie Ihre Hände zusammen für einen Mann, von dem man mit Fug und Recht sagen kann, daß er einzigartig ist, der Größte, der Maestro, Mr. RIIICH-ARD *DART!*«

Er machte eine Geste zu Nora, die zweimal klatschte.

»Schaff deinen hübschen Po ins Bad und putz dir die Zähne. Entleere deine Eingeweide. Genieße ein ausgiebiges Urinieren. Und während ich dasselbe tue, pack deinen Scheiß zusammen. Die Zeit vergeht.«

Nora hatte alle neuen Kleidungsstücke in dem Koffer verstaut, die ungeöffneten Seifen- und Duschgelpackungen an den Seiten hineingeschoben, das Mundwasser hineingestopft, und nun verteilte sie das ganze Make-up und die Kosmetikartikel obendrauf. Nachdem Dart seine sämtlichen Kleidungsstücke in der halben Zeit doppelt so gut wie sie verpackt hatte, hörte er damit auf, sich im Spiegel zu bewundern, um zu überprüfen, wie sie vorankam. »Hat dir deine Mutter denn *gar nichts* beigebracht? Du kannst dieses Zeug nicht in deinen Koffer tun, Herrgott noch mal.«

»Wohin soll ich es denn tun?«

Er zwinkerte ihr zu. »Kleine Überraschung.« Er machte die Schranktür auf, nahm oben eine schwarze Lederhandtasche mit goldener Schließe heraus und tänzelte auf Nora zu. »Gucci, wie du feststellen wirst. Als Dankeschön für deine unschätzbare Mitarbeit.«

»Ich hab nicht gesehen, wie Sie die gekauft haben.«

»Ich habe die vertrauensselige Unaufmerksamkeit der Damen in dem zweiten Geschäft ausgenutzt. Sie paßte genau in die Tüte der ersten Boutique.«

Nora warf die Fläschchen, Schachteln und Behälter in die Handtasche und klappte sie zu.

»Suchen wir unser Opfer«, sagte Dart.

53

»Eine Menge Leute glauben, daß der Beruf des Handlungsreisenden mit Willy Loman ausgestorben ist, aber die Welt ist voll von Typen mit Probenköfferchen und Katalogen auf dem Rücksitz. Die durch dieses riesige Gebiet reisen, zwei oder drei Staaten, den ganzen Nordosten. Sie fahren mit ihren Detroiter Nobelkarossen und steigen in Klitschen wie diesen ab, weil sie zu müde sind, was Besseres zu suchen.«

Nora stand wenige Schritte von Dart entfernt auf dem Balkon und rieb sich die bloßen Arme. Die Scheiben der leeren Autos unter ihnen waren beschlagen, die Fenster des Home Cooking dunkel. Die Scheinwerfer einer dunkelgrünen Limousine am Rand des Parkplatzes beleuchteten einen Betonkübel, in dem Geranien in einem Teppich von Zigarettenkippen vor sich hinkümmerten.

»Die Batterie dieses Idioten gibt den Geist auf, bevor er seinen Arsch aus dem Bett kriegt«, sagte Dart. »Manchen Leuten sollte man gar nicht erlauben, Auto zu fahren.«

»Sind Sie sicher, daß jemand kommen wird?«

»Dick Darts Wort ist sein Kapital«, sagte er mit dröhnender Stimme. »Wenn Dick Dart dir etwas sagt, kannst du den Scheiß nehmen und auf deiner beschissenen Bank einzahlen.«

Ein Auto scherte auf die Ausfahrt zu. »Was hab ich dir gesagt?« Dart zog sie in das Zimmer und beobachtete das Auto, das an der Einfahrt zum Parkplatz vorbeifuhr. »Der Geizhals sucht nach einer Absteige, die fünf Mücken weniger pro Nacht kostet.« Er ließ Noras Arm los und ging wieder auf den Balkon hinaus. »Ein bißchen Tempo, Leute. Wir haben nicht den ganzen Tag Zeit.«

Er steckte die Hände in die Taschen und wippte auf den Fußballen. Er trommelte mit den Fingerspitzen auf dem Balkongeländer. »Ich komme immer noch nicht über diese Serienkiller-Sache hinweg.« Eine oder zwei Minuten ging er auf dem schmalen Balkon auf und ab. »Bringen wir unser Gepäck nach unten.«

Nora trug ihren Koffer mit einer Hand und drückte mit der anderen die Tüten aus dem Eisenwaren- und dem Spirituosengeschäft an die Brust. Darts gewölbter Kleidersack lag quer über ihnen.

Sie trugen ihre Sachen an dem verlassenen Tresen vorbei. »Niemand in diesem Land weiß mehr, was Dienst am Kunden heißt. Wir verkommen langsam zu einem regelrechten *Nigeria.*« Er zwängte sich in die Drehtür, fluchte, wirbelte sie herum, verschwand außerhalb und überließ es Nora, das Problem mit der Drehtür selbst zu lösen. Sie mußte sich zweimal hindurchquälen, bis sie alles draußen hatte. Einst wäre sie durch das Hotel geflohen und entkommen, aber der Mensch, zu dem sie jetzt geworden war, konnte das nicht; sie war zu sehr bestraft worden, und die transparente Membran schützte sie vor weiteren Bestrafungen.

Dart stand unter dem Vordach. »Komm hierher, falls sich einer von diesen Idioten wahrhaftig *herabläßt*, an der Rezeption zu arbeiten.« Er zog Schlüssel aus seiner Jackentasche und breitete sie auf der Handfläche aus. »Diese Dinger kosten etwas, aber he, es ist ja nicht ihr Geld, sie arbeiten nur hier.« Er warf sie in den Betonkübel. »Dieses Ding soll das Ambiente ein wenig verschönern, und was machen die Leute – sie benutzen es als Aschenbecher. Schon allein, daß sie *rauchen*, als ob ihnen niemand gesagt hätte, daß sie davon Lungenkrebs bekommen, und dann werfen sie auch noch die Kippen in den Blumenkübel. Jeder kann aufhören zu rauchen. Ich habe vier Päckchen am Tag geraucht und aufgehört. Was ist aus der Selbstbeherrschung geworden? Scheiß auf die Selbstbeherrschung – was ist aus schlichter Rücksicht auf andere geworden?«

Nora beobachtete dunkle Umrisse, die vor dem heller werdenden Himmel auf dem Highway dahinrasten.

»Gibt es in diesem Land keine Arbeitsmoral mehr?«

Nora sah zu dem Auto mit den brennenden Scheinwerfern und sah eine Gestalt hinter dem Lenkrad.

»Komm her, Nora. Ich kann nicht alles alleine machen. »Zieh das Ding auf, kreuz die Finger, dreh den Schlüssel rum oder was zum Teufel du sonst machst.«

»Ich mache gar nichts.«

»Du machst …« Er verstummte, sah sie an, blinzelte rasch hintereinander. »Wenn dieser Trottel die Scheinwerfer angelassen hat, hat er vielleicht auch die Schlüssel im Auto stecken lassen.«

Er trat unter dem Vordach hervor, bückte sich, um in das Auto zu sehen, lief darauf zu und zog dabei den Revolver aus der Jackentasche.

Nora drückte sich den schweren Anzugbeutel auf die Augen und wartete auf die Explosion. Darts Schuhe stapften auf dem Asphalt und blieben stehen. Sie hörte sein dreckiges Hua-hua-hua-Lachen.

Sie ließ die Tüten sinken. Dart hauchte ihr von der offenen Autotür einen Kuß zu. »Gottverdammt, Nora, du verdienst einen Bonus.«

Sie ging ihm entgegen.

»Ta-da!« Dart trat beiseite und gab den Blick auf einen am Steuer zusammengesunkenen feisten Männerleichnam frei. Die gelbe Krawatte war zur Seite gezogen, die ersten vier Hemdknöpfe waren abgerissen worden.

»Herzanfall, würdest du nicht auch sagen?«

»Sieht so aus«, sagte Nora.

»Butterball hier hat etwa fünfzig Pfund Übergewicht, und sein Wagen stinkt nach Zigaretten.« Er berührte die schwabbeligen Wangen des Toten. »Dieser Scheißhaufen ist etwa eine Minute, bevor wir auf den Balkon gekommen sind, auf den Parkplatz gefahren, hat den Motor abgestellt und ist tot umgefallen, bevor er das Licht ausmachen konnte. Er war die ganze Zeit hier! Stell das Zeug ab und hilf mir.«

Dart kniete auf den Beifahrersitz, legte dem Toten die Arme um die Brust und zerrte ihn zur Seite. Nora bückte sich und schob. Ihre Hände sanken in den weichen Körper ein.

»Himmel, Nora, du hast doch früher schon Tote versorgt. Du kannst mir jetzt nicht umkippen.«

Nora drückte dem toten Mann die Schulter in die Seite. »Schieben!«

Der Leichnam kippte auf den Beifahrersitz.

Dart warf die Schlüssel über das Autodach hinweg. »Verstau die Tüten im Kofferraum.«

Gehorsam machte Nora den Kofferraumdeckel auf und legte den Anzugbeutel über Kartons und Schachteln. Dann kletterte sie auf den Rücksitz, worauf Dart zurücksetzte, bremste und vorwärts zur Vorderseite des Hotels schoß. Der Kopf des Toten rollte zur Seite. Sie stopften die restlichen Tüten in den Kofferraum und auf den Rücksitz. Dart, der die Messer zwischen den Füßen liegen hatte, fuhr kichernd zum Ausgang. Dann bremste er und beugte sich zu dem Leichnam.

Er zog dem Toten die Brieftasche aus dem Jackett. »Sieh dir diese Visitenkarten an. Playtime Enterprises, Boston. Gumbo's Goodies, Boston. Satisfaction Guaranteed, Waltham. Was mag das sein? Hot Stuff, Providence. Salon ›Nur für Erwachsene‹.« Dart fing an zu lachen. »Jumbo verkauft Sexspielzeug! Was für ein Schmuckstück! Wir wollen seinen Namen herausfinden.«

Er hielt einen Führerschein mit dem Foto eines pummeligen Gesichts mit dicken Backen und dicht zusammenstehenden Augen hoch. »Wir haben das Vergnügen mit Mr. Sheldon Dolkis. Mr. Dolkis ist, mal sehen, fünfundvierzig Jahre alt, wiegt hundertzwei Kilo und ist einen Meter siebzig groß. Er behauptet, daß er mandelbraune Augen hat, und hat abgelehnt, seine Organe zu spenden. Ich glaube, das werden wir erst noch sehen.« Dart nahm die rechte Hand des Toten. »Hocherfreut, deine Bekanntschaft zu machen, Shelley. Wir werden die Stadt aus den Angeln heben.«

Er fuhr in südlicher Richtung auf dem Highway. »Wir suchen ein Mom-und-Pop-Motel, das an die beiden quintessentiellen Normans erinnert, Rockwell und Bates. Ein schäbiges kleines Büro und eine Reihe deprimierender Hütten.«

»Warum suchen wir das?«

»Wir können unseren neuen Freund nicht im Auto lassen, oder? Shelley gehört jetzt zu unserer Familie.«

»Sie wollen ihn *behalten?*«

»Ich werde noch viel mehr mit ihm machen«, sagte Dart.

54

»Herrliches Fleckchen, Springfield«, sagte Dart. »Gib jetzt gut acht, Shelley. Selbst ein Dünnbrettbohrer wie du muß vom Springfield-Gewehr gehört haben, aber schließt deine Bildung auch das Garand ein? Wunderbare Waffe für ihre Zeit. Zweihundert Jahre lang wurden beide Gewehre in Springfield hergestellt. Möglicherweise die einzige Stadt in Amerika mit einem Waffenmuseum. *Das* nenne ich mal ein Museum, wo sich ein Besuch lohnt. Natürlich gibt es dort auch die Basketball Hall of Fame, falls du dir das vorstellen kannst. Ab und zu muß man den Tölpeln auch mal einen Krümel hinwerfen.

Basketball war okay, als es noch von Weißen gespielt wurde. Aber schau dir an, was jetzt passiert ist. Zu groß geratene Drüsenkranke haben es übernommen, und jetzt ist es nur noch Exhibitionismus. Sportsgeist? Vergiß es, es gibt keinen Sportsgeist im Getto, und Basketball ist nur das Getto mit fetten Gehaltsschecks. Das ist alles Teil des Verfalls der öffentlichen Moral. Mein Vater – glaubst du, den kümmert es, wer *Reise in die Nacht* wirklich geschrieben hat? Seine Vorstellung von guter Literatur ist eine Ausgabe vom *American Lawyer* mit seinem Konterfei auf dem Umschlag. Du solltest sehen, wie es bei Dart & Morris zugeht – die Spesenschieberei, die Concorde-Flüge, die wir den Kunden in Rechnung stellen. Ich fasse nicht, daß sie den Humor der ganzen Sache nicht begreifen, sie schlucken zwei Flaschen Dom Pérignon und stopfen sich bei sogenannten Konferenzen mit Kaviar voll, berechnen dem Klienten fünfhundert Mäuse für das Essen und finden es nicht mal komisch! Kein Wunder, daß die Leute Anwälte hassen. Verglichen mit dem anderen Typen bin ich ein Ausbund an Tugend. Ich kümmere mich um meine alten Damen. Wenn ich ihnen ein Essen berechne, dann weil wir bei besagtem Essen über Geschäftliches geredet haben. Weißt du, es geht nicht nur um Danielle Steele und Emily Dickinson.«

Sie waren ziellos durch die Vororte von Springfield gefahren, und Dart hielt, während er redete, ständig auf beiden Straßenseiten nach einem Motel Ausschau.

»Nimm Shelley Dolkis hier. Er hat Dildos und aufblasbare Puppen an Leute geliefert, die zu beschränkt waren, um Sex mit anderen Menschen zu haben. Sogar die Sex-Industrie hat eine Hierarchie, und Shelley befand sich am unteren Ende – am Wichser-Ende. Aber wenn er reden könnte, würde er dir sagen, daß er eine notwendige Dienstleistung erbracht hat. Wenn die Leute keinen Zugang zu seinen Produkten hätten, nun, dann würden sie auf die Straße gehen und Frauen vergewaltigen!«

»Ich glaube, Sie haben recht«, sagte Nora.

»Die ganze Sache läuft darauf hinaus, daß man den Mumm hat, ganz offen zuzugeben, daß man verdorben ist. Der Mann, der sich für den Senat bewirbt und frei heraus sagt, daß er den Job nur will, damit er Sekretärinnen vögeln, sich die Taschen mit Schmiergeld vollstopfen, eine Menge Drogen nehmen und nackt mit zwei Stripperinnen im Pool schwimmen kann, der bekommt meine Stimme. Ist dieses Land auf Fairneß begründet? Es hat einem Haufen anderer Typen gehört, und wir haben es ihnen *weggenommen*. Gab es da nicht eine Kleinigkeit namens Boston Tea Party? Nehmen wir einmal an, du wärst 1750 nach Connecticut gekommen und hättest ein hübsches Stück Land am Sund gefunden, auf dem ein halbes Dutzend Pequot-Indianer lebten. Hättest du gesagt: Zu dumm, dann ziehe ich wohl weiter landeinwärts? Du hättest die Indianer getötet und dein Land bekommen. Du lebst seit ein paar Jahren in Westerholm. Hast du da je irgendwelche Pequots gesehen? Und so spielt es sich immer und immer wieder ab. Die Geschichtsbücher lügen, Lehrer lügen, und Politiker lügen ganz bestimmt. Ein gebildetes Publikum ist das Letzte, was sie wollen.«

»Ja.«

»Dies sind glückliche Zeiten für mich. Ich bin weitaus sensibler, als die meisten Menschen glauben, und du siehst diese Seite von mir allmählich.«

»Das stimmt«, sagte Nora.

»Und da haben wir eine Unterkunft, die wie geschaffen ist für unsere kleine Familie.«

Auf dem Gipfel einer Anhöhe stand eine Reihe schäbiger Hütten. Durchnumerierte Türen erstreckten sich an einem erhöhten Holzsteg entlang. Eine Neonreklame an der Einfahrt zum Parkplatz verkündete: HILLSIDE MOTEL.

»Hillside, wie der Würger«, sagte Dart. Er hielt vor der letzten Wohneinheit an und tätschelte dem Toten die Wange. »Mach es dir einen Moment bequem, Shelley, während Nora und ich unsere Unterkunft sichern.«

Ein steinalter Sikh nahm fünfundzwanzig Dollar von ihnen entgegen und schob den Schlüssel über den Tresen, ohne einmal von seinem Stuhl aufzustehen oder den Blick von dem indischen Musical abzuwenden, das im Fernseher auf seinem Tisch lief.

»Nora, Nora«, sagte Dart, während sie auf ächzenden Planken zu ihrem Auto und Sheldon Dolkis zurückgingen. »Wie sie in der Bierwerbung immer sagen: Kann es noch besser werden?«

»Wie könnte es?« sagte Nora.

»Du und ich und ein großer fetter toter Mann.« Er schob den Schlüssel in die Tür des letzten Zimmers. »Sehen wir uns unser Gemach mal an.«

Eine Glühbirne im Reispapierschirm beleuchtete kümmerlich ein Bett mit einer gelblichen Decke, eine zerkratzte Kommode und zwei grüne Plastikstühle an einem Kartentisch. Abgetretene Teppiche lagen auf dem Boden. »Nora, wenn dieses Zimmer reden könnte, was für Geschichten hätte es zu erzählen!«

»Selbstmord und Ehebruch«, sagte Nora und verspürte ein schwaches Flackern von Terror. So etwas hätte die Person in ihrem Kokon niemals sagen dürfen.

Aber sie schien Dick Dart nicht verstimmt zu haben. »Du wirst mit jedem Wort, das du von dir gibst, interessanter. Als du in Vietnam warst, bist du da vergewaltigt worden?«

Sie sackte an die Wand. *Davey hat es in zwei Jahren Ehe nicht herausbekommen, aber Dick Dart hat es schon nach vierundzwanzig Stunden gemerkt.*

Er sah nach draußen. »Wenn wir Shelley in dieses reizende Zimmer geführt haben, muß ich dir eine Geschichte erzählen.«

Draußen machte Dart die Beifahrertür auf und legte eine Hand auf Dolkis' Schulter. Der Tote starrte das Autodach an, als würde dort ein Pornofilm gezeigt. »Shelley, alter Junge, es wird Zeit für einen kurzen Spaziergang. Nora-Schatz, ich werde ihn jetzt zu mir ziehen, und dann möchte ich, daß du hinter ihn gehst und ihn unter dem anderen Arm stützt.«

Dart beugte sich in das Auto und zog Kopf und Schultern des toten Mannes ins Sonnenlicht. »Beeil dich, wir wollen ihn nicht fallen lassen.« Nora drückte sich an das Auto und bückte sich. Der Anzug des Toten hatte die ölig-grüne Farbe einer griechischen Olive und stank nach Zigarettenrauch. »Und los geht's«, sagte Dart. Der Anzug wurde zur Seite gerissen. Nora hob einen Arm und rückte dicht an den Leichnam heran. »Fest und hart ziehen«, sagte Dart. Der Tote wurde vom Autositz hochgehoben, seine Füße hingen durch. Ein leises Geräusch drang aus dem offenen Mund. »Nicht beklagen, Shelley«, sagte Dart. Er wich zurück, worauf Dolkis' Füße über das Trittbrett glitten. Einer seiner Schuhe fiel herunter. »Marsch, marsch«, sagte Dart.

Sie schleppten ihn hinein. Am anderen Ende des Betts ließ Dart seine Seite des Toten sinken und fallen. Das Gewicht auf Noras Rücken verschwand, die Stirn des Toten klatschte auf den Sisalteppich. Dart drehte den Toten herum und tätschelte ihm den feisten Bauch. »Guter Junge.« Er löste die offene Krawatte und warf sie beiseite, dann knöpfte er das Hemd auf und zog es aus der Hose. Eine dünne Linie dunklen Haares verlief über die Wölbung des Brustbeins bis hinab in den Bauchnabel. Dart machte den Gürtel auf und öffnete den Hosenknopf.

»Was machen Sie?« fragte Nora.

»Ihn ausziehen.« Er zog den Reißverschluß herunter, ging ans untere Ende des Toten, zog den verbliebenen Schuh aus und streifte die Socken über die dicken Füße. Er zerrte an den Hosenbeinen. Der Tote rutschte ein paar Zentimeter zu ihm hin, bevor die Hose herunterrutschte und weiße Unterhosen mit alten Flecken im Schritt entblößte. Dart griff in die vordere linke Hosentasche und brachte ein zerknülltes Taschentuch und einen Schlüsselring zum Vorschein, die er beide unter den Tisch warf. Aus der rechten Tasche holte er einen Geldclip aus Messing und eine kleine braune Phiole, an deren Deckel ein Plastiklöffel befestigt war.

»Shelley hat gekokst! Meinst du, er hat regelrecht *versucht*, einen Herzanfall zu bekommen?« Dart schraubte den Deckel ab und spähte in das Fläschchen. »Das egoistische Schwein hat alles verbraucht.« Das Fläschchen landete auf dem Boden und rollte unter Noras Stuhl. »Ich muß etwas aus dem Auto holen.«

Dart ging in das grelle Licht hinaus. Nora war dankbar dafür, machtlos zu sein, nichts zu empfinden, während sie hörte, wie der Kofferraumdeckel aufgeklappt wurde, Tüten raschelten, längere Stille eintrat. Ein Blauhäher schrie. Der Kofferraumdeckel wurde zugeklappt. Ein würdevoller Mann, Medizinertyp, trug eine Menge Tüten ins Zimmer und wurde zu Dick Dart.

Er zog seine Hosen hoch, kniete sich neben den Toten und stellte die Tüten in einer Reihe neben sich auf. Aus der ersten holte er seine Messer. Aus der zweiten holte er eine Schere. Er zog eine halbvolle Wodkaflasche aus der dritten, schraubte den Verschluß auf, zwinkerte Nora zu und trank einen kräftigen Zug, mit dem er sich den Mund ausspülte, bevor er ihn schluckte. Er erschauerte, trank einen zweiten Schluck und schraubte den Deckel wieder zu. »Anästhesie. Möchtest du auch?«

Sie schüttelte den Kopf.

Dart ging an dem Toten entlang und richtete den Oberkörper auf. »Hilf mir.«

Als der Tote bis auf die Unterhosen nackt war, durchsuchte Dart die Anzugtaschen: ein Kugelschreiber, ein fettig-grauer Taschenkamm, ein schwarzes Adreßbuch. Das alles warf er Richtung Papierkorb, dann bemerkte er den Geldclip auf dem Boden neben sich. »Mein Gott, ich habe vergessen, das Geld zu zählen.« Er zog die Scheine heraus. »Zwanzig, vierzig, sechzig, achtzig, neunzig, hundert, hundertzehn und vier Einer. Warum nimmst du es nicht?«

»Ich?«

»Eine Frau ohne Geld ist unvollständig.« Er schob die Banknoten in den Clip, sammelte Münzen vom Boden ein und ließ alles auf ihre Handfläche fallen. »Nora-Törtchen, würdest du so freundlich sein, ins Bad zu gehen und den Duschvorhang herunterzureißen?«

Sie ging ins Bad und tastete nach dem Lichtschalter. Grelles Licht prallte von den Wänden, dem weißen Boden und dem Spiegel ab. Ein durchscheinender Vorhang hing über den Rand der weißen Emaillewanne herunter. Nora hob die Hände und zog an dem Vorhang. Die Plastikringe lösten sich krachend einer nach dem anderen von der Stange.

Als sie den Vorhang in das Schlafzimmer trug, fiel Licht aus dem Bad auf den Boden. »Perfekt.« Dart zerschnitt die Unterhosen des Toten und plazierte den Duschvorhang neben der Leiche. Ein Fetzen Unterwäsche lag über Sheldon Dolkis' Unterleib. »Mal sehen, wie unser Knabe bestückt war.« Er riß den Stoff weg. »Der muß mit einer Pinzette gewichst haben.«

Dart hängte sein Jackett über eine Stuhllehne. Er krempelte die Ärmel bis halb über den Bizeps hoch und stopfte die Krawatte zwischen dem dritten und vierten Knopf in sein Hemd. Dann kniete er sich neben den Leichnam, schob ihm die Arme unter den Rücken und rollte ihn auf den Duschvorhang. Er rückte nach und drehte ihn wieder herum, so daß das Gesicht nach oben lag. Er machte sich an dem Toten zu schaffen und rückte ihn auf der Plastikplane zurecht. »Na bestens.« Er rieb sich die Hände und betrachtete den Toten zärtlich. »Willst du wissen, was ich werden wollte, als ich ein Kind war?«

»Arzt«, sagte Nora.

»*Chirurg*. Es hat mir Spaß gemacht, etwas aufzuschneiden. *Großen* Spaß. Wie hat der große Leland Dart gesagt? ›Ich verschwende mein Geld nicht für ein Medizinstudium, bei dem sie dich nach einem Jahr wieder hinauswerfen.‹ Schönen Dank, Dad. Aber ich Glücklicher habe trotzdem einen Weg gefunden, Chirurg zu sein.«

Er ließ sich auf die Knie nieder und griff nach dem Hirschfänger. »Du hast eine Million Operationen gesehen, richtig? Schau dir diese hier an. Sag mir, ob ich meine Sache gut mache.« Sie beobachtete, wie er das Messer unterhalb des Brustbeins hineinstach und den Bauch hinabzog, wobei er die Haarlinie teilte. Gelbes Fett quoll aus der Wunde. »Ich nehme nicht an, daß dein Mann, wenn er in Erinnerungen an die schöne Zeit in Yale schwelgte, jemals eine Organisation namens Hellfire Club erwähnt hat?«

55

Sie stieß einen Laut des Erstaunens aus und sagte: »Das haben Sie sehr gut gemacht.«

»Selbstverständlich«, sagte er verärgert. »Ich bin der geborene Chirurg. Welche grundlegende Eigenschaft macht den geborenen Chirurgen aus? Ein Faible dafür, Leute aufzuschneiden. Als Kind habe ich mit Tieren geübt, aber Herrgott noch mal, ich wollte kein *Tier*arzt sein.« Er schnitt auf beiden Seiten der Inzision halbkreisförmig Fleisch weg, dann schälte er weiches, gelbes Fett ab und legte es auf dem Duschvorhang ab. Binnen weniger Sekunden hatte er den unteren Teil des Brustkastens und das Bauchfell freigelegt. »Ich möchte einen Blick auf Shelleys Leber werfen – ich wette, das ist ein echtes Schmuckstück – und auf die Bauchspeicheldrüse; nach Gallensteinen suchen und was sonst noch so auftauchen könnte, aber vorher muß ich diese große, häßliche Membran, das Omentum majus, aus dem Weg schaffen. Sieh dir dieses Fett an. Der Bursche könnte eine Seifenfabrik einen Monat auslasten.«

»Sie haben Ihre Hausaufgaben gemacht.«

»Medizinische Lehrbücher sind weitaus unterhaltsamer als der Unfug, den ich für meine alten Damen lese.« Er schnitt durch die dicke Fettmembran und klappte sie zurück, dann suchte er in der Unterbauchhöhle.

»Der Hellfire Club?« fragte Nora.

»Du kennst doch diese Geheimgesellschaften in Yale, oder nicht? Die *geheimen* Geheimgesellschaften sind weitaus interessanter. Der Hellfire Club ist eine der ältesten. Früher wurde man nur durch Vererbung Mitglied, aber in den vierziger Jahren haben sie auch Fremde aufgenommen. Lincoln Chancel war gut Freund mit ein paar alten Haien, die Mitglieder waren, und die haben die Regeln ein bißchen hingebogen, um Alden reinzubekommen, und daher hatte Davey seine Chance und wurde Mitglied. Ich trat in meinem Erstlingsjahr bei, daher waren wir ein paar Jahre gemeinsam drin. Jesus Christus, sieh dir das an.«

Er durchtrennte die Peritonealbänder und holte die Leber aus dem Körper. »Die rechte Hälfte ist nur halb so groß, wie sie sein sollte. Siehst du diese Verfärbungen? Eine anständige Leber ist rot. Hier, um die Vena cava, dieses große Blutgefäß, verfärbt sie sich schwarz. Die ganze Beschaffenheit stimmt nicht. Ich habe keine Ahnung, was der alte Shelley gehabt hat, aber seine schlechten Angewohnheiten haben ihn langsam umgebracht.« Dart legte die abgetrennte Leber auf die Plastikfolie und schnitt sie durch. »Was für eine Schweinerei. Die Leberarterie sieht wie ein Zahnstocher aus... Ich weiß nicht, warum Davey in dem Club geblieben ist. Wahrscheinlich hat sein Alter gedacht, es würde ihn abhärten. Er hat überhaupt nicht dorthin gepaßt. Dort ging es nur darum, sich gehenzulassen, im Dreck zu suhlen. Sex, Drogen, Rock 'n' Roll.«

Das war selbst innerhalb der schützenden Membran interessant. Was Davey ihr erzählt hatte, war größtenteils gelogen gewesen. »Wo haben Sie sich getroffen?«

»Wir hatten zwei Etagen im North End gemietet. Wenn die Nachbarn argwöhnisch wurden, sind wir in ein anderes Gebäude weitergezogen. Wenn man erst mal in dem Club war, konnte man tun und lassen, was man wollte. Niemand durfte kritisieren, was ein anderes Clubmitglied tat. Nicht fragen, nicht zögern, nicht richten. Natürlich hatten wir ein paar Todesfälle. Kein Problem, die Leichen wurden einfach auf ein Brachgrundstück gekippt. Die Leute deiner Generation glauben, sie hätten Drogen erfunden. Aber im Vergleich zu uns seid ihr Memmen gewesen. Hasch, LSD, Angel Dust, Speed, Heroin, Bennies, und viel, viel Koks. Das zumindest ist ein Gebiet, in dem sich der kleine Davey vollkommen zu Hause fühlte. Er konnte drei, vier Nächte ohne Schlaf durchmachen, sich Koks händeweise in die Nase schaufeln und über Hugo Driver schwadronieren, bis er umgekippt ist.«

Nora beobachtete, wie er sich mit den Händen in dem aufklaffenden Leichnam zu schaffen machte.

»Ich kann den Gestank von Galle nicht ausstehen. Wenn die Leute meinen, daß Scheiße stinkt, sollten sie mal an dem Zeug schnuppern, das durch ihre Gallenblase geht.« Dart holte eine Rolle Toilettenpapier aus dem Badezimmer und wischte einen dunkelbraunen Fleck auf, der sich auf dem Tuch ausbreitete. Er schnitt den birnenförmigen Sack von Dolkis' Gallenblase entzwei und frohlockte. »Was habe ich gesagt? Gallensteine. Mindestens zehn. Wenn seine Leber ihn nicht vorher umgebracht hätte, dann hätte Shelley sich für eine schmerzhafte Operation anstellen dürfen.« Er wickelte die verstümmelte Gallenblase in Toilettenpapier und legte sie beiseite, aber der feuchte, tote Gestank hing immer noch in der Luft.

»Ich möchte mir die Bauchspeicheldrüse dieses Burschen ansehen und einen Blick auf die Milz werfen. Die Milz ist ein prachtvolles Organ.«

»Haben Sie Mädchen mit in den Hellfire Club gebracht?« fragte Nora.

»Jede Frau, die das Haus betrat, war Freiwild. Sogar Daveys verrückte Freundin, Amy Soundso, kam einmal hin. Hinterher war sie noch verrückter als vorher. Dann tauchte Davey mit einer anderen Tussi auf. Amy war verrückt, aber dieses Baby war *völlig* verstört. Männerkleidung. Kurze Haare.« Dart trennte Bindegewebe und Sehnen mit raschen, akkuraten Bewegungen seines Messers durch. »Du sahst dieses niedliche kleine Ding neben Davey sitzen und dachtest dir: *Ja, klar, der werd ich's besorgen*, aber dann wurde dir aus irgendeinem Grund klar, nein, keine Chance. Außerdem war alles, was sie über sich selbst erzählt hat, gelogen. *Hallo*.«

Dart hielt die tropfende, dreißig Zentimeter lange Bauchspeicheldrüse hoch, an deren Spitze sich ein grau-braunes Gewächs von der Größe eines Golfballs befand. »Ich habe früher schon Tumore gesehen, aber dieses Baby ist etwas ganz Besonderes. Shelley, man sollte deinen Körper in einem Schaukasten ausstellen. Ich kann es kaum erwarten, mir das Herz anzusehen.«

»Sie war eine Lügnerin?«

»Ist dir nicht aufgefallen, daß dein Göttergatte dazu neigt, die Wahrheit auszuschmücken? Dieses Mädchen war noch schlimmer. Ich schätze, der kleine Davey hatte ein Faible für verrückte Damen.« Er legte die kranke Bauchspeicheldrüse weg und schenkte ihr ein schiefes Lächeln.

»Wie hieß sie?«

»Wer weiß? Sogar was das anging, hat sie gelogen. Dir ist vielleicht aufgefallen, daß ich weiß, wenn Menschen lügen. Sie war die beste Lügnerin, die ich je kennengelernt habe, aber sie war eine Lügnerin. Laut Davey hat sie das New Haven College besucht und kam aus einem kleinen Nest aus dieser Gegend, aus welchem genau, weiß ich nicht mehr. Chester, was in der Art. Vielleicht Granville. Ich habe sie überprüft. Sie war nicht am New Haven College eingeschrieben, und keine Familie mit ihrem Nachnamen lebte dort.«

»Könnte es Amherst gewesen sein?«

»Amherst? Nein. Warum?«

»Davey hat mir mal eine Geschichte über eine seiner alten Freundinnen erzählt, die gesagt hat, sie stamme aus Amherst. Ich dachte, es könnte dasselbe Mädchen gewesen sein.«

Er sah sie lange und direkt an. »Der Kerl hat wahrscheinlich zu Hunderten durchgeknallte Ladies angeschleppt. Immerhin ist er ziemlich hübsch. Wie dem auch sei, er hat fast seine gesamte Freizeit mit der hier verbracht. Ich nehme nicht an, daß sie die ganze Zeit über Hugo Driver gesprochen haben, aber wenn *ich* sie gesehen habe, hat sie ihm zugesetzt, daß er seinen Vater dazu bringt, das eine oder andere mit *Reise in die Nacht* anzustellen. Sie war vollkommen auf dieses Buch fixiert. Das Mädchen wollte unbedingt, daß er ihr das Manuskript zeigt – um irgend so was ging es. Ich weiß, daß er es versucht hat, aber es ist nichts daraus geworden.«

Dart bewegte das Messer und hielt ein purpurnes, faustgroßes Organ hoch. »Sieht überraschend gut aus, wenn man bedenkt, in welcher Gesellschaft es sich befunden hat.«

»Was ist aus dem Mädchen geworden?«

Er legte die Milz neben die triefende Leber. »Eines Nachts betrat ich unsere Lieblingspizzeria, und da sehe ich ganz hinten Davey und seine Freundin. Dein zukünftiger Gatte war angetrunken. Ich war auch nicht mehr nüchtern, aber eindeutig in besserer Verfassung als Davey. Er winkte mich zu ihrem Tisch, zeigte auf mich und sagte: ›Da ist deine Antwort.‹ Das Mädchen sagte nein. Es müßten nur sie beide sein, sonst niemand. Ich war die Antwort. Nein, war ich nicht. Das Mädchen war stocknüchtern. Schließlich bekam ich heraus, daß er sie, bevor er sich betrunken hatte, irgendwohin fahren sollte, und das wollte sie immer noch. Sie betonte immer wieder, daß sie bis zum nächsten

Tag warten könnten. Der Idiot, den du geheiratet hast, hat darauf bestanden, daß sie noch in derselben Nacht fahren – nach Shorelands. Sie wolle die Anlage sehen, also war heute die Nacht der Nächte. Ich könne fahren. Das alles, ohne mich auch nur einmal zu fragen, ob ich überhaupt Interesse hätte, nachts quer durch Massachusetts zu fahren.

Das Mädchen wollte nicht, daß ich sie beide fuhr, also beschloß ich natürlich, es zu tun. Unterwegs wollte ich Davey von den Märchen seiner Freundin erzählen. *Dann* hätten wir eine unterhaltsame Szene gehabt, oder nicht?

Davey war zu betrunken, um zu merken, wie wütend das Mädchen war. Er konnte nicht fahren, und sie hatte keinen Führerschein. Ich war die Lösung ihres Problems. ›Es nützt nichts mehr‹, sagte das Mädchen immer wieder, aber er hörte nicht auf sie. Nun, wir fahren los. Davey schlief auf dem Rücksitz ein. Das Mädchen saß vorne bei mir, wechselte aber praktisch kein Wort mit mir, außer wenn sie mir den Weg erklärte. Wir fuhren etwa hundert Meilen auf dem Highway, dann wachte Davey auf und zitierte aus *Reise in die Nacht*.

Ich wünschte, ich hätte etwas, womit man die Rippen durchschneiden kann, weil das mit diesem Messer nicht geht. Ich habe die Knorpel durchgeschnitten und den größten Teil des Zwischenrippenmuskels entfernt, aber die Rippen selbst werde ich mit der Hand abbrechen müssen.«

Dart ergriff eine Rippe und zog fluchend daran. Der gekrümmte Knochen rutschte allmählich nach oben und brach entzwei. »Ich denke, das muß genügen.« Er schnitt weitere Knorpel durch.

»Ich hab versucht, ihn mit dem Radio zu übertönen, bekam aber nur Discoscheiß rein, und den *hasse* ich. Weißt du, was ich mag? Richtige Musik. Sänger, wie man sie heute gar nicht mehr hört. Ein guter Spaghettibariton macht mich zum gücklichen Menschen. Ah, jetzt kann man das Herz gut sehen.

Wir sind hundert Meilen weit im Niemandsland, Davey deklamiert Hugo Driver, und das Mädchen sitzt da wie eine Marmorstatue. Plötzlich muß sie pinkeln. Da sehe ich rot, weil wir gerade eine Raststätte *passiert* hatten, warum hatte sie da nicht

Bescheid gesagt? Möchtest du einen Blick in den Kopf dieses Mädchens tun? ›Wann immer es möglich ist‹, sagt sie, ›pinkle ich gern im Wald wie Pippin Little, denn ich *bin* Pippin Little.‹ Das schien mir der richtige Zeitpunkt zu sein, Davey zu erzählen, was ich über das Luder wußte, also tue ich das. Ich muß es zwei- oder dreimal wiederholen, aber schließlich kapiert er es. Sie mag Pippin Little sein, aber sie ist ganz bestimmt nicht die, für die sie sich ausgegeben hat. Und da geht ihm auf, so betrunken er ist, daß ihr Name, den sie ihm genannt hat, verdammte Ähnlichkeit mit einer *anderen* Figur aus *Reise in die Nacht* hat. Das Mädchen verzieht keine Miene. Sie sagt: ›Fahr an der nächsten Ausfahrt rechts ran. Ich kann dort raus.‹

›Wenn du mir nicht sagen willst, wer du wirklich bist, kannst du raus und draußen *bleiben*‹, schreit Davey.

Wir sind so weit auf dem Land draußen, daß es dunkel wie in einem Kohlebergwerk ist. Ich fahre vom Highway runter, und wir stehen am Waldrand. Davey greift nach dem Mädchen, aber sie entkommt und verschwindet zwischen den Bäumen. Davey verflucht mich – jetzt ist es *meine* Schuld, daß sie eine Lügnerin ist. Nach zehn entzückenden Minuten sage ich ihm, daß seine Freundin extrem lange für ihr Geschäft braucht. Er steigt aus und streift etwa eine halbe Stunde durch den Wald. Zum Teufel damit, sagt er, kehren wir nach New Haven zurück, und diesmal fahre ich. Er setzt sich ans Steuer und wendet das Auto. Plötzlich ist das Luder direkt vor dem Auto, und dann verschwindet sie. Unser Held fängt an zu weinen. Dann zieht er ein Gramm aus der Tasche, schnupft etwa die Hälfte davon und fährt weiter.«

»Er hat sie zurückgelassen?«

»Einfach weggefahren. Achtzig Meilen die Stunde bis zum guten alten Yale zurück, wo Männer gemacht werden, ganz zu schweigen von solchen, die Fahrerflucht begehen.«

»Was ist danach passiert?«

»Die verrückte Amy wurde aus der Klapsmühle entlassen, und Davey war sofort wieder an ihrer Seite. Den Hellfire Club hat er nie wieder betreten. Buu-huu, wie wir ihn alle vermißt haben.«

»Gibt es einen Hellfire Club in New York?«

Dart sah sie mit zusammengekniffenen Augen an. »Zufälligerweise ja. In den zwanziger Jahren kam eine Gruppe Kommilitonen auf die Idee, daß der Spaß ja nicht mit dem Examen aufhören müßte. Dort geht es förmlicher zu als in New Haven – Kellner, ein Concierge, tolles Essen. Die Gebühren sind hoch genug, daß das Gesindel draußen bleibt, aber der Geist ist derselbe. Warum fragst du?«

»Ich habe mich gefragt, ob Davey je dort gewesen ist.«

Seine Augen leuchteten. »Möglicherweise habe ich den feigen Fahrerflucht-Künstler ein- oder zweimal in den heiligen Hallen gesehen. Hab ihn natürlich gemieden wie die Pest.«

»Natürlich.«

»Herzallerliebste, würdest du mir einen Gefallen tun? Der Hammer, den ich in Fairfield gekauft habe, ist in einer Tüte auf dem Rücksitz. Wenn ich diese Rippen schon brechen muß, könnte ich es auch ein bißchen wirksamer tun.«

Dart stand amüsiert auf und sah ihr zu, wie sie zur Tür ging. Nora ging hinaus, wo die Luft überraschend klar war. Sie schaute zurück und erblickte Dart unmittelbar hinter der Tür, wo er die Arme, die bis zu den Ellbogen rot verschmiert wie die eines Metzgers waren, von sich abstreckte. Heiterkeit leuchtete in seinen Augen und seinem Gesicht. »Sie sollten die Luft hier draußen riechen«, sagte sie.

»Ich ziehe die Luft hier drinnen vor«, sagte Dart. »Ich komischer alter Kauz.«

Hitze flimmerte über dem Autodach. Nora beugte sich in das glühendheiße Innere und kramte in den Taschen auf der vollgestopften Rückbank. Der lange Holzschaft des Hammers berührte ihre Handfläche. Das Herz schlug ihr bis zum Hals, ihr Gesicht wurde heiß unter dem Make-up. Sie stellte fest, daß der dicke, mit emotionalen Abgasen gefüllte Ballon sie nicht mehr einhüllte. Sie hatte nicht bemerkt, wie er verschwunden war, aber er war verschwunden. Dart winkte sie mit einer höflichen Handbewegung in das Zimmer zurück.

»Mach die Tür zu, Teuerste. Es war nur ein kleiner Test, aber du hast ihn glänzend bestanden.«

»Sie sind ein Spaßvogel.«

»Das bin ich!« Er zeigte mit einem roten Finger auf Sheldon Dolkis. »Ich möchte dich direkt neben mir haben. Du bist Krankenschwester, du kannst mir assistieren. Knie dich auf ein Kissen, damit du dir nicht weh tust. Ich Umsichtiger. Hol dir eins von diesem schäbigen Bett.«

Nora kniete sich auf das Kissen und legte den Hammer neben ihrem rechten Schenkel ab. Dart duckte sich und deutete in die Körperhöhlung. »Dieser Aortenbogen sieht mehr wie ein Durchhänger aus, und der Luftröhrenast wie ein abgenutzter Schlauch. Ich möchte mir seine obere Hohlvene ansehen. Jede Wette, daß die in einem schrecklichen Zustand ist.« Er beugte sich nach vorne, damit er zwischen den Rippen auf der anderen Brustseite hindurchsehen konnte, wobei er offenbar erwartete, daß sie dasselbe tun würde.

Noras Herzschlag setzte einen Moment aus. Sie hob den Hammer und fragte sich, ob sie es tatsächlich durchziehen konnte. Dann plazierte sie die linke Hand mitten auf seinem Rücken, als wollte sie sich abstützen, und schlug ihm den Hammer seitlich an den Kopf.

Dart atmete keuchend aus und wäre um ein Haar in den aufgeschnittenen Leichnam gestürzt. Er fing den Sturz ab, indem er die Hände in den Hohlraum stemmte und versuchte, auf die Füße zu kommen. Nora sprang auf und schlug ihm hart auf den Hinterkopf. Dart sackte auf die Knie. Sie winkelte den Arm an und schlug erneut zu. Er kippte zur Seite und landete auf dem Boden.

Nora beugte sich mit erhobenem Hammer über ihn. Ihr Herz schlug heftig, und sie atmete in kurzen, keuchenden Zügen. Darts Mund stand offen, ein Speichelfaden hing von seiner Unterlippe.

Sie ließ sich auf ein Knie nieder und suchte in seiner Tasche nach dem Autoschlüssel. Eine Sekunde später lief sie durch Sonnenlicht. Sie ließ das Auto an und setzte von dem Motel zurück. Durch die offene Tür konnte sie sehen, wie Dick Dart sich auf die Knie erhob. Sie bremste abrupt und versuchte, den Schalthebel in die Drive-Position zu schieben, aber in ihrer Panik erwischte sie den Leerlauf. Als sie auf das Gaspedal trat, heulte der Motor auf, aber das Auto rutschte bergab. Sie trat auf die Bremse und sah wieder in das Zimmer. Dart taumelte zur Tür.

Sie fummelte mit den Händen hektisch am Schalthebel und schob ihn auf Drive. Dick Dart kam auf sie zugerannt und ruderte mit seinen roten Armen.

Das Auto schoß vorwärts. Sie riß das Lenkrad herum, und der vordere rechte Kotflügel erwischte ihn mit einem hörbaren Aufprall. Er verschwand, genau wie das Mädchen in seiner Geschichte. Nora umklammerte das Lenkrad mit zitternden Händen und raste bergab.

SECHSTES BUCH

ALTBEKANNTE UNGEHEUER

Pippin begriff das Wesen seiner Aufgabe.
Darin bestand nicht das Problem.
Das Problem bestand darin, daß die Aufgabe unlösbar war.

56

Straßen, Häuser, Ampeln flogen an ihr vorbei, andere Autofahrer hupten und machten Notbremsungen. Fußgänger schrien, winkten. Längere Zeit fuhr Nora in die falsche Richtung durch eine Einbahnstraße. Sie war entkommen, sie entkam, aber wohin? Sie fuhr ziellos durch eine unbekannte Stadt und wurde ab und zu vom Gesicht einer Fremden im Rückspiegel erschreckt. Sie vermutete, daß diese Fremde nach der Schnellstraße suchte, aber keine Ahnung hatte, wohin sie sich wenden sollte, wenn sie dort ankam.

Sie fuhr an den Straßenrand. Die Welt außerhalb des Autos bestand aus großen, stattlichen Häusern, die wie riesige Hunde und Katzen auf geräumigen Rasenflächen hockten. Ihr wurde bewußt, daß sie diese Gegend schon mal gesehen hatte und daß ihr hier etwas Unangenehmes widerfahren war. Doch das Viertel war nicht unangenehm, ganz und gar nicht, denn es beherbergte …

Rasensprenger schleuderten Wasser bogenförmig über die weiten Rasenflächen. Sie befand sich in einer Sackgasse, deren Wendehammer unmittelbar vor dem imposantesten Haus der Straße lag, einer zweistöckigen Villa aus rotem Backstein mit Bogenfenster, dunkelgrüner Haustür und bunten Blumenrabatten. Sie war in der Longfellow Lane angekommen, und das Haus mit dem Bogenfenster gehörte Dr. Daniel Harwich.

Ihre Panik schmolz zu Erleichterung. Sie hatte das Ende der Straße fast erreicht, als sie sich überlegte, daß Mrs. Lark Pettigrew Harwich es vielleicht nicht gern sähe, wenn plötzlich eine der alten Freundinnen ihres Mannes auftauchte, wie verzweifelt diese alte Freundin auch immer sein mochte. In diesem Augenblick tauchte Dr. Harwich mit einer Kaffeetasse in einer Hand aus der Tiefe des Raumes auf und trat an das Bogenfenster, um sein Reich zu betrachten. Eine Faust traf ihr Herz.

Harwich schenkte Noras Auto einen gelinde neugierigen Blick, bevor er einen Schluck Kaffee trank und den Blick himmelwärts richtete. Er hatte sich kaum verändert, seit sie ihn zum letztenmal gesehen hatte. Dieselbe resignierte, geistreiche Kompetenz wohnte seinem Gesicht und seinen Gesten inne. Er drehte sich um und verschwand in dem Zimmer. Irgendwo hinter ihm lauerte höchstwahrscheinlich Ehefrau Nummer zwei und schenkte sich in der völlig umgebauten Küche eine Tasse Kaffee ein.

Nora umklammerte das Lenkrad, verließ den Wendehammer und fragte sich, wie, um alles in der Welt, sie ein Telefon finden sollte. Sie bog nach links auf die Longfellow Street ab, die ebenfalls baumlos und mit alten und neuen Backsteinvillen bestückt und somit fast identisch war mit der Longfellow Lane, nur handelte es sich hier um eine richtige Straße, keine Sackgasse, und Erkerfenster wie bei Dr. Daniel Harwich waren nirgends zu sehen. An der nächsten Kreuzung bog sie links ab in die Bryant Street, ebenfalls mit weiten Rasenflächen und protzigen Häusern, und bekam das Gefühl, als würde sie den Rest ihres Lebens durch diese identischen Straßen mit ihren identischen Häusern fahren.

An der nächsten Kreuzung bog sie erneut links ab, diesmal in die Whittier Street, dann in die Whitman Street, ebenfalls eine Nachbildung der Longfellow Lane, mit dem einzigen Unterschied, daß sich am Ende des Blocks statt einem asphaltierten Kreis ein Stop-Schild befand und direkt daneben das Blechdach und das schwarze Rechteck eines öffentlichen Telefons.

57

Drei Schritte von einem Sofa mit Chintzbezug entfernt, auf dem sich Kissen türmten, spürte Nora, wie sie allmählich kollabierte. Sie sank einen halben Zentimeter, dann noch einen, und zog Dan Harwichs Hand widerstandslos mit sich. Dann wurde ein Arm um ihre Taille gelegt, eine Hand packte sie an der Schulter, und ihre Abwärtsbewegung wurde aufgehalten.

Harwich zog sie hoch. »Ich könnte dich den Rest des Wegs tragen.«

»Ich schaff es schon.«

Er lockerte seinen Griff, worauf sich Nora um den Beistelltisch aus Holz herumführen und zum Sofa geleiten ließ.

»Möchtest du dich hinlegen?«

»Es geht schon. Vermutlich liegt es daran, daß der ganze Druck plötzlich weg ist.« Sie ließ sich in die Kissen sinken. Harwich kniete vor ihr, hielt ihre beiden Hände und sah ihr ins Gesicht.

Er stand auf, ohne den Blick von ihrem Gesicht abzuwenden. »Wie bist du diesem Dart entkommen?«

»Ich habe ihn mit einem Hammer geschlagen und anschließend mit dem Auto angefahren.«

»Wo?«

»Vor einem Motel, ich kann mich nicht erinnern. Ruf nicht die Polizei. Bitte.«

Er sah auf sie hinab und biß sich auf die Unterlippe. »Bin gleich wieder da.«

Nora griff mit einem Arm hinter sich und zog ein steifes rundes Sofakissen hervor, das auf einer Seite mit Sonnenblumen und auf der anderen mit einem Farmhaus bestickt war. Es blieb immer noch eine unbequeme Anzahl Kissen übrig. Von früheren Besuchen in der Longfellow Lane konnte sie sich nicht an das Chintz-Sofa und die Vielzahl von Kissen erinnern. Helen Harwichs Wohnzimmer war nüchtern und dunkel gewesen, mit einer klobigen Ledergarnitur auf einem riesigen weißen Teppich.

Jetzt erinnerte das Zimmer, von der Unordnung abgesehen, in etwa daran, wie sich ein Innenarchitekt ein englisches Landhaus vorstellen mochte. Schmutzige Hemden hingen über die Lehne eines Schaukelstuhls. Ein Turnschuh lag vor der Tür zur Diele auf der Seite. Der Tisch, an dem sie sich fast den Schädel eingeschlagen hätte, war von alten Zeitungen, schmutzigen Gläsern und einem leeren Karton von Pizza Hut bedeckt.

Harwich kam mit einem Becherglas zurück, das so voll war, daß er eine Spur feuchter Tropfen hinter sich herzog. »Trink etwas Wasser ab, bevor ich alles verschütte. Entschuldige.« Er reichte ihr das nasse Glas und kniete sich wieder vor ihr hin. Nora schluckte und suchte nach einer Stelle, wo sie das Glas absetzen konnte. Harwich nahm es und stellte es auf den Tisch.

»Das gibt einen Rand«, sagte sie.

»Ist mir scheißegal.« Er nahm ihre rechte Hand in seine beiden. »Warum soll ich nicht die Polizei anrufen?«

»Bevor mich Dick Dart entführt hat, wollten sie mir fast ein halbes Dutzend Verbrechen anhängen. Hört sich nach allem, was passiert ist, ein bißchen komisch an, aber ich bin ziemlich sicher, daß Entführung auch dabei war. Darum war ich überhaupt im Revier.«

Harwich hörte auf, ihre Hand zu kneten. »Du meinst, wenn du zur Polizei gehst, wirst du verhaftet?«

»Ich glaube schon.«

»Was hast du getan?«

Sie entzog ihm ihre Hand. »Möchtest du hören, was passiert ist, oder möchtest du einfach das FBI anrufen, damit sie mich abführen?«

»Das FBI?«

»Zwei echt reizende Burschen«, sagte sie. »Sie sind von vornherein davon ausgegangen, daß ich schuldig bin.«

Harwich stand auf und ging zum anderen Ende des Sofas.

»Wenn es zuviel für dich ist, verschwinde ich wieder«, sagte Nora. »Ich muß diesen Doktor finden. Wenn ich mich an seinen Namen erinnern kann.«

»Du wirst schön hierbleiben«, sagte Harwich. »Ich will die ganze Geschichte hören, aber vorher wollen wir sehen, ob wir uns um Dick Dart kümmern können.« Er stand auf und nahm ein Handy vom Kaminsims. Nora wollte protestieren. »Keine Bange, von dir werde ich kein Wort sagen. Versuch dich an den Namen dieses Motels zu erinnern.« Er ging durch das Zimmer und zog unter einem Stapel Zeitungen und Zeitschriften ein Telefonbuch hervor.

»Ich kann nicht.«

»Hatten sie kein Schild?« Er hielt den Finger über eine Nummer.

»Schon, aber …« Sie sah das Schild vor sich. »Es hieß Hillside. ›Wie der Würger‹, sagte Dart.«

»Wie der Würger?«

»Der Hillside-Würger.«

»Himmel.« Harwich drückte Tasten. »Hören Sie mir gut zu, ich werde es nur einmal sagen. Der flüchtige Mörder Dick Dart ist heute morgen im Hillside Motel in Springfield abgestiegen. Möglicherweise ist er verletzt.« Er klappte das Telefon zu und legte es wieder auf den Kaminsims. »Ich nehme an, du fühlst dich sicherer, wenn Dart nicht mehr frei rumläuft.«

»Du hast ja keine Ahnung.«

»Dann erzähl mir alles«, sagte Harwich.

Sie erzählte ihm von Natalie Weil und Holly Fenn und Slim und Slam, sie erzählte ihm von Daisys Buch und Aldens Ultimatum, sie schilderte die Szene im Polizeirevier, Natalies Anschuldigung, ihre Entführung, Ernest Forrest Ernest, das Chicopee Inn. Sie erzählte Harwich, daß Dart sie vergewaltigt hatte. Sie erzählte ihm von der Bibliothek und dem Einkaufsbummel und wie sie zurechtgemacht worden war; sie erzählte ihm von Sheldon Dolkis.

Während sie redete, kratzte sich Harwich am Kopf, blinzelte, ging durch das Zimmer, ließ sich in einen Sessel fallen, sprang wieder hoch, gab teilnahmsvolle, erstaunte, im Grunde genommen unverbindliche Bemerkungen von sich und führte sie schließlich in die Küche. Als er schmutzige Gläser und Besteck eingesammelt und in der Spüle oder drum herum abgestellt hatte, machte er für sie beide ein Omelette. Er beugte sich nach vorne und stützte das Kinn auf den Ellbogen. »Wie bringst du dich nur in solche Situationen?«

Sie legte die Gabel weg, weil sie keinen Appetit mehr hatte. »Mich interessiert mehr, wie ich wieder rauskomme.«

Harwich legte den Kopf schief, zog die Brauen hoch und breitete die Hände zu einer Geste der Unsicherheit aus. »Soll ich einen Blick auf dich werfen? Du solltest dich untersuchen lassen.«

»Auf dem Küchentisch?«

»Ich habe mir gedacht, wir könnten eins der Betten nehmen, aber wenn es dir lieber ist, könnte ich dich in meine Praxis bringen. Ich habe heute nachmittag eine Operation, aber bis dahin bin ich frei.«

»Nicht nötig«, sagte Nora.

»Keine ernsten Blutungen?«

»Ich hab ein bißchen geblutet, aber es hat aufgehört. Dan, was soll ich *machen*?«

Er seufzte. »Ich will dir sagen, was ich an der ganzen Sache nicht verstehe. Diese Frau, diese Natalie Weil, wirft dir vor, daß du sie geschlagen, hungern lassen und weiß Gott was noch alles getan hast, und das FBI und der größte Teil der hiesigen Polizei glauben ihr. Warum sollte sie lügen?«

»Der Teufel soll dich holen, Dan.«

»Werd nicht wütend, ich habe ja nur gefragt. Profitiert sie davon, wenn man dich einsperren würde?«

»Können wir das Radio anmachen?« fragte Nora. »Oder den Fernseher? Vielleicht bringen sie etwas über Dart.«

Harwich sprang auf und schaltete das Radio ein, das neben einem verchromten Toaster am Ende des Tresens stand. »Ich schätze, ich habe nicht die Denkweise eines Flüchtigen.« Er suchte mit der Skala einen Nachrichtensender, wo ein Mann im Helikopter über einen Verkehrsstau auf dem Highway berichtete.

»Die Denkweise eines Flüchtigen«, sagte Nora.

»Ich bin nur ein erschöpfter alter Neurochirurg. Ich habe meine Kriegerinstinkte schon vor langer Zeit verloren. Aber ich sollte besser dein Auto verstecken.«

»Warum?«

»Weil sie in dem Moment, wo sie das Motel gefunden haben, nach einem alten grünen Ford mit einem bestimmten Nummernschild suchen werden, und der steht in meiner Einfahrt.«

»Oh!«

Das Telefon läutete. Harwich betrachtete den Wandapparat in der Küche und dann Nora, bevor er sich vom Tisch abstieß. »Ich nehme den Anruf im Nebenzimmer an.«

Nora war nicht mehr sicher, was sie von Dan Harwich hielt, oder er von ihr, und wandte sich dem Radio zu. Ein Sprecher ließ die Bewohner der Countys Hampshire und Hampden wissen, daß die Temperaturen in den nächsten zwei oder drei Tagen um die fünfundzwanzig Grad bleiben würden, danach aber mit schweren Gewittern zu rechnen sei. Im Nebenzimmer sagte Harwich mit erhobener Stimme: »Selbstverständlich weiß ich das! Denkst du, ich habe es vergessen?«

Sie stand auf und trug ihre Tasse zur Kaffeemaschine. Schüsseln und Teller stapelten sich in der Spüle, Flecken unterschiedlicher Farbe und Beschaffenheit überzogen den Tresen. Dann hörte sie die Worte »Richard Dart« im Radio.

»... in dieser Gegend. Die Polizei in Springfield hat die verstümmelte Leiche eines Mannes im Hillside Motel in der Tilton Street gefunden, ebenso Spuren eines Kampfs. Polizeibeamte in Springfield schließen die Möglichkeit nicht aus, daß der flüchtige Serienmörder verletzt wurde, und haben eine gründliche Durchsuchung der Gegend um die Tilton Street begonnen. Die Anwohner werden gewarnt, daß Dart bewaffnet und außerordentlich gefährlich ist. Er ist achtunddreißig Jahre alt, einen Meter fünfundachtzig groß, wiegt neunzig Kilo, hat blonde Haare und blaue Augen und wurde zuletzt in einem grauen Anzug und weißem Hemd gesehen. Schicksal und Aufenthaltsort seiner Geisel, Mrs. Nora Chancel, sind ebenfalls unbekannt.«

Dan Harwich, der vollkommen humorlos lächelte, betrat wieder die Küche und blieb stehen, als er Noras Namen hörte.

»Mrs. Chancel ist Beschreibungen zufolge neunundvierzig Jahre alt, einen Meter sechsundsiebzig groß, schlank, wiegt etwa fünfzig Kilo und hat kurzes, dunkelbraunes Haar und braune Augen; als sie zuletzt gesehen wurde, trug sie Jeans und ein langärmliges dunkelblaues Hemd. Wer Mrs. Chancel oder eine Person sieht, bei der es sich um Mrs. Chancel handeln könnte, sollte sich unverzüglich an die Polizei oder die nächste Dienststelle des FBI wenden.

Der Polizei ist es noch nicht gelungen, die Identität von Darts jüngstem Opfer herauszufinden.

Weitere Lokalnachrichten. Senator Mitchell Kramer wies mit aller Entschiedenheit Vorwürfe zurück, wonach Mißhandlungen ...«

Harwich schaltete das Radio aus. »Gib mir die Schlüssel.« Nora reichte sie ihm.

»Dein Leben ist weit abenteuerlicher als meins.« Er lächelte fast entschuldigend.

»Ich mache dich nervös, daher gehe ich besser«, sagte sie. »Du mußt mich nicht aus Mitleid hierbehalten, weil wir mal Freunde gewesen sind.«

»Wir waren viel mehr als das. Vielleicht tut es mir gut, ab und zu nervös zu sein.« Er grinste sie an, seine Augen leuchteten, und einen Sekundenbruchteil konnte man den alten Dan Harwich unter der Fassade dieser argwöhnischeren, zynischeren Version erkennen. »Bin sofort wieder da.«

»Versuch inzwischen darüber nachzudenken, was ich machen soll, ja? Kannst du das?«

»Ich denke schon drüber nach«, sagte Harwich.

58

Als Harwich zurückkam, sagte Nora: »Ich habe den Eindruck, als würdest du deine Frau nicht so bald zurückerwarten.«

»Mach dir ihretwegen keine Sorgen.« Harwich bog den Rücken durch. »Lark ist nicht mehr von Belang.«

»Das tut mir leid. Wann ist es passiert?«

»Die Katastrophe fing schon am Tag unserer Hochzeit an. Ich glaube, ich habe mich nur mit ihr eingelassen, um von Helen wegzukommen. Ich nehme an, du erinnerst dich noch an Helen?«

»Wie könnte ich Helen vergessen?«

»Wahrscheinlich das einzige Mal, daß du aus einem Haus hinausgeworfen worden bist.« Harwich lachte. »Am Ende wollte sie nicht mehr hier wohnen, ich aber schon, daher habe ich sie ausbezahlt. *Ausbezahlt* ist das richtige Wort, glaub mir. Zwei Millionen Abfindung, plus zehntausend im Monat Unterhalt. Gott sei Dank hat sie letztes Jahr einen anderen armen Teufel beschwatzt, sie zu heiraten. Als ich Lark heiratete, habe ich mich wenigstens abgesichert. Sie hat einen Ehevertrag unterschrieben – zweihundertfünfzigtausend, ihre gesamte Kleidung, ihr Schmuck und ihr Auto, mehr nicht. An sich hätte ich schlau genug sein müssen, niemanden zu heiraten, der Lark Pettigrew heißt. Ich hab sie das ganze Haus neu einrichten lassen, und jetzt muß ich in diesem Puppenhaus wohnen.« Er bedachte Nora mit einem kläglichen, zärtlichen Blick. »Dich hätte ich heiraten sollen, aber ich war zu dumm, es zu erkennen. Dabei warst du da, direkt vor meiner Nase.«

»Ich hätte dich geheiratet«, sagte Nora.

»Beim letztenmal? Du bist hier aufgetaucht, als wären wir wieder in Vietnam, will sagen, du warst echt *wild*. Und ich habe mich sowieso schon mit Lark getroffen. Ich wollte sagen, ich hätte dich heiraten sollen, statt dieser armseligen Hexe Helen.«

»Warum hast du nicht?«

»Ich weiß nicht. Weißt du es? Wahrscheinlich ist es besser, daß wir es nicht getan haben. Ich scheine kein besonders guter Ehemann zu sein.« Er machte eine ausholende Geste mit einem Arm und lachte. »Lark ist vor etwa drei Wochen ausgezogen, und in der Woche danach habe ich die Putzfrau entlassen. Mir ist der Saustall egal. Das verdammte Weib hat mir ständig meine Bücher und Unterlagen durcheinandergebracht. Entschuldige bitte, aber ich habe nie eingesehen, weshalb ich das Ablagesystem meiner *Putzfrau* lernen sollte.«

Sie lächelte.

»Herrgott, was ist bloß los mit mir?« Er kniff die Augen zu. »Dir ist so vieles zugestoßen, und ich stehe hier und rede irgendwelchen Blödsinn, anstatt dir zu helfen.«

»Du hilfst mir schon«, sagte Nora. »Du hast keine Ahnung, wie oft ich an dich denke.«

Er beugte sich über die Stuhllehne, legte eine Hand um eine von ihren, drückte sie und ließ wieder los. »Ich finde, du solltest mindestens einen Tag oder zwei hierbleiben, vielleicht länger. Ich habe heute nachmittag diese Operation, komme aber gegen vier oder fünf zurück, dann können wir etwas essen, herausfinden, ob sie Dart geschnappt haben, und über alles reden. Laß dich von mir verhätscheln.«

»Das hört sich wunderbar an«, sagte Nora. »Du würdest mich wirklich hierbleiben lassen?«

Harwich beugte sich nach vorne und ergriff wieder ihre Hand. »Wenn du auch nur versuchen solltest, zu verschwinden, werde ich dich auf dem Dachboden einsperren.«

Ihr Pulsschlag schien auszusetzen.

»Ich kann nicht glauben, daß ich das gesagt habe.« Er umklammerte ihre Hand, die zu Stein erstarren wollte. »Nora, du bist wie ein Gottesgeschenk, du erinnerst mich an das wirkliche Leben, kannst du das verstehen?«

»Ich erinnere dich an das wirkliche Leben.«

»Ja, was immer das sein mag. Du tust es.« Harwich ließ ihre Hand los und wischte sich die Augen ab, in denen plötzlich Tränen standen. »Entschuldige. Ich sollte dir helfen, und statt dessen gerate ich völlig aus dem Häuschen.« Er versuchte zu lächeln.

»Schon gut«, sagte Nora. »Mein Leben ist ein weitaus größerer Schlamassel als deines.«

Er rieb sich mit dem Finger unter der Nase, bekam einen verinnerlichten Ausdruck und starrte blicklos auf das Geschirr, das sich am Tischrand stapelte. »Komm, wir machen dein Bett.« Er stand auf, und sie erwiderte sein Lächeln und stand ebenfalls auf. »Möchtest du deine Taschen reinbringen oder so was?«

»Im Augenblick möchte ich nur ausruhen.«

»Das hört sich gut an«, sagte Harwich.

59

Nach einem Ausflug zum Wäscheschrank, um Paisleylaken und dazu passende Kissenbezüge mitzunehmen, die so neu waren, daß sie noch in der Verpackung steckten, gingen sie in ein Gästeschlafzimmer mit blauer Blumentapete und knorrigen Kiefernholzmöbeln, die um den Rand eines rosa-blauen Flokatiteppichs herum aufgestellt waren. Vor dem Fenster stand ein lackierter Korbschaukelstuhl. Harwich riß die Verpackung der Bezüge auf, ehe er die dunkelblaue Tagesdecke vom Bett nahm.

»Das Bett ist bequem, aber komm dem Stuhl nicht zu nah.« Harwich nickte zu dem Schaukelstuhl. »Einer von Larks Einfällen – ein Stuhl für zweitausend Dollar, der einem Löcher in die Pullover reißt.«

Er warf ein Spannbettuch über das Bett. Nora stülpte die obere Ecke über die Matratze, während Harwich auf seiner Seite dasselbe tat. Sie gingen zum Fußende und zogen das Bettuch über die unteren Ecken der Matratze. Gemeinsam breiteten sie das Laken auf dem Bett aus und stopften es am Fußende unter die Matratze.

»Krankenhausecken«, sagte Harwich. »Schweige still, mein Herz.« Sie bezogen die Kissen.

»Dan, was soll ich tun?«

Er steckte die Hände in die Taschen, kam zu ihr und legte sein verspielt-ironisches Benehmen sofort ab. »Zuerst müssen wir abwarten, ob die Polizei Dart verhaftet oder, noch besser, seine Leiche findet. Danach sollten wir herausfinden, ob dich das FBI immer noch sucht.« Er legte ihr die rechte Hand auf die Schulter.

»Glaubst du nicht, daß ich versuchen sollte, mit diesem Doktor zu sprechen?«

»Bin ich dir nicht gut genug?« Er versuchte, gekränkt dreinzuschauen.

»Der, den Dick Dart töten wollte.«

»Wenn dir noch etwas an Davey liegt, solltest du nur eines machen, nämlich ihm erzählen, daß die Anwälte von Chancel House sie über den Tisch ziehen. Das dürfte auch deine Probleme mit seinem alten Herrn aus der Welt schaffen.«

Dan Harwich schien frische Luft und Sonnenschein in eine feuchte Kammer gelassen zu haben, wo Nora sich in der Dunkelheit um sich selbst gedreht hatte.

»Ich an deiner Stelle«, sagte Harwich, »würde aus seinem Vater herauspressen, was nur irgend geht. Calvin Coolidge, die alte harte Nuß aus Northampton, hatte nicht unrecht: Das Geschäft von Amerika ist das Geschäft.«

Nora schloß die Augen unter einer Woge von Übelkeit und hörte das Schlurfen einer Schar Dämonen. »Tu mir das nicht an«, sagte sie. »Bitte.«

Harwich legte ihr einen Arm um die Taille und führte sie zum Bett. »Tut mir leid. Du brauchst Ruhe, und ich rede dir die Ohren voll.«

»Mir geht es bald wieder besser.« Sie legte eine Hand um sein Handgelenk und spürte einen völligen Zwiespalt: Ein Teil von ihr wollte, daß Harwich bei ihr blieb, und ein Teil wollte, daß er das Zimmer verließ. »Ich sollte mich entschuldigen, nicht du.«

»Leg dich hin.«

Sie gehorchte. Er ging zum Fußende, öffnete ihr die Schuhe und zog sie ihr aus. »Danke.«

»Kannst du dich an den Namen dieses Doktors erinnern?«

Sie schüttelte den Kopf. »Etwas Irisches.«

»Das schränkt die Anzahl schon ein. Wie wäre es mit O'Hara? Michael O'Hara?«

Sie schüttelte wieder den Kopf.

»Der Mann, den du suchst, ist schwul, oder nicht?« Er massierte ihre rechte Fußsohle mit den Daumen. »Mir fallen nicht mehr als drei schwule Ärzte in der Stadt ein, und die sind alle jünger als ich.« Was er mit ihrem Fuß anstellte, löste Vibrationen und Echos in ihrem ganzen Körper aus. »Hast du seinen Vornamen gehört?«

Sie nickte.

»Mit was für einem Buchstaben hat er angefangen?«

Nora antwortete wie aus der Pistole geschossen: »M.«

»Michael. Morris. Montague. Max. Miles. Manny. Mark. Was noch? Monroe.«

»Mark.«

»Mark?« Er grub die Daumen in ihren linken Fuß, worauf sich ein Kribbeln ihre ganze Wirbelsäule hinaufzog. »Mark. Mit einem irischen Nachnamen und schwul. Mal sehen. Conlon, Conboy, Congdon, Condon, Mulroy, Murphy, Morphy, Brophy, O'Malley, Joyce, Tierney, Kiernan, Boyce, Mulligan, das ist nicht leicht. Burke. Brannigan. Sullivan. Boyle.«

»Halt. Das war dicht dran. Es hat sich angehört wie Boyle.« Sie hielt den Atem an und machte die Augen zu, und aus der Dunkelheit schwebte ein Name herbei. »Foyle. Sein Name war Mark Foyle.«

»Mark Foil?«

»Das ist der Name.«

Er lachte. »Ja, aber du hast F-o-y-l-e gedacht, und darum hast du geglaubt, es ist ein irischer Name. Mark Foil ist etwa so irisch wie die Queen von England, und sein Name ist Foil, F-o-i-l.«

»Du kennst ihn.«

»Voilà«, sagte Harwich mit affektierter Stimme.

»Ist er so?«

»Das könnte er sich gar nicht leisten. Der Mann war über vierzig Jahre lang praktischer Arzt hier, und dies ist nicht gerade das toleranteste Fleckchen auf dem Erdenrund.«

»Wo wohnt er?«

»Im besseren Teil der Stadt«, sagte Harwich. »Im Gegensatz zu uns Normalsterblichen kann Dr. Foil jede Menge Bäume sehen, wenn er zu seinen bleigefaßten Fenstern hinausschaut.« Er tätschelte ihren Fuß. »Hör zu, wenn du ihn besuchen willst, kann ich dich hinbringen. Aber der Mann ist eine von diesen Patriziertunten.«

Bei dem Wort *Tunten* bekam Nora eine Gänsehaut. Es hörte sich häßlich und unpassend an, besonders bei jemandem wie Dan Harwich, aber sie verdrängte ihr Mißfallen. »Glaubst du, daß er Zeit für mich hätte?«

»Foil hatte nie Zeit für *mich*, wenn dir das etwas sagt. Herrgott, du solltest seinen Freund sehen.«

Das Telefon weiter unten im Flur läutete. »Ein Nickerchen würde dir wahrscheinlich guttun«, sagte Harwich.

»Ich könnte es versuchen.«

Seiner Pflicht entbunden, tätschelte er ihren Fuß ein letztesmal, ging lächelnd zur Tür und machte sie hinter sich zu. Nora hörte, wie er zu dem Telefon rannte, das in seinem Schlafzimmer stehen mußte. Einen Moment später sagte er mit so lauter Stimme, daß man es durch die Tür hören konnte: »Okay, ich weiß, ich weiß, daß ich das getan habe.«

Sie dachte sich, daß sie genausogut ein Bad nehmen könnte. Auf dem Marmorsims neben dem antiken Waschbecken im Bad lagen drei neue, noch in ihren durchsichtigen Plastiksärgen originalverpackte Zahnbürsten und ein Spender für Natriumbikarbonat und Peroxidzahnpasta. Nora machte sich an einer der Zahnpastaverpackungen zu schaffen, bis es ihr gelungen war, eine Seite aufzubrechen. Über dem Waschbecken ragten moderne Armaturen aus der rosa gekachelten Wand. Nora suchte nach den notwendigen Utensilien und fand eine halbvolle Flasche Shampoo und eine zugehörige Flasche Haarfestiger, beide für trockenes oder angegriffenes Haar, umgeben von einer großen Zahl von Fläschchen aus Hotels. Eine gebrauchte Duschhaube hing über dem Duschkopf wie ein Filzdämpfer über dem Trichter einer Posaune.

Lark war aus Harwichs Bett ausgezogen, bevor sie aus seinem Haus ausgezogen war. Auf einem Regal über den Handtüchern sah Nora einen Deoroller, eine halbleere Flasche Mundwasser, eine Flasche Murine, ein fast leeres Fläschchen Aspirin, eine in der Mitte streifenförmig weiß abgenutzte Feile, einige Feuchtigkeits- und Hautcremes, einen großen Atomiseur Je Reviens, fast voll. Sie zog das T-Shirt aus den Jeans.

Jemand hinter ihr sagte: »Warte«, worauf sie einen spitzen Schrei ausstieß und einen Zentimeter in die Höhe hüpfte.

»Entschuldige, ich wollte nicht...«

Sie drehte sich um, legte die Hand auf den heftigen Pulsschlag an ihrem Hals und erblickte einen leutselig dreinschauenden Dan Harwich an der Badezimmertür.

»Ich dachte, du hättest mich gehört.«

»Ich wollte gerade ein Bad nehmen.«

»An sich«, sagte Harwich, »sollten wir vielleicht gleich mit Mark Foil Kontakt aufnehmen. Falls Dart entkommen ist, so unwahrscheinlich es scheinen mag, sollten wir sicherstellen, daß Mark beschützt wird.«

»Ja, gut«, sagte Nora, die nicht wußte, was sie von seinem plötzlichen Sinneswandel halten sollte.

»Wir könnten möglicherweise noch heute vormittag hingehen.« Sein ganzes Tempo hatte sich beschleunigt, genau wie Noras Puls. Er lächelte auf eine fast beharrliche Art und Weise, ging seitlich zur Badezimmertür hinaus und bat sie stumm, ihm zu folgen.

»Du hast es dir aber schnell anders überlegt.«

»Weißt du, was mein ganzes Problem ist? Ich kann meine dummen Verhaltensmuster nicht ablegen. Ich glaube, daß Mark Foil auf mich herabschaut, und das mißfällt mir. Eine egoistische Stimme in meinem Kopf sagt: Ich bin eine große Nummer, und er ist nur ein pensionierter Landarzt, für wen hält der sich eigentlich, der Teufel soll ihn holen. Ich sollte mich von so einem Quatsch nicht davon abhalten lassen, das Richtige zu tun.

Nora folgte ihm in ein großes Schlafzimmer mit einem Doppelbett und einem Großbildfernseher. Kleidungsstücke lagen auf dem Boden verstreut. »Was wollte Dart zu diesen Leuten sagen? Wie wollte er sich Zutritt zu ihren Häusern verschaffen?«

»Unter dem Vorwand, daß ich etwas über diesen Sommer in Shorelands schreiben will – den Sommer 1938. Jeder kennt Hugo

Driver, aber die anderen Gäste sind nie richtig gewürdigt worden. So was in der Art.«

»Hört sich gut an«, sagte Harwich. »Wenn ich außer für die Chirurgie für etwas geeignet bin, dann dafür, Blödsinn zu erzählen. Wer möchtest du sein?« Auf dem Weg zum Bücherregal kickte er alte Socken und verschwitzte Hemden beiseite.

»Herrje, das weiß ich nicht«, sagte Nora.

»Wie könnte eine Schriftstellerin heißen? Emily Eliot. Du bist meine alte Freundin Emily Eliot, wir waren zusammen auf der Brown University, und jetzt schreibst du ein Buch über Wiehießesnochgleich, Shorelands. Mal sehen, du hast einen Doktortitel von Harvard, hast eine Weile unterrichtet, dich aber inzwischen selbständig gemacht, um zu schreiben.« Er blätterte ein dickes Telefonbuch durch. »Wir müssen eine achtbare Mitbürgerin aus dir machen, andernfalls wird Mark Foil kaum seine Zeit für dich erübrigen. Du hast vor fünf Jahren ein Buch veröffentlicht. Es war über... hmm... Robert Frost? War der je in Shorelands?«

»Möglich.«

»Von wem veröffentlicht? Chancel House, würde ich sagen.«

»Und Merle Marvell hat es lektoriert.«

»Wer? Oh, ich verstehe, er ist der große Zampano dort.«

»Der größte«, sagte Nora lächelnd.

»Beim Lügen muß man unbedingt so detailliert wie möglich sein.« Er blätterte eine Seite um und glitt mit dem Finger an einer Reihe von Namen hinab. »Da haben wir ihn. Da wir es hier mit Mark Foil zu tun haben, verbringt er den Sommer möglicherweise auf einer griechischen Insel, aber versuchen wir es trotzdem. Wie hieß sein Geliebter, So-und-so Monk, wie Thelonius?«

»Creeley«, sagte sie.

Harwich wählte eine Nummer und hielt gekreuzte Finger hoch, während das Telefon läutete.

»Hallo, könnte ich bitte mit Mark sprechen... Hier ist Dan Harwich... Ja, natürlich, hallo, Andrew, wie geht es Ihnen? Ach, tatsächlich? Wunderbar... Provincetown, wie schön für Sie... Nun, falls es Ihnen möglich wäre... Danke.«

Er legte die Hand auf den Hörer. »Sein Lebensgefährte sagt, daß sie den Rest des Sommers nach Provincetown fahren. Das hört sich nicht allzu gut an.« Er wandte sich wieder dem Telefon zu. »Mark, hallo, hier ist Dan Harwich ... Eine alte Freundin von mir von der Brown, eine Schriftstellerin, ist hier aufgekreuzt, weil sie für ein Buch recherchiert, und wie sich herausgestellt hat, möchte sie mit Ihnen Verbindung aufnehmen ... Ganz recht. Ihr Name ist Emily Eliot, und sie ist vollkommen stubenrein, Abschluß in Harvard ... Ein Dichter namens Creeley Monk? ... Ja, das stimmt. Sie interessiert sich für die Leute, die zusammen mit ihm an einem Ort namens Shorelands gewesen sind, und irgendwie scheint sie über Ihren Namen gestolpert zu sein ...«

Er sah sie an. »Er möchte wissen, wo du seinen Namen gesehen hast.«

Dart hatte ihr nicht erklärt, woher er von Mark Foil wußte. »Bei Recherchen über Creeley Monk.«

Er wiederholte den Satz ins Telefon. »Nein, sie hat schon vorher ein Buch geschrieben. Über Robert Frost ... Ja, sie steht hier neben mir.«

Er hielt ihr den Hörer hin. »Emily? Dr. Foil möchte mit dir reden.« Als sie ihm den Hörer abgenommen hatte, tat er so, als würde er mit einer Schaufel arbeiten.

Eine abgehackte, schneidende Stimme, die keinerlei Ähnlichkeit mit Harwichs weibischer Parodie hatte, sagte: »Was geht hier vor, Miss Eliot? Dan Harwich hat keine alten Freunde.«

»Es war eine Jugendtorheit«, sagte Nora.

»Sie können unmöglich ein Buch über Creeley Monk schreiben. Niemand erinnert sich mehr an Creeley.«

»Wie Dan schon sagte, arbeite ich an einem Buch über den Sommer 1938 in Shorelands. Ich finde, die anderen Schriftsteller, die dort waren, stehen ungerechterweise zu sehr im Schatten des erfolgreichen Hugo Driver.«

»Haben Sie einen Verlag?«

»Chancel House.«

Längeres Schweigen. »Kommen Sie doch herüber, damit wir uns unterhalten können? Wir verlassen die Stadt heute vormittag, aber ein wenig Zeit bleibt uns noch.«

60

Ein schlanker, lächelnder junger Mann in hellgrauem Anzug und schwarzem Seidenhemd machte ihnen die Tür des Steinhauses zwischen Eichenbäumen auf und begrüßte sie. Harwich stellte seine Freundin Emily Eliot dem jungen Mann vor, Andrew Martindale, der Nora direkt in die Augen sah und sich augenblicklich von einem diplomatischen Dressman in einen richtigen Menschen mit Neugier, Humor und Gutmütigkeit verwandelte. »Wie schön, daß Sie hier sind«, sagte er zu Nora. »Mark interessiert sich außerordentlich für Ihr Projekt. Ich frage mich, ob Sie wissen, worauf Sie sich da eingelassen haben!«

Nora sagte: »Ich bin nur froh, daß er bereit ist, mit mir zu reden.«

»Bereit dürfte kaum das richtige Wort sein.« Martindale ließ sie das Haus betreten und trat danach rückwärts auf einen üppigen Perserteppich. Eine breite Treppe mit polierten Holzstufen befand sich am Ende einer Reihe weißer Säulen. »Ich bringe Sie in die Bibliothek.«

Am Ende der Säulenreihe machte er die Tür zu einem von Büchern gesäumten Raum auf, der doppelt so groß war wie Alden Chancels Bibliothek. Im grellen Sonnenlicht, das durch ein Fenster hereinfiel, stand ein weißhaariger Mann, der Nora seltsam bekannt vorkam, im förmlichen dunklen Anzug neben einem offenen Karteikasten auf einem polierten Tisch. Er grinste sie über seine schwarzgefaßte Halbbrille hinweg an und hielt einen dicken, in rotes Leinen gebundenen Folianten hoch.

»Andrew, du hast gesagt, ich würde es finden, und so ist es!«

Martindale sagte: »In diesem Haus geht niemals etwas verloren, es versteckt sich manchmal nur, bis man es braucht. Und hier sind Dan und Mrs. Eliot, gerade rechtzeitig, um an deinem Triumph teilzuhaben. Möchten Sie gerne etwas Kaffee? Tee?«

Das war an Nora gerichtet, die antwortete: »Wenn Sie schon Kaffee fertig haben, hätte ich gern einen.«

Der weißhaarige Mann klemmte sich das rote Buch unter einen Arm, nahm die Halbbrille von der Nase, verstaute sie zusammengeklappt in der Brusttasche und kam mit ausgestreckter rechter Hand durch das Zimmer. Er bewegte sich geschmeidig wie Quecksilber und schien sich, obwohl er über siebzig sein mußte, seit dem Alter von fünfzig Jahren nicht mehr nennenswert verändert zu haben. Er schüttelte Harwich die Hand, dann drehte er sich voller Aufmerksamkeit, Interesse und Neugier zu Nora um, die spürte, daß Mark Foil mit einem forschenden Blick alles in ihr gesehen hatte, was wichtig war, und darüber hinaus einen großen Teil, dessen sie selbst sich gar nicht bewußt war.

Harwich stellte sie vor.

»Warum setzen wir uns nicht, damit Sie mir etwas von sich erzählen können?« Foil zeigte auf ein klobiges Sofa und zwei Sessel vor dem hellen Fenster. Ein Glastisch mit einem ordentlichen Stapel Zeitschriften stand in Reichweite der Polstermöbel. Nora setzte sich auf ein Ende des Sofas, Mark Foil auf das andere. Harwich ging um den Glastisch herum, als würde er sie freigeben, setzte sich in den Sessel am anderen Ende des Sofas und lehnte sich zurück.

»Sie haben nicht besonders gut geschlafen, richtig?« fragte Foil.

»Nicht soviel, wie ich gerne geschlafen hätte«, gab sie, von der Frage überrascht, zurück.

»Und Sie haben unter einer großen Belastung gestanden. Wenn Sie die Frage gestatten, woran liegt das?«

Sie sah Harwich an, der ihren Blick ausdruckslos erwiderte.

»Die vergangenen Tage sind ziemlich seltsam gewesen«, sagte sie.

»In welcher Hinsicht?«

Als Nora das gütige, intelligente Gesicht unter dem weißen Haar betrachtete, war sie nahe daran zu gestehen, daß sie sich unter einem Vorwand hier eingeschlichen hatte. Mark Foil bemerkte ihr Zögern und beugte sich nach vorne, ohne seinen Gesichtsausdruck zu verändern.

Nora sah von Foil zu Harwich, der sie unglücklich und erschrocken betrachtete.

»Um die Wahrheit zu sagen«, sagte sie, »bin ich gerade in die Wechseljahre gekommen, und mein Körper scheint sich gegen mich verschworen zu haben.«

Foil lehnte sich nickend zurück, und hinter ihm ließ sich auch Harwich unsichtbar wieder in seinen Sessel fallen. »Das erklärt einiges, davon abgesehen, daß Sie viel zu jung dafür aussehen«, sagte Foil. »Sie besuchen hoffentlich Ihren Gynäkologen und behalten im Auge, was sich da abspielt?«

»Ja, danke.«

»Tut mir leid, wenn ich einen neugierigen Eindruck mache. Ich bin ein altes Gewohnheitstier. Meine Reflexe sind stärker als mein Anstand. Sie und Dan waren an der Brown befreundet?«

»So ist es.«

»Wie war unser bedeutender Neurochirurg denn damals?«

Nora sah unseren bedeutenden Neurochirurgen an und versuchte abzuschätzen, wie er an der Brown gewesen sein mochte. »Ungestüm und schüchtern«, sagte sie. »Immerzu wütend. Als er sein Medizinstudium anfing, wurde es besser.«

Foil lachte. »Erinnerungen alter Freunde sind etwas Wunderbares. Sie verhindern, daß wir die Kokons vergessen, aus denen wir gekommen sind.«

»Manche alten Freunde erinnern sich an mehr, als man für möglich hält«, sagte Harwich.

»Als ich in diesem Alter war, habe ich Browning und Tennyson gelesen, bis sie mir zu den Ohren rausgekommen sind. Nicht besonders zeitgemäß, fürchte ich. Ich nehme an, was mir an Creeleys Gedichten so gefallen hat, war die Tatsache, daß er zwar viel besser war, als ich es je sein konnte, aber auch nicht besonders zeitgemäß. In der Medizin muß man immer auf dem neuesten Stand sein, wenn man gut sein will, aber ich finde, in der Kunst ist das anders, Sie nicht auch?«

Andrew Martindale kam mit einem breiten silbernen Tablett, auf dem drei Tassen und eine silberne Kaffeekanne standen, rückwärts zur Tür herein und hörte gerade noch Foils letzten Satz. Er drehte sich um und trug das Tablett zu dem Glastisch. »Nicht schon wieder.«

»Aber diesmal haben wir eine Harvard-Doktorandin und professionelle Schriftstellerin, die wir befragen können. Emily, was meinen Sie? Andrew und ich streiten andauernd über Tradition versus Avantgarde, und er ist vollkommen starrköpfig.«

Martindale stellte das Tablett auf den Tisch und stieß dabei beinahe den Stapel Zeitschriften um. Nora sah die beiden an und wußte, daß sie verloren war, auf fremdem Terrain, und jeden

Moment als Betrügerin entlarvt werden würde. *Avec, Lingo* und *Conjunctions*, die mit ziemlicher Sicherheit Martindales literarischen Geschmack trafen, hätten ebensogut in Urdu geschrieben sein können, soweit sie über den Inhalt informiert war.

»Legen Sie unseren Streit bei«, sagte Foil.

Harwich sagte: »Du solltest nicht –«

»Nein, schon gut«, sagte Nora. »Ich glaube nicht, daß Sie ihn beilegen können, und ich glaube nicht, daß Sie es wollen, weil er Ihnen zuviel Freude bereitet. Ich persönlich mag sowohl Benjamin Britten als auch Morton Feldman, und die beiden haben wahrscheinlich die Musik des anderen gehaßt.« Sie betrachtete die drei Männer. Zwei blickten sie mit unverhohlener freundlicher Zustimmung, einer mit unverhohlenem Staunen an.

Martindale lächelte ihnen allen zu und verschwand.

Alle drei ergriffen sie wie auf eine Regieanweisung hin ihre Tassen und tranken von dem vorzüglichen Kaffee.

»Sie haben recht, wir haben Spaß an unseren permanenten Diskussionen, und mir gefällt an Andrew besonders, daß er sich stets bemüht, mich auf den neuesten Stand zu bringen. Und obwohl Creeleys Gedichte nicht seinem sonstigen Lesegeschmack entsprechen, hat er mich in meinen Bemühungen unterstützt, eine Art Werkausgabe zusammenzustellen.« Foil lächelte sie an. »Es wäre schön, wenn Ihre Arbeit mir endlich gestatten würde, ihm Gerechtigkeit widerfahren zu lassen.«

Nora fühlte sich, als müsse sie bäuchlings aus dem Haus kriechen.

»Merle muß Ihr Lektor sein.«

»Pardon?«

»Merle Marvell. Bei Chancel House. Ist er nicht Ihr Lektor?«

»O doch, natürlich. Ich wußte nicht, daß Sie ihn kennen.«

»Wir haben uns ein paarmal getroffen, aber ich kann eigentlich nicht behaupten, daß ich ihn kenne, höchstens seinen Ruf. Soweit ich weiß, dürfte Merle der einzige im Verlag sein, der sich an ein Projekt herantraut, das nicht ganz so schmeichelhaft für Lincoln wäre. Mir scheint sogar, daß Merle der einzige *richtige* Lektor bei Chancel House ist.«

Nora lächelte ihm zu, aber die Unterhaltung erfüllte sie zunehmend mit Unbehagen.

»Glauben Sie, Chancel House wäre bereit, etwas zu veröffentlichen, das Driver in einem anderen Licht erscheinen ließe? Creeley hat von Anfang an nicht viel von ihm gehalten, und als der Sommer zu Ende war, verabscheute er den Mann regelrecht.«

»Ich glaube, sie wären bereit, einen ausgewogenen Standpunkt zu akzeptieren«, sagte Nora.

»Nun denn.« Foil stellte seine Tasse auf die Untertasse. »Ich sehe keinen Grund, warum ich Sie nicht einweihen sollte.« Er hob das dicke rote Buch hoch. »Das ist das Tagebuch, das Creeley in seinem letzten Lebensjahr geführt hat. Ich habe es gelesen, als ich nach seinem Tod seinen Nachlaß gesichtet habe. Gelesen? Ich habe es *studiert*. Ich suchte nach einer Erklärung, wie jeder Hinterbliebene eines Selbstmörders.«

»Haben Sie eine gefunden?«

»Findet man jemals eine? Er war enttäuscht worden am Tag, bevor er sich das Leben genommen hat, aber ich hätte nicht gedacht...« Er schüttelte den Kopf, und die Erinnerung an eine Niederlage stand ihm deutlich ins Gesicht geschrieben. »Es ist immer noch nicht leicht. Wie auch immer, wenn Sie bereit sind, den gefeierten Hugo Driver ein bißchen zurückzustutzen, wird Ihnen das hier nützlich sein. Der Mann war ein Schwächling. Noch schlimmer. Es hat eine Weile gedauert, bis Creeley jemanden von der Tatsache überzeugen konnte, aber er war ein Dieb.«

61

Noras Blut schien langsamer zu fließen. »Wollen Sie damit sagen, daß er die Werke anderer Autoren gestohlen hat?«

»Oh, das haben alle gemacht, angefangen mit Shakespeare. Ich spreche von *richtigem* Diebstahl. Es sei denn, Sie wollen tatsächlich behaupten, daß Drivers *Reise in die Nacht* ein Plagiat ist. Aber ich glaube, mit so einer Geschichte würde Chancel House Sie kaum unterstützen.« Er grinste. »Statt Ihnen einen Vertrag zu geben, würde man wahrscheinlich ein Kopfgeld auf Sie aussetzen, Merle Marvell hin oder her.«

Harwich kicherte, und Nora brachte ihn mit einem mörderischen Blick zum Schweigen. »Wollen Sie damit sagen, daß Creeley Zeuge wurde, wie Driver die anderen Gäste bestohlen hat?«

»Nicht nur Creeley, Gott sei Dank. Sie interessieren sich für alle, nicht? Für alles, was in jenem Sommer geschehen ist?«

Sie nickte.

»Ich werde folgendes tun.« Er gestikulierte mit dem Buch. »Ich schildere Ihnen auszugsweise den Inhalt dieses Tagebuchs. Sie setzen Ihre Recherchen fort, während Andrew und ich uns auf Cape Cod aufhalten. Wenn ich wiederkomme, rede ich mit Merle Marvell und höre mir an, was er über Sie und Ihr Projekt zu sagen hat. Ich würde es gleich tun, aber uns bleibt heute morgen nicht mehr viel Zeit. Der – äh, schillerndste – Neurochirurg des Bundesstaates verbürgt sich für Sie, daher bin ich bereit, weiterzugehen als sonst, aber ich möchte so vorsichtig sein, wie es nur irgend geht. Ich nehme an, Sie haben keine Einwände?«

Sie dachte einen Moment angestrengt nach, während beide Männer sie ansahen, Harwich funkenschlagend vor Zorn und gekränkter Eitelkeit, Foil gelassen. »Ich könnte Ihnen die einzelnen Kapitel nach Fertigstellung zuschicken, ja? Wenn Sie mir das Tagebuch ausleihen würden, hätte ich mehr Zeit, um alle Informationen zu sichten, und ich könnte es Ihnen im Herbst wiedergeben.«

Er schüttelte bereits den Kopf. »Ich versorge Creeleys Nachlaß treuhänderisch.« Als er sah, daß Nora widersprechen wollte, hob er den Zeigefinger. »Aber! Wenn Merle mir bestätigt, daß Sie tatsächlich die sind, für die Sie sich ausgeben, was er mit Sicherheit tun wird, werde ich Ihnen die relevanten Seiten aus seinem Tagebuch kopieren. Sind wir uns einig?«

Harwich warf ihr einen grimmigen, unglücklichen Blick zu. Nora sagte: »Ich denke, das ist fair.«

»Okay.« Unterdrückte Vitalität leuchtete aus seinen Zügen, und Nora sah, wie sehr er die ganze Zeit darauf gebrannt hatte, seinen toten Geliebten zu rehabilitieren. »Ich möchte Ihnen etwas über ihn erzählen, damit Sie abschätzen können, was für ein Mensch Creeley war.« Er verstummte und konzentrierte sich. »Er besuchte die Garand Academy ein Jahr nach mir mit einem

Stipendium. Wir waren alle gleich – außer Creeley. Creeley war so auffällig wie ein Pfau in einer Gänseschar.

Creeleys Vater war Barkeeper, seine Mutter eine irische Einwanderin. Sie wohnten in einem kleinen Apartment über der Bar, und er mußte mit dem Bus einmal umsteigen, um in die Schule zu gelangen. Creeley kam mit seinen derben schwarzen Schuhen, einem abscheulichen gestreiften Anzug, der ihm viel zu groß war, und einem Buster-Brown-Kragen mit einer *Samtfliege*. Natürlich haben ihn die größeren Jungs verprügelt, und damit war es aus mit den Buster-Brown-Kragen, aber auf die Samtfliege hat er nicht verzichtet. Das war *seine* Idee gewesen. Er hatte gelesen, daß Dichter Fliegen aus Samt trugen, und Creeley wußte bereits, daß er ein Dichter war. Und er wußte schon im zarten Alter von vierzehn Jahren, daß er sich sexuell zu anderen Männern hingezogen fühlte, auch wenn er das Gegenteil vorgab. Das mußte er, um zu überleben. Aber er sah keinen Sinn darin, etwas anderes vorzugeben.

Im zweiten Jahr glich er uns anderen. Da er vollkommen furchtlos war, so einen untadeligen Charakter hatte, hatte er sich einen festen Platz in der Schule erobert. Alle bewunderten ihn. Es war erstaunlich. Da hatten wir diese durch und durch spießige Schule, und Creeley Monk brachte sie – uns – aus eigener Kraft dazu, seine literarische Berufung zu akzeptieren. Schon in seinem ersten Jahr gelang es ihm, ein paar Gedichte in überregionalen Zeitschriften zu veröffentlichen.

Ich ging nach Harvard, und er folgte ein Jahr später mit einem Stipendium. Es dauerte nicht lange, bis wir uns näherkamen. Creeley und ich lebten zusammen, solange ich Medizin studierte, und er zog mit nach Boston, als ich dort eine Stelle als Assistenzarzt bekam. Er suchte sich einen Job in der Katalogisierungsabteilung eines Verlags, und wir bewohnten zwei verschiedene Apartments im selben Haus, weil er es so wollte. Er wollte nichts tun, was meine Karriere gefährden konnte. Aber in jeder anderen Hinsicht waren wir ein Paar, und als ich wieder hierher zog, kam er mit. Wieder nahmen wir verschiedene Wohnungen, und ich ging in eine Gemeinschaftspraxis mit zwei älteren Kollegen. Während dieser Zeit lebten wir gleichsam in einer offenen Ehe. Er verehrte mich, und ich verehrte ihn, weiß Gott, aber er hatte eine promiskuitive Natur und pendelte fast jeden Tag nach Boston, so war das.

Er veröffentlichte in allen möglichen Zeitschriften und Magazinen, hielt Lesungen ab, gewann ein paar Preise. 1937 wurde *Das unbekannte Feld* veröffentlicht, und ich sage nicht ohne Stolz, daß es für den Pulitzer-Preis nominiert wurde. Georgina Weatherall lud ihn für den darauffolgenden Juli nach Shorelands ein, was wir beide für ein gutes Zeichen hielten.

Aber am Ende war er enttäuscht. Keiner der Schriftsteller, die er am meisten bewunderte, war anwesend, und zwei der Gäste hatten noch nicht mal Bücher veröffentlicht – Hugo Driver und Katherine Mannheim. Er hatte eine Geschichte von Katherine Mannheim in einer Zeitschrift gelesen, die ihm ganz gut gefallen hatte, und sie hatte eine ganze Anzahl Gedichte veröffentlicht, die ihm noch besser gefielen. Persönlich erwies sie sich als durchaus angenehme Überraschung. Er hatte sie sich als eine Art hilfloses, ätherisches kleines Ding vorgestellt, daher waren ihre Intelligenz und Hartnäckigkeit überraschend für ihn. Und noch etwas gefiel ihm an ihr. Ich werde Ihnen etwas dazu aus seinem Tagebuch vorlesen. Hugo Driver war wieder ein ganz anderes Kapitel. Creeley hatte einige seiner Geschichten in Zeitschriften gelesen und hielt sie für kalten Kaffee. Schon bevor er feststellte, daß Driver ein Dieb war, fühlte sich Creeley nicht wohl in seiner Gegenwart. In seinem ersten Brief an mich bezeichnete er Driver als ›dumpf und debil‹, was zu einem stehenden Witz wurde. Nach einer Weile bezeichnete er Driver in seinem Tagebuch nur noch als D&D, daraus wurde DD und schließlich DeDe, wie der Mädchenname.

Die anderen waren ein gemischter Haufen. Austryn Fain war für ihn ein gerissener Nichtsnutz, eine Art literarischer Strichjunge, der die meiste Zeit versuchte, Lincoln Chancel zu bezirzen, damit er ihm einen großen Vorschuß für sein nächstes Buch gab. Dann war da Bill Tidy. Creeley respektierte Tidy und liebte sein Buch *Unsere Schmelztiegel.* Sie hatten viel gemeinsam. Er fuhr nach Shorelands und erwartete eine Zusammenkunft verwandter Geister, aber Tidy legte ein ungehobeltes Proletengebaren an den Tag und weigerte sich, mit ihm zu sprechen.

Und dann war da der aufgehende Stern der Versammlung, Merrick Favor. Creeley fühlte sich sofort zu ihm hingezogen, aber es war hoffnungslos. Mir war klar, was passieren würde, als er mir schrieb, daß er beim ersten Dinner im Main House Favor in einer Ecke mit Katherine Mannheim sprechen sah und dachte, er sähe mich!«

Plötzlich wurde Nora klar, daß Mark Foil ihr deshalb bekannt vorgekommen war, weil er wie eine ältere Version des hübschen jungen Schriftstellers auf dem berühmten Foto aussah. Sie brachte heraus: »Ja.«

»Ich nehme an, er sah mir wirklich ähnlich, aber darauf beschränkten sich die Gemeinsamkeiten. Favor war durch und durch hetero und bandelte zwanghaft mit allen Frauen an. Er und Austryn Fain flirteten beide mit Katherine Mannheim, aber sie wollte keinen der beiden. Sie machte sich über sie lustig. Sogar Lincoln Chancel machte einen Versuch bei ihr, worauf sie ihn mit einem Witz abblitzen ließ. Aber Sie kennen ja die Faszination von etwas, das man nicht haben kann. Creeley verknallte sich hoffnungslos in Favor. Es machte ihn verrückt, und er genoß jeden frustrierenden Augenblick.«

»Hat Sie das nicht gestört?« fragte Nora.

»Wenn mich so etwas gestört hätte, dann hätte ich es keine Woche mit Creeley ausgehalten, geschweige denn all die Jahre. Er war nicht für das Zölibat geschaffen. Wissen Sie, wie Shorelands aufgebaut war, wie sie lebten, wie der Tagesablauf aussah?«

»Nicht in allen Einzelheiten«, sagte Nora. »Sie wohnten in verschiedenen Häusern, richtig, und versammelten sich jeden Abend zum Dinner.«

Foil nickte. »Georgina Weatherall lebte im Main House, die Gäste bekamen Unterkünfte im Wald rings um den Garten. Dabei handelte es sich um ein- und zweistöckige Häuschen, die ursprünglich für das Gesinde gebaut worden waren, als die Familie, der das Anwesen gehörte noch eine ganze Armee von Dienern besaß. Creeley war im Honey House untergebracht, einer der kleineren Hütten, die einsam auf der anderen Seite des Sees standen. Er hatte nur zwei Zimmer und ein durchgelegenes Einzelbett, was ihn außerordentlich verstimmte. Als einzige Frau unter den Gästen war Katherine Mannheim allein im nächstgrößeren Gästehaus untergebracht, Gingerbread, das hinter dem Garten im Wald lag. Austryn Fain und Merrick Favor bewohnten gemeinsam Pepper Pot, und Lincoln Chancel war mit Dumpf & Debil in Rapunzel untergebracht, dem größten Haus, das einen Turm aus Stein hatte und auf halbem Weg zwischen Gingerbread und dem Main House stand. Chancel hatte den Turm für sich allein. Ich nehme an, er hatte ihn für sich requiriert.«

»Ich verstehe immer noch nicht, warum Lincoln Chancel eigentlich dorthin wollte«, sagte Nora, der das gerade klargeworden war. »Er mußte sich um sein Geschäft kümmern, und es dürfte kaum erforderlich gewesen sein, daß er für Chancel House einen Monat in einer Art Künstlerkolonie verbrachte.«

Foil setzte zu einer Antwort an, besann sich aber. »Ich habe seine Anwesenheit dort immer als gegeben vorausgesetzt, aber er mußte sich ja nicht mit Georginas erwählten Schriftstellern auseinandersetzen, oder? Außerdem war er nicht den ganzen Monat dort, er tauchte erst in den letzten zwei Wochen auf.«

»Die Antwort liegt auf der Hand«, sagte Harwich. Die beiden anderen warteten. »Geld.«

»Geld?« sagte Nora.

»Was sonst? Den Weatheralls gehörte halb Boston. Lincoln Chancel sollte angeblich reicher als Gott sein, aber geriet sein ganzes Imperium nicht kurz danach schwer ins Wanken? Er suchte nach Geld, um seinen Verlag zu gründen.«

»Wie auch immer«, sagte Foil, »um wieder auf Shorelands zurückzukommen, selbst die normalen Gäste hatten keinen offiziellen Tagesablauf. Tagsüber konnten sie tun und lassen, was sie wollten, solange sie auf dem Anwesen blieben. Wenn sie arbeiten wollten, brachten die Zimmermädchen Lunchpakete zu den Hütten. Wenn ihnen nach Gesellschaft war, hielt Georgina auf der Terrasse hof. Man konnte im See schwimmen oder auf den Tennisplätzen spielen. Die Gärten waren berühmt. Gäste gingen in den verschiedenen Anlagen spazieren oder saßen auf Bänken und lasen. Um sechs versammelten sich alle auf einen Drink im Main House, und um sieben gingen sie ins Eßzimmer. Ich will Ihnen etwas vorlesen. Das hat Creeley geschrieben, als er am ersten Abend ins Honey House zurückgekehrt war.«

Er schlug das rote Buch auf und blätterte die Seiten um, bis er den gesuchten Eintrag gefunden hatte.

»Die Götter der Eisenbahn haben es so eingerichtet, daß ich mit fünfstündiger Verspätung mein heißersehntes Ziel erreichte, und damit den Tod meiner Illusionen etwas hinausgezögert. Ich wurde von der furchteinflößenden Miss W., einer Erscheinung in grellen, geschmacklos zusammengewürfelten Farben (Purpur, Rot, Orange und Pastellblau) in Form einer großen Vielfalt von Schals, Tüchern, Kleid, Strümpfen und Schuhen, nicht zu vergessen eine unübersehbare Anhäufung von monströsen Juwelen und das gleichermaßen bunte Make-up, in aller Hast auf einem schmalen Pfad durch die Gärten – samt und sonders prachtvoll – geleitet, und weiter auf einem noch schmaleren Pfad, welcher nach ermüdender Länge zu meiner Unterkunft führte, dem Honey House. In Wirklichkeit ist der rustikale Honig-Schuppen bar jeder Anmut. Miss W. zeigte mit einem ringverkrusteten Finger auf eine winzige Gefängniszelle von Schlafzimmer, eine schmutzige Kochnische und einen klobigen Schreibtisch, an dem ich schöpferisch tätig sein soll! Schöpferisch tätig! Gakkernd überließ sie mich ›meinen Einfällen‹.

Und wen sehe ich, als ich erstmals das Bagdad des Salons im Main House betrete, wenn nicht, feinfühligerweise ins Gespräch mit einem hübschen Knaben vertieft, meinen stets feinfühligen Lebensgefährten? Erlösung! Er war gekommen, um mich aus dem Schuppen zu befreien! Milady schreitet herab, angetan in noch buntere Fetzen, Gesicht in frischer Kriegsbemalung erstrahlend, um meinem eigenen, und doch nicht meinem eigenen MF, sondern seinem buchstäblichen Doppelgänger, MF2, bei dem es sich tatsächlich um den letztjährigen literarischen Wunderknaben Merrick Favor handelt, kreischend Anweisungen zuzurufen, gleichermaßen dem Jungen, in Wahrheit eine an sich gar nicht so schrecklich androgyne junge Frau, welche sich als Katherine Mannheim entpuppt, deren Werk mir zusagt. Was auch für Katherine selbst gilt, vornehmlich aufgrund ihrer stacheligen, unsentimentalen Gutmütigkeit, ihrer modisch unmodischen Erscheinung, ihres beißenden Humors und, nicht zuletzt, ihrer unverhohlenen Mißfallensäußerungen über unsere Gastgeberin und Umgebung. Und ebenso, wohlan, für den Hochgeschätzten, zweifellos aufgrund aller oben schon angeführten Gründe, abgesehen vom letzten, da Hochgeschätzter zu fein für Worte ist, aber mehr noch der körperlichen Reize wegen. MF2 duldet meine Einmischung, und wir drei unterhalten uns über unsere derzeitigen literarischen Projekte, ich bereits im Banne von 2, obschon er nur Augen für das Mädchen hat. 2 arbeitet selbstverständlich an einem Roman, woraufhin KM erklärt, daß sie gerade dabei ist, einen Roman zu ›entschreiben‹. Ich frage nach dem Sinn des Wortes entschreiben, woraufhin sie erwidert: ›Wie beim Schreiben, nur umgekehrt.‹ Murmelnd äußern wir Bewunderung für Georgina, welche 2 reizenderweise für bare Münze nimmt. Unter den anderen erkenne ich Bill Tidy von Pressefotos wieder – linkisch, schüchtern und unwohl in seiner Haut, ich muß mich bei sich bietender Gelegenheit mit ihm verbrüdern –, sowie eine bärtige Bohnenstange, die Austryn Fain sein muß. (Beim Dinner sitze ich ihm gegenüber, und yep, er ist es, ein unbegabter Klotzkopf, der nur die Absicht hat, Milady Honig ums Maul zu schmieren, und sich zu diesem Behufe nicht entblödet, bewundernd ob ihrer abgeschmackten Sammlung von ›Kunst‹ zu schwadronieren, welche aus einer wahllosen Anhäufung von Geklecksе besteht, die fast ihr einziges Stück von Wert erschlägt, ein schönes Gemälde von Mary Cassatt, und das einzige andere halbwegs anständige Bild, einen düsteren Redon, dem ich bei weitem den Vorzug gebe.) 2 ist im Gebäude von Klotzkopf untergebracht und gibt vor, darob nicht verstimmt zu sein, und Klotzkopf, gleichermaßen irregeleitet wie sein Zimmergenosse, teilt 2s Verlangen nach KM. In einer Ecke lungert eine gepeinigte Seele, welche später als ein gewisser Hugo Driver vorgestellt wird, über den man besser das Mäntelchen des Schweigens hüllt. Auf einen Drink eingeladen, hisse ich die Fahne des Proletariats und verlange einen unfeinen Wein Spo-dee-o-dee, halb Rotwein, halb Gin, häufig in der väterlichen Schänke serviert, und KM versteht zu entzücken, indem sie ihren Schaumwein wegstellt und einen tödlichen Top-and-Bottom verlangt, Port und Gin zu gleichen Teilen. Beides wird widerstrebend serviert.

Das Dinner besteht ebenfalls aus Süß und Derb in gleichen Teilen, und während KM brilliert und der atemberaubende 2 hinreichend liebenswürdig ist, gibt unsere Gastgeberin Gemeinplätze über die germanische Seele von sich. Ich lenke die allgemeine Aufmerksamkeit den Bildern zu. Mary Cassatt wird Genüge getan, die schlimmsten Kritzeleien werden über den grünen Klee gelobt, wobei auch der verschrobene Fain einstimmt. Ich lasse eine Bemerkung über den kleinen Redon fallen, woraufhin die verstimmte Milady kreischend offenbart, ihn nur des Titels wegen aufgehängt zu haben. Was hält Miss Mannheim von Lockeslys wundersamem Porträt jenes Bauern vor seiner Schafherde? erkundigt sich Georgina in dem Versuch, den angemessenen moralischen Ton wiederherzustellen. ›Ich denke‹, sagte KM, ›an Aristoteles, der Homers Brüste betrachtet.‹ ›O meine Teuerste‹, greint Georgina, ›Sie meinen, ganz bestimmt wollten Sie sagen …‹ ›Dieser Leithammel dort hat Brüste, wenn ich je welche gesehen habe‹, sagte KM, woraufhin wir uns im Handumdrehen wieder der Überlegenheit aller teutonischen Schöpfungen zuwandten.«

Mark Foil sah von dem Tagebuch auf und betrachtete Nora mit einem fast verzeihungheischenden Blick. »Creeley verfiel stets in diesen Tonfall, wenn er erschüttert oder unsicher war, und Alkohol betonte seine prahlerische Seite immer. Er erwähnt nur einen

Wein Spo-dee-o-dee, etwas, das er nur trank, wenn er Leute vor den Kopf stoßen wollte, die er für prätentiös hielt, aber ich bin ziemlich sicher, daß er mindestens drei getrunken hat. Selbstverständlich gefiel ihm, daß das Mädchen einen Top-and-Bottom bestellte, bewies es doch, daß sie verwandte Seelen waren. Sie haben sich über ihre ›Outsider-Drinks‹ unterhalten.«

»Outsider-Drinks«, sagte Nora, die der neuerliche Hinweis auf Paddi Mann aufschreckte.

»Creeley lernte sie durch die Musiker kennen, die in die Bar der Familie kamen. Aber er meinte auch, daß sie beide Außenseiter in Shorelands waren. Der Witz über Aristoteles, der die Büste von Homer betrachtet, beförderte *sie* ins Abseits, und Georgina war nicht völlig blind, sie spürte zumindest, daß Creeley sie für eine absurde Erscheinung hielt, womit auch er in Ungnade fiel. Was bedeutet, wir haben hier eine kleine peinliche Situation.«

»Was hat Driver gestohlen?« fragte Nora.

Es klopfte zweimal laut auf der anderen Seite der Tür. Andrew Martindale kam herein und klopfte mit zufriedener Miene mit dem Zeigefinger auf das Zifferblatt seiner Uhr. »Dreiunddreißig Minuten, ein Weltrekord. Wie kommen wir voran?«

»Wie üblich rede ich zuviel«, sagte Foil. Er zog den Ärmel hoch und sah auf seine eigene Armbanduhr. »Wir haben noch genügend Zeit, wenn wir unterwegs nicht trödeln.«

Martindale ging zu einem Ohrensessel auf der anderen Seite des Raumes, wo er die Beine übereinanderschlug und sich sammelte.

»Wo waren wir?« fragte Foil.

»Beim Stehlen«, sagte Nora.

»Wir waren beim Stehlen?« sagte Martindale.

»Hugo Driver hat etwas gestohlen.« Foil schlug das rote Tagebuch auf und blätterte Seiten um. »Das war ein paar Tage vor Lincoln Chancels Ankunft; alle möglichen Truhen und Kisten und sogar Möbel waren ins Haus Rapunzel geliefert und im Turm abgestellt worden. Chancel bestand darauf, in seinem eigenen Bett zu schlafen, daher wurde es mit einem Lastwagen hinbefördert und in den Turm getragen, worauf das alte im Keller des Hauptgebäudes eingelagert wurde. Er ließ einen Telegraphen aufstellen, damit er sich über den Aktienmarkt auf dem laufenden halten konnte. Eine große Kiste Zigarren von Dunhill traf ein. Ein Partyservice stellte eine Mahagonibar in einem der Zimmer auf und bestückte sie mit Flaschen.«

Foil überflog eine Seite. »Da haben wir es, am Tag vor Chancels Ankunft. Creeley und Katherine Mannheim hatten sich ihren Top-and-Bottoms zugewandt, wie es guten Außenseitern entsprach, und er mußte während des Essens vom Tisch aufstehen und zur Toilette. Und wen erblickte er im Salon, ein sonderbares Benehmen an den Tag legend, wenn nicht unseren guten alten D&D, Hugo Driver, der den Speisesaal unbemerkt von allen anderen verlassen hatte.

> Zuerst sah ich ihn gar nicht und hätte ihn möglicherweise auch gar nicht gesehen, hätte er nicht genügend Luft eingesogen, um damit einen Ballon zu füllen, und wäre er nicht gegen ein Bein des Sofas getreten. Als ich mich nach dem Ursprung dieser Geräusche umsah, bemerkte ich KMs bestickte Tasche, die an der Sofalehne hinunterrutschte und mit einem vernehmlichen Scheppern auf der Sitzfläche zu liegen kam. D&D, den ich wie stets nervös und düster brütend am Tisch vermutet hatte, kam um das Sofa herum und versteckte dabei etwas in der rechten Tasche seines schäbigen Tweedjacketts. Er schlug die Klappe über die Tasche und versuchte, meinem Blick zu trotzen. Was für eine erbärmliche Kreatur er doch ist. Ich blieb stehen, sah ihn an und fragte ihn mit sehr leiser Stimme, was er da machen würde. Ich glaube, er wäre um ein Haar ohnmächtig geworden. Ich sagte, wenn er den gestohlenen Gegenstand auf der Stelle zurücklegen würde, würde ich Stillschweigen bewahren. Die garstige Schlange bleckte die Zähne und ließ mich wissen, daß Miss Mannheim ihn gebeten hätte, ihr ein Tablettendöschen aus einem Innenfach ihrer Handtasche zu bringen, und wenn ich nicht so auf Rick Favor fixiert gewesen wäre, hätte ich die Bemerkung gehört. Ich hatte wohl gesehen, wie KM mit D&D flüsterte, und seine

dumpf-debile Wonne bemerkt, weil er in den Genuß dieser Gunst gekommen war, doch das war alles gewesen. Es zeigte den Beweis seiner Unschuld her, ein kleines silbernes Tablettendöschen. Als ich wenig später von der Toilette zurückkam und ein weiteres anstrengendes Essen mit Hymnen auf Nietzsche und Wagner glücklicherweise hinter uns lag, zwängte ich mich in jene duftende Region zwischen ›Rick‹ (!!) und KM und schilderte, was ich gesehen und gesagt hatte. KM präsentierte das Tablettendöschen, und 2 deutete grob an, ich hätte mir den Diebstahl eingebildet. Ich bat sie, in ihre Tasche zu sehen, und sah, im Gegensatz zu 2, wie ein amüsierter Ausdruck über ihr Gesicht huschte. ›Wer meine Börse stiehlt, stiehlt Plunder‹, sagte sie. Der nunmehr in Erregung geratene süße 2 bereitete sich darauf vor, D&D zur Rede zu stellen, ließ sich aber von KMs Versicherung, daß nichts fehlte, gewiß nichts Wertvolles, davon abhalten, und schließlich hatte er das unersetzliche Döschen gebracht, aus dem sie daraufhin eine winzige elfenbeinfarbene Pille nahm und wie ein Bonbon unter die spitze Zunge gleiten ließ.

Aber zwei Wochen später«, sagte Foil, »während alle anderen Lincoln Chancel ihre Aufwartung machten, steckte Driver eine silberne Zuckerzange von Georgina in seine Tasche, und Creeley sah ihn dabei. Als erstes erzählte er Merrick Favor davon, aber Favor bezeichnete ihn als Degenerierten und sagte, wenn er nicht aufhören würde, Hugo Driver schlechtzumachen, würde er ihm einen Schlag ins Gesicht verpassen.«

»Da wir gerade von Degenerierten sprechen«, sagte Andrew Martindale von seinem entlegenen Sessel, »der Irre, der in Connecticut aus dem Gefängnis ausgebrochen ist, läuft frei in Springfield herum, was sagen Sie dazu? Dick Dirt?«

»Dart«, krächzte Nora und räusperte sich. »Dick Dart.«

»Er hatte sich in einem Motel auf der anderen Seite der Stadt versteckt. Als die Polizei dort eintraf, fanden sie in einem Zimmer lediglich einen zerstückelten Leichnam vor. Keine Spur von

Dart. Der Reporter sagte, der Leichnam hätte wie nach einer Anatomievorlesung ausgesehen.«

Nora spürte, wie ihr Gesicht heiß wurde.

Foil sah sie an. »Alles in Ordnung, Mrs. Eliot?«

»Sie müssen nach Provincetown fahren, und wir halten Sie auf.«

»Lassen Sie meine Sorge sein, ob wir rechtzeitig nach Cape Cod kommen. Sind Sie sicher, daß alles in Ordnung ist?«

»Ja. Es ist nur …« Sie versuchte, sich eine einigermaßen plausible Erklärung für ihr Unbehagen auszudenken. »Ich lebe in Connecticut, sogar in Westerholm, und kannte einige von Dick Darts Opfern.«

Andrew Martindale sah teilnahmsvoll drein, Foil besorgt. »Wie schrecklich für Sie. Haben Sie diesen Dart je gesehen?«

»Ganz kurz«, sagte sie und versuchte zu lächeln.

»Möchten Sie lieber ein paar Minuten Pause machen?«

»Nein, danke. Ich würde gern den Rest hören.«

Foil sah wieder in das offene Buch in seinen Händen. »Mal sehen, ob ich es noch zusammenbekomme. Lincoln Chancel traf planmäßig ein und machte Hugo Driver fast auf der Stelle zu einer Art Diener, indem er ihn Botengänge erledigen ließ und ihn in jeder erdenklichen Art ausbeutete. Driver scheint in der Rolle aufgegangen zu sein, als hätte er angenommen, daß er den Job nach Ablauf des Monats behalten würde. Der arme Creeley blieb im Regen stehen. Ich denke, daß Merrick Favor seine Vorwürfe dem einen oder andern gegenüber erwähnt hat, und darauf hatten es sich sowohl er als auch Katherine Mannheim bei ihrer Gastgeberin endgültig verscherzt. Sie sogar mehr als Creeley, denn sie vertiefte sich bald darauf in ihr ›Entschreiben‹, was immer das auch heißen mochte, und sie ließ sogar ein paar Mahlzeiten sausen, um zu arbeiten. Das erregte derartiges Mißfallen, daß jeder es nur noch für eine Frage der Zeit hielt, bis Georgina sie hinauswerfen würde, was schon vorgekommen war, wenn ein Gast sie zutiefst enttäuscht hatte.

Eines Abends nahmen sie alle an einer Zeremonie teil, die ›das Höchste‹ hieß und an einem Ort namens Monty's Glen stattfand. Ich weiß nichts darüber, nur, daß es langweilig war. Creeley schrieb in seinem Tagebuch nur: ›*das Höchste, gähn, froh, daß es vorbei ist.*‹ Aber am nächsten Tag fing die ganze Aufregung an.

Nach dem Mittagessen machte Creeley einen Spaziergang im Garten. Merrick Favor trat hinter ihn und klopfte ihm auf die Schulter, und Creeley wäre fast ohnmächtig geworden. Im ersten Moment dachte er, Favor hätte endgültig die Geduld verloren und wollte ihn verprügeln, aber statt dessen wollte er sich bei Creeley entschuldigen. Hugo Driver sei *tatsächlich* ein Dieb, jedenfalls hätte er allen Grund zu der Annahme. Dann erklärte er alles.

Favor war Katherine Mannheim durch den Garten gefolgt, weil er hoffte, sie unter vier Augen sprechen zu können, aber jedesmal, wenn sie sich einen Moment setzte, platzte einer der anderen Männer durch eine Öffnung in den Hecken und setzte sich zu ihr. Driver war der letzte, und Favor hatte beobachtet, wie sie ein paar Worte wechselten, bevor Miss Mannheim aufstand und zwischen den Hecken verschwand. Favor wollte ihr gerade nachgehen, als er sah, wie Driver bemerkte, daß sie ihre Tasche halb offen auf der Bank liegenlassen hatte. Also blieb er stehen, um zu verfolgen, was weiter geschah. Driver schaute sich um« – Foil ahmte die verstohlenen Bewegungen eines Mannes nach, der nicht erwischt werden will – »und rutschte näher zu der Tasche. Von dort, wo er stand, konnte Favor nicht sehen, wie Driver in die Tasche griff, und Driver war schlau genug, nicht seine eigenen Hände anzusehen. Favor war trotzdem ziemlich sicher, was da vor sich ging, und er war fast überzeugt, daß Driver etwas in seiner Jackentasche verschwinden ließ, daher kam er aus seinem Versteck und stellte das kleine Frettchen zur Rede. Driver leugnete alles. Er sagte sogar, er hätte genug von diesen Verdächtigungen und würde sich bei Georgina beschweren. Damit entfernte er sich. Favor brachte Miss Mannheim die Tasche und schilderte ihr, was er gesehen hatte. Als sie in die Tasche sah, lachte sie und sagte: ›Wer meinen Plunder stiehlt, stiehlt Plunder.‹ In jener Nacht verschwand sie.«

»Nachdem Favor gesehen zu haben glaubte, wie Driver etwas aus ihrer Tasche stahl«, sagte Nora.

»Genau. Sie erschien nicht zum Abendessen. Georgina war verärgert und übellaunig zu jedermann, sogar Lincoln Chancel. Spätabends machte Creeley einen Spaziergang und begegnete Chancel und Driver in der Nähe von Bill Tidys Unterkunft, und Chancel war außerordentlich ungehobelt zu ihm. Er sagte ihm, daß er aufhören sollte, überall herumzuspionieren. Am nächsten Abend wieder keine Katherine Mannheim, daher führte Georgina die ganze Gruppe unter dem Vorwand, sich nach Miss Mannheims Befinden zu erkundigen, nach Gingerbread. Alle spürten, daß Georgina die Absicht hatte, sie sofort hinauszuwerfen, sollten sie Katherine Mannheim nicht mit hohem Fieber und zu schwach zum Aufstehen vorfinden. Aber sie war schon fort. Sie war zwischen dem vergangenen Nachmittag und jenem Abend abgereist. Georgina schien nicht einmal überrascht zu sein, schrieb Creeley. Sie verhielt sich, als hätte sie mit einer offenen Tür und einer leerstehenden Hütte gerechnet. ›Ich bedauere es sagen zu müssen‹, verkündete sie, ›aber es sieht so aus, als hätte Miss Mannheim sich aus dem Staub gemacht.‹ Damit war der Fall erledigt. Sie hatte die Telefonnummer einer Schwester von Miss Mannheim und bat sie, ihre wenigen verbliebenen Sachen aus dem Bungalow abzuholen, und die Schwester traf am nächsten Tag ein. Sie hatte keine Ahnung, wohin Miss Mannheim verschwunden sein könnte. In ihrer New Yorker Wohnung war sie nicht, und sie hatte mit niemandem aus ihrer Familie gesprochen. Sie war unberechenbar und schon früher aus Unterkünften verschwunden, wo sie sich nicht wohl fühlte. Aber ihre Schwester hatte eine große Sorge.«

»Daß sie tot war«, sagte Nora.

»Sie haben von ihrem schwachen Herzen gehört. Die Schwester hatte Angst, sie könnte im Wald spazierengegangen sein und einen Herzanfall gehabt haben, daher bestand sie darauf, die Polizei zu holen. Georgina war wütend, willigte aber ein. Die Polizei von Lenox befragte die Gäste und das Personal von Shorelands ein paar Tage lang. Sie durchsuchten das Gelände und den Wald. Zuletzt schien klar zu sein, daß sie weggelaufen war, und eine Woche später war der Sommer vorbei.«

»Und dann all diese Todesfälle«, sagte Nora.

»Wie ein Fluch. Georgina scheint der Ansicht gewesen zu sein, daß gewisse Neuerungen angebracht schienen, denn sie gab sofort eine Menge teure Renovierungsarbeiten in Auftrag, aber all diese Todesfälle warfen einen langen Schatten auf Shorelands.«

»Auf *uns* wird auch ein langer Schatten fallen«, sagte Andrew Martindale.

»Einen Moment noch.« Foil sah auf die Uhr und blätterte einen dicken Stapel Seiten um. »Ich möchte, daß Sie etwas vom Ende hören, damit Sie genauso viel über Creeleys Tod wissen wie ich.« Er sah wieder auf. »Wenn Sie etwas erfahren, das Licht in die Sache bringt, würde ich begrüßen, wenn Sie es mich wissen ließen. Ich weiß, es ist nicht wahrscheinlich, möchte aber trotzdem darum bitten.«

»Ich werde Ihnen alles sagen, was ich rausfinde«, sagte Nora.

»Es ist so rätselhaft. Das hier schrieb Creeley drei Tage vor seinem Selbstmord in sein Tagebuch.

> Mit einem Mal dringt ein Lichtstrahl in die Depression, die ich habe, seit ich von Shorelands zurückgekehrt bin. Es sieht so aus, als gäbe es doch noch Hoffnung, und zwar aus einer höchst unerwarteten Ecke! Welch segensreiche Wendung, wenn alles seinen erwarteten Lauf nimmt.

Dann das, am nächsten Tag:

> Nichts, nichts, nichts, nichts. Fertig. Aus und vorbei. Ich hätte es wissen müssen. Wenigstens habe ich bei MF nicht geplaudert. Wie grausam, nur geschrieben worden zu sein, um ungeschrieben zu sein.

Und das war es, das ist alles, der letzte Eintrag. Ich habe an beiden Tagen nichts von ihm gehört. Wenn ich anrufen wollte, sagte mir das Amt, daß er den Hörer nicht aufgelegt hätte, daher nahm ich an, er würde arbeiten. Ich wußte, er war seit einiger Zeit unglücklich, daher gefiel mir der Gedanke, daß er konzentriert arbeitete. Aber er ließ niemals drei Tage verstreichen, ohne zumindest einmal mit mir zu reden, und da ich ihn am nächsten Tag immer noch nicht erreichen konnte, fuhr ich zu seinem Apartment, als mein letzter Patient gegangen war.«

Foil verstummte einen Moment. »Es war ein trüber, elender Tag. Eiskalt. Wir hatten einen schrecklichen Winter. Ich glaube, wir hatten über einen Monat lang keine Sonne gesehen. Ich kam zu dem Haus, wo er wohnte. Creeley bewohnte das Obergeschoß eines Doppelhauses, sein Apartment hatte einen eigenen Eingang. Als ich aus dem Auto ausgestiegen war, stapfte ich durch eine Schneewehe und sah zu seinen Fenstern hinauf. Sämtliche Lichter waren an. Ich ging die Stufen hinauf zur Veranda und läutete. Seine Nachbarn einen Stock tiefer, die Besitzer, waren beide ausgegangen, ich konnte ihren Hund bellen hören. Sie hatten einen Collie namens Lady – überspannt, wie alle Collies. Wissen Sie, es ist ein trostloses Geräusch, wenn ein Hund in einem leeren Haus bellt. Creeley machte nicht auf. Ich dachte, er hätte das Radio aufgedreht, um den Lärm des Hundes zu übertönen, was er tagsüber häufig tun mußte. Es machte ihm nichts aus. Creeley ließ ständig Musik laufen beim Schreiben, und das einzige Problem an der Lautstärke war, daß er manchmal die Klingel nicht hören konnte. Ich läutete noch ein paarmal. Als ich ihn immer noch nicht die Treppe herunterkommen hörte, nahm ich meinen Schlüssel aus der Tasche und betrat das Haus wie schon hunderte Male zuvor.

Kaum war ich drinnen, hörte ich sein Radio in voller Lautstärke. ›Let's Dance‹, Benny Goodmans Titelmelodie. Eine der Liveübertragungen, die sie damals machten. Ich ging die Treppe hinauf und rief seinen Namen. Lady drehte durch. Bevor ich oben angekommen war, fiel mir ein Geruch auf. Ich hätte den Geruch auf der Stelle erkennen müssen. Ich machte die Tür seines Wohnzimmers auf, aber da war er nicht. Ich rief seinen Namen und drehte das Radio leiser. Der verdammte Collie tobte noch lauter. Ich klopfte an die Badezimmertür und sah in die Küche. Dann versuchte ich es im Schlafzimmer.

Creeley lag auf dem Bett. Überall Blut. Überall. Er hatte die Schrotflinte benützt, die ihm sein Vater zum sechzehnten Geburtstag geschenkt hatte, als er noch Hoffnung hegte, sein Sohn würde normalen Männerhobbys nachgehen. Ich stand unter Schock. Ich schaltete einfach ab. Mir schien, als hätte ich lange Zeit dagestanden, aber es können nur ein paar Minuten gewesen sein. Nach einer Weile rief ich die Polizei und wartete wie ein Roboter, bis sie kamen. Und das war das Ende. Sosehr ich es versuchte – und ich versuchte es mit aller Kraft –, ich habe nie verstanden, warum er es getan hat.«

62

»Nun, ich verstehe, warum er es getan hat.« Harwich bog von der Einfahrt auf die Oak Street ab und ließ mehrmals die Schultern kreisen, als wollte er die Atmosphäre der vergangenen dreißig Minuten abschütteln. Er lehnte sich zur Seite, damit er sich selbst im Rückspiegel sehen konnte, und fuhr durch die straffen grauen Locken an seinen Schläfen. »Mark ist ganz okay, aber er will die Wahrheit nicht sehen.«

Nora zeigte auf eine ein Stück entfernt gelegene Einfahrt auf der anderen Straßenseite. »Fahr da rein.«

Er sah sie an. »Was?«

»Ich will sehen, wie sie abfahren.«

»Du willst – oh, ich verstehe.« Er bremste ein Stück nach der Einfahrt zwischen den beiden Flügeln einer Steinmauer und setzte rückwärts hinein. »Siehst du? Du glaubst, ich wüßte nicht, was das soll, aber ich weiß es sehr wohl.«

»Gut«, sagte Nora.

»Du möchtest dich vergewissern, daß sie wohlbehalten loskommen.«

»Freut mich, daß es dir nichts ausmacht.«

»Ich habe nicht gesagt, daß es mir nichts ausmacht. Ich bin nur ein umgänglicher Mensch.«

»Also, sag mir, warum Creeley Monk sich umgebracht hat.«

»Das liegt auf der Hand. Dieser Bursche hatte das Ende seiner Fahnenstange erreicht. Zunächst einmal war er ein Kind aus der Arbeiterklasse, das nur so tat, als würde es besseren Kreisen angehören. Von dem Augenblick an, als er diese Schule besuchte, war sein Leben ein Theaterstück. Darüber hinaus konnte er seinen anfänglichen Erfolg nicht wiederholen. Shorelands sollte für ihn das Sprungbrett sein, aber niemand wollte sein nächstes Buch veröffentlichen. Ein erstes Interesse daran versetzt ihn in Ekstase, und als es nicht klappt, ist er am Boden zerstört. Er nimmt die Flinte aus dem Schrank und macht allem ein Ende. Ganz einfach.«

Diese schlaue, flinke Zergliederung, wie das Sezieren eines Leichnams unter dem Skalpell, ärgerte Nora maßlos; Harwich hatte aus Mark Foils Bericht das leere Diagramm einer Fallstudie gemacht.

»Wie auch immer, da drinnen hast du deine Sache gut gemacht«, sagte Harwich zu ihr. »Bleibt diese kleine Sache mit dem Lektor, der sich als Teil der Homintern erweist. Hast du das mitbekommen? *Wir* haben ihn ein paarmal getroffen? Mark wird ziemlich bald wissen, daß dieses Buch nur ein Vorwand war, und dann wird er eine Menge Fragen an mich haben.«

»Ist doch nicht weiter tragisch. Ich habe gesagt, ich hätte einen Vertrag, und nun stellt sich heraus, ich habe keinen. Ich schreibe das Buch, bevor ich damit zu einem Verlag gehe.«

»Trotzdem bin ich in einer unangenehmen Situation. Wie dem auch sei, da sind sie, sicher und wohlbehalten.« Er wies mit dem Kopf auf ein langes, elegantes graues Auto, das vor ihnen die Oak Street entlang fuhr. »Völlig sorglos, wie gewöhnlich.«

»Du magst sie nicht, richtig?«

»Was gibt es da zu mögen?« brauste er auf. »Diese beiden Typen leben in einer Welt, wo ihnen jeder Wunsch von den Augen abgelesen wird. Sie sind so selbstgefällig, so ei-tei-tei, so zufrieden mit sich selbst und brausen mit Martindales neuem Jaguar nach Cape Cod, während seine Patienten die Wände hochklettern.«

»Ich dachte, er wäre pensioniert.«

»*Mark* ist pensioniert, nur nicht, was die wichtigen Sachen betrifft, die staatlichen Ausschüsse und die nationalen Komitees. Andrew hat etwa sechs Jobs, soweit ich das überschauen kann. Hier Vorstand der Psychiatrie, dort Professor der Psychiatrie, Chef von diesem und jenem, eine Privatpraxis voll von berühmten Malern und Schriftstellern, und seine Bücher. *Das Grenzland des Borderline-Patienten. Der Text der Psychoanalyse. William James, religiöse Erfahrung und Freud*. Die anderen hab ich vergessen.« Er fuhr aus der Einfahrt und freute sich an ihrer Verwunderung.

»Ich dachte …« Nora wollte nicht zugeben, was sie gedacht hatte. »Wie kann er einen Monat freinehmen? Oh, ich vergaß. Es ist August, wo alle Seelenklempner nach Cape Cod fahren.«

»Richtig, aber Andrew verbringt *seinen* freien Monat als Chefarzt einer Klinik in Falmouth. Und er schreibt. Er ist ein vielbeschäftigter Bursche.« Er sah sie von der Seite abschätzend an. »He, warum nimmst du dir nicht selbst ein bißchen frei? Du solltest nicht allein draußen herumlaufen, solange dein Wahnsinniger auf freiem Fuß ist. Und es hat keinen Sinn, nach diesem Tidy zu suchen.«

»Was, meinst du, ist mit Katherine Mannheim passiert?«

»Ganz einfach. Alle dachten, sie ist entweder weggelaufen oder im Wald gestorben, daher kam niemand darauf, daß beides zutreffend war. Sie schleppt ihren Koffer nachts durch den Wald, das Gewicht ist zuviel für sie, eine Eule erschreckt sie, Ende. Ein paar verblödete Cops tun so, als würden sie den Wald durchsuchen, und – Überraschung! – finden sie nicht. Ich war nie in Shorelands, habe es aber schon gesehen, und sogar heute reden wir hier von zwei Quadratmeilen Wildnis. Eine ganze Armee hätte sie nicht finden können.«

»Wahrscheinlich hast du recht«, sagte sie und beobachtete müßig, wie die Vororthäuser immer dichter zusammenrückten, derweil die Grundstücke kleiner wurden und die Hollywoodschaukeln, Planschbecken und Fahrräder in den Einfahrten erkennen ließen, die sie schon gesehen hatte, als Dick Dart mit ihr in Ernest Forrest Ernests Auto nach Fairfield gefahren war. »O mein Gott.«

Harwich warf ihr einen besorgten Blick zu.

»Ich weiß, warum Lincoln Chancel in Shorelands war.«

»Geld, das sagte ich schon.«

»Aber nicht aus dem Grund, den du denkst. Er hat versucht, Georgina Weatherall für seine faschistische Sache zu gewinnen, das Americanism Movement. Lincoln Chancel hat heimlich die Nazis unterstützt. Er hatte eine Schar sympathisierender Millionäre um sich geschart, aber während des Krieges mußten sie leisetreten. Ich glaube, in den fünfziger Jahren hat Joe McCarthy sie für den Antikommunismus rekrutiert, und sie mußten mitspielen.«

Er sah sie argwöhnisch an. »Ich muß sagen, du bringst Schwung in den Laden. Ich möchte dich heute abend zum Essen einladen, ich kenne ein großartiges französisches Restaurant in der Nähe von Amherst – ein Stück Fahrt, aber es lohnt sich. Vorzügliches Essen, Kerzenschein, die besten Weine. Niemand wird uns sehen, und wir hätten Gelegenheit zu einem langen, ungestörten Gespräch.«

»Machst du dir Sorgen, daß uns jemand sehen könnte?«

»Wir müssen dich versteckt halten. In der Zwischenzeit bestelle ich eine Pizza. Es ist nicht viel zu essen im Haus. Du kannst ein Nickerchen machen, und ich gehe ins Krankenhaus. Geh nicht ans Telefon und mach niemandem die Tür auf, okay? Wir halten die Welt eine Zeitlang auf Abstand und gewöhnen uns wieder aneinander.«

Nora lehnte sich in den Sitz zurück und machte die Augen zu. Im Handumdrehen stand sie auf einer von hohen, aufrechten Steinen gesäumten Waldlichtung. Lincoln Chancel, der an einem mit Schnitzereien verzierten Mahagonischreibtisch saß und stapelweise Geld zählte, schaute auf und sah sie finster an. Elend und Kummer strömten von diesem Bild aus, und Nora regte sich, wachte auf und merkte zuerst gar nicht, daß sie geschlafen hatte. Die Longfellow Lane rollte wie eine bemalte Kulisse vor den Fenstern vorbei.

»Im Augenblick brauchst du jemanden, der sich um dich kümmert«, sagte Harwich.

Er drückte einen Knopf an der Sonnenblende, um das Garagentor zu öffnen, fuhr hinein und parkte neben Sheldon Dolkis' grünem Ford. Kaum war er aus dem Auto ausgestiegen, ging er zur Wand und drückte einen Knopf, worauf sich das schwere Tor rasselnd wieder senkte. Eine Glühbirne an der Decke wurde automatisch abgeschaltet, und das Tor polterte auf den Beton. Nora fühlte sich fast zu müde, um auch nur eine Bewegung zu machen. Harwichs dunkler Umriß glitt an der Haube des Autos vorbei zur rechten Seite der Garage. »Alles in Ordnung?« fragte er und öffnete eine Innentür. Graues Licht löschte die Vorderseite seines Körpers aus und verwandelte sein Haar in silbernen Flaum.

»Ich habe wohl gar nicht gewußt, wie müde ich bin.« Sie hievte sich aus dem erstaunlich bequemen Sitz und stellte fest, daß eine kleine Figur wie ein weißer Sperling auf der Haube des Autos kauerte. Nein, kein Vogel, eine geflügelte Frau, zum Abflug bereit. Das hatte einen Sinn, aber was für einen Sinn? Ach ja, was sagt man dazu, zu Dan Harwichs Besitztümern zählte auch ein Rolls-Royce. Wie seltsam; je tiefer sie in die Welt hinabstieg, desto höher gelangte sie. Die Autotür fiel mit dem ernsten Poltern einer Tresortür ins Schloß, und Nora ging an dem wartenden Harwich vorbei ins Haus.

»Die Ereignisse fordern ihren Tribut«, sagte er hinter ihr. Er legte ihr teilnahmsvoll eine Hand auf die Schulter, zwängte sich an der engen Hintertür an ihr vorbei, küßte sie kurz und führte sie durch die Küche ins Wohnzimmer, wo sie verlegen mit weit aufgesperrtem Mund gähnend stand, während er vorwärtsschoß und an einer Kordel zog, worauf ein Vorhang sich vor das Erkerfenster senkte. »Kümmern wir uns zuerst um dich«, sagte er und führte sie hastig die Treppe hinauf, am Wäscheschrank vorbei und ins Gästezimmer, wo er sie zum Bett geleitete und ihr die Schuhe auszog, als sie sich hingelegt hatte. Sie gähnte wieder heftig.

»Du bist im Auto etwa zehn Minuten eingeschlafen.«

»Das stimmt nicht.« Ihre Widerworte hörten sich kindisch an.

»Stimmt doch«, sagte Harwich und ahmte amüsiert ihren Tonfall nach. »Freilich nicht gerade friedlich. Du hast eine Menge unglücklicher Geräusche von dir gegeben.« Er massierte ihre rechte Fußsohle.

»Das ist so angenehm.«

»Warum ziehst du das T-Shirt nicht aus und knöpfst die Jeans auf? Ich kann dir helfen, sie abzustreifen.«

»Nein.« Sie schüttelte den Kopf auf dem Kissen.

»Das ist doch viel bequemer. Und dann kannst du dich zudecken. He, ich bin Arzt, ich weiß, was gut für dich ist.«

Gehorsam setzte sie sich auf, zog das T-Shirt mit dem V-Ausschnitt über den Kopf, wobei sie es von innen nach außen kehrte, und warf es ihm zu.

»Hübscher BH«, sagte er. »Und jetzt den obersten Knopf der Jeans.«

Unter Einwänden legte sie sich wieder flach hin, machte den Knopf auf, zog den Reißverschluß hinunter und schob die Jeans über ihre Hüften. Harwich zog daran, worauf die Hose mit einem Rutsch flüsternd über Noras Schenkel, Knie und Füße glitt. »Passende Höschen! Du bist ja hochmodisch.« Er hob Laken und Decke, damit sie darunterschlüpfen konnte, und senkte sie nicht ohne ein wenig Zupfen und Tätscheln wieder über sie. »Gut so, Süße.«

»Was für ein Mann«, hörte sie sich sagen und raffte sich auf, um hinzuzufügen: »Gib mir eine Stunde, okay?« Die Worte schienen aus weiter Ferne zu kommen, und aus den umliegenden Gegenständen schienen langsam bunte Bänder durch ihre zusammengekniffenen Lider zu wallen; einer davon war Dan Harwich, wie er zur Tür trieb.

Der breite, grasbewachsene Kreis zwischen den hohen Steinen sah wie eine Bühne aus. Nora setzte sich in Bewegung, während Lincoln Chancel Banderolen um die Stapel von Geldscheinen vor sich streifte und sie einen nach dem anderen behutsam wie rohe Eier in einer Leinentasche verstaute. Er bedachte Nora mit einem stechenden, mürrischen Blick und wandte sich wieder seiner Aufgabe zu. »Du gehörst nicht hierher«, sagte er, wobei er die Leinentasche anzusprechen schien.

Seine Häßlichkeit übertraf das berühmte Foto, wo sie eine Folge seiner Wut gewesen zu sein schien. Es war eine umfassende, in ihrer Wucht alles beherrschende Häßlichkeit.

»Kein Mumm in den Knochen. Ein paar Rückschläge, und schon liegst du auf den Knien und wimmerst: *Daddy, hilf mir, ich schaffe es nicht alleine*. Jämmerlich. Wenn die Leute mit dir reden, hörst du nur, was du schon weißt.«

»Ich weiß, warum du nach Shorelands gegangen bist«, sagte sie und gab sich größte Mühe, die Angst und Ohnmacht zu verbergen, die sie empfand.

»Betrachte dich als gefeuert.« Er warf ihr einen kalten, tückischen Blick des Triumphs zu, zog eine dicke Zigarre aus der Brusttasche, biß das Ende ab und zündete sie mit einem Streichholz an, das zwischen seinen Fingern auftauchte. »Geh nach Hause. Das ist keine Aufgabe für ein kleines Mädchen.«

»Leck mich«, sagte Nora.

»Mit Vergnügen.« Er grinste sie an wie ein Drache hinter einer Rauchfahne. »Obwohl du für meinen Geschmack zu knochig bist. Zu meiner Zeit mochten wir dralle Frauen – fraulich, sagten wir dazu. Titten wie Kopfkissen, Arschbacken, in denen man seine Hände vergraben konnte. Frauen, bei denen sich einem der Mast aufrichtete und darum bettelte. Aber ich habe noch eine Art gemocht – die kleinen. Jeder große Mann möchte ein kleines Ding pimpern. Wenn man die besteigt, dann fühlt man sich entweder, als würde man ihnen die Knochen brechen oder sie entzweireißen. Aber auch der Typ bist du nicht.«

»Der Typ Katherine Mannheim.«

Er zog an der Zigarre und stieß einen wallenden Rauchring aus, der nach verfaulendem Laub roch. »Die Ausreißerin.« Statt seine Form zu verlieren und aufwärts zu steigen, wurde der Rauchring breiter und schwebte auf Nora zu. »Die kleine Schlampe hatte nicht soviel Manieren wie eine Hure.«

Der Rauchring schwebte mitten auf die Lichtung, verweilte und löste sich auf. Chancel tat so, als hätte sie bereits seinen Befehl befolgt und sich entfernt, drückte das Schloß der Leinentasche zu, als er das letzte Bündel Banknoten verstaut hatte, und die Frage formulierte sich von ganz alleine in ihrem Kopf. *Was hat sie zu dir …*

»Was hat sie zu dir gesagt, als das Foto gemacht wurde?«

Er sah sie an und kaute auf der Zigarre. »Wer?«

»Katherine Mannheim.«

»Ich lud sie höflich ein, auf meinen Schoß zu sitzen, und sie sagte: ›Ich habe schon Ihre Warzen gesehen, ich muß nicht auch noch eine fühlen.‹ Tidy und dieser Dummkopf Favor lachten beide. Sogar die Schwuchtel hat gelächelt, genau wie dieser Hochstapler mit dem komischen Namen. Austryn Fain. Was für ein Name ist Austryn Fain?« Er richtete seine unglaubliche Nase wie ein Gewehr auf sie. »Du weißt gar nichts. Du liest nicht mal die richtigen Bücher. Verschwinde. Verzieh dich in den Wald.«

Sie schrie auf und sah Harwichs schattiges, tröstliches Gesicht über sich gebeugt. »Au, das tat weh«, sagte er, lächelte aber weiter. »Du hast mich gehauen!«

»Entschuldige. Alptraum.« Ein langes Bein strich an ihrem entlang, und sie sah Harwich blinzelnd ins Gesicht.

»Machst du immer so einen Lärm im Schlaf?«

»Verschwinde aus diesem Bett. Was *machst* du hier?«

»Ich versuche, dich zu beruhigen. Komm schon. Es ist niemand hier außer mir.«

Nora ließ den Kopf wieder auf das Kissen sinken.

»Niemand wird dir etwas tun. Dr. Dan ist hier und achtet darauf.« Er rutschte näher zu ihr und schob einen Arm zwischen ihren Kopf und das Kissen. Ein glattes Baumwollhemd umhüllte den Arm. »Meiner medizinischen Meinung nach brauchst du eine Umarmung.«

»Ja.« Sie war dankbar für diese schlichte Zuneigung.

»Mach die Augen zu. Ich geh raus, wenn du wieder eingeschlafen bist.«

Sie drehte sich in seine Arme und zog die Ecke des Kissens zwischen ihren Kopf und seine Schulter. Er liebkoste ihren Kopf an der Seite und streichelte ihre bloßen Arme. »Deine Operation«, murmelte sie.

»Ist noch lange hin«, sagte er.

»Ich schlafe tagsüber nie«, sagte Nora und stempelte sich binnen weniger Sekunden zur Lügnerin.

Als sie die Augen wieder aufschlug, strich Harwich mit einer warmen Hand über ihren Arm und zog das Laken über ihre Schultern. Verschiedene, nicht völlig subjektive innere Skalen und Anzeigen informierten sie darüber, daß sie eine beachtliche Zeitspanne geschlafen haben mußte. Wie spät war es? Dann fragte sie sich, ob Dick Dart festgenommen worden war, seit sie Mark Foils Haus verlassen hatten. Harwich umschlang ihre Taille mit einem Arm.

»Hast du nicht bald eine Operation?« fragte sie.

»Hat nicht so lange gedauert, wie ich dachte.«

»Ist sie gutgegangen?«

»Abgesehen vom Dahinscheiden des Patienten.«

Sie wirbelte zu ihm herum und sah ihn mit auf einer Hand aufgestütztem Kopf lächeln. »Ein Witz. Barney Hodge wird lange genug leben, um noch tausend Divots aus den Grüns des Country Club zu schlagen.«

»Wie lange hab ich geschlafen?«

»Fast den ganzen Tag. Es ist ungefähr halb fünf.«

»Halb fünf?«

»Als ich zurückkam, habe ich nach dir gesehen, und du warst vollkommen weg und sogar still. Ich hatte allmählich den Eindruck, daß du jedesmal, wenn du einschläfst, den Krieg neu erlebst.«

»Laut Davey ist es auch in etwa so.«

»Nicht in meinem Haus.« Er beugte sich vor und strich mit den Lippen über ihre Stirn. »Mein Haus ist gut für dich.«

»Genau wie du«, sagte sie.

»Der Gedanke gefällt mir.« Er hob ihr Kinn mit einer Hand und küßte sie sanft auf die Lippen.

»Der perfekte Gastgeber.«

»Der perfekte Gast.« Er küßte sie wieder, wesentlich länger und weitaus ernster.

»Ich sollte besser aufstehen, bevor wir eine Dummheit machen.« Sie war erleichtert darüber, daß er bekleidet war, doch dann bemerkte sie seine bloße Schulter über dem Laken. »Du hast dein Hemd ausgezogen.«

»Bequemer. Zerknittert so. Außerdem schien mir ein Hemd so unfreundlich zu sein.« Er umfing ihre Taille, zog sie zu sich und flüsterte: »Hosen auch.« Sie erstarrte, und er sagte: »Wir sind allein hier. Wir müssen nicht ans Telefon oder an die Tür gehen. Warum verbringen wir nicht ein bißchen Zeit miteinander? Ich möchte, daß wir nett zueinander sind. Du bist eine tolle Frau, und wir sind einander wirklich zugetan.«

»Puh, langsam«, sagte sie. »Was machst du da?«

Er lächelte sie an. »Nora, eines der besten Merkmale unserer netten kleinen Beziehung ist, daß wir immer im Bett landen. Du gehst hinaus und haust überall auf den Putz, während ich hier in meinem Loch bleibe, und die falschen Leute heirate – aus Langeweile, nehme ich an –, aber früher oder später platzt du immer in mein Leben hinein, und wir laden unsere Batterien wieder auf. Ist es nicht so?«

»Himmel«, sagte Nora.

»Es ist immer dasselbe, und diesmal tauchst du atemberaubender denn je hier auf! Du bist außer dir vor Sorge …«

»Nicht nur Sorge.«

»… und kommst genau hierher, weil du weißt, daß du zu mir gehörst. Wir sind in dieser kleinen Nische in der Zeit, die nur für uns geschaffen wurde. In dieser Nische helfen wir einander, heilen einander. Wenn wir geheilt sind, ziehen wir wieder los und nehmen es mit allen anderen Widrigkeiten des Lebens auf.«

»Da bin ich nicht so sicher«, sagte Nora. »Mach langsam, ich muß es zuerst einmal mit dem Badezimmer aufnehmen, bevor ich irgendwelche Entscheidungen treffen kann.«

»Sämtliche Entscheidungen wurden schon vor langer Zeit getroffen«, sagte Harwich. »Dies ist die Durchführung.«

Eine ungestüme Empfindung, die sie noch nicht einmal ansatzweise begreifen konnte, überkam sie, hob sie vom Bett hoch und trug sie ins Badezimmer. Harwich sagte: »Ich werde hier sein, wenn du zurückkommst«, aber sie hörte ihn kaum. Sie schloß die Tür ab und setzte sich mit brennendem Gesicht auf die Toilette. Die gewaltige Empfindung in ihr weigerte sich, ihren Namen zu nennen, obwohl sie Nora die Tränen in die Augen trieb. Er wollte sich um sie kümmern, sie brauchte seine Fürsorge. Das schien wahr zu sein. »Aber ich muß nicht *gevögelt* werden«, flüsterte sie vor sich hin. »Ich *brauche* ihn nicht, damit er mich *fickt.*« Sie drückte die Klospülung und betrachtete die Gegenstände auf den Regalen, die baumelnde Duschhaube, den plüschigen Hotelbademantel, Shampoo und Festiger, Parfum. »O Gott«, sagte sie. »Ich Idiotin.«

Sie stand auf, wusch sich die Hände und zog den dicken Bademantel an, während sie beobachtete, wie ihre Empfindungen neue Positionen bezogen. Die größte dieser Empfindungen – nicht Demütigung, Ärger, Bedauern, nicht einmal ein Abklatsch ihrer alten Zuneigung zu Dan Harwich, sondern simple Wut – schickte sie in das Schlafzimmer zurück, wo sie ihm entgegentrat.

»Wozu das denn?« fragte er mit Blick auf den Bademantel.

»Für meine Selbstachtung«, sagte sie. »So mitgenommen sie sein mag.«

»Oh-oh. Komm her, Nora, setz dich und sprich mit mir. Ich will dir helfen.«

»Du hast mir geholfen«, sagte sie und ging zu dem Sessel, wo er ihre Kleidungsstücke abgelegt hatte. Seine eigenen Jeans lagen zusammengelegt über der Armstütze, sein Hemd hing wie eine Jacke über der Rückenlehne. »Du hast mich aufgenommen, mir etwas zu essen gegeben, mich zu Mark Foil gebracht. Dafür bin ich dir dankbar, also danke, Dan.«

»Du bist nicht dankbar, du bist aufgebracht. Das verstehe ich, Nora. Du hast ein schreckliches Erlebnis durchgemacht, dessen Nachwirkungen immer noch spürbar sind. Du denkst, daß du niemandem trauen kannst, und wenn ich versuche, dich zu trösten, läuten sämtliche Alarmglocken. Plötzlich glaubst du, daß du nicht einmal mir trauen kannst. Ein Teil der Schuld liegt bei mir, das sehe ich ein.«

Auf halbem Weg zu dem Sessel drehte sie sich um, sah ihn an und verschränkte die Arme vor der Brust. »Welcher Teil ist das, Dan?«

»Ich setze zuviel als gegeben voraus.«

»Herrgott, du hast es gesagt.«

»Ich meine, ich habe nicht gedacht, daß du mich so mißverstehen könntest, Nora. Ich schwöre dir, Nora, ich wollte nichts tun, das du nicht auch gewollt hättest.«

»Und eines der besten Merkmale unserer Beziehung ist, daß wir immer im Bett landen, darum hattest du vor, mir wirklich zu helfen und mit mir zu schlafen, sobald ich mich wieder gut und sicher fühlte.«

»Seien wir ehrlich, Nora, wir gehen miteinander ins Bett und fühlen uns danach besser.«

»Du fühlst dich danach soviel besser, daß du losziehst und heiratest. Du hast immer Freundinnen, Dan, oder nicht? Wenn dir eine Frau schließlich auf die Schliche kommt und die Nase voll hat, steht schon ihre Nachfolgerin an, um ihren Namen unter den Ehevertrag zu setzen. Als ich das erste Mal hier aufgekreuzt bin, hast du mich von dem Motel mit nach Hause genommen, damit ich Helen kennenlerne und ihr einen guten Grund gebe, möglichst schnell auszuziehen, damit du Lark heiraten konntest. Mich konntest du nicht heiraten, ich bin zu verrückt.«

»Nora, mein Leben wäre nichts für dich. Hier ist nicht genügend Aufregung für dich.«

Sie wandte sich ab, ging zu dem Sessel und zog die Jeans an, wobei sie ihm den Rücken zudrehte.

»Ich bin verrückt nach dir. Ich finde, du bist eine erstaunliche Frau.«

»Du hast keine Ahnung, wer ich bin. Ich bin dein Kurschatten.« Sie machte die Jeans zu, warf den Bademantel beiseite und ließ ihn glotzen. »Dich reizt das Chaos, das ich in dein langweiliges, selbstgefälliges Leben bringe, aber du möchtest es auf Distanz halten. Mit der emotionalen Stadtstreicherin auf den Putz hauen, und wenn die Party vorbei ist, wieder zurück zu den

Mädchen, die allzeit bereit sind, richtig?« Sie hatte sich mit dem T-Shirt abgemüht, um es wieder nach außen zu kehren, aber in ihrer Aufregung hatte sie nur versucht, das Hemd durch einen der Ärmel zu ziehen. Sie zog den Stoff aus dem Ärmel und wendete das T-Shirt. »Dem Mädchen, dessen Sachen im ganzen Bad verteilt sind, das dich heute morgen zweimal angerufen hat, das Mädchen, das kleine Andenken aus den Hotels mitgehen läßt, in denen ihr beide wohnt, wenn ihr zusammen ausgeht.«

»Nicht alle Dichtung der Welt ist in Romanen«, sagte er staunend.

»Es ist dasselbe Mädchen, das dir sagte, daß sie heute morgen hierher kommen würde, als du plötzlich beschlossen hast, mich aus dem Weg zu schaffen und zu Mark Foil zu bringen. Du hast dir gedacht, du könntest die dritte Mrs. Harwich einen oder zwei Tage fernhalten. Es wäre viel zu riskant, mich länger hierzubehalten, oder?«

Harwich saß aufrecht im Bett, hatte die Arme um die angezogenen Knie geschlungen und sah sie mit einem Ausdruck gelinder, halb erheiterter Verblüffung an. Er zögerte merklich, als wollte er sich versichern, daß sie endlich fertig war. »Würdest du gern aufhören zu phantasieren und die Wahrheit hören?«

»Ich verstehe nur eins nicht«, sagte sie, »warum sie nicht in deinem Schlafzimmer schläft. Das verstehe ich wirklich nicht. Schnarcht sie wie ein Schwein, oder wollt ihr euch eine ganze Nacht im Schlafzimmer bis nach der Hochzeit aufheben, als eine Art Belohnung?«

Harwich holte tief Luft, beugte sich nach vorne und hob die Hände mit nach außen gekehrten Handflächen, das Symbol belagerter Vernunft. »Diese ganze Situation, die du hier beschreibst, ist *frei erfunden*. Sie ist nicht *real*. Dick Dart hat dich völlig aus der Bahn geworfen, weißt du noch? Aber solange du bedenkst, wer ich bin, mein wahres Ich und nicht dieses Monster, das du gerade erfunden hast, werde ich so geduldig und hilfreich sein, wie ich nur kann. Vielleicht kannst du das im Moment nicht akzeptieren, aber es ist bei Gott die Wahrheit.«

Das sprach all ihre alten Empfindungen für Dan Harwich an, und seine Vernunft, seine konstante, gütige, liebevolle Rücksicht weckten Zweifel in ihr. Er *war* Harwich, vergegenwärtigte sie sich. Vor drei Jahren hatte sie sich ihm an den Hals geworfen. Konnte sie ihm verdenken, daß er sie aufgefangen hatte? Es stimmte. Sie hatte ihm bereitwillig geholfen, das Ende seiner ersten Ehe zu beschleunigen. »Nur weiter«, sagte sie.

»Ich kann dir nicht verdenken, daß du Lark gegenüber empfindlich bist. Aber ich war ehrlich zu dir. Ich habe dir gesagt, daß ich mich schon mit ihr traf, als du letztesmal hierher gekommen bist. Ich kann nicht so tun, als wäre ich ein treuer Ehemann gewesen, denn das war ich nicht. Okay? Ich gestehe. Ich mache herum. Ich langweile mich. Ich brauche, was du hast, diesen... Esprit. Aber ehrlich, das ist die Wahrheit. Ich habe keine neue Braut, die in den Kulissen wartet.«

»Und wem gehört das Zeug im Bad?«

Er schaute einen Moment nachdenklich beiseite, dann sah er ihr wieder in die Augen. »Okay. Aber vergiß nicht, daß ich an sich gar keinen Grund habe, das oder etwas anderes zu erklären. Das ist dir klar, ja?«

»Dann schieß los.« Ihre wütende Gewißheit verflüchtigte sich.

»Zum Teufel, Nora, ich bin kein Mönch. Im Laufe meines langweiligen, selbstgefälligen Lebens ist mir hin und wieder aufgefallen, daß manche Frauen es vorziehen, ein eigenes Badezimmer zu haben. Darum habe ich da drinnen ein paar Zahnbürsten und andere Sachen, für alle Fälle.«

»Du hast deine Meinung nicht geändert und mich zu Mark Foil gebracht, weil deine neue Freundin sagte, daß sie vorbeikommen würde?«

»Ich kann dir nicht verübeln, daß du nach den vergangenen Tagen mißtrauisch gegenüber Männern bist. Und ich weiß, es sieht schlecht aus, daß ich zu dir ins Bett gestiegen bin, aber Hand aufs Herz, ich hatte nicht die Absicht, dich zum Geschlechtsverkehr zu nötigen. Ich hoffe, du glaubst mir.«

Sie seufzte. »Bei Gott, Dan, fast hätte ich –« Das Telefon im Schlafzimmer unten am Flur läutete einmal, zweimal, und Harwichs Gesichtsausdruck wandelte sich von aufrichtigem Flehen zu einem Anflug von Ärger und wieder zu einem hinreichenden Maß unschuldiger Gleichgültigkeit, bevor das Telefon zum drittenmal läutete. »Möchtest du nicht rangehen?«

»Das hier ist wichtiger.«

»Es könnte das Krankenhaus sein.«

»Glaub mir, es ist nur irgendeine Belästigung.«

Das Telefon in der Ferne läutete weiter: fünfmal, sechsmal, neunmal, zehnmal.

»Hast du keinen Anrufbeantworter?«

Er sah ihr einen Moment ausdruckslos in die Augen. »Den habe ich auf dieser Leitung ausgeschaltet.«

»Warum solltest du das tun?« Nora sah Berechnung, Verärgerung und etwas Aufmerksames, Argwöhnisches über sein Gesicht huschen. »Warum, Dan?«

Das Telefon hörte auf zu läuten.

»Ich schätze, es war keine so gute Idee«, sagte er. »Aber, verdammt noch mal, niemand ist perfekt.«

»Du Drecksack.« Ihr war, als hätte sie einen Schlag in den Magen bekommen. »Du schleimiges, eigennütziges, verlogenes Aas.« Das Gefühl in ihrem Magen wurde schlimmer. »Fast hättest du mich dazu gebracht, wieder mit dir ins Bett zu gehen.«

»Mach es trotzdem. Was spielt es schon für eine Rolle? Es geht um dich und mich. Zum Teufel mit allen anderen.«

»Du glaubst immer noch, daß du eine Chance hast, richtig?«

»Sieh es doch so. Ich habe deine Gefühle beschützt. Okay, ich habe eine Freundin, ich kenne sie seit zwei Monaten, und sie übernachtet manchmal hier. *Ich* weiß nicht, ob ich sie heiraten werde. Wenn ich nicht bereit bin, sie unsere Beziehung zerstören zu lassen, warum solltest du es tun?«

Sie sah ihn mit unverhohlener Fassungslosigkeit an. »Du bist wirklich ein absoluter Dreckskerl. Mann, ich frage mich, was du … nein, ich weiß es bereits.«

»Du weißt, was ich von dir halte? Das bezweifle ich sehr. Aber vergeude keine Zeit, darüber nachzugrübeln, steig einfach in dein Auto ein und fahr. An diesem Punkt sehe ich keinen Sinn mehr darin, die Situation noch weiter hinauszuziehen. Hau ab. War irgendwie schön, dich zu kennen.«

Sie überlegte, ob sie einen schweren Gegenstand nach ihm werfen sollte, doch dann wurde ihr mit einem letzten, traurigen Anflug von Resignation klar, daß er die Mühe nicht wert war. »Beantworte mir eine Frage, ja?«

»Wenn du darauf bestehst.«

»Warum schläft diese Frau hier und nicht in deinem Schlafzimmer? Das verstehe ich nicht.«

»Wegen der Kissen«, sagte Harwich. »Wenn du es wirklich wissen willst.«

»Der Kissen?«

»Sie ist allergisch gegen Daunenkissen, und das sind die einzigen, auf denen ich schlafen kann. Die hier sind mit Schaumstoff gefüllt. Ich finde, auf Schaumstoffkissen zu schlafen ist wie Sex mit Kondom.«

Sie stellte fest, daß sie lächeln konnte. »Dan, ich sehe keine große Zukunft für deine dritte Ehe.«

Sein Blick wurde hart, sein Mund dünn wie der einer Echse. »Die Wahrheit ist, Nora, du warst immer ein bißchen verrückt. In Vietnam war es okay, verrückt zu sein – es hat dir wahrscheinlich geholfen, alles durchzustehen –, aber hier bringst du es einfach nicht mehr.«

»Ich sehe allmählich ein, daß du vieles mit Dick Dart gemeinsam hast.« Sie ging am Bett entlang zur Tür. Harwich rückte ein paar Zentimeter beiseite, wobei er so tat, als wollte er nur eine bequemere Haltung einnehmen. »Alles in allem gebe ich Dick Dart den Vorzug. Er ist sehr viel aufrichtiger als du.«

»Siehst du, was ich meine?« sagte er grinsend, jetzt, wo er außerhalb ihrer Reichweite war.

Sie machte die Tür auf und sah ihn so ruhig an, wie sie konnte. »Bist du kein bißchen besorgt?«

»Warum gehst du nicht einfach? Muß ich dir sagen, daß du dich nie wieder hier blicken lassen sollst, oder bist du darauf schon alleine gekommen?«

»Dieser alte Ford parkt wirklich *dicht* neben deinem Wagen«, sagte sie und machte die Tür hinter sich zu. Sie konnte ihn brüllen hören, während sie die Treppe hinunterging, und sein Brüllen verfolgte sie durch die Küche. Als sie das Garagentor aufgemacht und den Motor angelassen hatte, stand er nackt an der Hintertür, nur eine absurde Gestalt mit Schmerbauch, Storchenbeinen und grau werdendem Schamhaar, und schrie, kam aber nicht näher, aus Angst, die Nachbarn könnten ihn sehen. Sie fuhr aus der Garage, ohne den Rolls zu berühren.

63

»D-E-O-D-A-T-O«, buchstabierte Nora.

In den Sekunden, als eine greifbare Stille aus dem Hörer drang, bedauerte sie den Impuls, den Diener der Chancels anzurufen. Wieso hatte sie sich eingebildet, daß Jeffrey nicht unverzüglich zu Daisy oder Alden gehen würde, falls Alden zu Hause war, oder gleich zur Polizei? Als sie das Bedürfnis verspürte, mit jemandem in Westerholm zu sprechen, schien der rätselhafte Jeffrey der am besten geeignete Kandidat zu sein, auch wenn sie einen irrationalen Augenblick lang überlegt hatte, sich an Holly Fenn zu wenden. Sie wünschte sich *noch*, sie könnte mit Fenn reden, als endgültigen Beweis für ihren beschissenen Geschmack, was Beschützer anging, sofern nach Harwich überhaupt noch ein Beweis erforderlich wäre. Sie hörte das Rufzeichen und überlegte sich, daß sie keine Ahnung hatte, was sie sagen sollte, falls ein Anrufbeantworter eingeschaltet sein sollte. Nora hielt den Hörer vom Kopf weg und hörte eine metallische Stimme sagen: »Hallo.« War das Jeffreys Stimme? Nora stellte sich einen Raum voller Polizisten mit Kopfhörern vor, die sich über ein Tonbandgerät beugten. Sie hielt den Hörer unsicherer denn je wieder ans Ohr.

Eine Männerstimme, die von Jeffrey, wiederholte den Gruß als Frage.

Sie sagte seinen Namen.

Stille. Dann: »Nora.« Sie hatte vorher nie gehört, daß er ihren Namen ausgesprochen hätte, ohne sie »Mrs.« zu nennen. Meistens hatte er sie lediglich mit »Sie« angesprochen. »Wo sind Sie?«

»In Massachusetts.«

Er wartete einen Moment ab. »Würden Sie es vorziehen, daß ich darüber Stillschweigen bewahre? Oder möchten Sie, daß ich privat mit jemand im besonderen rede?«

»Das weiß ich noch nicht«, gestand sie, wohl wissend, daß mit »jemand im besonderen« Davey gemeint war. Jeffreys Taktgefühl erstreckte sich bis in sein Privatleben.

Er wägte das ab. »Geht es Ihnen gut?«

»Ich glaube, das bleibt abzuwarten. Ich überlege mir noch, wie ich weiter vorgehen soll. Alles ist so *kompliziert*.« Sie kämpfte gegen den Drang, in Tränen auszubrechen. »Jeffrey, es tut mir leid, daß ich Sie damit belaste, aber ich fühle mich im Augenblick nicht gerade sicher.«

»Kein Wunder«, sagte er. »Alle möglichen Leute versuchen, Sie zu finden.«

»Bringen Sie mich nicht dazu, eine Menge Fragen zu stellen. Bitte, Jeffrey.«

Nora konnte ihn fast denken hören. »Ich versuche, Ihnen mitzuteilen, was ich weiß, aber legen Sie nicht auf und verschwinden wieder, okay? Niemand hört mit, ich bin allein in meinem Zimmer, und Ihnen wird nichts geschehen, solange Sie bleiben, wo Sie sind, jedenfalls vorerst. Sind Sie in einer Telefonzelle?«

»Ja.« Ihre Angst ließ nach.

»Gut. Es war prima, daß Sie hier angerufen haben. Alle anderen Leitungen werden abgehört.«

»O Gott«, sagte sie. »Sie glauben immer noch, daß ich Natalie Weil entführt habe.«

»Sie handeln dementsprechend.« Zweifel hingen in der Luft, während er zögerte. »Soweit ich mitbekommen konnte, ergeben Miss Weils Aussagen keinen Sinn.« Ein weiteres kurzes Schweigen folgte. »Auch wenn es nichts nützt, ich glaube nicht, daß Sie in ihrer Nähe waren.«

»Was ist mit Davey?«

»Davey steht unter großem Druck.«

»Wohnt er bei seinen Eltern?«

»Ja. Bald wird er *genau hier* sein.«

»Bei Ihnen?«

»In meinem Apartment. Meinem ehemaligen Apartment. Bis gestern ist er in Ihrem Haus gewesen, jedenfalls nachts, aber bei all der Aufregung hat Mr. Chancel ihn überredet, wieder hierher zu ziehen. Er hatte die Absicht, in seinem alten Zimmer unterzukommen, aber nachdem Mr. Chancel ... ähem, vorübergehend die Konditionen meiner Anstellung geändert hat, willigte er ein, meine Wohnung zu übernehmen.«

»Alden hat Sie gefeuert?«

»Mr. Chancel nannte es eine provisorische Suspendierung. Es tat ihm sehr leid. Unsere Gehälter werden bis Ende des Monats bezahlt werden, und wenn alles wieder im Lot ist, können wir zurückkehren. Wenn nicht, wird er uns zwei Monatsgehälter als Abfindung bezahlen und beste Zeugnisse ausstellen.«

»Uns?«

»Meiner Tante und mir. Ich habe bereits gepackt, und wenn sie fertig ist, gehen wir.«

Nora stellte fest, daß sie noch schockiert sein konnte. »Aber Jeffrey, wohin wollen Sie gehen?«

»Meine Tante wird bei Cousinen in Long Island unterkommen. Ich würde sie hinfahren, aber das duldet sie nicht, daher bringe ich sie nur zum Bahnhof, und ich werde eine Zeitlang bei meiner Mutter wohnen.«

Nora hatte nie daran gedacht, daß Jeffrey eine Mutter haben könnte. Er schien voll ausgebildet auf dem Planeten erschienen zu sein, ohne die übliche Vermittlung durch Eltern. »Er hat Sie und Maria hinausgeworfen, damit Davey in Ihrer Wohnung bleiben kann?«

»Mr. Chancel sagte uns, daß es seinem Unternehmen nicht so gut geht, wie es sollte, wodurch gewisse Opfer notwendig seien.«

Das hörte sich für Nora an, als wäre das Geschäft mit Deutschland, von dem Dick Dart gesprochen hatte, geplatzt. Gut. Sie hoffte, daß Chancel House verkümmern und untergehen würde. Eine Zeitlang schweifte ihre Aufmerksamkeit von dem ab, was Jeffrey sagte.

»... aber trotzdem. Da kommt Merle Marvell und stellt Fragen nach dieser Zeit, diesem Ort, und sofort werden wir suspendiert oder gefeuert oder was auch immer.«

»Tut mir leid, Jeffrey, ich war mit den Gedanken woanders. Was ist passiert?«

»Merle Marvell fragte Mr. Chancel, ob die Firma einer Frau den Auftrag gegeben hätte, ein Buch über... ein bestimmtes Thema zu schreiben. Ein paar Schriftsteller. Jemand habe *ihn* gerade angerufen und sich danach erkundigt, und ihm kam das komisch vor, weil er noch nichts davon gehört hatte.«

»Moment, Moment.« Nora versuchte zu begreifen, was er gesagt hatte. »Merle Marvell hat Alden gesagt, daß sich jemand nach einer Frau erkundigt habe, die behauptet, ein Buch zu schreiben?«

»Tut mir leid, daß ich es angesprochen habe. Ich habe mich gefragt... Entschuldigung. Vergessen Sie es.«

»Jeffrey –«

»Meine Tante würde mir die Hölle heiß machen, wenn sie wüßte, daß ich es überhaupt erwähnt habe. Die Chancels sind immer sehr großzügig zu uns gewesen. Hören Sie, kann ich irgend etwas für Sie tun? Brauchen Sie Geld? Ich fahre sowieso nach Massachusetts, daher könnte ich Ihnen mitbringen, was immer Sie brauchen.«

»Jeffrey«, sagte Nora und überlegte sich, daß sie über kurz oder lang mit Sicherheit Geld brauchen würde. Aber das war nicht Jeffreys Problem; sein Problem schien unmittelbarer zu sein. »Hatte das Buch dieser Frau etwas mit einem Ort namens Shorelands zu tun? Und was sich dort im Jahr 1938 abgespielt hat?«

Jeffrey antwortete einen Moment nicht, dann sagte er: »Das ist eine interessante Frage.«

»Ich habe recht, nicht wahr?«

Wieder dachte er über ihre Worte nach. »Woher wissen Sie das?«

»Nun, ich hoffe, Sie behalten es für sich«, sagte sie, »aber ich bin diese Frau.«

Es gelang Jeffrey, sich teilweise von der Überraschung zu erholen. »Die Frau, die vorgab, ein Buch über Shorelands im Jahre 1938 zu schreiben, waren Sie.«

»Warum ist das für Sie wichtig?«

»Warum ist es für *Sie* wichtig?«

»Das ist eine lange Geschichte. Ich glaube, ich lege jetzt auf, Jeffrey. Ich werde nervös.«

»Legen Sie nicht auf«, sagte er. »Möglicherweise kommt Ihnen das weithergeholt vor, aber haben Sie je von einer Frau namens Katherine Mannheim gehört?«

»Sie war in jenem Sommer in Shorelands«, sagte Nora verblüffter denn je.

»Haben Sie nach Informationen über sie gesucht? Haben Sie sich wegen Katherine Mannheim diese Geschichte mit einem Buch ausgedacht?«

»Was hat das alles mit Ihnen zu tun, Jeffrey?« fragte Nora.

»Wir müssen miteinander reden. Ich werde Sie abholen und irgendwo hinbringen. Sagen Sie mir, wo Sie sind, ich werde Sie finden.«

»Ich bin in Holyoke. In einer Telefonzelle an der Ecke.«

»Wo?«

»Ah, es ist die Ecke Northampton und Hampden.«

»Ich weiß genau, wo Sie sind. Gehen Sie in ein Restaurant oder so, gehen Sie in eine Buchhandlung, es ist eine weiter unten in der Straße, aber warten Sie auf mich. Laufen Sie nicht weg. Es ist wichtig.«

Die Verbindung wurde unterbrochen. Nora betrachtete den Hörer einen Moment, dann hängte sie ihn zurück. Ihrer Umgebung nicht mehr ganz bewußt, trat sie einen Schritt vom Telefon zurück und versuchte zu begreifen, was sie gerade erfahren hatte. Jeffrey hatte Aldens Teil der Unterhaltung mit Merle Marvell mitgehört. Mark Foil, der kein Narr war, hatte Marvell angerufen, um sich nach »Emily Eliot« zu erkundigen, und der verwirrte Lektor hatte sofort seinen Boß zu Hause angerufen. Warum war Alden zu Hause? Weil dem Präsidenten von Chancel House die unangenehme Aufgabe zufiel, zwei langjährige Angestellte zu feuern? Oder weil Daisy sich noch nicht von ihrem Anfall erholt hatte und der große Verleger sich mit den Konsequenzen der Entlassung ihrer Bediensteten herumärgern mußte? Nora konnte sich nicht vorstellen, wie Alden seiner unpäßlichen Frau Getränke und heiße Suppe brachte ... Ah, natürlich, der listige Alden bekam wie immer genau das, was er wollte. Daisys Hinfälligkeit hatte Davey gezwungen, wieder in Poplars einzuziehen. Alden hatte ihn wieder unter der Fuchtel, weil er Daveys Sorge um seine Mutter mit der hypothetischen Unabhängigkeit einer separaten Unterkunft über der Garage verbunden hatte. Man bekam ganz leicht, was man wollte, wenn man die moralischen Grundsätze eines Vielfraßes hatte.

Noras Zufriedenheit, daß sie das aufgeklärt hatte, löste sich angesichts des verbleibenden Rätsels in Luft auf, das Rätsel Jeffreys. Warum sollte er sich für eine obskure, längst tote Dichterin interessieren?

64

Nora ging langsam zum Bordstein. Dort, im nächsten Block, lagen nebeneinander das Schaufenster von Unicorn Books und ein dunkelblauer Baldachin mit den Worten Dinah's Silver Slipper

Café. Wie auf ein Stichwort hin ließ ihr Magen sie wissen, daß sie Heißhunger hatte.

Sie schwebte in die Buchhandlung und mißachtete vorläufig ihren Hunger. Sie trat zu *Reise in die Nacht* und seinen nicht ganz so berühmten Geschwistern, nahm alle drei Taschenbücher vom Regal und trug sie zur Kasse.

»Driver, Driver, Driver«, sagte der Mann. »Dunkel, dunkler, am dunkelsten.«

»Sie scheinen nicht begeistert zu sein«, sagte Nora.

Er addierte die Gesamtsumme, und sie gab ihm zwanzig von Sheldon Dolkis' Dollars.

»Ich habe meine Zweifel, was *Reise in die Nacht* betrifft.«

»Was für Zweifel?«

»Nicht mein Ding«, sagte er und gab ihr die Tüte.

»Ich möchte mehr über Ihre Zweifel wissen«, sagte sie und bekämpfte ihren Hunger. »Ich bekomme immerzu von Leuten gesagt, daß ich es lesen muß.«

»Die Driver-Fans sind wie Moonies. Sie sind schlimmer als Autoren, sogar schlimmer als die *Frauen* von Autoren.«

»Ich kenne zwei Leute, die das Buch einmal pro Jahr lesen.«

»Alle möglichen Leute stecken sich an. Eine Menge lesen nie etwas anderes. Sie lieben es so sehr, daß sie es noch einmal lesen wollen. Dann glauben sie, sie hätten etwas übersehen, und lesen es zum drittenmal. Da machen sie sich schon Notizen. Dann vergleichen sie ihre Entdeckungen mit anderen Driveriten. Wenn sie an Computerdiskussionsgruppen teilnehmen, ist es gelaufen; sie sind verloren. Die echt Kranken geben alles auf und ziehen in diese verrückten Häuser, wo jeder so tut, als wäre er eine andere Figur von Driver.« Er seufzte und wandte sich ab. »Aber ich will Ihnen die Lektüre nicht vermiesen.«

Im pastellfarbenen Inneren von Dinah's Silver Slipper führte eine tüchtige junge Frau Nora an einen Tisch beim Fenster, gab ihr eine meterhohe Speisekarte und kündigte an, daß eine Kellnerin sich sofort um sie kümmern würde.

Nora legte die Bücher vor sich in eine Reihe. Die beiden späteren waren beide mehrere hundert Seiten länger als *Reise in die Nacht*. Nora drehte sie um und las die Rückseitentexte. *Reise in die Nacht* war der Klassiker, weltberühmt, vielgeliebt et cetera, et cetera. Leser überall auf der Welt hatten blah blah blah. Die Manuskripte von *Reise in die Dämmerung* und *Reise ins Licht* waren viele Jahre nach dem Tod des Autors in seinen Unterlagen gefunden worden, und Chancel House und die Familie Driver freuten sich, daß sie Millionen Bewunderern die Gelegenheit geben konnten blah blah blah.

»Moment mal«, sagte Nora. »Unterlagen des Autors? Welche Unterlagen?«

Eine erschrockene Frauenstimme sagte: »Bitte?«

Ein Mädchen im College-Alter mit geknöpfter blauer Bluse und schwarzer Hose stand neben ihr. »Ich hätte gerne den gerösteten Thunfisch und einen Eiskaffee, bitte.«

Sie schlug *Reise in die Nacht* auf, blätterte die ersten Seiten um, gelangte zum Ersten Teil mit dem Titel »Vor der Dämmerung« und begann grimmig zu lesen. Die Kellnerin stellte einen Brotkorb ans andere Tischende, und Nora aß jedes Stück Brot auf, bevor das Essen erschien, das sie bestellt hatte. Sie aß mit einer Hand und hielt das Buch in der anderen. Die Landschaftsbeschreibungen waren klischeehaft, die Figuren flach, die Dialoge gespreizt, aber diesmal wollte sie weiterlesen. Gegen ihren Willen stellte sie fest, daß ihr *Interesse* geweckt war. Das verhaßte Buch hatte genug erzählerischen Elan, sie zu fesseln. Als sie gefesselt war, schienen die Figuren und die Landschaft mit ihren Höhlen und verkrüppelten Bäumen, durch die sie wanderten, nicht mehr so gekünstelt zu sein.

Sie kannte den Grund für ihre Wut, und die hatte nichts mit *Reise in die Nacht* oder Hugo Drivers unglücklichem Einfluß auf empfängliche Leser zu tun. Jeffrey hatte ihr gesagt, daß Davey wieder zu seinen Eltern zog. Er hatte dem Sog von Aldens Schwerkraft nachgegeben.

Mehr als eine Stunde war verstrichen, während sie ihren gerösteten Thunfisch und fast ein Drittel von *Reise in die Nacht* verschlungen hatte. Jeffrey war nahe der Grenze von Massachusetts und raste Richtung Holyoke, um sie abzuholen und irgendwo hinzubringen.

SIEBTES BUCH

DER GOLDENE SCHLÜSSEL

»Du wirst es finden, Pippin«, sagte der alte Mann. Sein Bart strich raschelnd über den Boden. »Das verspreche ich dir. Aber wirst du es erkennen, wenn du es gefunden hast? Und glaubst du, wenn du es in deinen Besitz gebracht hast, wird es dich glücklich machen?«

65

Nora ging auf dem Bürgersteig zurück und setzte sich im Schatten eines Baldachins auf eine schmiedeeiserne Bank mit Blick auf die Northampton Street. Shelley Dolkis' grüner Ford stand an einer Parkuhr auf der anderen Seite der Telefonzelle, zehn oder fünfzehn Schritt entfernt. Einige wenige Autos fuhren vorbei, aber in keinem saß Jeffrey. Um halb sieben an einem Augustnachmittag waren die meisten Leute in Holyoke bereits dort angekommen, wo sie hinwollten.

Nora hatte vergessen, weitere Vierteldollarmünzen in die Parkuhr zu stecken, die nun durch einen roten Streifen die Überschreitung der Parkzeit anzeigte. Sie verspürte nicht den Wunsch, wieder in das Auto einzusteigen. Dann fiel ihr der Koffer auf dem Rücksitz ein, und sie rannte hin. Sie beugte sich in den luftleeren Backofen des Wageninneren, packte den Koffer am Griff und warf die Schlüssel auf den Vordersitz.

Zuerst stellte sie den Koffer neben sich auf die Bank, dann verstaute sie ihn unter der Bank und verlieh sich einen goldenen Stern für kriminellen Durchblick. Jeffrey trat nicht in Erscheinung. Zwei oder drei Minuten später kam ein dunkelblaues Fahrzeug mit der ernsten Aura eines Leichenwagens näher. Nora richtete sich auf und wartete, daß es hinter dem Ford an den Bordstein fahren würde, aber es fuhr mit konstanten fünfzehn Meilen pro Stunde zur Ecke Northampton und Hampden. Der Fahrer, ein hagerer alter Bursche mit Sonnenbrille und Anglerhut, sah starr geradeaus, während das Auto an Nora vorbeikroch.

Nun waren die beiden einzigen anderen Autos auf der Straße einen Block entfernt im Norden, die falsche Richtung. Nora lehnte sich auf der Bank zurück und machte die Augen zu. Sie zählte bis sechzig und schlug sie wieder auf. Ein schmutziger Pickup, an dessen Antenne ein Wimpel der Red Sox flatterte, kam von Süden herbeigetuckert. Sie seufzte, griff in ihre Handtasche und holte *Reise in die Nacht* heraus. Pippin versteckte sich in einem verfallenen alten Haus, wo sich ein böses altes Weib auf der Suche nach ihm von Zimmer zu Zimmer schleppte. Die Tür quietschte, und Pippin hörte die haarigen Füße des alten Weibs über die verfaulten Bodendielen huschen. Nora sah auf. Der alte Mann mit dem Anglerhut parkte vor Dinah's Silver Slipper und näherte sich vorsichtig dem Eingang des Restaurants. Hinter ihm kam eine alte Frau in einem bunten Kleid und folgte ihm wie ein Ozeanriese einem Schleppkahn. Nora sah in die andere Richtung, und da kam gerade ein Streifenwagen mit der Aufschrift HOLYOKE P. D. auf der Tür hinter dem schmutzigen Pickup hervor.

Nora vertiefte sich wieder in das Buch. »*Wo, oh, wo nur kann mein Hübscher sein? Ich möchte meinen hübschen Jungen streicheln.*«

Das Polizeiauto fuhr vorbei, das Kribbeln von Noras Kopfhaut ließ nach. Sie ließ den Kopf über das Buch gebeugt und sah dem Auto nach, wie es zum Ende des Blocks fuhr. Es scherte nach links aus und wendete vor dem Pickup um hundertachtzig Grad. Sie hielt das Buch dichter vor das Gesicht. Das Polizeiauto kam vor dem blauen Leichenwagen zum Stillstand. Sie beobachtete die Polizisten. Der Officer auf dem Beifahrersitz stieg aus, überquerte den Bürgersteig und betrat das Silver Slipper.

Die Polizei suchte nach Nora Chancel, einer Frau mit dunkelbraunem Haar, die nie Make-up trug. Sie öffnete ihre Handtasche, fand das Cover Girl Clean, klappte es auf und betrachtete sich im Spiegel. Viel zuviel von Nora Chancel war unter der Verkleidung sichtbar geworden. Sie trug eine Schicht Make-up auf und glättete die deutlichsten Fältchen, trug Mascara und Lippenstift auf und zauste ihr Haar in etwa zu der Frisur, die Dick Dart ihr verpaßt hatte. Sie riskierte noch einen Blick auf die Polizisten und spürte, wie die Nervosität von ihr abfiel. Sie lehnten an dem Auto und tranken Kaffee.

Weit entfernt im Süden ertönte eine Sirene, anfangs fast unhörbar, aber allmählich immer hartnäckiger, bis schließlich in der Ferne die rot-gelben Explosionen der Lichterreihe auf dem Dach eines Wagens der State Police zu sehen waren. Nora klemmte sich die Tasche unter den Arm, stand auf und ging einen Schritt vorwärts. Einer der Cops aus Holyoke sah sie an. Sie streckte die Arme, drehte sich nach rechts und links und ging zu der Bank zurück. Wo ist das Buch, nimm das Buch, es ist irgendwo da drinnen. Sie zog ein Buch aus dem Durcheinander in der Tasche, schlug es auf und tat so, als würde sie lesen.

Die beiden Cops tranken ihren restlichen Kaffee, schlenderten zur Ecke und warfen die Becher in den Abfalleimer. Sie machten sich an ihren Hemden und Krawatten zu schaffen, während sie die Straße hinunter zu dem Ford gingen. Als sie an Nora vorbeikamen, drehte der Beamte, der sie angesehen hatte, kurz den Kopf und machte eine Abwärtsbewegung mit der Hand. Rühren Sie sich nicht vom Fleck.

Sie schob den Koffer weiter unter die Bank und verfolgte die aufsehenerregende Ankunft der State Police.

Das Auto bremste vor dem Ford, Blinklicht und Sirene wurden abgeschaltet, und eine Sekunde später fuhr ein zweiter Wagen der Highway Patrol kreischend in die Northampton Street. Zwei große Männer mit Hüten stiegen aus dem Auto aus, das schräg vor dem Ford stand. Einer befragte die beiden Polizisten, während der andere an dem grünen Auto vorbeiging und auf den zweiten Wagen der State Police wartete. Das Heulen der Sirene brach unvermittelt ab, aber das Blinklicht blieb eingeschaltet. Einer der großen Polizisten beratschlagte sich mit dem Fahrer des zweiten Autos, der zusammen mit seinem Partner ausstieg und die Nummer mit einem Eintrag in seinem Notizbuch verglich. Beide Männer aus dem zweiten Auto gingen geduckt um den Ford herum und sahen zu den Fenstern hinein. Sie zogen Handschuhe aus den Gürteln und machten Vorder- und Hintertür auf der Fahrerseite auf. Einer beugte sich hinein und nahm die Schlüssel an sich. Er winkte den hiesigen Polizisten. Der jüngere der beiden lief zu seinem Streifenwagen zurück, während der Trooper den Kofferraum aufklappte und die Tüten und Schachteln durchsuchte.

Sein Partner ging zu ihrem Fahrzeug zurück und klopfte an das hintere Fenster. Das Fenster wurde heruntergekurbelt, der State Trooper stützte sich am Fensterrahmen ab und beugte sich nach vorn, um mit zwei Männern auf dem Rücksitz zu sprechen. Die Trooper, die zuerst eingetroffen waren, unterhielten sich mit dem anderen Cop von Holyoke, der über die Straße deutete, dann auf den Ford und schließlich auf seinen eigenen Wagen. Nora beugte sich nach vorne und streckte die Hand nach dem Griff ihres Koffers aus.

Einer der State Trooper schaute grinsend vom Kofferraum auf. Die hintere Tür des zweiten Wagens der State Police wurde aufgestoßen, und zwei Männer in dunklen Anzügen und weißen Hemden mit schwarzen Krawatten, einer größer und heller als der andere, stiegen aus. Der größere Mann trug eine schwere dunkle Brille. Nora hatte den Koffer halb unter der Bank hervorgezogen und erstarrte. Mr. Shull und Mr. Hashim, Slim und Slam, schlenderten zum Kofferraum und begutachteten eine Schachtel, die ihnen der grinsende Polizist entgegenhielt. Nora schob den Koffer wieder unter die Bank und versuchte, im Schatten des Baldachins zu verschwinden.

Slim sah in die Schachtel und zog die Mundwinkel nach unten. Er zeigte dem nickenden Slam den Inhalt. Slim gab dem Trooper die Schachtel zurück, und der Trooper gestattete sich ein letztes Grinsen, bevor er sie wieder in den Kofferraum stellte. Mr. Hashim durchsuchte das Handschuhfach des Fords. Mr. Shull schlenderte davon, steckte die Hände in die Taschen und betrachtete den Asphalt der Northampton Street durch seine scharfe Sonnenbrille.

Der Trooper, der Mr. Shull die Schachtel gezeigt hatte, trat zu ihm, wechselte ein paar Worte mit ihm und gab einem der großen Trooper aus dem ersten Auto ein Zeichen. Nach einem weiteren kurzen Wortwechsel winkte er dem hiesigen Cop zu, der zu ihm gestürzt kam und ein paar Fragen beantwortete. Er nickte, zuckte die Achseln, nickte wieder, drehte sich um und zeigte auf Nora.

Der Trooper sah sie an, stellte eine Frage, erntete ein weiteres Nicken als Antwort und stemmte die Hände in die Hüften, während der Polizist auf Nora zukam. Mr. Shull hob den Kopf und sah Nora an, den Cop, dann wieder Nora. Er schlenderte zur Beifahrertür und sagte etwas zu Mr. Hashim. Mr. Hashim beugte sich nach vorne und bedachte sie durch die Windschutzscheibe des Ford mit einem skeptischen Blick.

Der Polizist, der sich ihr näherte, hatte besorgte braune Augen und einen spärlichen Schnurrbart, und sein Bauch machte erste

Anstalten, über den Gürtel zu rollen. Nora schluckte, um ihre zugeschnürte Kehle zu öffnen, und richtete sich auf. Sie stellte fest, daß sie das Buch immer noch irgendwo in der Mitte aufgeschlagen hatte, und schob einen Finger hinein, damit es aussah, als wäre sie beim Lesen gestört worden. »Hi«, sagte sie.

Der Polizist trat in den Schatten. Er nahm die Dienstmütze ab. »Heiß hier draußen.« Er wischte sich die Stirn mit der Hand ab und die Hand an der Hose. »Ich würde Ihnen gerne ein paar Fragen stellen.«

»Ich wüßte nicht, was ich Ihnen sagen kann.«

»Lassen Sie mich die Fragen stellen, dann werden wir es herausfinden.« Er setzte die Mütze wieder auf und nahm einen Notizblock und einen Filzschreiber aus seiner Brusttasche. »Wie lange sind Sie schon hier draußen, Ma'am?«

»Ich bin nicht sicher.«

Der Polizist stellte einen Fuß auf die Bank und legte den Notizblock flach auf sein Knie. »Könnten Sie es ungefähr schätzen?«

»Vielleicht eine halbe Stunde.«

Er machte sich eine Notiz. »Sind Ihnen irgendwelche Aktivitäten rund um das Fahrzeug aufgefallen, das wir untersuchen? Haben Sie jemanden bei dem Fahrzeug gesehen?«

Sie tat so, als dächte sie über die Frage nach. »Oh, ich glaube nicht.«

»Würden Sie mir bitte Ihren Namen und Ihre Adresse angeben.«

»Aber sicher. Kein Problem. Mein Name ist ...« Ihr Verstand brachte keinen anderen Namen als Mrs. Hugo Driver zustande. »Dinah«, sagte sie. Shorelands? »Dinah Shore.« Kaum hatten die Worte ihren Mund verlassen, war ihr danach, die Hände auszustrecken und sich Handschellen anlegen zu lassen.

Der Polizist sah von seinem Notizbuch auf. »Das ist Ihr Name? Dinah Shore?«

»In der Schule bin ich deswegen immer gehänselt worden. Ich mußte mir lange Zeit diese Burt-Reynolds-Witzchen anhören, aber das hat vor ein paar Jahren aufgehört. Gott sei Dank.« Sie zwang sich, mit dem Plappern aufzuhören.

»Kann ich mir vorstellen«, sagte der Polizist. »Adresse?«

Wo lebte Dinah Shore? »Boston.« Sie suchte nach einem Bostoner Straßennamen. »Commonwealth Avenue. Commonwealth

Avenue vierhundert. Ich bin erst letzte Woche dort eingezogen. Die Hälfte meiner Sachen ist noch eingelagert.«

»Verstehe.« Noch eine Notiz. »Was führt Sie nach Holyoke, Dinah?«

»Ich warte auf einen Freund. Er holt mich ab.«

»Sie haben kein Auto, Dinah?«

Natürlich hatte sie ein Auto. Jeder Amerikaner hatte ein Auto. »Ich habe einen Volvo Kombi, aber der ist in der Werkstatt.« Der Polizist sah auf sie hinab und wartete darauf, daß Dinah Shore, wohnhaft in Boston, ihre Anwesenheit auf einer Bank in Holyoke erklärte. »Ein Freund hat mich bis hierher mitgenommen, und jetzt kommt ein anderer Freund und holt mich ab. Er müßte jeden Moment hier sein.«

»Und wie lange sind Sie schon hier, Dinah?«

Was hatte sie vorhin gesagt? »Ich bin nicht sicher. Vielleicht fünfundvierzig Minuten.«

»Sie haben Ihr Buch im Unicorn gekauft?«

Woher wußte er das? Der Polizist nickte zu der braunen Papiertüte mit dem aufgedruckten Einhorn und dem Namen der Buchhandlung neben der Handtasche. »Oh, ja. Ich wußte, ich würde eine Weile warten müssen. Daher war ich in der Buchhandlung, und dann im Restaurant daneben etwas essen.«

»Dinah's?«

»Es heißt Dinah's? Was für ein Zufall.«

Er sah sie einen Moment an. »Sie waren also im Unicorn, Sie haben sich umgesehen, Sie haben ein Buch gekauft –«

»Drei Bücher«, sagte sie. Sie wandte sich unter dem besorgten Blick des Polizisten ab. Ein rotes MG-Kabrio, dessen Fahrer eine blaue Eton-Mütze trug, fuhr an den Streifenwagen und Polizisten vorbei, die im Umkreis von Sheldon Dolkis' Ford fast die gesamten Fahrspuren Richtung Süden beanspruchten. Ein weiterer Streifenwagen aus Holyoke hatte sich dazugesellt, zwei vierschrötige Männer in Sportjacken unterhielten sich mit den Uniformierten. Ein Abschleppwagen kam um die Ecke der Hampden Street gebogen und hielt an. Der Mann mit der Eton-Mütze fuhr auf der anderen Straßenseite an den Bordstein. Ihr Herz schlug erschrocken schneller; das Gesicht unter dem dicken Schirm der Mütze war Jeffreys. Er betrachtete die Schar

Polizisten und ihre Fahrzeuge. Einer der Wagen der Highway Patrol machte den Weg frei, und der Abschleppwagen gab Pieplaute von sich, während er sich rückwärts dem Ford näherte.

»Sie haben drei Bücher gekauft und waren im Dinah's. Sie haben etwas gegessen. Und das alles in fünfundvierzig Minuten?«

»Wahrscheinlich war es eher eine Stunde. Mein Freund ist gerade gekommen.«

Der Polizist drehte den Oberkörper und sah über die Straße. »Ist er das in dem MG?«

Sie hob einen Arm und winkte. Jeffrey sah zu der Ecke, wo sie laut ihrer Auskunft warten wollte. »Jeffrey!« Er drehte ruckartig den Kopf in ihre Richtung und sah eine unbekannte blonde Frau, die ihm von einer Bank aus zuwinkte, während ein Polizist abwechselnd sie und ihn ansah. Ihm dämmerte, daß die unbekannte blonde Frau ihn Jeffrey genannt hatte. Er beugte sich über die Autotür und sah sie an. Nora betete, daß er sie nicht bei ihrem Namen nennen würde.

Der Cop sagte: »Sieht nicht so aus, als würde er Sie kennen.«

»Jeffrey ist ein bißchen kurzsichtig.« Sie breitete die Arme aus, zuckte die Achseln, um gutgelaunt anzudeuten, daß sie nicht von der Bank weggehen konnte.

»Oh, *da* bist du«, sagte Jeffrey. Er machte die Tür auf und setzte einen Fuß aus dem Auto, aber sie winkte ihn zurück.

Der Polizist sah sie wieder an und ruckte wieder in Position. »Wo hat Ihr Freund aus Boston Sie abgesetzt?«

»An der Ecke. Wo die vielen Leute sind.«

»Ist Ihnen aufgefallen, ob das Fahrzeug da schon dort gestanden hat?«

»Ja. Ich habe es genau dort gesehen.«

»Wie lange waren Sie in der Buchhandlung?«

»Vielleicht fünf Minuten.«

»Und dann gehen Sie ins Dinah's. Man gibt Ihnen einen Tisch, Sie studieren die Speisekarte, richtig? Jemand nimmt Ihre Bestellung entgegen. Wie lange hat das gedauert?«

»Vielleicht noch einmal fünf bis zehn Minuten.«

»Also haben wir vierzig bis fünfundvierzig Minuten im Dinah's. Und in dieser Zeit haben Sie gegessen und die Hälfte dieses Buches gelesen?«

»Oh.« Nora hielt das Buch hoch. Sie hatte den Finger immer noch zwischen den Seiten stecken.

»Dinah, wir haben hier ein großes Problem.« Er rückte seine Mütze zurecht. Er stemmte die Hände an die Hüften. Nora stellte sich auf eine sofortige Festnahme ein. Der Cop seufzte. »Haben Sie eine Ahnung, wieviel Uhr es war, als Ihr Freund Sie an der Ecke abgesetzt hat?«

Sie sah in sein zynisches jugendliches Gesicht. »Gegen fünf«, sagte sie.

»Demnach sind Sie schon seit fast zwei Stunden in dieser Gegend, ist es nicht so, Dinah?«

»Muß wohl so sein.«

»Wir haben kein ausgeprägtes Zeitgefühl, oder?«

»Offenbar nicht.«

»Offenbar nicht. Aber so lange haben Sie sich in diesem Teil von Holyoke aufgehalten. Haben Sie in dieser Zeit eine Frau gesehen, die etwa zehn Jahre älter als Sie sein dürfte, etwa Ihre Größe und Ihr Gewicht hatte, mit kastanienbraunem Haar bis über die Ohren?«

»Suchen Sie nach ihr?«

»Möglicherweise hat sie eine langärmelige dunkelblaue Seidenbluse und Bluejeans getragen. Ein Meter fünfundsiebzig. Fünfzig Kilo. Braune Augen. Sie kam wahrscheinlich mit dem Auto hierher, das abgeschleppt wurde.«

»Was hat sie getan?« fragte Nora.

»Versuchen wir es noch einmal. Haben Sie die Frau gesehen, die ich Ihnen beschrieben habe?«

»Nein. Ich habe niemanden gesehen, der so aussieht.«

Er nahm den Fuß von der Bank und klappte den Notizblock zu. »Danke für Ihre Mithilfe, Dinah. Sie können gehen.«

Sie stand auf. »Danke.« Sie ging zum Bordstein, und Jeffrey stieg aus dem MG aus. Als sie auf die Straße trat, sagte der Polizist: »Noch etwas, Dinah.«

Sie drehte sich um und erwartete fast, daß er ihr Handschellen anlegen würde. Er schüttelte den Kopf, bückte sich und zog ihren Koffer unter der Bank vor. »Viel Glück bei all Ihren Unternehmungen, Dinah.«

66

Jeffrey sagte erst etwas, als sie Holyoke hinter sich gelassen hatten und auf die I-91 fuhren. Nora, die die Beine ausgestreckt und den Rest ihres Körpers in einer erstaunlich entspannten Haltung zurückgelegt hatte, fühlte sich auf einem Transportmittel, das mehr Ähnlichkeit mit einem fliegenden Teppich als mit einem gewöhnlichen Auto zu haben schien.

»Da hinten habe ich mir Sorgen um Sie gemacht.« Jeffrey schaltete und überholte einen Umzugswagen, der nur zehn Meilen über der Geschwindigkeitsbegrenzung dahintuckerte, und der fliegende Teppich streckte sich und segelte in den Wind.

»Ich auch.«

»Ich hatte Sie nicht erkannt. Diese … Verwandlung. Das ist eine ziemliche Überraschung.«

»In letzter Zeit habe ich eine Menge Überraschungen erlebt.«

»Ich muß sagen, wenn Sie ein Musterbeispiel sind, dann sollten mehr Frauen –«

»Nicht. Bitte? Sagen Sie's nicht.« Jeffrey sah verlegen aus, und um ihn zu besänftigen, sagte sie: »Ich bin froh, daß Sie meinen Namen nicht gerufen haben.«

»Ich wollte nur sagen, es ist eine Erleichterung, Sie so zu sehen. Sie wissen schon, abgesehen von der …« Er beschrieb mit dem Zeigefinger einen Kreis um sein Gesicht.

»Der Verwandlung.«

»Eine bessere Verkleidung als ein Hut und eine dunkle Brille.«

»Dick Dart hat feste Ansichten, was Kosmetika betrifft.« Als sie seinen Namen laut aussprach, schnürte sich ihre Brust zusammen. »Er läuft immer noch frei rum.«

»Sind Sie sicher?«

»Ziemlich sicher. Der Cop, der mich verhört hat, während Sie so feinfühlig gewartet haben, hat mir gesagt, daß sie nach einer alten Dame mit braunem Haar suchen. Nein, das hat er nicht, schauen Sie nicht so bestürzt drein. Aber Dart kann ihnen nicht von meinem neuen Aussehen erzählt haben, sonst würde mich das FBI in diesem Augenblick schon mit eisernen Fußketten abführen.«

Jeffrey nickte und schwebte gleichzeitig in eine andere Fahrspur. »Ich habe Hashim und Shull gesehen, diese menschlichen Kaminböcke. Reizendes Paar.«

»Sie waren in der Mount Avenue?«

»Ein paar Stunden gestern und heute morgen, während sie die Abhöranlage eingerichtet und mit Mr. und Mrs. Chancel gesprochen haben – und Ihrem Mann.« Er sah sie mit dem Bewußtsein an, daß er ein neues und kompliziertes Thema anschnitt. »In der alten Villa ist es in den vergangenen Tagen ein wenig chaotisch zugegangen.«

Vorerst mied sie das Thema Davey. »Hatten Sie keine Angst, daß die beiden Sie sehen könnten?«

»Hätte ich gehabt, wenn sie *mich* je gesehen hätten. Mr. Chancel ließ sich von mir das Essen in die Bibliothek bringen, weil er viele Geschäfte am Telefon erledigen mußte. Die Kaminböcke waren in der Küche, daher konnte ich nur einen kurzen Blick auf sie werfen, als ich an der Tür vorbeiging.«

»Erzählen Sie mir von Davey. Zieht er wieder in Poplars ein, weil das FBI ihn dort haben wollte?«

»Oder war es die Idee seines Vaters, meinen Sie? Ein wenig von beidem. Die Agenten wollten ihn im Auge behalten, und Mr. Chancel wollte, daß er ihm hilft, sich um seine Mutter zu kümmern. Um die Wahrheit zu sagen, ich habe mich gefragt, ob Mr. Chancel uns loswerden wollte, damit er genügend Druck auf Davey ausüben konnte, wieder in Poplars einzuziehen.« Jeffrey sah Nora an, ob dies eine zu kritische Bemerkung über seinen Arbeitgeber gewesen war.

»Könnten Sie das Radio einschalten, Jeffrey?«

»Entschuldigung.« Er griff nach dem Drehknopf. »Daran hätte ich früher denken müssen.«

Nach einem weiteren reibungslosen Schalten flog der magische Teppich um eine Kolonne langsamer Autos herum. Ein Sprecher mit öliger Stimme sagte, daß es ein wunderbarer Abend in den Counties Hampden, Hampshire und Berkshire sei, und machte sich daran, Einzelheiten zu schildern.

»Wie schlimm steht es mit Daisy?« fragte Nora.

»Sie hat *All My Children* entdeckt, das scheint sie aufgemuntert zu haben. Jemand namens Edmund hat jemand namens Erica in Budapest entführt und in einem Weinkeller gefangengehalten, doch dann beschloß diese Erica, daß sie entführt bleiben wollte, um es jemandem namens Dmitri heimzuzahlen. Meine Tante hat mir alles darüber erzählt. Soweit ich mitbekommen habe, glaubt Mrs. Chancel, daß Ihre Geschichte der dieser Erica gleicht. Sie sind eine romantische Heldin.«

»Reizend.«

»Sie hat darüber nachgedacht, was Sie ihr über ihr Buch gesagt haben. Meine Tante mußte ihr Abschnitte daraus bringen, und sie schreibt sie im Bett sitzend um.«

»Vor und nach *All My Children?*«

»Auch während. Es ist eine Inspiration.«

»Hilft Alden ihr?«

»Mr. Chancel darf ihr Zimmer nicht betreten.« Jeffrey verstummte; offenbar hatte er über die Chancels alles gesagt, was er sagen wollte. »Könnten Sie mir sagen, warum Sie behauptet haben, ein Buch über Shorelands zu schreiben?«

»Dick Dart hat eine Mission. Er möchte verhindern, daß irgend jemand beweist, Hugo Driver hätte *Reise in die Nacht* nicht geschrieben, und aus diesem Grund möchte er Leute beseitigen, die sich in jenem Sommer in Shorelands aufgehalten haben. Der Mann, mit dem ich gesprochen habe, ist unmittelbar nach dem Anruf bei Merle Marvell nach Cape Cod abgereist, also ist er in Sicherheit, aber einer bleibt immer noch. Ein Professor in Amherst. Ich sollte mich möglichst bald mit ihm in Verbindung setzen. Dart hat seine Adresse.«

»Sie sagten: zwei Männer. Die Schriftsteller, mit denen sie Verbindung hatten, waren ...?«

»Creeley Monk und Bill Tidy. Warum?«

»Nicht Katherine Mannheim.«

»Nein, aber ich schätze, mit ihren Schwestern hat der ganze Zirkus angefangen.«

Jeffrey nickte. »Würden Sie mich über Darts Mission in Kenntnis setzen und mir alles sagen, was Sie über Shorelands und *Reise in die Nacht* wissen?«

»Jeffrey, wer *sind* Sie? Warum interessiert Sie das?«

»Ich bringe Sie zu jemandem, der den größten Teil Ihrer Fragen wird beantworten können, und vorher möchte ich nichts sagen. Ich kann Ihnen etwas über mich erzählen, wenn es Sie interessiert, aber ich bin nicht sehr wichtig.«

»Zu wem bringen Sie mich?« Eine vollkommen unvorhersehbare Möglichkeit fiel ihr ein. »Katherine Mannheim?«

Er lächelte. »Nein, nicht Katherine Mannheim.«

»Hat sie *Reise in die Nacht* geschrieben?«

»Um ehrlich zu sein, ich hoffe nicht. Ich gehöre zu den wenigen, die dem Buch widerstehen können.«

»Bis vor wenigen Stunden habe ich es nicht einmal ernsthaft damit versucht.«

»Und?«

»Jeffrey, ich werde kein Wort mehr sagen, bevor Sie mir nicht etwas über sich erzählt haben. Sie sind immer ein solches *Rätsel* gewesen. Wie kann jemand wie Sie glücklich sein, für Alden und Daisy zu arbeiten? Waren Sie wirklich in Harvard? Wie sieht Ihre Geschichte aus?«

»Meine Geschichte, nun.« Er sah befangener aus, als sie ihn jemals gesehen hatte. »Die ist bei weitem nicht so interessant, wie Sie sich ausmalen. Meine Mutter war nicht darauf vorbereitet, nach dem Tod meines Vaters ein Kind großzuziehen, daher wuchs ich bei Verwandten meines Vaters auf, den Deodatos auf Long Island. Zwei Jahre lang wurde ich immer wieder herumgeschubst – Hampstead, Babylon, Rockville Centre, Valley Stream, Bay Shore. Ich sah meine wirkliche Mutter in ihrem Urlaub, hatte aber jede Menge anderer Mütter, und sie alle hackten auf mir herum. Besuchte die Uniondale High School. Bekam ein Stipendium für Harvard, was eine große Sache war, wählte Ostasiatische Literatur als Hauptfach, lernte einigermaßen fließend Chinesisch und Japanisch, machte meinen Abschluß magna cum laude. Statt zur Universität zu gehen, enttäuschte ich alle und meldete mich zur Armee. Als ich die Offiziersausbildung und das Vorbereitungstraining für Vietnam in Texas hinter mich gebracht hatte, setzte ich eine Menge Hebel in Bewegung und wurde zur Militärpolizei in Saigon versetzt. Dort konnte ich mich nützlich machen, und die Arbeit war interessant. Ich setzte den Karateunterricht fort, den ich in Cambridge angefangen hatte.

Als ich zurückkam, machte ich die Aufnahmeprüfung bei der Polizei von Long Beach und wurde angenommen, obwohl ich grotesk überqualifiziert war. Einer meiner Onkel war Detective in Suffolk County, das hat nicht geschadet. Das machte ich drei Jahre, vertiefte meine Japanischkenntnisse an der Hofstra, nahm Privatunterricht in Kalligraphie und bekam meinen schwarzen Gürtel, machte eine Menge Kochkurse, und dann hatte ich gewissermaßen einen Zusammenbruch. Quittierte den Dienst. Tat nichts, als die Zeit auf der Strandpromenade totzuschlagen oder in meinem Apartment zu sitzen. Nach sechs oder sieben Monaten habe ich meine gesamten Ersparnisse von der Bank abgehoben und bin nach Japan gegangen, um mein Japanisch aufzubessern und in einem Zen-Kloster zu leben. Es dauerte zwei Jahre, aber ich wurde in einem Kloster aufgenommen – lange Geschichte – und blieb etwa achtzehn Monate dort. Höchst befriedigend, aber ich hatte ein Problem: Ich war kein Japaner und würde nie einer sein. Als ich zurückfuhr, war ich so pleite, daß ich auf einem Kreuzfahrtschiff Karate unterrichten mußte, um meine Überfahrt zu bezahlen. Ich hatte keine Ahnung, was ich tun sollte. Daher beschloß ich, den ersten Job anzunehmen, den mir jemand anbot, und mich ihm so selbstlos wie möglich zu widmen. Als meine Tante mir sagte, daß die Chancels einen Hausdiener einstellen wollten, zog ich nach Connecticut und versuchte, meinen Job so gut zu machen, wie es nur ging.«

Nora sah ihn mit unbestrittenem Staunen an. »Und Sie behaupten, das sei nicht *interessant?* Mein Gott, Jeffrey.«

»Nur eine Reihe von Anekdoten. Spirituell habe ich mich erst weiterentwickelt, als ich bei den Chancels eingezogen bin. Davon abgesehen habe ich offensichtlich keine richtigen Ambitionen, und den Chancels zu helfen war weitaus befriedigender als viele andere Arbeiten, die ich hätte annehmen können.«

Nora, die staunend darüber nachgedacht hatte, wie sehr sich ihre Hirngespinste über Jeffrey von der Wirklichkeit unterschieden, hörte plötzlich, was der Rundfunksprecher erzählte, und stellte das Radio lauter. »Das muß ich hören.«

Jeffrey wirkte verblüfft, aber nicht beleidigt. »Gewiß.«

Eine Meldung über einen Brand hatte ihre Aufmerksamkeit erregt. »... nach unseren Informationen bislang keine Opfer zu beklagen sind, obwohl das Feuer neuesten Meldungen zufolge auf mehrere andere Häuser im exklusiven Wohngebiet Oak Street übergegriffen hat.«

»Das ist er«, sagte Nora.

»Er?«

»Psst.«

»Man geht inzwischen davon aus, daß Brandstiftung die Ursache des Feuers in der Oak Street ist, das Nachbarn von Dr. Mark Foil, in dessen Haus der Brandherd liegt, kurz nach siebzehn Uhr gemeldet hatten. Anwohnern des Viertels wird geraten, die Notrufleitung der Feuerwehr anzurufen, über die aktuellste Informationen –«

Nora schaltete das Radio ab. »Wissen Sie, wer Mark Foil ist?«

»Ich tappe völlig im dunkeln.«

»Mark Foil ist der Mann, der Merle Marvell angerufen hat.« Jeffrey schien immer noch nicht alles zu begreifen. »Darum hat Marvell Alden angerufen.« Jeffreys bestürzter Gesichtsausdruck machte deutlich, daß er begriffen hatte, was passiert war.

»Sie sind überzeugt, daß Dart das Haus in Brand gesteckt hat.«

»Natürlich war er es.«

Jeffrey sah auf die Uhr, stellte im Kopf rasch einige Berechnungen an, drehte das Lenkrad herum und schoß, ohne den Blinker zu bedienen, quer über zwei Fahrspuren ziemlich dichten Verkehrs. Hupen ertönten. Er fuhr im letztmöglichen Augenblick die Ausfahrt 18 hinaus. Der MG raste mit quietschenden Reifen die Rampe hinunter, ohne zu halten, an einem Stop-Schild vorbei und nach rechts auf die King Street in Northampton.

Nora löste ihre Hände vom Türgriff. »Was, zum Teufel, sollte *das* nun wieder?«

Jeffrey fuhr an den Straßenrand und hielt an. »Ich möchte, daß Sie mir erklären, warum Dick Dart bereit ist, Menschen zu ermorden und Häuser niederzubrennen, um Hugo Drivers Ansehen zu wahren. Fangen Sie am Anfang an und hören Sie am Ende auf.«

»Ja, Sir«, sagte Nora.

67

Als Nora angefangen hatte, stellte sie fest, daß es eine ganz andere Sache war, mit Jeffrey Deodato zu reden, als dieselbe Geschichte Harwich zu erzählen. Jeffrey *hörte zu*. Als sie fertig war, hatte sie den Eindruck, als hätte sich ihre Geschichte, die anfänglich so konfus wie Daisys Roman wirkte, durch den Vorgang des Erzählens zu einem zusammenhängenden Muster geformt, zumindest bei Jeffrey.

»Ich verstehe«, sagte er und machte den Eindruck, als hätte er mehr verstanden als sie. »Nachdem dieser Dick Dart also getan hatte, was er konnte, um Dr. Foil zu schaden, wird er weiterziehen zu Everett Tidy. Und wahrscheinlich hat er ein Auto.«

»Autos fallen ihm gewissermaßen zu.«

»Wir sollten Professor Tidy besser einen Besuch abstatten. Ich muß nur ein Telefon finden.«

»Sie werden ihn anrufen?«

Jeffrey fuhr los. »Ich werde eine Freundin von ihm anrufen.«

»Sie kennen ihn?«

»Ich kenne ihn seit Ewigkeiten.« Jeffrey bog am Ende des Blocks rechts ab und bremste vor einer Telefonzelle. »Einen Augenblick«, sagte er und sprang aus dem Auto, während er in der Tasche nach Kleingeld suchte.

Nora sah zu, wie er ein paar Zahlen wählte und einige Sätze in den Hörer sprach. Er drehte ihr den Rücken zu und gab noch ein paar nicht zu verstehende Sätze von sich. Er legte auf und kam zurück.

»Wer war das?« fragte Nora, worauf Jeffrey lächelte, aber nicht antwortete. Er wendete den MG in einem engen Halbkreis und fuhr wieder auf die King Street. »Woher kennen Sie Bill Tidys Sohn?«

»Ich habe ihn vor langer Zeit kennengelernt.«

»Und wohin fahren wir *jetzt?*«

»Nach Amherst, wohin sonst?« Jeffrey bog nach rechts auf einen Parkplatz ab und überquerte ihn vollständig bis zu einem weiteren Parkplatz, von dem er auf die Bridge Street einbog und in Richtung der fernen Parade von Personen- und Lastwagen auf dem Highway beschleunigte. »Aus reiner Neugier«, sagte er,

»erinnern Sie sich, ob Ihnen Davey den Namen des Mädchens genannt hat, das sich so für Hugo Driver interessierte? Das vielleicht für Chancel House gearbeitet hat und vielleicht Mitglied von etwas namens Hellfire Club war?«

»Paddi Mann.«

»Das hatte ich befürchtet.«

Sie brauchte einen Augenblick, um sich zu sammeln. »Sie kennen Paddi Mann auch?«

»Paddi ist tot, aber ich kannte sie. Ihr richtiger Name war Patricia, aber sie hat Paddi daraus gemacht, nachdem sie sich in das Werk von Hugo Driver verliebt hatte. Die Person, die wir in Amherst besuchen werden, die Everett Tidy kennt, ist Sabina Mann, ihre Mutter.«

»Woher kennen Sie Sabina Mann? *Warum* kennen Sie Sabina Mann?« jammerte Nora. »Was geht hier *vor?*«

Jeffrey antwortete nicht.

Davey hatte sich nicht die ganze Geschichte ausgedacht. Es war wirklich passiert, aber fünf Jahre früher, in New Haven. Oder es war zweimal passiert.

»Zerbrechen Sie sich nicht zu sehr den Kopf«, sagte Jeffrey.

»Und Sie wollen mir nicht sagen, woher Sie sie kennen?«

»Zuerst kümmern wir uns um Everett Tidy.«

»Dann sagen Sie mir, zu wem Sie mich in Northampton bringen möchten. Ich werde ihn sowieso kennenlernen, wenn wir in Amherst fertig sind.«

»Nicht ihn«, sagte er. »Sie.«

»Wer ist sie?«

»Es wird allmählich Zeit, daß Sie meine Mutter kennenlernen«, sagte Jeffrey.

68

Auf dem Weg nach Amherst hinein studierte Nora müßig ein Bronzeschild und stellte fest, daß das behaglich wirkende zweistöckige Backsteinhaus auf einer kleinen Anhöhe die Residenz von Emily Dickinson gewesen war. Sie hörte Dick Dart sagen:

»*We can find no scar, But internal difference, Where the Meanings, are* –«, und ihr Mund wurde trocken, und sie bekam eine Gänsehaut auf den Armen.

Bergauf ging es in ein Gewerbegebiet mit Buchhandlungen und Restaurants, links an einem hübschen Park vorbei, der einem grünen See glich, und wieder bergauf in Richtung der verwitterten braunen und roten Gebäude des Amherst College.

Jeffrey bog in eine Seitenstraße mit hübschen Häusern ein, teils von weißen Zäunen umgeben, teils fast völlig in Gärten mit bunten, wogenden Lilien und üppigen Hortensien verborgen. Er hielt vor einem Haus an, das man kaum hinter dem Vorgarten sehen konnte.

Nora folgte ihm einen Pfad zwischen nickenden rosa und gelben Lilien entlang, die ihr bis zum Kopf reichten. Drei Stufen aus Stein führten zu einer polierten Holztür mit Messingglocke. Der Duft der Lilien hüllte Nora ein und wurde von einer Brise verweht, die sie kaum spüren konnte. Als die Tür aufging, maß eine grauhaarige Frau, die eine Halbbrille und ein weites butterblumengelbes Hauskleid trug, sie mit einem vernichtenden Blick und nahm Jeffrey in die Arme.

»Jeffrey, du Scheusal, manchmal wünschte ich mir, du würdest nicht immer erst fünfzehn Minuten vor einem Besuch hier anrufen. Ich nehme an, du wohnst bei deiner Mutter, sonst bekomme ich dich ja ohnehin nie zu Gesicht!«

»Hallo, Sabina, laß mich bitte los, bevor du mir etwas brichst.«

Sie wich zurück und umklammerte seine Oberarme. »Mit dieser *Mütze* siehst du so verwegen aus.«

»Du siehst auch wunderbar aus, aber das tust du ja immer.«

»Ich nehme an, deiner Mutter geht es gut? Sie ist immer so beschäftigt, ich habe kaum Gelegenheit, mit ihr zu reden. Ich weiß, sie hat das Treuhänderbankett Anfang des Sommers organisiert, und selbstverständlich den Empfang im Haus des Präsidenten, aber das ist ja gar nichts für sie, richtig, ein Essen für zweihundert, oder nicht?«

»Ein Klacks. Viele Klackse für viele Leute.«

»Und wie läuft es bei dir?« Sie hatte seine Arme nicht losgelassen. »Bist du immer noch glücklich, für Leute unter deiner Würde zu arbeiten?«

»Mir geht es gut. Sabina, das ist meine Freundin Nora.«

Sie ließ ihn los und streckte Nora die Hand hin. »Sie sind die geheimnisvolle Person, die Ev Tidy sprechen muß?«

Nora ergriff Sabina Manns Hand und sah ihr in die intelligenten, herrischen Augen, ein paar Schattierungen dunkler als das Blau von Gletscherwasser. »Ja, danke, ich hoffe, ich habe Ihnen keine Umstände gemacht.«

»Kein Problem, Ev ist gleich rübergekommen. Jeffrey weiß, daß er alles bekommen kann, was er will. Das einzige Problem ist, er will nicht genug.« Sabina Mann nahm eine rasche Bestandsaufnahme von Noras Alter, Familienstand, gesellschaftlicher Position und Rolle in Jeffreys Leben vor. »Ich bin zu Stillschweigen und Heimlichtuerei vergattert, und Jeffrey will mir den Grund nicht sagen, aber ich denke, ich kann Sie fragen, ob Sie ihn schon lange kennen?«

Nora dachte sich, daß sie den ersten Test mit einer passablen Note bestanden hatte. »Ich kenne Jeffrey seit zwei Jahren, aber eigentlich kenne ich ihn gar nicht.«

Sabina Mann setzte ihre stumme Bestandsaufnahme fort. Sie war weitaus verärgerter, als sie Jeffrey sehen lassen wollte. »Finden wir heraus, was unser gemeinsamer Freund Ihnen erzählt hat. Ich nehme an, Sie wissen von dem lächerlichen Job, mit dem er so zufrieden ist, aber hat er Ihnen auch erzählt –«

»Aber, aber, Sabina.«

»Laß mich nur. Hat unser Freund seinen großartigen Erfolg in Harvard erwähnt?«

»Hat er.«

»Gut. Wissen Sie von dem Silver Star und dem Bronze Star, die er in Vietnam bekommen hat, oder von seiner Klausur in einem Kloster in Japan?«

»Nein auf die erste, ja auf die zweite Frage.«

»Da Sie in diesen *Vorzug* gekommen sind, müssen Sie auch wissen, daß er flüssig Mandarin, Kantonesisch und Japanisch spricht, aber ich frage mich, ob er Ihnen auch erzählt hat –«

»Bitte, Sabina, sei fair.«

»Hat Ihnen Jeffrey je erzählt, meine Teuerste, daß er zwei Stücke geschrieben hat, die off Broadway aufgeführt wurden?«

Nora drehte sich um und sah ihn an.

»Unter Pseudonym«, sagte er. »Nichts Besonderes.«

»Ich weiß auch etwas über Sie, Nora.«

»Nicht, Sabina.«

»Sei still, Jeffrey. Ihr benutzt mein Haus für eure privaten Belange, daher habe ich Anspruch auf alle Informationen, die ich bekommen kann. Und ich habe herausgefunden, daß diese junge Frau eine Angestellte von Chancel House ist, weil der schreckliche Mr. Chancel derjenige ist, vor dem du dieses spezielle Geheimnis am meisten hüten wolltest. Ich bin sicher, sie teilt meine Abneigung gegen ihren Arbeitgeber und dessen gesamte Familie, einschließlich seiner verschrobenen Frau, seines nichtsnutzigen Sohnes und dessen unpassender Frau, daß sie es ebenfalls bewahrt. Ist es nicht so, meine Teuerste?«

»Ich wußte nicht, daß die Frau des Sohnes so schlimm wie die anderen ist«, sagte Nora.

»Das ist sie nicht, darum ist sie ja unpassend. Ihr ist nur anzulasten, daß sie in diese Familie hineingeheiratet hat. Aber Sie stehen unter der Fuchtel von Alden Chancel, genau wie Jeffrey, daher kann man nicht erwarten, daß Sie die Spur der Verwüstung kennen, die die Chancels hinterlassen haben.«

»Bist du fertig, Sabina?« fragte Jeffrey.

»Täte ich gut dran. Everett mochte noch nie, daß man ihn warten läßt.«

69

Ein untersetzter Mann mit stahlgrauem Knebelbart und kurzem, silbergrauem Haar klappte unvermittelt das Buch in seinen Händen zu und sah stirnrunzelnd auf. »Zwanzig Minuten, Sabina. *Volle* zwanzig Minuten.«

»Es waren nur fünfzehn Minuten, Ev. Da ich von dieser Versammlung ausgeschlossen werde, mußte ich einfach ein wenig Zeit mit Jeffrey und seiner Begleiterin verbringen.

Eine Seite von Everett Tidys gerunzelter Stirn verkroch sich in seine Wange und hinterließ etwas, das man als Erheiterung hätte deuten können.

»Möchtest du etwas Kaffee oder Tee, Jeffrey? Nora?«

»Nein, danke«, sagte Jeffrey, und Everett Tidy sagte: »Tee. Gunpowder.«

»Dann Gunpowder-Tee.« Sie machte die Tür hinter sich zu.

Nora wandte sich wieder Tidy zu und stellte fest, daß er sie ansah. Ohne Verlegenheit sah er ihr einen Moment in die Augen, ehe er sich Jeffrey zuwandte. »Hallo, Jeffrey.«

»Danke, daß du so kurzfristig gekommen bist.«

Tidy nickte und drehte das Buch in seinen Händen, als wäre er verwirrt, daß er es immer noch hielt. Er ging zu einem Samtsofa mit hoher Lehne, legte das Buch auf einen Beistelltisch und sah Nora wieder an. Ein kalter, ungestümer Wind, der ebenso Teil von ihm war wie die Bügelfalten seiner Khakihose und das strenge kleine Dickicht seines Bärtchens, schien ihr entgegenzuwehen.

»Sabine hält mich für ungeduldig«, sagte er. »Der Grund für diese Fehleinschätzung liegt darin, daß das Wissen um die vielen Aufgaben, an deren Erfüllung mich unmittelbare Verpflichtungen hindern, mich reizbar macht.« Die Temperatur seiner persönlichen Brise sank um mehrere Grad.

»Bis zu meiner Pensionierung wohnte ich in Unterkünften des College, was bedeutet, ich hatte zweiundzwanzig Jahre lang ein überaus angenehmes Haus mit genügend Zimmern für meine Familie und meine Bibliothek. Ich hätte in meinem überaus angenehmen Haus *bleiben* können, aber meine Frau ist tot, meine Kinder ausgezogen, und andere Fakultätsmitglieder brauchten den Platz weit dringender als ich. Aus diesem Grund kaufte ich mir eine Eigentumswohnung, und wenn ich nicht an zwei Büchern schreibe, eines über Henry Adams, das andere über meinen Vater, sortiere ich Bücher aus, damit ich den Rest meiner Bibliothek in drei Zimmern unterbringen kann. Vor einer halben Stunde hat Sabina mir gesagt, daß eine Bekannte von Jeffrey mich in einer Angelegenheit von außerordentlicher Dringlichkeit zu sprechen wünschte. Diese Angelegenheit betreffe meine Sicherheit.« Er holte Luft, seine Brust wölbte sich. »Nun, hier bin ich, und ich muß darauf bestehen, daß Sie mir auf der Stelle sagen, was, zur *Hölle*, hier vor sich geht.«

Jeffrey sagte: »Ev, du solltest wissen, daß –«

»Ich spreche mit deiner Begleiterin.«

Die Kluft zwischen dem Leben dieses Mannes und ihrem eigenen machte Nora vorübergehend stumm. Sie würde Everett Tidy nie davon überzeugen können, daß ihn jemand umbringen wollte.

Tidy sah vielsagend auf die Uhr, und nun ging Nora endlich auf, weshalb er seine Bücher sortieren mußte. »Wann sind Sie in Ihre Eigentumswohnung gezogen?«

Er ließ den Arm übertrieben langsam sinken, als hätte er Angst, eine plötzliche Bewegung könnte sie erschrecken. »Vor sechs Wochen. Hat Ihre Frage einen Sinn?«

»Wenn jemand unter Ihrer alten Adresse nach Ihnen suchen würde, würden die neuen Bewohner ihm sagen, wo er Sie finden kann? Kennen sie Ihre neue Adresse?«

Er wandte sich an Jeffrey. »Soll das so weitergehen?«

»Bitte beantworte ihre Frage, Ev.«

»Na gut.« Er schwenkte zu Nora herum. »Kennt Professor Hackett die Adresse meiner neuen Wohnung? Nein, er kennt sie nicht. Wie dem auch sei, die Hacketts verbringen diesen Monat am Oberlauf des Arno – im Casentino. Wer sind Sie, und was wollen Sie?«

»Ihr Name ist Nora Chancel«, sagte Jeffrey.

Tidy blinzelte mehrmals rasch. »Ich kenne diesen Namen.«

»Haben Sie in den vergangenen Tagen die Nachrichten verfolgt?«

»Ich besitze keinen Fernseher. Ich höre nur Radio.« Er redete mit Jeffrey, ließ Nora aber nicht aus den Augen. Sein ganzer Körper schien die Starre abzuschütteln. »Mein Gott. Nora Chancel. Die Frau, die... Himmel. Bis zu diesem Augenblick hätte ich den Namen nicht in Verbindung gebracht mit... Großer Gott, die Vorstellung... Sie sind das.«

»Ich bin es.«

Sabina Mann kam rückwärts mit einem Tablett zur Tür herein und blieb stehen, sobald sie sich umgedreht hatte. »Ich scheine zu stören.« Sie sah jeden der Reihe nach an. »Das muß ein außergewöhnliches Gespräch sein.« Sie stellte das Tablett auf den Beistelltisch und entfernte sich.

Tidy hatte Nora nicht aus den Augen gelassen. »Alles in Ordnung? Sie scheinen nicht verletzt zu sein, aber ich kann mir das psychische Trauma einer solchen Erfahrung nicht einmal ansatzweise vorstellen. Wie fühlen Sie sich?«

»Das kann ich wirklich nicht beantworten.«

»Nein, natürlich nicht. Was für eine gedankenlose Frage. Wie dem auch sei, Sie sind diesem Burschen entkommen und waren klug genug, Jeffrey zu rufen. Wenn ich in Schwierigkeiten wäre, würde ich auch wollen, daß Jeffrey mir hilft. Bitte setzen Sie sich.«

Er klopfte auf das Sofa, und Nora setzte sich auf den abgewetzten Plüschbezug. Er goß Milch in eine Tasse Tee und reichte sie ihr. Sein umgewandeltes Benehmen machte sie leicht schwindlig. Jeffrey setzte sich in einen Polstersessel auf der anderen Seite des Kamins. Tidy blieb stehen und fingerte an seinem Bart herum. Von dem arktischen Wind war nichts mehr zu spüren.

»Ich muß mich entschuldigen, daß ich mich derart aufgeplustert habe. Ich habe mir das Verhalten angewöhnt, als ich festgestellt hatte, daß es gut dazu taugt, meine Studenten einzuschüchtern.«

Nora sagte: »Ich bin froh, daß Sie bereit sind, mich anzuhören.«

Er setzte sich auf die Kante des Sofas. »Ich kann nur vermuten, daß es dabei um den Mann geht, der Sie entführt hat. Bitte rufen Sie mir seinen Namen ins Gedächtnis.«

»Dart«, sagte sie. »Dick Dart. Sie haben bestimmt noch nie von ihm gehört.«

Er dachte einen Moment darüber nach. »Nein. Andererseits sieht es so aus, als hätte er von mir gehört. Habe ich recht, wenn ich sage, daß er ein Mörder ist? Daran besteht kein Zweifel?«

»Nein.«

»Und er wünscht mir Böses.«

»Dick Dart möchte Sie töten.«

Er machte den Rücken gerade und ließ ihr die Gnade seiner blauen Augen zuteil werden. »Was für eine außergewöhnliche Erfahrung, so einen Satz zu hören. Mir fehlen die Worte.«

»Everett«, sagte Jeffrey, »würdest du bitte den Mund halten und sie ausreden lassen?«

»Ich möchte noch eine Frage stellen, und dann können Sie mir die Einzelheiten schildern, sofern es noch welche gibt. Gibt es ein Motiv, oder hat dieser Mann meinen Namen aus einem Hut gezogen?«

Nora betrachtete Everett Tidy, der sich sichtlich beherrschte, sich dabei aber fast auf die Zunge biß. »Er möchte Sie töten, weil Sie Bill Tidys Sohn sind.«

Tidy legte seine Hand an die Wange, als wäre er geschlagen worden. Er unternahm eine ungeheure Anstrengung, still zu bleiben, und nickte ihr zu, damit sie fortfuhr.

Als sie fertig war, sagte Tidy: »Dart geht also davon aus, daß mein Vater ein Tagebuch geführt hat, was er tat, daß es von diesem Aufenthalt in Shorelands handelt, was es tut, und daß ich im Besitz dieses Tagebuchs bin, was ich bin. Sagen Sie mir, habe ich die Ehre, der erste auf Darts Liste zu sein? Ich vermute, schon.«

»Sie sind der zweite. Heute nachmittag fing er in Springfield bei einem Arzt namens Mark Foil an. Foil war der langjährige Lebensgefährte von Creeley Monk und ist heute sein literarischer Nachlaßverwalter. Ich habe Foil kurz vor seiner Abreise aus der Stadt besucht. Dart traf etwas später dort ein.«

»Dart hat das Feuer in Springfield gelegt?«

»Er ist nicht sehr subtil«, sagte Nora.

Tidy blieb einen Moment reglos sitzen. »Dürfte ich fragen, warum Sie und Jeffrey nicht zur Polizei gegangen sind, bevor Sie zu mir kamen?«

»Ich kann nicht mit der Polizei reden.«

Tidy sah Jeffrey an. »Stimmt das? Sie kann nicht?«

»Laß gut sein, Ev«, sagte Jeffrey.

»Ich kann mir nicht vorstellen, daß es diesem Mann gelingt, mein Apartment zu finden, aber ich kann nicht zulassen, daß er Professor Hacketts Haus in der irrigen Annahme vernichtet, daß ich noch dort lebe. Ich muß weder meinen Namen nennen noch Sie irgendwie erwähnen. Ich muß nur sagen, daß ich einen Mann, der wie Dart aussieht, in der Gegend gesehen habe, und sie werden den Rest erledigen. Dann muß ich Ihnen etwas erzählen, falls Sie Zeit haben.«

»Gut«, sagte sie.

Tidy stand auf, sah sie einen Moment an und biß sich dabei auf die Unterlippe. »Ich werde Sabina meinen Anruf nicht mithören lassen.« Er verließ hastig das Zimmer.

»Oh, ich habe Ihnen etwas Geld mitgebracht.« Jeffrey stand auf und zog die Brieftasche aus der Gesäßtasche, während er zu ihr kam. »Dreihundert Dollar. Sie können es mir zurückzahlen, wann immer Sie wollen, aber nehmen Sie es. Sie werden Geld brauchen.« Er hielt ihr ein ziemlich dickes Bündel Geldscheine hin.

Da saß sie nun, Nora Chancel, und war im Begriff, das Geld zu nehmen, das Jeffrey ihr anbot. Sie wollte es nicht nehmen, aber sie vermutete, daß ihr nichts anderes übrigblieb. Sie war den Launen anderer Leute ausgeliefert, manche davon freundlich, andere böse. »Danke«, sagte sie ein wenig steif und nahm das Geld. »Ich danke Ihnen.« Sie beugte sich über ihre Handtasche und klappte sie auf. »Ich zahle es Ihnen zurück, so schnell ich kann.«

»Lassen Sie sich Zeit.« Er sah zur Tür. »Ich hoffe, Ev sagt nicht zuviel.«

Kaum hatte er es gesagt, ging die Tür auf, und Tidy kam herein, sah ihn stirnrunzelnd an und schloß die Tür mit übertriebener Sorgfalt. »Ich mußte Sabine überreden, nach oben zu gehen, bevor ich anrufen konnte. Ich fürchte, sie ist nicht besonders glücklich über uns.« Er beobachtete, wie Nora ihre Handtasche zumachte, dann sah er ihr wieder ins Gesicht. »Hätten Sie was dagegen, mit mir zu kommen? Du natürlich auch, Jeffrey.«

»Noch eine Reise«, sagte Nora. »Wohin diesmal?«

»In die Bibliothek des Amherst College, wo ich die Unterlagen meines Vaters deponiert habe. Sie ist geschlossen, aber ich habe alle Schlüssel, die wir brauchen. Jeffrey, es kann nicht schaden, wenn du dieses Tablett mitnimmst.«

Sabina Mann stand auf der untersten Treppenstufe, als sie zu dritt aus dem Wohnzimmer kamen. Everett Tidy sah sie erst, als er fast unmittelbar vor ihr war, und dann blieb er unvermittelt stehen. Nora, die direkt hinter ihm ging, wäre fast mit ihm zusammengestoßen. Jeffrey stellte sich neben sie, und ein peinlicher Augenblick verstrich.

»Sabina«, begann Tidy, aber sie unterbrach ihn.

»Sie kommen, sie konferieren, sie führen heimliche Telefonate, und dann verschwinden sie en masse. Das ist wie in einem Schauspiel.«

Jeffrey hielt ihr das Tablett hin, das sie widerstrebend nahm. »Ich verspreche dir, ich werde dir alles erklären, sobald ich kann.«

»Gott allein weiß, was das heißen mag. Everett, dürfte ich fragen, wohin du gehst, oder ist das auch ein Staatsgeheimnis?«

»Sabina«, sagte er, »mir ist klar, daß dies alles sehr verwirrend für dich sein muß, und ich bedaure, daß wir uns ohne eine Erklärung wieder verabschieden müssen. Aber ich –«

»Warum erzählst du mir nicht mit einfachen Worten, wohin du sie bringst?«

Er legte den Kopf schief. »Woher weißt du, daß ich sie irgendwo hinbringe?«

»Du hast deine Autoschlüssel in der Hand«, sagte sie.

Mit aller Würde, die er aufbringen konnte, sagte Tidy: »Wir müssen in die Collegebibliothek, Sabina. Ich werde in einer halben Stunde oder so wieder herkommen, gut?«

»Nicht nötig. Ruf mich morgen an, wenn du mir etwas zu sagen hast. Jeffrey, kommst du auch zurück?«

»Tut mir leid, aber ich muß nach Northampton. Ich besuche dich bald, ich verspreche es.«

»Du bist die reinste Nervensäge.« Sie bedachte Nora mit einem Blick, in den regelrechtes Mißfallen zu treten drohte. »Ich bringe euch zur Tür.«

70

Vor der breiten Rückbank war soviel Platz, daß die beiden Männer doppelt so weit als normal von ihr entfernt zu sein schienen. »Diese Frau ist nicht glücklich über mich.«

»Das liegt nicht nur an Ihnen«, sagte Jeffrey. »Sabina ist daran gewöhnt, über *mich* unglücklich zu sein.«

»Über mich ist deine Tante nicht mehr glücklich, seit ich aus der Emily Dickinson Society ausgetreten bin.«

»Ihre Tante? Sabina Mann ist Ihre Tante?«

»Du redest wirklich zuviel, Ev.«

Tidy drehte den Kopf zur Seite und starrte ihn an, dann schaute er wieder geradeaus. »Entschuldige, Jeffrey, aber ich bin selbstverständlich davon ausgegangen, daß deine Freundin weiß, wer du bist. Warum hätte sie sich mit dir in Verbindung setzen sollen, wenn –«

»Das reicht.«

»Verdammt, Jeffrey, lassen Sie ihn ausreden«, sagte Nora. »Ich erzähle Ihnen alles, und Sie schieben mich herum wie eine Puppe. Mir ist egal, ob Sie die Ehrenmedaille des Kongresses und den *Nobelpreis* bekommen haben, ist das klar? Sie sind nicht mein Märchenprinz. Ich habe es wirklich durch und durch satt.«

Jede Zelle ihres Körpers sagte ihr, daß sie die Tür aufreißen und hinausspringen sollte, und genau das wollte sie auch. Wenn sie nicht bald aus dem Auto ausstieg, würde sie um sich schlagen, ihnen die Gesichter zerkratzen und beißen, worauf sie nur beißen konnte, denn wenn sie das nicht täte, würde etwas Schlimmeres mit ihr passieren.

»Ich kann Ihnen nicht verdenken, daß Sie wütend auf mich sind, Nora.«

»Halten Sie an.«

»Ich möchte, daß Sie über zwei Dinge nachdenken.«

»Mir ist egal, was *Sie* wollen, Jeffrey. Lassen Sie mich raus.«

»Beruhigen Sie sich und hören Sie zu. Wenn Sie danach immer noch aussteigen wollen, prima, dann tun Sie es.«

»Zum Teufel mit Ihnen.« Sie umklammerte den Türgriff.

»Sie hatten es schon im Haus satt, richtig? Da hat es angefangen – als wir allein im Wohnzimmer waren.«

Nora machte die Tür auf, aber bevor sie rausspringen konnte, war Jeffrey über den Sitz geklettert und sprang auf sie zu. Tidy brüllte etwas vom Vordersitz. Als Nora sich zur Tür hinausbeugte, packte Jeffrey sie um die Taille und zog sie wieder herein. Er hielt sie fest, während sie versuchte, sich zu befreien, schlug die Tür zu und verriegelte sie. Sie schlug auf seinen Arm ein, aber er legte die Hände um ihre Ellbogen und drückte sie auf den Sitz.

»Lassen Sie mich *los!*«

Sein Gesicht war wenige Zentimeter von ihrem entfernt. Sie trat nach seinem Knöchel, verfehlte ihn und versuchte es erneut. Ihr Fuß stieß gegen sein Bein. »Au«, sagte er, und sein Gesicht kam noch näher. »Sagen Sie mir, warum Sie wütend sind. Es ist nicht meinetwegen.«

Sie trat wieder zu, aber er hatte sein Bein bewegt, und ihr Tritt ging ins Leere. Sie versuchte es mit dem andern Fuß und verfehlte ihn wieder. Er drückte ihr die Arme an den Körper und preßte sie in den Sitz. »Los doch, sagen Sie mir, warum Sie wütend sind.«

Sie schrie: »Lassen Sie mich los!«

»Ich lasse Sie los.« Nach und nach lockerte sich sein Griff, während sein Gesicht sich zurückzog, bis er sie schließlich gar nicht mehr festhielt. Sie hob die rechte Hand, aber es war zu spät, ihn zu schlagen. Ihr Verstand arbeitete bereits. Sie ließ die Hand sinken und funkelte ihn an. Jeffrey machte sich an etwas unter ihm zu schaffen, das hochklappte und zu einem Notsitz wurde.

»Was ist das eigentlich für ein Auto?« fragte sie und sank auf die Sitzbank zurück. »Ein Taxi?«

»Ein Checker«, sagte Everett Tidy. Er fuhr an den Straßenrand, legte einen Arm auf die Lehne des Vordersitzes und sah sie an. »Mein Vater hat einen gefahren, und ich habe mir nie etwas anderes gekauft. Den hier habe ich seit 1972. Alles in Ordnung?«

»Wie sollte alles in Ordnung sein?« sagte Nora. »Leute packen mich und bringen mich von einem Ort zum anderen, ohne mir je die Wahrheit zu sagen. Schon bevor das FBI aufgekreuzt ist, wurde mein Leben zu einer Katastrophe, und dann sind mir schreckliche Dinge zugestoßen, und ich hätte fast den Verstand verloren. Die Leute belügen mich, sie wollen mich nur benutzen, und ich habe diese Geheimnisse und Verschwörungen gründlich satt.«

Sie hörte auf zu toben und holte tief Luft. Jeffrey hatte recht. Sie war nicht wütend auf ihn. Ihr war aufgegangen, daß sie immer noch wütend auf Dan Harwich war, oder wenn nicht auf den richtigen Dan Harwich, dann auf den Verlust des Mannes, den sie in ihm gesehen hatte. Diesen Verlust empfand sie wie eine gewaltige Wunde, und ein Teil ihrer Wut beruhte auf dem Wissen, daß sie sich diese Wunde selbst zugefügt hatte.

»Entschuldigen Sie«, sagte Tidy.

»Warte einen Augenblick«, bat Jeffrey ihn. »Es ist wegen Dick Dart, richtig? Und weil Davey aus Ihrem Haus ausgezogen ist. Sie *sind* schlecht behandelt worden, logisch, daß Ihnen zumute ist, als hätten Sie keine Kontrolle über Ihr Leben. Das würde jedem so gehen.«

»Kann sein.« Eine weitere Erkenntnis regte sich in ihr: daß ihr wahrer Groll etwas mit dem fast unpersönlichen Aspekt ihrer Zwangslage zu tun hatte. Von Anfang an war sie gezwungen gewesen, sich auf ein Problem zu konzentrieren, das für alle rings um sie herum wichtiger war als für sie selbst. Ein Zyklon hatte ihr Leben zertrümmert und sie fortgerissen. Dieser Zyklon hieß Hugo Driver oder Katherine Mannheim oder Shorelands oder *Reise in die Nacht* oder alles zusammen, und obwohl Dick Dart, Davey Chancel, Mark Foil und die beiden Männer in dem Checker sich so sehr für den Zyklon interessierten, daß sie ihre Häuser öffneten, Unterlagen durchsuchten, Prozesse führten, Hunderte Meilen fuhren und eine Festnahme riskierten, war sie es, die sich überhaupt nicht dafür interessierte, die nun davon überwältigt worden war.

Tidy sagte: »Jeffrey, ich muß –«

»Bitte, Ev. Nora, ich habe nicht geglaubt, daß ich für meine Mutter sprechen könnte, daher mußte ich verschiedene Dinge hintanstellen, bis sie Gelegenheit hatte, Sie kennenzulernen. Was möchten Sie gerne tun? Es liegt bei Ihnen.«

Sie lehnte sich in den Sitz. »Tut mir leid, daß ich durchgedreht habe. Warum vergessen wir es nicht und machen da weiter, wo wir aufgehört haben?«

»Es tut mir leid«, sagte Tidy, »aber das kann ich erst, wenn Sie mir sagen, was Sie mit dem FBI gemeint haben.«

Jeffrey sagte: »Du hast gehört, wie sie sagte, daß sie nicht zur Polizei gehen kann. Soweit ich mich erinnern kann, hast du das in Kauf genommen.«

»Ich möchte wissen, weshalb das FBI im Spiel ist. Vorher fahre ich nicht weiter.«

»Nora?« sagte Jeffrey und legte ihr eine Hand, eine der Hände, die sie vor kurzem festgehalten hatten, auf ihr Knie.

Sie riß das Knie unter seiner Hand weg. »Kein Problem. Ich habe keine Geheimnisse, oder? Sie möchten die Geschichte hören, Professor? Prima, ich verstehe, daß Sie wissen möchten, ob Sie sich moralisch kompromittieren, indem Sie sich mit mir einlassen.«

»Nora«, sagte Jeffrey, »Ev versucht nur –«

»Eine Nachbarin von mir wurde entführt. Wir dachten, sie wäre ermordet worden, aber das war sie nicht. Als sie wieder auftauchte, behauptete sie, ich hätte sie entführt. Jedenfalls war das eine Version. Sie ist in keiner besonders vernünftigen Verfassung. Da sich herausstellte, daß mein Mann ein Verhältnis mit ihr hatte, was neu für mich war, nahm das FBI sie ernst. Möchten Sie sonst noch was wissen?«

Tidy kratzte sich am Bart. »Ich denke, das genügt. Fahren wir immer noch zur Collegebibliothek?«

»Mir würde nicht im Traum einfallen, anderswohin zu fahren«, sagte Nora.

71

Nora erzählte Everett Tidy in einem spartanischen Raum im obersten Stock der Bibliothek von Amherst, was sie über Creeley Monk herausgefunden hatte. Tidy, der an einem langen Holztisch neben ihr saß, hatte mit wachsender Erregung zugehört, die ihn schließlich so gefangenzunehmen schien, daß er nichts anderes als die alte Schreibmaschine am Ende des Tischs und das Foto seines Vaters an der Wand ansehen konnte, der an eben dieser Schreibmaschine saß.

Als Nora fertig war, schob Tidy eine Schachtel vor sie und sagte: »Ich bin froh, daß Sie mir Ihre Informationen mitgeteilt haben.«

»Gern geschehen«, sagte sie und wartete darauf, zu hören, was die Geschichte für ihn bedeutete.

»Mein Vater traute Creeley Monk nicht, und das sollte ich vielleicht zuerst erklären. Er glaubte Monks Geschichte einfach nicht, daß er ein Arbeiterjunge aus Springfield war, Sohn eines Barkeepers und so weiter. Monk hatte in Harvard studiert und trug teure Kleidung, und mein Vater, der weitgehend Autodidakt war, dachte, er würde verspottet. Fast alles an Shorelands machte ihn nervös. Er hätte Georginas Einladung überhaupt nicht angenommen, wenn er nicht die Möglichkeit gesehen hätte, die Schwierigkeiten mit seinem zweiten Buch zu überwinden. Er wußte schon kurz nach seiner Ankunft, daß er einen Fehler gemacht hatte, dachte aber, daß er keine andere Wahl hätte, als es durchzustehen. Der Gedanke, einfach aufzugeben, gefiel ihm nicht.«

»Ich verstehe«, sagte Nora.

»Er war darauf angewiesen, daß ihm dieses Buch soviel Geld einbrachte, daß er nie wieder Taxi fahren mußte. Und nach einem Tag wußte er schon, daß Lincoln Chancel kommen würde, wahrscheinlich um Autoren für seinen neuen Verlag zu suchen.«

Nora wollte das Gespräch auf das Thema lenken, das eine derartige Gefühlsaufwallung in diesem disziplinierten Mann ausgelöst hatte, ein Thema, das wahrscheinlich mit Katherine Mannheim zu tun hatte, aber eine Frage über den bewundernswerten Bill Tidy beschäftigte sie. »Hat er Ihre Mutter und Sie mehr oder weniger im Stich gelassen, als er nach Shorelands gegangen ist?«

Tidy schüttelte nachdrücklich den Kopf. »Daß er uns im Stich ließe, stand nie zur Debatte. Wir hatten eine Einladung nach Key West, wo ein Freund meines Vaters namens Boogie Ammons ein kleines Hotel besaß. Als mein Vater nach Shorelands eingeladen wurde, richtete er es so ein, daß meine Mutter und ich dort bleiben konnten. Wir lebten den ganzen Monat besser, als es zu Hause möglich gewesen wäre. Natürlich fehlte er uns, aber er schrieb zwei- bis dreimal pro Woche, daher hatten wir eine Ahnung, was er tat.«

»Haben Sie die Briefe aufbewahrt?«

»Ich habe fast alle noch. Es steht wenig über seinen Aufenthalt dort darin. Erst Jahre nach seinem Tod konnte ich es über mich bringen, sein Tagebuch zu lesen, und da erfuhr ich, wie sehr er Shorelands gehaßt hatte.«

Tidy machte die Schachtel auf und nahm einen dunkelgrünen Leinenband heraus. »Ich sah auch, in welcher unangenehmen Situation er sich befand. Verstehen Sie? Er machte eine Art Balanceakt auf dem Hochseil und betete, daß er nicht fallen würde.«

»Ich glaube, das verstehe ich nicht«, sagte Nora.

Tidy nickte. »Bedenken Sie seine Lage. Mein Vater mühte sich wirklich mit einem neuen Buch ab. Wenn alles gutging, hätte er es sich endlich erlauben können, nur noch zu schreiben. Lincoln

Chancel war ein ungehobeltes, raffgieriges Ungeheuer, stellte aber einen Ausweg dar. Mein Vater war so verzweifelt, daß er nicht anders konnte, als sich dem Mann anzubiedern. Gegen seine moralischen Prinzipien. Unglücklicherweise war ein anderer Gast noch verzweifelter. Hugo Driver schlug aus dem Zufall Kapital, daß er im selben Haus wie Chancel untergebracht war, und wurde zu einer menschlichen Klette.«

»Demnach muß er Driver beneidet haben«, sagte Nora.

»Weswegen er sich noch unwohler fühlte. Er konnte sich nicht auf das instinktive Mißtrauen verlassen, das er dem Mann gegenüber empfand. Aus diesem Grund gesellte sich mein Vater nie zu der Gruppe auf der Terrasse, wo Chancel fast jeden Nachmittag auftauchte, weil Hugo Driver dort sein würde. Und weil er seine Antipathie gegenüber Driver in Frage stellte, enthielt er sich mit aller Gewalt eines Urteils, als er Gerüchte hörte, zumal er der Quelle mißtraute.«

»Er hielt Creeley Monk bereits für einen Lügner«, sagte Nora.

»Monk schien ihm genau der Typ zu sein, der sich Geschichten über andere Leute ausdachte. Besonders, wenn es ihm selbst dienlich war. In diesem Fall bei Merrick Favor.«

Hier hatte sie endlich die Chance, ins Zentrum seines Unbehagens vorzustoßen. »Was hielt Ihr Vater von Katherine Mannheim?«

Everett Tidy verwirrte sie, indem er über den Tisch zu Jeffrey sah, der die Achseln zuckte. Er strich mit den Fingern über das Buch, das er vor sich liegen hatte, und wählte seine Worte sichtlich mit Bedacht.

»Aus den eingangs erwähnten Gründen hatte mein Vater kaum Kontakt mit den anderen Gästen. Der zweite Grund seiner Isolation war räumlicher Natur. Georgina hatte ihn im Clover House untergebracht, im Wald hinter Monty's Glen, so weit vom Hauptgebäude entfernt, daß nachts manchmal Wilderer vorbeikamen. Er hörte die Wilderer sogar in der Nacht, in der Miss Mannheim verschwand.«

Tidy verstummte, und Nora wartete, bis er eine Möglichkeit gefunden hatte, von dem zu sprechen, was ihn so sehr aufwühlte.

»Nichts im Tagebuch meines Vaters deutet darauf hin, daß Driver Miss Mannheim ein Manuskript gestohlen hat.«

»Ich verstehe«, sagte Nora, die den Eindruck hatte, daß sie überhaupt nichts verstand.

»Aber Sie fragen mich, was mein Vater von Miss Mannheim gehalten hat, und diese Information könnte nützlich für Sie sein – und durch Sie auch für mich. Ich kann sagen, daß mich das, was in jenem Sommer in Shorelands passiert ist, mein ganzes Leben lang verfolgt hat.« Seine geheimnisvolle Erregung schien intensiver zu werden. »Es bleibt immer noch eine große Frage zu diskutieren, und die mag für Sie von so großer Bedeutung sein wie für mich. Falls es überhaupt möglich ist, werden Sie mich wissen lassen, was Sie herausfinden können?«

»Selbstverständlich.«

»Danke. Nun zu Katherine Mannheim.« Er sagte es, als wollte er die »große Frage« absichtlich hinauszögern. »Sie war eindeutig eine attraktive, interessante Persönlichkeit voller Selbstvertrauen. Soweit ich weiß, konnte sie absichtlich grob sein, aber was meinem Vater, abgesehen von ihrer Unabhängigkeit, wirklich an ihr gefiel, das war, wie er sich ausdrückte, ihre Gemütsruhe.«

»Gemütsruhe?«

»Das überrascht Sie, nicht wahr? Er meinte eine Kombination von Selbstvertrauen, instinktiver Güte, Mut und Hingabe. Anfangs ließ er sich von ihrer Reizbarkeit und ihrer Bereitwilligkeit, sich über gesellschaftliche Konventionen hinwegzusetzen, in die Irre führen, aber nach der ersten Woche sah er diese anderen Eigenschaften.«

Tidy schlug das Tagebuch auf. »Hören Sie sich das an.

> Ich habe über diese seltsame Person nachgedacht, Katherine Mannheim. Sie hatte nie Geld und lebt in einfachen Verhältnissen, ohne sich zu beklagen. Obwohl sie unkonventionell und unbekümmert wirkt, ist sie äußerst konzentriert. Sie schreibt langsam, mit großer Sorgfalt, veröffentlicht wenig, und was sie veröffentlicht, ist glänzend. Für sie sind Ansehen, Ruhm, jede Form öffentlicher Auszeichnung vollkommen bedeutungslos. Ich frage mich, ob ich so närrisch wie Merrick und Austryn wäre, wäre ich nicht so glücklich mit meiner lieben Min verheiratet.«

»Min und Bill?« fragte Nora. »Gab es nicht einen Film –«

»Familienscherz«, sagte Tidy. »Meine Mutter hieß in Wirklichkeit Leonie.

> Selbst der monströse Lincoln Chancel, der dreißig Jahre älter ist als sie und dem die Habgier im Gesicht geschrieben steht, begehrt sie. Merrick und Austryn fühlen sich zu ihrem inneren Wesen hingezogen, bilden sich aber ein, sie wollten ihren Körper, weshalb sie nicht sehen, daß Katherine keusch ist. Sie ist nicht warmherzig, diese Keuschheit; sie ist eiskalt und entschlossen.

Katherine Mannheim rechnete nicht damit, daß sie alt werden würde. Sie wußte ihr ganzes Leben lang um ihre Herzschwäche, weigerte sich aber, wie eine Invalidin zu leben, ausgenommen in einer Hinsicht. Ich habe es mir immer so vorgestellt, daß sie Aktivitäten wie Fahrradfahren, Wein trinken und lange Spaziergänge für potentiell gefährlich hielt, aber fest davon überzeugt war, daß Sex tödlich für sie sein könnte. In jedem Fall trieben ihre Instinkte sie zu einem bescheidenen Lebenswandel.«

»Wußte Ihr Vater, woran sie arbeitete?« fragte Nora.

»Keineswegs. Eine Zeremonie, die Georgina das Höchste nannte, eine Art traditioneller Veranstaltung gegen Ende des Aufenthalts, hätte Klärung bringen sollen, aber Katherine spielte nicht mit.«

»Was war das Höchste?«

»Am Ende der dritten Woche ihres Aufenthalts trafen sich alle anwesenden Schriftsteller bei Anbruch der Dämmerung zu einer Art Diskussionsrunde in Monty's Glen, in einem Ring aufrechtstehender Steine, die Singende Säulen genannt wurden. Monty Chandler, der Gärtner, der die Lichtung geschaffen hatte, hatte festgestellt, daß eine Anzahl Steine, die aus einem benachbarten Feld ausgegraben worden waren, alle ungefähr eine Höhe von dreieinhalb Metern hatten und an beiden Enden flach waren, und er hatte erhebliche Mühen auf sich genommen, sie auf der Lichtung aufzustellen. Die Gäste saßen innerhalb dieser Säulen im Kreis. Georgina hielt eine Standardansprache über die Geschichte von Shorelands. Als sie fertig war, schilderten die Gäste, woran sie arbeiteten, wie sie damit zurechtkamen, und so weiter. Selbstverständlich wurde erwartet, daß sie Georginas Gastfreundschaft lobten und betonten, in welcher Weise Shorelands sie inspiriert hatte. Außerdem sollten sie amüsant sein. Georgina Weatherall wollte ebenso unterhalten wie gelobt werden. Wie zu erwarten war, weigerte sich Katherine Mannheim, das Spiel mitzuspielen.«

Er blätterte ein paar Seiten weiter. »Da ist es.

> Nach Merricks Loblied auf Miss Weatheralls Gastfreundschaft, die Wunder von Shorelands und sein eigenes Talent, war Katherine Mannheim an der Reihe. Sie lächelte. Sie war sicher, sagte sie, daß wir ihre Entscheidung verstehen würden, sich an ihre üblichen Gepflogenheiten zu halten und nicht über das Werk zu sprechen, an dem sie gerade arbeitete. Ihre Vorredner seien tapferer und weniger abergläubisch als sie, wofür sie sie außerordentlich bewundere. Was Shorelands betraf, so entzöge sich seine Erhabenheit jeder Beschreibung, sie wolle aber dankbar die Dienste Agnes Brotherhoods erwähnen, des Zimmermädchens, das jeden Morgen ihre Küche putzte und ihr Bett machte. Wenn sie Shorelands wieder verließe, würde sie die häusliche Unterstützung durch Miss Brotherhood schmerzlich vermissen.«

»Sie weigerte sich, über ihre Arbeit zu sprechen, und dankte dem Zimmermädchen«, sagte Nora. »Hört sich an, als hätte sie erwartet, daß man sie hinauswerfen würde.«

»Oder sie wollte es«, sagte Tidy. »Georgina war außer sich. Folgendes schreibt mein Vater:

> Miss Weatherall legte sich ihre purpurnen und scharlachroten Schichten um die Schultern. Ihr Gesicht wurde unter dem Make-up knallrot. Sie murmelte, daß sie dem Mädchen Miss Mannheims Komplimente ausrichten würde. Hugo Driver, der nächste, begann mit

einer Lobpreisung von Miss Weatheralls Großzügigkeit und sprach in solcher Ausführlichkeit von den Mahlzeiten, den Gärten, den Gesprächen, daß am Ende, nach einer Eloge auf unsere Gastgeberin, eines Genies, dessen Größe in diesem, jenem und allem möglichen lag, niemandem auffiel, daß er nicht einmal erwähnt hatte, woran er arbeitete.

Infolgedessen«, schloß Tidy, »wissen wir nicht, woran die beiden am Ende jenes Sommers gearbeitet haben.«

»Driver hat eine Möglichkeit gesehen, um den heißen Brei herumzureden«, sagte Nora.

»Vielleicht weil er nicht vorankam, was bedeutete, daß er immer mehr in Abhängigkeit von Lincoln Chancel geriet. Wie auch immer, als mein Vater an der Reihe war, sprach er ebenso sehr zu Chancel wie zu Georgina Weatherall. Mein Vater hegte auch nach seiner Rückkehr noch Hoffnung.«

»Hat er sein Buch je vollendet?« fragte Nora.

Tidy holte schneidend Luft, dann wirbelte er mit dem Stuhl herum und sah sie mit der ganzen unterdrückten Intensität in seinen Augen an. »Ich will Ihnen eine Frage stellen. Hat man Ihnen gesagt, was aus dem Roman wurde, an dem Merrick Favor gearbeitet hat?«

»Er wurde zerrissen.«

»Wie das Buch meines Vaters. Mitsamt den Durchschlägen.«

Jeffrey ergriff zum erstenmal, seit sie die Bibliothek betreten hatten, das Wort. »Was willst du damit sagen, Ev?«

Tidy betrachtete das Foto seines Vaters und schien seine eiserne Selbstbeherrschung, wie Nora den Eindruck hatte, kurze Zeit abzulegen. »Da haben wir es nun, das ernste Thema.«

»Spann uns nicht auf die Folter«, sagte Jeffrey.

»Ich will es versuchen.« Tidy sah Nora an, dann wieder zu der Fotografie. »In dem Winter, nachdem er von Shorelands zurückgekommen war, sagte mein Vater zu meiner Mutter, er sei sicher, daß er das Buch in zwei oder drei Wochen beenden könnte, wenn er die Möglichkeit hätte, ungestört zu arbeiten. Es lief darauf hinaus, daß wir wieder nach Key West eingeladen wurden – wenn mein Vater fertig war, wollte er nachkommen, um zu feiern. Boogie Ammons sagte: ›Es ist ein paar Hamburger wert, wenn du dieses Buch endlich abschließen kannst.‹ Etwas mehr als zwei Wochen später kam ein Polizist in das Hotel und berichtete meiner Mutter, daß mein Vater sich umgebracht hatte.

Ich konnte seine Werke nicht lesen, bis ich hier unterrichtete und selbst eine Familie hatte. Seine Tagebücher befanden sich in einer Truhe in meinem Keller. Eines Nachts, als alle anderen im Bett waren, fuhr ich in diese Bibliothek, holte mir *Unsere Schmelztiegel* aus dem Regal, nahm es mit nach Hause, machte eine Flasche Cognac auf und blieb auf, bis ich das Buch zu Ende gelesen hatte. Es war eine unglaubliche emotionale Erfahrung. Danach mußte ich sein Tagebuch lesen. Als ich mich schließlich stark genug fühlte, mir das letzte vorzunehmen, fand ich etwas vollkommen Unerwartetes. Eine Woche vor unserer Abreise nach Florida hatte ihm sein Agent geschrieben, daß sich Lincoln Chancel mit ihm in Verbindung gesetzt und vertrauliche Erkundigungen über die Situation meines Vaters eingeholt hätte. Chancel gefiel, was er über das neue Buch gehört hatte, er wollte wissen, ob das Buch kurz vor der Vollendung stand und mein Vater in Erwägung ziehen würde, es in seinem Verlag veröffentlichen zu lassen. Mein Vater schrieb zurück, daß er mit dem Buch fast fertig wäre und es Chancel zeigen wollte. Meiner Mutter gegenüber erwähnte er von alledem nichts.

Etwa eine Woche später bekam er eine aufregende Nachricht. Da er für sich selbst schrieb, war er in seinen Tagebüchern nicht besonders detailliert. Mal sehen, was Sie damit anfangen können:

> Ich stand von der Schreibmaschine auf, um ans Telefon zu gehen. Ich nannte meinen Namen. Was für eine gewaltige Veränderung erfolgte dann. Es wird einen königlichen Besuch geben. Seine Hoheit wird allein kommen. Ich darf mit niemandem darüber reden, und wenn ich diese Bedingung auch nur durch eine vage Andeutung meiner Frau gegenüber verletzte, wird alles abgeblasen. Nur Er und ich werden anwesend sein. Das große Ereignis soll in drei Tagen stattfinden. Ich weiß nicht, was ich erwartet habe, aber DAS, nun, DAS schlägt alles.«

Er sah Nora an. »Und?«

»Wie bei Creeley Monk«, sagte sie. »Wurde das Treffen abgesagt?«

»Hier ist die letzte Eintragung meines Vaters.

> Absage. Keine Begründung. Ich bin vollkommen am Boden zerstört. Kann ich weitermachen? Habe ich eine andere Wahl? Ich habe keine andere Wahl, aber wie soll es gehen, wenn ich mich in dieser Stimmung befinde?

Genau das, was ein paar Tage später auch Creeley Monk passiert ist. Halten Sie das für einen Zufall?«

»Kaum«, sagte Nora, »aber das würde bedeuten ...«

»Daß Monk denselben Anruf wie mein Vater bekam. Scheint es da nicht wahrscheinlich, daß man an Merrick Favor und Austryn Fain in derselben Weise herangetreten ist? Und scheint es nicht noch wahrscheinlicher, daß derjenige, der die Treffen vereinbart und dann abgesagt hat, Lincoln Chancel war?«

»Großer Gott«, sagte Jeffrey. »Du glaubst, es war eine Falle.«

»Es wäre mehr als eine Ablehnung von Lincoln Chancel notwendig gewesen, damit mein Vater das Handtuch warf.«

Nora starrte ihn an. Dann warf sie einen wilden Blick über den Tisch zu Jeffrey, der offenbar schon vor ihr gesehen hatte, worauf das alles hinauslaufen würde. »Sie glauben, daß Lincoln Chancel Ihren Vater und Creeley Monk ermordet hat. Und Merrick Favor und Austryn Fain auch.«

»Ich glaube, Chancel hat ihn aus dem Fenster gestoßen und sein Manuskript zerrissen, genau wie das von Favor.«

»Das scheint offensichtlich, aber warum sollte er es tun?«

»Ich vermute, er hatte etwas zu verbergen«, sagte Tidy.

»Wer der wahre Verfasser von *Reise in die Nacht* war.«

»Natürlich«, sagte Jeffrey. »Monk wußte, daß Driver ein Dieb war. Er erzählte es Merrick Favor, und dein Vater und Fain hörten es, aber niemand glaubte ihm. Später erzählte Favor ihnen beiden, daß Monk recht hatte. Er war überzeugt, daß er gesehen hatte, wie Driver Katherine Mannheim etwas stahl. Alle wußten, daß Driver nicht mit dem vorankam, woran er schrieb, aber sechs Monate später liefert er dieses erstaunliche Buch ab und überläßt Chancel House das Copyright.«

»Da haben wir es«, sagte Tidy. »Chancel war Driver gegenüber so ruchlos wie gegenüber allen anderen. Er mußte sich nur für den Fall absichern, daß Katherine Mannheim mit einem der anderen Gästen über ihr Werk gesprochen hatte.«

»Er vereinbarte diese vertraulichen Treffen«, sagte Nora, »und sagte sie ab. Dann besuchte er sie trotzdem und wartete, bis sie ihm den Rücken zuwandten.«

Einen Augenblick sagte keiner der drei in der Bibliothek etwas.

»Was nun?« fragte Nora.

»Sieht so aus, als bliebe der Rest Ihnen überlassen«, sagte Tidy.

72

»Was soll ich tun?« fragte Nora. »Ich kann nicht beweisen, daß Daveys Großvater vor fünfundfünfzig Jahren vier Menschen ermordet hat. Ihnen und mir und Everett Tidy mag das einleuchten, aber wer außer uns würde das alles glauben?«

»Ich glaube, Ev meinte, daß Sie mit dem fortfahren sollen, was Sie bereits machen.« Der Himmel war noch immer hell, leuchtend grüne Felder lagen auf beiden Seiten der schnurgeraden Straße nach Northampton. Warmer Wind wehte Nora ins Gesicht und zerzauste ihr die kurzen Haare, wogegen er über Jeffrey hinwegzustreichen schien, ohne ihn auch nur zu berühren.

»Was mache ich denn?«

»Einen Schritt nach dem anderen.«

»Brillant. Glauben Sie nach allem, daß Katherine Mannheim *Reise in die Nacht* geschrieben hat?«

»Ich halte es für wahrscheinlicher als noch heute morgen.«

»Warum ist es so wichtig für mich, daß ich Ihre Mutter kennenlerne?«

»Ich vergesse immer, wie schön dieser Teil von Massachusetts ist.«

Er ließ sich nicht verleiten. »Na gut. Versuchen wir es mit einem anderen Thema. Was hat Ihr Vater gemacht?«

»Er war Koch, oder vielleicht sollte ich sagen, Küchenchef. Meine ganze Familie konnte ausgezeichnet kochen, jedenfalls auf dieser Seite. Mein Urgroßvater war Chefkoch des Grand Palazzo della Fonte in Rom. Sein Bruder war Chefkoch im Excelsior. Trotz des Handikaps, keine Italienerin zu sein, kochte meine Mutter so gut wie alle übrigen. Bevor mein Vater starb, wollten sie ein Restaurant eröffnen. Das würde ihr immer noch gefallen.«

»Und heute beschäftigt sie sich damit, für das Treuhänderbankett und den Empfang des Präsidenten zu kochen.«

Jeffrey sah sie von der Seite an.

»Ihre Tante Sabina hat es erwähnt.«

»Sie haben ein gutes Gedächtnis.«

»Ist Sabina die Schwester Ihrer Mutter?«

Jeffrey zog die Eton-Mütze drei Millimeter tiefer ins Gesicht. Zum erstenmal schien ihm die Brise, die Nora zerzauste, ebenfalls etwas anhaben zu können.

»Ich verstehe. Ende der Fahnenstange. Können Sie mir wenigstens etwas über Paddi erzählen?«

»Ich kann Ihnen einen Teil erzählen, aber der Rest muß warten. Sie erinnern sich, was Sabina für die Chancels empfindet. Sie gibt ihnen an vielem die Schuld, vor allem aber daran, was mit ihrer Tochter geschehen ist. Sie war ein nettes Mädchen, bevor sie durchgedreht ist. Vielleicht war sie ein klein wenig wie ich, darum habe ich sie gemocht. Patty, wie sie damals hieß, war viel jünger als ich, aber ich fand immer Gefallen an ihrer Gesellschaft. Natürlich war ich viel unterwegs, aus diesem Grund war ich nicht da, als sie *Reise in die Nacht* entdeckte. Das Buch bestimmte fortan ihr Leben. Sie änderte die Schreibweise ihres Namens. Manchmal gab sie vor, andere Figuren aus dem Buch zu sein. Ich schätze, Patty verstrickte sich immer tiefer in ihre Besessenheit, bis zu dem Punkt, an dem sie von zu Hause verschwand, um andere Driver-Fans zu treffen. Es kam zu Drogenmißbrauch, Streit zu Hause, ihre ganze Persönlichkeit veränderte sich, sie verbrachte mit niemandem mehr Zeit, der nicht Tag für Tag über nichts anderes als Driver und das Buch reden konnte, und als sie sechzehn war, lief sie von zu Hause weg.

Ein Driver-Fan erzählte ihr von anderen, und sie trieb sich in dieser schäbigen Unterwelt herum, wo Pippin Little verehrt wird, und lebte in Driver-Häusern. Diese Leute verbringen ihr Leben damit, Szenen aus dem Buch nachzustellen. Niemand wußte, wo sie war. Zwei Jahre später gelang es ihr, sich in die Rhode Island School of Design einzuschleichen, ich weiß nicht, wie, und Sabina schickte ihr Geld, aber Patty weigerte sich, sie zu sehen. Sie blieb etwa ein Jahr dort, dann verschwand sie wieder. Sabina bekam eine Postkarte aus London. Sie besuchte eine andere Kunstschule und lebte in einem anderen Driver-Haus. Jede Menge Drogen. Dann zog sie nach Kalifornien – dieselbe Situation – und landete schließlich in New York, wo sie zwischen dem East Village und Chinatown pendelte und völlig in dieser verrückten Driver-Welt aufging. Da muß sie sich an Davey rangemacht haben. Wie auch immer, sie verschwand wieder, und niemand wußte, wo sie sich aufhielt, bis sie in Amsterdam an einer Überdosis Heroin starb und die Polizei Sabina informierte.«

Daveys Geschichte war bei weitem nicht so ausgeschmückt gewesen, wie Nora gedacht hatte. »Danke, daß Sie es mir gesagt haben«, sagte sie. »Aber ich verstehe immer noch nicht, warum sie so sehr auf das Manuskript und Katherine Mannheim fixiert war.«

»Hören Sie auf, Fragen zu stellen, und erzählen Sie mir von Ihrer Kindheit oder wie Sie Davey kennengelernt haben. Sagen Sie mir, was Sie von Westerholm halten.« Er würde nicht weitergehen.

»Ich kann Westerholm nicht ausstehen, Davey habe ich in einer Bar namens Chumley's im Village kennengelernt, und mein Vater ist mit mir zum Angeln gefahren. Jeffrey, wo soll ich heute nacht schlafen?«

»Es gibt ein hübsches altes Hotel in Northampton. Sie können so lange dort bleiben, wie Sie wollen.«

Ein paar Minuten später fuhren sie unter dem Highway her und von Osten nach Northampton hinein. Lebensmittelläden und andere Geschäfte säumten die Straße. Am Fuß eines Hügels wurden die Gebäude höher und substantieller, und der MG fuhr langsam inmitten zahlreicher anderer Autos dahin. Sie fuhren unter einer Eisenbahnbrücke durch, junge Leute gingen auf den geräumigen Bürgersteigen spazieren oder standen in Gruppen an den riesigen Kreuzungen. Jeffrey deutete eine breite, kurvige Straße hinunter zum Northampton Hotel, einem eindrucksvollen braunen Backsteinklotz mit einer Blumenterrasse vor einem neuen, verglasten Anbau.

»Wenn wir bei meiner Mutter alles erledigt haben, bringe ich Sie hierher zurück und besorge Ihnen ein Zimmer. In den nächsten paar Tagen können wir beratschlagen, was Sie tun sollten. Wahrscheinlich können wir meistens zusammen zu Mittag und Abend essen, wenn Sie das möchten.«

»Diese großartige Köchin macht Ihnen nichts?«

»Meine Mutter ist nicht sehr häuslich.«

Nora betrachtete die erfreuliche, hübsche Main Street mit ihren Laternenpfählen und Restaurants, die im Holzofen gebackene Pizza, Tandoori Chicken und kalte Kirschsuppe anpriesen; die Galerien, wo indianische Kunstgegenstände und importierte Perlen angeboten wurden; die Scharen attraktiver junger Leute, überwiegend Mädchen, die Rucksäcke und abgeschnittene Jeans und Bustiers oder T-Shirts trugen, und fragte sich: *Was mache ich hier?*

»Wir sind fast da«, sagte Jeffrey und folgte einer Schar junger Frauen auf Fahrrädern aus dem Verkehrsstrom in eine ruhigere Straße, die an einem parkähnlichen Gelände entlangführte, wo altehrwürdige Eichen neben gepflegten Backsteinhäusern wuchsen, die von einem Netz von Wegen miteinander verbunden waren. Die jungen Radfahrerinnen bogen in eine Einfahrt mit dem Schild des Smith College ein. Jeffrey wendete vor einem großen, einstöckigen braunen Holzhaus mit einer Veranda vorne und links, die breit genug zu sein schien, um darauf zu tanzen, um hundertachtzig Grad. Es sah wie ein kleines Hotel in den Adirondacks aus. Auf einem Schild etwas versetzt vom Bürgersteig stand: HIMMLISCHE SPEISEN & PARTYSERVICE.

Jeffrey wandte sich mit einem verzeihungheischenden Lächeln an sie. »Lassen Sie mich bitte vorgehen und sie vorbereiten, ja? Ich bin in ein paar Minuten wieder da.«

»Sie weiß nicht, daß ich komme?«

»Es ist besser so.« Er machte die Tür auf und schwang ein Bein aus dem Auto. »Fünf Minuten.«

»Gut.«

Jeffrey stieg aus, schloß die Tür, lehnte sich einen Moment dagegen und sah auf sie hinab. Falls er etwas hatte sagen wollen, widerstand er der Versuchung.

»Ich laufe nicht weg«, sagte sie. »Gehen Sie, Jeffrey.«

Er nickte. »Bin gleich wieder da.« Er ging den langen gefliesten Fußweg entlang, sprang die Treppe hinauf und sah noch einmal zu Nora. Dann überquerte er die Veranda und machte die Eingangstür auf. Bevor er eintrat, zog er seine Mütze ab.

Nora lehnte sich zurück, streckte die Beine aus und wartete. Ein Insekt summte im Gras unter dem Schild. Auf der anderen Straßenseite bellte dreimal schroff ein Hund, als wollte er eine Warnung ausstoßen, und verstummte wieder. Es wurde allmählich dunkler.

Nach fünf Minuten sah Nora zu der Veranda und erwartete, daß Jeffrey zur Tür herauskommen würde. Ein paar Minuten später schaute sie wieder auf, aber die Tür blieb geschlossen. Plötzlich dachte sie an Davey, der in diesem Augenblick möglicherweise seine CDs in Jeffreys Regale einräumte. Der arme Davey, eingesperrt im Gefängnis Poplars. Sie stieg aus dem MG aus und ging auf dem Bürgersteig hin und her. Konnte sie ihn anrufen? Nein, natürlich konnte sie ihn nicht anrufen, das war eine gräßliche Idee. Sie sah wieder zur Veranda und spürte einen elektrischen Schlag in der Magengegend. Eine außerordentlich schöne junge Schwarze mit einem weißen Schal über dem Haar betrachtete sie aus einem der großen Fenster. Die junge Frau wandte sich von dem Fenster ab und verschwand. Einen Augenblick später ging die Tür schließlich auf, und Jeffrey kam auf die Veranda.

»Gibt es Schwierigkeiten?« fragte Nora.

»Alles in Ordnung, es ist nur irgendwie schwer, ihre *Aufmerksamkeit* zu erregen.«

»Ich habe ein Mädchen am Fenster gesehen.«

Er sah über die Schulter. »Mich wundert, daß Sie kein Dutzend gesehen haben.«

Sie ging vor ihm her die leicht federnde Holztreppe hinauf und über die gesamte Breite der Veranda zur Eingangstür. Jeffrey sagte: »Halt, lassen Sie mich«, und beugte sich vor, um ihr die Tür aufzumachen.

Nora betrat einen riesigen offenen Raum, in dem ein Computer vor einem großen Kalender an der Wand rechts von ihr stand, und ein Großbildfernseher mit Projektor nebst zwei abgeschabten Kordsofas auf der anderen Seite. Am anderen Ende führte ein breiter Bogen in einen noch größeren Raum, wo sich junge Frauen in Jeans über Tresen beugten und andere junge Frauen Töpfe und dampfende Siebe zu weiter entfernt gelegenen Anlaufstellen brachten. Die schöne junge Frau, die Nora am Fenster gesehen hatte, trug ebenfalls einen Topf. Eine schlanke Blondine Mitte Zwanzig, die sich einen Zeichentrickfilm angesehen hatte, schaute zu Nora auf und sagte: »Hi!«

»Hallo«, sagte Nora.

»Sie sind die erste Frau, die Jeffrey jemals mit hierher gebracht hat«, sagte die Blondine. »Wir finden das süß.«

Auf der anderen Seite des Bogens schnitten zehn oder zwölf junge Frauen Gemüse und rollten rechts und links von zwei Schlachtertresen Knödel. Kupfertöpfe und Pfannen hingen an Deckenbalken. Vor zwei Restaurantherden kümmerten sich weitere junge Frauen, die meisten mit weißen Kitteln und Kopftüchern, um siedende Pfannen und blubbernde Suppentöpfe. Eine rührte mit eckigen Bewegungen den Inhalt eines Woks um. Ein Edelstahlkühlschrank, so groß wie ein Mercedes, stand neben einem Tisch, an dem zwei junge Frauen Behälter in einen isolierten Karton verpackten. Hinter ihnen bot ein langes Fenster Ausblick in einen großen Garten, wo eine Frau mit blauer Schürze Erbsen schotete. Sämtliche Frauen in der Küche machten auf Nora den Eindruck von Studentinnen – wie Studentinnen aussehen würden, wenn sie alle fünfundzwanzig, schlank und ungewöhnlich attraktiv wären. Einige der Frauen an den Tresen schauten auf, als Jeffrey sie zu der Gruppe vor dem nächstgelegenen Herd führte.

Langsam teilte sich die Gruppe, als würde eine große Blume erblühen, und gab den Blick auf eine untersetzte Frau in ihrer Mitte frei, die eine Masse von Halsketten und Armreifen trug und mit einem Holzkochlöffel in einer dicken roten Sauce rührte. Ihr dichtes, stahlgraues Haar war zu einem straffen Knoten gebunden, ihr Gesicht war faltenlos und eindrucksvoll. Sie sah Jeffrey an, betrachtete Nora mit einem abschätzenden Blick schwarzer Augen und drehte sich zu der Frau um, die Nora am Fenster gesehen hatte. »Maya, du weißt, was als nächstes zu tun ist, nicht wahr?«

»Hannahs Pilze, *dann* die anderen, dann alles mit Robins Kalbfleisch in den Topf, fünf Minuten kochen und peng, weg damit.«

»Gut.« Sie klatschte in die Hände und entfernte sich zwei Schritte von dem Herd. »Lassen wir Sophie etwas Nützliches tun. Wie kommt ihr mit dem Verpacken voran?«

»Hiermit bin ich fast fertig«, sagte eines der Mädchen am Tisch.

»Maribel, laß dir von Sophie helfen, sie zum Lieferwagen zu tragen.« Ein großes rothaariges Mädchen mit runder Hornbrille kam zum Torbogen. Die ältere Frau sah auf die Uhr. »Jeffrey hat sich einen hektischen Tag für seinen Besuch ausgesucht. Wir müssen um acht die Asia Society beliefern, und kurz davor eine Dinnerparty in Chesterfield, aber ich *glaube*, alles läuft nach Plan.« Sie inspizierte ein letztesmal rasch ihre Truppen und drehte sich zu Nora um. »Sie sind also die Frau, von der wir alle gelesen haben. Jeffrey sagt, Sie möchten mit mir über Katherine Mannheim sprechen.«

»Ja«, sagte Nora. »Wenn Sie ein wenig Zeit für mich haben.«

»Natürlich. Wir gehen hier raus und setzen uns ins vordere Zimmer.« Sie streckte die Hand aus, und Nora ergriff sie. »Willkommen. Ich weiß, Sie müssen sich eine Zeitlang verbergen. Wenn Sie möchten, können Sie hier Unterschlupf finden. Ich kann Ihnen kein Zimmer geben, aber Sie können auf einem Sofa schlafen, bis wir etwas Hübscheres für Sie gefunden haben. Ich kann immer Hilfe gebrauchen, und die Gesellschaft ist größtenteils angenehm.«

»Ich glaube, ich besorge ihr ein Zimmer im Northampton Hotel«, sagte Jeffrey.

Jeffreys Mutter hatte den Blick nicht von Nora abgewendet. »Selbstverständlich können Sie tun, was Sie wollen, aber wenn Sie keine andere Möglichkeit mehr sehen, können Sie jederzeit hier reinschneien.«

»Danke. Ich werde daran denken.«

»Ich würde mich freuen, der Frau zu helfen, die Davey Chancel geheiratet hat.«

Nora sah Jeffrey überrascht an, und seine Mutter sagte: »Ich glaube, mein Sohn hat sämtliche Erklärungen mir überlassen.«

»Würde ich etwas anderes wagen?« fragte Jeffrey.

Sophie und Maribel waren auf dem Weg zum Tisch kurz stehengeblieben und nahmen sich ein paar von den schwedischen Fleischbällchen auf einem dampfenden Tablett, und die ältere Frau sagte: »Packt den Wagen, meine kleinen Elfen.« Kauend eilten sie aus der Küche. »Gehen wir ins vordere Zimmer und setzen uns. Ich bin den ganzen Tag auf den Beinen.«

Sie zeigte auf das Sofa, wo Sophie es sich vor dem Fernseher bequem gemacht hatte. Nora setzte sich, und Jeffrey steckte die Hände in die Hosentaschen und sah zu, wie seine Mutter den Fernseher abschaltete. Sie setzte sich ans Ende von Noras Sofa und legte die Hände auf die Knie. »Jeffrey hat uns nicht vorgestellt, und ich sehe, Sie haben keine Ahnung, wer ich sein könnte, abgesehen davon, daß ich seine Mutter bin.«

»Tut mir leid, aber so ist es«, sagte Nora. »Sie kannten Katherine Mannheim? Und Sie kennen auch die Chancels?«

»Gewiß«, sagte sie. »Katherine war meine ältere Schwester. Ich habe Lincoln Chancel in Shorelands kennengelernt, und ehe ich mich's versah, hat er mich angestellt, damit ich für ihn arbeite. Ich war noch dort, als Ihr Mann ein kleiner Junge war.«

Nora sah von der älteren Frau zu Jeffrey.

Jeffrey räusperte sich. »Mr. Chancel konnte den Klang italienischer Namen nicht ausstehen.«

»Als Mr. Chancel mich eingestellt hat, war ich Helen Deodato, aber Sie kennen mich wahrscheinlich als Helen Day«, sagte Jeffreys Mutter. »Ich habe mich so sehr daran gewöhnt, daß ich mich immer noch Helen Day nenne. Als Alden Chancel und seine Frau das Haus übernahmen, nannten sie mich die Tassenträgerin.«

ACHTES BUCH

DIE TASSENTRÄGERIN

Lange Zeit saß Pippin in der Wärme und dem flackernden Licht des Feuers, ohne ein Wort zu sagen. Er sah der alten Frau ins Gesicht. Nach allem, was sie ihm erzählt hatte, machten ihm die weißen Barthaare, die von ihrer Oberlippe und ihrem spitzen Kinn abstanden, keine Angst mehr. Nicht einmal der Schädel, aus dem sie ihre übelriechende braune Brühe trank, oder der Berg von Schädeln hinter ihr machten ihm jetzt noch Angst. Er interessierte sich zu sehr für ihre Geschichte, um Angst zu haben.
»Ich verstehe nicht«, sagte er. »Sie sind seine Mutter, aber er ist nicht Ihr Sohn?«

73

Eine Abfolge von Sekunden, die ihr endlos lang vorkam, brachte Nora kein Wort heraus. Sie konnte sich nicht einmal bewegen. Die entschlossene alte Frau vor ihr mit ihren Halsketten aus antiken Münzen, schweren Goldketten, künstlichen Perlen, silbernen Vögeln, silbernen Federn und leuchtend roten und grünen Steinen, die reglos auf ihrer Brust lagen, hatte die kräftigen Hände auf die Knie gestützt und beugte sich unmerklich nach vorne, um die Wirkung ihrer Enthüllung zu beobachten, während Nora starr die dichten schwarzen Augenbrauen, die klugen schwarzen Augen, die vorstehende Nase, die vollen, wohlgeformten Lippen und das rundliche Kinn von Helen Day anstarrte. Die Tassenträgerin, O'Dotto – Day und O'Dotto, die beiden Hälften ihres Nachnamens – was Davey unbekannt war, weil sein Großvater italienische Namen für zu proletarisch hielt, um sie in seinem Haus zu dulden.

Die Frau sagte: »Jeffrey, du hättest ihr zumindest *etwas* sagen sollen. Es ist nicht fair, sie einfach so zu überfallen.«

»Ich wollte dir gegenüber fair sein«, sagte Jeffrey.

»Ich werde es schon verkraften«, sagte Nora.

»Natürlich werden Sie das.«

»Es ist ein bißchen viel auf einmal. Ich habe von Davey viel über Sie gehört. Sie sind eine Legende. Man spricht immer noch von Ihren Desserts.«

»Die ganze Familie hat eine Vorliebe für Süßigkeiten. Der alte Mr. Chancel konnte einen ganzen Kuchen mit sieben Böden allein essen. Manchmal mußte ich zwei machen, einen für ihn und einen für alle anderen. Der kleine Davey war genauso. Ich habe mir Sorgen gemacht, daß er zu dick werden würde, wenn er erwachsen ist. Ist er es geworden? Nein, wahrscheinlich nicht. Sie hätten ihn nicht geheiratet, wenn er ein großer, schwerfälliger Fettsack wie sein Großvater gewesen wäre.«

»Nein, das hätte ich nicht, und er ist es nicht.«

»Aber wer bin ich überhaupt, so zu reden?« Helen Day machte einen fast sehnsüchtigen Eindruck. »Davey muß mich vermißt haben, als seine Eltern mich entlassen haben. Der arme kleine Kerl, ganz bestimmt, mit den beiden als Eltern.«

Nora sagte: »Er hat mir einmal erzählt, daß er dachte, Sie wären seine richtige Mutter.«

»Seine richtige Mutter hat kaum Zeit mit ihm verbracht. Meistens wußte sie gar nicht, daß er im Haus war.«

»Und natürlich war sogar *sie* nicht seine richtige Mutter«, sagte Nora. »Sie müssen in Poplars gewesen sein, als das erste Kind gestorben ist.«

Helen Day legte einen Zeigefinger auf den Mund und sah Nora mit einem langen, nachdenklichen Blick an. Sie nickte. »Ja, ich war während des Aufruhrs da.«

»Daisy und Alden wollten nicht einmal ein Kind, richtig? Eigentlich nicht. Lincoln hat sie gezwungen, Davey zu adoptieren.«

Wieder eine nachdenkliche Pause. »Der alte Mann hat sie wissen lassen, daß er einen Erben wollte, soviel will ich sagen. Während dieser Zeit gab es nicht allzu viele ruhige Nächte in der Mount Avenue.« Sie wandte sich ab, und ihr hübsches Gesicht wurde hart wie Zement. »Jeffrey sagte, Sie wollten mich nach meiner Schwester fragen.«

»Das will ich, sehr gern, aber kann ich Ihnen vorher einige Fragen über ein paar andere Mitglieder Ihrer Familie stellen?«

Sie zog die Brauen hoch. »Andere Mitglieder meiner Familie?«

»Ist Sabina Mann Ihre Schwester?«

Die alte Frau warf Jeffrey einen Blick zu.

»Wir mußten Ev Tidy besuchen«, sagte Jeffrey. »Er hat eine Geheimnummer, daher rief ich Sabina an und bat sie, ihn zu sich einzuladen.«

»Was sie mit Vergnügen getan hat, da bin ich ganz sicher. Ich wette, sie ist andauernd mit billigen Plätzchen und Earl Grey reingeplatzt.«

»Es war Gunpowder, und sie ist nur einmal reingeplatzt. Ich muß gestehen, daß sie meinetwegen verstimmt war.«

»Gunpowder«, sagte Helen Day. »Meine Güte. Sie wird darüber hinwegkommen. Ich nehme an, Sie wollten mit Everett wegen seines Vaters über Shorelands reden.«

»Das stimmt«, sagte Nora.

»Konnte er Ihnen helfen?«

»Er hatte ein paar Vorschläge«, sagte Jeffrey mit einem warnenden Blick zu Nora, der der Aufmerksamkeit seiner Mutter nicht entging.

»Ich will nicht spionieren. Es geht mich nichts an, sofern es sich nicht um meine Schwester dreht. Aber bei allem, was ich von Everetts Vater weiß, kann er nicht viel über Katherine zu sagen gehabt haben. Ich hatte den Eindruck, als hätte er kaum ein Wort mit ihr gewechselt. Es konnte nicht viel dagewesen sein, das Effie und Grace, die armen alten Seelen, in Aufregung versetzt hätte.« Als sie Noras verwirrten Gesichtsausdruck sah, fügte Helen Day hinzu: »Meine Schwestern. Sie sind die Närrinnen, die den Film gesehen haben und zu diesem Anwalt gegangen sind.«

»Du hast recht«, sagte Jeffrey. »Bill Tidy hatte keine Ahnung, was Katherine schrieb.«

»Überrascht mich nicht. Die ganze Sache ist verrückt. Und nun läßt man mich wissen, daß dieser Wahnsinn auch den verkommenen Mann angesteckt hat, der Sie aus dem Polizeirevier entführte.« Sie schüttelte angewidert den Kopf. »Ich will Ihre Frage beantworten. Nein, Sabina Mann ist nicht meine Schwester, Gott sei Dank. Sie war Sabina Kraft, als sie meinen Bruder Charles heiratete. Damit machte sie den Bruch zwischen mir und meinem Bruder vollständig, der angefangen hatte, als er seinen Namen änderte.«

»Warum hat er seinen Namen geändert?«

»Charles haßte meinen Vater. Daß er seinen Namen änderte, war nur eine von vielen Möglichkeiten, meinem Vater Schmerzen zuzufügen. Er hat es gemacht, sobald er einundzwanzig war. Die Schande brachte Effie und Grace fast um das bißchen Verstand, das sie haben. Katherine war es natürlich egal. *Ihr* bedeutete es gar nichts. Katherine war ihr ganzes Leben lang wie ein Land für sich.«

Nora dachte, daß Helen Day, die offenbar nichts dagegen einzuwenden gehabt hatte, daß Lincoln Chancel ihren eigenen

Nachnamen änderte, nicht weniger verschroben war als ihre Schwester.

»Sie standen Charles oder Ihren beiden anderen Schwestern nicht nahe?«

»Ich kam mit den Deodatos viel besser zurecht als mit meiner eigenen Familie, wenn Sie darauf hinauswollen. Sie waren gute, feinfühlige und großherzige Menschen, und sie nahmen Jeffrey gerne bei sich auf, als klar wurde, daß ich es als alleinerziehende Mutter nicht schaffte. Ich wollte meinen kleinen Jungen auf gar keinen Fall *Charles* überlassen, geschweige denn Sabina, und Effie und Grace konnten kaum auf sich selbst aufpassen. Aber da war dieser grandiose Klan mit seinen Köchen und Polizisten und High-School-Lehrern. Ich mochte sie alle so sehr, und sie hatten keine Probleme mit meinem Lebensstil, daher stand immer außer Frage, daß ich Jeffrey sehen konnte, wann immer ich konnte. Als ich die Chancels verließ, wußte ich, daß ich in diesen Teil von Massachusetts zurückkehren mußte. Dies war meine Heimat, und hier war mein Mann gestorben. Es ist der einzige Ort auf der Welt, den ich je wirklich geliebt habe. Jeffrey hatte Verständnis.«

»Stimmt«, sagte Jeffrey. »Das habe ich noch.«

»Ich weiß. Ich möchte nur nicht, daß Nora zu streng über mich urteilt. Wie auch immer, alle zusammen haben wir unsere Sache mit Jeffrey ziemlich gut gemacht, oder nicht? Er hat eine Menge interessanter Dinge getan, obwohl seine Mannheim-Hälfte der Grund dafür ist, daß viele Leute Schwierigkeiten hatten, sie zu verstehen. Es steckt vieles von mir in Jeffrey, aber auch viel von Katherine. Freilich ist Jeffrey viel netter, als es Katherine je war. Oder ich, da wir schon dabei sind.«

»Katherine war nicht nett?«

»Bin ich es? Sagen Sie es mir.«

»Sie sind mehr als nett«, sagte Nora. »Ich finde, Sie sind zu gut, um nett zu sein.«

Winzige Lichtpünktchen flackerten weit hinten in den Augen der alten Frau. »Sie haben gerade meine Schwester Katherine beschrieben. Ich möchte, daß Sie sich an mein Angebot erinnern. Wenn Sie jemals eine sichere Unterkunft brauchen, sind Sie hier willkommen. Sie könnten lernen, jede Art von Küche zuzubereiten, und Sie könnten sich etwas Geld verdienen. Wir arbeiten auf gemeinschaftlicher Basis, und jeder bekommt den gleichen Anteil.«

»Danke«, sagte Nora. »Ich bin versucht, gleich hier und jetzt zu unterschreiben.«

»Ich hätte es wissen müssen«, sagte Jeffrey. »Das berühmte Helen-Day-Reha-Zentrum, Kochschule, Intellektuellentreff und Frauenhaus in einem, hat wieder zugeschlagen.«

»Unsinn«, sagte die alte Frau. »Nora versteht, was ich meine. Jetzt werden wir uns über meine Schwester Katherine unterhalten, damit du nicht mehr so schnippisch sein mußt.«

»Halleluja.« Jeffrey ging zum anderen Sofa und setzte sich ihnen gegenüber hin.

»Hat Katherine sich je mit Ihnen darüber unterhalten, was sie geschrieben hat?«

»Ich kann mich erinnern, daß sie mir ein paar Gedichte vorgelesen hat, als sie zwölf oder dreizehn und ich etwa neun war. Das war ein großer Anlaß, denn Katherine hat immer ein Geheimnis aus dem gemacht, was sie schrieb. Freilich nicht aus ihrer Meinung. Wenn sie etwas absurd fand, ließ sie es einen wissen. Wie auch immer, ich sagte schon, ich sah sie ständig ihre Gedichte schreiben, und einmal fragte ich sie, ob ich sie lesen dürfe. Nein, sagte sie, aber ich werde dir einige vorlesen – und das hat sie dann auch getan, zwei oder drei kurze Gedichte, ich weiß nicht mehr. Ich habe kein Wort verstanden, und ich habe sie nie wieder gefragt.«

»Aber später? Als Sie beide erwachsen waren?«

»Da redeten wir nur noch alle paar Monate miteinander, und sie sagte über ihre Arbeit nur, daß sie schrieb. Sie rief an und erzählte mir, daß sie nach Shorelands ging. Darüber freute sie sich, und wollte bei der Anreise zwei Nächte bei mir verbringen. Ich war hier oben, und Katherine lebte in New York – selbstverständlich allein, in Greenwich Village, in einem winzigen Apartment am Patchin Place. Ich fuhr zwei Wochen nach meinem Besuch in Shorelands dorthin. Ich wußte, daß sie tot war, ich hoffe, das glauben Sie mir.«

»Was war ihr Ihrer Ansicht nach zugestoßen?« fragte Nora.

»Jahre später tat die dumme und aufgeblasene alte Kuh Georgina Weatherall so, als wäre Katherine mit einem Gemälde von ihr weggelaufen und hätte ihren Namen geändert, um unentdeckt zu bleiben. Was für ein Unsinn! Katherine hat in ihrem ganzen Leben nichts gestohlen. Weshalb auch, sie wollte nie etwas. Es sah für Georgina einfach besser aus, als wäre einer ihrer Gäste so weit entfernt im Wald gestorben, daß man nicht einmal die Leiche finden konnte.«

»Sie sind fest überzeugt, daß es so gewesen ist.«

»Ich wußte es in dem Moment, als ich diese lächerliche Frau gesehen habe. Katherine hätte genau gewußt, wie man sie in Rage bringen konnte, und diese Art Frau kann den Gedanken, jemand könnte über sie lachen, überhaupt nicht ertragen. Es sah meiner Schwester ähnlich, so eine Närrin zu provozieren und dann eine Sekunde, bevor sie der Anlage verwiesen wurde, selbst die Zelte abzubrechen. Sie hatte nur das Pech, daß sie mitten in diesem speziellen Streich gestorben ist, so daß wir sie nie begraben konnten. Ihr Herz hat im falschen Augenblick versagt, das ist alles.«

»Woher wußte Georgina, daß sie Sie nach Katherines Verschwinden anrufen mußte?«

»Katherine hat ihr meine Nummer gegeben. Wessen sonst? Die von Charles hätte sie ihr nie gegeben, geschweige denn die von Grace und Effie, weiß der Himmel. Katherine hat mich immer mehr als die anderen gemocht. Ich möchte Ihnen etwas zeigen.«

Sie stand mit einem Rascheln und Rasseln von Halsketten auf und ging durch den Torbogen. Nora und Jeffrey hörten, wie sie in der Küche Anweisungen gab, dann langsame Schritte die Treppe hinauf.

»Was meinen Sie, möchte sie mir zeigen?« fragte Nora.

»Glauben Sie, ich wüßte je, was meine Mutter vorhat?«

»Was ist mit Grace und Effie nicht in Ordnung?«

»Sie sind ihr zu normal. Außerdem waren sie außer sich, als sie für Lincoln Chancel arbeitete. Sie dachten, das wäre nicht gut genug für sie. Meine Tanten mögen auch nicht besonders, was sie jetzt tut. Sie halten es nicht für sehr damenhaft.«

»Ich kann mir kaum etwas Damenhafteres vorstellen«, sagte Nora.

Er lächelte. »Sie haben Grace und Effie nicht kennengelernt.«

»Wie sind sie zu diesem Notizbuch oder was auch immer gekommen, das die ganze Aufregung verursacht hat?«

»Meine Mutter hat die Unterlagen ihrer Schwester hier im Keller aufbewahrt, aber als sie unten einige Zimmer ausbauen ließ, hatte sie keinen Platz mehr. Grace und Effie nahmen sie zu sich – vier Kartons, vornehmlich mit Entwürfen für Storys und Gedichte. Ich habe sie vor langer Zeit durchgesehen.«

»Kein Roman.«

»Nein.« Er sah zum Torbogen und der Küche voller Frauen. »Übrigens, was meine Mutter auch über Lincoln Chancel oder auch Alden und Daisy sagen mag, sie ist ihnen gegenüber noch immer loyal. Sagen Sie nichts von dem, worüber wir mit Ev Tidy gesprochen haben, okay? Sie würde nur wütend werden.«

»Ich habe Ihren Blick gesehen.«

»Vergessen Sie nicht, als sie aufgehört hat, für die beiden zu arbeiten, hat sie Maria empfohlen, die um die achtzehn und gerade angekommen war. Damals sprach Maria kaum Englisch, aber sie haben sie trotzdem eingestellt. Und mich auch. Sie glaubt, daß die Chancels eine Menge für unsere Familie getan haben.«

»Ich habe nie verstanden, warum Alden und Daisy sie entlassen haben«, sagte Nora. »Sie gehörte praktisch zur Familie.«

»Ich glaube nicht, daß sie entlassen wurde. Sie hat gekündigt, als sie genug Geld gespart hatte, um dieses Geschäft zu gründen.«

Die Treppenstufen ächzten.

»Ich bin sicher, Davey hat mir erzählt, daß sie sie entlassen haben. Es war sehr schmerzlich für ihn, Ihre Mutter zu verlieren.«

»Wie alt war er da, vier? Er wußte nicht, was wirklich vor sich ging.« Er schenkte ihr ein gepreßtes, knappes Lächeln, während die Schritte seiner Mutter die Treppe herunterkamen. »Zu schade, daß sie ihn nicht nach Long Island geschickt haben. Das hätte ihm vielleicht gutgetan.«

»Das hätte ihm sehr gutgetan«, sagte Nora und drehte sich zur Küche um, wo Helen Day sich, von drei ihrer Assistentinnen flankiert, über einen Kupfertopf beugte. Sie inhalierte tief, überlegte und sagte etwas zu einem besorgt wirkenden Mädchen, das hastig davonlief und mit einer Tasse braunem Pulver zurückkam, von dem sie eine Prise in den Topf gab.

Die Anstrengungen des langen Tages machten Nora zu schaffen, und sie spürte ein gewaltiges Gähnen, das sie überkam. »Wie unhöflich«, sagte sie. »Entschuldigung.«

Helen Day kam wieder durch den Bogen spaziert und entschuldigte sich für die Verzögerung. Sie setzte sich ein Stück von Nora entfernt auf das Sofa und legte zwei Gegenstände auf den braunen Kordstoff zwischen ihnen. Nora sah ein gerahmtes Foto auf einer so alten Klemmappe, daß ihre gerippte schwarze Oberfläche zu uneinheitlichen Grautönen verblaßt war. »Also. Sehen Sie sich dieses Bild an.«

Nora nahm es in die Hand. Zwei kleine Mädchen in Kinderkleidchen, eines etwa drei, das andere etwa acht Jahre alt, standen in einem sonnigen Garten und lächelten den Fotografen an. Das kleinere Mädchen hielt die Teetasse einer Puppenstube samt zugehörigem Porzellanuntersetzer in der Hand. Beide Mädchen, eindeutig Schwestern, hatten Bubikopffrisuren und reizende Gesichter. Das ältere Mädchen lächelte nur mit dem Mund.

»Können Sie erraten, wer sie sind?« fragte Helen Day.

»Sie und Katherine«, sagte Nora.

»Ich spielte Tee-Party im Garten, und Wunder über Wunder, Katherine kam und spielte mit. Mein Vater kam heraus, um das Ereignis festzuhalten, zweifellos um Katherine zu einem späteren Zeitpunkt beweisen zu können, daß sie doch einmal ein Kind gewesen war. Und sie *weiß*, was er vorhatte, das sieht man ihrem Gesicht an. Sie durchschaut ihn.«

Nora sah die durchdringende Unabhängigkeit in den Augen des achtjährigen Mädchens. Dieses Kind hatte wahrscheinlich die meisten durchschaut. »Haben Sie dieses Bild in ihrem Apartment gefunden?«

»Nein, dort fand ich das Manuskript. Dieses Bild stand auf ihrem Schreibtisch in Gingerbread, ich sah es als allererstes, als ich dort ankam. *Gott im Himmel*, sagte ich zu mir, *sieh dir das an*. Sie wissen, was es bedeutet, oder nicht?«

Nora hatte keine Ahnung, was es bedeutete, aber Helen Days Augen und Stimme machten deutlich, was es ihr bedeutete. »Ihre Schwester stand Ihnen sehr nahe«, sagte sie.

Die alte Frau lehnte sich mit einem Rascheln der Halsketten zurück und zeigte mit einem dicken rosa Zeigefinger auf Noras

Kehle. »Mitten ins Schwarze. Sie stand mir näher als jedem anderen in unserer ganzen verkorksten Familie. Wessen Adresse und Telefonnummer hinterließ sie für den Notfall? Meine. Wessen Bild brachte sie mit nach Shorelands und gab ihm den Ehrenplatz auf ihrem Schreibtisch? Meins. Es war kein Bild des überheblichen Charles, oder?«

Da der Finger immer noch auf sie gerichtet war, schüttelte Nora den Kopf.

»Nein. Und es war kein Bild dieser beiden dummen Kühe, die in ihrem ganzen Leben kein Buch gelesen haben, Effie und Grace, nie und nimmer. Diesen dreien fühlte sie sich nie näher als Fremden auf der Straße. Zuerst konnte ich nicht verstehen, daß Katherine abgehauen war und unser Bild zurückgelassen hatte, aber als mir auffiel, daß sie auch ihren Seidenmorgenmantel und ein paar Bücher dort gelassen hatte, wurde mir klar, was sie vorhatte. Sie hat das alles für mich zurückgelassen, weil sie wußte, daß ich mich darum kümmern würde. Und ich wette, Sie können sich denken, warum.«

Wieder gab Nora die Antwort, die Helen Day hören wollte. »Weil Sie sie besser als die andern verstanden haben.«

»Selbstverständlich. Die andern haben sie nie verstanden, ihr ganzes Leben lang nicht. Es war wie bei Jeffrey und den Deodatos. Ich mag sie, sie sind wunderbare Menschen, aber sie haben manches, was Jeffrey getan hat, einfach nie verstanden. Menschen wie Jeffrey und meine Schwester sind immer Außenseiter, ist es nicht so, Jeffrey?«

»Wenn du meinst, Mom«, sagte Jeffrey. »Aber du hast selbst hin und wieder über die Stränge geschlagen.«

»Das meine ich ja! Ein paarmal in meinem Leben haben mir die Leute gesagt, daß ich verrückt bin. *Charles* hat mir gesagt, daß ich verrückt bin. Zu Lincoln Chancel zu gehen! Meinen Sohn wegzugeben, und nicht einmal ihm, sondern Leuten, die er für unter seiner Würde hielt. Du mußt so verrückt wie Katherine sein, hat er gesagt. Nun, antwortete ich, in diesem Fall mache ich meine Sache gar nicht so schlecht. Sie können mir glauben, als Jeffrey sein Stipendium für Harvard bekommen und sich dort so glänzend bewährt hat, hat Charles plötzlich andere Töne angeschlagen. Wenn die Leute einen nicht im geringsten verstehen, sind sie schnell damit bei der Hand, einen als verrückt zu bezeichnen. Grace und Effie halten mich *noch* für verrückt, aber mir geht es viel besser als ihnen. Sie hielten auch Katherine für verrückt. Sie hat ihnen Schande gemacht, genau wie ich, als ich für die Chancels arbeitete.«

Sie verschränkte unter einem Klirren von Münzen und Perlen die Arme vor der Brust und sah Nora mit einem ausdruckslosen schwarzen Blick an. »Meine Schwestern haben tatsächlich geglaubt, daß Katherine mit dem Bild weggelaufen ist, ihren Namen geändert und von dem Geld gelebt hat, das sie dafür bekam. Wissen Sie, was sie mir sagten? Daß Katherine überhaupt kein schwaches Herz gehabt hätte. Dr. Montross hätte einen Fehler gemacht, als sie ein kleines Mädchen war, und seitdem sei sie bevorzugt behandelt worden. Sie hätte dieses Bild gestohlen und sich abgesetzt, ihren Namen geändert, und jetzt würde sie uns alle auslachen. Sie sagten, auch Charles hätte seinen Namen geändert, oder nicht? Und du nicht auch? sagten sie. Du hast keinen Mr. Day geheiratet, richtig? Ich sagte, ich hätte meinen Namen nie geändert, das war der Mann, für den ich arbeitete, und wenn der etwas sagte, dann *gehorchte* man. Ich habe mich nur daran gewöhnt, und es war sowieso nur mein angeheirateter Name. All das, was sie geschrieben hat, auch das sei verrückt, sagten sie, aber das stimmt nicht, Jeffrey, oder?«

»Überhaupt nicht«, sagte Jeffrey.

»Sie wurde nach Shorelands eingeladen. Niemand behauptet, daß die anderen verrückt gewesen sind. Und Dr. Montross war kein Quacksalber. Katherine bekam mit zwei Jahren ein rheumatisches Fieber, und ihr Herz hätte jederzeit versagen können. Das wußten wir alle. Sie ist *gestorben*. Grace und Effie sagten: Du hast sie nie gefunden, richtig, und die Polizisten auch nicht. Aber sie hatten keine Ahnung, wie es dort war. Man hätte zwanzig Männer einen Monat in diesen Wald schicken können, und sie hätten nichts gefunden.«

»Wenn sie weg wollte, weshalb ist sie dann durch den Wald gegangen und hat keinen einfacheren Weg gewählt?«

»Weil sie nicht am Main House vorbei wollte«, sagte Helen Day. »Katherine wollte nicht, daß sie jemand sah. Und wissen

Sie, vielleicht ist sie ja bis zur Straße gekommen. Vielleicht fand sie sogar eine Mitfahrgelegenheit und ein Zimmer für eine Nacht, oder sie ist mit dem Zug weitergefahren, aber ihr Herz blieb stehen, und sie starb. Weil sie sich nie wegen ihrer Sachen mit mir in Verbindung setzte. Ich wartete zwei Wochen, aber weder Katherine noch sonst jemand rief mich an, und da *wußte* ich es.«

»Aber Ihr Bruder und Ihre beiden älteren Schwestern stimmten dem nicht zu? Sie glaubten, daß Katherine noch am Leben sein könnte?«

»Charles nicht. Er war sicher, daß Katherine gestorben war, genau wie ich. Dr. Montross hat unseren Eltern gesagt, es würde an ein Wunder grenzen, wenn Katherine dreißig werden würde, und in dem Jahr war sie neunundzwanzig.«

»Und Grace und Effie?«

»Sie wußten es auch, änderten aber ihre Meinung, als das Buch herauskam, wo praktisch schwarz auf weiß stand, daß Katherine das Bild aus dem Eßzimmer gestohlen hatte. Katherine konnte nichts richtig machen, was die beiden betraf. Sie hatten nie ein gutes Wort für sie übrig, bevor sie die Unterlagen durchsahen, um sie wegzuwerfen – Unterlagen, die ich ihnen zur Aufbewahrung anvertraut hatte –, und dabei ein paar hingekritzelte Notizen auf einem Zettel fanden, die sie an einen Film erinnerten, der ihnen nicht mal gefiel! Sie hielten Katherine immer noch für verrückt, hatten aber nichts dagegen, mit ihrer Hilfe ein bißchen Geld herauszuschlagen. Die alten Närrinnen. Katherine hat dieses Buch nicht geschrieben, das war Hugo Driver. Wenn Sie wissen wollen, was meine Schwester geschrieben hat, schauen Sie sich diesen Ordner an.«

74

Mit einem Ansturm erwartungsvoller Vorfreude schlug Nora die Klemmappe auf. Jeffrey stand auf, um besser sehen zu können.

UNGESCHRIEBENE WORTE
von
Katherine Mannheim
15 Patchin Place, # 3
New York, New York
(2. Exemplar)

Sie blätterte die Titelseite um und fand ein Gedicht mit dem Titel »Dialog der Letzten Tage«, in dem mit grüner Tinte ausführlich verbessert worden war. Ihre Hochstimmung zerstob. *Das* war es, was Katherine Mannheim geschrieben hatte? Das Gedicht ging auf der zweiten Seite weiter. Sie blätterte weiter und stellte fest, daß es dreiundzwanzig Seiten lang war. »Zweiter Dialog«, ebenfalls ausführlich redigiert, belief sich auf sechsundzwanzig Seiten. Zwei weitere Dialoge, jeder mit dreißig bis vierzig Seiten, machten den Rest des Buches aus.

»Es ist ein langes Gedicht, denke ich jedenfalls, in diese Dialoge unterteilt. Sie hatte zwei Exemplare und hat in beiden Änderungen vorgenommen. Das Original muß sie mit nach Shorelands genommen haben, um es während des Monats dort zu überarbeiten, und ich glaube, sie hatte vor, nach ihrer Rückkehr eine dritte und endgültige Fassung mit allen Änderungen abzutippen.«

Sie hatte die *Ungeschriebenen Worte* mittels einer langen und qualvollen Reihe von Überarbeitungen »entschrieben«. »Das lag auf ihrem Schreibtisch?«

»In ihrem Apartment, gleich neben der Schreibmaschine, zusammen mit einem dicken Ordner voll früherer Versionen. Das Exemplar, das sie mit nach Shorelands genommen hatte, ging mit allem anderen verloren, das sie in ihren Koffer gepackt hatte.«

»Das hast du mir nie gezeigt«, sagte Jeffrey.

»Du warst nicht allzu oft hier, und ich war noch nicht damit fertig. Ich hatte immer Mühe, das zu verstehen, was Katherine geschrieben hat, und das hier war schwieriger als alles andere, besonders mit all diesen Kritzeleien. Nach ein paar Jahren fand ich mich darin zurecht. Ich erkannte – glaubte zu erkennen –, daß sie über ihren Tod geschrieben hatte. Darüber, mit ihrem Tod zu leben, wie sie es so lange getan hat. Wenn Sie mich gefragt hätten, dann hätte ich gesagt, daß sie nie darüber nachdachte, weil sie es sich nie anmerken ließ. Katherine war überhaupt nicht der deprimierte Typ, aber natürlich hat sie doch die ganze Zeit darüber nachgedacht. Darum hat sie so geschrieben und gelebt, wie sie es getan hat. Ich glaube, meine Schwester Katherine war eine Heilige. Eine richtige Heilige.«

Nora sah verblüfft von dem Buch auf. »Eine Heilige?«

Helen Day lächelte und sah auf das Foto hinab. »Katherine war die sensibelste, intelligenteste und engagierteste Frau, die ich je kennengelernt habe, und tief in ihrem Innersten die *reinste*. Was die meisten Menschen Religion nennen, berührte sie überhaupt nicht, obwohl wir katholisch erzogen wurden. Man findet mehr spirituelle Menschen außerhalb der Kirche als innerhalb. Katherine konnte sich nicht mit den unwichtigen Dingen befassen, um die sich die meisten Menschen ihr ganzes Leben lang Gedanken machen. Sie wußte, wie man sich amüsierte, manchmal schockierte sie geistige Normalverbraucher, aber sie hatte einen *Brennpunkt*. Wenn ich neue Mädchen hier aufnehme, achte ich darauf, ob sie wenigstens ein bißchen von dem haben, was Katherine hatte, und wenn ja, willkommen an Bord. Sie auch, Sie haben etwas davon.«

»Nun, viele geistige Normalverbraucherer denken vielleicht, daß ich ein wenig verrückt bin«, sagte Nora, die an ihre fröhlichen Dämonen dachte.

»Glauben Sie es nicht. Man hat Ihnen *weh getan*. Das sehe ich. Kein Wunder, wenn man bedenkt, was Ihnen zugestoßen ist. Sie jagen hier in Massachusetts herum, statt nach Hause zu gehen, falls Sie noch ein Zuhause haben, wohin Sie zurückkehren können.« Sie sah ihren Sohn an. »Alden Chancel mag glauben, daß Sie nicht die richtige Frau für seinen Sohn sind, aber verrückt sind Sie nicht. *Ich* finde sogar, Sie gehören zu den Menschen, die mehr wahrnehmen als die meisten von uns.«

»Sie überschätzen mich«, sagte Nora.

»Sie sind ein Mensch, der die Wahrheit wissen möchte. Wenn ich zurückblicke, kommt es mir vor, als wäre das meiste, das ich als Kind gelernt habe, schlicht und einfach falsch. Man hat uns Tag und Nacht mit Lügen vollgestopft. Lügen über Männer und Frauen, über die anständige Art zu leben, über unsere eigenen Gefühle, und ich glaube, daran hat sich bis heute nicht allzu viel geändert. Es ist nach wie vor wichtig, die Wahrheit herauszufinden, und wenn Sie das nicht auch für wichtig hielten, dann wären Sie jetzt nicht hier.«

Ja, dachte Nora. *Ich finde es wichtig, herauszufinden, was die Wahrheit ist.*

Helen Day sah auf die Uhr. »Ich muß mich vergewissern, daß alles in Ordnung ist, bevor ich meinen Auftritt in der Asia Society habe. Ich hoffe, Sie denken über alles nach, was ich gesagt habe.«

»Danke, daß Sie mit mir geredet haben.«

Alle drei standen auf. »Sie gehen ins Northampton Hotel?«

»Ja«, sagte Jeffrey.

Helen Day hatte Nora nicht aus den Augen gelassen. »Wenn Sie um zehn noch auf sind, würden Sie mich anrufen? Ich muß über etwas mit Ihnen reden, muß aber vorher noch ein wenig darüber nachdenken.«

»Hat es mit Ihrer Schwester zu tun?«

Die alte Frau schüttelte langsam den Kopf. »Während ich über meine Frage nachdenke, sollten Sie über Ihren Mann nachdenken. Sie sind stärker als Davey, und er braucht Ihre Hilfe.«

»Was ist das für eine ›Frage?‹« fragte Jeffrey.

Sie drehte sich zu ihm um und nahm seine Hand. »Jeffrey, du kommst morgen her, ja? Dann haben wir Zeit für ein richtiges Gespräch. Wenn du gegen acht erscheinst, kannst du mir beim Fahren helfen. Wir müssen eine Menge frisches Gemüse einkaufen.«

»Du möchtest, daß ich einen der Lieferwagen fahre, während Maya und Sophie hinten sitzen und sich über mich lustig machen?«

»Das gefällt dir doch. Komm morgen her.«

»Soll ich Nora mitbringen?«

Helen Day war langsam zur Eingangstür gegangen, aber nach dieser Frage sah sie Nora mit einem Blick an, so vielsagend wie eine Berührung. »Das liegt bei ihr.« Sie ließ sie in die warme Nacht hinaus.

75

»Sie hat Ihnen gefallen, nicht wahr?«

»Wem würde sie nicht gefallen?« fragte Nora. »Sie ist außergewöhnlich.«

Jeffrey fuhr die Main Street entlang, wo die Schaufenster von Restaurants leuchteten und Dreier- und Vierergruppen innerhalb und außerhalb der Lichtkreise der Straßenlaternen schlenderten.

»Ich weiß, aber sie bringt eine Menge Leute auf die Palme. Sie stuft einen ein, sobald sie ihn gesehen hat, und wenn sie ihn mag, wird er eingeladen. Wenn nicht, bekommt er die kalte Schulter gezeigt. Ich war ziemlich sicher, daß sie Sie von Anfang an in ihr Herz schließen würde, aber ...« Er sah sie an. »Ich schätze, jetzt sehen Sie ein, warum ich vorab nicht viel über sie sagen konnte.«

»Ich glaube schon«, sagte Nora.

»Was würden Sie gerne machen?«

»Ins Bett gehen«, sagte sie. »Und danach werde ich vielleicht den Rest meines Lebens damit verbringen, für Ihre Mutter Sellerie zu schneiden. Ich müßte meinen Namen ändern, aber das macht nichts, das haben alle anderen längst getan. Nach einigen Jahren wäre ich vielleicht so einsichtig, wie Ihre Mutter mich einschätzt.«

Jeffrey betrachtete sie mit einem seiner schrägen Blicke. »Ich dachte, Sie hätten dort einen unglücklichen Eindruck gemacht. Wären vielleicht enttäuscht.«

»Nun, Sie sind schon einsichtig genug für uns beide. Sie haben recht. Ich hatte mir wohl zuviel versprochen. Ich dachte, selbst wenn rings um mich herum alles zusammenbricht, könnte ich wenigstens beweisen, daß Ihre Tante die wahre Verfasserin von *Reise in die Nacht* ist. Statt dessen finde ich nur heraus, daß Hugo Driver ein unangenehmer kleiner Widerling und ein ganz gewöhnlicher Dieb war. Aber wenn er *Reise in die Nacht* nicht gestohlen hat, war alles falsch, was wir uns zusammengereimt haben. Was haben Ihre Tanten überhaupt in diesen Seiten gefunden? Was hat sie in so große Aufregung versetzt?«

»Phrasen. Landschaftsbeschreibungen, Felder und Nebel und Berge. Die meisten hatten ziemliche Ähnlichkeit mit Driver, aber nicht so sehr, daß es angebracht schien, einen Anwalt anzurufen. Da stand etwas über den Tod und die Kindheit – daß ein Kind den Tod als eine Reise betrachten könnte.«

»Das klingt bei Katherine Mannheim alles ziemlich logisch, beweist aber kaum etwas über das Buch.«

»Es waren hauptsächlich zwei andere Sätze, die sie in Aufregung versetzten. Einer handelte von einem schwarzen Wolf.«

»Das sagt gar nichts.«

»Der andere Ausdruck war ›die Tassenträgerin.‹ Darüber waren sie völlig aus dem Häuschen.« Die Fassade des Hotels schwebte an ihnen vorbei. Auf der Terrasse spielte ein Gitarrist Bossa Nova.

»Verstehe ich nicht. So hat Davey Ihre Mutter genannt.«

»Sie haben das Bild der beiden als kleine Mädchen gesehen, wo meine Mutter eine Tasse hält. Danach nannte Katherine sie nur noch die Tassenträgerin.« Er steuerte den MG auf den Parkplatz. Er lächelte strahlend. »Ich vergesse immer wieder, daß Sie *Reise in die Nacht* gar nicht gelesen haben.«

»Ich verstehe immer noch nicht.«

»Das achte Buch von *Reise in die Nacht* trägt den Titel ›Die Tassenträgerin‹. Das hat Grace und Ellie endgültig mobilisiert, das und der Wolf.« Er fuhr in eine freie Parklücke und machte den Motor aus.

»Aber Davey nannte Ihre Mutter schon Tassenträgerin, bevor er überhaupt lesen konnte. Wie hat er davon gehört?«

»Er muß das Foto in ihrem Zimmer gesehen haben«, sagte Jeffrey. »Er ging manchmal dort hinein, um sie zu suchen, wenn Alden und Daisy ihn allein ließen. Wenn er sie danach gefragt hätte, hätte sie ihm bestimmt von dem Spitznamen erzählt. Das könnte auch ein Grund dafür gewesen sein, weshalb ihm das Buch in späteren Jahren soviel bedeutete. Es erinnerte ihn an meine Mutter.«

Jetzt wußte sie, warum Davey wütend auf sie gewesen war, als sie ihn nach der Herkunft des Spitznamens gefragt hatte. Jeffrey wartete geduldig, bis sie mit ihren Fragen fertig war, damit sie aus dem Auto aussteigen konnten. »Hat die Tassenträgerin in dem Buch Ähnlichkeit mit Ihrer Mutter?«

»Nun, mal sehen.« Er stützte das Kinn auf die Hände. »Sie macht dieses übelriechende Gebräu. Sie hatte keine eigenen Kinder, zog aber das Kind eines anderen groß. Alles in allem ist sie ziemlich furchteinflößend. Ich muß sagen, sie hat große Ähnlichkeit mit meiner Mutter.«

»Hugo Driver hat dieses Bild nie gesehen. Woher hatte er den Ausdruck?«

»Da bin ich überfragt.«

In der warmen Abendluft gingen sie auf die Betonstufen zur Hintertür des Hotels zu, die von den Lampen strahlend weiß gewaschen wurden. Jeffrey, dessen eine Gesichtshälfte im Halbschatten lag und der die Eton-Mütze tief in die Stirn gezogen hatte, ähnelte mehr denn je einem Juwelendieb aus einem Roman der zwanziger Jahre. »Vielleicht geht es mich nichts an«, sagte er. »Aber wenn sie darauf besteht, daß Sie Davey anrufen, denken Sie gründlich darüber nach, bevor Sie es tun. Und wenn Sie beschließen sollten, ihn anzurufen, sagen Sie ihm nicht, wo Sie sind.«

Er schaute weg und führte sie die glänzenden Stufen hinauf.

76

Mit einem kleinen, argwöhnischen Teil ihres Verstands hatte Nora auf die Nachricht gewartet, daß es nur noch ein einziges freies Zimmer in dem Hotel gab, aber Jeffrey hatte sich nicht in Dan Harwich verwandelt. Er kam mit zwei Schlüsseln von der Rezeption zurück, ihrer für ein Zimmer im vierten Stock mit Blick auf die Terrasse und den oberen Abschnitt der King

Street; sie hatte ein heißes Bad genommen und saß nun, in einen weißen Morgenmantel gehüllt, in einem großmütterlich bequemen Sessel, während im Radio Brahms' Alt-Rhapsodie gespielt wurde, und las den Lieblingsroman ihres Mannes, um nicht darüber nachdenken zu müssen, was sie als nächstes tun sollte.

Pippin Little wanderte von einer Figur zur nächsten und hörte sich Geschichten an. Manche dieser Figuren waren Menschen, manche Ungeheuer, aber sie alle waren hervorragende Geschichtenerzähler. Ihre Geschichten waren abenteuerlich und verwickelt und strotzten vor Gefahren, Heldentum und Verrat. Manche sagten die Wahrheit, andere logen. Manche wollten Pippin Little helfen, aber selbst die nahmen es nicht immer so genau mit der Wahrheit. Andere wollten ihn in Stücke schneiden und leckeres Hackfleisch aus ihm machen, aber diese Figuren logen nicht immer. Die Wahrheit, die Pippin suchte, war ein Mosaik, das mit der Zeit und unter großen Gefahren zusammengesetzt werden mußte. Fast jeder in *Reise in die Nacht* war irgendwie mit den anderen verwandt; sie bildeten eine einzige verzweigte, zerstrittene Familie, und wie in jeder Familie hatten ihre Mitglieder unterschiedliche Erinnerungen an entscheidende Ereignisse und interpretierten sie unterschiedlich. Es herrschten Zwietracht, Heimlichtuerei, Haß. Pippin mußte das Risiko eingehen, die Dampfenden Felder zu betreten, um ihre Lektion zu lernen, oder er mußte ihr ansteckendes Gift meiden; wenn er inmitten der Steine von Toon stand, konnte er einen goldenen Schlüssel bekommen, der für seine Suche von entscheidender Bedeutung war, oder er konnte in einen Hinterhalt von Dämonen geraten, die nur vorgaben, den goldenen Schlüssel zu besitzen.

Es war gerade erst halb zehn, eine halbe Stunde, bevor sie Helen Day anrufen sollte. Wollte sie Helen Day anrufen? Nicht, wenn Jeffreys Mutter lediglich die Absicht hatte, ihr Mitleid für Davey zu schüren. Dann fiel ihr ein, daß Helen Day gesagt hatte, sie müßte über etwas nachdenken, bevor sie darüber sprechen konnte. Wahrscheinlich wollte die alte Frau ihr etwas erzählen, das sie längst vermutete, daß die Chancels nämlich ihren Sohn nie gewollt hatten.

Sie konnte ebensogut weiter in *Reise in die Nacht* lesen. Wenn sie einiges hier und da nur überflog, konnte sie die letzten hundert Seiten gerade noch schaffen. Oder sie könnte einfach die letzten fünfundzwanzig Seiten lesen und feststellen, ob Pippin es bis Mountain Glade schaffte. In der Nacht, als ihr Leben die Wendung zum Schrecklichen genommen hatte, war sie gerade rechtzeitig erwacht, um zu sehen, wie Pippin auf ein weißes Farmhaus zulief, bei dem sie den Fehler gemacht hatte, es »hübsch« zu nennen. *Hübsch, und wenn es hübsch ist*, hatte Davey gesagt, oder so ähnlich; *es stimmt alles nicht. Mountain Glade soll nicht hübsch sein. Sieht es aus, als würde dieser Ort das große Geheimnis bergen?*

Aber wie sah dieser ungeheuer wichtige Ort nun wirklich aus? Lord Night bezeichnete ihn als »gottlosen Hort böser Geister, welchen die Steine von Toon preisgeben«; die Tassenträgerin beschrieb ihn als »Einöde, die die Seele stiehlt und die du niemals erblicken darfst«; und Freund Sanftmut nannte ihn, noch unbefriedigender, »die verschlossene Zelle, in der du deine größte Angst eingesperrt hast«. Nora überblätterte den größten Teil der restlichen Seiten vor dem Ende des Buches, überflog die Seiten und fand schließlich diesen Abschnitt:

> Das große Tor ließ sich mit dem goldenen Schlüssel öffnen und gab preis, was er am meisten gefürchtet hatte und doch von ganzem Herzen sehen wollte, das wahre Gesicht von Mountain Glade. Weit unten an dem felsigen, schneeverkrusteten Berghang erblickte er eine häßliche Hütte, die traurige Unterkunft für ein Leben, das so trostlos wie die Behausung selbst war.

Pippin war wieder nach Hause gekommen.

Ein paar Minuten vor dem vereinbarten Termin nahm Nora das Telefonbuch von Northampton aus der Schublade und setzte sich auf das Bett, um zu telefonieren.

»Himmlische«, sagte eine Frauenstimme.

Nora fragte nach Helen Day, worauf der Hörer auf den Tresen gelegt wurde. Sie hörte fröhliche Frauenstimmen schwatzen.

»Hallo, hier spricht Helen Day.«

Nora nannte ihren Namen und fügte hinzu: »Hört sich an, als würden Sie eine Party feiern.«

»Ein paar der Elfen sind früher von der Asia Society heimgekommen. Ich muß an einen anderen Apparat.« Nora hielt den stummen Hörer, während die Zeit verging. Sie zog das Telefon dichter ans Bett, streckte sich, gähnte und machte die Augen zu.

»Sind Sie dran? Nora? Alles in Ordnung?«

Die Decke eines fremden Zimmers schwebte über ihrem Kopf. Sie lag auf einem fremden Bett, das für ihren Geschmack etwas zu weich war.

»Nora?«

Die fremde Umgebung ringsum wurde wieder zu dem Zimmer im obersten Stockwerk des Northampton Hotels. »Ich glaube, ich war einen Moment eingeschlafen.«

»Ich habe mindestens eine halbe Stunde, bis mich wieder jemand brauchen wird. Können Sie eine Weile reden, oder möchten Sie es lieber bleiben lassen und weiterschlafen?«

»Mir geht es gut.« Sie gähnte so leise wie möglich.

»Ich denke oft an Davey. Er war so ein netter kleiner Bursche. Ich möchte hören, was Sie mir über ihn sagen können. Wie ist er heute? Wie würden Sie ihn beschreiben?«

»Er ist immer noch ein netter kleiner Bursche«, sagte Nora.

»Ist das gut?«

Nora wußte nicht, wie ehrlich sie sein sollte oder wie schroff eine ehrliche Beschreibung von Davey sich anhören würde. »Ich muß gestehen, es hat seine Nachteile, wenn man mit vierzig noch ein netter kleiner Bursche ist.«

»Ist er freundlich? Ist er gut zu seinen Mitmenschen?«

Nun begriff Nora, worauf Helen Day hinauswollte. »Er ist nicht wie sein Vater, das muß ich ihm zugute halten. Das Problem ist, er ist unsicher, macht sich ständig Sorgen und ist die ganze Zeit frustriert.«

»Ich nehme an, er arbeitet für seinen Vater.«

»Alden hat ihn unter der Fuchtel«, sagte Nora. »Er bezahlt Davey eine Menge Geld für unbedeutende Jobs, und darum ist Davey überzeugt, daß er zu nichts anderem taugt. Kaum wird sein Vater etwas laut, gibt Davey auf und rollt sich auf den Rücken wie ein Welpe.«

Helen Day sagte einen Moment nichts. »Besuchen Sie und Davey Poplars oft?«

»Mindestens einmal die Woche. Für gewöhnlich sonntags.«

»Wie ist das Verhältnis zwischen Alden und Ihnen?«

»Gespannt? Gestört? Etwa sechs Monate lang hat er gute Miene zum bösen Spiel gemacht, aber danach ließ er erkennen, was er wirklich dachte.«

»Benimmt er sich wenigstens anständig?«

»Nicht mehr. Er verabscheut mich. Ich habe etwas Dummes gemacht, Daisy ist ausgerastet, und danach hat Alden Davey antanzen lassen und ihm gesagt, wenn er mich nicht verlassen würde, würde er ihn bei Chancel House rauswerfen und enterben.«

Helen Day schwieg. »Ich hatte das Gefühl, als hätten Sie etwas anderes auf dem Herzen, als Sie mich gebeten haben, Sie anzurufen«, sagte Nora.

»Alden erpreßt Davey, damit er Sie verläßt.«

»Darauf läuft es in etwa hinaus. Ich habe versucht, ihn zu überzeugen, daß wir Aldens Geld nicht brauchen, glaube aber nicht, daß ich sehr überzeugend war.«

»Was hat Alden den Anlaß dazu geliefert?«

»Daisy hat mich überredet, ihr Buch zu lesen. Als sie mich angerufen hat, um darüber zu reden, ist sie Amok gelaufen. Alden hat mir die Schuld gegeben.«

»Er ist ein schrecklicher Tyrann. Ich respektiere den Mann sehr, aber das ist er.«

»Ich respektiere ihn nicht. Er wollte Davey nie haben, aber er kann ihn nicht gehen lassen. Davey hat sein ganzes Leben lang unter dem Gefühl gelitten, daß er nicht der wahre Davey Chancel und damit niemals gut genug ist.«

»Das hatte ich befürchtet«, sagte Helen Day. »Alden läßt ihn *büßen*.«

»Lincoln hat dasselbe getan, richtig? Er hat Alden und Daisy gezwungen, einen Enkel zu adoptieren, und sie haben des Geldes wegen mitgespielt. Ist es nicht das, was Sie mir erzählen wollten? Sie wollten es nur nicht vor Jeffrey sagen.«

Wieder machte Helen Day eine lange Pause, bevor sie etwas sagte. »Ich wünschte, ich könnte etwas über dieses Thema sagen, aber das kann ich nicht.«

»Ich weiß es bereits. Es steht etwas darüber in Daisys Buch.«

»Daisy war wütend auf beide.«

»Sie wollte ihn auch nicht. Mich wundert, daß sie überhaupt ein Kind bekommen haben.«

Helen Day sagte: »Ich nehme an, darüber waren Sie auch überrascht.«

»Sie waren in Poplars, als das erste Kind geboren wurde. Sie haben gesehen, was sie alles durchgemacht haben.«

»So ist es.«

»Sie nannten es den ›Aufruhr‹.«

»Das ist genau das richtige Wort. Tag und Nacht Lärm, Gebrüll und Schreie rund um die Uhr.«

»Und Sie meinen, Davey sollte wissen, warum seine Eltern ihn immer so behandelt haben. Daß er die einzige Möglichkeit war, damit Alden nicht von seinem Vater enterbt wurde.«

Schweigen.

»Alden hat Ihnen das Versprechen abgenommen, richtig? Sie mußten ihm versprechen, daß Sie Davey niemals davon erzählen würden.« Eine weitere Erkenntnis kam ihr. »Er hat Sie entlassen und Ihnen genug Geld gegeben, damit Sie Ihr eigenes Geschäft gründen konnten.«

»Er gab mir die Chance, die ich brauchte.«

»Seitdem sind Sie ihm dankbar, aber Sie hatten nie ein gutes Gefühl dabei.«

Nach einer Pause sagte die alte Frau: »Er sollte mit seinem Sohn nicht denselben schmutzigen Trick spielen, den sein Vater mit ihm gespielt hat. Das macht mich sehr unglücklich.«

»Wollten Sie denn das *erste* Kind überhaupt? Sie müssen es nur wegen Lincoln bekommen haben.«

»Wenn Sie raten wollen, dann erzähle ich es Ihnen nicht. Verstehen Sie? Raten Sie weiter. Bis jetzt machen Sie Ihre Sache ausgezeichnet.«

»Also wollten sie es nicht. Wie ist das erste Kind gestorben?«

»Sagten Sie nicht, daß Daisy darüber in ihrem Buch geschrieben hätte?«

»Das hat sie, aber sie hat alles verändert.« Ein erstaunlicher Gedanke blitzte in Noras Verstand auf. »Hat Daisy das Baby getötet? Es ist schrecklich, so etwas zu sagen, aber sie ist fast verrückt genug, es getan zu haben, und Lincoln und Alden hätten keine Gewissensbisse gehabt, es zu vertuschen.«

»Das einzige, das Daisy je alle gemacht hat, war eine Flasche«, sagte Helen Day. »Was würden Sie mit einem unerwünschten Baby tun?«

»Sie haben Ihres zu Verwandten gegeben.«

»Aber was würden die meisten tun?«

»Es zur Adoption freigeben«, sagte Nora.

»Genau.«

»Aber warum dachten sie sich dann die Geschichte aus, daß es gestorben wäre? Das ergibt keinen Sinn.«

»Raten Sie weiter.«

»Sie gaben ein Kind auf und adoptieren dann ein anderes? Ich weiß nicht mal, ob das überhaupt möglich ist. Keine Agentur würde einem Paar ein Baby überlassen, das sein eigenes hergegeben hatte.«

»Für mich klingt das vernünftig«, sagte Helen Day.

»Das erste Kind ist also gestorben. Es muß im Kindbett gestorben sein. Wenn Alden es nicht ermordet hat.«

»Was hat Daisy in ihrem Buch geschrieben?«

»Das war alles durcheinander. Da war ein Kind, und dann war es weg. Lincolns Alter ego tobt und wütet, trägt aber die halbe Zeit eine Naziuniform. Lincoln Chancel hat keine Naziuniformen getragen, oder?«

»Mr. Chancel sammelte Naziflaggen, Uniformen, Schärpen, Armbinden und so weiter. Nach seinem Tod hat Alden mich gebeten, alles zu verbrennen. Sie müssen *raten*, Nora. Glauben Sie, daß das Baby gestorben ist?«

»Ich nehme an, es ist nicht gestorben«, sagte Nora. »Ich vermute, es wurde adoptiert.«

»Das ist eine gute Vermutung.«

»Aber …« Sie sah eine Szene aus Daisys Buch vor ihrem geistigen Auge: Adelbert Poison stritt mit Clementine auf seiner verrottenden Terrasse. Nora versuchte sich zu erinnern, was er über Egbert gesagt hatte – ein Wort, das Daisy geschrieben hatte. Was tatsächlich mit Davey geschehen war, die einzige Abfolge von Ereignissen, die einen Sinn im Chaos ergab, kam ihr in dem Augenblick in den Sinn, bevor sie sich an das Wort erinnerte, *wiederbekommen*. Nora fühlte sich, als wäre in ihrer Brust eine Bombe explodiert.

»O nein«, sagte sie. »Das können sie nicht getan haben.«

Nachdem sie gesagt hatte, was ihr eingefallen war, hegte sie keinerlei Zweifel mehr daran, daß sie recht hatte. »Sie haben Davey zur Adoption freigegeben, und dann hat Lincoln sie gezwungen, ihn zurückzuholen. Es gab keinen ersten Davey. *Davey* war der erste Davey.«

»Das hört sich ziemlich gut geraten an, finde ich«, sagte Helen Day. »Die Chancels haben eine grandiose Phantasie. Die banale Wahrheit hat da keine Chance.«

Nora ließ ihre Vorstellung von dem Verbrechen für sich sprechen. »Sie wollten ihn beide nicht haben. Sie haben ihn nur des Geldes wegen zurückgenommen. Sie wären glücklicher gewesen, wenn er wirklich gestorben wäre.«

»Und seitdem läßt Alden es ihn büßen.«

»Seitdem läßt er es ihn büßen«, wiederholte Nora.

»Ich hatte recht, was Sie betrifft. Sie nehmen mehr wahr als die meisten Menschen.«

»Sie haben ihn sein ganzes Leben lang belogen. Wie alt war er, als sie ihn zurückgeholt haben?«

»Etwa sechs Monate. Die andere Familie wollte ihn nicht wieder hergeben, aber Lincoln hat Alden und Daisy gezwungen, nach New Hampshire zu fahren, und sie haben all die richtigen Sachen gesagt und ihn zurückbekommen.«

»Alle glaubten, daß ihr Kind gestorben wäre. Die einzige, die wußte, was wirklich geschehen war, waren Sie. Als Davey älter wurde, hatten sie Angst, Sie könnten ihm die Wahrheit sagen, und darum wurden Sie entlassen.«

Helen Day seufzte. »Kaum etwas in meinem Leben ist mir so schwergefallen. Ich konnte Jeffrey besuchen, wann immer ich wollte, und ich wußte, daß er bei Leuten war, die ihn liebten. Aber Davey war ganz allein. Als Mr. Chancel gestorben war, haben sie ihn einfach ignoriert. Sie sind nette Menschen, aber sie wollten kein Kind haben.«

Noras Verstand arbeitete immer noch auf Hochtouren. »Wie können Sie sagen, daß sie nette Menschen waren, wo Sie doch wissen, was sie getan haben?«

»Es ist nicht so leicht, Menschen zu verurteilen, wenn man sie versteht. Alden hat ein Herz aus Stein und ist ein Tyrann, aber ich kenne den Grund dafür. Sein Vater. Das ist die reine und schlichte Wahrheit.«

»Ich wette, das ist richtig«, sagte Nora.

»Sie haben Lincoln Chancel nie kennengelernt. Mr. Chancel hatte mehr Energie, Verstand und Elan als sechs Männer zusammen. Er war ein *Kämpfer*. Manches, wofür er kämpfte, war schlimm und falsch, und er scherte sich einen Dreck um das Gesetz, es sei denn, es war auf seiner Seite, aber er tapste nicht durchs Leben, er *stürmte*. Es gab Zeiten, da war ich wütender auf ihn als auf jeden anderen Menschen, aber er hatte etwas Grandioses an sich. Ich dachte immer, daß Mr. Chancel große Ähnlichkeit mit meiner Schwester hatte, nur alles ins Gegenteil verkehrt. Sie waren beide nicht besonders nett, aber wenn sie nette Menschen gewesen wären, wären sie nicht so eindrucksvoll gewesen.«

»Aber er war ein Ungeheuer.«

»Man muß einen Heiligen in sich haben, um ein Ungeheuer zu sein. Mr. Chancel hat viel Schaden angerichtet, aber sein Herz war nicht aus Stein, überhaupt nicht. Als ich in Shorelands war, was meinen Sie da, wer hat sich größte Mühe gegeben, meine Schwester zu finden? Wer hat Georgina überredet, mich vier Tage bleiben zu lassen? Mr. Chancel. Wer ging mit mir und den Polizisten in den Wald? Er mußte sich um seine Geschäfte kümmern, er hatte seinen Telegraphen und mußte dauernd ans Telefon, aber er hat mehr zur Suche nach Katherine beigesteuert als all diese Schriftsteller.«

»Ich verstehe«, sagte Nora.

»Das hoffe ich. Und er sah, in welcher Verfassung ich mich befand, mein Mann tot, mein Sohn fort, mein Herz gebrochen wegen der armen Katherine, und er bot mir einen Job, bei dem ich doppelt soviel verdiente wie bisher, plus Kost und Logis.«

»Sie halten viel von ihm.«

»Manches vergißt man nicht. Wenn Mr. Chancel länger gelebt hätte, hätte er Davey die Wahrheit gesagt, das weiß ich.«

»Sollte ich es ihm sagen?« fragte Nora.

»Sie tun das, was Sie für das Beste halten, aber das würden Sie so oder so machen. Ich will Sie nur daran erinnern, daß *ich* es

Ihnen nicht gesagt habe, weil ich auch mache, was ich für das Beste halte, und ich breche meine Versprechen nicht.«

»Hören Sie, mußten sie nicht ein Art von Begräbnis veranstalten? Angeblich mußte es doch eine *Leiche* geben.«

»Privates Begräbnis. Auf dem Friedhof hinter St. Anselm's. Nur Alden, Mr. Chancel und der Pfarrer. Kurz und schmerzlos, und der einzige, der bei der Beerdigung weinte, war Mr. Chancel, weil Alden verdammt gut wußte, daß sie ein paar Backsteine begruben, die sie in ein Leichentuch gewickelt hatten, damit sie nicht im Sarg herumrutschten.«

»Herrgott, was für ein Teufel«, sagte Nora.

»Sein Vater sagte viel schlimmere Dinge, als er es herausfand.« Helen Day überraschte Nora damit, daß sie laut auflachte.

77

Davey hielt sich in Jeffreys Apartment auf, wo die Telefonleitung nicht abgehört wurde. Wenn sie ihn anrief, war sie nicht verpflichtet, ihm vom Verrat seines Vaters zu erzählen. Mit der Zeit würde er ihr glauben, das wußte sie, aber wenn sie ihn mit Helen Days Enthüllungen belastete, solange er noch in Aldens Bann stand, würde er ihr nur vorwerfen, daß sie log. Wenn er die Wahrheit akzeptierte, würde er aus Poplars ausbrechen müssen, aus Chancel House, aus Aldens Leben, und zwar für immer.

Nora streckte die Hand aus und griff nach dem Hörer. Das Plastik schien warm und lebendig zu sein. Sie zog die Hand zurück und streckte sie wieder aus. Es läutete wie ein Wecker, und sie fuhr zusammen. *Davey*.

Sie nahm den Hörer ab und sagte hallo.

»Nora, sind Sie es?« Der Mann am anderen Ende war nicht Davey.

»Ich bin es«, sagte sie.

»Hier spricht Everett Tidy. Ich habe es vorhin schon einmal versucht, aber da war besetzt. Es ist noch nicht zu spät, um zu reden, oder?«

»Nein.«

»Ich dachte, Sie müßten etwas wissen. Ich will Sie nicht beunruhigen, aber mich hat es ein wenig verwirrt.«

Sie fragte ihn, was geschehen war.

»Ich bekam zwei Anrufe. Den ersten von einem Anwalt namens Leland Dart. Er ist der Vater, richtig?«

Nora fragte, was Leland Dart gewollt hatte.

»Er entschuldigte sich, weil er meine kostbare Zeit in Anspruch nähme und so weiter, Er erklärte, daß er der Rechtsbeistand von Chancel House wäre, und fragte mich, ob ich wüßte, daß es in jüngster Zeit Gerede über die Verfasserschaft eines ihrer Titel gegeben hätte. Ich sagte ihm, daß ich darüber nichts wüßte. Dann sagte er, daß es sich bei dem Titel um *Reise in die Nacht* handele und, wie ich zweifellos wisse, mein Vater einmal Kontakt mit dem Verfasser, Hugo Driver, gehabt habe. Er wollte wissen, ob ich mich im Besitz von Unterlagen meines Vaters befände, aus denen Drivers Verfasserschaft hervorging. Falls ich selbst keine Zeit hätte, würde er gerne einen seiner Mitarbeiter nach Amherst schicken, der das ganze Material an meiner Stelle sichten könne.«

»Was haben Sie gesagt?«

»Daß nichts, was mein Vater geschrieben habe, etwas über *Reise in die Nacht* beweisen könne, so oder so. Ob ich alles durchgesehen hätte? Ja, sagte ich, und er müsse mir glauben, es sei nichts dabei, das er verwenden könne. Dann fragte er mich, wieviel Tagebücher mein Vater hinterlassen habe und wo ich sie aufbewahrte. Hätte ich sie einer Bibliothek zur Aufbewahrung gegeben, oder befänden sie sich in meinem Haus? In der Bibliothek des Amherst College, sagte ich. Wenn er einen jungen Mann nach Amherst schickte, würde ich meine Zustimmung geben, daß er die Aufzeichnungen einsehen könnte? Im Leben nicht, sagte ich. Dann sagte er, daß er mir vielleicht schreiben und daher meine Adresse verifizieren müßte. Er las mir die Adresse meines alten Hauses vor. Ob sie stimmte? Ich sagte ihm, daß es, soweit es mich betraf, nichts mehr zu besprechen gäbe.«

»Gut«, sagte Nora.

»Dann fragte er mich, ob ich mich in jüngster Zeit mit anderen über dieses Thema unterhalten hätte. Ich sagte ihm, daß ihn auch das nichts anginge. Ob ich von einer Frau namens Nora Chancel gehört hätte? fragte er mich. War Nora Chancel bei mir gewesen und hatte Fragen nach Hugo Driver gestellt?«

»Er hat nach *mir* gefragt?«

»Genau. Ich sagte nein, ich hätte keinen Kontakt mit Ihnen gehabt, und wenn er eine vernünftige geschäftliche Unterredung führen wolle, warum er dann nicht zu einer vernünftigen Zeit anriefe? Nun, er nannte mich praktisch einen Lügner und sagte, daß Sie vor dem Gesetz auf der Flucht wären, ich mich nicht mit Ihnen einlassen sollte und es ernste Folgen für mich haben könnte, wenn ich seinen Rat nicht beherzigte.«

»Warum sollte Leland Dart –«

»Als nächstes sagte er, daß sich ein junger Anwalt seiner Kanzlei bereits in der Gegend von Amherst aufhielte, und ob ich wenigstens bereit wäre, mich mit dem Mann zu treffen? Nein. Dazu wäre ich nicht bereit. Er diskutierte eine Weile mit mir, und da hörte ich es.«

»Es?«

»Im Hintergrund. Menschen unterhielten sich. Stimmen. Ein seltsames Läuten. Dann ging mir auf, was das war, das Klingeln einer Registrierkasse, wenn eine Summe addiert wird.«

»Eine Registrierkasse?«

»Ich sagte also: ›Rufen Sie mich aus einer Bar an?‹ und er legte auf.«

»O nein.«

»Denken Sie, was ich denke?«

»Daß es Dick Dart war, der sich für seinen Vater ausgegeben hat?«

»Ich dachte an die Belastung, unter der dieser Mann steht. Mit Dick Dart als Sohn würde man sich vielleicht versucht fühlen, einen Teil seiner Geschäfte in Bars zu erledigen. Aber nach dem nächsten Anruf kam mir der Gedanke, daß es doch Dick gewesen sein könnte.«

Keine zwanzig Minuten, nachdem der Mann, der sich Leland Dart nannte, aufgelegt hatte, hatte sich ein Captain Liam Monoghan von der Massachusetts State Police bei Tidy gemeldet. Everett Tidy stände dicht davor, zu einem Verhör vorgeladen, möglicherweise sogar diverser Verbrechen angeklagt zu werden, und wenn er eine Hoffnung auf der Welt habe, daß ihm diese

Peinlichkeit erspart bliebe, dann hieße sie Captain Monoghan. Monoghan sagte: *Ich glaube, Ihnen war nicht bewußt, daß es sich bei dieser Frau um jemand handelt, der vor dem FBI auf der Flucht ist*, und: *Wir haben Informationen, wonach Mrs. Chancel ihr Äußeres verändert hat. Außerdem könnte sie sich unseren Ermittlungen zufolge in der Gegend von Northampton aufhalten. Ist das korrekt?*

»Wenn er eine beliebige andere Stadt genannt hätte, dann hätte ich bestimmt nichts gesagt, Nora. Ich wäre davon ausgegangen, daß er blufft. Aber Sie müssen meine Lage verstehen. Ich möchte Ihnen helfen, so gut ich kann, aber ich bin nicht bereit, ins Gefängnis zu gehen. Der Mann hat *geschworen*, daß ich mindestens eine Nacht im Gefängnis verbrächte, wenn ich nicht zur Zusammenarbeit bereit wäre, und ich fürchtete, wenn es soweit käme, würde ich auch Jeffrey und seine Mutter mit hineinziehen.«

»Professor Tidy, Dick Dart hat mir das Haar geschnitten und gefärbt, aber das weiß die Polizei nicht. Sie könnten es nur wissen, wenn Dick Dart es ihnen gesagt hätte.«

Es folgte ein fast so langes Schweigen wie das von Helen Day. »Ich glaube nicht, daß der Mann, mit dem ich gesprochen habe, Polizist war«, sagte er schließlich.

»Was haben Sie ihm gesagt?«

»Er sagte, ihm würde als Beweis genügen, daß ich aus unschuldigen Motiven gehandelt habe, wenn ich ihm die Information bestätigen oder widerlegen könnte, daß Sie in Northampton sind. Sollte ich die Ermittlungen der Polizei weiterhin behindern, würden Leute von der State Police mich abholen und eine Nacht einsperren. Ich hatte den Eindruck, daß ich sowenig Schaden wie möglich anrichte, wenn ich ihnen bestätige, was sie ohnehin schon wußten, daher sagte ich ihm, ich hätte das Gefühl, daß Sie die Absicht hatten, nach Northampton zu gehen, aber mehr wüßte ich nicht. Er dankte mir für meine Hilfsbereitschaft und ließ mich wissen, daß sich in Kürze ein Beamter bei mir melden würde, um meine Aussage zu Protokoll zu nehmen. Kaum hatte er aufgelegt, habe ich versucht, Sie anzurufen.«

»Und kein Beamter ist bei Ihnen gewesen.«

»Nein. Ich denke aber, es könnte durchaus noch einer kommen. Was meinen Sie?«

»Es war beide Male Dick Dart«, sagte Nora. »Als er vorgab, sein Vater zu sein, erfuhr er genug, um ziemlich sicher zu sein, daß ich Sie besucht hatte, daher machte er den zweiten Anruf, um zu sehen, ob er weitere Informationen aus Ihnen herausbluffen konnte.«

»Es tut mir so leid.« Er stöhnte. »Nora, ich hatte keine Ahnung, daß ich Sie in Gefahr bringe. Wie konnte er herausfinden, wo Sie stecken?«

»Das hat er nicht«, sagte Nora. »Northampton war nur eine naheliegende Vermutung. Wenn er sich geirrt hätte, hätte er nur weiter Städte nennen müssen, bis er die richtige hatte.«

»Glauben Sie, ich sollte die Polizei rufen – die echte Polizei?«

»Nein, tun Sie das nicht.«

»Verschwinden Sie«, sagte Tidy. »Gehen Sie nach Boston und verstecken Sie sich, bis Sie sicher sein können, daß keine Gefahr mehr für Sie besteht. Wenn Sie es heute noch schaffen, rufen Sie mich an, ich lasse Ihnen genügend Geld anweisen, damit Sie eine Weile über die Runden kommen. Bitten Sie Jeffrey, Sie zu fahren.«

»Ich möchte herausfinden, ob ich noch in Schwierigkeiten bin, und wenn ja, nehme ich Ihr Angebot vielleicht an.«

»Ich habe ein kleines Haus in Vermont, das im Augenblick ziemlich verlockend zu sein scheint. Glauben Sie, Dart könnte immer noch herauszufinden versuchen, wo ich wohne? Es gefällt mir ganz und gar nicht, daß er in Northampton sein könnte, aber ich muß sagen, daß er in Amherst sein könnte, gefällt mir auch nicht.«

Es folgte ein Schweigen, das Nora nicht unterbrechen wollte.

»Im Lauf der letzten Stunde habe ich etwas sehr Beunruhigendes herausgefunden.«

»Und das wäre?«

»Daß es ziemlich unangenehm ist, Angst zu haben«, sagte Tidy.

78

»Davey?«

Das erschrockene Schweigen, das von schmetternden Violinen und Hörnern untermalt wurde, dauerte an, bis Nora selbst ihm ein Ende bereitete. »Davey, ich bin es.«

»Nora?«

»Kannst du mit mir reden?«

»Wo bist du?« Seine Stimme klang ein bißchen langsamer als gewöhnlich.

»Können wir ungestört reden?«

»Woher weißt du, daß ich hier bin?«

»Das ist nicht wichtig. Ist die Leitung angezapft?«

»Woher soll ich das wissen? Nein, ich glaube nicht. Mein Vater hat Jeffrey und das italienische Mädchen fortgeschickt, darum wohne ich in Jeffreys Apartment.« Schmetternde Musik übertönte seine nächsten Worte.

»Davey, bitte stell die Musik leiser. Ich kann dich nicht hören.«

Er schien eine Fernbedienung benutzt zu haben, denn die Musik wurde augenblicklich leiser. »Also, wie geht es dir? Geht es dir gut? Du *klingst* so, als ginge es dir gut.«

»Das ist ein bißchen kompliziert. Wie geht es dir?«

»Beschissen«, sagte Davey. »Ich bin krank vor Sorge, seit Dart dich aus dem Polizeirevier entführt hat. Ich dachte, er würde dich umbringen. Weißt du, wie ich es erfahren habe? Die Empfangsdame hat es in der Pause im Fernsehen gesehen, mich angerufen, und ich bin nach unten gerannt. Etwa zwanzig Leute standen um ihren Schreibtisch herum. Eine halbe Stunde brachten sie Berichte über dich und Dick Dart, und dann brachte mich Dad nach Westerholm zurück. Seither machen wir nichts anderes mehr, als die Nachrichten zu verfolgen und mit Cops zu sprechen. Und Mr. Hashim und Mr. Shull, Mann, was reden wir nicht alles mit denen. Mr. Shull ist auf eine dämliche Art ziemlich cool. Die beiden hassen Holly Fenn regelrecht. Sie würden ihm am liebsten bei lebendigem Leib die Haut abziehen.«

Nora hörte das Klirren von Eiswürfeln in einem Glas. »Holly Fenn müßte gefeuert werden, er hat bei dieser Sache große Scheiße gebaut. He, Nora, geht es dir wirklich gut?«

»In mancher Hinsicht, Davey.«

»Ich war echt froh, als Mr. Shull uns erzählte, daß du entkommen bist.«

»Froh.«

»Ich war erleichtert. Glaubst du nicht, daß ich erleichtert war?«

»Davey, kann ich nach Hause kommen?«

»Was meinst du damit?«

Als sie den Argwohn in seiner Stimme hörte, verließ sie der Mut. »Wirft Natalie mir immer noch vor, daß ich sie entführt habe?«

»Soweit ich weiß, sagt Natalie nach wie vor gar nichts. Mr. Hashim und Mr. Shull halten dich nach wie vor für schuldig.« Er zögerte. »Natalie hat jede Menge Drogen genommen, hast du das gewußt?«

»Nein.«

»Einer der Cops hat einen Beutel Koks gefunden, der in ihrem Schlafzimmer an der Rückseite einer Schublade festgeklebt war. Erinnerst du dich an die Magneten an ihrem Kühlschrank? Ich schätze, die hätten uns etwas sagen müssen.« Wieder hörte sie Eiswürfel im Glas klirren. »Warst du in Holyoke?«

»Ja«, sagte Nora.

»Du bist nach Holyoke gefahren und hast das Auto dieses toten Mannes abgestellt?«

»Ich hatte es nicht vor. Ich ging in ein Restaurant, um etwas zu essen, und als ich wieder herauskam, wimmelte es überall von Polizisten.«

»Du warst in einem *Restaurant*? Du *hast etwas gegessen*? Was ist das, ein Ausflug ins Grüne?«

»Ich muß ab und zu essen«, sagte Nora.

»Aber du hättest nach Hause kommen können. Du machst dich verdächtig, wenn du dich derart versteckst.«

»Wohin nach Hause – Poplars?« fragte Nora. »Ich nehme an, Alden würde mich mit Freudenschreien begrüßen.«

»Ich meinte, komm nach Hause und stell dich. Mein Vater hat damit nichts zu tun. Er hat nichts Unrechtes getan.«

»Ich auch nicht«, sagte Nora. »Aber ich wette, dein Vater gibt sich größte Mühe, dich vom Gegenteil zu überzeugen.« Wieder klirrten die Eiswürfel. »Was trinkst du, Davey?«

»Wodka. Hast du gewußt, daß Jeffrey angeblich Stücke geschrieben hat, die im Public Theater aufgeführt wurden? Ich habe ihn nach den Plakaten gefragt, die er in seinem Zimmer hängen hat, und er sagte mir, er hätte die Stücke unter dem Pseudonym Jeffrey Mannheim geschrieben. Ich halte das für eine Lüge, du auch? Sie haben schrecklich gute Kritiken bekommen.«

»Jeffrey hat verborgene Qualitäten«, sagte Nora.

»Er ist der Neffe des italienischen Mädchens, Herrgott noch mal! Was könnte *der* schon für verborgene Qualitäten haben?« Er trank wieder klirrend einen Schluck von seinem Drink. »Ja, vergiß Dad. Natürlich macht mein Vater dich andauernd schlecht. Meine Mutter ist noch schlimmer. Sie denkt, du hast es *arrangiert*, daß du von Dick Dart entführt wirst. Sie wünscht sich, ihr wäre das eingefallen. Ich nehme an, Mr. Hashim glaubt ihr fast.«

»Großartig.«

»Ich muß dir sagen, Nora, ich habe mir wirklich Sorgen um dich gemacht, aber ich habe keine Ahnung, was du dir eigentlich dabei denkst.«

Das klang nach einem Vorwurf. »Hauptsächlich, Davey, habe ich versucht, Dick Dart aus dem Weg zu gehen und die Polizei zu meiden, bis es sicher ist, wieder nach Hause zu kommen.«

»Die Cops haben eine Menge Kleidungsstücke von einem teuren Herrenausstatter in dem Auto gefunden, und als sie in den Laden gingen, konnte sich ein Verkäufer gut an euch beide erinnern. Dick Dart hat ein paar neue Anzüge anprobiert, und du hast einfach danebengesessen und ihm dabei zugeschaut. Dann ist der Cop die Straße rauf und runter gegangen und hat herausgefunden, daß ihr beide in fast sämtlichen Geschäften der Stadt gewesen seid. *Alle* erinnern sich an die beiden netten Turteltäubchen.«

»Dick Dart ist ein Wahnsinniger, Davey. Glaubst du, ich hätte mitgemacht, weil ich ihn *mag*? Ich hasse ihn, ich bekomme eine Gänsehaut, wenn ich an ihn denke. Wenn ich etwas getan hätte, um die Aufmerksamkeit auf mich zu lenken, hätte er mich getötet.«

»Nicht, wenn er dich nicht sehen konnte«, sagte Davey. »Wenn er zum Beispiel in der Umkleidekabine war.«

»So sicher war ich meiner Sache nicht, Davey. Kurz bevor wir zu unserem Einkaufsbummel aufgebrochen sind, hat er mich vergewaltigt. Ich konnte nicht besonders klar denken. Ich fühlte mich, als wäre ich entzweigebrochen worden, und mir war nicht nach Heldentaten zumute.«

»O Gott, o nein. Das tut mir leid, Nora.«

»Ich habe nicht mitgemacht, falls du dich das fragst. Ich war zu sehr damit beschäftigt, nicht das Bewußtsein zu verlieren. Außerdem hatte ich die Hände auf den Rücken gebunden und den Mund mit Klebeband zugeklebt.«

»Du mußt Todesangst gehabt haben.«

»Es war sogar noch schlimmer, Davey, aber ich will deine Gefühle nicht verletzen.«

»Warum hast du mir das nicht vorher gesagt?«

»Weil du mir keine richtigen Fragen gestellt hast. Du hast immer nur von Jeffrey gesprochen und wie du bei der Empfangsdame ferngesehen hast. Außerdem hast du nicht sehr nach Mitgefühl geklungen, und jetzt weiß ich, warum. Du hast dir gedacht, daß ich viel Spaß mit Dick Dart hätte. Weißt du, wie ich ihm entkommen bin? Ich habe ihm mit einem Hammer auf den Kopf geschlagen. Ich dachte, ich hätte ihn getötet. Ich lief raus und ließ das Auto an, aber wie sich rausstellte, hatte ich ihn doch nicht getötet, weil er aus dem Motelzimmer gerannt kam, und ich bin auf ihn zugefahren und hab ihn gerammt.«

»Mein Gott. Das ist großartig.«

»Das wäre großartig gewesen, wenn ich ihn getötet hätte, aber das habe ich nicht. Er läuft immer noch frei rum und sucht Leute, die beweisen könnten, daß dein heißgeliebter Hugo Driver *Reise in die Nacht* nicht geschrieben hat.«

Davey gab einen erstickten Laut des Protests und der Entrüstung von sich, aber Nora achtete nicht darauf. »Er hat gerade herausgefunden, wo ich bin, und jetzt wetzt er wahrscheinlich seine Messer, damit er mich endgültig erledigen kann.«

»Wo bist du?«

»Wenn ich dir das sage, darfst du es niemand anders sagen. Du darfst nicht mal erwähnen, daß wir dieses Gespräch geführt haben.«

»Klar.«

»Es ist mein Ernst, Davey. Du darfst es keinem sagen.«

»Ich *werde* es keinem sagen. Ich will nur wissen, wo du bist.«

»Ich bin in Northampton. In einem Zimmer im Northampton Hotel.«

»Bleib einen Augenblick dran.«

Sie hörte, wie er den Hörer weglegte. Eine Kühlschranktür wurde geöffnet, Eiswürfel fielen klirrend in ein Glas. Er kam wieder ans Telefon. »Was machst du in Northampton?«

»Ich *verstecke* mich, was dachtest du denn?«

»Moment mal, hat das was mit Jeffrey zu tun? Hat er dir gesagt, daß ich in seinem Apartment wohne? Bist du bei Jeffrey? Was, zum Teufel, hast du bei Jeffrey zu suchen?«

»Ich brauchte Hilfe und habe ihn angerufen.«

»Du hast *Jeffrey* angerufen? Das ist verrückt.«

»Dich konnte ich nicht anrufen, oder? Sämtliche Leitungen werden abgehört. Und als Jeffrey hörte, daß ich Fragen nach Katherine Mannheim gestellt habe, bestand er darauf, mich abzuholen.«

»Ich komme nicht mehr mit. Jeffrey ist unser Diener, er ist Marias gottverdammter Neffe, was, um alles in der Welt, kann er mit Katherine Mannheim zu tun haben?« Ein Plätschern, das Klirren von Eiswürfeln. »Ich kann den Namen dieser Frau allmählich nicht mehr hören. Ich hoffe, sie ist eines gräßlichen Todes gestorben. Warum stellst du Fragen nach ihr?«

»Dick Dart ist nicht nur damit beschäftigt, neue Kleidung zu kaufen.« Eine Zeitlang erklärte sie Darts Mission, worauf Davey mit fassungslosem Stöhnen reagierte. »Mir ist egal, ob du das glaubst oder nicht, es ist jedenfalls so, Davey. Und was Jeffrey angeht, er ist Katherine Mannheims Neffe, weil seine Mutter, Helen Day, ihre Schwester war.«

»Seine Mutter? Helen Day?«

»Sie hat deinen Großvater in Shorelands kennengelernt, als sie dort war, um nach Katherine zu suchen. Ihr Mann war gestorben, sie war unglücklich mit ihrer Arbeit, und er hat sie eingestellt.« Sie erklärte die Verbindung zwischen Helen Day, Jeffrey und Maria.

»Glauben diese Leute, daß Katherine Mannheim *Reise in die Nacht* geschrieben hat? Das könnte uns ruinieren!«

»Aber Chancel House steckt auch ohne einen Skandal wegen Hugo Driver in Schwierigkeiten. Laut Dick Dart –«

»Diesem Experten der Verlagsbranche.«

»Er weiß eine Menge über Chancel House. Dein Vater setzt die Firma in den Sand, er versucht, sie einem deutschen Verlagshaus zu verkaufen. Diese Sache mit Katherine Mannheim macht ihn verrückt, weil sie das Geschäft mit Deutschland ruinieren könnte.«

»Es gibt kein Geschäft mit Deutschland. Das hat Dick Dart erfunden.«

»Er hat noch eine interessante Geschichte erzählt. Über den Hellfire Club.«

»Oh«, sagte Davey. »Nun ja.«

»›Nun ja‹? Was soll das heißen?«

»Okay, ich habe dir nicht ganz die Wahrheit gesagt.«

»Du warst Mitglied im Hellfire Club.«

»Es gab keinen Hellfire Club, nicht wirklich. Wir haben es nur so genannt.«

»Aber es gibt eine Niederlassung in New York, richtig? Und du bist Mitglied.«

»*So* ist das nicht. Bei dir hört es sich wie ein richtiger Club an, dabei sind nur ein paar Leute zusammengekommen, um auf den Putz zu hauen. Ab und zu stellen sie einen guten Koch ein, früher jedenfalls, und sie hatten einen Concierge und eine Garderobiere. Es gab eine Bar, und man konnte Mädchen mit nach oben auf die Zimmer nehmen. Ich war nur ein paarmal dort, nachdem Amy und ich uns getrennt hatten.«

»Wer war das Mädchen, das du mit in den Hellfire Club in New Haven genommen hast?«

»Dieselbe kleine Nervensäge, die in der Layout-Abteilung aufgetaucht ist. In Yale nannte sie sich Lena Ware. Jedesmal, wenn ich sie sah, hat sie *Reise in die Nacht* gelesen. Ich glaube, sie kam nach New Haven, weil sie mich *gesucht* hat.«

»Warum hast du mir nicht gesagt, daß du sie zweimal getroffen hast?«

»Weil es sich so merkwürdig angehört hätte. Und ich wollte dir nichts von dem erzählen ..., du weißt schon ..., was Dart dir wahrscheinlich erzählt hat.«

»Daß du sie angefahren hast.«

»Ich habe sie *nicht* angefahren. Nun, ich *glaubte* es, aber es war nicht so. Als ich sie zwei Jahre später bei Chancel House traf, wo sie sich Paddi Mann nannte, sagte sie, sie wäre so wütend auf mich gewesen, daß sie mir angst machen wollte. Nora, sie war verrückt. Ich liebe Hugo Driver, aber sie hat nie an etwas anderes gedacht. Du hättest ihre Freunde sehen sollen! Es gibt Driver-Häuser, hast du das gewußt? Ich war mit ihr in einem. Es war in einem Mietshaus über einem Restaurant in der Elizabeth Street. Das war echt bizarr. Alle waren ständig *high*, sie hatten Zimmer wie Höhlen und Leute, die sich als Wölfe verkleidet haben, und so weiter.«

»Das hast du mir beschrieben, oder nicht?«

»Hm-hmm. Wie auch immer, sie wollte mit mir nach Shorelands fahren, weil sie diese verrückte Theorie entwickelt hatte, daß Shorelands in *Reise in die Nacht* vorkommt.«

»Wie das?«

»Sie sagte, man könnte das Buch nicht verstehen, wenn man nicht in Shorelands gewesen wäre, weil Shorelands darin vorkam. Etwas über einzelne Örtlichkeiten, aber mehr sagte sie nicht. Allein der Gedanke war voll daneben. Ich habe mir ein Buch über Shorelands von einem Burschen mit einem komischen Namen besorgt, und da stand nichts Neues über *Reise in die Nacht* drin.«

»Aus reiner Neugier, was ist wirklich passiert, als du sie das letzte Mal in ihrer Wohnung besucht hast?«

»Ich fand das Buch unter ihrem Bett, und ich glaubte wirklich, daß ihr etwas Schlimmes zugestoßen sein mußte, weil sie einfach verschwunden war. Ihr Zimmer war vollkommen leer. Die anderen Driver-Leute, die dort wohnten, hatten keine Ahnung, wohin sie gegangen war, und es war ihnen auch egal. Für sie war sie kein Mädchen, sie war Paddi Mann, die echte, die aus dem Buch. Als ich ging, war ich so deprimiert, daß ich den Gedanken nicht ertragen konnte, nach Hause zu gehen, daher wohnte ich ein paar Tage in einem Hotel. Als wir in unser Haus eingezogen sind, fand ich das Buch in einem der Kartons, die ich von Poplars mitgenommen hatte.«

»Es war in unserem Haus?«

»Ich erinnere mich, wie ich es aufgeschlagen und ihren Namen gelesen habe. Nora, im ersten Moment wäre ich fast ohnmächtig geworden. Jedesmal, wenn dieses Mädchen auftauchte, geriet mein Leben völlig aus den Fugen. Ich habe es in den Chancel-House-Bücherschrank in der Diele gestellt. An dem Tag, als ich Natalie Weil im Main Street Delicatessen begegnete, erwähnte sie, daß sie *Reise in die Nacht* nie gelesen hatte. Sie mochte Horror-Romane, aber Driver schien ihr immer viel zuviel Fantasy zu sein, daher hatte sie es nie versucht. Am nächsten Tag zog ich ein Exemplar von *Reise in die Nacht* aus dem Bücherschrank und schenkte es ihr, und wie sich herausstellte, war es genau dieses Exemplar.«

»Oh, Davey«, sagte sie. Er trank wieder einen Schluck aus seinem Glas. »Und du wolltest es wiederhaben, bevor die Cops es sehen konnten.«

»Das habe ich dir gesagt. Mein Name stand auch darin.«

»Und um deine Affäre zu verheimlichen, hast du mir diese Geschichte aufgetischt, anstatt zu sagen: ›Nun, Nora, ich habe Natalie dieses Buch geschenkt, nachdem wir unser Haus gekauft hatten.‹«

»Ich weiß.« Er stöhnte. »Ich hatte Angst, du könntest dahinterkommen, daß ich mich mit ihr getroffen habe. Aber warum stellst du mir all diese Fragen? Dir ist Hugo Driver doch vollkommen egal.«

»Ich habe mir heute seine Bücher gekauft, alle drei.«

»Was du nicht sagst. Wenn du mit dem ersten fertig bist, mußt du *Reise in die Dämmerung* lesen. Das ist echt toll. Herrgott, es wäre prima, wenn ich mit dir darüber reden könnte. Möchtest du wissen, worum es geht?«

»Ich habe das Gefühl, daß du es mir erzählen willst«, sagte Nora.

Wie immer wuchs Daveys Selbstvertrauen sofort, wenn er Gelegenheit bekam, über Hugo Driver zu reden. »Wie im ersten Buch muß Pippin zu diesen Leuten reisen und aus ihren Geschichten zusammenstückeln, was wirklich passiert ist. Er erfährt, daß sein Vater ein paar Leute getötet hat und *ihn selbst* fast auch, weil er Angst hatte, er könnte es herausfinden. Jedenfalls, zu Anfang des Buches hört er, daß seine Eltern gar nicht seine wirklichen Eltern sind, sie haben ihn nur eines Tages im Wald gefunden, was in gewisser Weise eine ungeheure Erleichterung ist, und so macht er sich auf die Suche nach seinen wirklichen Eltern, und ein Nellad, ein Ungeheuer, das eine Goldmine besitzt und wie ein Mensch aussieht, aber keiner ist, verletzt ihn mit seinen Klauen, und die alte Frau, die seine Wunden versorgt, verrät ihm, daß seine Mutter doch seine richtige Mutter ist. Seine Eltern haben ihn im Wald ausgesetzt, als er ein Baby war, aber sie ging noch in derselben Nacht wieder hinaus und brachte ihn zurück. Er sagt: ›*Meine Mutter ist meine Mutter.*‹«

79

Zum zweitenmal in dieser Nacht schien sich eine gewaltige Erkenntnis vor Nora in der Luft zusammenzuballen, die, noch wolkig und nebulös, nur auf den richtigen Augenblick wartete, sich zu enthüllen. »Unglaublich«, sagte sie.

»Es ist ein Fantasy-Roman, was erwartest du – Realismus?« Die Eiswürfel klirrten in dem Glas, Musik ertönte im Hintergrund. »Es ist so seltsam. Du hast diese schreckliche Scheiße durchgemacht, und wir reden hier über Hugo Driver. Ich bin ein Waschlappen. Ich bin eine Witzblattfigur.«

»Nein, was du sagst, ist interessant. Erzähl mir, was in dem dritten Buch passiert.«

»*Reise ins Licht?* Pippin findet heraus, daß der wahre Grund, weshalb sie weit draußen im Wald leben, am Fuß eines Berges, der ist, daß sein Großvater ein noch viel schlimmerer Kerl war als sein Vater. Er hat versucht, sein Land zu verraten, aber die Verschwörung mißlang, und sie entkamen in den Wald, bevor ihre Rolle daran aufgedeckt werden konnte. Die Nellads sind ebenfalls Nachfahren seines Großvaters, die seine ganzen schlechten Eigenschaften geerbt haben. Sie sind so böse, daß sie zu Ungeheuern geworden sind. Pippins Großvater hat eine Menge Leute umgebracht, um in den Besitz einer Goldmine zu gelangen, aber auch das war ein Geheimnis. Man muß den Nellads die Goldmine abnehmen, Pippin muß die Wahrheit ans Licht bringen, und danach wird alles gut.«

Das war nicht nur unglaublich, das war unvorstellbar: Hugo Driver hatte seine beiden letzten Romane um die bestgehüteten

Geheimnisse der Familie seines Verlegers herum konstruiert. *Kein Wunder, daß sie posthum veröffentlicht wurden*, dachte Nora und fragte sich sofort, warum sie überhaupt veröffentlicht worden waren. Sie staunte über das Ausmaß von Alden Chancels Zynismus; er war sicher gewesen, daß außer ihm und seiner Frau niemand den Kode entschlüsseln konnte, und hatte aus Drivers Popularität Kapital geschlagen. Wahrscheinlich hatte ihn seine Waghalsigkeit amüsiert.

»Dein Vater hat diese Bücher veröffentlicht«, sagte sie ebensosehr zu sich wie zu Davey.

»Hört sich gar nicht so an, als wären sie auf seiner Wellenlänge, was? Aber du weißt ja, wie stolz er darauf ist, daß er die Bücher nie liest, die er veröffentlicht. Er sagt immer, er könnte sie nicht halb so gut verlegen, wenn er sie tatsächlich lesen müßte.«

Davey hatte recht. Alden prahlte damit, daß er niemals Bücher von Chancel House las. Er hatte den Inhalt von Hugo Drivers nachgelassenen Romanen gar nicht gekannt.

»Warum reden wir über das alles?« fragte Davey. »Nora, komm nach Hause. Bitte. Komm her, und wir bringen alles ins reine.« Mit diesen Worten hatte er seinen eigenen goldenen Schlüssel hervorgezaubert. Er wollte sie wiederhaben; er würde sie in Zeiten der Prüfung durch Slim und Slam nicht im Stich lassen. »Ich komme zu dir und bringe dich zurück. Du könntest die Nacht im Haus verbringen, und ich würde am Morgen zu dir kommen und dich zum Bahnhof bringen. Alle werden stinksauer auf mich sein, aber das ist mir egal.«

Er wollte, daß sie im Haus blieb, während er nach Poplars zurückkehrte. Er wollte sie wiederhaben, aber nur, damit er sich keine Sorgen mehr um sie machen mußte. »Du kannst nicht fahren, Davey«, sagte sie. »Du hast getrunken.«

»Nicht soviel. Vielleicht zwei Drinks.«

»Vielleicht vier.«

»Ich kann fahren.«

»Nein, laß es. Ich möchte erst zurückkommen, wenn ich weiß, daß ich nicht verhaftet werde.«

»Wie wäre es damit, daß du nicht getötet wirst? Ist das nicht ein bißchen wichtiger?«

»Davey, mir passiert schon nichts.« Nora schwor sich, Northampton am nächsten Morgen in aller Frühe zu verlassen. »Hör zu, ich habe mir diese Bücher angesehen, die ich heute gekauft habe, und etwas ist mir nicht ganz klar. Bei den Taschenbuchausgaben der letzten beiden steht auf der Rückseite, daß die Manuskripte in den Unterlagen des Autors gefunden wurden.«

»Wo sollte man Manuskripte sonst finden?«

»Die von Hugo Driver waren nicht gerade leicht zu finden, richtig? Hugo Driver ist so ziemlich der einzige Schriftsteller auf der Welt, der nichts hinterlassen hat, als er starb.«

»Nun, vom Himmel sind sie jedenfalls nicht gefallen.«

Die Erkenntnis, die über Nora schwebte, strömte in Form einiger Bilder in sie ein: ein im Wald ausgesetztes Baby, das von seiner Mutter wiederbeschafft wurde; ein alter Mann, der Großvater des Babys, der eine Naziuniform trug; Daisy Chancel, die Rauch ausatmete, während sie eine Ausgabe von Drivers letztem Buch streichelte. *Du gehörst doch nicht zu den Leuten, die finden, daß* Reise ins Licht *eine schreckliche Enttäuschung ist, oder?*

Die beiden letzten Romane Drivers waren nicht vom Himmel gefallen; sie stammten aus der emsigen Schreibmaschine, die gleich hinter dem ersten Absatz des Treppenhauses von Poplars stand. Zwanzig Jahre bevor er Daisy dazu gebracht hatte, die Blackbird-Bücher zu schreiben, hatte Alden sie beschwatzt, ihm zwei Romane als Driver-Nachahmungen zu verfassen. Er hatte Geld gebraucht, und die listige Daisy, die wohl wußte, daß er die Bücher nie lesen würde, hatte ihrer Verbitterung Luft gemacht und gleichzeitig die Firma gerettet. Alden – Adelbert – war in mehr als einer Hinsicht ein Betrüger. Das war der wahre Grund für ihre Hysterie und seine Wut über Noras Einsicht, daß Daisy die Blackbird-Bücher geschrieben hatte.

»Was geht da vor?« fragte Davey. »Mir gefällt das nicht. Ich kenne dich, du hast noch etwas im Ärmel. Du hättest heute nachmittag nach Hause kommen können, und statt dessen bringst du *Jeffrey* dazu, dich durch die Berkshires zu kutschieren, damit du die Tassenträgerin kennenlernen und eine Menge Fragen nach Hugo Driver stellen kannst. Möchtest du diesen Mannheims helfen, meinen Vater zu ruinieren?«

»Nein, Davey –«

»Jeffrey ist wie ein Spion, er ist hierhergekommen, um nach Beweisen zu suchen, daß seine Tante *Reise in die Nacht* geschrieben hat, Helen Day wollte wahrscheinlich dasselbe, sie wollten beide das Geld, aber mein Vater hat herausgefunden, was die Tassenträgerin im Schilde führte, und hat sie gefeuert, aber weil er so ein netter Kerl ist, hat er trotzdem ihre halbe Familie eingestellt.«

»Das stimmt nicht. Sie wollen beide nichts von euch. Helen Day ist überzeugt davon, daß ihre Schwester *Reise in die Nacht* nicht geschrieben hat.«

»Sie benutzen dich. Begreifst du das nicht? Großer Gott, das ist schrecklich. Ich habe die Tassenträgerin geliebt, und sie hat meine Eltern belogen, hat mich belogen, und sie hat dich belogen. Ihr ganzes gottverdammtes Leben ist eine Lüge, und das von Jeffrey auch. Ich komme noch heute nacht zu dir und befreie dich aus den Klauen dieser Leute.«

»Nein, das tust du nicht«, sagte sie. »Helen Day ist keine Lügnerin, und du wirst nicht hierherkommen, nur um mich zur Polizei zu bringen.«

»Bleib dran, ich bin gleich wieder da.« Der Hörer landete polternd auf dem Tisch, die Kühlschranktür ging auf. Eiswürfel klirrten, Wodka gluckerte. »Okay. Jetzt aber. Helen Day, der Teufel soll sie holen. Begreifst du denn nicht, wenn sie die Schwester von Katherine Mannheim ist, dann ist sie auch die Schwester dieser beiden alten Krähen, die uns verklagen.«

»Sie hat ihre beiden anderen Schwestern nie leiden können. Sie will nichts mit ihnen zu tun haben.«

»Klar, das hat sie dir gesagt, und du bist so naiv und hast ihr geglaubt. Was soll das überhaupt mit diesem ›Day‹? Das kann nicht ihr Name sein. Sie hat sich unter falschem Namen hier eingeschlichen. Ich nehme an, das ist nicht verdächtig?«

Nora erklärte ihm, wie und warum sein Großvater ihren Namen verkürzt hatte.

»Trotzdem ist sie eine Lügnerin.«

»Helen Day ist nicht die Lügnerin in dieser Geschichte, Davey.« Sie bedauerte fast auf der Stelle, daß sie sich zu dieser Bemerkung hatte provozieren lassen.

»Ach, der bin ich, richtig? Vielen Dank, Nora.«

»Dich habe ich nicht gemeint, Davey.«

»Wer bleibt dann noch übrig? Ich hatte von Anfang an recht, du hast noch etwas im Ärmel. O Gott, was denn noch? Du haßt meinen Vater und möchtest ihn ruinieren, genau wie diese Mannheims oder Deodatos oder wie sie auch immer in Wirklichkeit heißen mögen. Ich sollte auflegen und den Cops sagen, wo du dich versteckst.«

»Nein, Davey, bitte nicht.« Sie holte tief Luft. »Du hast recht. Es gibt etwas, das ich nicht sage, aber es hat nichts mit *Reise in die Nacht* zu tun.«

»Hm-hmm.«

»Ich habe heute abend etwas über dich herausgefunden, bin aber nicht sicher, ob ich es dir sagen sollte, weil du mir sowieso nicht glauben wirst.«

»Klasse. Leb wohl, Nora.«

»Ich sage dir die Wahrheit. Helen Day kennt diese *Sache*, diese *Tatsache* über dich. Sie hat ihr Leben lang geschwiegen, aber jetzt denkt sie, daß du es erfahren solltest.«

Davey verwünschte und schmähte Helen Day mehrere Sätze lang und fragte dann: »Wenn diese Information so wichtig ist, warum hat sie es mir dann nicht gesagt?«

»Weil sie es versprochen hat.«

»Und warum hat sie es dann dir erzählt? Mir kommt das ziemlich spanisch vor, Nora.«

»Sie hat es mir nicht gesagt. Sie ließ mich raten, bis ich dahintergekommen war.«

Er kicherte resigniert.

»Was meinst du, warum Helen Day Poplars verlassen hat?«

Nach einigen weiteren Verwünschungen sagte er: »Meine Eltern haben mir damals gesagt, daß sie beschlossen hatte, wegzugehen und ihr eigenes Geschäft zu eröffnen. Und das hat sie wohl auch getan, richtig?«

»Mit ihren Ersparnissen? Glaubst du wirklich, sie hätte soviel Geld sparen können?«

»Ich verstehe. Es läuft darauf hinaus, daß sich mein Vater ihr Schweigen erkauft hat, richtig? Dieses Geheimnis muß ja die Tafel von Rosette übertreffen.«

»Für dich *ist* es die Tafel von Rosette«, sagte Nora.

»Ich weiß, *ich* bin der wahre Verfasser von *Reise in die Nacht*. Nein, zu dumm, es wurde ja veröffentlicht, bevor ich auf der Welt war. Nora, wenn du dieses sogenannte Geheimnis nicht sofort ausspuckst, werde ich auflegen.«

»Prima«, sagte sie. »Ich muß nur einen Weg finden, es zu formulieren.« Sie dachte einen Moment nach. »Erinnerst du dich, was deine Mutter während deiner Kindheit getan hat?«

»Ich nehme an, daß wir jetzt über Seattle nach Miami fahren. Na gut, ich werde mitspielen. Ja, ich erinnere mich. Sie saß in ihrem Arbeitszimmer und trank.«

»Nein, als du ein Kind warst, hat sie den ganzen Tag geschrieben. Deine Mutter hat damals viel gearbeitet, und nicht alles ist in das Buch eingegangen, das sie mir zu lesen gegeben hat.«

»Okay, sie hat die Bücher von Morning und Teatime geschrieben. Damit hattest du recht. Ich habe vier oder fünf davon durchgeblättert, und alles, was du gesagt hast, war da. Es ist komisch, weil ich auch ein paar Ausdrücke entdeckt habe, die ich tausendmal von ihr gehört haben muß. Vorher sind sie mir nur nie aufgefallen. Zum Beispiel ›trauriger als ein Kätzchen in einem Wolkenbruch‹ – solche Sachen. ›Wir haben eine Menge Schuhsohlen durchgelaufen.‹ Das ist ein Grund, warum der alte Herr so über dich hergefallen ist. Er hat überzogen reagiert, aber er wollte nicht, daß es jemand erfährt. Ich verstehe auch, warum. Er sieht nicht besonders gut dabei aus.«

»Danke.«

»Aber diese Bücher hat sie in den achtziger Jahren geschrieben, und wir sprechen hier von den sechziger Jahren.«

»Hast du Exemplare der beiden letzten Romane von Driver bei dir?«

»Auf keinen Fall, hast du verstanden? Wenn du mir einreden willst, daß meine Mutter die nachgelassenen Drivers geschrieben hat, gehörst du in die Klapsmühle.«

»Natürlich will ich das nicht«, log sie. »Es geht einzig und allein um die stilistischen Unterschiede.«

»Ich kann dir wirklich nicht folgen.«

»Wir fahren über Seattle nach Miami, weißt du nicht mehr. Wenn ich nicht so vorgehe, wirst du mir nie und nimmer glauben. Also spiel mit und hol die Bücher.«

»Das ist verrückt«, sagte Davey, legte aber den Hörer weg und kam wenige Sekunden später zurück. »Mann, die hab ich wahrscheinlich seit fünfzehn Jahren nicht mehr gelesen. Okay, was jetzt?«

Nora hatte die beiden Bücher aus ihrer Tasche gezogen, nun schlug sie *Reise in die Dämmerung* auf, ohne recht zu wissen, wonach sie suchte, und ohne große Hoffnung, es zu finden. Sie überblätterte etwa dreißig Seiten und überflog die Abschnitte, ohne etwas Brauchbares zu finden.

»Was möchtest du mir zeigen?«

Ein paar Zeilen auf Seite 42 erweckten ihre Aufmerksamkeit. *»Nur zu wahr«, sagte die runzlige Kreatur, die auf dem Ast hockte. »In der Tat, nur zu wahr, mein lieber Junge.«* Sie mußte Davey dazu bringen, daß er diese Daisy-Sätze las, ohne ihn mit der Nase darauf zu stoßen. »Schlag Seite zweiundvierzig auf«, sagte sie. »Etwa zehn Zeilen von oben. Siehst du das?«

»Sehe ich was? ›*Er schaute auf und kratzte sich am Kopf.*‹ Das?«

»Ein paar Zeilen weiter unten.«

Davey las: »›*Pippin drehte sich langsam im Kreis und wünschte sich, der Weg wäre nicht so dunkel und der Wald nicht so undurchdringlich gewesen.*‹ Das?« Das war der Satz unmittelbar nach dem mit Daisys Markenzeichen.

»Lies den Abschnitt laut, und dann lies dir die ganze Seite durch.«

»Meinetwegen.« Er fing an zu lesen, während Nora hektisch weitere Seiten umblätterte.

»Und jetzt soll ich die Seite lesen?«

»Ja.« Sie überflog eine andere Seite und fand ein zweites *In der Tat*.

»Na gut, was ist damit?«

»Das hat sich nicht sehr nach dem Stil deiner Mutter angehört, oder?«

»Eigentlich nicht.« Davey klang unbehaglich. »Natürlich nicht. Wie auch? Worauf willst du hinaus, Nora?«

»Schau dir Seite vierundachtzig an, gleich unterhalb der Mitte der Seite.«

»Hm«, sagte Davey. »Der lange Abschnitt, der mit ›*Alle Bäume schienen sich bewegt zu haben*‹ anfängt?«

Sie bat ihn, den Abschnitt laut zu lesen, und danach die ganze Seite, wie zuvor.

»Ich komme mir allmählich ein bißchen komisch vor.«

»Bitte tu es einfach.«

Er fing an zu lesen, und Nora schlug das Ende des Buches auf und fand unmittelbar vor dem letzten Absatz den Beweis, den sie brauchte. ›*Erschrocken erinnerte sich Pippin daran, daß er sich erst am Tag zuvor so verloren wie eine langhaarige Katze in einem Wolkenbruch gefühlt hatte.*‹ Sie wartete bis Davey die Seite 84 gelesen hatte.

»Willst du listig sein, oder was?« fragte er. »Du hast gesagt, du wolltest mir nicht erzählen, daß meine Mutter das geschrieben hat. Ein paar kümmerliche Zufälle beweisen gar nichts. Ich komme mir allmählich wieder verarscht vor.«

»Was für Zufälle? Ist dir in diesen Abschnitten etwas aufgefallen, das du mir verschweigst?«

»Ich habe deine Spielchen satt, Nora.«

Es wurde Zeit, den Einsatz zu erhöhen: Sie mußte ihm einen Teil der Wahrheit enthüllen. »Ich glaube nicht, daß Hugo Driver dieses Buch geschrieben hat«, sagte sie. »Es ist wirklich aus dem Nichts aufgetaucht, richtig? Es gab keinen Nachlaß. Wenn doch, hättest du ihn längst zu Gesicht bekommen.«

»Du bewegst dich auf dünnem Eis. Was kommt jetzt? Hugo Driver war meine Mutter in Männerkleidung?«

Nora rettete sich mit einer verzweifelten Improvisation. »Ich glaube, Alden hat diese Bücher geschrieben.«

»Ach, komm schon. Ich habe noch nie etwas Lächerlicheres gehört.«

»Denk doch nur einmal über die Möglichkeit nach. Alden wußte, daß er binnen kürzester Zeit eine unglaubliche Summe Geld verdienen konnte, wenn er posthum Romane von Driver veröffentlichte. Und da es keine richtigen gab, mußte er sie selbst liefern.« Nora improvisierte weiter. »Niemand durfte wissen, daß sie nicht echt waren, daher durfte er keinen Ghostwriter einsetzen. Er konnte nicht mal Daisy vertrauen. Hast du nicht selbst immer gedacht, daß sie anders sind als der erste Roman?«

»Das weißt du genau. Sie sind gut, aber nicht wie *Reise in die Nacht*. Eine Menge Schriftsteller kommen nie wieder an ihren ersten Erfolg heran.«

»Diese beiden wurden von ein und derselben Person geschrieben, ist es nicht so?«

»Und dieselbe Person hat *Reise in die Nacht* geschrieben. Und das war todsicher nicht mein Vater.«

»Wie heißt dieses Ungeheuer, das Pippin mit seiner Klaue verletzt?«

»Es hat keinen Namen. Es ist ein Nellad.«

»Nellad. Erinnert dich das an etwas?«

»Nein.« Er dachte einen Moment nach. »Es hört sich ein bißchen wie Alden an, wenn du das meinst.« Er lachte. »Du willst mir weismachen, daß er seinen eigenen Namen in dem Buch untergebracht hat?«

»Würde es ihm nicht ähnlich sehen, sich auf diese Weise über alle lustig zu machen?«

»Ich muß dir zugestehen, daß du einfallsreich bist. All die anderen wollen beweisen, daß Driver *Reise in die Nacht* nicht geschrieben hat, und du sagst: Doch, das hat er geschrieben, aber die beiden andern nicht. Was fast denkbar wäre, Nora. Soviel muß ich gestehen. Wenn du nicht vollkommen auf dem Holzweg wärst, könntest du fast recht haben.«

»Manches hört sich für mich wirklich nach Alden an. Schlag die letzte Seite auf.«

»Na gut.« Er las eine Zeitlang schweigend. »Komm schon. Du meinst das mit der Katze?«

Nora sagte, daß sie die ganze Seite meinte. »Ich glaube, das hat Alden geschrieben. Die nasse Katze ist mir gar nicht aufgefallen, bis du sie erwähnt hast.«

»Nun, das hört sich mehr nach meiner Mutter als nach meinem Vater an, weil mein Vater nie etwas geschrieben hat, abgesehen von Geschäftsbriefen.«

»Ich finde nicht, daß sich das nach dem Stil deiner Mutter anhört«, sagte Nora.

»Gottverdammt, du hast mir nicht *zugehört*. Ich habe dir gesagt, in einigen dieser Blackbird Books ist jemand traurig wie eine nasse Katze, und sie hat diesen Ausdruck ständig gebraucht, als ich ein Kind war. Sie benützt ihn manchmal heute noch.«

»Ich hatte keine Ahnung.«

»Trotzdem kann es nicht wahr sein. Meine *Mutter*?«

»Alden hat einige ihrer Lieblingsausdrücke verwendet. Soweit konnte er ihr nicht trauen.«

»Sie ist der einzige Mensch, dem er vertrauen würde. Ich muß mir das genauer ansehen.« Sie hörte, wie er schwer atmend Seiten umblätterte und ab und zu aus seinem Glas trank. »Es kann nicht sein, oder? Es gibt eine Million verschiedener Möglichkeiten, um zu erklären ...« Er stieß einen Laut halb zwischen einem Heulen und einem Bellen aus. »*NEIN!*«

»Was?«

»Hier, auf Seite hundertdreiundfünfzig, sagt einer der Dorfbewohner: ›*Du kannst mich siebenundzwanzigmal fragen, und die Antwort wird immer gleich ausfallen.*‹ Siebenundzwanzigmal. Das hat meine Mutter ständig gesagt. Es war ihr Ausdruck für unendlich oft. Verdammte Scheiße.«

»Deine Mutter hat es geschrieben?«

»Verdammte Scheiße, ich glaube, ja«, sagte Davey. »Verdammte Scheiße. Sie war es wirklich. Verdammte Scheiße. Kein Wunder, daß sie so ausgerastet sind, als du behauptet hast, sie hätte die Horror-Romane geschrieben. Das könnte das absolute Aus für uns bedeuten.«

»Dafür sehe ich keinen Grund«, sagte Nora. »Steht deine Mutter nicht in einem guten Licht da? Das heißt, wenn sie diese Bücher geschrieben hat.«

»Herrgott, bist du naiv. Wenn das rauskommt, wird man meinem Vater Betrug vorwerfen, und *Reise in die Nacht* wird ebenfalls sofort verdächtig erscheinen. Es wird nur so von Anwälten wimmeln.«

»Wenn es rauskommt.«

»Sollte es besser nicht. Das muß ein Geheimnis bleiben, Nora.«

»Da bin ich ganz sicher«, sagte sie.

»Wenigstens sind wir endlich in Miami. Wenn die Tassenträgerin wußte, daß meine Mutter diese Bücher geschrieben hat, finde ich es nicht mehr so überraschend, daß sie sie ausbezahlen und loswerden mußten. Mann.«

»Halt dich gut fest«, sagte Nora.

80

Wie sie Jeffrey am nächsten Morgen im Restaurant neben der Terrasse erzählte, hatte der Rest ihrer langen Unterhaltung eine halbe Stunde gedauert, und in ihrem Verlauf hatte Nora gespürt, wie Daveys ganzes Weltbild ins Wanken geriet. Seine Vergangenheit war von innen nach außen gekehrt worden; Nora hatte das zentrale Thema seines Lebens in Frage gestellt. Er spottete, erhob Einwände, leugnete. Nach zehn Minuten hatte er aufgelegt und den Hörer erst nach dem zwölften Läuten wieder abgenommen. »Überleg doch, was sie *geschrieben* hat«, hatte Nora gesagt, und Jeffrey, der sich ihre Schilderung anhörte, während er Pflaumenmus auf ein Croissant strich, schüttelte den Kopf. Auch er hatte den nächtlichen Erkenntnissen anfangs skeptisch gegenübergestanden. »Denk darüber nach, wie dein Großvater war und was dein Vater uns angetan hat, aber denk zuallererst daran, was in Daisys Buch steht. Das ist deine Geschichte, Davey. Es ist eine Botschaft für dich.« Nein, nein, nein. Helen Day hatte gelogen. Nora hatte ihn immer wieder mit der Nase auf das im Wald ausgesetzte und gerettete Kind gestoßen, auf den Satz *Meine Mutter ist meine Mutter*. »Wenn das stimmt, bin ich Pippin«, hatte Davey mit dem ersten Unterton von Ehrfurcht gesagt, der allen großen Enthüllungen folgt. Nora hatte zu ihm gesagt: »Du bist immer Pippin gewesen«, aber nicht hinzugefügt, was sie bei sich dachte: *Ich auch*. »Ich komme mir vor wie Leonard Gimmel oder Teddy Brunhoven«, hatte er gesagt. »Es gibt einen Kode, und ich kann ihn entschlüsseln.«

»Ja. Es gibt einen Kode, und es geht um dich.«

»Sie wollte, daß ich es erfahre. Auch wenn sie es mir nicht sagen konnte.«

»Sie wollte, daß du es weißt.«

»Soll ich ihn zur Rede stellen? Soll ich hinfahren und ihm sagen, daß ich es weiß?«

Zum erstenmal in ihrer Ehe gab Nora Davey den Rat, seinem Vater nicht die Stirn zu bieten. »Du müßtest ihm sagen, wie du es herausgefunden hast, aber ich möchte nicht, daß jemand weiß, wo ich bin.«

»Das stimmt. Ich werde warten. Bis ich es kann.«

Damit blieb mehr unausgesprochen, als Nora lieb war. »Du glaubst mir doch trotzdem, oder nicht?«

»Es hat eine Weile gedauert, aber, ja, ich glaube dir. Ich schätze, ich sollte mich wirklich bei dir bedanken. Ich weiß, es hört sich komisch an, aber ich bin dir dankbar, Nora.«

Prima, aber Dankbarkeit ist nicht genug, hatte sie zu sich selbst gesagt, als ihr Gespräch zu einem nicht überzeugenden Ende gehumpelt war.

Sie riß ein abblätterndes Stück Croissant ab und führte es zum Mund. Obwohl sie schon bei ihrem zweiten war und kein Viertel davon mehr auf ihrem Teller lag, war sie immer noch hungrig. Drei Tische entfernt schaufelten zwei vierschrötige Männer in Windjacken gewaltige Mengen Rührei, Speck und Bratkartoffeln in sich hinein. Nora fühlte sich, als hätte sie ihre beiden Portionen verdrücken können.

Auf der anderen Seite des Fensters rechts von ihr schrubbte ein großer junger Mann im blauen Hemd die Platten der Terrasse mit einem Eimer, einem langen Schrubber und einem Schlauch. Rinnsale funkelten zwischen den glänzenden Platten. Ein anderer junger Mann breitete rosa Tischdecken wie Segel auf den Tischen aus und strich sie mit den Händen glatt.

»Um das Thema zu wechseln, Sie glauben, daß Dick Dart bei Ev Tidy angerufen hat«, sagte Jeffrey.

Sie nickte und griff nach einem weiteren Stück Croissant, aber sie hatte alles aufgegessen.

»Ich werde Ihnen noch welche holen.« Wenige Augenblicke später kam Jeffrey mit einem Teller zurück, auf dem sich Milchbrötchen, Croissants und dicke Scheiben Honigmelone befanden. Nora machte sich mit Messer und Gabel über die Melone her.

»Glauben Sie, daß Ev in Sicherheit ist?«

»Er sagte, daß er nach Vermont reisen würde, wo er ein Haus besitzt.« Nora aß die Melone auf und stürzte sich auf das Gebäck. Sie fühlte sich erholt, als wenn sie die ganze Nacht geschlafen hätte, und hatte eine Idee, was sie die nächsten paar Tage machen würde.

»Es kann Ihnen nicht so gleichgültig sein, wie Sie tun, daß Dart in der Stadt ist«, sagte Jeffrey.

»Es ist mir nicht gleichgültig. Ich möchte Northampton noch heute morgen verlassen.«

»Ich dachte an ein nettes kleines Gasthaus nicht weit von Alford. Wenn Sie möchten, können wir meine Mutter noch einmal kurz besuchen, dann könnte ich Sie hinfahren. Es ist bezaubernd, und die Leute, denen es gehört, waren Freunde meiner Eltern. Davon abgesehen ist die Küche ausgezeichnet.«

Für einen weltlichen Mönch maß Jeffrey gutem Essen eine erstaunliche Bedeutung bei. »Ich möchte Ihre Mutter gern besuchen, aber danach möchte ich anderswohin, wenn es Ihnen nichts ausmacht.«

»Sie möchten bei Ev in Vermont bleiben?«

»Daran habe ich nicht gedacht. Kann man nicht die alten Häuser in Shorelands mieten?«

Er nickte zweifelnd. »Sie möchten nach Shorelands?«

Nora suchte nach einer Erklärung, die ihm logisch erscheinen mußte. »Ich habe Tage damit verbracht, mir die Geschichten anderer Leute über die Anlage anzuhören, und jetzt möchte ich gerne selbst wissen, wie es dort aussieht.«

Jeffrey verschränkte die Arme vor der Brust und wartete.

Sie sah hinaus zu den jungen Männern, von denen der eine die letzten Reste Seifenlauge wegwischte, der andere Stühle um die Tische herum aufstellte, und kam der Wahrheit einen Schritt näher. »Ich bin in einer einmaligen Position. Ich habe mit Mark Foil und Ev Tidy gesprochen, aber sie nie miteinander. Foil weiß, was Creeley Monk in sein Tagebuch geschrieben hat, und Tidy weiß, was sein Vater geschrieben hat, aber ich weiß als einzige, was in beiden Tagebüchern steht, und ich habe den Eindruck, daß noch ein Teil des Puzzles fehlt. Niemand hat je versucht, alles zusammenzusetzen. Ich will nicht sagen, daß ich das kann, aber gestern nacht und heute morgen, als ich über die ganzen Gespräche nachdachte, die ich geführt habe, schien es mir, als müßte ich mir die Anlage wenigstens einmal ansehen. Eine Hälfte von mir hat keine Ahnung, was vor sich geht oder was zu tun ist, aber die andere Hälfte sagt: *Geh nach Shorelands, sonst wirst du überhaupt nichts mitbekommen.*«

»›Nichts mitbekommen‹«, sagte Jeffrey. »›Teil des Puzzles.‹ Bilde ich es mir nur ein, oder sprechen Sie von Katherine Mannheim?«

»Sie ist der Mittelpunkt von allem. Ich weiß nicht, warum, aber ich fühle mich fast verantwortlich für sie.« Jeffrey hob ruckartig den Kopf. »Sämtliche Leute hatten widersprüchliche Eindrücke von ihr. Sie war grob, sie war ungeduldig, sie war eine Heilige, sie war eine Sirene, sie war aufrichtig, ausweichend, entschlossen, frivol, völlig verrückt, völlig normal... Sie geht nach Shorelands, sie hinterläßt bei jedem einen anderen Eindruck, und sie kommt nie zurück. Und was kommt statt dessen? Was ist das einzige, das jener Sommer hervorgebracht hat? *Reise in die Nacht.*«

Jeffrey betrachtete sie mit einer Mischung aus Interesse und Zweifeln. »Bei Ihnen hört es sich an, als wäre dieses Buch eine Art Ersatz für sie.« Er dachte einen Moment nach. »Oder als würde sie darin vorkommen.«

»Nicht direkt, nicht so. Aber ein Ausdruck von ihr kommt darin vor: die Tassenträgerin.« Jeffrey machte den Mund auf, und Nora fügte hastig hinzu: »Ich weiß, wir haben schon darüber gesprochen, aber mir kommt das immer noch wie ein gigantischer Zufall vor. Davey hat das Foto der beiden Schwestern im Apartment Ihrer Mutter in Poplars gesehen, aber Hugo Driver konnte es nicht gesehen haben. Das ist ein Teil dessen, was fehlt.«

»Wenn Sie Detektiv spielen wollen, helfe ich Ihnen gerne. Es ist möglich, dort zu wohnen. Vor fünf oder sechs Jahren hatte ein französischer Verleger und großer Bewunderer Drivers Schwierigkeiten, dort eine Unterkunft für eine Nacht zu finden. Alden hat mich gebeten, daß ich mich für ihn darum kümmern sollte. Was ich tat. Das Anwesen wird vom Shorelands Trust verwaltet, und ein Teil des alten Personals ist im Main House untergebracht, aber Pepper Pot und Rapunzel haben Zimmer für Leute, die eine Nacht dort verbringen möchten. Ich habe dem Franzosen ein Zimmer in Rapunzel besorgt, und er war entzückt. Alden auch.«

»Werden Sie anrufen?«

»Während Sie packen, aber vorher möchte ich Ihnen eine Frage stellen.«

»Schießen Sie los.« Sie wappnete sich, aber Jeffreys Frage fiel barmherziger aus, als sie erwartet hatte.

»Warum wollten Sie mir die Geheimnisse der Familie verraten? Ich bin so spät nach Poplars gekommen, daß ich nicht einmal wußte, daß Davey als adoptiert gelten sollte.«

»Ich wollte nicht die einzige andere sein, die davon weiß.« Sie biß sich gerade noch auf die Zunge, bevor sie hinzufügte: *Für den Fall, daß mir etwas zustößt.*

»Es tut mir leid, das zu hören«, sagte er und winkte der Kellnerin wegen der Rechnung.

81

Als das Telefon läutete, war sie im Bad und dachte über Make-up nach. Beim vierten Läuten nahm sie ab und hörte, wie Jeffrey ihre Frage beantwortete.

»Ich hoffe, es macht Ihnen nichts aus, noch eine halbe Stunde zu warten«, sagte er. »Ich habe meine Mutter angerufen, um ihr zu sagen, daß wir vorbeikämen, und sie ist in heller Aufregung. Offenbar habe ich eingewilligt, einige der Mädchen heute morgen zum Markt zu fahren, und ich bin schon spät dran. Es wird höchstens vierzig Minuten dauern, und sobald wir wieder da sind, komme ich Sie abholen.«

»Perfekt«, sagte sie. »Ich hatte mir gerade überlegt, daß es besser wäre, meine Verkleidung wieder anzulegen.«

»Ihre ...? Oh, die Kriegsbemalung. Gute Idee. Sie sind im Hotel abgemeldet, und ich habe Sie als Mrs. Norma Desmond in Pepper Pot angemeldet. Ich dachte mir, Sie wären es wahrscheinlich leid, Dinah Shore zu sein.«

Sie vereinbarten, sich in fünfundvierzig Minuten in der Halle zu treffen. Falls Jeffrey vorher zurückkam, wollte er in ihrem Zimmer anrufen. »Tun Sie mir einen Gefallen«, sagte er. »Warten Sie in der Halle auf mich, okay? Ich möchte nicht für alle Leichen im Keller der Chancels verantwortlich sein.«

Eine halbe Stunde später warf die junge Frau an der Rezeption Nora einen Blick zu, als sie aus dem Fahrstuhl trat, und fuhr dann damit fort, einem aufgeregten älteren Paar, das sich wegen der Rechnung echauffierte, die Preise des Hotels zu erklären.

Sanftes rosa Licht erfüllte die ansonsten menschenleere Halle. Nora rollte ihren Koffer zu einem Ohrensessel bei einem Tischchen voller Broschüren und setzte sich, um »Die 100 berühmtesten Sehenswürdigkeiten unserer schönen Gegend« zu studieren. Das weißhaarige Paar beschwerte sich nach wie vor wegen der Zimmerrechnung, aber mittlerweile war die Empfangsdame aufgeregt. Der Mann, dünn wie ein Pfeifenstiel, mit elegantem Blazer, Halstuch und leuchtend weißen Koteletten erklärte mit polternder Stimme, daß es sich bei den Telefongebühren um einen Irrtum handeln *müsse*, da weder er noch seine Frau jemals das Telefon in Hotelzimmern benützten. Warum zusätzliche Gebühren zahlen, wenn man jederzeit in die Halle gehen und den Münzfernsprecher benutzen konnte?

Die Empfangsdame sagte ein paar Worte.

»Unsinn!« bellte der alte Mann. »Ich habe Ihnen doch gerade erklärt, daß meine Frau und ich Telefone in Hotelzimmern nicht *benutzen*!«

Seine Frau rückte von ihm ab, und die junge Frau am Tresen sagte wieder etwas.

»Aber das ist ein Irrtum!« brüllte der alte Mann. Die Empfangsdame entfernte sich, und der alte Mann wirbelte zu seiner Frau herum. »Du hast es schon wieder gemacht, nicht wahr? Zu faul, um den Fahrstuhl zu benutzen, und was passiert? *Zwei Dollar* verschwendet, ich stehe hier und mache eine Szene, und alles ist deine Schuld.«

Seine Frau hatte zu weinen angefangen, war aber zu ängstlich, um die Hände zu heben und sich die Tränen abzuwischen.

Nora sah einen Abklatsch von Alden Chancel in dem herrschsüchtigen kleinen Dandy und ertrug es nicht, mit ihm in einem Raum zu sein. Sie ließ den Koffer neben dem Sessel stehen und ging den Flur entlang zum Ausgang zur Terrasse. Durch das Fenster konnte sie ein halbes Dutzend Autos auf der King Street fahren sehen, keines davon Jeffreys. Sonnenlicht glitzerte auf den geputzten Platten, gelbe Lilien nickten neben den Stufen zum Asphalt hinunter. Nora trat durch die Tür in den frischen, strahlenden Morgen.

Als sie die oberste Stufe erreichte, suchte sie die King Street nach dem MG ab und wünschte sich, sie hätte heute morgen ihren Dauerlauf machen können. Ihre Muskeln sehnten sich nach der Übung; ihr Frühstück schien sich in ein Bedürfnis nach Arbeit und Bewegung verwandelt zu haben. Sie schaute zum Hotel zurück und sah den alten Mann durch die Glasscheibe Schmähungen ausstoßen, während er den Koffer abstellte und seiner Frau die Tür aufmachte. Er war ein Kavalier der alten Schule, einschließlich der tyrannischen Höflichkeiten, und er hatte auf der Straße geparkt, weil er dachte, daß er eventuell für den Hotelparkplatz bezahlen müsse. Nora ergriff den Riemen ihrer Handtasche und ging die Treppe hinunter und dann fünf oder sechs Schritte die Straße hoch, um nach Jeffrey Ausschau zu halten.

Der MG war nicht zu sehen. Nora sah über die Schulter und erblickte das Paar, das die Stufen herunter zum Bürgersteig kam. Das Gesicht des Mannes war rot vor Wut. Sie verdrängte die beiden aus ihrem Denken und konzentrierte sich auf das Vergnügen, rasch durch die Luft eines wunderschönen Augustvormittags zu gehen, noch angenehm kühl und gewürzt von Lilien.

Als sie die Main Street erreichte, sah sie nach links zu der Reihe von Geschäften, die sich bis zum Campus des Smith College und Helen Days Haus erstreckten, und rechnete inzwischen fest damit, Jeffrey durch den spärlichen Verkehr fahren zu sehen. Die Hälfte aller Geschäfte auf beiden Seiten der Main Street hatte noch nicht geöffnet, und keines der wenigen Autos war das von Jeffrey. Unvermittelt und brutal wie ein Herzanfall scherte ein Polizeiauto hinter dem Lieferwagen einer Bäckerei aus und rollte auf Nora zu. Sie zwang sich, stehenzubleiben. Einen Augenblick schien der Streifenwagen direkt auf sie zu zielen. Sie schluckte. Dann veränderte er minimal die Richtung und näherte sich ohne große Eile der Kreuzung. Nora tat so, als suchte sie etwas in ihrer Handtasche. Der Wagen kam auf ihre Höhe, fuhr vorbei und bog in die King Street ein. Sie sah ihm nach, wie er immer noch ohne große Hast Richtung Hotel fuhr. Sie beschloß, ihre Freiübungen zu vergessen und in der Hotelhalle auf Jeffrey zu warten.

Ein wenig die Straße hinunter stand der Dandy vor einem Oldtimer mit geschwungenen Formen, Trittbrett und einem gewaltigen, mit Metallabzeichen verzierten Kühler. Er machte die

Beifahrertür auf und hielt seiner Frau die Hand hin. Zitternd trat sie auf das Trittbrett. Das Polizeiauto fuhr an ihnen vorbei. Der alte Mann stolzierte auf die Fahrerseite und tätschelte im Vorbeigehen die Haube. Inzwischen hielt der Streifenwagen vor dem Hotel, zwei Polizisten gingen die Stufen hinauf.

Die King Street blieb verlassen. Als Nora sich wieder umdrehte, schritten die beiden Polizisten über die Terrasse zur Glastür. Nora redete sich ein, daß sie wahrscheinlich nicht mehr wollten als Kaffee und Apfelstrudel im Café, trat auf die Straße und ging auf den Baldachin eines Kinos zu. Der alte Mann ließ sein extravagantes Auto an und fuhr vom Bordstein weg. Nora stand mitten auf der Straße und wartete, damit er vorbeifahren konnte. Das Auto hielt vor ihr an, das Fenster wurde heruntergekurbelt. Die alte Frau starrte auf ihren Schoß, und ihr Mann beugte sich nach vorne, um Nora anzusprechen. »Die Zebrastreifen sind für die Fußgänger bestimmt«, sagte er mit liebenswürdiger Stimme. »Sind Sie sich zu gut dafür, junge Dame?«

»Ich habe Sie beobachtet, Sie brutaler Sack«, sagte Nora, »und ich hoffe, Ihre Frau tötet Sie eines Nachts im Schlaf.«

Seine Frau hob ruckartig den Kopf und sah Nora an. Der alte Mann fuhr mit knirschendem Getriebe an. Entweder ein Lachen oder ein Schrei ertönte aus dem offenen Fenster. Nora eilte auf die andere Straßenseite und zog sich unter dem Kinobaldachin in den Blickschutz einer schrägen Wand neben dem Kartenhäuschen zurück. Sie schaute zum Hotel zurück, ohne die Polizisten zu sehen, dann wieder zu dem Oldtimer, der am Ende der Straße darauf wartete, daß die Ampel umschaltete. Ein rotes Auto, nicht Jeffreys, aber trotzdem vertraut, bog um den Oldtimer herum in die King Street ein, gefolgt von einer unauffälligen blauen Limousine. *Das ist er nicht, das kann nicht sein*, dachte Nora bei sich, aber der Audi kam langsam auf sie zu, und er war es. Sie sah Daveys dunkles Haar und blasses Gesicht, als er sich am Lenkrad duckte und das Northampton Hotel betrachtete.

Sie trat aus dem Winkel zwischen den Wänden und wieder zurück. Davey fuhr vorbei. Die blaue Limousine folgte ihm zum Hotel. Beide Autos bogen auf den Parkplatz ein und verschwanden.

Nora blieb im Schutz der Wand und betete, daß die Polizisten das Hotel verließen. Wenn Jeffrey vorbeikam, würde sie ihm erklären, daß sie es sich anders überlegt hätte und doch nach Westerholm zurückkehren wollte. Shorelands war die Vergangenheit von jemand anders, und sie mußte sich um ihre eigene Gegenwart kümmern. Die Polizisten blieben in dem Hotel, und Nora schlang die Arme um sich und beobachtete die Glastür am Ende der Terrasse.

Kinder liefen zwischen den Kellnern hindurch auf den Platten hin und her. Die Glastür schwang auf, und ein Kellner, der ein Tablett auf der Schulter balancierte und einen Klappständer in der Hand hielt, kam heraus. Bevor die Tür wieder zufallen konnte, kam Davey herausgestürmt und ließ den Blick über die Tische schweifen. Als er Nora nicht sehen konnte, ging er über die Terrasse bis zu den Stufen zum Bürgersteig.

Nora trat vor. Ein zweiter Streifenwagen bog in die King Street ein. Davey suchte den Bürgersteig vor sich ab. Der Streifenwagen näherte sich ihm. Nora verließ den Winkel zwischen den beiden Wänden und ging Richtung Main Street zurück. Der Streifenwagen fuhr vorbei, ohne anzuhalten. Sie drehte sich auf dem Bürgersteig um und sah, wie Davey zwischen den Tischen zurückging. Als das Auto die Vorderseite des Hotels erreicht hatte, wendete es und hielt hinter dem ersten. Zwei Polizisten stiegen aus und liefen die Stufen hinauf, während ein dritter Streifenwagen sich vom anderen Ende der King Street näherte und auf den Hotelparkplatz einbog.

Ihre einzige Hoffnung war, daß Davey allein auf die Terrasse herauskommen würde. Sie ging ein Stückchen weiter die Straße entlang und sah ihm nach, wie er das Hotel betrat. Die beiden Polizisten schritten unter den neugierigen Blicken der meisten, die sich zum Frühstück versammelt hatten, zwischen den Tischen hindurch. Davey verschwand, und die beiden Polizisten erreichten die Tür ein paar Sekunden, nachdem sie wieder zugefallen war.

Komm wieder raus, sagte sie zu sich. *Komm da raus und geh die Straße hoch.*

Ein kräftig gebautes Elternpaar und drei noch größere Teenager drängten sich zur Tür. Davey kam wieder heraus, als sie gerade dort angelangt waren, trat beiseite und hielt ihnen die Tür auf. Nora ging auf das Hotel zu. Als die Familie sich hindurchgezwängt hatte, hielt Davey die Tür für zwei Männer in dunklen Anzügen auf. Einer trug eine schwarze Sonnenbrille. Davey zuckte die Achseln und steckte die Hände in die Taschen. Nora stockte der Atem in der Kehle, sie wich einen Schritt zurück. Die Männer in den Anzügen waren Mr. Hashim und Mr. Shull.

Davey und die FBI-Männer, die sich unterhielten wie alte Freunde, gingen auf der zur Straße gelegenen Seite um die Tische herum zu den Stufen.

Zu schockiert, um zu verarbeiten, was sie gerade gesehen hatte, ging Nora die Straße hoch. Etwa zwanzig Schritte entfernt befand sich ein Parkplatz für die Geschäfte am unteren Ende der Main Street. Wenn sie auf diesen Parkplatz kam, ohne gesehen zu werden, konnte sie durch eines der Geschäfte gehen und sich zu Helen Days Haus durchschlagen.

Sie sah über die Schulter. Mr. Shull zeigte mit dem Daumen auf das Hotel und redete mit Mr. Hashim, der in Noras Richtung sah. Das Herz schlug ihr bis zum Hals, ihre Knie schienen weich zu werden. Sie marschierte an verblichenen Postern mit hübschen alten Häusern und Bäumen mit Herbstlaub im Schaufenster eines ausgeräumten Fremdenverkehrsbüros vorbei. Ein großes schwarzweißes Schild mit der Aufschrift GESCHLOSSEN, das die Sonne braunfleckig gemacht hatte, war an der Innenseite der Tür festgeklebt worden. Nora betrat den Parkplatz und riskierte einen zweiten Blick über die Schulter.

Davey und Mr. Shull gingen Richtung Main Street. Mr. Shull zählte Argumente an den Fingern ab, und Davey nickte.

Du Wurm, du Frettchen, wie konntest du mir das antun?

Ein Arm wurde um ihren Hals geschlungen. Vor Schock und Schrecken blieb ihr fast das Herz stehen, und der Arm, der ihr die Kehle zudrückte, erstickte ihren Schrei zu einem Krächzen. Der Mann beugte sie nach hinten und zerrte sie über den Parkplatz.

82

»Ich liebe unsere kleinen Wiedersehensfeiern«, sagte Dick Dart. »Es ist so wichtig, den Kontakt zu alten Freunden nicht abreißen zu lassen, findest du nicht auch?« Nora zog an dem Arm, der ihr die Luft abdrückte, während ihre Füße über den schmutzigen Asphalt rutschten. »Besonders zu denen, die einem so sehr am Herzen liegen.« Sie versuchte, ihn zu treten, und verlor das Gleichgewicht. Dart legte den freien Arm um ihre Taille, hob sie vom Boden hoch und trug sie weiter auf den Parkplatz.

»Das Auto wird dir gefallen«, sagte er. »Kaum hatte ich es gesehen, da wußte ich, es war höchste Zeit, mein kleines Nora-Törtchen zu holen, und wenn du nicht aufhörst, um dich zu treten, schneide ich dir gleich hier die Kehle durch, du dämliches Miststück.« Er ließ ihre Taille los, und ihr Körper sackte an seine Brust. Unter seinem Unterarm bohrte sich etwas Spitzes in ihren Hals. »Und das wollen wir doch nicht, oder?«

Sie schüttelte den Kopf die wenigen Millimeter, die sein Griff zuließ. Ein trockenes Rasseln entrang sich ihrer Kehle.

»Ich bin ein nachsichtiger Mensch«, verkündete Dart über das Rauschen des Blutes in ihren Ohren hinweg. »Ich habe Verständnis für deine Anspannung und deine Verwirrung. Ach Gottchen, du bist auch nur ein Mensch, richtig? Ich wette, im Augenblick würdest du wirklich gerne Luft holen.«

Sie nickte, so gut es ging.

»Laß uns von der Bildfläche verschwinden, dann kümmern wir uns darum.«

Er trug sie zwischen zwei Lieferwagen durch und zog sie zu einer Wand. Sein Griff wurde lockerer. Ein einziger Zug brennender Luft strömte in ihre Lunge, dann drückte er wieder fest zu. »Na also. Möchtest du noch einen?«

Dart stützte sich an eine Wand und hielt sie über sein Knie gebeugt. Wenn sie sich wehrte, würde sie zu Boden stürzen. Ihre Füße baumelten auf beiden Seiten seines angewinkelten Beins. Sie nickte, und der Druck ließ einen weiteren keuchenden Atemzug nach.

Sie drehte den Kopf und sah ihn aus dem rechten Augenwinkel heraus an. Er grinste, und seine Augen blickten freudestrahlend unter dem Rand einer schwarzen Popelinmütze hervor, unter der man den Streifen eines weißen Verbandes über dem Ohr erkennen konnte. Sie konnte gerade noch die funkelnde Klinge des Messers sehen, wo sie in den Griff überging.

»Ich habe dich auch vermißt«, sagte er. »Um das zu beweisen, werde ich dich wieder atmen lassen.« Er ließ den Arm sinken. »Und jetzt sind wir schön leise, ja?« Sie nickte, nach Luft schnappend. »Unser Schatz Davey hat dich verpfiffen, was? Großer Nervenkitzel für den Jungen, mit dem großen, bösen FBI herumzuhängen. Ich glaube, der mit der Sonnenbrille hat es ihm angetan.« Er zog sie weiter an seinem Bein hinauf und legte ihr einen Arm um den Hals, allerdings nicht ganz so fest wie zuvor. »Hast du die erste Freude überwunden? Dich an das erfreuliche Wiederauftauchen eines alten Freundes gewöhnt? Sind wir uns darüber im klaren, daß jeder Aufschrei einen kleinen überstürzten chirurgischen Eingriff am Hals zur Folge haben wird?«

Nora brachte fast ein hörbares Ja zustande.

»Ich werde dir etwas beweisen.« Er stand auf und ließ sie zu Boden. Sie stand mit dem Rücken zu Dick Dart in dem einen Meter breiten Raum zwischen einem verbeulten braunen Lieferwagen und einem noch übler zugerichteten blauen mit der Aufschrift MACMEL HEIZUNG & SANITÄR. Am Ende des Tunnels, den die beiden Lieferwagen bildeten, lag ein asphaltierter, mit zusammengeknüllten Schokoriegelverpackungen und Zigarettenkippen übersäter Parkplatz. Sie war erstaunt, daß sie noch am Leben war, und drehte sich um.

Dart lehnte an der Seitenwand des Fremdenverkehrsbüros, hatte ein Bein angewinkelt und die Arme vor der Brust verschränkt. Die schwarze Mütze reichte ihm bis dicht über die glänzenden Augen. Dunkle Stoppeln bedeckten seine Wangen, und in der rechten Hand hielt er den deutschen Hirschfänger, den er in Fairfield gekauft hatte.

»Siehst du?«

»Ob ich was sehe?« Ihre Hände zitterten, und etwas in ihrem Magen zitterte ebenfalls.

»Du läufst nicht weg.«

»In dem Fall würden Sie mich töten.«

»Das ist auch wieder wahr. Aber ich bin deine einzige Möglichkeit, aus diesem Schlammassel herauszukommen. Du hast Angst vor mir, begreifst aber allmählich, daß ich mich zu sehr für dich interessiere, um dich aus einem kleinkarierten Motiv wie Rache zu töten, und du bist wütend auf Davey. Solange ich einigermaßen vernünftig und ruhig bin, würdest du lieber das Risiko mit mir eingehen, als diesen Waschlappen dafür sorgen lassen, daß du verhaftet wirst.«

Sie starrte ihn an – er hatte beinahe recht.

»Der Unterschied zwischen Davey und mir ist, daß ich dich respektiere. Soll ich den Kopf verlieren, nur weil du dich wie eine Frau verhalten hast, als ich unachtsam war? Keineswegs. Du hast mir weh getan, aber nicht sehr. Ich habe wirklich einen ziemlich harten Schädel. Ich muß bessere Vorsichtsmaßnahmen treffen, was dich betrifft, aber haben wir nicht noch einiges zusammen zu tun? Packen wir's an.«

»Okay«, sagte Nora, deren Gedanken sich überschlugen. »Wie Sie meinen.«

»Ich nehme an, du hast dir größte Mühe gegeben, dich zurechtzumachen, aber das ist lächerlich. Du hast das Zeug mit einem Spachtel aufgetragen.«

»Werden Sie mich hier rausbringen oder nicht?«

Dart stemmte sich von der Wand ab, packte sie am Arm und führte sie zwischen den Lieferwagen hindurch. Zwei uniformierte Polizisten schlenderten am Eingang vorbei. »Du bist der Grund dafür, daß ich mir dieses wunderbare Kunstwerk besorgt habe.« Sie wandte sich von den Polizisten ab und sah den Oldtimer des Tyrannen mit Blazer und Halstuch. »Wir werden es sogar eine Zeitlang behalten können.«

Er führte sie zur Fahrertür und half ihr auf das Trittbrett. »Kannst du mit Knüppelschaltung fahren?«

»Ja.«

»Die perfekte Frau.« Dart seufzte. Er trottete um das Heck des Autos herum und stieg auf der Beifahrerseite ein. Nora betrachtete die Sitze und Bodenmatten und war erleichtert, daß sie keine Blutflecken sah.

NEUNTES BUCH

MOUNTAIN GLADE

... des Herzens Lichtung, wo das große Geheimnis vergraben lag.

83

»Jetzt schön sachte. Das ist ein echter Duesie, behandle ihn mit Respekt.«

»Ein Dusie?«

Dart verdrehte die Augen, während Nora geschickt aus der Parklücke zurücksetzte, den ersten Gang einlegte und zum Ausgang King Street fuhr. »Ein Duesie. Ein Duesenberg, eines der größten Autos, die je hergestellt wurden. Ein Aristokrat. Es ist wirklich köstlich, wie mir diese Kostbarkeiten zufallen, wenn du bei mir bist.«

Davey und die beiden FBI-Agenten standen inmitten einer Gruppe uniformierter Polizisten vor dem Hotel. Einige der Männer sahen zu dem Duesenberg, als Nora in die Main Street einbog.

»Die Leute sind so damit beschäftigt, das Auto zu bewundern, daß sie gar nicht darauf achten, wer es fährt.«

Aus Gewohnheit bog sie nach rechts auf die Main Street ein. Zwei junge Frauen im College-Alter, die die Gothic Street überquerten, sahen ihnen lächelnd nach. Dart hatte recht, die Leute starrten das Auto an, nicht die Leute, die darin saßen.

»Du hast Zeit gehabt, über alles nachzudenken und zu sehen, wie die Welt ohne mich ist, daher brauchst du jetzt nur eine beständige Aufsicht, und schon sind wir wieder auf dem rechten Weg. Wo hast du überhaupt gelernt, mit Gangschaltung zu fahren? Die meisten Frauen haben keine Ahnung davon.«

»Ich habe mit einem alten Pickup das Autofahren gelernt.« Dart lehnte sich an die walnußgetäfelte Tür, grinste sie an und streichelte die Pistole, die er Officer LeDonne abgenommen hatte. »Wie sind Sie an dieses Auto gekommen?«

»Nora-Magie. Wenn du nicht diese Fähigkeit unter Beweis stellen würdest, mein Fortkommen zu erleichtern, hätte ich deine Rebellion vielleicht viel strenger bestraft. Aber kaum bist *du* da, ist auch schon der *Duesie* da. Kismet. Ich muß gestehen, ich hatte auch ein Auge auf den MG deines Freundes geworfen. Ist er ein ehemaliger Cop?«

»Er ist in vielerlei Hinsicht ein Ehemaliger.« Sie betrachtete wieder sein schiefes Grinsen, wollte sich aber ihre Furcht nicht anmerken lassen. »Einschließlich Cop. Er war Faktotum in Poplars.«

»Treuer Hausdiener«, sagte Dart. »Der Geliebten des jungen Herrn zutiefst verbunden. Möglicherweise eine romantische Tändelei?«

»Nein.«

Er zog grinsend die Brauen hoch. Ein Fußgängerstrom zog gaffend an dem Auto vorüber.

»Gestern nacht habe ich den hiesigen Anwohnern ein paar Fragen gestellt. Ein MG-Fan, der euch beide gesehen hatte, wies mir den Weg zum Hotel, und dort entdeckte ich das fragliche Fahrzeug. Ich wollte deinen Freund einsammeln, wenn er zurückkam, um dich zu holen, aber dann bist du herausgekommen und hattest deinen Zusammenstoß mit den früheren Besitzern des Duesie. Die gute alte schwarze Magie hat sie in ihrem Bann, sag ich zu mir, das sag ich. Laß mich einen kurzen Blick in die Werkstatt werfen, Nora-Törtchen, und verrate mir, was du zu ihnen gesagt hast.«

»Ich habe gesagt, ich hoffte, daß seine Frau ihn eines Nachts im Bett umbringt.«

Dart bellte sein häßliches Lachen und tätschelte applaudierend mit den Fingerspitzen den Lauf der Waffe. »Damit hast du einen Nerv getroffen, du Zauberin, damit hast du einen Nerv getroffen. Als sie an der Ecke angelangt waren, hat die alte Schachtel ihn angeschrien. Als du dich vor dem Kino versteckt hast, bin ich über die Straße gegangen und ihnen gefolgt, aus reiner Intuition, was immer gut ist, und sie waren noch keine drei Meter weit gekommen, als Douglas Fairbanks an den Straßenrand fuhr, um sie zurechtzuweisen. Die Alte ist ausgestiegen und weggegangen. Doug hinter ihr her – so wütend, daß er die Schlüssel vergessen hat. Er stapfte neben ihr her, schrie sie an, brach zusammen – peng, der alte Knabe liegt flach auf dem Bürgersteig. Wieder ein Opfer einer unklugen Heirat. Ich stieg in den Duesie ein und fuhr einfach an dem Volksauflauf vorbei, und weißt du was? Ich glaube, die Alte hat mich gesehen. Ich wette, das war einer der schönsten Augenblicke ihres Lebens. Wenn Douglas Fairbanks im Krankenhaus aufwacht, wird er einen Blick auf die Monitore neben seinem Bett und die Schläuche werfen, die aus jeder Körperöffnung kommen, und er wird sagen: *Was ist mit dem Auto passiert?* Und die Alte wird sagen: *Liebling, ich habe mir solche Sorgen um dich gemacht, daß ich an den Duesie gar nicht gedacht habe.* Dieses Auto ist das Wichtigste in seinem Leben, aber kann er sie dafür kritisieren, daß es gestohlen wurde? Er möchte ihr das Herz herausreißen und über einem offenen Feuer braten, aber statt dessen muß er ihr dankbar sein!«

Dart lächelte in sich hinein. »Manchmal zweifle ich an mir selbst. Manchmal frage ich mich, ob ich unrecht habe und alle anderen recht. Dann passiert so etwas, und ich weiß, ich kann ganz beruhigt sein. Männer sind nur Hunde, aber Frauen sind Löwen.«

Er streckte die Hand über eine Entfernung aus, die größer als in jedem anderen Auto wirkte, und tätschelte ihr Knie.

»Du, Nora, bist noch eine Babylöwin, aber eine *großartige* Babylöwin, und du wächst mit Riesenschritten. Als wir unsere Odyssee angefangen haben, hast du nicht genug gewußt, um fünf Minuten zu überstehen. Aber nach vierundzwanzig Stunden zu Füßen des großen Dick Dart findest du eine Möglichkeit, Dr. Foil und Everett Tidy zu besuchen.«

Nora hielt an dem Stop-Schild vor dem Smith-Campus an der State Street, wo die üblichen Rucksäcke und Bluejeans das Auto mit den üblichen bewundernden Blicken betrachteten.

»Ich dachte mir, wir verlassen Massachusetts ein paar Tage und suchen uns ein nettes Motel irgendwo in Maine. Der sicherste Ort in Amerika. Die Hälfte von Maine hat noch nicht mal was vom Fernsehen gehört. Sie warten immer noch, ob das mit der Mondlandung geklappt hat.« Er machte das Handschuhfach auf. »Müssen doch ein paar Straßenkarten hier sein. Arschlöcher mit Orden an ihren Autos haben immer eine Million Karten dabei. Wieder richtig, Dick, wir wußten, daß wir uns auf dich verlassen können.«

Smith College rollte hinter Darts Kopf vorbei. Nora schaute die Green Street hinauf und sah Jeffrey, der auf dem Bürgersteig zu seinem Auto rannte. »Würden Sie eine andere Möglichkeit ins Auge fassen?«

Er wandte ihr das Gesicht zu, während er die Karten überflog. »Klingt Maine ein bißchen primitiv? Ich habe eine bessere Idee. Kanada. Man braucht keine Pässe, sie winken einen einfach durch. Unsere reizenden Vettern im Norden. Die zurückhaltendsten Menschen auf der Welt. Weißt du, was ein Kanadier sagt, wenn man ihn töten will? ›Darf ich mir vorher noch die Zähne putzen?‹«

»Ich habe eine Reservierung in einem der Häuser von Shorelands.«

»Shorelands?« Er ließ sich in den Ledersitz sinken. »Der Gedanke übt eine eindeutige Faszination aus. Fortsetzung unserer ursprünglichen Mission. Ich gehe davon aus, daß die Reservierung auf einen hinreichend unauffälligen Namen lautet?«

»Mrs. Norma Desmond.«

»Reizend. Ich kann Norman Desmond sein. Meine Rolle nimmt bereits in diesem Augenblick Gestalt an. Norm, der Mann von Norm. Anwalt am Tage, Verehrer des geschriebenen Worts in der Nacht. Die Gespräche mit meinen lieben alten Damen erweisen sich als äußerst nützlich. Ab und zu könnte ich ein paar Verse absondern, die den Wächtern der Kultur die Scheiße aus dem Leib imponieren. Muß nicht Emily sein, ich kann auch jede Menge andere Idioten zitieren. Keats, Shelley, Gray – alle Größen.«

»Tatsächlich?«

»Ich sagte doch schon, sobald ich etwas lese, ist es hier drinnen gespeichert. Ich konnte ein paar Wetten in Bars damit gewinnen, aber nach einer Weile brachte ich niemanden mehr dazu, mit mir zu wetten, daß ich ›An eine Lerche‹ aufsagen kann. Möchtest du es hören?«

»Lieber nicht.«

»Gut. Es ist schrecklich. Nun denn, wolltest du allein dorthin fahren?«

»Jeffrey wollte mich hinbringen und dort absetzen.«

Er nickte. »Fahr an den Straßenrand, damit ich mir eine dieser Karten ansehen und überlegen kann, wie wir dorthin kommen.«

Sie hielt an. Dart nahm eine zusammengelegte Karte von dem Stapel. »Okay, da ist Lenox, und da sind wir. Kein Problem. Wir fahren in die Stadt zurück, nehmen die 9 bis runter nach Pittsfield und fahren danach auf der 7 Richtung Süden. Unterwegs kannst du mir verraten, was du aus Mark Foil und Everett Tidy herausbekommen hast. Aber vorher mußt du mir erklären, warum du beschlossen hast, diese abgehalfterte Künstlerkolonie zu besuchen. Unter den Bodendielen versteckte Dokumente? Katherine Mannheims erste Fassung von *Reise in die Nacht* in einem hohlen Baum eingepökelt?«

»Ich möchte sehen, wo sie sich alle begegnet sind.«

»Und?«

»Mir ein besseres Bild von der Anlage machen.«

»Um ihr Kommen und Gehen zusammenzustückeln und all so was? Und weiter?«

Sie erinnerte sich an die jungen Männer, die im zitronengelben Licht des Morgens die Terrasse aufgeräumt hatten; sie erinnerte sich an Helen Day. »Ich dachte mir, ich könnte mit einigen der Zimmermädchen sprechen.«

»Du siehst mich ratlos.«

»Einige vom alten Personal sind noch da. Gestern nacht ist mir klargeworden, daß Diener alles wissen. Wie die Jungs, von denen Sie mir erzählt haben, die im Jachtclub arbeiten.«

»Fühle mich zutiefst geschmeichelt, aber die Hexe, die vor fünfzig Jahren Hugo Drivers Bett gemacht hat, dürfte kaum wissen, was er geschrieben hat und was nicht, sofern sie noch lebt.«

»Katherine Mannheim hat *Reise in die Nacht* nicht geschrieben. Darum geht es nicht mehr.«

Er nahm es zur Kenntnis. »Und warum hat Alden Chancel den alten Damen dann nicht gesagt, daß sie sich ihre Klage in den alten Schließmuskel einführen können? Er hätte ihrem Anwalt von Anfang an sagen können, daß sie sich zum Teufel scheren sollen, aber er hat Dart & Morris auf den Fall angesetzt. Wenn er im Recht ist, warum sollte er dann seinen Anwälten Geld in den Rachen werfen?«

Nora erinnerte sich, was sie empfunden hatte, als sie Davey mit seinen neuen Kumpels Mr. Hashim und Mr. Shull auf der Hotelterrasse gesehen hatte. Dart würde großartig finden, was sie ihm erzählen wollte. »Alden möchte nicht, daß irgend jemand in Frage stellt, daß Driver seine Bücher selbst geschrieben hat. Das ist ein heikler Punkt.«

Er war sofort ganz Ohr. »Erzähl. Los. Mach schon.«

»Die Horror-Romane waren nicht die ersten Bücher, die Daisy unter Pseudonym für Alden geschrieben hat. Der andere Name, den sie benutzte, war Hugo Driver.«

Dart blinzelte, dann lachte er. »Die versoffene alte Schlaftablette hat *Reise in die Nacht* geschrieben?« Einen Augenblick war er der nett aussehende Mann, der er hätte sein können, wenn er nicht Dick Dart gewesen wäre, dann lachte er wieder. »Kein Wunder, daß Alden das Manuskript weggeschafft hat! Nein, das kann nicht sein. Sie ist zu jung. Du bist auf dem falschen Dampfer, Törtchen.«

»Das gute Buch hat sie nicht geschrieben«, sagte Nora. »Nur die beiden anderen.«

Dart machte den Mund auf, als wollte er etwas anmerken. Dann sah er sie voll unverhohlenem Staunen an. »Bravo. Sie sind in den sechziger Jahren erschienen. Wie hast du es herausgefunden?«

»Man würde es nie bemerken, wenn man nicht die Driver-Bücher mit den Horror-Romanen vergleicht, aber dann ist es offensichtlich. Daisy hat bestimmte Wendungen wie Markenzeichen, die sie immer wieder verwendet. Es gab für niemand einen Grund, ihre Horror-Romane parallel zu Drivers letzten beiden Büchern zu lesen, daher ist es nie jemandem aufgefallen.«

Dart grinste. »Ich hasse Poesie, aber poetische Gerechtigkeit liebe ich. Wenn man Hugo Driver erst einmal in Frage stellt, steht alles auf dem Spiel. *Darum* hat Alden meinen alten Herrn angerufen.« Er klopfte mit dem Lauf der Pistole gegen seine Lippen. »Wenn Driver *Reise in die Nacht* geschrieben hat, warum hat er Lincoln Chancel dann das Copyright überlassen?«

»Ich glaube, in Shorelands ist etwas vorgefallen, von dem nur die beiden wußten. Nach ihrer Rückkehr waren sie Partner. Chancel ließ Driver sogar ein paarmal in Poplars übernachten. Normalerweise wäre es unter seiner Würde gewesen, ein Frettchen wie Hugo Driver auch nur anzuspucken, selbst wenn es ihm eine Menge Geld einbrachte.«

»Also hatte Driver etwas gegen ihn in der Hand.«

»Oder er hatte etwas gegen Driver in der Hand, und er wollte sicherstellen, daß Driver das niemals vergaß.«

»Das kann nur eins gewesen sein«, sagte Dart. »Sag mir, was es ist. Wenn du es richtig machst, tu ich dir einen großen Gefallen.«

»Hugo Driver hat Katherine Mannheim getötet. Vielleicht wollte er es nicht, aber er hat es trotzdem getan, und Lincoln Chancel wußte es. Chancel hat ihm geholfen, die Leiche im Wald zu verstecken, und danach war ihm Driver für alle Zeiten verpflichtet.«

Dart nickte. »Verzweifelter Mann, verzweifelte Tat. Warum? Was ist passiert?«

»Eine Tages beobachtete Bill Tidy, wie sich Driver an Katherine Mannheims Handtasche zu schaffen machte. Möglicherweise hat er ein Notizbuch gestohlen und soviel erfahren, daß er wußte, er brauchte nur noch etwas mehr von der Geschichte, um sich endgültig aus seinem Loch herauszuziehen. Driver war ein Dieb; er hat etwas getan, das ihm leichtfiel, er hat ihre Einfälle gestohlen. Vielleicht ist er auf der Suche nach mehr Material in Gingerbread eingebrochen, und Katherine hat ihn überrascht. Sie sagte etwas Beißendes zu ihm – darin war sie gut, Sie hätten sie bestimmt nicht ausstehen können. Vielleicht hat er sie geschlagen. Was auch immer er getan hat, sie ist gestorben. Driver war nicht gewissenlos genug, um ein Mörder zu sein, im Gegensatz zu Lincoln Chancel.«

Ein anderer Gedanke kam ihr. »Es muß fast zwangsläufig etwas Derartiges sein. Sie hätte Driver nie nach Gingerbread eingeladen, aber er muß dort gewesen sein, weil er in dem Buch auf ein Foto zurückgriff, das sie auf ihrem Schreibtisch stehen hatte.«

Dart sah lächelnd zum Dach des Autos und summte ein paar Takte von »Too Marvelous for Words.« Sein Lächeln wurde breiter. »Wende diese Karre und fahr zur 9. Mir ist gerade etwas ganz besonders Reizendes eingefallen.«

»Sagten Sie nicht etwas von einem Gefallen?«

»Ich glaube schon. Es wird dir eine Menge bedeuten.«

Sie sah in sein fröhliches Gesicht.

»Wenn je der Zeitpunkt kommt, wo ich keine andere Wahl habe und dich töten muß, werde ich es schnell machen. Geht mir gegen den Strich, bringe hier ein echtes Opfer, aber ich garantiere dir, daß du nicht leiden wirst.«

»Sie sind ein toller Hecht, was, Dick?«

»Für meine Freunde geh ich durchs Feuer«, sagte er.

84

Als sie nach Pittsfield kamen, klammerte Dart eine Hand um ihren Ellbogen und führte sie durch Geschäfte, um Rasierzeug, eine Zahnbürste, eine glänzende Seidenkrawatte, Boxershorts und lange Socken zu kaufen. Außerhalb der Stadt bat er sie, an einer Tankstelle anzuhalten, und zog sie mit in die Herrentoilette. Nora wandte sich ab, während er die gekachelte Kabine mit feinen Tröpfchen besprühte. »Wenn Autos mit Pisse fahren könnten, wäre ich eine unersetzliche Rohstoffquelle.« Dart zog die Mütze ab und beugte sich über das Waschbecken, um den Verband an seinem Kopf zu betrachten. »Schneid mir das ab.« Nora fand die Schere und schob die Spitze einer Schneide unter die erste Stoffschicht. Kurz darauf wickelte sie einen langen, weißen Streifen von Darts Kopf ab.

»Wer hat das für Sie gemacht?«

Er sah sie mit einem Blick resignierter Ironie an.

Als sie den Verband schließlich entfernt hatte, legte Dart den Kopf schief und tastete mit den Fingern in seinem Haar, während er sich eingehend im Spiegel betrachtete. »Was sind schon ein paar Beulen für eine Abenteurernatur, hm? Aber es hat anfangs ziemlich weh getan. Deutliche Erinnerung an Schmerzen. Lichtblitze hinter meinen Augen. Zweitschlimmste Kopfschmerzen meines Lebens.«

»Was waren die schlimmsten?«

Dart senkte den Kopf und sah sie mit plötzlich ausdruckslosen Augen im Spiegel an. In dem heißen, engen Kabuff der Toilette wurde Nora kalt. »Popsie Jennings. Die alte Hure hat mich mit ihrem Schürhaken voll erwischt. Tut immer noch mehr weh als deine.« Er wandte sich ab und betastete eine Stelle an seinem Hinterkopf. »Ich muß mich rasieren, mir die Zähne putzen und mich für Shorelands hübsch machen. Wie war mein Name doch gleich?«

Sie brauchte einen Moment, bis sie begriffen hatte, was er meinte. »Norm. Norm Desmond.«

Er lächelte sie an und holte Klinge und Rasierschaum aus einer Papiertüte. »Heute nacht wird Mrs. Desmond ihrem Mr. Desmond ein besonders tiefes eheliches Vergnügen bereiten. Mindestens zweimal. Du mußt deine Schuld abarbeiten.« Er spritzte Rasierschaum auf seine Finger und strich damit seine Bartstoppeln ein.

»Ich möchte dir von dem Spaß erzählen, den wir in Shorelands haben werden. Es wird das reinste Vergnügen für uns beide.« Er spülte sich die Finger ab und strich mit dem Rasiermesser an seiner rechten Wange herab. »Du möchtest mit den alten Damen reden, richtig? Sie für dich einnehmen und Informationen aus ihnen herauskitzeln?«

»So ist es.«

»Laß es uns auf die harte Tour machen. Wir machen einer alten Dame eine Scheißangst, und sie wird alles ausspucken, was sie weiß. Du hast es mit Natalie Weil gemacht, also mach es mit einer von ihnen.«

Nora sah ihm beim Rasieren zu. Im Gegensatz zu allen anderen Männern, die sie kannte, befreite Dart eine Stelle von Rasierschaum und Stoppeln und strich dann mit dem Rasiermesser noch einmal in entgegengesetzter Richtung über die Stelle, womit er sich de facto zweimal rasierte. »Sie möchten, daß ich eines der Zimmermädchen entführe.«

»Feßle sie, prügle ihr die Scheiße aus dem Leib, was auch immer. Schaff sie aus dem Haus und ins Auto. Sie sagt, was immer sie sagt, und dann töte ich sie. Wird interessant. Alte Damen haben einen hohen Unterhaltungswert.« Er breitete die Arme aus und spritzte Rasierschaum auf die Kacheln. »Ich verleihe mir selbst den Dick-Dart-Preis für herausragende Leistungen im verschrobenen Denken. Ich werde dein Handlanger sein und dir alle Unterstützung geben, die du brauchst, um dein Ding durchzuziehen.« Er beendete seine Rasur, ließ Wasser über die Klinge laufen und machte mit seinem Hals weiter. »Danach müssen wir einander vertrauen. Nur du und ich, Baby, das Traum-Team. Nach dem ersten ist es den Cops egal, wieviel Morde man begeht. In Staaten mit der Todesstrafe holen sie einen nicht zurück, um ihn noch mal hinzurichten. Das beweist, wie kaputt sie sind, was für einen geringen Wert sie dem Leben beimessen.« Er strich mit dem Rasiermesser über ein paar eingeschäumte Stellen, strich in der entgegengesetzten Richtung darüber, rasierte dieselben Stellen noch einmal, wusch sich das Gesicht mit kaltem Wasser ab und nahm eine Handvoll Papierhandtücher.

»Wie stellen Sie sich unser Ende vor? Wenn Sie die Frage gestatten.«

Dart tupfte sich einen Moment das Gesicht ab, dann holte er die neue Zahnbürste aus der Tüte. Er brach die Packung entzwei und warf sie weg. »Zahnpasta.«

Nora kramte in der Tüte und holte die Zahnpasta heraus. »Und?«

»Straßensperre. Eine Million Cops und wir. He, wenn wir es nach Kanada schaffen, haben wir vielleicht noch ein ganzes Jahr. Es kommt nur darauf an, daß wir uns unter gar keinen Umständen festnehmen lassen. Wir sind aus einem Gefängnis ausgebrochen und werden nicht in einem anderen enden. Frei leben oder sterben.« Er beugte sich vor und widmete sich seinen Zähnen.

85

An dem Bronzeschild mit der Aufschrift SHORELANDS TRUST fuhren sie zwischen überwucherten Säulen aus Stein in ein grünes Dickicht hinein. »Die Trommeln, die gräßlichen Trommeln«, intonierte Dart, »werden sie niemals aufhören, Carruthers?«

Der auf beiden Seiten von Bäumen bedrängte Weg machte eine scharfe Rechtskurve und war nicht mehr einzusehen. Nora fuhr zu der Biegung und sah, daß sich der Weg an einem Hinweisschild aus Holz gabelte, das am Rand eines Rasenstücks stand. Ein Weg führte nach links, der andere nach rechts zu einem schlammigen Feld. Als sie sich dem Schild näherten, konnte man die Aufschrift entziffern. MAIN HOUSE. GINGERBREAD. HONEY HOUSE. PEPPER POT. RAPUNZEL. CLOVER HOUSE. MONTY'S GLEN & SINGENDE SÄULEN. NEBENFELD. Das alles lag irgendwo an dem Weg nach links. BESUCHERPARKPLATZ wies den Weg zu dem Feld.

Nora fuhr aus dem Wald heraus und bog nach rechts ab. Ein Mann in khakifarbener Arbeitskleidung erhob sich von einem Liegestuhl neben einem Wohnwagen auf einem Betonfundament, kam näher und bewunderte das Auto.

»Was für eine Schönheit«, sagte er. »Allmächtiger.« Er hatte runzlige Wangen und kleine, leuchtende Augen. Dart kicherte.

»Uns gefällt er«, sagte Nora und warf Dart einen scharfen Blick zu.

Der Mann trat zurück und leckte sich die Lippen. »So was wie dieses Baby stellen sie heute nicht mehr her.«

»Bei Gott, das tun sie nicht, Paps«, sagte Dart.

Der Mann sah Dart an und beschloß, ihn zu ignorieren. »Ma'am, wenn Sie auf einem Tagesausflug hier sind, beträgt der Eintritt zehn Dollar. Wenn Sie über Nacht bleiben möchten, fahren Sie auf den Parkplatz und tragen Sie sich im Main House ein, wenn ich Ihren Namen auf der Liste gefunden habe.«

»Wir bleiben über Nacht. Mr. und Mrs. Desmond.«

»Bin im Nu wieder da.« Nach einem weiteren schmachtenden Blick auf das Auto verschwand er in dem Wohnwagen.

»Hat ein bißchen gesessen, aber nicht wegen etwas Interessantem«, sagte Dart.

»Das wissen Sie nicht.«

»Abwarten.«

Der Mann kam aus dem Wohnwagen und hielt ein Klemmbrett mit einem Kugelschreiber in der Hand, der an einer Kordel baumelte. Er hielt es zum Fenster herein und zeigte auf eine freie Stelle auf dem Formular. »Unterschreiben Sie hier, Mrs. Desmond. Ich wünsche Ihnen einen angenehmen Aufenthalt.«

Dart beugte sich mit einem bösen Lächeln nach vorne. »Warum hat man Sie eingebuchtet, Alterchen?«

»Pardon?«

»Haben Sie einen Mann in einer Bar niedergestochen, oder war es mehr so was wie Diebstahl von Backsteinen von einer Baustelle?«

Nora gab ihm das Klemmbrett. »Ich muß mich für meinen Mann entschuldigen. Er hält sich für einen Komiker.«

»Nicht alle Komiker sind komisch.« Das Gesicht des Mannes war starr geworden, das Leuchten aus seinen Augen verschwunden. Er packte das Klemmbrett, stapfte über den Beton, stieg in seinen Wohnwagen und schlug die Tür zu.

»Es mag Sie vielleicht überraschen«, sagte Nora, »aber Sie haben einen unangenehmen Zug an sich.«

»Möchtest du jetzt wetten, daß ich ›An eine Lerche‹ nicht vollständig zitieren kann?«

Das Feld plitschte unter den breiten Reifen des Duesenberg. »Nein.«

»Wie wäre es mit jedem dritten Wort? Der besseren Wirkung wegen etwas abgewandelt?«

»Nein.« Sie parkte das Auto auf einem Parkplatz am hinteren rechten Ende des Felds.

»Jammerschade. In meiner Version ist es viel besser.

Du, Vogel warst -
Himmel es voll verschwenderisch unbedacht
noch von Dir ein Feuer.
Tief und still und singest.

Es gibt viele Möglichkeiten, ein Genie zu sein. Ich werde mich hier wie zu Hause fühlen.«

Nora suchte sich einen Weg durch das Feld und wich den Schlammpfützen aus. »Ich bin nicht sicher, ob es ein Geniestreich ist, dieses Auto zu behalten.«

Dart ging hinter ihr her. »Wenn du deine Entführungsnummer durchgezogen hast, befreien wir ein anderes. Bis dahin gibt es im ganzen Staat keinen besseren Platz für den Duesie als hier. Das war eine *brillante* Idee.«

Nora umging ein Schlammloch und sah resigniert ein, daß sie diesen Wahnsinnigen auf einen privaten Spielplatz geführt hatte.

Als der Trust beschlossen hatte, die Häuser zu vermieten, mußten sie Telefone installiert haben. Dart konnte sie nicht jede Minute im Auge behalten; inzwischen war er der Meinung, daß das auch gar nicht mehr nötig wäre. Sie waren Partner. So schnell wie möglich würde sie die hiesige Polizei anrufen und in den Wald fliehen.

Auf dem Weg, der ins Zentrum von Shorelands führte, wimmelte es von langen, schmalen Pfützen, und auf den höhergelegenen Stellen glänzte Feuchtigkeit. Im Lauf der Nacht hatte es geregnet. Bürgersteige und Straßen waren in der Sonne getrocknet, aber das offene Land nicht. Sie schaute auf. Dichte Wolken zogen an einem fleckigen Himmel dahin.

»Es wird für uns beide schön werden«, sagte Dart.

»Stellen Sie sich vor, wie ich mich fühle«, sagte Nora.

Ihre kurzen Absätze sanken in das Erdreich ein, und sie trat auf einen feuchten, steinigen Grat. Die Bäume auf beiden Seiten schienen näher zu rücken. Dart summte »Mountain Greenery«. Sie kamen unter den Bäumen heraus und näherten sich einem Schotterplatz, der von einer mit Betonplatten gekrönten niederen Mauer umgeben war. Von der Mauer führte ein breiter Weg zwischen zwei schmalen Rasenflächen hindurch, und der Weg selbst führte vier Steintreppen hinauf zum Mittelpunkt dieser Landschaft, einem langen Gebäude aus Stein mit drei Reihen von Fenstern in Betoneinfassungen, von denen stellenweise Wasserflecken wie Bärte herabreichten. Alle zwei Fenster trat die Fassade ein Stück vor, so daß es aussah, als würde das Gebäude die Flügel spreizen und sich vom Eingang aus entfalten. Beim hinteren Ende kratzte ein Arbeiter, der in der Mitte einer hohen Leiter stand, abblätternde Farbe ab, ein anderer reparierte einen gesprungenen Fenstersims im Erdgeschoß. Dick Dart hakte sich bei ihr unter und führte sie den Pfad zum Main House hinauf.

86

Weißhaarige Männer und Frauen hielten sich in einem Andenkenladen gegenüber einer schwarzen Tür mit der Aufschrift PRIVAT – NUR FÜR PERSONAL auf. Dahinter führte eine Marmortreppe zu einem breiten Flur mit apricotfarbenen, von glänzenden Stuckreliefsäulen unterbrochenen Wänden hinauf. In einem großen Salon auf der anderen Seite hörte eine etwa zwanzigköpfige Gruppe, die sich überwiegend aus Frauen zusammensetzte, einem unsichtbaren Führer zu. Eine Glastür führte auf die Terrasse hinaus. Dart zog Nora die Stufen hoch. Am linken Ende des Flurs kam ein Knäuel Touristen aus einem Zimmer im vorderen Abschnitt des Hauptgebäudes heraus und folgte einer kleinen, weißhaarigen Frau in ein anderes auf der anderen Seite. Nora überlegte, ob sie um Hilfe rufen sollte, und Worte drängten sich in ihrer Kehle, bis ihr klar wurde, wenn sie sie freigab, würde Dart einen Revolver ziehen und so viele dieser Leute erschießen, wie er nur konnte. Die Gruppe im Salon folgte ihrem Führer durch einen Rundbogen auf der gegenüberliegenden Seite des Kamins.

Dart neigte den Kopf und bewunderte Stuckpalmwedel und -schnörkel an der Gewölbedecke. »Zum Teufel mit der Straßensperre und dem gewaltsamen Dahinscheiden. Wir halten uns eine Weile versteckt, dann pumpe ich meinen alten Herrn um ein paar Millionen Dollar an. Wir gehen nach Kanada und kaufen uns so ein Haus. Ich lasse ein paar geheime Treppen, einen Operationssaal auf dem neuesten Stand der Technik und einen großen Gasofen im Keller einbauen. Und wir geben einen Ball.«

Die kleine, weißhaarige Führerin geleitete ihre Gruppe in den großen Saal auf der anderen Seite des Flurs und breitete die Arme aus. »Hier haben wir den berühmten Salon, wo sich Miss Weatheralls Gäste vor dem Abendessen zu Cocktails und Konversation versammelten. Wenn Sie gerne einmal eine Kostprobe hören möchten, kann ich Ihnen eines verraten, das in diesem Zimmer gesagt wurde. T. S. Eliot wandte sich an Miss Weatherall und flüsterte: ›Meine Teuerste, ich muß Ihnen sagen…‹«

Mit hallender Stimme verkündete Dart: »Dieser aufgeblasene Wichtigtuer Eliot hat genau zwei Tage hier verbracht und sich ausschließlich über seine Verstopfung beschwert.«

Die meisten Touristen, die der Führerin zugehört hatten, drehten sich zu Dart um.

»›*Das Brüten von Land und dumpfem Lenz, uns, Erde, Schnee, Leben, Knollen.*‹ Jedes dritte Wort des Anfangs von ›Das wüste Land‹, mit einigen Zugeständnissen der poetischen Wirkung wegen. ›*Uns, der Schauer; wir schritten Sonnenlicht. Hofgarten, Kaffee.*‹ Ist doch viel kräftiger so, findest du nicht? Mein ›Prufrock‹ ist sogar noch besser.«

Die Führerin versuchte, ihre Schäfchen ins nächste Zimmer zu treiben.

»Können Sie das mit allem machen?« fragte Nora.

»Mit allem. ›*Geh, und die Decke, der Patient darauf; laß durch murmelnde, ruhlose Hotels, Restaurants, Schalen trügerisch. Führe ein … Oh, frag danach.*‹«

Eine Stimme hinter ihnen fragte: »Sind Sie ein Dichter?«

Eine hochgewachsene Frau, Ende Zwanzig mit sommersprossigem Gesicht und rotblondem Haar, das ihr gerade bis auf die Schultern hing, stand mit einem Fuß auf der obersten Treppenstufe hinter ihnen. Sie trug einen schlichten chamois Hosenanzug und sah bezaubernd aus.

Dart lächelte sie an. »Wie peinlich. Ja, ich hoffe, ich darf diese Ehre für mich in Anspruch nehmen.«

Die junge Frau kam auf sie zu und streckte ihnen eine sommersprossige Hand entgegen. »Mr. und Mrs. Desmond?«

Dart nahm ihre Hand in seine beiden. »Das sage ich Ihnen, wenn Sie uns Ihren Namen verraten.«

»Marian Cullinan. Zu meinen Aufgaben hier gehört es, mich um die Gäste zu kümmern. Tony ließ mich wissen, daß Sie kommen, und es tut mir leid, daß ich zu spät bin, aber ich mußte mich erst noch um ein paar Dinge auf meinem Schreibtisch kümmern.« Dart gab sie frei. »Ich hoffe, Sie hatten keine Schwierigkeiten, uns zu finden?«

»Überhaupt keine«, schnurrte Dart.

»Gut. Und bitte genieren Sie sich nicht, daß wir Sie inspiriert haben, über Ihre Arbeit nachzudenken. Wir hoffen, daß wir auf alle Schriftsteller, die uns besuchen, diese Wirkung ausüben. Haben Sie schon etwas veröffentlicht, Mr. Desmond?«

»Nicht wenig, wie ich mit Freuden sagen kann.«

»Wunderbar«, sagte Marian. »Wo? Ich sollte Ihren Namen kennen. Ich gebe mir große Mühe, bei Leuten wie Ihnen auf dem laufenden zu bleiben – für unsere Lesungen.«

Dart sah Nora an und zeigte Marian ein schüchternes, bescheidenes Gesicht. »Hier und da.«

»Auf diese Weise kommen Sie mir nicht davon. Ich interessiere mich für zeitgenössische Dichtung. Ich wette, Ihre Frau kann mir sagen, wo Sie Ihre Texte untergebracht haben.«

Nora bemühte sich, sich an die Zeitschriften auf Mark Foils Beistelltisch zu erinnern. »Mal sehen. Er hat einiges in *Avec* und *Conjunctions* veröffentlicht. Und in *Lingo*.«

»Na also!« Sie schaute mit plötzlich erwachtem Interesse und Respekt zu Dick Dart auf. »Ich bin beeindruckt. Ich dachte mir, daß Sie ein Dichter sein müssen, der mit Sprache experimentiert. Ich würde Ihnen gerne tausend Fragen stellen, möchte aber nicht unhöflich sein.«

»Könnte ganz erfreulich sein«, sagte Dart. »Alles in allem wird Dichtern nicht viel Aufmerksamkeit zuteil.«

»Hier bei uns schon. Wir müssen darauf achten, daß Ihnen unsere VIP-Behandlung zuteil wird. Wenn uns berühmte Schriftsteller besuchen, dehnen wir unsere Gastfreundschaft normalerweise ein bißchen weiter aus, als es bei normalen Besuchern möglich ist.«

»Ist das nicht allerliebst?« Dart sah Nora mit funkelnden Augen an.

»Es ist *wunderbar*. Ich kann Ihnen Miss Weatheralls Fotoarchiv zeigen, ihre privaten Aufzeichnungen – einfach alles, was Sie sehen möchten –, und heute abend müssen Sie mit Mrs. Nolan, Margaret Nolan, der Direktorin des Trusts, und mir im Speisesaal essen. Es wäre eine Ehre für uns. Wir servieren ein vorzügliches Essen, das machen wir immer für unsere literarischen Gäste, etwas von der ursprünglichen Speisekarte von Shorelands. Margaret und ich nutzen jede Gelegenheit, die alte Atmosphäre wieder herzustellen. Glauben Sie, daß Ihnen das Spaß machen würde?«

»Wir sind geehrt«, sagte Dart.

»Margaret wird begeistert sein.« Marian sah aus, als wollte sie Dart umarmen. »Wir sollten uns um den Papierkram kümmern, damit ich mit den Vorbereitungen anfangen kann. Würden Sie mich in mein Büro begleiten?«

»Wir sind Wachs in Ihren sommersprossigen kleinen Händen«, sagte Dart.

Sie warf ihm einen unsicheren Blick zu, ehe sie entschied, daß er etwas Urkomisches gesagt hatte. »Früher hatte ich Hemmungen wegen meiner Sommersprossen, aber heute denke ich kaum noch daran. Ich muß aber gestehen, manchmal würde ich sie trotzdem noch gerne überdecken, wenn ich ein Make-up finden würde, das wirkt.«

»Da könnte ich Ihnen helfen«, sagte Dart. »Überhaupt kein Problem.«

»Ist das Ihr Ernst?«

Dart zuckte die Achseln und nickte. Die junge Frau sah Nora an.

»Es ist sein Ernst«, sagte Nora.

»Künstler sind so ... *außergewöhnlich*. So ... *unberechenbar*.«

»Ich stehe etwas mehr zu meiner femininen Seite als die meisten Männer«, sagte Dart.

Marian führte sie durch die Tür mit der Aufschrift PRIVAT, einen nüchternen Flur entlang zu einer Tür ohne Aufschrift und in ein winziges Büro mit einem Fenster in der Eingangstür. Das Foto eines jungen Soldaten in Uniform war am Schwarzen Brett festgesteckt worden. Sie ging hinter den Schreibtisch, holte ein Formular aus der obersten Schublade und sah Dart lächelnd an. »Mr. Desmond, da ich annehme, daß Sie das ausfüllen werden, sollten Sie sich vielleicht setzen? Ich wünschte, ich hätte zwei, aber wie Sie sehen, ist nicht genug Platz.«

Dart studierte das Formular. Grinsend nahm er einen Füller vom Schreibtisch und fing an zu schreiben.

Marian sah Nora strahlend an. »Nachdem ich nun weiß, wer Sie sind, freut es mich um so mehr, daß wir Sie und Mr. Desmond in Pepper Pot unterbringen. In Pepper Pot hat Robert Frost gewohnt, als er 1932 Miss Weatheralls Gast gewesen ist.«

»Und Merrick Favor und Austryn Fain haben 1938 dort gewohnt.«

Marian legte den Kopf zurück, und ihr Haar schwang in den Nacken. Da der poetische Mr. Desmond Sommersprossen mochte, wollte sie ihm einen guten Einblick gewähren. »Ich glaube, diese Namen kenne ich nicht.«

»Meine Frau interessiert sich ganz besonders für den Sommer 1938.« Er lächelte, als wollte er andeuten, daß man bei Frauen davon ausgehen mußte, daß sie ihre Schrullen hatten, und Marian lächelte mit nachsichtigem Verständnis zurück.

»Mal sehen, was wir tun können, um Ihnen zu helfen.« Sie las, was Dart in das Formular eingetragen hatte. »Oh, ist das nicht reizend. Ihre Namen sind Norma und Norman.«

»Und wieder hat die Poesie der Sprache zugeschlagen.«

Sie lächelte und schüttelte kokett den Kopf. Norman Desmond war der Heuler. »In vierzig Minuten beginnt wieder eine Führung; damit hätten Sie mehr als genug Zeit, sich einzurichten. Danach zeige ich Ihnen die Teile des Hauses, die normalerweise nicht zugänglich sind. Wir sind kein Hotel, daher haben wir weder Diener noch einen Zimmerservice, aber wenn Sie spezielle Wünsche haben, werde ich mein Bestes tun.«

Dart drehte sich mit einem reumütigen Lächeln zu Nora um. »Wir müssen es ihr sagen, Norm.«

Nora hatte keine Ahnung, was er glaubte, Marian Cullinan sagen zu müssen. »Ich denke schon.«

»Um die Wahrheit zu sagen, wir haben kein Gepäck. Es wurde uns heute morgen an einer Raststätte aus dem Auto gestohlen. Wir haben nur Normas Handtasche und das, was wir am Leib tragen.«

Marian sah betroffen drein. »Aber das ist ja schrecklich!« Sie riß einen Zettel von einem gelben Notizblock ab. »Ich lasse Tony Zahnbürsten und Zahnpasta in der Stadt besorgen, und was Sie sonst noch brauchen. Ein Rasiermesser? Rasierschaum? Sagen Sie mir, was sie brauchen.«

»Glücklicherweise haben wir sämtliche Toilettenartikel, aber für einige andere Dinge wäre ich dankbar.«

»Schießen Sie los«, sagte Marian.

»Wir nehmen abends gerne einen Schlummertrunk zu uns.

Könnte Ihr Angestellter einen Liter Wodka Absolut kaufen? Und dazu hätten wir gern einen Eiskübel.«

»Hört sich vernünftig an.« Sie schrieb. »Noch etwas?«

»Ich hätte gerne noch zweierlei, möchte aber nicht, daß Sie es seltsam finden.«

Sie wartete mit erhobenem Kugelschreiber.

»Ein dreieinhalb Meter langes Stück Wäscheleine und eine Rolle Klebeband.«

Sie schaute auf, ob das wieder einer seiner Witze war.

»Muß keine Wäscheleine sein«, sagte Dart. »Ein glattes Seil mit etwa fünf Millimetern Durchmesser wäre prima.«

»Wir sind Ihnen gerne behilflich.« Sie schrieb die gewünschten Artikel auf. »Im Badezimmer unten am Flur haben wir ein großes Seil aufgerollt. Die Arbeiter verstauen es dort, obwohl ich immer wieder gebeten habe ...«

»Zu rauh«, sagte Dart.

»Dürfte ich fragen, wozu ...?«

»Medizinische Artikel«, sagte Dart. »Reparaturarbeiten.«

»Ich verstehe nicht ganz ...«

Er klopfte sich an das rechte Knie. »Leider nicht das Bein, mit dem ich geboren wurde.«

»Bitte *entschuldigen* Sie. Wenn Sie mit der Führung fertig sind, sollte alles in Ihrem Zimmer sein.« Sie sah wieder betroffen drein. »Es sei denn, Sie brauchen auf der Stelle etwas.«

»Keine Eile. Das alte Gelenk mußte Überstunden machen, ein bißchen ausgeleiert, ein bißchen lose, und ich möchte es später wieder festzurren.«

»Es ist uns ein Vergnügen. Und Sie, Mrs. Desmond? Kann ich für Sie auch etwas tun? Ich hoffe, ich darf Sie Norma nennen.« Sie sah Nora eingehender an. »Geht es Ihnen gut?«

»Sind einige der Leute, die Ende der dreißiger Jahre in Shorelands gearbeitet haben, noch hier? Wenn ja, würde ich gern mit ihnen sprechen.«

Strahlendes Lächeln. »Lily Melville gehört praktisch zum Inventar, und sie war damals Zimmermädchen. Als der Trust gegründet wurde, war Lily so hilfreich, daß wir sie ins Personal mit übernommen haben. Möglicherweise haben Sie gesehen, wie sie eine Gruppe durch den Salon geführt hat.«

»Weiße Haare? Einsfünfundfünfzig?« fragte Dart. »Rosa Geoffrey-Beene-Imitat, Zuchtperlen?«

»Ja, genau.« Sie war entzückt. »Norman, Sie sind ein erstaunlicher Mann.«

»Süße alte Dame«, sagte Dart.

»Nun, Sie werden ihr gefallen, aber lassen Sie sie nicht wissen, daß es kein echter Geoffrey Beene ist.«

Dart hob die Hand, als legte er einen Eid ab. Nora störte ihre traute Zweisamkeit. »Ist Lily Melville die einzige, die noch von damals übrig ist?«

»Ein anderes ehemaliges Zimmermädchen ist noch bei uns, Agnes Brotherhood. In letzter Zeit geht es ihr nicht besonders, aber möglicherweise könnten Sie mit ihr sprechen.«

»Das würde ich gerne«, sagte Nora.

»Hugo Driver«, sagte Marian und zeigte auf Nora. »Ich *wußte*, daß irgendwas mit 1938 war. Demnach sind Sie ein Fan von Hugo Driver.« Sie lächelte auf eine nicht rundum freundliche Art. »Wir bekommen nicht so viele Driver-Fans zu sehen, wie man meinen könnte. Sie sind grundsätzlich nicht so wie normale Leser.«

»Ich bin nicht nur ein Driver-Fan«, sagte Nora. »Ich bin auch ein Fan von Bill Tidy, Creeley Monk und Katherine Mannheim.«

Marian sah sie zweifelnd an.

»Faszinierende Gruppe«, sagte Dart. »Die Klasse von '38. Normas Steckenpferd.«

»Sie recherchieren.«

»Norma meint«, sagte Dart, »daß *Reise in die Nacht* ohne das Erlebnis Shorelands gar nicht existieren würde. Es ist ganz wesentlich für das Buch.«

»Das ist unglaublich interessant.« Marian stieß sich vom Schreibtisch ab und faltete die Hände vor dem Kinn. »Angesichts von Drivers Popularität sollten wir ohnehin mehr aus ihm machen. Und wenn wir behaupten können, daß Shorelands und die Leute, von denen Sie gesprochen haben, von entscheidender Bedeutung für *Reise in die Nacht* sind, wäre das vielleicht ein Aufhänger.« Sie streichelte ihr perfektes Kinn und sah nachdenklich zum Fenster hinaus. »Ich sehe schon einen Artikel im Magazin der *Sunday Times* vor mir. Auf jeden Fall einen in der

Literaturbeilage. Wenn wir das schaffen, könnten wir Hugo-Driver-Wochenenden veranstalten. Wie wäre es mit einer jährlichen Driver-Tagung? Das könnte etwas werden. Ich muß es Margaret schmackhaft machen, bin aber sicher, daß sie die Möglichkeiten sieht, die sich auftun. Um die Wahrheit zu sagen, in letzter Zeit sind die Besucherzahlen rückläufig, und das könnte die Wende für uns bedeuten.«

»Ich bin sicher, Leonard Gimmel und Teddy Brunhoven würden mit Vergnügen teilnehmen«, sagte Nora.

Marian drehte sich zu ihr um und zog die Brauen hoch.

»Driver-Experten«, sagte Nora.

»Mit etwas Glück könnten wir bis nächstes Frühjahr alles organisiert haben. Lassen Sie uns beim Dinner mit Margaret darüber sprechen, ja? Jetzt aber, Ihr Zimmer kostet sechsundneunzig zwanzig inklusive Steuer, und wenn Sie mir Ihre Kreditkarte geben, können Sie sich gleich auf den Weg zu Pepper Pot machen.«

»Immer nur Barzahlung«, sagte Dart. »Bargeld lacht.«

»*Das* ist mal was anderes.« Sie beobachtete Dart, wie er die Brieftasche zur Hand nahm und staunte über die vielen Scheine.

Marian gab ihm Wechselgeld aus einer Geldkiste und reichte ihm zwei Schlüssel an Holztäfelchen mit der Aufschrift PEPPER POT. »Sie können Lily vor dem Salon treffen, und wir sehen uns wieder, wenn die Führung zu Ende ist. Ich glaube, wir werden während Ihres Aufenthalts eine Menge Spaß haben.«

»Genau meine Pläne«, sagte Dart.

87

»Hätte schon vor langer Zeit Dichter werden sollen. Wenn die Gattin nicht dabeigewesen wäre, hätte ich unsere neue Freundin gleich dort in ihrem Büro pimpern können.«

»Sie haben gewaltigen Eindruck auf sie gemacht«, sagte Nora.

»Ich wette, Marian hat Sommersprossen in den Achselhöhlen. Oben auf den Eutern hat sie auf jeden Fall welche, aber meinst du, sie hat auch welche auf den Unterseiten?«

»Wahrscheinlich hat sie Sommersprossen auf den Fußsohlen.«

Sie hatten das Main House durch den Haupteingang verlassen und waren den Weg entlanggegangen, der auf der anderen Seite des ummauerten Platzes in den Wald führte. Hohe Eichen, dazwischen Birken und Ahornbäume, wuchsen auf beiden Seiten des Weges. Ein Schild an einer Lücke in der Mauer wies den Weg zu GINGERBREAD, PEPPER POT, RAPUNZEL.

»Ist es nicht wunderbar, wie trefflich sich alles fügt, wenn wir zusammen sind? Wir kreuzen als gewöhnliche Dödel hier auf, und zwei Minuten später sind wir VIPs. Wir bekommen eine Führung durch die Anlage, und zu allem Überfluß laden sie uns noch zu einem historischen Shorelands-Dinner wie in den alten Zeiten ein. Verstehst du, warum?«

»Marian hält Sie für einen tollen Hecht.«

»Das ist nicht der Grund. Wir haben hier dieses große Landgut, vier oder fünf Angestellte, und das war's. Abend für Abend essen sie Suppe und Brote in der Küche und klagen einander ihr Leid, weil das Geschäft flau ist. Kaum kreuzt jemand auf, der ein VIP sein könnte, haben sie Grund, ein feudales Essen zu geben. Diese Leute gieren nach ein bißchen Abwechslung. Bis dahin werden wir herausfinden, wie viele Leute sich in dem Haus aufhalten, wo sie untergebracht sind, und das Gelände auskundschaften. Könnte nicht besser sein.«

Auf der linken Seite des Wegs tauchte ein weiteres Hinweisschild aus Holz auf. Ein brauner Pfeil wies einen schmalen Pfad hinunter auf GINGERBREAD zu.

Sie sah über die Schulter. »Ich wünschte, Sie hätten nicht um Seil und Klebeband gebeten. Die brauchen Sie nicht.«

»Im Gegenteil. Ich brauche sie zweimal.«

Sie kamen zu dem Schild. Nora sah nach links und erblickte vage Schemen grauer Gebäude zwischen den Bäumen versteckt. Ein Fenster schimmerte im grauen Licht.

»Zweimal?«

Seine Mundwinkel zuckten. »In deinem Fall können wir möglicherweise auf das Klebeband verzichten. Aber unser alter Liebling ist ein anderer Fall. Fesseln können die Wirkung durchaus steigern. Welcher der beiden gibst du den Vorzug, Lily oder Agnes?«

Sie antwortete nicht.

»Agnes gefällt mir. Hauch von Invalidität, weniger Gegenwehr. Ich habe nur dein Bestes im Sinn, Süße.«

»Zu gütig.«

»Sehen wir zu, daß wir zum guten alten Salzstreuer oder zur Pfeffermühle kommen, oder wie die Hütte heißt.«

Wortlos wandte sich Nora von Gingerbread ab, wo Katherine Mannheim wahrscheinlich bei einem Kampf mit Hugo Driver ums Leben gekommen war, und stapfte den anderen Pfad entlang. Dart klopfte ihr auf die Schulter, und sie kämpfte gegen den Wunsch, sich seiner Berührung zu entziehen. »Du wirst es gut machen.« Er zauste ihr das Haar am Hinterkopf.

Der Weg wand sich um einen Felsbrocken so groß wie ein Elefant, mit einem Moosteppich auf den runden Hüften. Auf der anderen Seite des Wegs deutete ein doppeltes Hinweisschild an der Baumgrenze an, daß RAPUNZEL auf der anderen Seite einer Holzbrücke über einen schmalen Bach lag, und PEPPER POT am Ende eines schmalen Trampelpfads, der rechts von ihnen in den Wald führte.

Dart sprang mühelos über eine glänzende Schlammpfütze von mehr als einem Meter Breite auf einen flachen Stein und von dort auf Rasen. Er klirrte mit den schweren Schlüsseln in der Luft. »Home, sweet home!«

Nora ging ein paar Schritte auf ihrer Seite des Weges entlang und fand eine Reihe von Steinen und trockenen Stellen, auf denen sie hinübergehen konnte.

Der Pfad wand sich zwischen Douglasien mit glänzenden Nadeln bergauf. Allmählich kam eine kleine Holzblockhütte am Ende einer Lichtung in Sicht. Ein Baldachin erstreckte sich von dem Schindeldach abwärts über eine ebenerdige Veranda. Neben der Hütte ragte ein gemauerter Kamin auf, große, in vier Quadrate unterteilte Fensterscheiben unterbrachen auf beiden Seiten der Eingangstür die gerade Symmetrie der Balken. Am hinteren Teil befand sich ein Anbau, bei dem die Arbeiter sich große Mühe gegeben hatten, die Dielen aus dem Sägewerk den Naturbalken anzupassen. Es führte keine Telefonleitung zu dem Haus.

»Hörst du die Banjomusik?« sagte Dart. »Die gescheckte Lady hat mich in die Blockhütte eines Malochers einquartiert.«

»Zwei oder drei Leute haben dieses Haus von Hand gebaut«, sagte Nora. »Und sie haben es gut gemacht.«

Dart zog sie zwei Holzbalkenstufen herauf auf die Veranda. »Bei deinen schlichten Wertvorstellungen aus dem Mittelwesten komme ich mir so dekadent vor. Rein mit dir.«

Sie betraten ein dunkles Zimmer mit Doppelbett und einem Kiefernholzschreibtisch, die an einander gegenüberliegenden Wänden standen. In der Mitte des Zimmers standen ein braunes Sofa und ein Sessel um ein Tischchen herum. An der Wand gegenüber der Tür befanden sich ein Tresen, eine Kochnische, Schränke, ein Spülbecken unter einem quadratischen Fenster und ein Elektroherd. Massive Kleiderschränke nahmen die Ecken links und rechts davon ein, und die Bodenplatte des gemauerten Kamins sprang auf den Holzboden vor. Dart schloß die Tür hinter sich und drückte auf einen Schalter, worauf die Deckenlampe und zwei Lämpchen auf den Nachttischchen angingen.

»Beschissene Hundehütte.« Er schlenderte in die Küche und machte Schränke auf. »Natürlich keine Minibar.«

»Bekommen Sie nicht eine Flasche?«

»Wenn man keine Auswahl hat, könnte man auch gleich in Rußland leben. Wieviel Zeit haben wir noch? Fünfundzwanzig Minuten?«

»Gerade noch«, sagte Nora und war froh, daß die Zeit nicht für das ausreichte, was Dick Dart als lustvolles sexuelles Erlebnis betrachtete.

»Glaubst du, es gibt ein richtiges Badezimmer in diesem Loch?«

Sie zeigte auf eine Tür an der hinteren Wand. »Da durch.«

»Gehen wir. Nimm deine Tasche mit.«

Nora sah ihn mit einem fragenden Blick an.

»Ich möchte dein Make-up reparieren. Ich kann den Anblick des Schlamassels nicht ertragen, den du aus meinem Kunstwerk gemacht hast.«

88

Die kleine, weißhaarige Führerin kam die Stufen heraufgestapft und herbeigehüpft. Sie war energisch und fröhlich und schien mehrere Leute aus der Gruppe zu kennen.

»Hallo, hallo!« Zwei Männer um die sechzig, wie Dick Dart mit Jackett und Krawatte bekleidet, einer mit Bürstenschnitt, der andere kahl, begrüßten sie mit Namen. Ihr Lächeln gefror einen Augenblick, als sie Dick Dart bemerkte.

»Da sind wir«, sagte sie. »Normalerweise führe ich keine zwei Gruppen hintereinander, aber man hat mir gesagt, daß wir einen vielversprechenden jungen Dichter unter uns haben, der eigens nach mir verlangt hätte, und aus diesem Grund freue ich mich, bei Ihnen zu sein.« Sie adressierte ihr Lächeln an einen dunkelhaarigen jungen Mann, der wie ein Schauspieler in einer Seifenoper aussah, einer von Daisys Edmunds und Dmitris. »Sind Sie Mr. Desmond?«

Edmund/Dmitri machte einen erschrockenen Eindruck und sagte: »Nein!«

»Ich fürchte, das bin ich«, sagte Dart.

»Oh, jetzt verstehe ich«, sagte sie. »Sie legen strenge Maßstäbe an, das war zu erwarten. Bitte scheuen Sie sich nicht, uns Ihre Ansichten von Zeit zu Zeit wissen zu lassen.«

»Mit Vergnügen«, sagte Dart.

Sie lächelte der Gruppe im allgemeinen zu. »Mr. Norman Desmond, der Dichter, wird uns im Lauf des Rundgangs seinen speziellen Standpunkt verdeutlichen. Ich bin sicher, wir alle werden ihn interessant finden, aber ich muß Sie warnen, Mr. Desmonds Ansichten können kontrovers sein.«

»Meine Wenigkeit?« sagte Dart und drückte eine Hand auf die Brust. Einige in der Gruppe kicherten.

»Außerdem möchte ich Sie wissen lassen, daß zwei andere kreative Menschen, alte Freunde von uns, heute ebenfalls dabei sind. Frank Neary und Frank Tidball. Wir nennen sie die zwei Franks, und es ist immer ein Vergnügen, sie bei uns zu haben.«

Die beiden älteren Männer murmelten ihren Dank und wirkten ein wenig verlegen, weil sie erwähnt worden waren. Ihr Namen kamen Nora bekannt vor. Frank Neary und Frank Tidball, die zwei kreativen Franks? Sie glaubte nicht, daß sie ihnen schon einmal begegnet war.

»Es interessiert Sie vielleicht, wie die alte Dame, die vor Ihnen steht, soviel über Shorelands erfahren hat. Mein Name ist Lily Melville, und ich habe fast mein ganzes Leben an diesem wunderschönen Ort verbracht. Ich Glückliche!«

Lily Melville, die zu den Leuten gehörte, die etwas zum tausendstenmal sagen können, als wäre es das erste Mal, erklärte ihnen, daß Georgina Weatherall sie 1931, als sie im Grunde genommen noch ein Kind war, als Mädchen für alles eingestellt hatte. Es war die Zeit der großen Depression, aufgrund der finanziellen Situation ihrer Familie mußte sie die Schule verlassen, aber in Shorelands hatte sie eine wunderbare Ausbildung bekommen. Zwei Jahre lang hatte sie geholfen, zu kochen und die Mahlzeiten zu servieren, was ihr die Möglichkeit gab, den Tischgesprächen einiger der berühmtesten und angesehensten Schriftsteller der Welt zu lauschen. Danach kümmerte sie sich um die Unterkünfte, was sie in noch engeren Kontakt mit den Gästen brachte. Bedauerlicherweise hatten die Kräfte von Miss Weatherall Ende der vierziger Jahre nachgelassen, so daß sie sich nicht mehr um ihre Gäste kümmern konnte. In den Jahren nach ihrer Abreise von Shorelands war Miss Melville gelegentlich von Schriftstellern, Gelehrten und Interessengruppen aufgesucht worden, die sie nach ihren Erinnerungen fragten. Nachdem der Trust das Anwesen 1980 erworben hatte, war sie als Mitglied des Personals eingestellt worden.

»Wir beginnen unsere Führung mit zwei meiner Lieblingsplätze, Miss Weatheralls Salon und ihre Privatbibliothek, und von da aus geht es weiter. Gibt es Fragen, bevor wir anfangen?«

Dick Dart hob die Hand.

»So früh, Mr. Desmond?«

»Ist dieser außerordentlich attraktive Hosenanzug, den Sie tragen, nicht von Geoffrey Beene?«

»Sind Sie nicht reizend! Ja, so ist es.«

»Und irre ich mich, oder konnte ich einen Hauch des betörenden Duftes Mitsouko wahrnehmen, als Sie sich so beredt vorgestellt haben?«

»Mr. Desmond, würden Sie mir Gesellschaft leisten, während wir die Gruppe in den Salon führen?«

Dart tänzelte um die Gruppe herum und nahm ihren Arm, worauf die beiden vor Nora und den anderen den Flur hinabschritten.

Sie hatten den Salon, die Bibliothek, den Aufenthaltsraum und den legendären Speisesaal besucht, wo ein auf Hochglanz polierter Tisch unter Drucken von Gemälden stand, die Georgina entweder besessen hatte oder die Bildern aus ihrem Besitz ähnlich waren. Ihre Gemälde waren schon vor langer Zeit verkauft worden, genau wie die Bibliothek. Sie waren über die Terrasse geschlendert und die Treppe hinuntergegangen, um den Anblick des Hauptgebäudes vom westlichen Rasen aus zu bewundern. Lily erzählte mit einer durch lange Übung angeeigneten Gewandtheit von den zahlreichen Eigenheiten ihrer einstigen Arbeitgeberin, die sie als liebenswürdige Exzentritäten einer Mäzenin der Künste darstellte; sie forderte die verschiedenen verblüffenden, irrelevanten, respektvollen und komischen Kommentare des Dichters Norman Desmond heraus, der sie inzwischen über das lange Rasenstück zu den Ruinen des berühmten Gartens begleitete, dessen Restaurierung die finanziellen Mittel des Trusts überstieg.

Nora schritt neben den beiden Franks dahin und fragte sich wieder, warum ihr die Namen so bekannt vorkamen. Ihre Gesichter eindeutig nicht. Die beiden Franks schienen nicht gerade Akademiker zu sein, befleißigten sich aber der gebildeten Zurückhaltung alter Gelehrter und des intimen, ungewollt unnahbaren Verhaltens langjähriger Kollegen oder verheirateter Paare. Einige von Dick Darts Bemerkungen hatten sie amüsiert, und der Frank mit dem grauen Bürstenschnit hatte eindeutig die Absicht, etwas über Mrs. Desmonds interessanten Mann loszuwerden.

Das sind deine Telefone, sagte sich Nora. *Du kannst diese Burschen dazu bringen, zur Polizei zu gehen. Aber wie soll ich sie überzeugen?*

»Ihr Gatte ist ein ungewöhnlicher Mann«, sagte Bürstenschnitt. »Sie müssen sehr stolz auf ihn sein.«

»Kann ich einen Augenblick mit Ihnen reden?« fragte sie. »Ich muß Ihnen etwas sagen.«

»Ich bin übrigens Frank Neary, und das ist Frank Tidball.« Beide Männer streckten die Hände aus, die Nora ungeduldig schüttelte. »Wir haben Lilys Führung schon häufig mitgemacht, und ihr fällt immer wieder etwas Neues ein.«

Tidball lächelte. »Aber so etwas wie Ihren Mann hat sie noch nie präsentieren können.«

Dart und Lily waren am Rand einer Reihe überwucherter Felsen stehengeblieben, Reste eines Abschnitts des alten Gartens. Hinter ihnen stand ein leerer Sockel mitten in einem Teich. Lily lachte über etwas, das Dart sagte.

»Man kann kaum Dichter sein, wenn man nicht über einen eigenwilligen Geist verfügt«, sagte Neary. »Wo wir leben, in Rhinebeck am Hudson, sind wir von Künstlern und Dichtern umgeben.«

Nora warf einen gequälten Blick über den Rasen. Dart redete auf Lily ein und näherte sich rasch der Gruppe, die in seine Richtung ging. Nora und die beiden Franks standen ein wenig abseits der anderen.

»Wollten Sie nicht etwas sagen?« fragte Neary.

»Ich brauche Hilfe.« Dart kam mit einem gefährlichen Lächeln über den Rasen. »Würden Sie bitte meinen Arm halten? Ich habe einen Stein im Schuh.«

»Gewiß.« Frank Neary trat galant an ihre Seite und hielt ihren Ellbogen.

Nora hob den rechten Fuß, zog den Schuh aus und drehte ihn herum. »Da«, sagte Nora, und die beiden Männer sahen höflich zu, wie ein nicht existierender Stein zu Boden fiel. »Danke.« Als Neary ihren Arm losließ, sah sie Dart, der mit seinem bedrohlichen Lächeln auf sie zukam, und da fiel ihr ein, wo sie die beiden Namen schon gehört hatte. »Sie müssen Neary und Tidball sein, die die Kreuzworträtsel für Chancel House verfassen.«

»Meine Güte«, sagte Neary. »Frank, Mrs. Desmond kennt unsere Kreuzworträtsel.«

»Ist das nicht *reizend*, Frank?«

Nora drehte sich um und lächelte Dart zu, der den Tonfall ihrer Unterhaltung mit den Franks gehört und langsamer gemacht hatte.

»Sie kennen unsere Arbeit?«

»Sie beide sind toll«, sagte Nora. »Ich hätte Ihre Namen erkennen müssen, sobald ich sie gehört hatte.

Dart war in Hörweite gekommen, und Nora sagte: »Ich mag Ihre Rätsel, sie sind so anspruchsvoll.« Etwas, das Davey einmal gesagt hatte, fiel ihr wieder ein. »Sie benützen Themen auf so subtile Weise.«

»Großer Gott, jemand versteht uns«, sagte Neary. »Hier haben wir jemanden, der begreift, daß ein Rätsel mehr als ein Rätsel ist.«

Dart legte Nora eine Hand auf die Schulter. »Rätsel?«

»Norman«, sagte sie und sah, wie sie hoffte, mit der einer Ehefrau geziemenden Achtung zu ihm auf. »Mr. Neary und Mr. Tidball sind die Verfasser der wunderbaren Kreuzworträtsel von Chancel House.«

»Nein«, sagte Dart, der augenblicklich in seine Rolle fiel, »doch nicht diejenigen, die dich bis spät in die Nacht wach halten, damit du dir ein Wort mit elf Buchstaben für ein Verhandlungstischgespräch ausdenken kannst?«

»Ist das nicht großartig?«

»Ich bin sicher, ihr drei werdet euch eine Menge zu erzählen haben, aber wir sollten den Anschluß nicht verlieren.« Dart sah die beiden Franks lächelnd an. »Ich habe mich *gefragt*, worüber Sie sich wohl unterhalten. Haben Sie einen Lektor bei Chancel House?«

»Ja, aber unsere Arbeit erfordert eigentlich kein Lektorat. Davey macht hin und wieder einen Vorschlag. Er ist ein reizender Junge.«

Die vier gesellten sich zum Rest der Gruppe, und Lily sagte, wenn sie sich den Teich angesehen hätten, würden sie Honey House besuchen, wo die offizielle Führung zu Ende sei. Wenn sich jemand das Nebelfeld, die Singenden Säulen oder Rapunzel anschauen wolle, könne er es gerne tun.

»Kommen die Herren öfter hierher?« fragte Dart.

Neary und Tidball erzählten ihren Freunden abwechselnd, daß sie sich bemühten, Shorelands mindestens einmal im Jahr zu besuchen. »Vor fünf Jahren haben wir in Rapunzel übernachtet, aber hauptsächlich, damit wir das Main House besuchen konnten, wenn es nicht so von Touristen überlaufen ist. Es war ungeheuer interessant. Agnes Brotherhood kann jede Menge Geschichten erzählen.«

»Was für Geschichten?«

Neary sah Tidball an, und beide Männer lächelten. Neary sagte: »Es besteht ein großer Unterschied zwischen Lily und Agnes. Agnes konnte Georgina nie besonders gut leiden, und damals hat sie noch gerne Klatsch erzählt. Frank und ich haben Geschichten gehört, die mit Sicherheit nie in den Geschichtsbüchern stehen werden.«

Lily hielt eine Ansprache auf der erhöhten Bruchstein-Einfassung um den Teich herum. Frank Neary hielt einen Finger an die Lippen.

Nachdem sie zwei gelinde schlüpfrige Anekdoten über die zufälligen Begegnungen unbekleideter Schriftsteller beiderlei Geschlechts erzählt hatte, sprang Lily von der Einfassung herunter und verkündete, daß Honey House, die einzige in ihrem Urzustand restaurierte Hütte, der perfekte Abschluß für die Führung sei.

Ein überwucherter Plattenweg führte vom Teich weg zwischen die Bäume. Am Ende der Gruppe gingen Nora und Dart unmittelbar hinter den beiden Kreuzworträtselmachern, die anderen folgten paarweise hinter Lilys rosa Hosenanzug. Es war dunkler geworden.

»Könnte regnen«, sagte Dart.

»Mit Sicherheit«, sagte Tidball. »Ein bißchen früher als vorhergesagt, aber das ist gut für sie. Regen wirkt sich negativ auf die Besucherzahlen aus. Shorelands wird matschig bei Regen. Wenn es schon sein muß, dann besser jetzt als am Wochenende.«

»Wirkt sich negativ auf die Besucherzahlen aus?« fragte Neary. »Das kann man wohl *sagen*. Regen hat dieselbe Wirkung auf die Besucherzahlen wie dieser Bursche aus der Zeitung, Dart, auf seine Opfer.«

Lily und das Paar hinter ihr betraten eine Brücke über den Bach, der sich durch den nördlichen Teil des Anwesens wand. Ihre Schritte hallten auf der Brücke: *Trip trap, trip trap*, wie die der drei Ziegenböcke im Märchen.

»Hat man etwas Neues über den guten alten Dart gehört?« fragte Dart. »Was für eine Geschichte! Wir sind da nicht ganz mitgekommen. Dem Burschen wurde Mord zur Last gelegt, aber es wurde nie Anklage erhoben. Was hatte die Frau in dem Polizeirevier zu suchen? Da ist mehr dran, als man auf den ersten Blick sieht. Ist dieses seltsame Paar immer noch auf der Flucht?«

»O ja«, sagte Neary. »Im Radio sagten sie, daß sich Dart in Northampton aufhalten soll, und das ist nicht weit von hier.« Seine Augen waren groß und ernst geworden. »Ich stimme Ihnen zu, daß mehr an der Sache dran ist, als man auf den ersten Blick sieht. Frank und mir ist diese Frau nicht ganz unbekannt.« Er beugte sich vor Nora, damit er Dart ins Gesicht sehen konnte. »Sie haben nach unserem Lektor gefragt, Davey Chancel. Nun, sie ist seine Frau. Wenn Sie mich fragen, hatte Nora Chancel ein Verhältnis mit diesem Dart.«

»Ich würde sagen, das wäre eindeutig eine Möglichkeit«, sagte Dart. »Was wissen Sie über diese Frau, die Ehefrau Ihres Lektors?«

Die anderen hatten die Brücke überquert, und nun traten die beiden Franks darauf, dicht gefolgt von Nora und Dick Dart. *Trip trap, trip trap*.

»Wir haben Gerüchte gehört«, sagte Tidball.

»Heraus damit«, sagte Dart. »Ich bin ganz Ohr.«

»Offenbar hat diese Frau eine gestörte Persönlichkeit. Wir glauben, sie hatten etwas miteinander. Als er verhaftet wurde, suchte sie das Polizeirevier auf und inszenierte ihre eigene ›Entführung‹, Zitat Ende, um ihn zu befreien. Wahrscheinlich ist sie gefährlicher als er.«

Neary lachte, und einen Augenblick später lachte Nora ebenfalls.

Sie folgten den anderen zu einer Hütte, die am Waldrand stand. Lily wartete ihnen zugewandt vor der Tür.

»Tolle Geschichte, was?« fragte Dart.

»Ich kann es kaum erwarten, die Verfilmung zu sehen«, sagte Nora.

Lily hielt eine Hand hoch, als wollte sie einen Eid ablegen. »Wir hier in Shorelands sind sehr stolz auf das, was Sie jetzt sehen werden. Die Planungen haben vor vier Jahren angefangen, als Margaret Nolan, unsere Direktorin, beim Abendessen zu uns sagte: ›Warum ermöglichen wir unseren Gästen nicht, eine der Unterkünfte zu besuchen und die Welt zu erleben, die Georgina Weatherall geschaffen hatte? Warum erschaffen wir die Vergangenheit nicht neu, die wir hier feiern?‹ Wir haben uns alle in Margaret Nolans Vision verliebt und ein Jahr lang Aufzeichnungen und Unterlagen gesichtet, damit wir das typische Erscheinungsbild einer der Hütten in Erfahrung bringen konnten, wie sie zwischen 1920 und 1935 ausgesehen haben müssen. Wir haben geschworen, nichts auszulassen. Ich kann Ihnen sagen, wenn man so ein Projekt anfängt, findet man ziemlich schnell heraus, wieviel man nicht weiß!«

Höfliches Gelächter von allen, außer Nora und Dart.

»Sie fragen sich, weshalb wir uns für Honey House entschieden haben. Ich will ganz offen sein. Es war zuallererst eine Kostenfrage, und dies ist eine der kleinsten Hütten. Unsere letzte große Renovierung war 1939, und die Aufgabe, die vor uns lag, war gewaltig. Mit Hilfe von Georgina Weatheralls Aufzeichnungen tapezierten wir die Wände mit einer speziellen Tapete des ursprünglichen Herstellers. Sie wurde seit 1948 nicht mehr hergestellt, aber es fanden sich noch einige Rollen ganz hinten in einem Lager, die wir alle gekauft haben. Wir fanden heraus, daß die ursprüngliche Farbe von einer Firma stammte, die 1935 geschlossen wurde, und gaben fast die Hoffnung auf, aber dann wurde uns mitgeteilt, daß ein Farbengeschäft in Boston sechzig Liter genau der richtigen Farbe im Keller eingelagert hatte. Spenden gingen ein. Vor etwa anderthalb Jahren war alles vollendet.

Eigentlich sollte es nicht eigens erwähnt werden, aber ich muß darauf bestehen, daß Sie im Inneren nichts anfassen. Honey House ist ein lebendes Museum. Bitte erweisen Sie ihm den gebührenden Respekt und sorgen Sie dafür, daß sich auch andere in kommenden Jahren an der Restaurierung erfreuen können. Habe ich mich klar genug ausgedrückt?«

Darts Ausruf »Aber sicher!« erscholl über das zustimmende Murmeln der Gruppe.

Lily lächelte, drehte sich zur Tür um, holte einen großen Schlüssel aus der Tasche ihres rosa Hosenanzugs und sah über die Schulter. »Ich liebe diesen Augenblick.« Sie machte die Tür auf und bat das junge Paar direkt vor ihr, das Licht einzuschalten.

Der Junge führte die ersten der Gruppe durch die Tür. Leise Ausrufe des Staunens drangen bis zu denen, die noch draußen standen.

»Das machen alle«, sagte Lily. »Sobald das Licht angeht, hört man nur noch *Ooh! Aah!* Nur zu, Norman, gehen Sie rein. Sie werden Ihren Augen nicht trauen.«

Dart tätschelte ihr die Schulter und folgte Nora zur Tür hinein.

89

Jede erdenkliche Oberfläche war mit Nippesfiguren, Schnupftabakdosen, antiken Vasen, Kerzen in verschnörkelten Haltern und jeder Menge anderen Dingen überladen, die Nora unwillkürlich als Krimskrams bezeichnete. Gemälde in Goldrahmen und Spiegel in barocken Fassungen hingen kunterbunt durcheinander an den auberginenfarbenen Wänden.

Lily wandte sich an die Gruppe. »Ich werde Sie nun ganz dem Genuß dieser grandiosen Renovierung überlassen. Sie dürfen mich gerne nach allem fragen, das Ihre Aufmerksamkeit erregt.« Die Paare verteilten sich in verschiedene Bereiche des Inneren, und Lily stolzierte auf die beiden Franks zu, als sei sie die Eigentümerin. »Ist es nicht herrlich?«

Nora sagte: »Ich hatte keine Ahnung, daß die Gäste in so einer Pracht wohnten.«

»Nichts war zu gut für die Leute, die hierher kamen«, sagte Lily. »Für Miss Weatherall stellten sie die kulturelle Aristokratie dar. Zum Beispiel Mr. Yeats.« Sie deutete durch das Zimmer auf die Fotografie eines Mannes mit einem Kneifer auf der Nase. »Er war ein großer Gentleman. Miss Weatherall liebte seine Konversation.«

»Ein Schriftsteller namens Creeley Monk hat auch hier gewohnt«, sagte Nora.

»Creeley *Monk*? Ich kann mich nicht erinnern ...«

»1938.«

Lilys Augen wurden ausdruckslos vor Mißfallen. »Wir schauen gern auf unsere Triumphe zurück. Und da haben wir ein Beispiel, das direkt neben Ihnen steht! Frank und Frank werden von Chancel House veröffentlicht, das in eben jenem Sommer gegründet wurde, als Mr. Driver hier Mr. Lincoln Chancel begegnete. Nun, *er* war ein großer Gentleman.«

»Ich schätze, es war doch kein so schlechter Sommer«, sagte Nora.

Lily erschauerte damenhaft.

»Ist das eine exakte Rekonstruktion, wie es in den dreißiger Jahren hier ausgesehen hat?«

»Nein, ganz und gar nicht«, sagte Lily, die nicht zu bekümmern schien, daß sie damit ihren früheren Äußerungen widersprach. »Wir wollten das Anwesen als Ganzes repräsentieren, nicht nur ein einzelnes Haus. Wenn man es auf diese Weise zusammensetzt, bekommt man ein gutes Gefühl für die Zeit.« Ein Mann, der sich offenbar nach einer Sammlung von Briefbeschwerern erkundigen wollte, winkte ihr, und sie lief davon.

»Neunzehnhundertachtunddreißig ist nicht ihr Lieblingsjahr«, sagte Tidball.

»Ich frage mich, ob Sie etwas über eine Dichterin namens Katherine Mannheim wissen«, sagte Nora.

Tidball verdrehte die Augen und verschränkte die Hände vor sich.

»Anscheinend ja«, sagte Nora. Dart sah überheblich zu und schien die Aussicht zu genießen, daß Ärger in der Luft lag.

Die Franks wechselten einen kurzen Blick. »Warten wir, bis die Führung zu Ende ist«, sagte Neary. »Wollten Sie sich das Nebelfeld und die Singenden Säulen ansehen?«

»Man hat Shorelands nicht gesehen, wenn man die Singenden Säulen nicht gesehen hat«, sagte Dart.

Eine halbe Stunde später folgten die vier den anderen auf dem Pfad, der in nördlicher Richtung durch den Wald führte. Dart ging so dicht hinter Nora, daß er sie förmlich einzuhüllen schien.

»Woher stammen eigentlich diese Märchennamen?« platzte er heraus.

»Georgina«, sagte Neary, der die Spitze ihrer Viererreihe bildete. »Als das Anwesen noch ihrem Vater gehörte, hatte als einzige Hütte Honey House einen Namen, nach einem alten Butler, der hier gelebt hatte, Mr. Honey. Als ihr Vater es ihr überschrieben hatte, bekam plötzlich alles einen neuen Namen.« Er drehte sich um und sah die anderen grinsend an. »Georginas romantische Verklärung ihrer eigenen Person erstreckte sich auf ihr Reich. Solche Leute neigen dazu, diktatorisch zu sein.«

Frank Neary war ein kluger Mann. Dart konnte sie nicht den ganzen Nachmittag im Auge behalten, und sie brauchte nur ein paar Sekunden.

»In dieser Hinsicht hat sich Ihre Dichterin geirrt«, sagte Neary. »Wir wissen das alles von Agnes Brotherhood, daher müssen Sie berücksichtigen, daß sie Georgina nie besonders gut leiden konnte. Lily dagegen verehrte sie. Lily verabscheute Katherine Mannheim, weil sie Georgina nicht den gebührenden Respekt zollte. Agnes sagte uns, daß Katherine Mannheim Georgina schon bei ihrer ersten Begegnung durchschaut hatte, und darum haßte Georgina sie.«

Tidball sagte: »Agnes zufolge war Georgina eifersüchtig. Aber das ganze Thema schien sie immer noch nervös zu machen.«

Der Weg führte in einer Linkskurve um eine Wiese herum und verschwand auf der anderen Seite zwischen den Bäumen, wo man die Umrisse mehrerer aufrechtstehender grauer Steine sehen konnte. »Hier haben wir das berühmte Nebelfeld.«

»Nebelfeld«, sagte Nora. »Wieso kommt mir das bekannt vor?«

»Mr. Desmond, schreiben Sie jeden Tag?« fragte Tidball.

»Einzige Möglichkeit, etwas fertigzubekommen. Ich stehe um sechs auf und kritzele eine Ode, bevor ich ins Büro gehe. Abends bin ich von neun bis elf wieder dabei. Übrigens, bitte nennen Sie mich Norman.«

Sie gingen weiter den Weg entlang.

»Gehören Sie einer Dichtergruppe an?«

»Wir Sprachkünstler treffen uns gerne in einem netten kleinen Saloon namens Gilhoolie's.«

»Wie würden Sie Sprachkunst definieren?«

»Genau so, wie es sich anhört«, sagte Dart. »Sprache, so viel wie möglich.«

»Haben Sie jemals die Gedichte von Katherine Mannheim gelesen?« fragte Neary.

»So was rühre ich niemals an.«

Neary warf ihm einen verwunderten Blick zu.

»Wieso glaubte Agnes, daß Georgina eifersüchtig auf Katherine Mannheim war?« fragte Nora.

»Georgina war es gewöhnt, im Mittelpunkt des Interesses zu stehen. Besonders bei Männern. Statt dessen haben alle wegen diesem hübschen jungen Ding zu sabbern angefangen. So wie sie war, brauchte sie zwei Wochen, bis sie dahinterkam, was los war. Lily Melville hat sie aufgeklärt.«

»Sie hätte das Flittchen gleich da rauswerfen sollen«, sagte Dart.

Seine Wortwahl schien Neary zu überraschen. »Sie beschloß schließlich, das zu tun, wollte aber nicht auf eine Weise vorgehen, die sich nachteilig auf ihren Ruf auswirken konnte. Sie hatte finanzielle Sorgen, und wenn sie einen Gast wegschickte, hätte das nach außen einen schlechten Eindruck machen können. Hier haben wir die Singenden Säulen und Monty's Glen. Eindrucksvoll, nicht?«

Eine kurze Strecke vom Weg entfernt hatte man sechs hohe Felsen mit flachen Enden im Kreis um eine natürliche Lichtung herum aufgestellt. Die anderen Mitglieder von Lily Melvilles Gruppe schlenderten schon wieder zum Weg zurück, und eine Frau um die sechzig in einem türkisfarbenen Trainingsanzug kam näher und stellte sich ihnen als Dorothea Bach vor, High-School-Lehrerin im Ruhestand. Sie wollte alles über Mr. Desmonds Gedichte wissen.«

»Meine Oden und Elegien waren ursprünglich von meiner eigenen Lehrerin an der High School inspiriert.« Er gab eine Menge Unsinn von sich, der Dorothea bis zu ihren hellblauen Turnschuhen hinunter in helle Aufregung versetzte. Tidball kam fasziniert einen Schritt näher.

Nora ging hastig zu Neary, der sich einem der Felsen näherte. Er drehte sich mit einem versöhnlichen Lächeln zu ihr um und entschuldigte sich damit schon vorher für das, was er zu sagen hatte. »Wenn man Ihren Mann so reden hört, sollte man nicht meinen, daß er überhaupt etwas von Dichtung versteht.«

»Ich brauche Ihre Hilfe.«

»Wieder ein imaginärer Stein?« Er streckte den Arm aus.

»Nein, ich –«

Dart strich ihr über den Nacken. »Ich störe die private Unterhaltung nur ungern, aber ich konnte diese Frau keine Sekunde mehr ertragen.«

Neary drehte sich mit einem fragenden Blick zu Nora um. Sie schüttelte den Kopf.

Sie schritten zwischen den Säulen hindurch zum Mittelpunkt der Lichtung. »Jedesmal, wenn ich hierher komme, stelle ich mir vor, ich würde in der Zeit zurückreisen in einen jener grandiosen Sommer und den Unterhaltungen hier lauschen. Ich bekomme eine Gänsehaut. Genau hier haben große Schriftsteller gesessen und sich darüber unterhalten, woran sie gerade arbeiteten. Hätten Sie da nicht auch gerne zugehört?«

»Muß 'ne tolle Nummer gewesen sein«, sagte Dart.

»Sie sind ein Original, Norman«, sagte Neary.

»Ein bescheidener Arbeiter im Weinberg«, sagte Dart.

»Alles in allem, Norman, würde ich nicht sagen, daß Bescheidenheit Ihre starke Seite ist.«

»Vielleicht solltet ihr Jungs uns in Ruhe lassen«, sagte Dart. »Nach einer Weile gehen mir kleine alte Schwuchteln auf die Nerven.«

Frank Tidball sah aus, als hätte er einen Schlag mit einem Backstein auf den Hinterkopf bekommen, und Frank Neary war auf eine Weise erbost und resigniert, an die er sich offenbar schon vor langer Zeit gewöhnt hatte. »Das reicht. Dieser Mann ist ein Irrer, und er macht mir angst.«

»Ich *sollte* Ihnen auch angst machen«, sagte Dart freudestrahlend.

Neary stand seinen Mann. »Auf Wiedersehen, Mrs. Desmond. Ich wünsche Ihnen Glück.«

Dart lachte ihn aus – jedes Wort von ihm war lächerlich.

»Frank, ich weiß, mein Mann hat Sie beleidigt, aber was haben Sie da über Georginas finanzielle Schwierigkeiten gesagt? Das könnte sehr wichtig für mich sein.« Nora sah in dem Geldproblem die Andeutung einer möglichen Lösung, und das war zu wichtig, um es ungenutzt verstreichen zu lassen.

»Ich habe keine Probleme mit Ihnen, Mrs. Desmond.« Er warf Dart einen verächtlichen Blick zu, und Dart kam rasch herbeigestapft und sah grinsend auf ihn hinab.

Neary ließ sich nicht einschüchtern. »Georginas Treuhandvermögen war nicht groß genug, daß sie die gesamte Dienerschaft und den Unterhalt sowie Essen und Trinken für die Gäste bezahlen konnte. Ihr Vater ließ sie lange Zeit gewähren, aber 1938 verlor er die Geduld. Er hat ihr die Mittel gestrichen oder zumindest drastisch gekürzt, da bin ich nicht sicher. Georgina war beinahe hysterisch.«

»Lily Melville hat uns gesagt, daß sie das ganze Anwesen im Jahr darauf renovieren ließ«, sagte Nora.

»Er muß nachgegeben haben. Ich bin sicher, er war daran gewöhnt, ihr jeden Wunsch zu erfüllen.«

»Die Geschichte zweier Schlampen«, sagte Dart.

»Ich habe genug Zeit mit diesem Wahnsinnigen verbracht«, sagte Neary. »Gehen wir.« Tidball starrte Dick Dart an. Neary zupfte ihn am Ellbogen, als wolle er ihn wecken, worauf Tidball herumwirbelte und zum Rand der Lichtung stapfte. Neary folgte ihm ohne einen Blick zurück. Sie passierten die Säulen und näherten sich fast fluchtartig dem Pfad.

»Spazieren wir zum Haus zurück und suchen die liebe gescheckte Lady auf. Mir ist gerade etwas eingefallen. Kannst du erraten, was es ist?«

Bevor Nora sagen konnte, daß sie seine Gedanken nicht lesen konnte, konnte sie seine Gedanken lesen. »Sie wollen Marian Cullinan.«

Er tätschelte ihr grinsend den Kopf. »Wahrscheinlich ist es an der Zeit für mich, älteren Frauen Lebewohl zu sagen. Und Jungfer Marian hat zwei große Vorzüge.«

Sie ging auf dem verfilzten Gras zu den Felsen. »Und welche?«

»Erstens, du magst sie nicht. Sie ist ganz wie die blonde Natalie Weil und will dir deinen Mann stehlen. Bestrafen wir die Kuh – he, das wolltest du sowieso machen.«

»Und der zweite Vorzug?«

»Marian besitzt zweifellos ein schönes Auto.«

Neary und Tidball, die die Köpfe gesenkt hatten und ein wenig schneller als erforderlich gingen, hatten die Wiese schon fast überquert. Dart sah ihnen verächtlich nach, wie sie durch das hohe Gras wateten. »Wir werden heute abend noch viel Spaß haben, süße Maus.«

90

Marian Cullinans eifriges Gesicht tauchte an ihrem Fenster auf, als sie sich der Fassade des Main House näherten, und als sie eingetreten waren, wartete die junge Frau schon auf sie und betrachtete Dart mit übertriebener Ehrfurcht. »Norman, Sie haben Lily schwer beeindruckt. Sie möchte Sie bei allen Führungen mitnehmen.«

»Ganz meinerseits. Sie erinnert mich an einige meiner besten Freundinnen.«

»Ist er nicht der Größte, wenn es um Charme geht, Mrs. Desmond?«

»Auf jeden Fall«, sagte Nora. Diese alberne Frau, die sich so sehr langweilte, daß sie verheiratete Männer anbaggerte, war wahrscheinlich ihre letzte Hoffnung, die Polizei nach Shorelands zu bekommen. »Aber nennen Sie mich doch bitte Norma.«

»Oh, ich *danke* Ihnen!«

»Vielleicht könnten Sie uns im guten alten Salzstreuer auf einen Schlummertrunk Gesellschaft leisten«, sagte Dart. »Es gibt soviel zu besprechen, so viele Möglichkeiten zu erkunden.«

Marians Sommersprossen glitten mit einem wissenden Zukken der Mundwinkel zur Seite. »Das kommt darauf an, wieviel Arbeit ich erledigen kann. Ich hatte eine Assistentin, aber die Restaurierung von Honey House hat fast unser gesamtes Budget verschlungen.« Ihr strahlender Pseudoeifer stellte sich fast vollständig wieder ein. »Und natürlich sind wir sehr stolz auf das Ergebnis. Hat es Ihnen nicht gefallen?«

»Wem hätte es nicht gefallen?« sagte Dart. »Kommen wir heute abend in den Genuß Ihrer Gesellschaft, Marian, oder müssen wir Sie entführen?«

»Damit würden Sie mir einen Gefallen tun.« Sie seufzte und stellte pantomimisch Erschöpfung dar. »Würden Sie gerne die Zimmer oben sehen?«

Nora fragte, ob sie mit Agnes Brotherhood sprechen könnten.

Marian machte die Augen zu und drückte eine Hand auf die Stirn. »Ich habe vergessen, mich darum zu kümmern. Ich muß nachsehen, wie es ihr geht. Warum gehen wir nicht nach oben?«

»Gehört zu der VIP-Behandlung auch ein Sandwich, bevor wir uns der Geschichte widmen?«

»Ein Sandwich? Jetzt?«

»Die Umstände brachten mich um mein gewohntes herzhaftes Frühstück. Ich könnte die Pfadfinderinnen mitsamt ihren Keksen verschlingen.«

Marian lachte. »In dem Fall sollten wir uns lieber um Sie kümmern. Was ist mit Ihnen, Norma?«

Nora sagte, sie würde es bis zum Abendessen aushalten.

Dart umklammerte ihr Handgelenk und nahm ihr jede Hoffnung, zu einem Telefon zu kommen, während er Pfadfinderinnen verschlang, die sich in der Nähe herumtrieben. »Was den Appetit angeht, hat Norm Desmond noch nie seinen Meister gefunden.«

»Das will ich gerne glauben«, sagte Marian. »Mal sehen, wieviel Schaden Sie in unserer Küche anrichten können.« Eine Tür ohne Aufschrift rechts von den Marmorstufen führte zu einer steilen Metalltreppe. »Können Sie da runter mit Ihrem ...?« Sie berührte ihr Knie.

»Kein Problem.«

Marian ging die Treppe hinunter. »Dürfte ich fragen, wie Sie ...?«

»Vietnam. Verfluchte Landmine. Ihr Bruder war auch dort, richtig?«

Sie sah zu ihm auf. »Woher wissen Sie von meinem Bruder?«

»Das hübsche Bild an Ihrem Schwarzen Brett. Ich vermute, er ist im Gefecht gefallen. Ich hoffe, ich darf Ihnen nach der langen Zeit noch mein Beileid aussprechen. Als ehemaliger Offizier bedaure ich jeden einzelnen Gefallenen in diesem tragischen Konflikt.«

»Danke. Sie kommen mir viel zu jung für einen Offizier in Vietnam vor.«

Er lachte bellend. »Man hat mir gesagt, daß ich einer der jüngsten Offiziere in Vietnam war, wenn nicht der jüngste.« Er seufzte. »Die Wahrheit ist, wir waren alle Jungs, jeder einzelne.«

Nora hätte ihn am liebsten die Treppe hinuntergestoßen.

»Ich werde Ihnen das beste Sandwich machen, das Sie je in Ihrem Leben gegessen haben«, sagte Marian.

»Ich habe den deutlichen Eindruck, daß Sie eine katholische Mädchenschule besucht haben. Bitte sagen Sie mir nicht, daß ich mich irre.«

»Woran erkennen Sie das?« Marian ging weiter die hallende Treppe hinunter und sah mit dem Lächeln einer Frau zu ihm auf, die in ihrem ganzen Leben noch kein Kompliment gehört hat, das ihr nicht gefiel.

»Aus katholischen Mädcheninternaten gehen zwei Arten von Frauen hervor. Die einen sind ehrlich, schwer arbeitend, witzig und höflich. Die besten Manieren der Welt. Die anderen sind unkonventionell, intellektuell, bohemienhaft. Sie sind auch geistreich. Und neigen ein bißchen zur Rebellion.«

Am unteren Ende der Treppe wartete Marian, bis Dart und Nora in eine große Küche mit rotem Fliesenboden, einer langen Arbeitsplatte aus Holz, Glasschränkchen und einem Gasherd kamen. Die Andeutung eines aufreizenden Lächelns erschien in ihrem Gesicht. »Und zu welcher gehöre ich?«

»Sie fallen in die beste Kategorie von allen. Eine Mischung aus beiden.«

»Kein Wunder, daß Lily Ihre Führung so gefallen hat.« Lächelnd machte Marian einen Schrank auf, holte einen Teller und ein Glas heraus und öffnete den Kühlschrank. »Das Abendessen wird eines unserer Spezialmenüs, das sollte besser eine Überraschung bleiben, aber hier haben wir etwas Roastbeef. Ich könnte Ihnen ein Sandwich mit Vollkornbrot machen. Hört sich das gut an?«

»Jam jam. Haben Sie auch ein wenig Senf, Mayo und vielleicht zwei Scheiben Schweizer Käse dazu?«

»Ich denke, ja.« Sie bückte sich, kramte in einem der unteren Fächer herum und gewährte Dart einen guten Blick auf ihre Kehrseite.

»Suppe?«

Sie lachte und sah Nora an. »Dieser Mann weiß, was er will. Minestrone oder Gazpacho?«

»Minestrone. Gazpacho ist keine Suppe.«

Marian holte Zutaten aus dem Kühlschrank.

Dart schlenderte herum und begutachtete die Küche. »Norma kann Ihnen helfen.«

»Einmal Offizier …«, sagte Nora.

Marian sagte ihr, wo sie den Dosenöffner finden konnte. Nora nahm einen Topf und schüttete die Suppe hinein. Als sie den Topf auf den Herd gestellt hatte, schaute sie auf und stellte fest, daß Dart ihr in die Augen sah. Er sah zu ihrer Handtasche, die sie auf den Tresen gelegt hatte, wieder zu ihr und dann zu einer Stelle über dem Tresen, hinter Marians Rücken. Die Griffe von mindestens einem Dutzend Messer ragten aus einer an der Wand befestigten Holzhalterung. Dart lächelte ihr zu.

Marian holte eine Tüte Salatreste aus dem Kühlschrank und warf sie auf den Tresen. »Männer sind erstaunlich«, sagte sie. »Wo stecken sie das nur alles hin?«

»Norman steckt es in sein hohles Bein«, sagte Nora. Sie stand hinter der anderen Frau, betrachtete den Messerhalter und zuckte die Achseln. Sie konnte kein Messer stehlen, ohne daß Marian es merken würde.

Dart zog Marian förmlich mit seinem Lächeln aus, als er sagte: »Könnte es sein, daß sich ein Bier in den Kühlschrank verirrt hat?«

»Das wäre eine Möglichkeit.«

»Ich durchsuche nicht gerne fremde Kühlschränke. Bücken wir uns gemeinsam und sichten die Bestände.«

Marian sah Nora an, die die Suppe umrührte. Sie legte das Messer weg und ging zum Kühlschrank, wo Dart sie strahlend ansah und sich die Hände rieb.

»›*Öffnet Eure geräumigste, Eure furchteinflößendste Höhle für mich, Madame Ware*‹«, sagte Dart, ein Zitat, das Nora nicht erkannte.

»Das kenne ich!« rief Marian aus. »Es ist aus *Reise in die Nacht*, kurz vor dem Ende, wo Pippin Madame Lyno-Wyno Ware begegnet. Er muß so reden, weil, hm...«

»Weil ihm die Tassenträgerin gesagt hat, daß er es tun muß, da sie ihm sonst nicht die Wahrheit sagen würde.«

»Ja! Und die Höhle enttäuscht ihn, weil es nur ein Blechverschlag ist, aber Madame Ware sagt... etwas über ein Buch, den Verstand...« Sie schnippte zweimal mit den Fingern. »Innen sind sie größer.«

»›*Meine Höhle ist, wie das Herz oder der Strickbeutel einer Frau, innen größer als außen. Selbst ein kleiner Pippinapfel war einmal ein Samenkorn.*‹«

Nora hatte sich vom Herd entfernt und war dem Messerhalter inzwischen fast zum Greifen nah.

»Genau, das ist es!« Marian wirbelte herum und zeigte mit einem sommersprossigen Finger auf Nora. »Sehen Sie? Ich weiß doch ein bißchen über Hugo Driver. Wir können zusammenarbeiten.«

»Marian«, sagte Dart mit einem ungeduldigen Unterton in der Stimme, »öffnen Sie die geräumige Höhle, ja?«

Sie drehte Nora den Rücken zu und öffnete mit übertriebenem Getue den Kühlschrank.

»Bücken, Marian. Können Sie sich bücken?«

»Wie ein Weltmeister.« Sie ging Knie an Knie mit Dart vor dem randvoll gefüllten Kühlschrank in die Hocke. »Sehet das Bier.«

»Ich sehe kein Bier.«

Sie beugte sich nach vorne und zeigte darauf, wobei sie mit einer Brust über Darts Arm strich. »Sind Sie Corona-Trinker?« fragte Marian.

Dart schaute Nora über den Kopf der anderen Frau hinweg an, und Nora wich zurück und nahm das erste Messer aus dem Halter.

»In schwachen Momenten.« Dart betrachtete das kräftige Vorlegemesser in Noras Hand, nickte unmerklich und sah wieder zu dem Halter.

»Was halten Sie von Budweiser?« Sie lehnte sich fester an ihn.

»Ich glaube, das daneben gefällt mir besser.«

Nora nahm ein Hackmesser aus der Halterung, und Darts Augen strahlten. »Ja, das ist eine reizende Form. Holen Sie es heraus, damit ich es mir ansehen kann.«

Marian griff in den Kühlschrank und brachte sich damit in noch engeren Kontakt mit Dart. »Grolsch hat wirklich eine hübsche Form, nicht?«

Nora trug Vorlege- und Hackmesser zum Tresen. Während Dart und Marian verschiedene Flaschenformen bewunderten, machte sie die Handtasche auf und schob die Messer hinein. Sie ging zum Herd, um die Suppe umzurühren, und die beiden anderen standen auf. Marian lächelte sie unsicher an. Ihr Gesicht schien um die Wangenknochen herum leicht gerötet zu sein.

Nora goß die Suppe in einen Teller, und Marian holte Suppenlöffel und Flaschenöffner aus einer Schublade.

Dart hob die Flasche Grolsch und trank einen großen Schluck.

Nora nahm ihre Handtasche vom Tresen und trug sie zu einem Stuhl unter einem Telefon an der Wand.

»Steh nicht beiseite, teuerster Schatz. Mach mit bei unserer Party.«

Nora sah ihre Handtasche an. Dart hatte ihr immer noch den Rücken zugedreht. »Wollen Sie uns im Stich lassen?« fragte Marian und lächelte Nora zu, während sie Roastbeef, Schweizer Käse und Salatblätter auf eine Scheibe Toast häufte. Dart winkte sie zu sich, und sie verabschiedete sich von der Wunschvorstellung, ihm ein Messer in den Rücken zu rammen.

Nora tätschelte eine Stelle unter seinem linken Schulterblatt. »Bist du jetzt glücklich?«

Dart sang die ersten Takte von »Sometimes I'm Happy« und schob den leeren Teller von sich. »Und jetzt das Fleisch.«

»Ich hätte nicht gedacht, daß Sie tatsächlich Hugo Driver zitieren können«, sagte Marian zu ihm.

Dart sagte etwas Unverständliches mit vollem Mund, offenbar ein weiteres Zitat aus *Reise in die Nacht*.

»Bringen Sie ihn nicht auf Ideen«, sagte Nora.

»Könnten wir ihn dazu bringen, beim Essen ein paar seiner Gedichte zu rezitieren?«

Dart gab um das Sandwich herum ein fröhliches »*Ungk!*« von sich. Seine Augen funkelten.

Da Marian gezwungen war, sich direkt mit Nora abzugeben, griff sie auf Klischees zurück. »Was war für Sie der schönste Teil der Führung?«

»Kann ich Sie etwas wegen der Renovierung fragen?«

»Wir sind praktisch besessen davon. Lily muß Ihnen erzählt haben, wie hart wir gearbeitet haben, um Honey House herzurichten. Ich könnte Ihnen jede Menge Gruselgeschichten erzählen.«

»Ich habe nicht so sehr an Honey House gedacht.«

»Zugegeben, das Main House ist ein interessanteres Problem. So groß Georgina Weatherall war, es ging schon vor ihrem Tod eine ganze Weile mit ihr bergab, und am Ende hat sie sich weitgehend in ein Zimmer im ersten Stock zurückgezogen. Was bedeutet, daß das Dach an hundert Stellen undicht war und wir überall Wasserschäden hatten. Wie Sie wahrscheinlich bei Ihrer Ankunft sehen konnten, haben wir immer noch die Handwerker im Haus. Das nächste große Projekt ist die Restaurierung des Gartens, und das ist eine *gewaltige* Aufgabe.«

»Sind noch einige von den ehemaligen Gärtnern hier?«

»Nein. Georgina mußte alle entlassen, bis auf den Chefgärtner, Monty Chandler. Haben Sie die Singenden Säulen und Monty's Glen gesehen?«

»Haben wir.«

»Als Sie da oben waren, haben Sie da die Steine singen hören?«

»Sie singen?« fragte Nora.

»Wenn der Wind weht, kann man hören, wie sie diese *Musik* machen. Unheimlich.«

»Ich nehme an, Monty Chandler ist tot.«

»Er ging zwei Jahre vor Georgina von uns, was auch ein Grund dafür war, daß die Dinge aus dem Ruder gelaufen sind. Monty Chandler hielt den Laden in Schwung, indem er Handwerker, Zimmermann und Nachtwächter in einer Person war. Es gab Probleme mit Wilderern und Leuten, die in die Hütten eingebrochen haben, aber Monty hat sie alle weggejagt. Und wenn er sich nicht um den Garten kümmerte, hat er Dächer ausgebessert und andere Reparaturen vorgenommen. Darum konnte Georgina es sich leisten, so lange auf Handwerker zu verzichten. Ich weiß, sie hat viel Geld darauf verwendet, das Anwesen herzurichten, als ihr Vater es ihr übergeben hat, aber das mußte sie erst Ende der dreißiger Jahre wieder machen!«

»Soweit ich weiß, hatte sie da schon Geldsorgen«, sagte Nora.

Schritte ertönten auf der Metalltreppe.

»Margaret und Lily kommen herunter, um mit dem Abendessen anzufangen. Wir sollten besser in den ersten Stock gehen.«

Derbe braune Schnürschuhe unter geschwollenen Knöcheln waren auf der Treppe zu sehen, gefolgt von einem langen, weiten, marineblauen und vorne geknöpften Baumwollkleid, einem kräftigen Arm und schließlich einem befehlsgewohnten Gesicht mit breiten Wangen und breiter Stirn und grauem Haar, das von einem enganliegenden Kopftuch, ebenfalls marineblau, an seinem Platz gehalten wurde. Margaret Nolan blieb am Fuß der Treppe stehen, ließ die Hand auf dem Geländer ruhen und betrachtete sie mit einer wachsamen Neugier, die ihren leichten Verdruß nicht völlig verbergen konnte. Lily Melville sah Dick Dart über ihre Schulter hinweg lächelnd an.

»Interessieren sich unsere Ehrengäste für die Küche, Marian?«

»Einer von ihnen interessierte sich besonders für einen Imbiß«, sagte Marian.

Margaret studierte Dart mit gelassenem Blick. »Wenn ich mir Mr. Desmond so ansehe, gehe ich davon aus, daß das seine Leistungen beim Essen nicht beeinträchtigen wird.« Sie stieß sich von der Treppe ab und kam schnaufend auf sie zu.

»Margaret Nolan.« Sie streckte Dart eine große, kräftige Hand entgegen. »Ich leite dieses Irrenhaus. Wir sind hocherfreut, Sie bei uns zu haben, Mr. Desmond, obwohl ich gestehen muß, daß ich noch nie etwas von Ihnen gelesen habe. Marian sagte mir, daß es außerordentlich interessant ist.«

Dart sagte: »Wir tun, was wir können, mehr können wir nicht tun.«

Margaret drehte sich zu Nora um und ließ erkennen, daß sie beschlossen hatte, diese Bemerkung zu überhören. Ihr Handschlag war kurz und trocken. »Mrs. Desmond. Willkommen in Shorelands. Gefällt es Ihnen in Pepper Pot?«

»Es ist wunderschön«, sagte Nora.

»Freut mich, das zu hören. Aber wenn wir unseren Zeitplan einhalten wollen, müssen wir jetzt anfangen. Ich hoffe, Sie verzeihen uns?«

»Gewiß«, sagte Nora. Vor ihr stand die Lösung ihres Problems, ein Meter siebzig groß, achtzig Kilo schwer, chronisch kurzatmig, aber mit einer Aura von Entschlußkraft, Vernunft und Charakterstärke. Diese Frau würde Noras Situation erkennen und sich innerhalb von drei Sekunden eine Möglichkeit überlegen, sie zu bereinigen. Sie würde nicht halb so viele Erklärungen brauchen wie Frank Neary, und kein Zehntel soviel wie Marian Cullinan. Aber wann konnte sie sie beiseite nehmen? Nach dem Essen würde sie anbieten, das Geschirr mit in den Keller zu tragen – irgendwas –, damit sie mit Margaret Nolan allein sein und ihr zuflüstern konnte: *Er ist Dick Dart. Rufen Sie die Polizei.*

»Na prima.« Margaret lächelte so knapp, wie sie Noras Hand geschüttelt hatte. »Lily?«

Lily trottete durch die Küche und holte zwei weiße Schürzen von einem Haken an der Wand gegenüber dem Telefon und blieb auf dem Rückweg vor dem Stuhl stehen. »Ist das nicht Ihre Handtasche, Mrs. Desmond?«

»Oh, tatsächlich. Entschuldigen Sie.« Nora machte einen Schritt auf Lily und den Stuhl zu, aber Margaret hielt sie mit einer Berührung auf. »Bringen Sie ihr die Tasche, Lily.«

Lily hob die Tasche hoch. »Was haben Sie denn da drinnen? Schlagringe?«

»Ich gehe nie ohne meine Waffensammlung aus dem Haus«, sagte Nora.

Marian sagte: »Wir sollten nach oben gehen und sie ihren wunderbaren Werken überlassen.«

»Wo ist das Fleischermesser?« fragte Margaret. »Es kann doch nicht einfach weggelaufen sein.«

»Ich bin so neugierig«, sagte Dart. »Was für Köstlichkeiten werden uns die beiden wunderbaren Ladys denn zusammenschmeißen?«

Margaret wandte sich von der Halterung ab, legte die Schürze um und betrachtete Dart wie eine Lehrerin einen ungezogenen

Zweitkläßler. »Wir werden eine von Ezra Pounds Lieblingsmahlzeiten zubereiten.«

»Georgina liebte Ezra, richtig?«

»So ist es.«

»Realpolitik«, sagte Dart. »Nichts von dem Geschwätz von Gleichheit, das unsere Führer von sich geben, während sie die Kasse plündern. Ich bin auf ihrer Seite. Nennen wir die Dinge beim Namen, okay?«

Lily und Margaret starrten ihn beide an. Dart hielt eine Hand hoch. »He. Was für Ez gut genug war, ist auch gut genug für mich.« Er lächelte den beiden Frauen zu, die wie erstarrt hinter dem Tresen standen, und zog Nora mit sich zur Treppe.

91

Marian schlug krachend die Tür zu. »Norman, ist Ihnen nicht klar, daß ich meinen *Job* verlieren könnte?«

»Feierliches Versprechen«, sagte Dart. »Bis wir mit dem Dessert fertig sind, werden sie mich anflehen, daß ich wiederkomme.«

»Aber Sie haben Georgina Weatherall praktisch als Nazi bezeichnet.«

»War das alte Mädchen nicht ein bißchen übertrieben auf die Ehre des Vaterlands fixiert? Das macht sie nicht zu einem schlechten Menschen.«

Marian schüttelte den Kopf und vergewisserte sich, daß niemand mithören konnte. »Norman, Sie können nicht hier herumspazieren und so etwas vor Margaret sagen.«

»Versuchen Sie ihn daran zu hindern«, sagte Nora.

»Ich verstehe«, sagte Dart. »Göttliche Förderin der göttlichen Künste. Geborene Aristokratin. *Mein* Problem ist, ich kann solche Frauen nicht ausstehen.«

Marian beruhigte sich soweit, daß sie sagen konnte: »Wir geben es nicht oft zu, aber ich bin sicher, Georgina Weatherall konnte mitunter höchst schwierig sein.«

»Die meine ich nicht, Madame Directeur«, sagte Dart. »Solche Frauen könnten sich auch Bärte wachsen lassen und Zigarren rauchen. Nichtsdestotrotz verspreche ich Ihnen einen höchst unterhaltsamen Abend.« Er legte ihr einen Finger unter das Kinn. »Ich möchte, daß Sie sich großartig amüsieren. Wir gehen immer noch davon aus, daß Sie uns bei einem Schlummertrunk Gesellschaft leisten.«

»Dieser Mann«, sagte Marian. »Man kann ihm einfach nicht böse sein.«

Porträts säumten das breite Treppenhaus. »Das hier hing in Georginas Schlafzimmer.« Marian zeigte auf ein Ölgemälde, das einen älteren Mann im Anzug auf einem Ledersessel zeigte. Er hatte das verkniffene Gesicht eines Fanatikers, das von einer voluminösen Nase und einem vorstehenden Kinn beherrscht wurde. »George Weatherall.«

»›My Heart Belongs to Daddy.‹«

Marian lächelte ihm vom oberen Ende der Treppe zu und führte sie danach durch einen Flur, der dunkler und enger als der einen Stock tiefer war. Trotz gerahmter Schutzumschläge von Büchern und Fotografien des Main House in verschiedenen Stadien der Restaurierung an den Wänden war der erste Stock nüchterner und wohnlicher als das Erdgeschoß. Sie waren vom öffentlichen Leben ins private übergewechselt.

Nora fragte: »Warum lassen Sie keine Besucher in ihr Schlafzimmer?«

»Warten Sie, bis Sie es sehen. Es entspricht nicht dem, was die Leute unserer Meinung nach von Shorelands in Erinnerung behalten sollen.«

»Ich dachte, es ginge Ihnen um historische Genauigkeit.«

»*Genaue* Genauigkeit ist zu drastisch für die Öffentlichkeit. Je länger ich diesen Job mache, desto mehr frage ich mich, ob es so etwas wie historische Genauigkeit überhaupt gibt. Aber das hilft einem auch nicht weiter, wenn man einen Maler vor sich stehen hat, der in diesem Augenblick wissen möchte, in welchem Purpurfarbton er die Wände denn nun genau streichen soll.«

»Hat Lily nicht gesagt, daß Sie eine Menge der ursprünglichen Farbe bekommen haben? Wie konnte es da Probleme mit dem Farbton geben?« fragte Nora.

»Wir hatten die ursprüngliche Farbe, aber nur etwa halb soviel, wie wir brauchten, und die war geronnen. Es war ein Alptraum. Zuletzt haben wir mit der neuen Farbe vermischt, was wir davon retten konnten.«

»Woher wußten Sie, um welchen Farbton es sich handeln sollte?«

»Durch Georginas Zimmer.«

»Die Farbe, die Sie für Honey House genommen haben, war in Wirklichkeit die Farbe des Main House?«

»Niemand weiß genau, welche Farbe für die Hütten verwendet wurde.« Marian zeigte auf die Türen im Flur. »Die beiden Zimmer links sind Margarets Schlafzimmer und Büro, und sie möchte nicht, daß wir sie betreten. In den alten Zeiten hatte Georgina Weatherall das gesamte Stockwerk für sich privat. Emma Brotherhood, Agnes' Schwester, ihr persönliches Dienstmädchen, wohnte hier im ersten Zimmer. Das zweite war ein Schrank- und Ankleidezimmer, das mit dem Bad verbunden ist, der dritten Tür hier, direkt gegenüber von Georginas Schlafzimmer. Als nächstes kam das Morgenzimmer, wo Georgina ihre Briefe schrieb und die Menüs zusammenstellte. Heutzutage bewahren wir dort sämtliche Spenden auf, für die wir keine Verwendung haben.«

Marian lächelte Dart an. »Wie auch immer, hinter der Tür auf der anderen Seite liegt die Treppe zum zweiten Stock. Ich habe die beiden Zimmer gleich oben, der Treppe gegenüber, und Lily die beiden Zimmer neben mir. Margarets Sekretärin, die diese Woche Urlaub hat, wohnt im Zimmer neben Lily. Alle anderen Zimmer da oben stehen leer. In diesem Zimmer rechts, in dem wir Konferenzen abhalten, hat Georgina besondere Gäste empfangen.« Sie machte die Tür zu einem kleinen, zweckdienlichen Raum mit einem großen Tisch auf. »Hier hat Miss Weatherall getratscht, sich beschwert und neue Schriftsteller empfehlen lassen. Und hier drinnen konnten Lily und Agnes ihr alles mitteilen, was sie wissen mußte.«

»KGB«, sagte Dart. »Die Ohren am Schlüsselloch.«

»Einer unsrer Gäste war sogar ein Dieb, wissen Sie.«

»Sie überraschen mich«, sagte Nora.

»Eine junge Frau verschwand mit einem wertvollen Gemälde, kurz bevor sie hinausgeworfen werden sollte. Können Sie sich das vorstellen? Es war ein Vermögen wert. Von Rembrandt oder Rubens, ich erinnere mich nicht mehr genau.«

»Weder noch«, sagte Nora. »Es stammte von einem Künstler namens Redon.«

»Jedenfalls jemand mit einem R«, sagte Marian. »Als nächstes kommt Georginas Schlafzimmer. In ihren beiden letzten Lebensjahren hat sie es kaum noch verlassen. Es wird zweimal die Woche geputzt und abgestaubt, aber wir selbst betreten es niemals. Ich persönlich finde es ein wenig unheimlich.«

Sie führte sie in einen dunklen Raum, wo der stumpfe Glanz von Glas und Metall und eine Ahnung dräuender Schatten auf ein spektakuläres Durcheinander von Gegenständen hinwies. »Georgina hat die Vorhänge nie aufgezogen, daher lassen wir sie auch zu. Ich habe immer ein bißchen Schwierigkeiten, das Licht anzumachen, der Lichtschalter ist nämlich hinter... Da haben wir ihn.«

Schicht für Schicht wurde das Zimmer sichtbar. Seidentücher, verblichene Gobelins, ausgetretene Orientteppiche und Spitzengardinen ergossen sich in trunkener Flut von dem Himmelbett und sämtlichen Stuhllehnen, hingen an den überladenen Wänden und waren über ein Durcheinander von verzierten Uhren, Spiegeln, gerahmten Bildern und Fotografien einer Frau drapiert, deren Gesicht, die exakte Nachbildung des Gesichts ihres Vaters, durch dicht aufgetragenes Make-up und die formlosen dunklen Haare, die es einfaßten, etwas von seiner Härte verlor. Ein beeindruckend häßlicher viktorianischer Schreibtisch lag halb unter einer Flut von Papieren verborgen, die gegen Porzellantiere und Tintenfässer aus Glas schwappte. Ein Grammophon mit glockenförmigem Trichter stand auf einem Goldbronzetisch. Auf anderen Tischchen mit Spitzendecken lagen Bücherstapel, silberne Haarbürsten und vieles mehr.

Das Zimmer erinnerte Nora an ein noch vollgestopfteres Honey House. Einen Augenblick später wurde ihr klar, daß es sich umgekehrt verhielt. Honey House war eine vorzeigbarere Version dieses Zimmers. Als sich ihre Augen an den Wirrwarr gewöhnt hatten, ging ihr allmählich der wahre Zustand von Georginas Schlafzimmer auf. Uralte Wasserflecken hatten das Purpur zu einem fleckigen Rosa ausgebleicht. Die Stoffe über den Möbelstücken waren zerrissen und verblichen, der Spitzenbaldachin hing in Fetzen herab. Flecken überzogen die weiße Zimmerdecke. Neben dem Bett, vor einem anachronistischen Stahltresor mit Ziffernscheibe an der Tür, konnte man braune Fäden durch das Muster des Teppichs erkennen.

»Ich werde nachsehen, ob Agnes Besuch empfangen kann«, sagte Marian und entfernte sich.

Hier war das wahre Shorelands, das einzige Zimmer des gesamten Anwesens, wo die wahre Geschichte noch sichtbar war. Es war im Zentrum des Hauses verborgen, ein peinliches Geheimnis, freilich zu wichtig, um ausgelöscht zu werden. Georgina Weatherall, deren größte Vorzüge Reichtum, Eitelkeit und Selbsttäuschung gewesen waren, war Tag für Tag aufgestanden, um sich in ihren Spiegeln zu bewundern, hatte sich das Haar gebürstet, ohne es jemals zu einer ansehnlichen Frisur gebändigt zu bekommen, und hatte schichtenweise Make-up aufgetragen, bis ihr die Spiegel gesagt hatten, daß sie so imposant wie eine Königin im Märchen aussah. Wenn ihr ein Makel auffiel, übertünchte sie ihn mit Rouge und Antimonpulver, wie sie die Flecken an ihren Wänden und die Risse in ihren Spitzen mit Stoffbahnen zudeckte.

Monty Chandler hatte diesen Raum nie betreten, um die Wasserflecken zu beseitigen; niemand außer Georgina und ihrer Zofe hatten ihn betreten dürfen. Die Zofe hatte Georgina geliebt, die sich so sehr nach Liebe gesehnt hatte, daß sie sie in Menschen gesehen hatte, die sich über sie lustig machten. Diese monolithische Schonungslosigkeit verdankte sich einer romantischen Auffassung ihrer selbst.

Nora konnte Georgina Weatherall fast respektieren. Georgina war krank vor Selbstgefälligkeit gewesen, und wenn Nora ihr bei einer Party begegnet wäre, dann wäre sie aus dem luftleeren Raum geflohen, den solche Leute stets um sich herum erschaffen. Aber Georgina Weatherall hatte heldenhaft im Dienste ihrer Illusionen gearbeitet. In ihr hatte Lincoln Chancel vielleicht zum erstenmal in seinem Leben jemanden getroffen, der ihm ebenbürtig war.

Marian machte die Tür auf und sagte: »Wunder über Wunder, Sie können sich mit Agnes unterhalten, wenn Sie möchten.«

92

»Sie ist wirklich krank, ich weiß, aber die Langeweile macht sie quengelig, und wenn Agnes quengelig ist, trägt sie manchmal ein bißchen zu dick auf. Ich kann Ihnen nicht mehr als ein paar Minuten versprechen.« Marian machte eine Pause. »Ein paar Minuten werden wahrscheinlich auch genügen.«

Eine ärgerliche Stimme ertönte hinter der Tür. »*Unterhaltet ihr euch über mich?*«

»Warum lassen Sie uns nicht allein?« fragte Nora. »Ich weiß, Sie haben viel Arbeit.«

»Das sollte ich nicht.« Marian sah den Flur hinauf und hinab. »Sie brauchen vielleicht Hilfe, wenn Sie sich zurückziehen wollen.«

»Das werden wir schon schaffen.«

»Vielleicht dieses eine Mal. Margaret will nicht ...« Sie biß sich auf die Unterlippe.

Margaret will nicht, daß Fremde mit Agnes allein bleiben? »Margaret muß es nicht erfahren.«

»Na gut. Wenn ich mit meiner Arbeit fertig werde, kann ich auf den Schlummertrunk vorbeikommen.« Sie klopfte einmal und machte die Tür auf. »Da sind sie, Agnes. Ich schaue später wieder rein.«

»Bringen Sie mir ein paar Zeitschriften mit. Sie wissen ja, was ich mag.«

Marian ging zur Seite, und Nora und Dart betraten das Zimmer.

Die alte Frau, die auf dem Bett lag, war spindeldürr. Das glatte, schwarz gefärbte Haar, das von einem Mittelscheitel auf beiden Seiten des eingefallenen Gesichts herabhing, sah aus wie eine Puppenperücke. Ihre Augen waren leuchtend, lebhaft und mißtrauisch. Sie hatte einen streichholzdünnen Finger in das Buch auf ihrem Schoß gesteckt, als müßte sie erst sehen, wer ihre Besucher waren, ehe sie beschloß, wieviel Zeit sie ihnen opfern würde.

Marian stellte sie vor und ging.

»Kommen Sie herein, schließen Sie die Tür.«

Sie gingen zum Bett.

»Ich bin überrascht, daß sie gegangen ist. So, wie sie mich behandeln, könnte man meinen, daß ich ein tollwütiger Hund bin.« Sie studierte Dart. »Sind Sie dieser Mann, der ein Dichter sein soll? Norman Desmond?«

»Und Sie sind das historische Monument Agnes Brotherhood.«

Sie studierte ihn genauer. »Sie sehen gar nicht wie ein Dichter aus.«

»Wie sehe ich *dann* aus?«

»Wie ein Anwalt, der viel Zeit in Bars verbringt. Sollte ich Ihren Namen kennen?«

»Soweit würde ich nicht gehen«, sagte Dart. Ihm machte die Sache Spaß.

»Tun Sie nicht so, als wären Sie bescheiden. Sie haben keine einzige bescheidene Ader in sich.« Agnes wandte sich an Nora. »Oder doch?«

»Nicht eine«, sagte Nora.

»Marian würde ihre Zeit nicht mit Ihnen vergeuden, wenn Sie ein Niemand wären. Haben Sie viele Bücher veröffentlicht?«

»Leider nein.«

»Was haben Sie für einen Verlag?«

»Chancel House.«

Agnes Brotherhood fuchtelte mit einer Hand vor ihrem Gesicht, als wollte sie einen üblen Geruch vertreiben. »Sie würden sich schleunigst einen anderen suchen, wenn Sie je das Pech gehabt hätten, den Gründer kennenzulernen.«

»Eine Klasse für sich«, sagte Dart. »Das personifizierte Böse.«

»Sie können eine Weile bleiben. Rücken Sie diese Stühle ans Bett.« Sie nickte zu zwei Klappstühlen an der Wand und schob ein Lesezeichen in ihr Buch, die Modern-Library-Ausgabe von Thoreau.

Agnes bemerkte Noras Interesse. »Ich lese *Walden* jedes Jahr neu. Mögen Sie *Walden*, Mr. Desmond?«

Dart hob das Kinn und rezitierte: »›*Als ich die folgenden Seiten schrieb, besser gesagt, die Mehrzahl davon, lebte ich allein im Wald, eine Meile vom nächsten Nachbarn entfernt, in einem Haus, das ich selbst gebaut hatte*‹, und so weiter, und so fort. Beantwortet das Ihre Frage?«

»Lassen Sie den Rest des Satzes hören.«

»... *›am Ufer des Walden Pond in Concord, Massachusetts, und verdiente meinen Lebensunterhalt ausschließlich durch meiner Hände Arbeit.‹*«

»Das entspricht nicht ganz der Wahrheit, glaube ich, aber trotzdem reizend. Also, worüber würden Sie gerne mit mir reden? Die große Gastgeberin und ihre noblen Gäste? Was D. H. Lawrence zum Frühstück gegessen hat? Etwas in der Art?«

Dart sah Nora an. »Sie bewundern die große Gastgeberin nicht so sehr wie Lily Melville, richtig?«

»Dazu kannte ich sie zu gut«, sagte Agnes knapp. »Ich hatte einen Job, und den habe ich getan. Lily hatte ein *Herzensanliegen*, nämlich Georgina Weatherall zu bewundern. Manchmal habe ich über sie gelacht, und das hat ihr kein bißchen gefallen.«

»Sie haben über Georgina gelacht?«

»Über Lily. Niemand lachte über Georgina Weatherall. Sie hatte ihre guten Eigenschaften, aber Humor gehörte nicht dazu. Wenn man sich über Miss Weatherall lustig machen wollte, dann mußte man es hinter ihrem Rücken tun, und das haben auch viele getan, aber davon werden Sie heute nichts mehr zu hören bekommen. Haben Sie an Lilys Führung teilgenommen?«

Nora sagte, das hätten sie.

»Eine Führung durch den Tempel, das bekommen Sie von Lily. Als die Dame des Hauses krank wurde und die Zügel schleifen ließ, lief sie herum und machte sich vor allen Gruppen zur Shorelands-Expertin.« Sie lachte. »Es macht viel mehr Spaß, mit Leuten zu reden, wenn Sommersprossengesicht nicht mithört. Sie hat Leute von meinen Gruppen befragt, um herauszufinden, ob ich etwas gesagt hatte, das ich nicht sagen sollte. Ha! Als hätte ich meinen Job nicht gekannt. Ich weiß mehr, als ihnen lieb ist, das macht ihnen Kopfzerbrechen. Ich weiß vieles, wovon sie nichts wissen.«

»Aus dem Grund behalten die Sie hier«, sagte Dart.

Agnes sah ihn stirnrunzelnd an. »Ich habe Shorelands mein Leben gewidmet. Soviel wissen sie.« Sie nickte zu einem Krug und einem Glas auf dem Fenstersims. »Könnten Sie mir ein Glas Wasser geben? Ich bitte sie immer, mir einen Tisch auf Rädern zu besorgen, wie im Krankenhaus, aber bekomme ich einen? Bis jetzt noch nicht, und es ist schon Tage her.«

»Dürfte ich mir die Frage erlauben, was mit Ihnen los ist?« fragte Dart. »Haben Sie eine Krankheit?«

»Meine Krankheit nennt man Alter«, sagte Agnes. »Plus ein paar andere Übel.«

Dart sah in den Krug. »Leer.«

»Gehen Sie bitte ins Bad und füllen ihn?«

»Nun ...«, brummte Dart. »Kann ich das, Liebling? Darf ich es wagen, euch beide allein zu lassen? Ich möchte nichts versäumen.«

»Ich werde dir alles erzählen«, sagte Nora.

Dart hob zur Warnung einen Finger vor Nora und trug den Krug aus dem Zimmer.

Agnes sah Nora mit leuchtenden, mißtrauischen Augen an. Als Darts Schritte auf dem Flur verklungen waren, beugte sich Nora zu ihr. »Haben Sie ein Telefon?«

Agnes schüttelte den Kopf.

»Haben Sie von einen Mann namens Dick Dart gehört?«

Agnes schüttelte den Kopf. Auf der anderen Seite des Flurs plätscherte Wasser lautstark in ein Gefäß.

»Können Sie zu einem Telefon gehen?«

»Im Büro der Direktorin sind drei oder vier.«

»Sobald wir weg sind, gehen Sie in das Büro und rufen Sie die Polizei an.« Das Wasser wurde abgestellt. »Sagen Sie, daß Dick Dart in Shorelands zu Abend ißt. Agnes, das ist außerordentlich wichtig, es geht um Leben und Tod.« Schritte aus dem Badezimmer. »Bitte.«

Dart stürmte in das Zimmer, Wasser schwappte aus dem Krug. »Randvoll. Worüber haben wir uns unterhalten, meine Teuersten?«

»Meine Gesundheit«, sagte Agnes. »Jetzt und zukünftig.« Sie richtete einen verwirrten, jetzt deutlich beunruhigten Blick auf ihn.

»Was *haben* Sie denn für gesundheitliche Probleme, Liebste?« Er schenkte mehrere Zentimeter Wasser in das Glas ein. »Flüssigkeitsmangel?« Sie griff nach dem Glas, er zog es zurück, lachte und gab es ihr. »Kleiner Scherz.«

»Arrhythmie. Hört sich schlimmer an, als es ist.« Sie trank zwei Schlucke und gab ihm das Glas. »Stellen Sie es neben meinem Bett auf den Boden. Ich werde in ein paar Tagen wieder auf den Beinen sein. Ich kann jede Führung immer noch so gut machen wie Lily Melville.«

»Selbstverständlich können Sie das, und zwar besser als die alte Närrin«, sagte Dart. Er setzte sich, schlug die Beine übereinander und tätschelte Nora den Rücken. »Hast du mich vermißt, Herzblatt?«

»Schrecklich«, sagte Nora.

Agnes sah ihn an, als wollte sie sich sein Gesicht einprägen. »Wie heißen Ihre Bücher, Mr. Desmond?«

Er sah lächelnd zur Decke. »Das erste hieß *Leichenzählung*. Der Titel des zweiten lautete *Chirurgische Aufzeichnungen*.«

Ihre Hände zuckten. »Wofür interessieren Sie sich speziell, Mrs. Desmond? Sie sind sicher nicht gekommen, um sich meine Beschwerden anzuhören.«

»Für den Sommer 1938.« Agnes blieb vollkommen reglos. »Ich interessiere mich für alles, was in jenem Sommer passiert ist, besonders aber für eine Dichterin namens Katherine Mannheim.«

Die alte Frau sah sie mit noch größerer Konzentration an, als sie Dart gewidmet hatte. Nora konnte nicht sagen, was sie empfinden oder denken mochte.

»Außerdem interessiere ich mich für die Renovierung, die im Jahr darauf durchgeführt wurde.«

»Wer sind Sie? Was wollen Sie?« Ihre Stimme zitterte.

»Ich bin einfach jemand, der sich dafür interessiert.«

»Was soll das alles?« Agnes sah zwischen Dart und Nora hin und her.

»Geschichte«, sagte Dart. »Scheinwerfer in die Vergangenheit. Was Honey House eigentlich sein sollte.« Er grinste. »Jetzt aber raus damit, hat es wirklich je so ausgesehen wie dieser Antiquitätenladen, den wir heute gesehen haben?«

Agnes schwieg eine Weile. »Ich bin jeden Tag meines Lebens in den Hütten ein und aus gegangen, und die einzige, die jemals mit einer Menge *Plunder* ausgestattet war, ist Mr. Lincoln Chancels Rapunzel gewesen, und er hat alles selbst dorthin geschafft.

Wenn unsere Gästehäuser so ausgesehen hätten, dann wären einige unserer noblen Gäste mit allem davongelaufen, was sich in ihre Koffer stecken ließ. Den Leuten des Trusts ist das egal, solange es nur hübsch aussieht.«

Sie richtete ihren Blick auf Nora. »Im großen und ganzen war Shorelands eine feine, anständige Sache. Etwas anderes werde ich nicht sagen. Und was ich denke, werde ich mit Sicherheit keinem Polizisten sagen, soviel steht fest.«

»Wir haben Polizisten erwähnt?« fragte Dart.

»Keineswegs.« Nora versuchte, stumm mit Agnes zu kommunizieren, und sah nur Angst in ihren Augen.

»Ich verstehe nicht, was hier vor sich geht«, wimmerte Agnes.

Nora beugte sich nach vorne. »Ich möchte nur über diesen Sommer mit Ihnen sprechen. Das ist alles. Okay?« Sie sah aufsteigende Panik. »Was immer Sie danach tun müssen, ist in Ordnung. Sie können tun und lassen, was Sie wollen.« Sie wartete einen Herzschlag, und Dart drehte sich mit dem ganzen Körper zu ihr um. »Gehen Sie nach unten und reden Sie mit Margaret. Reden Sie, mit wem Sie wollen. Haben Sie das verstanden?«

Ein Teil der Verwirrung schien aus den dunklen Augen zu weichen. »Ja. Aber ich weiß nicht, was ich sagen soll.«

Nora erinnerte sich an ihre Unterhaltung mit Helen Day. »Ich weiß, daß es schwierig für Sie ist. Lassen Sie mich erzählen, was ich glaube. Ich glaube, Sie wollen nicht illoyal sein, bewahren aber gleichzeitig ein Geheimnis. Es ist nicht schön, und Leute wie Marian Cullinan und Margaret Nolan wollen nicht, daß es ans Licht kommt. Aber sie wissen nicht mal etwas davon, richtig?«

»Sie sind zu neu«, sagte Agnes und sah sie mit einer Mischung von Staunen und Mißtrauen an.

»Lily kennt einen Teil davon, aber nicht soviel wie Sie, ist es nicht so?«

Agnes nickte.

»Und jetzt kommen zwei Leute daher, die Sie noch nie zuvor gesehen haben. Ich glaube, zum Teil wollen Sie es sich von der Seele reden, aber Sie sehen keinen Grund, warum Sie es *uns* erzählen sollten. Mir würde es nicht anders gehen. Aber ich interessiere mich dafür, was in jenem Jahr geschehen ist, und sonst fast niemand. Ich bin nicht von der Polizei und keine Journalistin, und ich schreibe kein Buch.«

Agnes sah Dart durchdringend an.

»Ihm ist egal, was mit Katherine Mannheim geschehen ist«, sagte Nora.

Um zu demonstrieren, wie gleichgültig ihm das Verschwinden von Dichterinnen war, heuchelte Dart ein Gähnen.

»Ich bin vielleicht der einzige Mensch, den Sie je kennenlernen werden, der sich so sehr dafür interessiert, daß er mit Leuten gesprochen hat, die Bill Tidy und Creeley Monk kannten.«

»Diese armen Männer«, sagte Agnes. »Mr. Tidy war eine gute, aufrechte Seele, und Mr. Monk, den mochte ich auch, weil er einen zum Lachen bringen konnte wie nur was. Mir war es gleichgültig, daß er ein ...«

»Ein warmer Bruder war?« sagte Dart. »Ein Hinterlader? Ein Halbseidener?«

Agnes sah ihn mißfällig an. »Es gibt viele Möglichkeiten, ein guter Mensch zu sein.« Sie wandte sich wieder Nora zu. »Die beiden wußten nichts. Sie waren hier, das ist alles. Und selbst wenn sie etwas gehört hätten, hätten sie nicht weiter drüber nachgedacht.«

Nora fiel etwas ein, das Everett Tidy ihr gesagt hatte. »In der Nacht, als Katherine Mannheim verschwunden ist, will Bill Tidy Wilderer gehört haben.«

Agnes schüttelte den Kopf. »Es gab im Umkreis von hundert Meilen keinen Wilderer, der in Shorelands seine Haut riskiert hätte. Monty Chandler hat einem eine Ladung Vogelschrot verpaßt und einen anderen mit einer Fußangel geschnappt; er hat ihn zwei Tage hungern lassen, und damit war Schluß mit den Wilderern.«

»Also hat er etwas anderes gehört.«

Agnes zog das Nachthemd enger um den Hals. »So muß es sein.«

Nora kombinierte fast gegen ihren Willen weiter. »Ich habe ein paar Theorien. Wie wäre es, wenn ich sie Ihnen erzähle, und Sie sagen mir, ob ich recht habe?«

Agnes sah sie blinzelnd an und nickte einmal. »Das könnte ich machen.« Sie holte tief Luft und stieß sie wieder aus. »Nach der langen Zeit …« Sie setzte erneut an. »Dieses Mädchen hatte eine jüngere Schwester. Hatte ihr Bild auf dem Schreibtisch stehen. Die Schwester kam hierher. Nette junge Dame. Wenn sie noch lebt, hat sie es verdient, die Wahrheit zu erfahren.« Sie sah Nora mit einem unsicheren, fast ängstlichen Blick an.

Nora versuchte auszusehen, als wüßte sie, was sie tat. »Ich glaube nicht, daß Katherine Mannheim von Shorelands weggelaufen ist. Ich glaube, sie ist gestorben. Ist das richtig?«

»Ja.« Agnes' Oberlippe fing an zu zittern.

»Ich glaube, Hugo Driver hatte etwas mit ihrem Tod zu tun. Habe ich recht?«

»Was meinen Sie damit?«

»Ist sie nicht nach Gingerbread gekommen und hat Hugo Driver dabei ertappt, wie er ihre Aufzeichnungen durchgesehen hat? Kam es nicht zu einem Kampf?«

»Nein! Das ist ganz *falsch*.« Agnes' Kinn fing an zu zittern.

Noras Verkörperung selbstsicherer Autorität geriet ins Wanken. Ihre Lieblingstheorie war gerade zum Einsturz gebracht worden. »Sie starb in jener Nacht. Ihr Leichnam mußte versteckt werden.«

Eine Träne quoll aus Agnes' rechtem Auge.

»Sie ist irgendwo auf dem Gelände begraben.«

Agnes nickte.

»Und Sie wissen, wo.«

»Nein. Das weiß ich nicht. Und ich bin *froh*, daß ich es nicht weiß.« Sie sah Nora an. »Ich muß Führungen machen, wissen Sie. Ich könnte niemals dorthin, wo sie sie versteckt haben.«

»Hugo Driver und Lincoln Chancel.«

»Haben alles gemeinsam getan, die beiden.«

»Darum hassen Sie Lincoln Chancel immer noch.«

Agnes schüttelte überraschend vehement den Kopf. »Ich haßte Mr. Chancel von Anfang an. Der Mann glaubte, daß er das Recht hätte, einen zu begrapschen. Er dachte, er könnte sich alles erlauben und mit Geld wieder in Ordnung bringen.«

»Er hat Ihnen Geld geboten?«

»Ich habe ihm gesagt, daß er seine schmutzigen Tricks mit dem falschen Mädchen ausprobiert. Er hat mich ausgelacht, aber von da an seine Hände bei sich behalten.«

So interessant diese Abschweifung war, Nora wollte wieder zum eigentlichen Thema zurückkehren. Sie versuchte es aus einer anderen Richtung. »Georgina wußte, daß Katherine Mannheim nicht einfach verschwunden war, richtig? Als sie am nächsten Abend nach dem Essen alle nach Gingerbread führte, wußte sie bereits, daß das Mädchen tot war.«

»Ich sage es nicht gern, aber so ist es.«

»Sie wußte, daß die Tür nicht abgeschlossen war, noch bevor sie sie geöffnet hat.«

»Ich war nicht dabei«, sagte Agnes kläglich. »Aber Miss Weatherall wußte es.«

»Woher wußten Sie, daß die Tür nicht abgeschlossen war? Haben Sie Gingerbread in Ordnung gehalten?«

Sie nickte. »Als ich an jenem Morgen zum Putzen hinkam, war die Tür nicht abgeschlossen und sie nicht da. Ich hoffte, daß sie sich draußen im Garten aufhalten würde. Mittags stellte ich ihr ein Lunchpaket vor die Tür, weil wir das immer so machten, und am nächsten Morgen stand es immer noch da.«

»Sie wußten nicht, daß sie nie mehr zurückkommen würde?«

»Wie sollte ich? Miss Weatherall sagte mir, daß sie weggelaufen wäre. ›Aus dem Staub gemacht‹, sagte sie. Das kam mir komisch vor. Besonders nach … allem, was geschehen war.«

Nora fing an zu begreifen. Der Grund, weshalb Georgina wußte, daß ihr lästiger Gast verschwunden war, bevor sie die Tür von Gingerbread aufmachte, lag hier vor ihr und wurde mit jedem Augenblick nervöser. »Haben Sie etwas zu ihr gesagt, Agnes? Haben Sie etwas gesehen, das Sie beunruhigt hat, und Georgina davon erzählt?«

»Ich wünschte, ich hätte es nicht getan.« Sie blieb einen Moment wie erstarrt, dann überkam sie eine erneute Gefühlsaufwallung, und sie fing an zu weinen.

Dart, der sich äußerst wohl fühlte, verzog den Mund zu einem Lächeln.

Nora versuchte sich auszumalen, was Agnes gesehen haben konnte, und erinnerte sich, daß Creeley Monk Driver und Lincoln Chancel spät in der Nacht auf dem Gelände beobachtet hatte. »Sagen Sie mir, ob ich recht habe. Haben Sie nachts Spaziergänge gemacht?« Agnes sah sie ängstlich an und nickte. »In der Nacht, als Katherine Mannheim gestorben ist, haben Sie einen Ihrer Spaziergänge unternommen. Sie sind den Weg Richtung Gingerbread gegangen.« Agnes hob den Kopf und sah sie wieder mit einem ängstlichen Blick an. »Haben sie die Leiche getragen? Haben Sie das gesehen?«

»*Nein! Nein!*« Sie schlug die Hände vor die Augen. »Dann hätte ich es ja gleich gewußt, begreifen Sie das nicht? Ich habe gesehen ... *Sie* müssen es *mir* sagen.«

»Sie haben sie gesehen.«

Agnes schüttelte den Kopf.

»Sie haben Hugo Driver gesehen.«

Agnes sah sie von verbitterter Enttäuschung erfüllt an. »Nein!«

»Lincoln Chancel«, sagte Nora. Ein großer Teil dessen, was noch unausgesprochen war, fügte sich zusammen. »Sie haben gesehen, wie Lincoln Chancel Gingerbread verlassen hat. Mein Gott, Lincoln Chancel hat sie getötet.«

Dick Dart nahm die Hände hinter dem Kopf hervor und beugte sich nach vorne, während boshafte Freude aus seinem Gesicht strahlte.

Nora sagte: »Er ging nach Rapunzel zurück, um Driver zu holen. Ich habe recht, nicht wahr, Agnes? Sie haben ihn durch den Wald gehen sehen, wußten aber nicht, warum.«

Agnes zwang sich, tief Luft zu holen. »Er *rannte*. Ich konnte mir nicht erklären, was das für ein Geräusch war. Ich hielt es für ein Tier. Ich war bei dem großen Felsen am Wegrand. Damals gab es Bären im Wald, und selbst heute tauchen manchmal noch welche auf. Ich versteckte mich hinter dem Felsen, und das Geräusch kam immer näher. Ich hörte einen Mann fluchen. Ich wußte, es war Mr. Chancel. Ich riskierte einen Blick. Er kam den Weg entlang und rannte wie ein Wahnsinniger Richtung Rapunzel. Er lief über die Brücke, *wumm! wumm! wumm!* Ich hatte solche *Angst*. Ich wünschte, es wäre ein Bär gewesen. Ich hätte ...« Sie zog die Knie an sich und vergrub das Gesicht in der Decke.

Nora ging zum Bett und umarmte sie.

»Frauenbande«, sagte Dart.

»Sie dachten, Sie hätten zu der Hütte gehen sollen«, sagte Nora. Agnes seufzte in ihren Armen. »Aber Sie hatten Angst. Sie hatten guten Grund, Angst zu haben. Die hätten Sie erwischen können.«

»Ich *weiß*.« Agnes drückte sich an Noras Brust und holte wieder tief Luft. »Ich ging zum Main House zurück, doch dann beschloß ich, daß ich doch nach Miss Mannheim sehen sollte, hörte aber Mr. Chancel und Mr. Driver von Rapunzel kommen, daher blieb ich hinter dem Felsen. Sie kamen über die Brücke, polter, polter, polter, und gingen den Weg nach Gingerbread entlang.«

Sie rückte von Nora weg und tupfte sich das Gesicht mit der Bettdecke ab. »Sie können sich wieder setzen.«

»Sind Sie sicher?« Agnes entzog sich dem neuerlichen Versuch einer Umarmung, und als Nora vom Bett aufstand, ließ sie sich auf ihr Kissen fallen. »Ich lief schnellstens zum Hauptgebäude zurück. Ich rannte nach oben, wo Miss Weatherall im Flur stand. Was ist los, Agnes, sagt sie, weshalb laufen Sie mitten in der Nacht herum, ich verlange eine Erklärung. Ich sagte es ihr. Sie sagt: Agnes Brotherhood, Sie überlassen das mir. Sie zog ihren großen roten Hut auf und ging hinaus. Miss Weatherall hat diesen großen roten Hut geliebt, aber er war das albernste Ding, das Sie je gesehen haben.« Agnes sah finster zur Decke.

»Sie haben gewartet, bis sie zurückkam«, sagte Nora.

»Ewig lange gewartet. Nach einer langen Zeit schaut sie zu meiner Tür rein und sagt: Agnes, Miss Mannheim gehört zu den Frauen, die männliche Gesellschaft brauchen, wenn sie niedergeschlagen sind. Mr. Chancel hat beschlossen, einen Skandal zu vermeiden. Vergessen Sie die ganze Angelegenheit, sagt sie.«

»Und Sie haben versucht, das zu tun.«

Agnes nickte unglücklich. »Ich fragte, ob es Miss Mannheim gut ginge, worauf sie sagte, Frauen wie Miss Mannheim geht es immer gut.« Dart grunzte zustimmend. Agnes sah ihn böse an. »Ich will nicht sagen, daß es solche Frauen nicht gibt, aber Miss Mannheim war ein anständiger Mensch.«

»Am nächsten Tag müssen Sie geglaubt haben, daß sie weggelaufen war.«

»Ich dachte, sie wäre *abgereist.* Es ist ein großer Unterschied zwischen weglaufen und abreisen. Miss Mannheim wäre vor nichts weggelaufen.«

Agnes zog ihr Nachthemd um sich und sah Nora mit hilflosem Trotz an. Sie hatte ihre Geschichte erzählt, aber das Zentrum der Geschichte war ein Vakuum.

Ein Klopfen an der Tür unterband, was sie als nächstes sagen wollte. Marian Cullinan schaute herein. »Wir scheinen uns ja bestens zu unterhalten, Sie sind schon lange hier.«

»Höhepunkt der Führung«, sagte Dart. »Phantastische Geschichten über die alten Zeiten.«

»*Wunderbar.*« Sie näherte sich dem Bett.

Nora sah Agnes fragend an, ob sie noch wußte, worum sie gebeten worden war, und die alte Frau neigte den Kopf den Bruchteil eines Zentimeters.

Marian trat zwischen sie. »Agnes, Sie kennen die Regeln. Ich wette, Ihr Blutdruck ist höher als das Dach.«

»Ich möchte Mrs. Desmond etwas sagen, Marian.«

»Eine winzig kleine Kleinigkeit, und dann muß ich Ihnen diese netten Menschen entführen.«

Agnes griff nach Noras Hand. »Sie müssen den Rest hören.«

Marian lachte. »Möchten Sie diesen Leuten Ihre Lebensgeschichte erzählen, Agnes? Mrs. Desmond wird noch einmal vorbeischauen, da bin ich ganz sicher.«

»Heute abend«, sagte Agnes und umklammerte Noras Hand.

Marian ließ eine Spur Ungeduld erkennen. »Das wird nicht möglich sein, Agnes. Wir müssen auf Ihre Gesundheit achten.«

Agnes ließ Noras Hand los. »Sie sind nicht meine Ärztin.«

»Nun, auf dieses Stichwort hin.« Marian lächelte Nora zu. »Sollen wir?«

Sie scheuchte sie mit einem Verschwörerblick zu Dart und einem gequälten Lächeln für Nora hinaus. »Ich hoffe, das war nicht zu schrecklich.«

»Soll das ein Witz sein?« fragte Dart. »Das war besser als *Psycho.*«

Sie führte die beiden kopfschüttelnd zur Treppe. »Ich weiß nicht, wie wir ihr beibringen sollen, daß sie keine Führungen mehr machen kann. Ich meine, sehen Sie sie an, würden Sie Agnes durch die Anlage folgen wollen?«

Hinter ihnen ging klickend eine Tür auf.

»Was jetzt?« fragte Marian.

Agnes hielt einen Morgenmantel um sich geschlungen und tappte aus ihrem Zimmer.

Marian stemmte die Hände an die Hüften. »Das ist doch nicht zu fassen.«

»Letztes Aufbäumen«, sagte Dart.

Marian lief hastig zu der alten Frau und flüsterte mit ihr. Agnes ging zitternd einen Schritt weiter. Marian drehte sie grob herum und drängte sie wieder in ihr Zimmer. Agnes warf Nora einen Blick trostloser Demütigung zu. Ein paar Sekunden später kam Marian heraus und schloß die Tür ab.

»Also ehrlich. Ich hatte meine Schwierigkeiten mit Agnes, aber ich mußte sie noch nie in ihrem Zimmer einschließen. Sie sagte, sie müßte ins Büro gehen, können Sie sich das vorstellen?«

»Es kann doch nicht nötig sein, sie einzuschließen«, sagte Nora. »Wenn sie nun auf die Toilette muß?«

»Sie kann es einhalten, bis sie ihr Essen bekommt. Margaret ist sowieso schon auf hundertachtzig, dank Norman und seiner Bemerkung. Wenn das Abendessen vorbei ist, werde ich wirklich einen Schlummertrunk brauchen.« Marian führte sie zur Treppe. »Ich bin nicht sicher, was ich Ihnen raten soll. Normalerweise würden Sie zu Pepper Pot zurückkehren oder einen Spaziergang durch Lenox machen, aber es sieht so aus, als würde sich ein Wolkenbruch zusammenbrauen, und wenn das passiert, verwandeln sich unsere Wege in Schlammpfützen. Gehen wir nach unten und schauen nach, wie es draußen aussieht.«

Eine Windbö fegte über das Gebäude hinweg. Irgendwo unter ihnen klapperten Fenster in ihren Rahmen. »Wie gesagt«, sagte Marian. Regen prasselte wie Schrot gegen die Hausfassade, flaute einen Moment ab und setzte um so heftiger und anhaltender wieder ein.

Im Salon waren die Lichter eingeschaltet worden. Die Fenster zeigten einen dunklen Himmel, von dem es in Sturzbächen auf den durchweichten Rasen regnete. »Wenigstens haben wir die Führung hinter uns gebracht, bevor eine Menge Möchtegern-

Anwälte auf die Idee kommen konnten, ihr Geld zurückzuverlangen.« In der Ferne beugten sich Bäume im Wind. »Da ist ja ziemlich was los.« Sie drehte sich zu Dart um. »Was möchten Sie tun? Wir haben Schirme, aber die würden da draußen keine Sekunde halten. Sie könnten zu Pepper Pot laufen, wenn es etwas nachläßt, aber Sie wären schlammverschmiert, bis Sie dort ankämen.«

»Auf keinen Fall«, sagte Dart. »Ich hasse es, naß zu werden. Schlamm bringt mich auf die Palme.«

Jenseits des tropfnassen Rasens warfen die Bäume ihre Arme hoch. »Sieht so aus, als würden Sie bis nach dem Essen hier festsitzen. Möglicherweise könnten wir für Sie ein Paar Gummistiefel auftreiben, Norma, aber was sollen wir mit Ihnen machen, Norman?« Marian rieb sich die Stirn. »Ich werde Tony bitten, nach dem Essen ein Paar Stiefel und einen Regenmantel zu bringen. Norma kann einen Mantel von mir haben. Und machen Sie sich keine Sorgen, wenn die Lichter ausgehen. Wir haben eine Menge Kerzen. Davon abgesehen, unser Elektrizitätswerk mag von einer Bande von Provinzheinis betrieben werden, aber sie schaffen es immer, etwa eine Stunde nach Ende des Gewitters das Licht wieder anzubekommen. Ich habe Ihnen ein spezielles Dinner versprochen, und das werden Sie auch bekommen.«

»Super.«

»Was würden Sie gerne machen? Ich muß noch ein bißchen in meinem Büro arbeiten, und danach habe ich in der Küche zu tun, was bedeutet, Sie werden mehr oder weniger auf sich allein gestellt sein.«

»Ich würde gerne noch mal mit Agnes sprechen«, sagte Nora.

»Das müssen wir auf einen anderen Tag verschieben.« Drei kurze, von nach außen gebogenen Klammern eingerahmte Gedankenstriche erschienen in der Mitte von Marians Stirn und schmolzen wieder dahin. »Waren Sie nicht an Georginas Unterlagen interessiert?«

»Die würde ich zu gerne sehen.« Die Unterlagen mußten irgendwo im ersten Stock sein, und Dart mußte irgendwann auf die Toilette.

»Kann ein durstiger Mann hier was zu trinken bekommen?« fragte Dart.

»Auf jeden Fall«, sagte Marian. »Kommen Sie mit, ich gebe Ihnen beiden etwas.«

Sie warf ihr Haar zurück, führte sie in den Hauptflur, ging die Marmorstufen hinab und blickte zu Nora hoch. »Möchten Sie die Unterlagen nicht sehen?«

»Sind sie nicht oben?« fragte Nora.

»Das waren sie, aber als zwei Schriftsteller in Margarets Büro eingedrungen waren, haben wir alles in das kleine Zimmer verfrachtet, in dem meine Sekretärin saß, als ich noch eine Sekretärin *hatte*.«

Marian führte sie zu einem fensterlosen Kabuff mit einem Schreibtisch, einem Stuhl wie aus dem Klassenzimmer und Metallregalen halbvoll mit gebundenen Kladden, Schnellheftern mit der Korrespondenz und Kisten mit der Aufschrift FOTOGRAFIEN. »Norman, ich komme gleich mit Ihrem Drink wieder. Wodka, ist das richtig? Auf Eis?«

»Ein Getränk zum Träumen.«

Falls es je ein Telefon in dem Kabuff gegeben hatte, war es zusammen mit Marians Sekretärin verschwunden.

93

Zehn Minuten später wiederholte Dart das erste, was er gesagt hatte, nachdem Marian gegangen war. Er hatte die Füße auf einem Regal liegen, legte sich in seinem Sessel zurück und rührte mit einem Finger die Eiswürfel im Rest seines Drinks um. »Diese Geschichte war noch schlechter als der Müll von Jane Austen.«

Nora klappte eine Kladde zu und nahm die nächste von dem Stapel vor ihr. In den zwanziger und frühen dreißiger Jahren hatte Georgina eine Menge Geld für Champagner ausgegeben, den sie über einen Alkoholschmuggler namens Selden bezog, der offenbar 1933, nach Abschaffung des Volstead-Gesetzes, einen Spirituosenladen eröffnet hatte. Die Kladden bildeten in einer Hinsicht einen Ausbund an Ordnung, ansonsten aber ein chaotisches Durcheinander. Mit einer Handschrift, die im Lauf der Jahre von gotischer Strenge zu einem wirren Gekrakel verkommen war, hatte Georgina jeden Dollar verzeichnet, der nach Shorelands hereingekommen und wieder hinausgegangen war, aber sie hatte keinen Unterschied zwischen persönlichen Aufwendungen und denen des Anwesens gemacht. Die Ausgabe von fünf Dollar für einen Füller stand unter einer Rechnung über dreihundert Dollar für holländische Tulpenzwiebeln. Auch mit dem Datum hatte sie es nicht immer genau genommen.

»Vielleicht hat Agnes gesehen, wie Chancel den Weg hinuntergerannt ist. Vielleicht hat sie sich alles nur eines Nachts ausgedacht, als sie zuviel Amontillado getrunken hatte, aber *wir* werden das nie erfahren. Und weißt du, warum? Shorelands ist das Roach Motel für die Realität. Die Wahrheit kommt hinein, aber niemals hinaus, und der Grund dafür ist Georgina. Glaubst du, Georgina Weatherall wäre jemals imstande gewesen, selbst in der Zeit, bevor sie statt Sherry Morphium zu sich genommen hat, über sämtliche Vorkommnisse eines bestimmten Tages Rechenschaft abzulegen?«

»Ihren Unterlagen zufolge kaum.«

»Diese Romanciers müssen sich wie zu Hause gefühlt haben. Das ganze Anwesen ist die reine Fiktion.« Er lachte laut über seine Gewitztheit. »Selbst der Name ist eine Lüge. Es heißt Shorelands, aber es liegt an keinem Ufer. Die alte George glaubte, sie wäre schön und grandios und allgemein bewundert, aber in Wahrheit war sie eine pferdegesichtige Witzfigur in Zirkusklamotten, die Leute dazu brachte, sie zu besuchen, weil sie ihnen freie Kost und Logis zur Verfügung stellte. Sie kam sich wichtig vor, wenn berühmte Schriftsteller vor ihr Diener machten. Sie konnte die Wirklichkeit nicht ertragen, daher lief sie herum und tat so, als wären die abgehalfterten Schuppen, in denen ihr Gesinde gelebt hatte, ›Cottages‹. Sie gab ihnen hochtrabende Namen. ›Ich taufe dich Gingerbread, ich taufe dich Rapunzel, und wo ich gerade dabei bin, werde ich diesen ekligen Sumpf da unten Nebelfeld taufen.‹ Was sagt uns das? Ziemlich bald wird ein kleines Mädchen mit einer Schürze auftauchen, das einem Kaninchen zu einer Teeparty folgt.«

»Ich glaube, ich bin das kleine Mädchen«, sagte Nora.

»Na also. Warum sollte Agnes anders sein? Sie hat ihr ganzes Leben in dieser Illusionsfabrik verbracht. Sie hat keine Ahnung, was dieser Frau wirklich zugestoßen ist.«

»Ich glaube doch«, sagte Nora, »und etwas, das Sie vor einer Weile gesagt haben, hat mich auf eine Idee gebracht.«

Dart sah wieder selbstzufrieden aus. »Ich glaube nicht einen Augenblick daran, aber wie hat sie es herausgefunden?«

»Georgina hat ihr erzählt, was mit Katherine geschehen ist.«

»Das ergibt viel Sinn. Die große Lady erzählt einer Dienerin, daß sie mitgeholfen hat, einen Mord zu vertuschen? Wenn es ein Mord *war*, was ich ebenfalls bezweifle.«

»Sie haben gehört, was Agnes gesagt hat.«

»Agnes ist ans Bett gefesselt, während ihre Erzrivalin Lily Melville draußen herumspaziert und den Touristen Lügen auftischt. Sie ist in dem Zimmer da oben allein mit Henry David Thoreau, und den hält sie auch für einen Lügner.«

»Sie brauchen wirklich ein bißchen mehr Realität hier«, sagte Nora.

»Heute abend gegen elf oder zwölf werden sie mehr bekommen, als sie verkraften können. Hast du inzwischen etwas in diesen Büchern finden können?«

»Noch nicht.« Sie nahm eine weitere Kladde von dem Stapel. Die Einträge begannen im Juni eines nicht näher bezeichneten Jahres mit der Einzahlungsquittung eines Schecks über fünfhundert Dollar von G. W., wahrscheinlich Georginas Vater, und einer Ausgabe von 45,80 Dollar für Gartenzubehör. Der nächste Eintrag lautete: *18. Juni, 75 $, Selden Spir., Veuve Clicquot*, demnach mußte die Kladde irgendwann nach 1933 angelegt worden sein. Die Handschrift ließ gerade erste Anzeichen des Niedergangs erkennen.

»Was für eine gewissenhafte kleine Person du bist, Nora-Törtchen.« Er beugte sich zu einem Regal und nahm eine Schachtel mit der Aufschrift FOTOGRAFIEN herunter. Nora blätterte die Seiten der Kladde um, während Dart die Schachtel durchsah. Sie arbeitete sich durch drei oder vier Seiten, ohne eine Summe aufgeführt zu finden, die größer als ein paar tausend Dollar war. »Agnes hat damals gar nicht schlecht ausgesehen«, sagte Dart. »Kein Wunder, daß Chancel sie begrapscht hat.«

Er reichte ihr ein kleines Schwarzweißfoto, und sie betrachtete das freundliche Gesicht der jungen Agnes Brotherhood, deren gewaltige Brüste sich unter der schwarzen Uniform abzeichneten. Zweifellos war das Mädchen gezwungen gewesen, sich jeder Menge grapschender Männerhände zu erwehren. Sie gab Dart das Foto zurück, und in dem Augenblick, als er es ihr abnahm, wußte sie, wie Katherine Mannheim gestorben war. Sie hatte es die ganze Zeit gewußt, ohne es zu merken: Ihr eigenes Leben lieferte ihr den Schlüssel dazu.

Erschüttert blätterte sie wahllos ein paar Seiten um, ohne die kryptischen Einträge richtig zur Kenntnis zu nehmen. Eine Kiste Gin und zwei Flaschen Wermut von dem Spirituosenladen, der Georginas früherem Alkoholschmuggler gehörte. *Med., $ 28,95. Lebm., $ 55,65. Pt., $ 2,00. Mann & Ware, Fotogr., $ 65.*

»Moment«, sagte Nora. »Wurden einige dieser Fotos von Berufsfotografen gemacht?«

»Klar. Die großen Gruppenbilder.«

Dart kramte in der Kiste und reichte ihr ein zwanzig mal dreißig Zentimeter großes Foto der üblichen Herrenrunde in Anzügen und Krawatten um eine königliche Georgina herum. Auf der Rückseite war ein Stempel: *Patrick Mann & Lyman Ware, Porträtfotos, Mann & Ware Studios, 26 Main St., Lenox, Massachusetts.*

Patrick Mann, Paddy Mann, Paddi Mann.

Lyman Ware, Madame Lyno-Wyno Ware, Lena Ware.

Shorelands, *Reise in die Nacht*, Davey Chancel.

Zwei Fotografen, die jedes Jahr das Gruppenbild machten, zwei Figuren aus einem Buch, eine verwirrte Driver-Fanatikerin, die Davey verfolgt hatte.

»Eine kleine Biene summt hier herum.«

Sie gab ihm die Fotos zurück. Ein Mädchen namens Patricia Mann, Patty Mann, hatte ganz in Drivers Welt gelebt und war zuerst Lena Ware, dann Paddi Mann geworden. Zugang zu dieser Welt durchgedrehter Driver-Fans hatte ihr zum Teil die Tatsache verschafft, daß ihr Name zufällig Ähnlichkeit mit dem eines Fotografen aus Lenox hatte.

Dann fiel Nora ein, daß Paddi Mann ja Katherine Mannheims Nichte gewesen war: Familiengerüchte hatten sie noch tiefer in

Drivers Welt getrieben. Sie war überzeugt gewesen, daß die unkonventionelle Schwester ihres Vaters ihr heiliges Buch geschrieben hatte, und hatte zweimal versucht, ihre Tante der Vergessenheit zu entreißen. Sie hatte sich sogar wie Katherine Mannheim gekleidet.

Nora blätterte die Seiten der Kladde durch, und ein Name und eine Zahl schienen ihr förmlich entgegenzuspringen. *Empf. v. L. Chancel: $ 50000.* »Lincoln Chancel hat ihr fünfzigtausend Dollar gegeben.«

Dart schlurfte zu ihr und las die Eintragung. »Steht nicht mal ein Datum dabei. Beweist auf gar keinen Fall, daß sie ihn erpreßt hat. Niemand hätte den alten Mistkerl erpressen können.«

Nora blätterte noch ein paar Seiten um. »Hier sind die Renovierungen. Sehen Sie, fünfhundert Dollar für einen Dachdecker, zweihundert für einen Maler. Etwa eine Woche später bekommt derselbe Maler noch einmal zweihundert. Fünfzehnhundert für einen Bauunternehmer. Sechshundert für B. Smithson, Elektriker. Wieder der Maler. Dann, hier unten auf der Seite, bekommt der Bauunternehmer wieder tausend. Und so weiter.«

»Die alte Giftschlange hat eine Menge von der Witwe geschluckt, oder nicht?«

»Der Witwe?«

»Der Witwe Clicquot, du Ignorantin. Na gut, er hat ihr eine Menge Geld gegeben, und sie hat damit das Anwesen renoviert. Chancel war habgierig, aber mit Sicherheit kein Geizhals. Er hat eine Menge Geld gescheffelt und die Hälfte davon zum Fenster rausgeworfen. ›Georgina, alte Fregatte, da hast du fünfzig Riesen, bring diese Hütten auf Vordermann und laß dir ein paar Kisten von der Witwe kommen, wenn du schon dabei bist.‹ So ist es gewesen.«

»Lincoln Chancel hat einer Frau, die er wahrscheinlich verabscheut hat, freiwillig fünfzigtausend Dollar gegeben? Zu einer Zeit, als fünfzigtausend wahrscheinlich drei- bis vierhunderttausend nach heutigen Maßstäben entsprochen haben?«

»Der Mann war kein Kleingeist. Außerdem hatte er noch zwei Gründe, Georgina gegenüber großzügig zu sein. Er wollte sie für seine Bewegung gewinnen, und durch sie hat er Driver kennengelernt. Ich wette, er wußte ziemlich genau, wieviel Geld er mit *Reise in die Nacht* verdienen konnte. Fünfzigtausend waren ein Klacks.«

Nora sah ihn lächelnd an. »Sie wollen nicht daran glauben, daß Ihr Held erpreßt worden ist.«

»Der Mann *war* ein Held«, sagte Dart. »Je mehr man über den Burschen erfährt, desto besser wird er. Wenn jemand versucht hätte, ihn zu erpressen, hätte er die Motorsäge angeworfen. Glaub mir.«

Dart bewunderte ein Ungeheuer, weil er selbst eins war, aber in einem hatte er recht: Es wäre bestimmt nicht leicht gewesen, Lincoln Chancel gegen seinen Willen Geld abzunehmen. Jemand klopfte an die Tür.

»Nachschub«, sagte Dart. »Ich liebe diese Frau.«

Marian Cullinan schaute herein. »Entschuldigen Sie die Störung, Norma, aber da ist ein Anruf für Sie. Ein Mr. Deodato?«

Dart sah träge auf sie herab.

»Ich warte hier drinnen, bis Sie fertig sind«, sagte Marian.

94

Dart machte Marians Tür zu und flüsterte: »Sei jetzt ein kluges Mädchen.« Lächelnd winkte er sie zum Telefon. Als Nora den Hörer hochhob, kam er zu ihr und preßte den Kopf an ihren.

Nora sagte: »Jeffrey? Wie nett, daß Sie anrufen.«

»So kann man es auch ausdrücken«, sagte Jeffrey. »Ich habe schon mal angerufen, aber eine Frau sagte mir, daß Sie an der Führung teilnehmen würden. Warum haben Sie mich nicht angerufen?«

»Es gibt hier kaum Telefone, und ich war ziemlich beschäftigt. Tut mir leid, falls Sie sich Sorgen gemacht haben, Jeffrey.«

»Was haben Sie denn geglaubt? Wie auch immer, ich habe fast den ganzen Weg zurücklegen können, ehe der Regen mich aufgehalten hat. Wie haben Sie es geschafft, nach Shorelands zu kommen?«

»Das ist nicht wichtig. Als ich die vielen Polizisten vor dem Hotel gesehen habe, bin ich zum Nebenausgang raus und habe einen Freund getroffen, der mich mitgenommen hat. Tut mir leid, daß ich Sie nicht benachrichtigen konnte. Wo sind Sie jetzt?«

»In einer Tankstelle außerhalb von Lenox. Sieht so aus, als müßte ich ein paar Stunden hier verbringen. Hören Sie, Nora, ich muß Ihnen etwas Wichtiges sagen.«

»Sie müssen diesen Cops direkt in die Arme gelaufen sein.«

»Und wie. Ich habe fast den ganzen Tag im Polizeirevier verbracht. Ich war sicher, daß sie mich verhaften würden, aber schließlich haben sie mich gehen lassen.«

»Ich habe Davey kurz vor meiner Flucht gesehen. Hat er Ihre Mutter besucht?«

»Das ist eins von den Dingen, über die ich mit Ihnen reden wollte. Er kam mit zwei FBI-Agenten zu ihr. Das war vielleicht eine Szene. Davey brach zusammen und weinte. Selbst meine Mutter war gerührt. Soweit sie mir gesagt hat, war heute morgen in Westerholm die Hölle los. Davey ging mit dem, was Sie ihm heute morgen gesagt haben, zu seinem Vater, und Alden hat ihn aus Poplars rausgeworfen. Davey ist am Boden zerstört. Er will Sie wiederhaben. Ich wußte nicht, was Sie dazu sagen würden, daher habe ich nicht ihn angerufen, als ich mit meiner Mutter gesprochen hatte, sondern habe versucht, Sie zu erreichen. Ich hätte gern persönlich mit Ihnen gesprochen, aber von hier an steht die Straße unter Wasser.«

»Statt ihn anzurufen? Weshalb sollten Sie Davey anrufen?«

»Um ihm zu sagen, daß Sie vielleicht nach Shorelands gefahren sind. Oder, was ich befürchtet hatte, daß Dick Dart Sie wieder zu fassen bekommen hat.«

»Ich verstehe nicht.«

»Das liegt daran, daß Sie den Rest meiner Neuigkeiten nicht kennen. Wenn ich es bis Shorelands schaffe, möchten Sie möglicherweise mit mir nach Northampton zurückkehren. Oder ich könnte Sie nach Connecticut zurückfahren, wenn Sie das lieber möchten.«

Dart zog das Messer aus der Scheide am Gürtel und hielt es ihr vor das Gesicht.

»Jeffrey, immer langsam. Ich muß heute nacht hierbleiben, und ich möchte nicht, daß Sie vor morgen vormittag herkommen. Es tut mir leid, aber so ist es. Überhaupt, wie könnte ich nach Connecticut zurückkehren?«

»Nun, es ist irgendwie merkwürdig, aber es hat sich alles aufgeklärt«, sagte er. »Sie werden nicht mehr gesucht.«

Dart sah sie an.

»Was ist passiert? Und woher wissen Sie das eigentlich?«

»Meine Mutter. Niemand begreift es bis jetzt so richtig, aber einer der FBI-Männer sagte, daß Natalie Weil alles widerrufen hat. Sie hat der Polizei gesagt, daß Sie sie doch nicht entführt haben.«

»Ich bin entlastet?«

»Soweit ich weiß. Alles scheint ziemlich verworren zu sein, aber ich glaube, Natalie hat gesagt, daß sie sich getäuscht oder geirrt oder so was hat und es ihr leid tut, daß Sie da hineingezogen wurden.«

Darts Blick war ausdruckslos und mißtrauisch geworden. Nora sagte: »Das verstehe ich nicht.«

»Ich habe den Eindruck, als hätte Natalie es geschafft, alle ein bißchen durcheinanderzubringen, aber soweit es Sie betrifft, sind es eindeutig gute Nachrichten. Im Augenblick möchte die Polizei nur noch wegen Dick Dart mit Ihnen reden. Er ist aus Northampton entkommen, weil er einen alten Duesenberg gestohlen hat, können Sie sich das vorstellen?«

»Tatsächlich?« fragte Nora.

»Soll ich Sie nicht abholen, so schnell ich kann, und Sie hinbringen, wohin Sie wollen?«

»Ich weiß, es kommt ziemlich ungelegen, aber ich möchte gerne hierbleiben und die Arbeit zu Ende bringen, mit der ich angefangen habe.«

»Sie wollen, daß ich hier in der Tankstelle warte, bis es aufgehört hat zu regnen, und dann nach Northampton zurückfahre?« Er schien es nicht fassen zu können.

»Ich wünschte, es gäbe einen Weg, der etwas einfacher für Sie ist.«

»Ich ebenso. Können Sie mich morgen anrufen? Nach acht Uhr morgens bin ich wahrscheinlich im Haus meiner Mutter.« Seine Stimme klang tonlos.

»Ich rufe Sie an.«

»Soll ich Davey anrufen und ihm sagen, daß es Ihnen gutgeht?«

»Bitte nicht.«

»Sie scheinen etwas ziemlich Interessantem auf der Spur zu sein, wenn Sie dort bleiben wollen.«

»Ich weiß, Sie haben etwas Besseres verdient, Jeffrey. Sie sind ein wahrer Freund.«

»Habe ich das Recht, Ihnen einen Rat zu geben?«

»Unbedingt.«

»Verlassen Sie ihn. Er wird nie etwas anderes sein als das, was er jetzt ist, und das ist nicht gut genug für jemanden wie Sie.«

»Bis bald, Jeffrey.«

Dart legte den Hörer auf. »Ich glaube, du hast ihm das Herz gebrochen. Jeffrey wollte die Nacht mit meinem Nora-Törtchen verbringen. Aber denken wir über ein vordringlicheres Problem nach. Die kleine Natalie Weil hat widerrufen. Du hast die kleine Hure doch nicht entführt.« Er machte mit den Händen kreisende Bewegungen neben seinem Kopf. »Der Fluch von Shorelands hat wieder zugeschlagen; wir waten durch Lügen.« Dart hielt ihr die Spitze des Messers unter das Kinn und strich damit über ihre Haut. »Hilf mir da raus.«

»Ich kann es nicht erklären.« Nora hob das Kinn, und Dart pikste sie leicht, ohne die Haut zu ritzen. »Sie haben doch gehört, was er gesagt hat. Niemand versteht, was Natalie macht.«

»Versuch dein Bestes.«

»Natalie steht seit Tagen unter Medikamenten. Ich glaube nicht, daß sie sich überhaupt erinnern kann, was passiert ist. Und sie nimmt Drogen. Davey hat mir gesagt, die Cops hätten irgendwo in ihrem Haus einen Beutel Kokain gefunden.«

»Diese Abenteurerin.«

»Vielleicht kann sie sich nicht erinnern, was ich getan habe. Vielleicht hat sie einen anderen Grund, um zu lügen. Ich weiß es nicht, und es ist mir egal. Ich wollte sie umbringen.«

Er streichelte ihre Wange. »Die Aussicht auf ungebetene Besucher macht mich nervös. Ich will dir sagen, was ich heute nacht vorhabe. Alles wird gut werden. Daddy hat einen neuen Plan.«

95

Kurz nach sechs kehrte Marian zurück und gab bekannt, daß das Essen in ein paar Minuten fertig wäre. Sie hatte einen hellrosa Lippenstift und einen schwachen Lidstrich aufgetragen und ein zierliches Goldkettchen angelegt, das wie eine zahme Schlange über ihren Schlüsselbeinen hing. »Ich hoffe, Sie haben wieder Hunger«, sagte sie zu Dart, der sich langweilte und mürrisch war, weil ihm kein zweiter Drink angeboten worden war.

»Ich habe immer Hunger. Und Durst habe ich auch meistens.«

»Könnte das ein Wink mit dem Zaunpfahl sein? Margaret hat eine Flasche Wein aufgemacht, und ich denke, ihre Wahl wird Ihnen gefallen.«

»Nur eine?« Dart hielt ihr sein Glas hin. »Warum bemühen Sie sich nicht, für gute Laune zu sorgen, indem Sie mindestens noch eine Flasche zu unserem Festschmaus organisieren?«

Marian nahm das Glas mit einem etwas gezwungenen Lächeln entgegen und trat hinter Nora. »Haben Sie etwas Brauchbares gefunden?«

Nora hatte zwei weitere Einträge über Zahlungen von Lincoln Chancel gefunden, eine über dreißigtausend Dollar, die andere über zwanzigtausend. Beiden folgten Ausgaben für Schneider, Hutmacher, Stoffe und den allgegenwärtigen Selden. Nachdem sie die ersten fünfzigtausend vorwiegend für Shorelands ausgegeben hatte, hatte sich Georgina die nächsten fünfzigtausend selbst gegönnt.

»Ich bin dabei«, sagte sie.

»Sie könnten nach dem Abendessen noch mal herkommen, wenn Sie möchten.«

Dieser Vorschlag paßte genau zu Darts neuen Plänen für den Abend, und Nora zwang sich zu sagen: »Danke, ich werde vielleicht darauf zurückkommen.«

»Ich kümmere mich besser um Ihren durstigen Mann, sonst wird er in übler Laune sein.«

»Verdammt richtig«, sagte Dart. »Und da wir gerade von Laune sprechen, wie geht es Lady Margaret? Ist sie wieder umgeschwenkt?«

»Margaret schwenkt nicht«, sagte Marian. »Aber ich würde sagen, es besteht Hoffnung auf einen zivilisierten Abend.«

»Langweilig. Waschen wir lieber schmutzige Wäsche.«

»Ich sollte mich wohl tunlichst mit dem Drink beeilen.«

Der Lüster war noch nicht eingeschaltet worden, die einzige Lichtquelle bildeten Leuchter an der Wand und Kerzen in hohen silbernen Kerzenhaltern. Fünf Plätze waren mit reichhaltig blau- und goldverziertem Porzellan gedeckt worden. Kerzenflammen spiegelten sich in den silbernen Abdeckhauben der Vorlegeplatten und den dunklen Fenstern. Unsichtbarer Regen prasselte auf den Rasen. Margaret Nolan und Lily Melville drehten sich zu Dart um, eine mit einer neutralen Begrüßungsmiene, die andere mit einem strahlenden Lächeln. Lily kam mit vor sich gefalteten Händen herbeigetänzelt.

»Ist dieses Unwetter nicht *schrecklich?* Sind Sie nicht auch froh, daß es nicht während unserer Führung passiert ist?«

»Regen wurde von den Handlangern des Teufels erfunden.«

»Schwere Stürme machen mir immer angst, besonders Gewitter. Ich bin immer überzeugt, daß etwas Schreckliches passieren wird.«

»Heute abend wird nichts Schreckliches passieren.« Margaret kam auf sie zu. »Abgesehen von dem üblichen Stromausfall, und dagegen sind wir hinreichend gewappnet. Wir werden einen reizenden Abend haben, oder nicht, Mr. Desmond?«

»Und wie.«

Sie wandte sich an Nora. »Marian sagte, Sie haben unsere alten Kladden durchgesehen, um ein Projekt im Zusammenhang mit Hugo Driver zu unterstützen. Ich hoffe, Sie werden uns an Ihren Gedanken teilhaben lassen.«

Margaret war bereit, Darts Provokationen für den zusätzlichen Umsatz hinzunehmen, den Hugo-Driver-Konferenzen bringen würden. Nora fragte sich, wieviel sie ihr sagen konnte, was die Bedeutung von Shorelands für Drivers Roman anbetraf.

»Was ist mit Marian? Wir hatten gedacht, daß sie mit Ihnen kommen würde.«

»Sie bereitet ein Trankopfer«, sagte Dart.

Margaret zog die Brauen hoch. »Wir haben einen ausgezeichneten Châteauneuf zum ersten Gang und, wie ich finde, etwas ganz Besonderes zum zweiten, einen 1970er Château Talbot. Worum haben Sie Marian gebeten?«

»Einen Doppelten«, sagte Dart. »Als Ausgleich für den, den sie vergessen hat.«

»Sie sind ein Dichter der alten Schule, Mr. Desmond. Mrs. Desmond? Ein Glas von diesem köstlichen Weißen?«

»Mineralwasser, bitte«, sagte Nora.

Sie ging zu den Flaschen, während Marian mit dem nachgefüllten Glas hereingestürzt kam. »Margaret, ich hoffe, es macht Ihnen nichts aus«, sagte sie, »aber Norman war der Meinung, daß eine Flasche Talbot nicht genügen würde, daher habe ich mich umgesehen und noch eine Flasche Beaujolais aufgemacht. Sie steht unten auf dem Küchentresen.«

Margaret Nolan dachte über diese Ankündigung nach, die die unausgesprochene Information enthielt, daß die zweite Flasche etwa ein Zehntel der ersten kostete, und maß Dart mit einem abschätzenden Blick. Dart stellte eine engelhafte Unschuldsmiene zur Schau und trank die Hälfte seines Wodkas. »Sehr intelligent, Marian. Was unser Gast nicht trinkt, können wir für Essig aufheben. Bitte, bedienen Sie sich.«

Marian schenkte sich ein Glas Weißwein ein. »Ich habe Tony angerufen und ihn gebeten, Regenbekleidung für Norman zu bringen und neben der Eingangstür abzulegen. Vielleicht fällt das Telefon aus, und der arme Mann muß nach Pepper Pot zurück. Ich kann Norma ein paar Sachen von mir leihen.«

»Noch eine intelligente Entscheidung«, sagte Margaret Nolan. »Da Sie unsere Gäste mit dem Vornamen anreden, sollten wir alle das tun. Ist das akzeptabel?«

»Vollkommen, Maggie.« Dart hob das Glas zum Mund und kippte den Rest des Wodkas hinunter.

Margaret Nolan wies jedem mit übertriebener Feierlichkeit seinen Platz zu: Norman rechts vom Kopfende des Tisches, Nora gegenüber, Marian neben Norman, Lily neben Nora. »Bitte gehen Sie zum Sideboard und bedienen Sie sich beim ersten Gang. Sobald wir sitzen, werde ich etwas zu dem Essen sagen, ebenso zu einigen Aspekten dieses wunderbaren Raumes, die in den Führungen für gewöhnlich nicht erwähnt werden. Lily, würden Sie den Anfang machen?«

Lily ging zum Sideboard und hob den Deckel von einer ovalen Platte neben einem Korb mit Baguettes. Zu beiden Seiten eines Berges heller Käsestreifen lagen gegrillte Paprika, in Streifen geschnitten und geschält, links rot, rechts grün, flankiert von schwarzen Oliven und mit Sardellen bedeckt. Geviertelte hartgekochte Eier lagen am oberen und unteren Ende der Platte. Ein Geruch von Knoblauch und Öl stieg von den Paprika auf. Lily nahm einen Salatteller vom Stapel neben der Platte und hielt ihn Dart hin. »Das ist Georginas eigenes Porzellan. Wedgwood.«

»›Florentine‹«, sagte Dart. »Eines meiner liebsten.«

»Norman, Sie wissen einfach alles!«

»Selbst Tiere können lernen«, sagte Dart.

Lily nahm sich winzige Portionen beider Paprikasorten, ein paar Oliven und ein einziges Eiviertel. Dart nahm die Hälfte der roten Paprika, keine grünen, die meisten Oliven, die Hälfte der Eier und des Käses und alle Sardellenfilets bis auf drei. Auf das alles legte er ein fünfzehn Zentimeter langes Stück Brot, das er von einem Baguette abgerissen hatte. Die anderen folgten und bedienten sich von dem, was übriggeblieben war.

Dart setzte sich, zwinkerte Lily zu und füllte sein Weinglas mit Weißwein aus dem Kühler.

Margaret nahm Platz und ließ seinem Teller eine längere Prüfung zuteil werden. »Miss Weatherall nannte das ihre ›Mittelmeer-Platte‹. Monty Chandler hat die Paprika, zusammen mit vielem anderen, selbst in einem eigenen Garten nördlich des Main House angebaut.«

Während sie sprach, hatte sich Dart Paprika in den Mund geschoben, sich über die gekochten Eier hergemacht, Käsestreifen auf Brotstückchen geschaufelt und alles hinuntergeschlungen. Als sie fertig war, biß er in das Brot und kippte Wein, um alles zu befeuchten. Er schmatzte mit den Lippen. »Komischer Käse.«

»Syrischer.« Margaret sah ihm ernst beim Essen zu. »Wir bekommen ihn von einem Feinkostmarkt, aber Miss Weatherall bestellte ihn bei einem Importeur in New York. Für ihre Gäste war ihr kein Aufwand zu groß.«

Dart schwenkte die Flasche vor ihr. »Ja, bitte.« Er schenkte ihr ein halbes Glas ein und füllte dann das von Marian.

Ein Windstoß traf das Haus wie die Hand eines Riesen. Lily knüllte ihre Serviette in der Hand zusammen. »Lily, Sie haben schon Tausende unserer Stürme überlebt«, sagte Margaret. »Es kann sowieso nicht so schlimm sein, wie es sich anhört, da der Strom noch nicht ausgefallen ist.«

In diesem Augenblick erloschen die Leuchter an der Wand. Die Spiegelbilder der Kerzenflammen flackerten in den schwarzen Fensterscheiben, und der Wind brauste wieder gegen die Fenster.

»Zu früh gefreut«, sagte Margaret. »Einerlei. Lily, hören Sie auf zu *zittern.* Sie wissen, daß das Licht gleich wieder angeht.«

»Ich weiß.« Lily schob die Hände zwischen die Oberschenkel und starrte in ihren Schoß.

»Essen Sie.«

Lily schaffte es, eine Olive in ihren Mund zu transportieren.

»Marian, vielleicht sollten Sie Agnes besser eine Kerze bringen. Sie hat doch schon gegessen, oder?«

»Wenn man das essen nennen kann«, sagte Marian. »Keine Bange, ich kümmere mich darum. Und ich bringe noch Kerzen mit, damit wir unsere Teller sehen können.«

»Und würden Sie die Telefone überprüfen?« Sie drehte sich zu Dart um. »Ein Nachteil dieses Hauses ist, wenn das Licht ausfällt, fällt in fünfzig Prozent der Fälle auch das Telefon aus. Sie sind zu geizig, unterirdische Telefonleitungen zu verlegen.«

»Fluch der Demokratie«, sagte Dart. »Immer die falschen Leute haben das Sagen.«

Margaret bedachte ihn mit einem Blick funkelnder Nachsicht. »Ganz recht, Sie teilen Georgina Weatheralls Vorliebe für starke Führer, richtig?«

Lily schaute auf und war einen Augenblick von ihrer Angst abgelenkt. »Darüber habe ich nachgedacht. Es stimmt, Miss Weatherall hat tatsächlich gesagt, daß mächtige Nationen von mächtigen Männern geführt werden sollten. Darum hat sie Mr.

Chancel gemocht. *Er* war ein mächtiger Mann, sagte sie, und jemand wie er hätte das Land führen sollen.«

Dart sah sie strahlend an. »Gutes Mädchen, Lily, Sie weilen wieder unter den Lebenden. Ich stimme vollkommen mit der Dame des Hauses überein. Lincoln Chancel wäre ein grandioser Präsident gewesen. Wir brauchen einen Mann, der die Zügel zu führen versteht. Ich selbst würde diesen Job auch ziemlich gut erledigen, wage ich zu behaupten.«

»Tatsächlich«, sagte Margaret.

Dart trank den letzten Schluck Weißwein. »Todesstrafe für jeden, der dumm genug ist, sich bei einem Verbrechen erwischen zu lassen. Direkt an Ort und Stelle, eine Aufbauspritze für das genetische Reservoir. Öffentliche Hinrichtungen, live vor Publikum im Fernsehen übertragen. Gerichtsverhandlungen übertragen wir schließlich auch, nicht wahr? Sollen Sie ruhig sehen, was nach der Verhandlung passiert. Einkommenssteuer abschaffen, damit begabte Leute nicht mehr den Pöbel durchfüttern müssen. Schulen auf rein kommerzieller Basis führen. Statt Zensuren gibt es Geldpreise, für die die Industrie aufkommt. Und so weiter, und so fort. Nachdem wir den Salatgang nun hinter uns gebracht haben, warum kümmern wir uns nicht um das, was unter diesen Deckeln ist?«

Margaret sagte: »Ich denke, daß eine verspielte Unterhaltung wie diese, mit wilden Höhenflügen der Phantasie, Ähnlichkeit mit den Gesprächen haben muß, die zu Miss Weatheralls Lebzeiten hier stattfanden. Finden Sie nicht auch, Lily?«

»O ja«, sagte Lily. »Wenn man einige von diesen Leuten reden hörte, hätte man glatt denken können, sie haben den Verstand verloren.«

»Eines der Gemälde in diesem Zimmer hing schon damals hier. Zusammen mit dem Porträt von Miss Weatheralls Vater im Treppenhaus ist es das einzige, was von ihrer Kunstsammlung geblieben ist. Können Sie erraten, welches es ist?«

»Das da.« Nora zeigte auf das Porträt einer Frau, deren vertrautes Gesicht unter einem roten Hut von Form und Größe eines preisgekrönten Kürbisses hervorschaute.

»Korrekt. Natürlich Miss Weatherall. Ich finde, dieses Porträt bringt ihre ganze Charakterstärke zum Ausdruck.«

Marian betrat das Zimmer wieder mit einer Kerze in jeder Hand und zwei weiteren, die sie unter die Achseln geklemmt hatte.

»Ich glaube, Sie können die Vorspeisenteller abräumen, Marian, und mir die anderen geben, damit ich den Hauptgang servieren kann. Wie geht es der armen Agnes?«

»Sie ist ganz aus dem Häuschen, aber ich weiß gar nicht, warum.« Marian sammelte die Teller ein. »Die Telefone sind ausgefallen. Ich nehme an, morgen früh werden sie wieder funktionieren.«

»Ich würde Agnes gerne noch einmal besuchen«, sagte Nora.

Margaret hob einen silbernen Deckel und offenbarte etwas, das wie ein Brotlaib aussah. Grüne Flecken sprenkelten die Kruste. »Norma, ich bin sicher, Lily und ich können Ihnen ebenso gut weiterhelfen wie Agnes Brotherhood. Um was für ein Projekt handelt es sich bei Ihnen? Ein Buch?«

»Eines Tages vielleicht. Mich interessiert ein bestimmter Zeitabschnitt im Leben von Shorelands.«

Margaret schnitt in die Kruste. Mit zwei ungestümen Bewegungen des Messers beförderte sie ein kleines Stück des Gerichts auf den obersten Teller. Dünne braune Streifen Fleisch in einer dicken Soße rutschten unter der dicken Kruste hervor. Dazu gab sie glänzende Zuckererbsen aus der anderen Servierschüssel. »In dem Korb sind Buttermilchbiskuits. Norma, würden Sie das bitte Lily weitergeben?«

Dart sah zu, wie die Mischung unter der Kruste hervortropfte. »Was ist das für ein Zeug?«

»Porree-Kaninchen-Pastete und in Butter geschwenkte Zuckererbsen. Das Kaninchen ist in einer Sauce *à la beurre manié*, und ich bin ziemlich sicher, daß ich alle Lorbeerblätter entfernt habe.«

»Wir essen ein Kaninchen?«

»Und ein großes obendrein. Wir hatten Glück, daß wir es gefunden haben.« Sie füllte einen zweiten Teller. »In alten Zeiten fing Monty Chandler drei bis vier Kaninchen im Monat, hatten Sie das nicht gesagt, Lily?«

»Ganz recht.« Lily beugte sich nach vorne und inhalierte das Aroma.

»Marian, würden Sie uns bitte den Talbot bringen?« Sie lud die restlichen Teller voll, und Marian schenkte vier Gläser Wein ein.

Kaum hatte sie sich gesetzt, machte sich Dart über die Pastete her und kaute einen Moment mißtrauisch. »Ziemlich gut für ein Nagetier.«

Margaret wandte sich an Nora. »Norma, ich nehme an, die Recherchen, von denen Sie gesprochen haben, konzentrieren sich auf Hugo Driver.«

Nora wünschte sich, sie hätte mehr Freude an einer der besseren Mahlzeiten ihres Lebens haben können. »Ja, aber ich interessiere mich auch für die anderen Schriftsteller, die in jenem Sommer hier waren. Merrick Favor, Creeley Monk, Bill Tidy und Katherine Mannheim.«

Lily sah stirnrunzelnd auf ihren Teller.

»Ein ziemlich obskurer Haufen. Lily, erinnern Sie sich an einen von ihnen?«

»Allerdings«, sagte Lily. »Mr. Monk war ein schrecklicher Mann. Mr. Favor war so schön wie ein Filmstar. Mr. Tidy fühlte sich vollkommen fehl am Platz und blieb für sich. Er mochte die Dame des Hauses nicht, ließ es sich aber wenigstens nicht anmerken. Im Gegensatz zu *ihr*. *Sie* ließ sich nicht aus der Ruhe bringen und scharwenzelte überall herum.« Sie sah Nora böse an. »Hat Miss Weatherall und Agnes zum Narren gehalten, aber mich nicht. Was immer ihr zugestoßen sein mag, es war etwas Besseres, als sie verdient hat.«

Der Haß in ihrer Stimme, den sie seit Jahrzehnten loyal bewahrte, war der Georginas. Auch das war das wahre Shorelands.

Margaret hatte es auch gehört, wußte aber nichts über den Hintergrund. »Lily, ich habe noch nie gehört, daß Sie über jemanden so gesprochen haben. Was hat diese Person getan?«

»Die Dame des Hauses beleidigt. Dann ist sie weggelaufen und hat obendrein noch etwas gestohlen.«

Teilweise Erinnerung leuchtete in Margarets Gesicht. »Oh, das war die Dame, die ihr geheimnisvolles Verschwinden inszeniert hat. Hat sie nicht eine Zeichnung von Rembrandt gestohlen?«

»Redon«, sagte Nora.

»Machte einen krank, es nur anzusehen. Es zeigte eine Frau mit dem Kopf eines Vogels, ganz finster und *schmutzig*. Ihre intimen Teile waren zu sehen. Es erinnerte mich an *sie*, und das ist die Wahrheit.«

»Norma, vielleicht sollten wir diese unglückliche Person vergessen und uns auf Driver konzentrieren. Marian sagte mir, Sie sind der Meinung, daß Shorelands *Reise in die Nacht* inspiriert hat. Könnten Sie mir helfen, den Grund dafür zu verstehen?«

Nora war froh, daß sie den Mund gerade voll Kaninchenpastete hatte, denn das verschaffte ihr einen Augenblick Zeit. Sie mußte etwas erfinden. War Lord Night eine Karikatur von Monty Chandler? Gingerbread das Vorbild für die Hütte der Tassenträgerin?

Ein Windstoß fegte heulend an den Fenstern vorbei.

Vorhin, als sie an Lilys Führung teilgenommen hatte, hatte sie gespürt ... halb gespürt ... an etwas denken müssen ...

»Wir sollten die Singenden Säulen besuchen«, sagte Marian. »Können Sie sich vorstellen, wie die sich jetzt anhören müssen?«

Lily erschauerte.

In Noras Verstand ging eine Tür auf, und sie begriff genau, was Paddi Mann gemeint hatte. »Die Singenden Säulen sind ein gutes Beispiel dafür, wie Driver Shorelands verwendet hat«, sagte sie.

Dart legte seine Gabel weg und grinste.

»Er hat verschiedene Gegebenheiten des Anwesens für sein Buch ausgeliehen. Das haben die Leute nur deshalb noch nicht herausgefunden, weil die meisten Driver-Fans in einer äußerst isolierten Welt leben. Andererseits ist Driver auch nie ein besonders großes akademisches Interesse zuteil geworden, und die Leute, die Shorelands am besten kennen, so wie Sie, zum Beispiel, denken nicht eben viel über ihn nach.«

»Ich denke niemals über ihn nach«, sagte Margaret, »glaube aber, daß ich dieses Versäumnis nachholen möchte. Was meinen Sie, ist uns nicht aufgefallen?«

»Die Namen«, sagte Nora. »Marian hat gerade die Singenden Säulen erwähnt. Driver hat sie in *Reise in die Nacht* eingebaut und die Steine von Toon genannt. Toon, Ton, Gesang? Aus dem Nebelfeld hat er das Dampfende Feld gemacht. Mountain Glade ist –«

Margaret starrte sie an. »Mountain Glade, Monty's Glen. Mein Gott. Es stimmt. Das ist ja wunderbar. Denken Sie nur an die vielen Fans dieses Buches. Norman, nehmen Sie noch Wein. Ihre Frau hat ihn für Sie verdient. Marian, holen Sie die Flasche Beaujolais, die Sie vor dem Essen aufgemacht haben, und bringen Sie sie zusammen mit dem Champagner im Kühlschrank hoch. Wir wollten ein Georgina-Weatherall-Fest feiern, und bei Gott, das werden wir.«

Marian stand auf. »Verstehen Sie, was ich mit einer Driver-Konferenz meine?«

»Ich sehe mehr als das. Ich sehe eine Driver-*Woche.* Ich sehe Hugo-Driver-T-Shirts aus unserem Souvenirladen weggehen wie warme Semmeln. In welchem Cottage wohnte dieser noble Mann, als er hier war?«

»Rapunzel.«

Lily murmelte etwas, das Nora nicht verstand.

»Geben Sie mir drei Wochen Zeit, und ich mache aus Rapunzel einen Tempel für Hugo Driver. Wir machen Rapunzel zum Driver-Zentrum des Universums.«

»Er war nicht nobel«, murmelte Lily.

»Jetzt ist er es. Lily, das ist eine großartige Gelegenheit. Wir haben Sie, einen der wenigen lebenden Menschen, die den großen Hugo Driver persönlich kennengelernt haben. Jede noch so kleine Einzelheit, an die Sie sich erinnern können, läßt sich mit Gold aufwiegen. War er unordentlich? Wir können Socken und zusammengeknülltes Schreibmaschinenpapier in dem Zimmer verteilen. Hat er zuviel getrunken? Wir stellen eine Flasche Bourbon auf den Schreibtisch.« Lily trank verdrossen einen Schluck Wein. »Los doch, heraus damit. Was stimmte nicht mit ihm?«

»Alles.«

»Das kann nicht sein.«

»Sie waren nicht dabei.« Sie sah Margaret mit einem Anflug von Trotz an. »Er war hinterlistig. Er war gemein zum Personal, und er hat gestohlen.«

Marian erschien, beladen mit Flaschen und einem zweiten Eiskübel. »Wer hat gestohlen?«

»Wir müssen Mr. Driver vielleicht ein wenig mehr rehabilitieren als unsere sonstigen Berühmtheiten«, sagte Margaret.

»Sie wußten, daß er ein Dieb war«, sagte Nora.

»Natürlich wußte ich das. Er hat Silber aus diesem Zimmer gestohlen. Einen Marmoraschenbecher aus dem Salon. Zwei Kissenbezüge und ein Paar Laken aus Rapunzel. Bücher aus der Bibliothek. Die anderen Gäste hat er auch bestohlen. Mr. Favor verlor einen brandneuen Füller. Das Mann war eine Plage, das war er.«

Der Korken kam mit einem leisen, zufriedenstellenden Plop aus der Flasche Veuve Clicquot. »Möglicherweise sollten wir unsere Einstellung zu Mr. Driver überdenken«, sagte Marian.

»Ist das Ihr Ernst? Wir werden diesen Mann aufpolieren, bis er glänzt wie Gold, und wenn Sie es nicht versuchen wollen, Lily, dann lassen wir es Agnes tun.«

»Sie wird nicht mitmachen.« Lily trank den Rest ihres Weins. »Agnes war diejenige, die mir die Hälfte von dem erzählt hat, was ich gerade gesagt habe. Ich möchte auch etwas Champagner, Marian.«

»Was hat er sonst noch gestohlen, Lily?« fragte Nora.

Die alte Frau sah zu einer Stelle über Noras Kopf, dann schob sie Marian ihre Champagnerflöte hin.

»Er hat das Gemälde gestohlen, nicht? Den verschwundenen Redon. Der Ihnen nie gefallen hat.«

Lily sah Nora unglücklich an. »Das habe ich Ihnen nicht gesagt. Ich sollte es niemals sagen, und ich habe es nicht gesagt.«

Margaret trank einen Schluck Champagner und sah in großer Verwirrung von Nora zu Lily. »Lily, vor zwei Minuten haben Sie noch gesagt, daß diese Mannheim das Bild gestohlen hatte.«

»Das sollte ich sagen.«

»Wer hat Ihnen befohlen, das zu sagen?«

Lily trank noch mehr Champagner und hielt den Mund.

»Natürlich die Dame des Hauses«, sagte Nora.

Dart kicherte glücklich und nahm sich von der Kaninchenpastete.

Lily sah Nora fast furchtsam an.

»Sie wußte es, weil sie das Gemälde in der Nacht, als Miss Mannheim verschwand, in Rapunzel gesehen hat«, sagte Nora.

Lily nickte.

»Wann hat Sie Ihnen davon erzählt? Und warum? Sie müssen Miss Weatherall doch gefragt haben, ob es wirklich Hugo Driver war, der das Bild gestohlen hatte, und nicht Miss Mannheim«, sagte Nora.

Lily nickte wieder. »Als sie krank gewesen ist.«

»Als keine Gäste mehr kamen und sie fast nie ihr Zimmer verlassen hat. Agnes Brotherhood hat viel Zeit mit ihr verbracht.«

»Es war *nicht gerecht*«, sagte Lily. »Agnes hat sie nie so geliebt wie ich. Emma, Agnes' Schwester, war ihre Zofe, und als Emma starb, wollte Miss Weatherall Agnes um sich haben. Sie kannte die *wahre* Agnes nicht, die Schwestern sahen einander nur ähnlich. Ich hätte mich besser um sie gekümmert. Ich habe versucht, sie zu behüten, aber damals hieß es immer nur Agnes, Agnes, Agnes.«

»Also hat Agnes Ihnen als erste von dem Gemälde erzählt?«

Margaret hatte das Kinn auf die Hände gestützt und folgte dem Wortwechsel wie eine Zuschauerin bei einem Tennisspiel.

»Sie kam aus dem Schlafzimmer von Miss Weatherall, und ich sah ihr ins Gesicht und sagte: ›Was ist los, Agnes?‹, weil man sehen konnte, daß sie außer sich war, und sie sagte, ich solle gehen, aber ich fragte, ob etwas mit Miss Weatherall nicht stimmte, und Agnes antwortete: ›Nichts, das wir beheben könnten.‹ Ich habe ihr keine Ruhe gelassen, bis sie schließlich die Hände vor die Augen schlug und sagte: ›Ich hatte recht, was Miss Mannheim angeht. Die ganze Zeit hatte ich recht.‹ Diese kleine Schlampe, sagte ich, sie hat sich über Miss Weatherall lustig gemacht, und außerdem hat sie dieses Bild gestohlen. ›Nein, das stimmt nicht‹, sagte Agnes, ›es war Mr. Hugo Driver, der das getan hat.‹ Sie fing an zu lachen, aber es war kein richtiges Lachen, und sie sagte, ich sollte nach oben gehen und Miss Weatherall selbst fragen, wenn ich ihr nicht glauben würde.«

»Und das haben Sie getan«, sagte Nora.

Lily trank ihr Glas leer und erschauerte. »Ich ging hinein und setzte mich neben sie und strich ihr über das Haar. ›Ich nehme an, Agnes konnte den Mund nicht halten‹, sagte sie und war wie vor ihrer Krankheit, mit lebhaften Augen. Ich sagte: ›Agnes hat mich belogen‹, und erzählte ihr, was sie gesagt hatte, und sie beruhigte sich gleich wieder und sagte: ›Nein, Agnes hat dir die Wahrheit gesagt, Mr. Driver hat das Bild genommen‹, und das wüßte sie, weil sie es in seinem Zimmer in Rapunzel gesehen hatte. ›Warum sind Sie in sein Zimmer gegangen?‹ fragte ich, und sie antwortete: ›Ich habe mich wie meines Vaters Tochter benommen. Man könnte sogar sagen, ich habe mich wie Lincoln Chancel benommen.‹ Und ich sagte: ›Sie hätten es ihn nicht mitnehmen lassen dürfen‹, worauf sie sagte: ›Mr. Chancel hat hundertfach für dieses häßliche Bild bezahlt. Schick Agnes zu mir herein.‹ Also schickte ich Agnes in ihr Zimmer. Am nächsten Tag sagte Miss Weatherall zu mir, daß sie mein Gehalt nicht mehr bezahlen könnte und mir kündigen müßte, aber ich dürfte niemals jemandem sagen, wer das Bild gestohlen hat, und daran habe ich mich bis auf den heutigen Tag gehalten.«

»Sie haben es nicht gesagt«, sagte Nora. »Ich habe es erraten.«

»Meine Güte«, sagte Margaret. »Was für eine seltsame Geschichte. Aber ich sehe nichts, das uns Kopfzerbrechen bereiten sollte. Sie, Marian?«

»Mr. Chancel hat das Bild gekauft«, sagte Marian. »Hugo Driver hat es sich geborgt, bevor der Preis vereinbart war, das ist alles.«

»Wunderbar«, sagte Dart.

»Wenn wir den Nachlaßverwalter Drivers dazu bringen könnten, uns das Bild als Leihgabe zur Verfügung zu stellen, könnten wir es in Rapunzel aufhängen und in die ganze Geschichte in *Reise in die Nacht* einfügen.« Margaret bedachte Lily mit einem Blick stählerner Freundlichkeit. »Ich weiß, Sie haben den Mann nicht ausstehen können, Lily, aber mit diesem Problem haben wir uns schon beschäftigt. Zusammen können Sie, Marian und ich jede Menge rührender Geschichten über Mr. Driver ausarbeiten. Das wird ein warmer Regen für den Shorelands Trust. Noch Champagner, Norman? Und als speziellen Nachtisch haben wir *petits vacherins*. Köstliche kleine Meringen mit Eiskremfüllung und Fruchtsaucen. Mr. Baxter, unser Bäcker in Lenox, hat heute morgen, Wunder über Wunder, frische Meringen hereinbekommen, und Miss Weatherall liebte *vacherins*.«

»Ich bin dabei«, sagte Dart.

»Marian, wären Sie so freundlich?«

Marian verließ wieder das Zimmer, und diesmal tätschelte sie Dart auf den Rücken, als sie hinter ihm vorbeiging. Kaum hatte sie die Tür zugemacht, sagte Lily: »Ich fühle mich nicht wohl.«

»Es war ein langer Tag«, sagte Margaret. »Wir heben Ihnen etwas von dem Dessert auf.«

Lily stand unsicher auf, und Dart schnellte von seinem Stuhl hoch, machte ihr die Tür auf und gab ihr einen Kuß auf die Wange, als sie das Zimmer verließ. Als er sich wieder setzte, lächelte Margaret ihm zu. »Lily hatte heute ihre Probleme, aber während unserer Driver-Festivitäten wird sie ihre Arbeit wie gewohnt vorzüglich machen. Ich sehe keine Hindernisse, Sie?«

»Nur göttliche Interventionen«, sagte Dart und füllte sein Weinglas nach.

Marian kam mit einem Tablett *petits vacherins* und einer zweiten Flasche Champagner zurück. »Ich dachte mir, daß wir trotz Lilys Unpäßlichkeit einen Grund zum Feiern haben, und hoffe, Sie haben nichts dagegen, Margaret.«

»Ich trinke keinen mehr, aber alle anderen können sich gerne bedienen«, antwortete Margaret. Doch als die Desserts verteilt waren und Marian um den Tisch herumtänzelte und Champagner einschenkte, ließ sie sich ihr Glas ebenfalls auffüllen. »Mr. Desmond«, sagte sie. »Ich habe mich gefragt, ob Sie so freundlich wären, eines Ihrer Gedichte zu rezitieren. Es wäre uns eine Ehre, etwas zu hören, das Sie geschrieben haben.«

Dart stürzte seinen Champagner hinunter, nahm eine Gabel Eis und Meringe, spülte sie mit noch mehr Champagner hinunter und sprang auf die Füße. »Ich habe dieses Gedicht im Auto auf dem Weg zu diesem Himmel der literarischen Kunst komponiert. Ich hoffe, es berührt Sie alle auf eine kleine Weise. Es trägt den Titel ›In Der‹.«

»Lebwohl, Freude – Welt ist, sind,
lustvoller Tod, sie aber keiner
sein kann ich, krank, muß –
Herr, Gnade uns!

Männer, nicht Reichtum, kann
du Arznei, müssen alle zu sein
das Volle geht ich krank muß –
Herr, Gnade uns!

Schönheit nur Blume
Falten verschlingen fällt die Königinnen
gestorben und Staub geschlossen Auge;
bin ich sterben?
Habe mit!

Kraft bis ins Grab nähren Hectors Schwerter,
nicht mit Erde hält sie
Komm!
das tun, ich,
krank, muß –
Herr, Gnade uns!

Er sah in die Runde am Tisch. »Was meinen Sie?«

»Ich habe so etwas noch nie gehört«, sagte Margaret. »Die Syntax ist vollkommen verstümmelt, aber der Sinn ist eindeutig. Es ist eine Bitte um Gnade von einem Mann, der keine erwartet. Seltsam finde ich nur, daß mir das Gedicht, obwohl ich es zum erstenmal gehört habe, seltsam vertraut vorkommt.«

»Das ist bei Normans Werken häufig der Fall«, sagte Nora.

»Es ist, als wäre etwas auf seine Essenz reduziert«, sagte Margaret. »Haben Sie mit Norman über unsere Dichterlesungen gesprochen, Marian?«

»Noch nicht, aber dies scheint der perfekte Zeitpunkt zu sein. Norman, können wir uns darüber unterhalten, ob Sie einmal zu einer Lesung hierher kommen möchten?«

Wieder hatte Marian unwissentlich Darts Plänen für die Nacht zugearbeitet. Er tat so, als würde er darüber nachdenken.

»Darum sollten wir uns heute abend kümmern. Das Problem ist nur, ich brauche meinen Terminkalender, und der ist im Zimmer. Aber wenn Sie an dem Schlummertrunk teilhaben wollen, könnten Sie später vorbeikommen.«

»Und meinen Terminkalender mit Ihrem sprechen lassen? Ja, warum eigentlich nicht?«

»Ihr jungen Leute«, sagte Margaret. »Ihr werdet stundenlang euren Spaß haben und über alles mögliche reden, während ich einschlafen werde, sobald ich ins Bett gefallen bin. Aber vorher, Marian, müssen Sie und ich uns noch um die Küche kümmern.«

»Lassen Sie mich Ihnen helfen«, sagte Nora. »Es ist das Mindeste, was ich tun kann.«

»Unsinn«, sagte Margaret. »Marian und ich können alles binnen einer halben Stunde erledigen. Jeder andere würde uns nur im Weg herumstehen.«

»Margaret, Teuerste«, sagte Dart. »Es ist erst halb acht. Es kann doch nicht Ihr Ernst sein, daß Sie zu Bett gehen wollen, sobald das Geschirr gespült ist.«

»Ich wünschte, ich könnte es, aber ich habe noch etwa eine Stunde im Büro zu arbeiten. Marian, bringen wir das Geschirr hinunter und machen uns über die Küche her.«

Dart sah zu Nora, die sagte: »Marian, ich würde mir gerne noch eine Weile die Unterlagen und Fotos ansehen, aber vorher möchte ich mich etwas ausruhen. Glauben Sie, Sie könnten mir einen Schlüssel geben, damit Sie nicht andauernd rauf und runter müssen, um die Tür aufzumachen?«

»Warum lassen wir die Tür nicht einfach unverschlossen?« sagte Margaret. »Wir sind hier vollkommen sicher. Wann wollten Sie denn wiederkommen?«

»Vielleicht gegen neun? Bis dahin sollte das Gewitter vorbei sein. Ich könnte ein wenig arbeiten, während Norman und Marian einen Termin vereinbaren.«

»Oh?« Marian sah Dart an. »Soll mir recht sein. Ich lasse die Lichter an und komme gegen neun zu Pepper Pot. Ist Ihnen das recht?«

»Perfekt«, sagte Dart. »Habe ich nicht etwas von Regenbekleidung gehört?«

»Kümmern wir uns gleich darum.« Marian ging aus dem Zimmer, und Nora half Margaret, das Geschirr aufeinanderzustapeln. Wenig später kam Marian mit grünen Wellingtons, einem glänzenden roten Regenmantel mit Schnallen und einem dazu passenden Hut mit breiter Krempe zurück. »Meine Feuerwehruniform. Keine Bange, ich habe jede Menge andere Sachen, damit ich trocken rüberkomme. Und Norman, Tonys Sachen liegen gleich neben der Tür.«

Nora zog ihre Schuhe aus und die hohen Stiefel an. Marian hatte große Füße. Sie schlüpfte in den glänzenden Mantel und machte ihn zu, und Dart stellte sein leeres Glas hin. »Äußerst apart.«

An der Vorderseite des Gebäudes ertönte der Regen lauter. Dart betrachtete Tonys schmutzigen gelben Regenmantel voller Ekel und wischte die Innenseite des Hutes mit dem Taschentuch ab, bevor er ihn sich auf den Kopf setzte. Seine Schuhe paßten nicht in die Stiefel, daher zog er die Schuhe aus und steckte sie in die Taschen des Mantels. »Würde fast lieber naß werden«, murmelte er.

»Halt! Gehen Sie noch nicht!« rief Marian hinter ihnen und tauchte oben an der Treppe mit Noras Handtasche und vier neuen Kerzen auf. »Sie finden Streichhölzer auf dem Kaminsims. Viel Glück!«

96

Die Welt jenseits der Tür bestand aus Dunkelheit und strömendem Regen. Kaltes Wasser tropfte in Noras Kragen und lief ihren Rücken hinunter. Regen prasselte wie Gewehrfeuer auf den steifen Hut. Dart packte sie am Handgelenk und lief auf den Schotterplatz zu. Als sie den Weg erreichten, wäre sie um ein Haar in den Schlamm gestürzt, aber Dart zerrte sie hoch und schleppte sie weiter. Wasser floß in ihre Ärmel. Die Bäume auf beiden Seiten stöhnten und schwankten, halluzinatorische Stimmen erfüllten die Luft.

Nichts hatte geklappt; es war ihr nicht gelungen, mit einer ihrer möglichen Retterinnen zu sprechen, und Dart würde Marian

Cullinan töten und zwei glückliche Stunden damit verbringen, ihren Leichnam zu sezieren, während er darauf wartete, daß die älteren Frauen einschliefen. Danach würde er sie durch den Wolkenbruch zum Hauptgebäude zurückschleppen, wo er ihr dabei zusehen wollte, wie sie Agnes Brotherhood ermordete. Genie, hatte er zu ihr gesagt, ist die Fähigkeit, sich veränderten Umständen anzupassen, ohne das Ziel aus dem Auge zu verlieren. »Geben wir es zu«, hatte er gesagt. »Wir sitzen die Nacht hier fest, daher kommt eine Entführung nicht in Frage. Wir müssen uns um alle kümmern – auch um diese drei alten Tanten. Sie nennen mich einen Serienkiller, also kann ich auch ein bißchen Spaß haben und mich wie einer benehmen. Zuerst überzeugen wir alle davon, daß du allein hierher zurückkehren wirst. Wenn wir mit der Gescheckten fertig sind, kommen wir wieder hierher und besuchen die Schlafzimmer, auf die wir freundlicherweise schon hingewiesen wurden. Keine Alarmanlage, kein Telefon. Sicherheit, Behaglichkeit und Komfort. Wenn wir fertig sind, genießen wir ein Frühstück für Champions – Steaks und Eier – in der Küche und brechen mit dem Auto der Gescheckten auf.«

Nora versuchte, mit Dart Schritt zu halten, beugte sich nach vorne und rannte, obwohl sie nicht mehr als den Regen sehen konnte, der von ihrer Hutkrempe tropfte, und den Schlamm, in dem sie bis zu den Knöcheln einsank. Dart zerrte an ihrem Handgelenk, und sie verlor ihre Handtasche, die in den Schlamm fiel. Hack- und Vorlegemesser und vieles mehr kullerten heraus. Dart brüllte etwas Unverständliches, aber Eindeutiges im Tonfall, zerrte sie zurück und bückte sich, um alles, was herausgefallen war, wieder in die Handtasche zu stopfen. Rechts brach ein Ast von einem Baum ab und fiel krachend zu Boden. Dart rammte ihr die Handtasche an die Brust, wirbelte herum und schob sie durch den Schlamm zum Schild PEPPER POT und dem Weg bergauf. Sie rutschte aus und schlitterte rückwärts gegen ihn. Er schubste sie wieder. Regen klatschte ihr wie Nadeln ins Gesicht. Nora versuchte, vorwärts zu gehen, aber ihr Fuß rutschte aus dem unteren Teil des Stiefels heraus. Dart faßte sie um die Taille und hob sie vom Boden hoch. Ihr ganzer Fuß rutschte aus dem Stiefel. Dart trat ihn beiseite und trug sie den Weg hinauf.

Er setzte sie auf der Veranda ab und öffnete die Schnallen des Regenmantels, damit er den Schlüssel aus seiner Jackentasche holen konnte. Regen trommelte auf das Dach herab. Ein unirdisches Stöhnen erklang aus dem Wald. *Wieder die Hölle*, dachte Nora. *Sooft man auch dort ist, sie ist immer wieder neu*. Dunkle Pfützen bildeten sich um sie herum. Ein feuchter Film bedeckte ihr Gesicht, und ihre Rippen schmerzten von Darts Griff. Er machte die Tür auf und zeigte ins Innere.

Sein Hut und Regenmantel landeten auf dem Boden. Nora legte die Tasche weg und zog die Kerzen aus den Taschen von Marians Mantel. Dart nahm die Kerzen, schloß die Tür und machte mit den Händen scheuchende Bewegungen. Nora hängte Marians Sachen an einen Haken neben der Tür und zog den Fuß aus dem verbliebenen Stiefel heraus. »Häng diesen Abfall auf, den ich anziehen mußte, und such die Streichhölzer. Dann leg deine Handtasche in die Badewanne, komm her und hilf mir, diese ekelhaften Stiefel auszuziehen.«

»Meine Handtasche in die Badewanne legen?«

»Möchtest du eine Handtasche von Gucci ruinieren? Ich muß sie saubermachen und versuchen, sie zu trocknen.«

Nora trug die tropfende Handtasche durch das dunkle Zimmer ins Bad. Gab es ein Fenster in dem Bad, eine Hintertür? Ein glänzendes schwarzes Rechteck hing an der Wand gegenüber. Sie ging weiter, bis sie mit den Füßen an die Badewanne stieß, stieg hinein, ließ die Tasche fallen und strich mit den Händen an der Oberseite des Fensters entlang. Sie ertastete den Messinggriff mit den Fingern. Der Riegel bewegte sich nicht. »Was machst du?« brüllte Dart.

»Die Handtasche weglegen.« Sie zog an dem Riegel, doch der saß fest.

»Komm sofort hierher.«

Eine dunkle Säule vor einem Hintergrund geringfügig hellerer Dunkelheit beorderte sie zum Kamin auf der anderen Seite des Zimmers. Nora streckte die Hände vor sich aus, setzte einen Fuß vor den anderen und durchquerte so das Zimmer.

Dart, der offenbar im Dunkeln sehen konnte, dirigierte sie zum Kamin und den Streichhölzern und befahl ihr dann, fünfzehn Schritte vorwärts zu gehen, sich nach links zu drehen und weiterzulaufen, bis sie mit ihm zusammenstieß.

Dart riß ihr die Streichhölzer aus der Hand, zündete eine Kerze an und lief davon. Sie konnte nur die Flamme sehen. Er rammte die Kerze in einen Kerzenhalter am Fenstersims, zündete die beiden anderen an und stellte sie in Halter auf dem Tisch mitten im Zimmer. Das Seil und das Klebeband lagen neben einem Eiskübel und einem Liter Absolut. Dart trank zwei Schluck Wodka und holte tief Luft. Schlammige Fußabdrücke verliefen durch den Raum wie Tanzinstruktionen. »Klingt wie im Inneren einer Baßtrommel.« Er ließ sich in einen Sessel fallen und streckte ein Bein aus. »Los doch.«

Nora hielt den schmutzigen Stiefel mit den Händen. »Zieh.« Ihre Hände rutschten ab. »Zieh dich aus.«

»Mich ausziehen?«

»Damit du meine Beine gegen die Hüfte stemmen und ziehen kannst. Ich will den Hosenanzug nicht ruinieren.«

Während sie sich auszog, schickte Dart sie in die Küche, um ein Glas zu holen. Er blies hinein, hielt es zur Begutachtung vor die Flamme und holte eine Handvoll tropfende Eiswürfel aus dem Kübel. Bevor er trank, beschrieb er mit dem Glas einen Kreis vor sich, und Nora ging zum Bett zurück, um ihre restlichen Sachen auszuziehen. »Häng deine Sachen auf. Sie müssen gut aussehen, bis wir neue Kleider kaufen können.« Er folgte ihr mit Blicken. »Okay, komm wieder her, aber streng dich diesmal an.«

Sie drückte sich sein ausgestrecktes Bein an die Seite. Seine Hose war durchnäßt, der Geruch von feuchter Wolle ging von ihm aus. Sie hielt den Atem an, umklammerte sein Bein mit der linken Hand, drückte an der Ferse, und der Stiefel rutschte. »Laß mein Volk in Ruhe!« Dart schluckte Wodka. »Einer runter, einer muß noch.«

Als der zweite Stiefel kapituliert hatte, stolperte Nora vorwärts und spürte eine allzu vertraute Wärme im ganzen Körper. Schwindelgefühl, Schweiß auf dem Gesicht, das plötzliche Bedürfnis, sich zu setzen. »O nein«, sagte sie.

»Schlamm kann man abwaschen«, sagte Dart. Dann machte er sich die Mühe und sah sie an. »O Herrgott, eine Hitzewallung.

Großer Gott, das ist schlimm. Wisch dir den Schlamm ab und leg dich hin.«

Sie ging ins Bad und spritzte sich Wasser ins Gesicht, bevor sie sich die Klumpen und Schlieren vom Körper wischte.

Als sie herauskam, zeigte Dart auf das Bett. »Frauen. Sklavinnen ihres Körpers, jede einzelne.« Sie merkte am Rande, wie er ihr einen angewiderten Blick zuwarf. »Eine Gucci-Tasche für siebenhundert Dollar, schlammverschmiert. Und ich kann wieder hergehen und deine Arbeit machen.«

Er schenkte sich noch mehr Wodka ein. »Und ist es nicht typisch, das ganze Eis ist weg.« Nora beobachtete, wie die Decke dunkler wurde, als er eine Kerze ins Bad trug.

Ihr Körper loderte. Wasser lief. Dart führte Selbstgespräche in einem Tonfall quengeligen Selbstmitleids. Nora wischte sich die Stirn ab. Sie konnte spüren, wie ihre Temperatur stieg. Käfer, wo bist du, kleiner Käfer? Eine Hitzewallung ist kaum vollständig ohne ein bißchen Kribbeln. Sollen wir es kribbeln lassen? Komm schon, versuchen wir, den großen Preis zu bekommen. Dick Dart ekelt sich vor der weiblichen Biologie, geben wir ihm den gesamten Wechseljahrezirkus. Gib mir ein K, gib mir ein R, gib mir ein I. Kribbeln, dein Lied will ich singen. Der Aufruhr in ihrem Körper versetzte das Bett in sanfte schwankende Bewegungen. Das Rascheln ledriger Schwingen und wonnevolles Summen ertönten hinter dem Kamin. Hinfort, Dämonen, ich kann euch jetzt nicht brauchen. Sie wischte sich das Gesicht mit einer Ecke des Lakens ab, das ganz feucht wurde.

Dart streckte den Kopf zur Badezimmertür heraus und sagte ihr, wenn sie nicht fertig wäre, bis die gescheckte Lady kam, würde es ihr leid tun. *Es tut mir jetzt schon ziemlich leid, herzlichen Dank*.

Nachdem sie drei oder vier Minuten ihren Spaß gehabt hatte, ließ die Hitzewallung nach und ließ das übliche Gefühl der Erschöpfung zurück. Aus dem Bad ertönten schrubbende Laute, begleitet von Darts Grummeln. Nora erinnerte sich, daß er den Revolver in die Schreibtischschublade gelegt hatte. Überraschung! Sie wischte ihren Körper mit den Händen ab und schwang die Beine aus dem Bett. Fließendes Wasser und wehmütige Ausrufe legten Zeugnis ab, wie versunken Mr. Dart in seine Aufgabe war. Obwohl sie nichts über Revolver und ihre Funktionsweise wußte, konnte sie das Ding bestimmt abfeuern, wenn sie es erst einmal in die Finger bekommen hatte. Sie schritt lautlos zur Zimmermitte und stellte fest, daß die Schreibtischschublade offenbar geöffnet worden war. Mit sechs weiteren Schritten auf Zehenspitzen war sie am Schreibtisch. Sie schob die Hand in die Schublade und berührte nur Holz. Was ist los, Dick? Vertraust du mir nicht?

Sie ging zur Tür, zog den Regenmantel an und machte ihn zu. Im Badezimmer stand Dart über die Wanne gebeugt und hatte die Ärmel über die Ellbogen hochgekrempelt. Am Fußende der Wanne stand eine Kerze, flackernde Schatten tanzten an den Wänden. Farbe von Darts Haar hatte die Oberkante seines Hemdkragens schwarz gefärbt. Ein dickliches Schlammrinnsal lief in der Mitte der Wanne zum Abfluß, feuchte Geldscheine waren auf dem Rand zum Trocknen aufgehängt worden. Vorlege- und Hackmesser lagen schlammverkrustet neben der Tasche. Verschiedene Fläschchen und Bürsten und andere Kosmetikartikel waren bereits gewaschen und auf der Toilette ausgelegt worden.

Er betrachtete den Regenmantel mit Verachtung. »Nimm dir ein Handtuch. Eins von den kleinen.«

Sie gab es ihm, und er hielt es unter den laufenden Wasserhahn. »Wisch den Schlamm da draußen auf, bevor er trocknet.«

»Aye, aye, Sir.« Nora ging mit dem Handtuch ins Zimmer und wischte schlammige Fußspuren weg. Als sie zurückkam, hielt Dart ihr die Tasche entgegen.

»Möglicherweise überlebt dieses Ding doch.« Er gab ihr die nasse Tasche. »Mach sie so trocken, wie du kannst. Reiß Seiten aus einem der Bücher heraus, stopf ein Handtuch in die Tasche hinein und schieb die Seiten zwischen das Handtuch und die Innenseite der Handtasche. Vergiß die Ecken nicht. Und mach es hier drinnen, damit ich sehen kann, ob du es richtig machst.«

Sie brachte die Taschenbücher ins Bad und legte sie neben der Toilette auf den Boden, während sie die Handtasche mit einem Handtuch ausstopfte.

»Saug soviel Wasser auf, wie du kannst. Und drück es in die unteren Ecken.«

Nora schob das Handtuch im Inneren der Handtasche herum, während Dart sich über die Wanne beugte und das Handtuch, mit dem sie den Boden aufgewischt hatte, unter heißem Wasser ausspülte, Seife darauf verrieb und damit das Hackmesser putzte.

»Sie merken sich alles, was Sie lesen, und vergessen es nie wieder?«

Er seufzte und lehnte sich an die Wanne. »Das habe ich doch gesagt. Ich *merke* mir nichts. Wenn ich eine Seite lese, bleibt sie von ganz alleine da drinnen. Wenn ich sie sehen will, dann *betrachte* ich sie einfach, wie eine Fotografie. Die ganzen Bücher, die ich für meine alten Damen lesen mußte, könnte ich rückwärts aufsagen, wenn ich wollte. Laß mich das mal fühlen.«

Er trocknete sich die Finger an ihrem Handtuch ab und strich damit an der Innenseite der Handtasche entlang. »Stopf Klopapier da unten rein. Würdest du gerne *Stolz und Vorurteil* vollständig rückwärts hören? Austen Jane von? Fast so schlecht wie von vorn nach hinten.«

Nora stopfte Toilettenpapier in die Ecken der Handtasche und riß Seiten aus *Reise in die Nacht* heraus.

Dart hielt das Hackmesser unter heißes Wasser und seifte es noch einmal ein. »Was meinst du, wie ich das Jurastudium überstanden habe? Wenn man mir einen Fall nannte, konnte ich das ganze verdammte Ding zitieren. Wenn das alles gewesen wäre, was man tun mußte, hätte ich nur Einsen bekommen.«

»Das ist erstaunlich.« Sie drückte die ersten Seiten gegen das durchnäßte Seidenfutter.

»Du kannst dir gar nicht vorstellen, wie erleichtert ich war, als ich jemanden wie Marjorie West zugeteilt bekam. Zweiundsiebzig Jahre alt, reich wie die Queen von England, und hatte in ihrem ganzen Leben kein einziges Buch gelesen. Vier tote Ehemänner, und sie war nie glücklicher, als wenn von Sex die Rede war. Ideale Frau.«

Nora hatte Marjorie West kennengelernt, deren Haus in der Mount Avenue noch grandioser als Poplars war. Sie war selbst ein Gebilde grandiosen Maßstabs, wenn auch stark renoviert, besonders im Gesicht. Nora stellte fest, daß sie nicht über Marjorie Wests Beziehung zu Dick Dart nachdenken wollte. Derzeit wollte Marjorie West wahrscheinlich auch nicht mehr allzu viel darüber nachdenken. Nora riß weitere zwanzig Seiten aus *Reise in die Nacht* heraus. »Also könnten Sie auch aus diesem Buch zitieren.«

»Du hast gehört, wie ich aus diesem Buch zitiert habe.« Er legte das Hackmesser auf den Teppich und wandte sich dem Vorlegemesser zu.

»Erzählen Sie mir von dieser geräumigen Höhle, die innen größer ist als außen.«

»Du hast das Buch direkt vor dir.«

»Ich kann bei diesem Licht nicht lesen. Wie sieht diese Höhle aus?«

Dart verzog das Gesicht angesichts der Menge Schlamm, die an dem Messer klebte. »Wie sie von außen aussieht? Ich muß dir den ganzen Satz zitieren, damit du ein Gefühl für die Atmosphäre bekommst. ›*Unter zahlreichen furchteinflößenden und tückischen Blicken, zahlreichen schmerzhaften Rippenstößen und unter vielfachem Zurechtrücken ihres riesigen Hutes führte Madame Lyno-Wyno Ware Pippin durch die Flure ihrer von Spinnen heimgesuchten Behausung zu einem Portal mit der Aufschrift* GANZ PRIVAT, *und weiter in eine Kammer dunkler Erscheinung bis zu einer anderen Tür mit der Aufschrift* GANZ GANZ PRIVAT, *in eine weitaus dunklere Kammer bis zu einer Tür mit der Aufschrift* GANZ GANZ GANZ PRIVAT, *die sich quietschend vor der dunkelsten aller Kammern auftat, und darin streckte sie ihren grellbunten Arm aus und zeigte, unter einem zerschlissenen Sofa verborgen, auf eine schlichte bleierne Geldkiste, nicht mehr als dreißig Zentimeter hoch.*‹ Das ist alles, ›schlichte bleierne Geldkiste, nicht mehr als dreißig Zentimeter hoch‹. Von da an geht es nur noch um Pippins Enttäuschung, weil dieses kleine Ding unmöglich die berühmte geräumige Höhle sein kann, aber der Junge beißt in den sauren Apfel, macht weiter, sagt die richtigen Worte und alles wird gut, gewissermaßen.«

Er spülte das Vorlegemesser ab, hielt es sich zur Begutachtung vor die Augen und rubbelte mit dem eingeseiften Handtuch über die Vertiefungen um das Heft herum.

»Der goldene Schlüssel führt ihn zu Madame Lyno-Wyno Ware?«

»*Lie? No. Why, nowhere.*« Dart hob sein Glas mit einer tropfenden Hand und trank den Wodka aus. »Die Wahrheit ist ganz, ganz wichtig, man kann Mrs. Lyno-Wyno Ware nich belügen, nee.« Zuckend vor Ungeduld sah er ihr zu, wie sie Papier in die Handtasche stopfte. »Das genügt. Lauf in die Küche und mach mein Glas voll.«

Als sie zurückkam, trank Dart einen Mundvoll, stellte das Glas weg und trocknete die Messer gewissenhaft ab. Schroffe Röte färbte seine Wangenknochen dunkler. »Mach die Schweinerei in der Badewanne sauber. Aber schnell, ich habe viel zu tun, muß mich auf die Ankunft der reizenden Marian vorbereiten.«

Nora kniete vor der Badewanne. Ein paar Zehncent- und Vierteldollarmünzen glänzten in der trägen braunen Brühe. Das donnernde Prasseln des Regens auf dem Dach schwoll plötzlich auf die doppelte Lautstärke an. Das Fenster über der Wanne wölbte sich einen Augenblick nach innen, und die gesamte Hütte erbebte.

Nora kam aus dem Bad. Dart starrte die Decke an. »Ich dachte, das ganze Ding würde einstürzen. Leg die Tasche auf den Tisch und bring mir das Seil. Das Klebeband werden wir kaum brauchen, meinst du nicht auch?«

Sie legte die Tasche auf den Tisch. »Mantel.« Dart zog die Krawatte aus und legte sie über eine Schulter des Jacketts. Nora öffnete die Schnallen des roten Regenmantels, hängte ihn an den Haken und brachte Dart das Seil, während ihr Herz im Einklang mit dem Rhythmus des Regens auf dem Dach schlug. »Schwache Möglichkeit, daß ich mit dem Wodka übertrieben habe, aber alles ist bestens.« Er konzentrierte sich darauf, sein Hemd auf einen Bügel zu hängen.

Dart hatte die Messer mit seiner üblichen Sorgfalt unter das Kissen auf der linken Seite des Betts gelegt. »Seil.« Sie kam nahe genug heran, daß sie ihm das Stück Wäscheleine geben konnte. Er riß sich die Boxershorts herunter. »Setz dich.«

Dart zog das Vorlegemesser unter dem Kissen hervor, schnitt zwei etwa ein Meter zwanzig lange Stücke ab und stolperte zur Seite des Betts. »Hände.« Schließlich gelang es ihm, ihre Hände und Füße zu fesseln. »Kleine Schlafpause. Die Party ist noch nicht vorbei.«

Nora rutschte im Bett nach oben und sah zu, wie Dart sich bemühte, das Messer unter dem Kissen zurechtzurücken. Er streckte sich auf dem Bett aus und machte die Augen zu. Dann drehte er den Kopf auf dem Kissen zur Seite und schien über eine beunruhigende Möglichkeit nachzudenken. Das Seil schnitt Nora in Knöchel und Handgelenke. »Was, zum Teufel, liegt dir überhaupt an der geräumigen Höhle?« Wind und Regen fegten gegen die Küchenfenster.

»Ich höre Sie gerne zitieren«, sagte Nora.

»Gut. Nicht bange sein, ich werde rechtzeitig wach werden.« Binnen Sekunden war er eingeschlafen.

97

Kerzenlicht fiel wie eine wogende Pfütze auf den Boden. Auf der anderen Seite des Tischs drang fahleres Licht zur Badezimmertür herein. Alles andere bestand aus formloser Dunkelheit. Dick Dart fing an, leise, samtweiche Schnarchlaute von sich zu geben, die man bei dem Prasseln auf dem Dach kaum hören konnte. Ihre Hände schliefen ein. Da er betrunken und in Eile war, hatte Dart die Knoten fester als zuvor zusammengezogen, und das Seil schnitt den Blutkreislauf ab. Sie ballte die Fäuste, spannte die Finger an, bewegte die Handgelenke auf und ab. Ein gefährliches Kribbeln begann in ihren Füßen. Nora ließ den Blick auf die Lichtpfütze gerichtet, die auf dem glatten Boden waberte, und erforschte den Knoten mit den Fingern.

Darts Versäumnis, das einzubeziehen, was ihr Traum-Vater »die Schlaufe« genannt hatte, bedeutete, daß Nora gegen das Seil ankämpfen konnte, ohne ihre Hände bewegungsunfähig zu machen. Wenn es ihr gelang, das Ende des Seils zu finden und es unter dem nächsten Strang hindurchzuschieben, einmal herumzuführen und auch unter dem übernächsten Strang durchzuschieben, würde das gesamte Gebilde sich auflösen. Aber jedesmal, wenn sie mit den Fingern einem Strang folgte, verschwand er in dem Geflecht. Als sie das erste Mal versucht hatte, diesem Knoten zu entkommen, hatte Dart eine Hand vor ihr gefesselt; da sie nun beide Hände hinter dem Rücken gefesselt hatte, mußte sie das Ende des Seils mit den Fingern finden.

Die Schulter unter ihr schmerzte, und ihre Handgelenke beschwerten sich schon. Die Füße setzten ihren schmerzhaften Weg in die Taubheit fort. Sie drehte die Augen konzentriert nach oben und stellte fest, daß das gelbliche Phantombild der Kerzenflamme die Dunkelheit überstrahlte. Wenn sie überhaupt etwas sehen wollte, durfte sie nicht ins Licht schauen.

Stöhnend zog sie die Knie an und drehte sich auf den Rücken. Ein leuchtender roter Kreis löschte die Decke aus. Mit einer weiteren Drehung ihres Körpers wälzte sie sich so herum, daß sie Dart sehen konnte. Der Atem stockte ihm in der Kehle und entwich als donnerndes Schnarchen. Nora versuchte, die Handgelenke auseinanderzuspreizen, was die Schmerzen verschlimmerte. Wieder ballte sie die Hände zu Fäusten, streckte und spannte die Finger, rieb die Handgelenke aneinander. Immerhin hatte das Seil doch etwas Luft. Das Kribbeln in ihren Handgelenken ließ nach.

Wieviel Zeit blieb ihr? Nicht einmal Jungfer Marian war so verzweifelt, daß sie durch diesen Wolkenbruch gelaufen wäre, um mit Norman Desmond zu schlafen, aber Darts Eitelkeit schenkte Stürmen keine Beachtung. Er erwartete die eifrige Marian in etwa zwanzig Minuten. Und selbst betrunken gelang es ihm wahrscheinlich, rechtzeitig aufzuwachen.

Nora faltete die Hände, rieb mit den Fingerkuppen über das Geflecht des Knotens und spürte nur ineinander verflochtene Stränge. Sie manövrierte sich auf die andere Seite zurück und rutschte zur Bettkante. Sie schwang die Beine hinaus und stellte die Füße auf den Boden. Lediglich ein durchdringendes, schmerzhaftes Kribbeln spürte sie darin. Sie tastete den Knoten erfolglos mit den Fingern ab. Sie mußte die Strecke des Seils vergrößern, die sie erreichen konnte, und das würde ihr nur gelingen, wenn sie das gesamte Gebilde näher zu den Händen zog.

Wenn sie es zwischen die Handgelenke bringen und die Hände hochziehen konnte, würde der Türknauf vielleicht genügen. Sie stapfte mit den Füßen auf den Boden, worauf sich eine rote Spur von den Fußsohlen bis zu den Knien brannte.

Die Zeit wird knapp, Mädchen.

Die beiden ersten Finger ihrer rechten Hand bekamen einen Strang zu fassen. Der Strang bewegte sich. Ihr Herz schlug schneller, ihr Atem beschleunigte sich. Etwas flatterte über ihrem Kopf. Sie zog den Strang aus dem Knoten, und in ihrer Leibesmitte loderten Angst und Hoffnung weißglühend auf. Der Strang entglitt ihren zitternden Fingern und verschwand. Ein weiteres nicht vorhandenes Wesen schwatzte auf dem Küchentresen. Sie fummelte nach dem losen Strang und ertastete nur solche, die ineinander verflochten waren.

Beweg dich!

Sie stemmte die brennenden Füße auf den Boden, stand auf und biß sich wegen der Schmerzen auf die Zunge. Ihre Knöchel lösten sich auf, und sie stürzte in sich zusammen wie ein Bauklötzchenturm, abschnittweise, ihre Hüften in eine Richtung, ihre Knie in eine andere. Eine Hüfte prallte auf den Boden, dann eine Schulter. Dart rülpste, hustete, schnarchte weiter. Nora gewöhnte sich an ihre neuen Schmerzen. Ein Paar glückliche Augen sahen sie von der Badezimmertür an. *Verpiß dich.* Sie überlegte, ob sie sich aufrichten sollte, als sie bemerkte, daß etwa zehn Zentimeter über und hinter ihr eine Strebe vom Fußende des Bettes zum Kopfteil verlief. Eine Strebe war wahrscheinlich genauso gut wie ein Türknauf.

Sie krümmte die Knie vor sich, grunzte und stemmte sich hoch. Ihre flach unter den Beinen plattgedrückten Füße schmerzten weiter. Sie ruckte zentimeterweise rückwärts bis ihre Unterarme gegen die Strebe stießen, wand sich noch ein paar Zentimeter zurück und hielt das Seil an die Holzkante. Dann drückte sie und tastete nach dem losen Strang. Nichts. Keuchend drückte sie erneut. Der Knoten verrutschte drei Millimeter, und ihre Finger trafen auf die gewölbte Oberfläche des Strangs. Schweiß tropfte von ihrer Stirn. Ein leiser, gequetschter Laut schien ihre Kehle auf eigene Faust zu verlassen. Der Strang kroch heraus und kam frei.

Sie schloß die Augen und zog ihn herum und schob ihn unter dem nächsten durch. Die geflochtenen Handschellen wurden schlaff. Sie schüttelte ihre Handgelenke aus, und der Knoten fiel herab. Ihre Füße glitten unter ihren Oberschenkeln hervor. Schwer atmend beugte sie sich nach vorne und betastete mit den Fingern das Seil um ihre Knöchel. Ein Stoßen, ein Ziehen, ein Durchfädeln, und das Seil fiel um ihre Füße herum zu Boden.

Sie entfernte sich auf Händen und Knien von dem Bett und brachte einen Fuß unter sich. Der Fuß wollte nicht dort sein, aber er hatte bei diesem Unternehmen nicht das Kommando; er würde tun, was ihm gesagt wurde. Sie hievte sich in die Höhe, machte versuchsweise einen Schritt vorwärts und schaffte es, nicht zu fallen. Der Sturm, der suspendiert war, seit sie die Holzstrebe entdeckt hatte, erwachte explosionsartig wieder zum Leben.

Wo hatte Dart die Waffe versteckt? Sie konnte sich nicht erinnern, daß er sie irgendwo versteckt hatte, demnach mußte sie noch in seiner Jacke sein. Sie hinkte zum Schrank. Schubweise kehrte das Gefühl in ihre Füße zurück, aber ihre Knöchel hielten stand. Sie streckte die Hände aus, tastete sich voran, bis sie den Stoff von Darts Anzug spürte, glitt mit den Fingern bis zu einer Tasche hinunter, steckte die Hand hinein und fand die Schlüssel. Sie holte sie heraus und griff in die leere Tasche auf der anderen Seite.

Sie hielt die Schlüssel in der linken Hand und schlich am Bett entlang. Dart hatte die Messer unter das Kissen gelegt, warum nicht auch den Revolver? Er schmatzte mit den Lippen. Sie streckte eine zitternde Hand aus, berührte die Kante des Kissenbezugs und spürte einen Holzgriff. Daneben noch einen. Millimeter für Millimeter zog ihre zitternde Hand die Messer unter dem Kissen hervor. Dart seufzte und rollte weg. Sie tastete nach dem Revolver und berührte Metall.

»Was?« sagte Dart und griff nach der Stelle, wo Nora sein sollte. Nora hatte zu große Angst, um nachzudenken, packte das Schneidemesser und stieß es ihm in den Rücken. Einen Augenblick bot seine Haut Widerstand, doch dann durchbohrte die Klinge sie und glitt hinein. Er krümmte sich und zog das Messer mit sich. Nora faßte unter das Kissen und bekam einen Metallzylinder zu fassen. Dart drehte sich herum und hechtete nach ihr. Mit dem Revolver in der Hand befreite sie sich und lief auf die andere Seite des Zimmers.

Er taumelte am Fußende des Betts vorbei. Sie schrie: »Stehenbleiben! Ich habe den Revolver!« und versuchte, die Sicherung zu finden, von der Dan Harwich gesprochen hatte, konnte aber kaum die Waffe selbst sehen. »Ich schieße auf der Stelle!«

»Du hast mich niedergestochen!« brüllte er.

Nora duckte sich hinter das zweite Bett und strich mit dem Daumen über die Platte hinter der Trommel. Sollte das verdammte Ding nicht da sein? Die Pistole, die Harwich ihr gegeben hatte, hatte keine Trommel gehabt; spielte das eine Rolle?

Dart blieb stehen, als er den Tisch erreicht hatte. Zu Noras Erstaunen lachte er, schüttelte den Kopf und lachte wieder. Obwohl sie lediglich ein undeutlicher Umriß in der Dunkelheit sein konnte, sah er ihr direkt in die Augen.

»Ich muß gestehen, es tut weh.«

Er drehte den Kopf, damit er das Messer sehen konnte, das aus seinem Rücken ragte. »Ich dachte, diesen Quatsch hätten wir hinter uns.« Er sah hin, seufzte und griff hinter sich. »Vielleicht werde ich die Hilfe einer Krankenschwester in Anspruch nehmen müssen.« Er machte die Augen zu, als er das Messer herauszog. »Glaube nicht, daß ich dieses Verhalten hinnehmen kann. Schwerwiegender Vertrauensbruch.«

»Seien Sie still und setzen Sie sich«, sagte Nora. »Ich werde Sie fesseln. Wenn Sie morgen früh noch leben, bringe ich Sie in ein Krankenhaus. Mit einer Polizeieskorte.«

»Süß. Aber da du schon einmal versucht hast, mich zu töten, zweimal, wenn man Springfield mitrechnet, neige ich zu der Annahme, daß Nora-Törtchen die große, böse Knarre gar nicht hat. Sonst würdest du jetzt schießen.« Er preßte eine Hand auf die Wunde, warf das Messer in die Dunkelheit und ging einen Schritt am Tisch vorbei.

»Stop!« rief Nora.

»Warum höre ich keinen Knall?« Er machte noch einen Schritt.

Da sie die Sicherung nicht gefunden hatte, drückte Nora voller Verzweiflung und Panik ab und war sicher, daß nichts passieren würde. Die Explosion riß ihre Hand fast einen Meter vom Bett hoch und erzeugte eine Flammenzunge und einen ungeheuren Lärm. Ihre Ohren schlossen sich.

Dart verschwand in die Dunkelheit. Sie zielte dahin, wo sie ihn vermutete, und drückte noch einmal ab. Die Waffe zuckte und riß Noras Hand mit sich. Sie feuerte erneut und erzeugte wieder eine Explosion, die ihre Hand zur Decke riß. Nora umklammerte das rechte Handgelenk mit der linken Hand und schwenkte den Revolver zur Rückwand der Hütte gerichtet hin und her. Mit dem deutlichen Bild von Dick Dart vor Augen, wie er über den Fußboden kroch, wich sie zurück, bis sie mit den Schultern die Wand berührte.

Da sie keine andere Fluchtmöglichkeit hatte, kroch sie unter das Bett. In unvorstellbarer Entfernung brannten Kerzen, die sie nicht sehen konnte, auf einem Tisch, den sie nicht sehen konnte. Sie kroch vorwärts und merkte, daß sie die Schlüssel auf dem Boden gelassen hatte. Als sie die andere Seite des Bettes erreicht hatte, rutschte sie hervor und setzte sich auf.

Ein riesiger Schatten erhob sich in mittlerer Entfernung und stürmte auf sie zu. Nora biß die Zähne zusammen, klammerte die linke Hand um das rechte Handgelenk und legte an ohne zu zielen. Sie drückte den Abzug und riß nicht daran, auch das eine Lektion, die Dan Harwich ihr beigebracht hatte. Schmutziges Feuer schoß aus dem Lauf, und die Waffe sprang in ihren Händen. Der stürmende Schatten verschwand. Sie spürte einen Aufprall auf dem Boden, hörte ihn aber nicht.

Nora kroch wieder unter das Bett und wartete darauf, daß die Bodendielen vibrieren oder eine Hand sich zu ihr vortasten würde. Nichts geschah. Sie rutschte vorwärts, und ihre Hand berührte warme Flüssigkeit. Sie glitt hervor und ging zum Fußende des Betts. Zwei Schritte entfernt lag ein dunkler Schatten.

Nora hielt die Waffe starr geradeaus und ging in einem großen Kreis um den Körper herum. Er bewegte sich nicht. Sie ging näher hin. Ein Blutrinnsal lief, von Darts Kopf ausgehend, über den Boden. Sie rammte ihm den Lauf in die Stirn, übte längere

Zeit Druck auf den Abzug aus, ließ los, drückte wieder. Bei dem Gedanken, ihn anzufassen, verkrampfte sich ihr Magen.

Sie rappelte sich auf, dachte daran, die Schlüssel mitzunehmen, zog Marian Cullinans Mantel an und registrierte überrascht, daß sie nichts empfand als eine dumpfe Bereitschaft, hinzunehmen, was geschehen war. Die Dämonen waren geflohen und hatten lediglich ein taubes Gefühl hinterlassen. Der Rest, was immer das sein mochte, würde später kommen.

Während ihre Ohren noch klingelten, rammte sie den Revolver in die Tasche des roten Mantels und schlüpfte mit den Füßen in Tonys Gummistiefel. Sie schloß die Tür auf. Als sie die Tür öffnete, riß der Sturm sie ihr aus der Hand und schleuderte sie gegen die Außenwand der Hütte. Ganz Shorelands, vielleicht das ganze westliche Massachusetts, war wie das Zentrum eines Wasserfalls. Einen Augenblick überlegte sie, ob sie drinnen bleiben sollte, bis der Sturm aufgehört hatte; dann stellte sie sich vor, wie die Kerzen niederbrannten und sie beide, Dart und sie, auf das Ende der Nacht warteten.

Sie zog Marians Hut auf den Kopf und hörte ein keuchendes Husten. Ihr Herz stand still. Ein vager Umriß stemmte sich auf die Knie, brach zusammen, schleppte sich zentimeterweise vorwärts. Sie zerrte die Waffe aus ihrer Tasche. Der Schatten zog sich zusammen und kroch vorwärts wie eine Raupe. Die Waffe in ihrer Hand spuckte eine weitere Flammenzunge aus. Der Rückstoß riß ihre Hand dreißig Zentimeter in die Höhe, und etwas knallte in die Küchenschränke. Die Raupe bewegte sich nicht mehr.

Dann war Nora auf der Veranda und lief dem Wasserfall entgegen, ohne sich erinnern zu können, wie sie zur Tür hinausgekommen war. Sie schob die Waffe in die Tasche und sprang von der Veranda herunter.

98

Noras Füße rutschten unter ihr weg, und eine Faust des Windes warf sie in den Schlamm. Kalter Brei umfing ihre Beine und lief in den Mantel. Sie bemühte sich aufzustehen, aber der Boden glitt unter ihren Händen weg und sie kroch eine Ewigkeit durch zähen Schlamm. Schließlich ertastete sie Gras, das zur Hälfte aus Schlamm bestand, aber dennoch Gras war. Sie zog sich in die Höhe, aber eine weitere endlose Woge windgepeitschten Regens wirbelte sie davon.

Auf wundersame Weise war sie wenige Minuten später nicht mehr taub und blind. Die Stämme gewaltiger Eichen rahmten ihr Blickfeld ein. Ein paar Schritte entfernt attackierte die Sturzflut weiterhin den trägen Fluß, der einmal ein Weg gewesen war. Der Wind hatte sie in den Wald geschleudert, wo das Dach der Blätter und Zweige den Regen abschwächte. Sie atmete keuchend und abgehackt, ihr Herzschlag raste. Hinter ihr ächzten die Bäume. Sie wandte sich in Richtung Main House und tat einen Schritt. Lag das Main House nicht rechts von ihr anstatt links? Sie tat noch einen Schritt, doch kaum hatte sie ihn gemacht, schien es ihr die falsche Richtung zu sein. Ein riesiger Ast brach krachend über ihr ab und stürzte drei Meter vor ihr zu Boden. Tiefer im Wald brach noch ein Ast ab und fiel auf die Erde. Als sie sich umdrehte, sah sie, daß sie sich nur ein kleines Stück von der Hütte entfernt hatte.

Schwaches Licht flackerte in der Türöffnung; eine Sekunde später füllte die Silhouette eines großen Mannes den Rahmen aus. Gelbliches Licht spiegelte sich auf einer flachen Messerklinge. Sie wich zwischen die Bäume zurück und wimmerte. Der Mann sprang von der Veranda und verschwand in der Dunkelheit. Nora rannte in den Wald und hoffte, daß sie in Richtung Main House lief.

Sie stolperte über herabgestürzte Äste und lief gegen unsichtbare Bäume. Hüfthohe Felsen tauchten unvermittelt vor ihr auf, Zweige stießen ihr gegen die Stirn und bohrten sich in ihre Rippen. Sie ging mit den Händen vor dem Gesicht; ab und zu trat sie mit einem Fuß ins Leere und rutschte bergab, bis sie einen Ast zu fassen bekam. Sie fiel über Steine, über Wurzeln.

Die Waffe in ihrer Tasche stieß schmerzhaft gegen den Oberschenkel, und die Steine und Zweige, auf die sie stürzte, gegen alles andere. Sie hatte keine Ahnung, wie weit sie gegangen war oder in welche Richtung. Am schlimmsten war, sie wußte genau, daß Dick Dart, der tot sein sollte, aber noch lebte, ihr dicht auf den Fersen war und nur dem Lärm zu folgen brauchte, den sie machte.

Das wußte sie, weil sie ihn auch hören konnte. Eine Minute oder zwei, nachdem sie ihn von der Veranda springen gesehen hatte und weggelaufen war, hatte sie ihn fluchen gehört, als ihn ein Ast traf. Als sie über einen Felsen gestolpert und in ein Dickicht gestürzt war, hatte sie das schroffe Hua-hua-hua seines Lachens hören können, leise, aber deutlich und scheinbar aus allen Richtungen gleichzeitig. Er hatte sie nicht gesehen, aber aus den tausend Geräuschen ringsum das ihres Sturzes in das Dikkicht herausgefiltert und verstanden, was es bedeutete. Wahrscheinlich konnte er hören, wie ihre Stiefel im Schlamm plitschten. Sie lief mit erhobenen Armen und hörte hinter sich die Phantomgeräusche von Dick Dart, der sich einen Weg durch den Wald bahnte.

Ein paar Minuten später hörte sie dieses geisterhafte Geräusch wieder durch ein erneutes Aufbäumen des donnernden Wasserfalls; Nora drängte sich zwischen fast unsichtbaren Hindernissen hindurch und fand die Ursache des Lärms. Auf der anderen Seite einer Baumreihe ergoß sich ein Sturzbach in einen schwarzen Fluß. Sie war auf einen anderen Weg gestoßen; damit stand fest, daß sie die falsche Richtung eingeschlagen hatte: Wege führten zu den Hütten, und es lagen keine Hütten in direkter Linie von Pepper Pot zum Hauptgebäude. Darts Geisterschritte näherten sich ihr unablässig.

Nora erreichte die Bäume am Wegesrand, neigte den Kopf und trat in die Sintflut hinaus. Sie bemühte sich, das Gleichgewicht nicht zu verlieren, und stapfte mit rutschenden, haftenden Stiefeln weiter. Nach einer Weile wich die Flut unter ihren Füßen wieder festem Boden, und Nora sah eine weitere Wand von Bäumen vor sich. Die Sturzflut klang zu starkem Regen ab.

Nora drehte sich um und glaubte eine blasse Gestalt im Wald auf der anderen Seite des Pfads zu erkennen. Sie schlug sich in ein

Eichenwäldchen und mühte sich ein geringfügiges Gefälle hinab. Der Boden wurde weicher, schließlich trat sie ins Leere und rutschte aus. Instinktiv beugte sie sich nach vorne, um ihren Schwerpunkt zu verlagern, und rutschte an den Eichen vorbei, um Felsen herum und wippte von einer Seite zur anderen, um nicht hinzufallen. Es gelang ihr, auf den Füßen zu bleiben, bis ein niederer Zweig ihren rechten Knöchel traf und sie gegen einen Baumstamm prallen ließ. Funken stoben vor ihren Augen, während ihr Körper langsam bergab schlitterte. Als sie liegenblieb, war Marians Hut fort, ihr Kopf pochte wie rasend, und die untere Hälfte ihres rechten Beins schien unter Wasser zu sein. Ihr Bein kam aus dem Wasser heraus, als sie auf Händen und Knien vorwärts kroch.

Sie befand sich auf offenem Gelände, und das Gewitter ließ allmählich nach. Irgendwann während ihrer Flucht bergab war der Wind etwas abgeflaut. Benommen und erschöpft hob sie das rechte Bein, um Wasser aus dem Stiefel laufen zu lassen. Ihre Muskeln schmerzten, ihr Kopf pochte. Der Himmel hatte sich etwas aufgehellt. Das Unwetter ging schneller zu Ende, als es gekommen war.

Vor ihr strömte ein anderthalb Meter breiter Wasserlauf reißend von rechts nach links. Regen kräuselte und durchlöcherte die Oberfläche des Wassers. Ein Fluß? Nora fragte sich, wie weit sie gelaufen war. Dann wurde ihr klar, daß dies der schmale Bach durch das Anwesen sein mußte, der, vom Regenwasser angeschwollen, über seine Ufer trat. Hinter ihr ächzte ein gewaltiger Gegenstand, seufzte und ergab sich der Schwerkraft. Dart holte langsam auf. Sie mußte sich vor ihm verstecken, bis sie zum Hauptgebäude gelangen konnte.

Warum verblutete er nicht einfach wie normale Menschen?

Sie schritt vorwärts in das reißende Wasser und spürte schlüpfrige Steine unter den Schuhsohlen. Der Regen ließ weiter nach und wurde zu einem Tröpfeln. Wind fältelte die Wasseroberfläche und drückte ihr den Mantel an den Körper. Droben zog eine solide Masse gewaltiger wolliger Wolken dahin. Erschrocken wurde ihr klar, daß es erst kurz nach neun Uhr an einem Augustabend war. Jenseits des Unwetters war die Sonne erst vor kurzem untergegangen. Sie erklomm das gegenüberliegende Ufer des Flusses und watete durch die Überschwemmung in den Wald, um sich zu verstecken.

Sie hörte Gelächter im tropfenden Regen und den raschelnden Blättern.

Zwischen den gewaltigen Baumstämmen konnte Nora so etwas wie grauen Nebel erkennen. Sie ging weiter, und der Nebel wurde zu einer wuchernden Wiese, wo sich das Gras im kühlen Wind beugte. Auf der anderen Seite des Wiese trällerten und jubilierten schrille Stimmen, kletterten durch chromatische Intervalle, erzeugten Dissonanzen, strebten einer Auflösung zu, zerschellten, vereinigten sich wieder zu einer Harmonie, zersplitterten und verbanden sich zu einem endlosen Lied ohne Pausen oder Wiederholungen.

Singen?

Eine Sekunde, die innen größer war als außen, wie die geräumige Höhle, stürzte Nora durch die Zeit und erwachte in einem Schlafzimmer in der Crooked Mile Road in Westerholm, Connecticut, zu den Klängen einer überirdischen Musik und tastete nach einer längst verschwundenen Pistole. Dann wurde ihr bewußt, wo sie sich befand. Statt nach Süden war sie fast schnurgerade nach Westen gelaufen. Die Wiese vor ihr war das Nebelfeld, und die Stimmen kamen von Monty Chandlers Singenden Säulen. Da sie keine Möglichkeit hatte, sich zu verstecken, zog sie den Revolver, wirbelte herum und hielt nach Dart Ausschau. Sie ging am Waldrand auf und ab und schwenkte die Waffe von einer Seite zur andern. Dart zeigte sich nicht. Sie ging nach rechts, nach links, dann wieder nach rechts und wartete auf ihn.

Dann begriff sie, was er getan hatte. Dick Dart war ihr zur Hälfte gefolgt, halb hatte er sie über den Bach und zum Nebelfeld gejagt. Er wollte, daß sie sich in einem Versteck verkroch und wartete, bis er vorbei war. Inzwischen war er schon auf dem Weg zum Main House.

»O mein Gott«, sagte Nora. Sie lief am Rand der Lichtung entlang zu der Stelle im Wald, wo sie durch den Bach zurückwaten, Honey House passieren und sich dem Hauptgebäude vom westlichen Rasen her nähern konnte. Sie blieb stehen und zog die klobigen Stiefel aus. Barfuß setzte sie sich wieder in Bewegung, während der Boden unter ihren Füßen schmatzte.

Eine helle Gestalt kam an der entgegengesetzten Ecke des Nebelfeldes aus dem Wald. Nora erstarrte. Der Revolver wollte ihr aus der schlammigen Hand rutschen. Vielleicht war er leergeschossen, vielleicht nicht. Wenn nicht, würde er vielleicht schießen, vielleicht nicht. Die Gestalt kam auf sie zu. Sie hob die Waffe, und der Mann vor ihr rief ihren Namen und wurde zu einem völlig durchnäßten Jeffrey Deodato.

99

Nora ließ den Arm sinken. Jeffrey hatte seine Eton-Mütze verloren. Sein mit Schlammspritzern und -streifen verschmierter Regenmantel hing wie ein nasser Lappen an ihm. Auch im Gesicht hatte er Spritzer. Da er Jeffrey war, gab seine Haltung zu verstehen, daß es sich um eine absichtliche Tarnung handelte. Er kam ihr so nahe, daß sie den Ausdruck in seinen Augen sehen konnte. Offenbar sah sie weitaus schlimmer aus als er.

»Sie sind doch gekommen«, sagte sie.

»Schien mir eine gute Idee zu sein.« Er betrachtete die Waffe. »Danke, daß Sie nicht geschossen haben. Wo ist Dart?«

Offenbar hatte Jeffrey seit ihrem Telefongespräch eine Menge herausgefunden. »Ich habe ihn getötet«, sagte sie. »Aber es hat nicht geklappt.« Sie hob den Revolver und betrachtete ihn. »Ich glaube sowieso nicht, daß noch Patronen in diesem Ding sind.«

Jeffrey nahm ihr die Waffe behutsam ab. »Sie sind ihm also entkommen.«

»So hat es angefangen. Aber ich glaube, nach einer Weile hat er mich weggejagt. Er wollte mich aus dem Weg haben, damit er seinen Spaß mit den Frauen im Main House haben konnte. Danach könnte er jederzeit wiederkommen und seinen Spaß daran haben, mich aufzuspüren. Wir können hier nicht rumstehen und reden, Jeffrey, wir müssen uns beeilen.«

Er klappte die Trommel heraus. Sie haben noch eine Kugel drin, aber die ist nicht besonders sicher untergebracht, es sei denn, Sie möchten sich ins Bein schießen.« Er drehte die Trommel, ließ sie wieder einrasten und gab ihr den Revolver mit dem Griff zuerst. »Gehen wir und suchen ein Telefon.«

Nora rammte den Revolver außer sich vor Ungeduld wieder in die Tasche. »Die Telefone funktionieren nicht.« Sie sah sich hektisch um. »Wir müssen zum Main House.« Jeffrey sah sie immer noch prüfend an. Der Anblick, den sie bot, weckte offenbar nicht viel Vertrauen in ihre Fähigkeit, mit Dick Dart fertig zu werden. Nora sah an dem zerfetzten Mantel und den verschmierten Beinen hinunter. Sie sah aus wie ein Igel, den man aus einem Sumpf herausgezogen hatte.

»Main House?« fragte Jeffrey.

Sie packte ihn am Ärmel seines Mantels und zog ihn zum Wald zurück. »Wenn wir es nicht tun, wird er alle dort umbringen. Kommen Sie, wenn Sie mich begleiten wollen. Andernfalls gehe ich allein.«

Sie sah, wie er den Entschluß faßte, ihr den Gefallen zu tun. »Wir kommen schneller voran, wenn wir uns an den Rand des Wegs halten.« Sie wollte etwas sagen, aber er unterbrach sie. »Ich zeige es Ihnen. Ich muß nur wissen, wo das Main House von hier aus gesehen liegt.«

»*Dort.*« Sie deutete in den Wald.

Verrückterweise lief Jeffrey in die Richtung zurück, aus der er gekommen war. Sie rannte hinter ihm her. »Wir laufen in die falsche Richtung!«

»Nein, keineswegs«, sagte er ungerührt.

»Jeffrey, Sie haben die Orientierung verloren.«

»Nein, jetzt nicht mehr.«

Am Ende der Wiese zeigte Jeffrey auf einen Streifen nassen, aber festen Bodens unmittelbar vor den Bäumen. Er hatte recht. Der Weg hatte sich in eine Schlammpfütze verwandelt, aber daneben konnten sie gehen, ohne auszurutschen. Das schwache Licht verblaßte, und Nora erinnerte sich daran, wie es war, in der Dunkelheit durch den Wald zu gehen. »Okay?«

»*Gehen Sie*«, sagte sie.

Sie stapften in einem beständigen Tempo dahin, und so nahe unter den Bäumen, daß Nora Wurzeln unter den bloßen Füßen spüren konnte. »Zu schnell für Sie?« fragte Jeffrey.

»Ich kann so schnell laufen wie Sie«, sagte Nora. »Was haben Sie getan, nachdem wir miteinander telefoniert hatten?«

Während er in der Tankstelle das Ende des Gewitters abwartete, war Jeffrey zunehmend unruhiger geworden. Noras Erklärung, wie sie nach Shorelands gekommen war, und ihre Gründe, ihn nach Northampton zurückzuschicken, kamen ihm fadenscheinig vor, ihr Verhalten unnatürlich. Es war ihm gelungen, die überschwemmten Straßen mit dem MG zu meistern und Shorelands zu erreichen, wo er den Duesenberg auf dem Parkplatz gesehen hatte. Tony, der gerade in seinen Pickup einstieg, hatte ihn abblitzen lassen. *Wo ist Mrs. Desmond?* hatte Jeffrey ihn gefragt. Tony sagte: *Wenn Sie ein Freund von diesem Arschloch Desmond sind, können Sie sich zum Teufel scheren.* Sein Dach leckte; er konnte es zum Haus seiner Schwester in Lenox schaffen; es war ihm egal, was aus Jeffrey wurde. Jeffrey hatte ihn gebeten, die Polizei anzurufen, und Tony hatte ihm gesagt, daß er die Polizei nicht anrufen könnte, selbst wenn er es wollte, weil das Telefon ausgefallen war. *Wo ist Pepper Pot?* Tony hatte ihn verflucht und war weggefahren. Jeffrey machte sich zu Fuß in dem Sturm auf den Weg. Er kam am Main House vorbei, ging den Weg entlang, fand Pepper Pot verlassen und ging wieder in den Wald. Ihm wurde klar, daß er keine Ahnung hatte, wohin er ging. Der Sturm ließ nach, und er stellte fest, daß er sich am Rand einer Wiese befand. Weit rechts sah er eine schlammverkrustete Vogelscheuche, und die Vogelscheuche richtete eine Waffe auf ihn.

»Ich schätze, Tony kann Dick Dart nicht besonders gut leiden«, sagte er. »Verraten Sie mir, was im Main House vor sich geht.«

Vor ihnen ragte die Brücke vor Honey House aus einem flachen, fließenden Gewässer auf. Nora kam unter den tropfenden Bäumen hervor und watete in den angeschwollenen Bach, während Jeffrey mit wehendem Mantel mit ihr Schritt hielt.

»Wenn ich das wüßte. Es sind vier Frauen dort. Marian Cullinan, die für den Trust arbeitet; Margaret Nolan, die Leiterin; sowie zwei Touristenführerinnen, die schon vor langer Zeit hier gearbeitet haben.« Auf der anderen Seite des Bachbetts stapften sie wieder unter den Eichen dahin. »Er will sie töten, soviel weiß ich. Ein normaler Psychopath würde sich in ihre Schlafzimmer schleichen und eine nach der anderen ermorden, aber Dart möchte eine Party veranstalten. Er gluckst schon den ganzen Nachmittag vor sich hin.«

»Eine Party?«

Am Ende der Allee zwischen den Eichenreihen konnte Nora das Ufer des Teichs erkennen. »Er redet für sein Leben gerne, am liebsten vor Publikum. Er wird sie alle versammeln und sich ein bißchen vergnügen wollen. Bestimmt gefällt ihm die Vorstellung, eine nach der anderen zu töten, während die anderen zuschauen.«

»Ich sage es nicht gern, aber meinen Sie nicht, er möchte es so schnell wie möglich hinter sich bringen, damit er fliehen kann?«

»Dart fühlt sich *beschützt*. Er ist der Meinung, daß er auf jeden Fall entkommen kann, egal wie lange er braucht.«

Jeffrey dachte darüber nach, während sie sich dem Teich und dem offenen Gelände näherten. »Wieviel Zeit hat er schon gehabt?«

»Mein Zeitgefühl ist zusammen mit meinem Orientierungssinn den Bach runter.« Sie versuchte zu schätzen, wie lange sie durch den Wald geflohen war. »Am Anfang hat er mich wirklich verfolgt. Er war wütend. Ich hab ihm ein Messer in den Rücken gestoßen, und dann hab ich ihn angeschossen.«

»Sie haben ihn getroffen? Wo?«

»Er lag auf dem Bauch, daher konnte ich nur Blut unter seinem Kopf hervorfließen sehen. Für mich sah er tot aus, aber ich konnte die Wunde nicht sehen. Ich hätte nach seinem Puls gefühlt, aber ich konnte den Gedanken nicht ertragen, ihn zu berühren. Ich schätze, ich hab ihn nur gestreift, verdammt. Wie auch immer, ich rannte hinaus, und etwa eine Minute später stand er irgendwie auf und kam hinter mir her. Moment, Jeffrey, ich möchte etwas tun.«

Sie ging zum Rand des Teichs, streckte die schlammigen Hände hinein und schrubbte sie sauber, bevor sie zu ihm zurücklief. »Ich will nicht, daß mir diese verfluchte Waffe aus den Händen rutscht.«

Er glitt den aufgeweichten Rasen hinauf. »Könnte er eine halbe Stunde gehabt haben?«

Nora blieb stehen. Sie betrachtete ihre sauberen Hände und überlegte sich, daß Dart ihnen mehr Zeit gelassen hatte, als sie dachten.

»So lange nicht. Wahrscheinlich hat er mich zehn Minuten lang verfolgt, bevor er es sich anders überlegt hat. Er ließ mich wissen, daß er mir dicht auf den Fersen ist, und dann ging er zum Haus. Das dürfte vor etwa zwanzig Minuten gewesen sein. Er dürfte zehn bis fünfzehn Minuten gebraucht haben, um bis zum Haus zu kommen, hat aber sicher nicht sofort angefangen.«

Jeffrey kratzte sich an der Stirn und hinterließ eine schlammige Schliere, die den Eindruck einer Tarnung noch verstärkte. »Warum nicht?«

Sie hielt die Hände hoch, die sie im Teich gewaschen hatte. »Dieser Mann ist einer der pingeligsten Menschen der Welt. Er hat sich mit Sicherheit als erstes gewaschen, als er drinnen war. In einem kleinen Flur unten ist ein Badezimmer. Vielleicht hat er sogar *geduscht*. Alle waren oben, und er hatte genügend Zeit, sich vor seiner Party zu säubern.«

»Das ist kein Witz?«

»Jeffrey, dieser Mann würde den Verstand verlieren, wenn er sich einen Tag die Zähne nicht putzen könnte. Wenn er nicht vorzeigbar ist, würde ihm die Sache nicht halb soviel Spaß machen.«

Jeffrey beschloß offenbar, ihr zu glauben. »Ich hoffe, er hat nicht noch eine Schußwaffe.«

»Nein. Aber als ich ihn zum letztenmal gesehen habe, hatte er ein Hackmesser in der Hand, und die Küche ist voller Messer.«

Sie sahen über den Rasen zum Main House. Inzwischen war es richtig Nacht geworden, und die Stufen zur Terrasse waren kaum noch zu erkennen. Die großen Fenster des Salons waren hell erleuchtet. Die Stromversorgung war erstaunlich schnell wiederhergestellt worden, wie Marian prophezeit hatte.

Nora schaute nach oben. Sämtliche Fenster im ersten Stock waren dunkel, aber an der linken oberen Ecke des Hauses waren die Fenster der Zimmer von Lily und Agnes erleuchtet. »Dart liebt Messer«, sagte sie.

Jeffrey zeigte zu den Salonfenstern. »Glauben Sie, daß er die Frauen dorthin bringt?«

»Er ist in der Stimmung zu protzen. Er möchte das beste Zimmer im Haus, und das ist es.«

»Wenn das stimmt, können wir sehen, was vor sich geht.« Jeffrey knöpfte den Regenmantel auf, zog die Arme aus den Ärmeln und ließ den Mantel ins Gras fallen. Er lief zielstrebig über den Rasen. Als sie die Hälfte der Strecke überwunden hatten, gingen sie geduckt weiter.

Gemeinsam schlichen sie zur Terrassentreppe und gingen vor der untersten Stufe in die Hocke. Sie sahen einander an, kamen zu einer wortlosen Übereinkunft und gingen gemeinsam hinauf – tief geduckt, damit man sie nicht sehen konnte. Vier Stufen vor der obersten spähten sie über die Terrasse zur Verandatür. Nora sah lediglich die weißen Fransen eines Teppichs, den Holzboden und die polierten zylindrischen Beine eines Tischs. Sie hielt den Kopf näher an Jeffreys Kopf und sah nur ein Stück mehr von dem Teppich.

Jeffrey kroch zwei Stufen weiter hoch und beugte sich über die Terrasse. Er drehte sich zu Nora um und schüttelte den Kopf, um ihr zu sagen, daß sie auf ihn warten solle, dann machte er sich lang und kroch schräg über die Terrasse. Nora kam hinter ihm hoch und sah, wie seine Schuhsohlen über die nassen Platten glitten. Als sie etwa zwei Meter entfernt waren, senkte sie den Oberkörper auf den Boden und kroch hinter ihm her, wobei sie sich Knie und Zehen auf den Steinplatten aufschürfte. Die Metallklammern des Regenmantels beklagten sich schrill über den Terrassenboden, und Nora kroch auf Unterarmen und Knien weiter. Jeffrey schlängelte sich mit überraschender Schnelligkeit vor ihr dahin und erreichte das Fenster am anderen Ende. Regen tropfte stetig aus den Rinnen.

Zum erstenmal bemerkte Nora die umfassende Stille, die das Geräusch der auf den Boden platschenden Regentropfen einhüllte, und die köstliche Frische jedes Geruchs, den die Luft mit sich trug. Selbst die rauhen Platten unter ihr verströmten einen intensiven Duft, scharf und lebendig.

Jeffrey streckte sich der Länge nach unter dem Fenster aus; sie drückte sich mit dem Gesicht neben seinem Kopf auf den Boden, hob dann ihren Kopf und sah in den Salon.

Lily Melville, die ein blaues Nachthemd trug, war so ziemlich in der Mitte des Zimmers an einen Stuhl gefesselt. Ein weiteres

Stück Seil verlief von ihren Knöcheln zu den Handgelenken, die hinter die Stuhllehne gezogen worden waren. Sie hatte den Kopf fast auf die Brust gesenkt, und ihre Schultern zitterten. Margaret Nolan, die noch dasselbe Kleid wie beim Abendessen trug und auf ähnliche Weise gefesselt war, redete auf sie ein, aber Lily schien nicht zu hören, was sie sagte.

Margaret sah über die Schulter, und Nora glitt von Jeffrey weg, damit sie den Durchgang zum Flur sehen konnte. In diesem Augenblick stolperte eine hysterische Marian Cullinan herein, vorwärtsgetrieben von Dick Dart. Sie sah aus, als wollte sie Klimmzüge an dem Arm um ihren Hals machen. Mit der anderen Hand hielt Dart ihr ein langes Messer an die Seite, und sein Gesicht strahlte vor Freude.

100

Marian hatte ein tief ausgeschnittenes, ärmelloses schwarzes Kleid für ihre poetische Begegnung mit Dart angelegt. Dart war nackt und vollkommen sauber. Sein nur geringfügig zerzaustes, frisch gewaschenes Haar fiel über einen blutigen Mullstreifen, den er sich mit Klebeband seitlich am Kopf befestigt hatte. Er ließ Marian auf einen Stuhl gegenüber von Lily Melville fallen, trat an ihre Seite und bückte sich. Sie schnellte hoch. Ohne sie auch nur anzusehen, streckte Dart die linke Hand aus, umklammerte damit ihren Hals und zog sie auf den Boden. Marians Schrei drang durch das Fenster. Nora spürte, wie sich ihr Körper verkrampfte.

Dart legte das Messer weg und streckte die Hand nach etwas außerhalb des Blickfeldes aus. Marian schoß hoch und schlug wie wild nach ihm, und Dart zog sie am Nacken vom Boden hoch wie ein Kätzchen.

»Was sollen wir tun?« flüsterte Nora Jeffrey zu.

»Ich denke darüber nach«, flüsterte er zurück.

Dart schüttelte den Kopf und hob Marian hoch, bis ihre Füße nicht mehr den Boden berührten. Dann ließ er sie fallen, packte sie um die Taille und preßte ihr die Arme an die Seiten. Während sie nach ihm trat, zog er die Hand mit einem Seil zurück. Er trug Marian zu dem Stuhl zurück und setzte sie brutal darauf.

Sie kreischte wieder.

Margaret drehte den Kopf in Darts Richtung und sagte etwas überraschend Gefaßtes. Er beachtete sie nicht, kniete sich hinter Marian, schlang das Seil zweimal um sie und ließ sie los. Sie sprang auf und versuchte, mit dem Stuhl auf dem Rücken wegzulaufen. Er zog sie zurück und führte das Seil über ihre Schulter, nach unten, unter dem Sitz des Stuhls hindurch und watschelte dann um den Stuhl herum nach vorne. Sie trat nach ihm, aber er packte ihre Knöchel, schlang das Seil um sie herum und führte es wieder unter dem Stuhl hindurch. Er schnitt das Seil durch und verknotete es hinter ihrem Rücken. Margaret sprach ihn wieder an. Was immer sie sagte, brachte ihr Gesicht zum Beben.

»Kräftiger Hurensohn«, flüsterte Jeffrey.

Marian bäumte sich in ihrem Stuhl auf, bäumte sich wieder auf und sackte zurück.

Dart rückte ihren Stuhl zurecht, ging stirnrunzelnd um die drei Frauen herum und rieb sich das Kinn. Rechts und links von Margaret, ein paar Schritte vor ihr, saßen Marian und Lily einander gegenüber. Dart blieb vor ihnen stehen und wich in Richtung Terrasse zurück. Er betrachtete die Frauen und fingerte behutsam an dem Mullstreifen herum, den er sich irgendwie auf die Wunde am Rücken geklebt hatte. Er zuckte zusammen, und der rote Fleck in der Mitte des Mullstücks wurde größer.

Jeffrey wandte Nora den Kopf zu. »Ist nicht noch eine Frau da?«

Sie zeigte nach oben. »Krank im Bett.«

Dart schlenderte um die drei Frauen herum, um abzuschätzen, welches Ergebnis er erzielt hatte. Sie beobachteten ihn, Marian finster und Margaret nachdenklich konzentriert, wie er selbst. Lily drückte sogar mit dem Hinterkopf fassungsloses Entsetzen aus. Marian warf den Kopf zurück und sprach einen Satz, den Nora ihr von den Lippen ablesen konnte: *Sie haben mir weh getan*. Dart trat hinter Lily, schob sie ein wenig zum Fenster und tätschelte ihren Kopf. Margaret kniff die Lippen zusammen, als Dart ihren Stuhl ein paar Zentimeter nach hinten zog. Marian sagte wieder etwas: *Norman, warum tun Sie das?*

Margaret sagte einen kurzen Satz. Marians Körper erstarrte, ihr Gesicht wurde vollkommen ausdruckslos.

Dart, dessen richtiger Name soeben ausgesprochen worden war, breitete die Arme aus, drehte sich von einer Seite zur anderen und nahm imaginären Applaus entgegen.

»Worauf warten wir?« flüsterte Nora.

»Darauf, daß er uns sagt, was wir tun sollen.«

Dart schwenkte zu Marian und gab ihr einen Kuß auf die Wange. Er redete auf sie ein, während er hinter ihren Stuhl trat und ihr die Hand schüttelte. Er streichelte ihre Arme, ihr Haar, strich mit einem Finger an ihrem Kinn entlang. Margaret beobachtete dieses Tun ohne den Funken einer Gefühlsregung. Dart, der immer noch redete, ging um den Stuhl herum und küßte sie. Sie wandte ruckartig den Kopf ab, worauf Dart sie so hart schlug, daß man es durch das Fenster hören konnte, dann küßte er sie wieder. Als er sich entfernte, überdeckte der rote Fleck auf Marians Wange ihre Sommersprossen.

Dart hob die Hände, als wollte er sagen: *Ich lasse doch mit mir reden*, trat von Marian zurück und wandte sich an alle drei Frauen. Er zeigte lächelnd auf Marian. Er stellte den beiden älteren Frauen eine Frage. Margaret sah ihn gleichgültig an, Lily schüttelte den Kopf. Dart hielt die Hand aufs Herz und sah verletzt drein. Er tänzelte zu Lily und hob ihr Kinn. Nora las ihm die Worte *Lily, Teuerste, ich liebe dich* von den Lippen ab. Dann schlurfte er zu Margaret und sagte etwas zu ihr. Margaret sagte deutlich *Nein*. Er taumelte mit gespielter Fassungslosigkeit zurück. Für ihn war das die Sternstunde seines Lebens. Eine Zeitlang wanderte er auf und ab und erging sich in einer hypothetischen verworrenen Debatte. Er schüttelte traurig den Kopf. Er ging zu dem Messer auf dem Boden und tat so, als wäre er erstaunt, es dort zu finden, dann hob er es vergnügt auf.

Nora sah Jeffrey an. Jeffrey schüttelte den Kopf.

Dart schlenderte auf dem Teppich in ihre Richtung. Zuerst verschwand sein Kopf hinter dem Tisch, dann sein ganzer Körper oberhalb der Knie. Jeffrey berührte ihre Hand. *Keine Bewegung*. Sie nickte mit dem Kopf zu ihrer Seite: *Der Revolver?* Jeffrey schüttelte fast unmerklich den Kopf, gab ihr zu verstehen: *Noch nicht.* Darts Beine wirbelten herum, seine Füße entfernten sich. Als der Rest seines Körpers wieder in Sicht kam, hatte er das Messer nicht mehr. Er schnippte mit den Fingern und verschwand. Margaret folgte ihm mit den Augen, und Marian drehte den Kopf und sah ihm nach. Es war den Frauen an den Gesichtern anzusehen, als Dart zurückkam, und als er wieder ins Bild schlurfte, hielt er das Hackmesser in der Hand. Er zeigte es den Frauen, hieb einmal durch die Luft und stapfte zum Tisch.

Jeffrey gelang es irgendwie, sich fast bis zur Schwelle unter der Terrassentür flachzudrücken. Nora verschränkte die Arme über dem Kopf und hielt den Atem an. Als sie einen Blick zum Fenster riskierte, ragten Darts haarige Beine immer noch unter dem Tisch hervor. Er legte seine Werkzeuge zurecht. Er drehte einen seiner Füße zur Seite, als er sich den Frauen zuwandte. Eine von ihnen schien ihm eine Frage gestellt zu haben. »Das Frauchen?« sagte er so nahe am Fenster, daß man es durch die Scheibe hören konnte. »Als ich sie das letzte Mal gesehen habe, floh meine einstige Komplizin kopflos durch den urzeitlichen Regenwald. Im Augenblick hat sie sich in einem Gebüsch verkrochen und wartet darauf, daß ich die Jagd aufgebe.« Er ging zum Fenster. »*Norma! Nor-ma!* Komm nach Hause, Liebling, der Spaß fängt gerade an! Kannst du mich hören, Süße?« Er drehte sich zu den Frauen um und sprach mit gedämpfter Stimme weiter. »Vielleicht versteckt sie sich gleich da draußen! Mal sehen!«

Noras Herz blieb stehen, ihr ganzer Körper wurde eiskalt. Sie spürte, wie Jeffrey sich zum Sprung bereit machte.

Wenn Dart durch dieses Fenster herauskam, würde er etwa acht Zentimeter von Noras Ellbogen entfernt mit dem Fuß auftreten. Sie hob das Kinn, schaute hinein, und ihr Herzschlag setzte mit einem heftigen Pochen wieder ein. Er ging von dem Tisch weg zu den anderen Fenstern. Innerhalb von Sekunden war er nicht mehr zu sehen. Am anderen Ende der Terrasse klapperte ein Griff, und die Verandatür wurde aufgeschoben. Das alles gehörte zur Show, eine Vorstellung für die Damen. Dart war in Hochstimmung und führte ihnen ihre Hilflosigkeit vor. Er beugte sich heraus und plärrte ihren Namen. »*Norma! Norma! Mrs. Desmond!*«

Er mußte in das Zimmer zurückgeschaut haben. »Hören Sie etwas, Marian?«

Leise antwortete Marian: »Nein.«

Er lehnte immer noch an der Terrassentür. »Sie wissen, wer sie ist, oder nicht?«

»Die Frau, die Sie entführt haben«, sagte Marian.

Margaret Nolan sagte: »Nora Chancel.«

Dart seufzte leise und spöttisch, als bedauerte er Noras Verrat.

»Sie haben einen schweren Fehler gemacht, Mr. Dart«, sagte Margaret. »Sie haben sie gehen lassen. Bitte verstehen Sie, was ich Ihnen sage. Mrs. Chancel versteckt sich nicht im Wald. Sie ist auf dem Weg, um Hilfe zu holen. Sie sollten auf der Stelle fliehen. Sie können nach Pepper Pot zurückkehren, sich anziehen und ein Auto nehmen. Wenn Sie viel Zeit mit uns vergeuden, wird die Polizei Sie mit Sicherheit einfangen. Das ist Ihnen doch klar, oder nicht?«

»Einfangen?« sagte Dart. »Wunderbares Wort. Anspielung auf die Dschungelbestie.«

»Wir verlangen nicht, daß Sie uns losbinden. Aber wenn Sie Ihre Freiheit behalten wollen, müssen Sie Shorelands augenblicklich verlassen. Mrs. Chancel spricht wahrscheinlich bereits mit Tony.«

Nach einer längeren Pause des Schweigens heulte auf der anderen Seite des Teichs eine Eule. Tropfen platschten auf die Platten. Dart kicherte. Nora sah zur Seite. Er lächelte zum Himmel hinauf.

»Welch ein Jammer. Wenn Nora-Törtchen mit Ihrem Sozialfall redet, wird er hierherkommen, um ihre Geschichte zu überprüfen. Mit Tony werde ich fertig. Aber wissen Sie, was wirklich passieren wird? Nicht mehr lange, und Nora wird sich in dieses Haus schleichen. So sicher wie das Amen in der Kirche. Das Mädchen kennt meine kleinen Eigenheiten. Sie wird gar nicht anders können. Niemals würde sie euch im Stich lassen, unmöglich.«

»Das ist albern«, sagte Marian. »Retten Sie sich. Gehen Sie. Sie haben nicht mal mehr Zeit, sich anzuziehen.«

»Sie mögen mich nackt, Marian, richtig? Ich mag mich auch nackt. Ich liebe es, hier zu stehen und die frische Luft über meinen Körper streichen zu lassen. Erregt mich. Und ich mag es ganz besonders, wenn ich erregt werde, wie Sie noch herausfinden werden. Haben Sie Sommersprossen auf den Fußsohlen, Marian?«

Sie sagte mehrere Sekunden lang nichts. Dart wartete geduldig.

»Nein.«

»Zu schade. Wollen wir nachsehen, ob Nora bereits hier ist? Ich habe ihr etwas Besonderes versprochen, und ich möchte mein Versprechen so gern halten.« Dart rief ihren Namen, hielt eine Hand ans Ohr, rief wieder. »Keine Antwort, Mädchen. Wir müssen allein weitermachen. Aber keine Bange, Noras Ankunft wird uns den Spaß nicht verderben.« Er ging wieder hinein, die Terrassentür wurde knirschend geschlossen.

Jeffrey nickte mit dem Kopf zum Rand der Terrasse und kroch sofort auf den Platten dahin, ohne ein Geräusch von sich zu geben. Nora stützte sich mit übermenschlicher Anstrengung auf Hände und Knie und folgte ihm.

Jeffrey schlängelte sich um die Säule am oberen Ende der Stufen herum und wartete. Als sie bei ihm war, führte er sie die Stufen hinunter ins Gras, ging seitwärts zur Mauer unter der Terrasse, lehnte den Kopf an die Steine und sah über den dunklen Rasen hinweg.

»Ist er immer so?«

»Meistens«, sagte Nora. »Was sollen wir tun?«

»Wir haben noch genügend Zeit. Er bringt sich immer noch in Stimmung.« Er lächelte. »Wissen Sie, wenn es keine Rolle spielte, wen er tötet, wäre Dick Dart ein grandioser Soldat. Er ist unglaublich kräftig und schnell, er kann große Schmerzen ertragen und dennoch weitermachen, er plant voraus, und in widrigen Situationen läuft er zur Höchstform auf. Sozusagen.«

»Wollen Sie, daß ich Dick Dart bewundere?«

»Keineswegs«, sagte Jeffrey. »Ich beschreibe ihn. Wenn ich ihn nicht richtig einschätze, habe ich keine Chance, ihn zu besiegen. Ich nehme an, er war nicht immer so wie das, was wir eben gesehen haben?«

»Daß er wegen Mordes verhaftet wurde, hat ihn befreit. Er mußte sein wahres Ich nicht mehr verbergen.«

Jeffrey lächelte wieder. »Die *Flucht* hat ihn befreit. Danach waren sämtliche normalen Regeln außer Kraft gesetzt. Er ist ein brandneuer Mensch in einer brandneuen Welt, breitet seine Schwingen aus und entdeckt sich selbst.«

Das traf so sehr zu, daß Nora ihre Ungeduld zurückstellte.

»Er wird diesen Frauen noch mindestens eine halbe Stunde lang nichts zuleide tun. Dazu hat er zuviel Spaß. Bis dahin wird er darauf warten, daß Sie aufkreuzen. Wissen Sie, ob die Eingangstür abgeschlossen ist oder nicht?«

»Nicht abgeschlossen«, sagte Nora.

»Okay.« Jeffrey schaute auf und wischte sich das Gesicht ab. »Weiß er, daß *Sie* das wissen?«

»Ja.«

»Dann rechnet er damit, daß Sie dort reinkommen.« Er ging auf den Rasen und sah am Haus hinauf. »Bereiten wir Mr. Dart eine kleine Überraschung.« Er ließ den Blick über die Rückseite des Gebäudes schweifen. »Die Terrassentür war auch nicht verschlossen. Ein Stück entfernt von uns war noch eine an der Rückseite des Zimmers, wo er das Hackmesser hergeholt hat.«

»Der Speisesaal.«

»Ich wette, kein Fenster in diesem Haus ist abgeschlossen. Sie verlassen sich auf die abgeschiedene Lage und Tony, der über sie wacht. Wahrscheinlich hatten sie nie einen Einbruch hier. Sie haben gesagt, daß sich noch eine Frau in dem Haus aufhält, eine Art Invalidin?«

»Agnes Brotherhood.«

»In welchem Stock ist sie?«

»Dem ersten.«

»Nun gut. Als ich versucht habe, Sie zu finden, habe ich eine Leiter im Hof gesehen. Arbeiter müssen sie zurückgelassen haben. Ich dringe durch eines der oberen Fenster ein. Wenn ich oben bin, werde ich irgendein Geräusch machen, und Dart wird glauben, daß Agnes sich der Party anschließen will. Er wird entzückt sein. Sie gehen dort hinten hin und stellen sich an das Ende des Salons. Wenn Sie sehen, daß er den Raum verläßt, gehen Sie in den Speisesaal und *bleiben* dort.«

»Gut.«

»Wir müssen improvisieren, aber bleiben Sie im Speisesaal, bis Sie sicher sind, daß Sie Dart überraschen können. Er wird nicht erwarten, daß Sie aus dieser Richtung kommen. Und mich wird er auch nicht erwarten. Wenn ich ihn ausschalten kann, werde ich es tun. Wenn nicht, wird er mich in den Salon bringen, und dann müssen Sie eingreifen.«

»Sie sollten die Waffe nehmen«, sagte sie.

»Nein, die behalten Sie.« Jeffrey hob ein Bein, zog den Schnürsenkel auf, schlüpfte aus dem Schuh heraus und stellte ihn an die Wand. Dasselbe machte er mit dem anderen Schuh. »Sie haben noch eine Kugel übrig. Vergeuden Sie sie nicht.« Er klopfte ihr mit dem Zeigefinger auf die Stirn, genau in die Mitte. »Schießen Sie dorthin. Der Kerl ist aus Eisen.«

»Ich weiß«, sagte Nora, aber Jeffrey schlüpfte bereits durch die Dunkelheit davon.

101

Marians Mantel fühlte sich wie ein lächerliches Hindernis an. Nora nahm den Revolver aus der Tasche, riß die Schnallen auf, zog die Schultern hoch und ließ die Arme sinken. Der Mantel rutschte herunter und landete schwer auf dem Gras. Abgesehen von dem Teil ihrer Beine, die der Bach abgespült hatte, war die gesamte Vorderseite ihres Körpers dunkel von Schlamm. Sie nahm den Revolver in die Hand und ging die Terrassentreppe hinauf. Leise schlich sie über die Platten und preßte sich neben der zweiten Terrassentür flach an die Wand. Sie legte den Kopf schief, sah ins Haus und konnte drei Viertel des hell erleuchteten Salons überblicken. Marian Cullinans Rücken verdeckte Lily Melville zur Hälfte. Margaret Nolan, die gänzlich sichtbar war, saß dem nur allzu sichtbaren Dick Dart gegenüber. Er hielt eine Champagnerflasche in der einen und seinen halb erigierten Penis in der anderen Hand und redete auf Margaret ein, zweifellos über das Thema, wieviel Wonnen er älteren Frauen bereitet hatte. Sie sah ihn an, ohne zu blinzeln.

Zum erstenmal kamen Nora Zweifel an ihrer Vermutung, weshalb Agnes nicht bei den anderen war. Dart hätte sie bestimmt nicht in ihrem Zimmer gelassen, nur weil sie zu schwach war, um aufzustehen. Vielleicht hatte er sie gefesselt und in einem Teil des Salons abgelegt, den sie nicht einsehen konnten, um sie sich aufzuheben, wie eine Spinne Mahlzeiten für später in ihrem Netz verstaute. Wenn er Agnes nach unten gebracht hatte, würde er in dem Augenblick, wo er oben ein Geräusch hörte, genau wissen, daß etwas nicht stimmte, und dann wäre Jeffrey in noch größerer Gefahr.

Dart trank Champagner und hielt Lily die Flasche hin. Als sie nicht reagierte, stellte er sich vor sie. Nora nahm an, daß er ihr die Flasche an die Lippen hielt. Er machte eine Bemerkung zu Margaret. Natürlich. Sie haßte er am meisten; ihr galt seine Darbietung. Er trug die Flasche zu Marian, hielt sie schräg wie ein Kellner, um ihr das Etikett zu zeigen, und führte die Flasche an ihren Mund. Was Marian tat oder sagte, löste eine Miene traurigen Unglaubens aus. Dart entfernte sich schmollend und ging durch das Zimmer, um das Messer vom Tisch zu nehmen. Er erklärte ihr, wozu er gezwungen wäre, wenn sie nicht mit ihm trinken wolle, und versuchte es noch einmal. Sie schien ihm gestattet zu haben, ihr etwas von der Flüssigkeit in den Mund zu schütten, denn er lächelte sie glücklich an. Er ging zu Margaret, die grimmig den Mund aufmachte und sich Champagner hineingießen ließ.

Dart trank aus der Flasche und drehte sich zu Marian um. Er schob die Hüfte vor und präsentierte die Gurke. Nein? Er stellte die Flasche auf den Boden und sagte etwas, wobei er das Messer und die Gurke zugleich präsentierte. Während er noch redete, zupfte er an sich herum, und die folgsame Gurke streckte sich. Zufrieden zeigte er sie den beiden anderen Frauen. Lily hatte die Augen geschlossen, und Margaret würdigte sein Schmuckstück kaum eines Blickes. Dart kehrte zu Marian zurück und zeigte wieder auf das Messer und die Gurke. Marians Hinterkopf lieferte keinen Hinweis auf ihre Reaktion. Dart trat an ihre Seite und rieb die Gurke an ihrer Wange. Er sah zu Margaret, deren Gesicht eine Miene ausdrucksloser Starre annahm. Lily riskierte einen Blick auf ihn und kniff die Augen sofort wieder zu.

Was machte Jeffrey, bewunderte er Georgina Weatheralls Schlafzimmer?

Dart wich zurück, hob das Messer und tastete die Schlingen des Seils ab, mit dem Marian an den Stuhl gefesselt war. Nachdem er eine ausgesucht hatte, schob er das Messer hinein, trennte das Seil durch und verknotete es an anderer Stelle wieder. Marians rechter Arm war bis zum Ellbogen frei. Ein Austausch von Gefälligkeiten. Sei nett zu mir, dann bin ich nett zu dir.

Dart streichelte sich und stellte sich vor Margaret. Er produzierte sich wedelnd vor ihr und vollzog dieselbe grinsende Pantomime wie bei Marian. Zugunsten Margarets manipulierte er sich, bis er weitere zwei geschwollene Zentimeter aufweisen konnte. Zupfend und reibend, mit einem verträumten Ausdruck in den Augen, dehnte er sich vor ihrem Gesicht aus und erwartete Bewunderung. Er streichelte ihr Haar mit seiner freien Hand. Dann fuhr sein Kopf zur Seite.

Die Muskeln in Noras Armen und Beinen verkrampften sich. Dart sagte etwas zu Marian. Marian schüttelte den Kopf. Er wirbelte weg von Margaret, sprang neben den Durchgang und preßte den Rücken an die Wand. Marian drehte den Kopf, und Margaret warf ihr einen fragenden Blick zu. Sie hatten alle etwas gehört, und niemand in dem Zimmer glaubte, daß es Agnes Brotherhood war, die über den Flur ging. Nora starrte in die leere Öffnung. Dart legte einen Finger an die Lippen. Ein paar Sekunden vergingen. Die Frauen reckten sich auf ihren Stühlen.

Dart leckte sich die Lippen und sah zum Sprung bereit zur Tür.

Noras Körper nahm ihr die Entscheidung ab. Bevor sie Zeit zum Überlegen hatte, sprang sie vor die Tür und drückte die Klinke hinunter. Dart drehte ruckartig den Kopf und sah sie erschrocken, überrascht und wütend an. Er machte einen Schritt vorwärts und fletschte die Zähne. Nora riß die Terrassentür auf, setzte einen Fuß in den Salon und erstarrte zu Stein, als Jeffrey in das Zimmer gestürmt kam. Er machte einen Überschlag, sprang hinter Marian auf die Füße und umkreiste Dart sofort mit leicht nach vorne gebeugtem Oberkörper und ausgestreckten Armen.

Dart ließ den Blick zu Nora schweifen, dann wieder zu Jeffrey. »Wer sollst du denn sein, Action Man?« Er stieß sich von der Wand ab. »Ladys, sagen Sie hallo zu Jeffrey, dem Hausdiener. Du wärst schon tot, Jeffrey, wenn die Schlammtorte mich nicht abgelenkt hätte.«

»Norma!« kreischte Marian. »Erschießen Sie ihn, erschießen Sie ihn!«

»Halten Sie den Mund«, sagte Nora. Sie trat neben Lily, die sie völlig entsetzt ansah.

»Erschießen Sie ihn, Norma!« schrie Marian.

»Baby, sie ist ein lausiger Schütze, und die Waffe ist sowieso leer«, sagte Dart. Er hatte sich bereits der neuen Wendung der Ereignisse angepaßt und gab sich selbstsicher und jovial. Schließlich hatte er es nur mit einem unbewaffneten Mann und Nora-Törtchen zu tun, die ein lausiger Schütze war, besonders mit leerer Waffe. Seine Chancen gefielen ihm. Jeffrey ging immer noch kreisend auf ihn zu. »Komm schon, Hausdiener«, sagte Dart.

Jeffrey hatte Nora nicht angesehen, seit er das Zimmer betreten hatte. Er konzentrierte sich so sehr auf Dart, daß er Marians Schreie gar nicht gehört zu haben schien, und näherte sich Dart mit einem langsamen, bedächtigen Schrägschritt nach dem anderen. Dart verdrehte amüsiert die Augen. Jeffrey war keine ernstzunehmende Bedrohung. Er breitete die Arme aus und betrachtete Nora achselzuckend. »Ich sollte dir die bittere Wahrheit sagen, Süße. Ich habe dich belogen. Deine Titten sind gar nicht schön. Zu klein und zu flach.« Er warf Jeffrey einen Blick zu, und sein Lächeln wurde breiter.

Nora sagte: »Tragen Sie manchmal Frauenkleider, Dick?«

Sein Lächeln erlosch und er näherte sich Jeffrey mit dem Gehabe eines Mannes, der eine notwendige, aber langweilige Pflichtübung erledigen muß.

Lily sah furchtsam zu Nora auf. »Sind Sie das, Mrs. Desmond?«

»Ich bin es, Lily.« Nora berührte sie an der Schulter. Die Männer gingen aufeinander zu. Nora richtete den Revolver auf Dart, hatte aber kein Vertrauen in ihre Fähigkeit, ihn zu treffen. Sie sagte: »Ich kann Ihren Schrank vor mir sehen, Dick. Es hängen zwei Kleider darin, und außer Ihnen hat sie noch nie jemand gesehen.«

Dart knurrte und sprang, und Jeffrey schien rückwärts zu gleiten. Dart segelte anderthalb Meter durch die Luft und landete auf dem Bauch. Binnen einer Sekunde hatte er sich aufgerichtet und eine geduckte Haltung eingenommen. »Jetzt wissen wir, daß du schnell bist«, sagte er und sammelte sich für den nächsten Angriff.

Jeffrey sprang so schnell nach rechts und nach links, daß es aussah, als hätte er sich überhaupt nicht bewegt. Er stellte sich direkt hinter Margaret, die Nora ansah, im Gegensatz zu Lily und Marian. Ihr Blick wanderte zu etwas am Fenster und wieder zu Nora zurück. Nora schaute hinter sich und begriff. Sie lief zum Tisch und hob das Hackmesser auf. »Sind Sie verrückt?« schrie Marian. »Sie haben eine Schußwaffe!«

Dart zuckte nach rechts, Jeffrey zuckte nach links, ein Spiegelbild.

Marian schrie Nora an, daß sie schießen sollte.

Dart bohrte das Messer durch leere Luft, wo Jeffrey eben noch gestanden hatte, drehte sich um die eigene Achse und stürmte vorwärts. Statt rückwärts zu gleiten, duckte sich Jeffrey zur Seite, packte Darts Arm, rollte seinen Körper über die Hüfte ab und ließ ihn ein paar Schritte von Marian entfernt auf dem Teppich landen. Nora erinnerte sich, daß Jeffrey, neben zahlreichen anderen unwahrscheinlichen Dingen, auch einmal Karatelehrer gewesen war.

Dart verzog das Gesicht, richtete sich aber fast ebenso schnell auf wie beim erstenmal. »Cool«, sagte er. »Tuntige Kampfsportarten. Wie man kämpft, wenn man nicht richtig kämpfen kann.« Er sprang vorwärts und stieß zu, und Jeffrey tauchte rückwärts ab. Zwei Meter von Dart entfernt sah Jeffrey Nora über Marians Kopf hinweg an und sprach mit den Augen. Nora nahm das Hackmesser in die rechte Hand und schnitt die Seile durch, die über der Rückenlehne von Margarets Stuhl verliefen.

»Jetzt ich!« schrie Marian.

Margaret beugte sich nach vorne. Das Seil fiel von ihrer Brust ab, aber ihre Hände waren immer noch gefesselt. »*Ich!*« kreischte Marian. Nora legte den Revolver weg, kniete sich hin und säbelte mit dem Messer zwischen Margarets Handgelenken. Lily schrie auf, und ein Körper ging zu Boden. Dart richtete sich auf die Knie auf und hielt ein blutiges Messer in der Hand. Jeffrey bewegte sich auf den Flur zu. Eine blutende, dreißig Zentimeter lange Wunde erstreckte sich seitlich an der Brust hinauf, und sein Gesicht sah aus, als würde er Musik hören. Er flog auf einmal durch die Luft, bekam Darts Arm zu fassen und schmetterte ihn zurück auf den Teppich. Statt zu warten, bis sich Dart wieder aufrichten konnte, folgte Jeffrey ihm mit einer geschmeidigen, gleitenden Bewegung. Dart zuckte mit der elektrischen Unmittelbarkeit eines Blitzschlags zur Seite und stieß Jeffrey das Messer zwischen die Rippen.

Endlose Sekunden, in denen Nora sich einzureden versuchte, daß sie sich irrte, daß sie etwas ganz anderes gesehen hatte, hingen die beiden Männer wie erstarrt da. Ein Fleck erblühte auf Jeffreys nassem Hemd, und er sank auf Darts Körper hinab. Nora richtete sich zitternd auf.

Marian kreischte, daß sie befreit werden wollte.

Dart stieß einen triumphierenden Seufzer aus und stieß Jeffrey von sich. Jeffrey drückte eine Hand auf seine Wunde und lag still.

Dart setzte sich auf und rutschte rückwärts, um seine Beine von denen Jeffreys zu befreien. Nora ging einen Schritt auf ihn zu. Jeffrey schaute zu Dart auf und grunzte, das erste Geräusch, das er von sich gab, seit er in das Zimmer gestürmt war. Die Ruhe intensiver Konzentration war nicht von seinem Gesicht gewichen. Marian gab beharrlich Schreie von sich. Nora holte wild mit dem Hackmesser aus und ging auf die Männer zu.

Dart stand mühelos auf und drehte sich zu ihr um. »Also wirklich, Nora.«

Verspielt und höhnisch stach er mit dem Messer nach ihr. Es war unmöglich, sie konnte es nicht schaffen, er war zu schnell für sie. Das Messer schnellte vorwärts, die weitere Parodie eines Stoßes, und Dart kam lächelnd auf sie zu. Nora wich zurück, hielt das Hackmesser hoch und wußte, sie würde ihn nicht treffen, bevor er sie erstach. Überhebliche, strahlende Heiterkeit erfüllte ihn. »Ich habe etwas mehr von dir erwartet«, sagte er, und plötzlich wurden seine Augen groß und sein Körper sackte mit erstaunlicher, surrealistischer Geschwindigkeit vor ihr zusammen.

Sie sah nach unten. Jeffrey, der die Arme um Darts Knöchel geschlungen hatte und sich Darts Fersen an die Brust preßte, zog ihn noch zwei Zentimeter nach hinten.

Nora nutzte die Sekunde Aufschub, die Jeffrey ihr verschafft hatte, lief vorwärts, hob das Hackmesser hoch über die Schulter und schlug damit auf einen Haarbüschel auf Darts Rücken ein. Die dicke Klinge versank sechs oder acht Zentimeter tief in seiner Haut, und Blut quoll neben ihr heraus. Sie zog am Griff und wollte ihm das Hackmesser in den Kopf schmettern. Dart schüttelte sich wie ein Pferd und wand ihr den Griff aus der Hand. »He, ich dachte, wir wären Freunde«, keuchte er. Er befreite sich tretend aus Jeffreys Griff und schleppte sich weiter. Er keuchte wieder, schaffte es, die Ellbogen unter den Oberkörper zu bringen, und kroch weiter auf sie zu. Sie wich zurück. Er sah zu ihr auf, und ein ironisches Vergnügen leuchtete in seinen Augen. »Ich verstehe diese ständige Zurückweisung nicht.«

Nora trat mit der Ferse auf den Lauf des Revolvers.

Marians Schreie schwebten zur Decke. Nora legte die Hände um den Griff des Revolvers und ging zwei Schritte vorwärts. Weiße Leere herrschte in ihrem Kopf. Sie ging auf den Fußsohlen in die Hocke und hielt Dart den Lauf an die Stirn.

»Niedlich«, sagte Dart. »Drück ab, zeig deinem Publikum, daß die Show weitergehen muß.«

Nora drückte ab. Der Hahn schlug mit einem tonlosen, metallischen »Klick« auf. Dart gab ein kurzatmiges Kichern von sich und klammerte eine Hand um ihr Handgelenk. »Und weiter geht's.« Er zog ihre Hand nach unten, und sie krümmte den Zeigefinger erneut. Der Rückstoß riß den Revolver in die Höhe, und die letzte Kugel brannte ein Loch durch Darts lachendes Auge, raste durch sein Gehirn und riß ihm die Schädeldecke weg. Rot-grauer Nebel stob in die Höhe und klatschte hinter ihm an die Wand. *Eine Kugel ins Gehirn ist besser als eine Kugel in den Bauch*. Selbst Dan Harwich hatte manchmal recht. Darts Finger zitterten an ihrem Handgelenk. Schwach, wie aus einem anderen Zimmer, hörte Nora Marian Cullinan schreien.

102

Eine halbe Stunde später drang die Außenwelt in Noras Leben ein, zuerst in Form zahlreicher Polizisten, die ihr Kaffee brachten, sie mit Fragen bombardierten und alles aufschrieben, was sie sagte; danach in Form der weitaus zahlreicheren und hartnäckigeren Presse- und Fernsehreporter, die sie einen kurzen, aber äußerst unangenehmen Zeitabschnitt auf Schritt und Tritt verfolgten, ihre zahlreichen Erfindungen als Tatsachen publizierten und Vereinfachungen, Verzerrungen und regelrechte Unwahrheiten sendeten, ein Vorgang, der wie üblich zu noch mehr Verzerrungen und Unwahrheiten führte. Wenn sie einverstanden gewesen wäre, hätte Nora in einem Dutzend Fernsehsendungen der Talkshow- und Boulevardmagazin-Sorte auftreten, die Rechte an ihrer Geschichte einer Fernsehproduktionsgesellschaft verkaufen und ihr Foto auf den Umschlägen der zahlreichen Zeitschriften sehen können, die es sich zur Aufgabe gemacht hatten, das ohnehin schon Triviale noch weiter zu trivialisieren. Sie ließ das alles bleiben und dachte nicht ernsthafter darüber nach als über die sechzehn Heiratsanträge, die mit der Post ins Haus kamen. Als die Öffentlichkeit sie umarmte, machten die Übertreibungen und Simplifizierungen ihr die eigene Person so fremd, daß selbst die Fotos in den Zeitungen jemand anders zu zeigen schienen. Jeffrey Deodato, der sich mit einer abgeschwächten Version von Noras vorübergehender Berühmtheit zufriedengeben mußte, lehnte es gleichermaßen ab, an der öffentlichen Verfälschung seines Lebens mitzuwirken.

Nachdem Nora ihre mühsamen Verpflichtungen den Gesetzeshütern mehrerer Städte gegenüber erfüllt hatte, wollte sie nur Raum und Zeit genug haben, um ihr Leben neu zu ordnen. Darüber hinaus wollte sie drei ganz bestimmte Dinge tun, und die erledigte sie eins nach dem anderen.

Aber dieser lange, aufschlußreiche Prozeß begann erst vierzig Minuten, nachdem sie Dick Dart zum Tode befördert hatte, als die Welt hereindrängte und sie mit sich riß. In der Zwischenzeit befreite Nora die beiden anderen Frauen und ließ Margaret Lily Melville trösten, während sie Jeffreys Hand hielt und versuchte, das Ausmaß seiner Verletzung abzuschätzen. Jeffrey litt eindeutig große Schmerzen, blutete aber nicht so stark, wie sie befürchtet hatte, und sagte: »Ich werde überleben, es sei denn, ich sterbe vor Verlegenheit.« Marian verzog sich in ihr Zimmer, aber die pragmatische Margaret bot sich an, Jeffrey ins Krankenhaus zu fahren, und redete Nora mit der ganzen Kraft ihrer Persönlichkeit aus, sie zu begleiten. Im Krankenhaus wollte sie versuchen, die Polizei von Lenox zu benachrichtigen; falls die Telefone nicht funktionierten, würde sie persönlich beim Polizeirevier vorbeifahren, sobald sie das Krankenhaus verlassen hatte. Sie lief zum Parkplatz und kehrte mit dem Auto zurück. Jeffrey, der von Margaret und Nora gestützt wurde, konnte sich stolpernd zur Tür und den Weg hinunter schleppen. Während sie ihn ins Auto hievten, dachte Nora daran, Margaret zu fragen, was aus Agnes Brotherhood geworden war.

»O mein Gott«, sagte Margaret. »Agnes ist in ihrem Zimmer eingeschlossen. Sie muß völlig außer sich sein.« Sie sagte Nora, wo sie im Büro den Schlüssel finden konnte, und schlug vor, daß sie sich waschen und etwas anziehen sollte, bevor die Polizei kam.

Nora hatte vergessen, daß sie nackt war, seit sie Marians Mantel unterhalb der Terrasse ausgezogen hatte.

Margaret raste Richtung Lenox los, und Nora ging zum Hauptgebäude und Agnes zurück, die Dick Darts Aufmerksamkeit entgangen war, weil es ihm nicht gelungen war, in ihr Zimmer einzudringen.

Sie ging am Salon vorbei, ohne Dick Darts Leichnam anzusehen. Die Schlüssel, jeder mit einem Etikett versehen, befanden sich in der obersten linken Schublade des Schreibtischs, wie Margaret gesagt hatte. Nora zog Margarets großen blauen Regenmantel an und ging den Flur entlang zu Agnes' Zimmer.

Die magere Gestalt im Bett schlief, dachte Nora, aber als sie zwei Schritte in das Zimmer hinein machte, sagte Agnes: »Marian, warum haben Sie so lange gebraucht? Ich mag es nicht, eingesperrt zu sein, und Sie mag ich auch nicht.«

»Ich bin nicht Marian«, sagte Nora. »Ich bin die Frau, die Sie heute nachmittag besucht hat. Erinnern Sie sich? Wir haben über Katherine Mannheim gesprochen.«

Das Rascheln aufgeregter Bewegungen kam unter der Bettdecke hervor, und Nora konnte eine undeutliche Gestalt erkennen, die sich aufrichtete. »Die haben Sie zurückkommen lassen! Oder haben Sie sich hereingeschlichen? Haben Sie vorhin schon einmal versucht, hier hereinzukommen?«

Agnes hatte keine Ahnung, was sich unten abgespielt hatte. »Nein, das war jemand anders.«

»Nun, jetzt sind Sie hier, und ich weiß, daß Sie recht haben. Ich möchte, daß Sie es wissen. Ich möchte es Ihnen erzählen.«

»Erzählen Sie«, sagte Nora. Sie stieß gegen einen Stuhl und setzte sich.

»Er hat sie vergewaltigt«, sagte Agnes. »Dieser schreckliche, häßliche Mann hat sie vergewaltigt, und sie ist an einem Herzanfall gestorben.«

»Lincoln Chancel hat Katherine Mannheim vergewaltigt.« Nora sagte nicht, daß sie sich zumindest das schon zusammengereimt hatte.

»Sie glauben mir nicht«, sagte Agnes.

»Ich glaube Ihnen jedes Wort.« Nora machte die Augen zu und sank gegen die Stuhllehne.

»Er hat sie vergewaltigt, und sie ist gestorben. Dann ging er den anderen holen, den anderen gräßlichen Mann. Das habe ich gesehen.«

»Ja«, sagte Nora. Ihre Stimme schien aus weiter Ferne zu kommen. »Und als Sie es Miss Weatherall gesagt haben, ging sie nach Gingerbread und sah die beiden mit der Leiche. Aber was sie danach getan hat, haben Sie erst viel später erfahren.«

»Ich hätte nicht hier bleiben können, wenn ich es gewußt hätte. Sie sagte es mir erst, als sie krank war und diese Medizin genommen hat, die sie nur noch kränker machte.«

»Haben Sie sie danach gefragt? Sie wollten endlich die Wahrheit wissen, richtig?«

Agnes fing unterdrückt schniefend an zu weinen. »So ist es. Ich wollte es wissen. Sie hat es mir *gern* erzählt. Sie hat Miss Mannheim *immer noch* gehaßt.«

»Miss Weatherall hat Geld von Lincoln Chancel bekommen. Viel Geld.«

»Er gab ihr, was immer sie wollte. Das mußte er. Sie hätte beide ins Gefängnis bringen können. Sie hatte einen Beweis.«

Nora legte den Kopf in den Nacken und hauchte die Frage, die sie stellen mußte. »Was für einen Beweis hatte sie, Agnes?«

»Die Notiz, den Brief, wie immer Sie es nennen wollen. Den sie Mr. Driver schreiben ließ.«

»Erzählen Sie mir davon.«

»Es war in Gingerbread. Miss Weatherall ließ Mr. Driver alles aufschreiben, was sie getan hatten und tun würden. Mr. Chancel wollte es nicht, aber Miss Weatherall sagte, wenn nicht, würde sie ins Hauptgebäude zurückkehren und ihnen die Polizei auf den Hals schicken. Sie wußte, er würde sie nicht töten, obwohl er es wahrscheinlich wollte, weil sie mit ihnen gemeinsame Sache machte. Mr. Chancel wollte es trotzdem nicht tun, aber Mr. Driver tat es. Ein Geständnis wäre so gut wie zwei, sagte sie. Sie sagte ihnen, wo sie das arme Mädchen begraben sollten, und das fügte sie in ihrer eigenen Handschrift dem Geständnis hinzu. So hat sie mit ihnen gemeinsame Sache gemacht.«

Sie brachte über die Lippen, was sie wußte. »Und diesen Brief hat sie in den Tresor gelegt, den unter ihrem Bett, richtig?«

»Er ist immer noch da«, sagte Agnes. »Ich hätte ihn mir gern mal angesehen, aber dann hätte ich gewußt, wo sie sie begraben haben, und das wollte ich nicht wissen.«

»Können Sie ihren Tresor aufmachen?«

»Ich hab ihn tausendmal aufgemacht, als ich mich um sie gekümmert habe. Sie hat ihren Schmuck darin aufbewahrt. Ich habe ihr die Sachen rausgeholt, die sie anlegen wollte. Möchten Sie es sehen?«

»Ja«, sagte Nora, schlug die Augen auf und rappelte sich auf. »Können Sie so weit gehen, Agnes?«

»Ich kann von hier bis zum Mond gehen, wenn Sie mir genug Zeit lassen.« Agnes streckte den Arm aus und schloß die Hand um Noras Handgelenk. »Warum ist Ihre Haut so rauh?«

»Ich bin ziemlich schlammig«, sagte Nora.

»Sie sollten sich waschen, ein junges Ding wie Sie.«

Agnes stieg aus dem Bett und schlurfte zur Tür, ohne Noras Handgelenk loszulassen. Als sie ins Licht traten, nahm sie Noras Zustand erschrocken und mißbilligend zur Kenntnis. »Was ist mit Ihnen passiert? Sie sehen aus wie eine Wilde.«

»Ich bin gestürzt«, sagte Nora.

»Warum tragen Sie Margarets Regenmantel?«

»Das ist eine lange Geschichte.«

»So was hab ich noch nie erlebt«, sagte Agnes und schlurfte auf den Flur hinaus.

In Georgina Weatheralls Schlafzimmer schaltete die alte Frau das Licht ein und bat Nora, einen Stuhl vor das Bett zu stellen. Sie drehte an dem Zahlenschloß. »Ich werde mich noch an diese Kombination erinnern, wenn ich meinen eigenen Namen vergessen habe.« Sie machte die Tresortür auf, griff hinein und holte einen langen, ehemals cremefarbenen, inzwischen aber vergilbten Umschlag heraus, den sie Nora gab. »Nehmen Sie ihn mit. Schaffen Sie ihn aus diesem Haus. Ich muß jetzt auf die Toilette. Würden Sie mir bitte helfen?«

Nora wartete vor der Toilette, bis Agnes fertig war, dann führte sie die alte Frau in das Zimmer zurück. Als sie ihr half, wieder ins Bett zu kommen, sagte sie ihr, daß es unten Probleme gegeben hatte. Die Polizei würde kommen, aber alles würde gut werden. Margaret und Lily und Marian seien unversehrt, und die Polizei würde wahrscheinlich mit ihr sprechen wollen, aber sie müßte ihnen nur sagen, daß sie in ihrem Zimmer eingesperrt gewesen war, dann würde man sie in Ruhe lassen. »Es wäre mir lieber, Sie würden nichts von dem Brief sagen, den Sie mir gegeben haben«, sagte sie, »aber das liegt selbstverständlich bei Ihnen.«

»Ich will nicht über dieses Geständnis reden«, sagte Agnes. »Schon gar nicht mit einem Polizisten. Sie sollten sich besser waschen und etwas Anständiges anziehen, wenn Sie nicht wollen, daß eine Menge Männer Sie anstarren. Ganz zu schweigen davon, daß Sie den Schlamm durch das ganze Haus tragen.«

Nora duschte, so schnell sie konnte, trocknete sich ab und stapfte mit dem Umschlag in der Hand in Margarets Zimmer. Ein paar Minuten später ging sie in einem weiten schwarzen Kleid, in dessen Seitentasche ein langer Umschlag verborgen war, nach unten. Marian, die am Eßtisch saß, sprang auf, als Nora hereinkam. Sie hatte sich umgezogen und frischen Lippenstift aufgelegt. »Ich weiß, ich muß Ihnen danken«, sagte Marian. »Sie und dieser Mann haben mir das Leben gerettet. Wo sind die anderen alle abgeblieben? Was ist aus *ihm* geworden? Ist die Polizei unterwegs?«

»Lassen Sie mich in Ruhe«, sagte Nora. Sie ging zu einem Stuhl am anderen Ende des Tischs, setzte sich und sah Marian nicht an. Ein Strom von Empfindungen, zu komplex, als daß man ihn als Erleichterung, Schock, Wut, Kummer oder Trauer hätte identifizieren können, lief durch sie hindurch, und sie fing an zu weinen.

»Sie sollten nicht weinen«, sagte Marian. »Sie waren großartig.«

»Marian«, sagte Nora, »Sie haben überhaupt keine Ahnung.«

Von der Vorderseite des Gebäudes ertönten die Geräusche von Sirenen und Polizeifahrzeugen, die auf den Schotterplatz fuhren und die lärmende Aufmerksamkeit der Welt draußen mit sich brachten.

EINES TAGES ENDE AUGUST

Eines Tages Ende August fuhr eine ehemals verirrte Frau, die ihre Bekannten bat, sie Nora Curlew statt Nora Chancel zu nennen, unangemeldet durch das Tor in der Mount Avenue und die halbkreisförmige Einfahrt hinauf zur Tür von Poplars. Nachdem sein Vater ihn hinausgeworfen hatte, war Davey gebeten worden, doch wieder zurückzukommen, was Nora von vorneherein klar gewesen war, und nun hauste er wieder in Jeffrey Deodatos einstigem Apartment über der Garage. Nora, die allein in dem Haus in der Crooked Mile Road wohnte, hatte in der vergangenen Woche endlose Telefonate und die häufige Ankunft von Kameras, Ü-Wagen und Reportern über sich ergehen lassen müssen, die mit der Frau sprechen wollten, die Dick Dart getötet hatte. Außerdem hatte sie sich mit den unausweichlichen Erschütterungen ihres Privatlebens beschäftigen müssen. Auch nachdem sie ihm gesagt hatte, daß sie die Scheidung wollte, hatte Davey ihr angeboten, wieder bei ihr einzuziehen, aber Nora hatte abgelehnt. Sie hatte auch seine Einladung abgelehnt, zu ihm in das Apartment über der Garage zu ziehen, wo sich Davey sofort heimisch gefühlt hatte. *Du hast dem FBI gesagt, wo ich bin*, hatte sie gesagt, worauf Davey antwortete: *Ich habe versucht, dir zu helfen.* Sie hatte ihm gesagt: *Wir sind fertig miteinander. Auf deine Art von Hilfe kann ich verzichten.* Nicht lange nach dieser Unterhaltung hatte sie Jeffrey angerufen, der aus dem Krankenhaus entlassen worden war und sich im Haus seiner Mutter erholte, um ihm zu sagen, daß sie ihn bald besuchen würde.

Alden Chancel, dessen Verhalten Nora gegenüber sich drastisch verändert hatte, versuchte eine Versöhnung anzubahnen, indem er anbot, ein separates Haus, ein Mini-Poplars, auf dem Grundstück zu bauen, aber sie hatte auch dieses Angebot abgelehnt. Sie hatte die erstaunlich wenigen Sachen, die sie behalten wollte, schon eingepackt, und sie wollte irgendwo hingehen, wo niemand sie kannte oder wußte, was sie getan hatte. Nora mißfiel ihre öffentliche Rolle bereits; bald würde eine weitere Eruption von Reportern und Kameramännern erfolgen, und sie wollte weit weg sein, wenn es soweit war. Bis dahin hatte sie noch drei Botengänge zu erledigen. Der Besuch bei Alden war der erste.

Maria lächelte strahlend und sagte: »Miss Nora! Mr. Davey ist in seinem Apartment.«

Maria war wenige Tage nach ihrer Entlassung wieder eingestellt worden. Die Klage gegen Chancel House war zurückgezogen worden, und Alden fürchtete keine Enthüllungen über Katherine Mannheim mehr.

»Ich bin nicht gekommen, um Davey zu besuchen, Maria, also sagen Sie ihm nicht, daß ich hier bin. Ich möchte mit Mr. Chancel reden. Ist er da?«

Maria nickte. »Kommen Sie herein. Er wird Sie gerne empfangen. Ich hole ihn.« Sie ging zur Treppe, und Nora betrat das Wohnzimmer und setzte sich auf eines der langen Sofas.

Wenige Minuten später kam Alden hereinstolziert und versprühte Freude, Leutseligkeit und Charme. Er trug eines seiner ›Admiral des Jachtclubs‹-Ensembles: weiße Hosen, einen zweireihigen blauen Blazer, weißes Hemd und ein schickes Halstuch. Sie stand auf und lächelte ihn an.

»Nora! Ich war entzückt, als Maria mir sagte, daß du hier bist. Ich gehe davon aus, es bedeutet, daß wir unsere Differenzen endlich beilegen und gemeinsam an einem Strang ziehen können. Davey und ich brauchen eine Frau im Haus, und du bist die einzige, die dafür in Frage kommt.« Er gab ihr einen Kuß auf die Wange.

Eine Woche zuvor hatte Daisy verkündet, daß sie endgültig die Nase voll von seinen Beleidigungen, Betrügereien und Seitensprüngen hatte, hatte Poplars verlassen und war in eine Suite des Carlyle Hotels in New York gezogen, aus der sie sich nicht mehr vertreiben ließ. Sie wollte Alden weder sehen noch mit ihm sprechen. Sie hatte ihren Zusammenbruch und die anschließende Versenkung in Seifenopern überwunden und war fest entschlossen, ihrem Gefängnis zu entfliehen und ihr Buch zu überarbeiten. Bei einem seiner flehentlichen Telefonanrufe hatte Davey durchblicken lassen, daß seine Mutter »wieder lebendig sein«

wollte und ihm gesagt habe, als er die Wahrheit über die Umstände seiner Geburt erfuhr, hätte er sie »befreit«. Das Aufbegehren seiner Mutter verblüffte ihn, aber Nora nicht.

»Das ist nett von dir, Alden«, sagte sie.

»Sollen wir Davey zu diesem Gespräch hinzubitten? Oder sollen wir es vorerst unter uns ausmachen? Ich fände das nützlich, aber wenn du Davey dabeihaben möchtest, mußt du nur ein Wort sagen.«

Alden war beeindruckt gewesen von den kommerziellen Möglichkeiten dessen, was sie in Shorelands getan hatte, und Nora wußte aus Bemerkungen Daveys, daß er bereit war, eine beachtliche Summe als Vorschuß für einen authentischen Bericht über ihre ›Flucht‹ mit Dick Dart zu zahlen, wobei der tatsächliche Verfasser erst später genannt werden sollte. Bei der Vorstellung ihres ›True-Crime-Romans‹ schlug sein Herz klopf-klopf-klopf, genau wie Daisy gesagt hatte. Doch das nächstliegende Motiv für Aldens neue Freundlichkeit war das, was Nora in der Nacht in Northampton erfahren hatte. Er wollte nicht, daß sie die Umstände der Geburt sowohl von Hugo Drivers beiden postumen Romanen als auch seines Sohnes publik machte.

»Warum bleiben wir nicht vorerst unter uns?« sagte sie.

»Ich liebe Verhandlungen mit einem kompetenten Gesprächspartner, liebe sie geradezu. Glaub mir, Nora, wir werden zu einer Einigung kommen, die du sehr zufriedenstellend finden wirst. Wir beide hatten unsere Schwierigkeiten, aber das ist alles vorbei. Von jetzt an wissen wir, wo wir stehen.«

»Völlig deiner Meinung.«

Alden strich mit einer Hand an ihrem Arm hinab. »Ich hoffe, du weißt, daß ich dich stets als eine außerordentlich interessante Frau betrachtet habe. Ich würde dich gerne besser kennenlernen, und ich würde mir wünschen, daß du mich besser verstehst. Wir haben vieles gemeinsam. Möchtest du gerne etwas trinken?«

»Jetzt nicht.«

»Gehen wir in die Bibliothek und kommen zur Sache. Ich muß dir sagen, Nora, ich habe mich schon darauf gefreut.«

»Tatsächlich?«

Er hakte sich bei ihr unter. »Wir sind eine Familie, Nora, und wir werden uns alle umeinander kümmern.« In der Bibliothek zeigte er auf die Ledercouch, wo sie und Davey sein Ultimatum angehört hatten. Er lehnte sich in dem Sessel zurück, wo er an jenem Abend gesessen hatte, und faltete die Hände im Schoß. »Mir gefällt, wie du bis jetzt mit der Presse umgegangen bist. Du schürst das Interesse, aber allmählich sollten wir eine richtige Hofberichterstattung machen. Du und ich müssen uns doch nicht mit Agenten abgeben, oder?«

»Natürlich nicht.«

»Ich kenne einige der besten Architekten im Raum New York. Wir werden eine so grandiose Villa bauen, daß das Haus in der Crooked Mile Road dagegen wie ein Schuppen aussehen wird. Aber das ist ein langfristiges Projekt. Wir können später unseren Spaß damit haben. Du hast über den Vorschuß für dein Buch nachgedacht, oder nicht? Nenn mir eine Zahl. Vielleicht überrasche ich dich.«

»Ich werde kein Buch schreiben, Alden, und ich will kein Haus.«

Er schlug die Beine übereinander, legte die Hand unters Kinn und versuchte, höflich zu bleiben, während er überlegte, wieviel Geld sie haben wollte. »Davey und ich möchten beide, daß diese Situation zur Zufriedenheit von uns dreien bereinigt wird.«

»Alden, ich bin nicht hergekommen, um zu verhandeln.«

Er sah sie lächelnd an. »Warum sagst du mir nicht, was du willst, und überläßt alles andere mir?«

»Ich möchte nur eines.«

Er breitete die Arme aus. »Sofern es in meiner Macht steht, gehört es dir.«

»Ich möchte das Manuskript von *Reise in die Nacht* sehen.«

Alden sah sie etwa drei Sekunden zu lange an. »Davey hat mich vor, verdammt, zehn Jahren danach gefragt, aber das Ding ist verschwunden. Ich wünschte, ich hätte es.«

»Du lügst mich an«, sagte Nora. »Dein Vater hat nie etwas weggeworfen. Man muß sich nur den Dachboden dieses Hauses und den Lagerraum im Büro ansehen. Und selbst wenn, dieses Manuskript hätte er behalten. Es war die Grundlage seines größten Erfolgs. Ich möchte nur einen Blick darauf werfen.«

»Tut mir leid, daß du glaubst, ich sagte dir nicht die Wahrheit. Aber wenn du deshalb hergekommen bist, ist dieses Gespräch wohl beendet.« Er stand auf.

»Wenn du es mir nicht zeigst, werde ich Dinge erzählen, von denen du nicht willst, daß die Leute sie hören.«

Er sah sie mit einem verärgerten Blick an und setzte sich wieder. »Ich verstehe nicht, was du dir davon versprichst. Selbst wenn ich es hätte, würde es dir überhaupt nichts nützen. Worum geht es?«

»Ich will die Wahrheit wissen.«

»Darum bist du hergekommen. Wegen der Wahrheit über *Reise in die Nacht*? Hugo Driver hat es geschrieben. Das wissen alle, und alle haben recht.«

»Das ist nur ein Teil der Wahrheit.«

»Offenbar haben deine Abenteuer dich mehr verwirrt, als dir bewußt ist. Wenn du in den nächsten Tagen wiederkommen möchtest, um über Geschäftliches zu reden, bitte, aber im Augenblick sind wir fertig miteinander.«

»Hör mir zu, Alden. Ich weiß, daß du das Manuskript irgendwo aufbewahrst. Davey ist einmal mit einer Idee zu dir gekommen, mit der du noch viel mehr Kapital aus dem Buch hättest schlagen können, und du hast dir nicht mal die Mühe gemacht, danach zu suchen. Er schon, aber du nicht. Du wußtest, wo es war, wolltest aber nicht, daß er es zu sehen bekommt. Jetzt möchte ich es sehen. Ich werde keiner Menschenseele davon erzählen. Ich will nur wissen, daß ich recht habe.«

»Womit recht?«

»Daß Driver den größten Teil der Geschichte von Katherine Mannheim gestohlen hat.«

Alden stand auf und sah sie mitleidig an. In dem Augenblick, als sie den Spieß umdrehen und zum Team stoßen konnte, hatte sich Nora doch als Irre entpuppt – was für eine Schande. »Ich will dir eins sagen, Nora. Du glaubst, daß du gewisse Fakten kennst, die mir schaden könnten. Es wäre mir lieber, wenn diese Fakten nicht ans Licht kommen würden, das stimmt, aber ich würde überleben, auch wenn sie in der Öffentlichkeit etwas Staub aufwirbeln könnten, auf den ich verzichten kann. Nur zu, dann tu eben, was du nicht lassen kannst.«

Nora nahm den zusammengelegten Brief aus der Handtasche. »Sieh dir das an, Alden. Es ist die Fotokopie einer Erklärung, die du wahrscheinlich nicht veröffentlicht sehen willst.«

Alden seufzte. Er kam durch das Zimmer und nahm ihr den Zettel ab. Er langweilte sich, Nora hatte ihre letzte Chance vertan, vernünftig zu sein, aber da er ein Gentleman war, ging er auf ihre letzte Verrücktheit ein. Er nahm seine Lesebrille aus der Tasche des Blazers, setzte sie auf und faltete auf dem Rückweg durch das Zimmer das Blatt auseinander. Nora beobachtete seine Darbietung mit allergrößtem Vergnügen. Alden las einen Satz und blieb stehen. Er las den Satz noch einmal. Er riß die Brille herab und drehte sich zu ihr um.

»Lies alles«, sagte Nora. Bis zu diesem Augenblick hatte sie sich gefragt, ob er es nicht längst gewußt hatte. Schock und Fassungslosigkeit, die unter seiner Darbietung zum Vorschein kamen, machten deutlich, daß das nicht der Fall war. Er hätte ihr fast leid getan.

Alden ging hinter den Ledersessel, stützte sich darauf und las Hugo Drivers Geständnis und Georgina Weatheralls Postskriptum. Er las es ganz durch, und dann las er es noch einmal. Er sah von seinem Platz hinter dem Sessel zu ihr auf.

»Woher hast du das?«

»Spielt das eine Rolle?«

»Es ist eine Fälschung.«

»Nein, Alden, das ist es nicht. Und selbst wenn, möchtest du, daß sich diese Geschichte herumspricht? Möchtest du, daß die Leute anfangen, Spekulationen über deinen Vater und Katherine Mannheim und Hugo Driver anzustellen?«

Alden steckte die zusammengelegte Kopie in eine Tasche und die Lesebrille in eine andere. Er versteckte sich immer noch hinter seinem Sessel. »Hypothetisch gesprochen: Angenommen, ich habe das Manuskript von *Reise in die Nacht*. Angenommen, ich befriedige deine Neugier. Wenn das geschehen würde, was würdest du tun?«

»Ich würde glücklich meiner Wege ziehen.«

»Versuchen wir es mit einem anderen Szenario. Wenn ich dir zweihunderttausend Dollar für das Original dieser Fälschung bieten würde, nur um den Ruf meines Vaters zu schützen, würdest du mein Angebot annehmen?«

»Nein.«

»Dreihunderttausend Dollar?«

Nora lachte. »Begreifst du nicht, daß ich kein Geld will? Zeig mir das Manuskript, dann gehe ich, und du wirst mich nie wiedersehen.«

»Du möchtest es nur sehen.«

»Ich möchte es sehen.«

Alden nickte. »Okay. Wir sind beide ehrliche Menschen. Du sollst wissen, ich hatte keine Ahnung, daß ... Ich hatte keine Ahnung, daß Katherine Mannheim nicht einfach weggegangen war. Du hast mir ein Versprechen gegeben, und das ist mein Versprechen für dich.« Er fing sich wieder. »Selbstverständlich behaupte ich nach wie vor, daß das hier eine Fälschung ist. Mein Vater hatte seine eigenen Regeln, aber er hat niemanden vergewaltigt.«

»Alden, wir wissen beide, daß er das getan hat, aber es ist mir egal. Das ist Schnee von vorgestern.«

Er kam hinter seiner Barrikade hervor. »Es ist Schnee von vorgestern, ob er nun einer war oder nicht.« Er ging an dem Bücherregal entlang und klappte einen Abschnitt eines Regals an Scharnieren auf, so daß man einen Wandtresor sehen konnte, noch eine geräumige Höhle, die innen größer war als außen. Er drehte an dem Zahlenschloß, öffnete ihn, griff ehrfürchtiger, als sie bei ihm für möglich gehalten hätte, hinein und holte ein grünes Lederkästchen heraus.

Nora ging zu ihm und sah etwas wie die Unterkante eines Bilderrahmens auf dem obersten Fachboden des Tresors. »Was ist das?«

»Ein Gemälde, das mein Vater weggeschlossen hat.«

Alden zog das Bild heraus, zeigte es ihr und legte es wieder in den Tresor. »Frag mich nicht, was es ist und warum es da ist. Ich weiß nur, als Daisy und ich in Poplars eingezogen sind, hat er es mir gezeigt und gesagt, daß ich es in dem Safe lassen und vergessen soll. Ich glaube, es ist gestohlen. Möglicherweise hat es ihm jemand gegeben, um Schulden zu bezahlen.«

»Sieht wie ein Redon aus«, sagte Nora.

»Keine Ahnung, Ist das gut?«

»Ziemlich gut.«

Sie trug das Kästchen zur Couch und sah hinein. Ein kleines Notizbuch mit marmoriertem Umschlag lag auf einem Stapel getippter Seiten. Sie nahm das Notizbuch heraus. Katherine Mannheims Signatur befand sich auf dem Innendeckel. Sie hatte auf die Seite gegenüber geschrieben: *Reise in die Nacht, Roman?* Nora blätterte Seite für Seite der Notizen über Pippin Little um; das war der Embryo von Drivers Buch, das er aus der Handtasche von Katherine Mannheim gestohlen hatte. *Wer meinen Plunder stiehlt, stiehlt Plunder.* Sie legte das Notizbuch neben sich und holte das Manuskript heraus. Es schien schwer vorstellbar, daß etwas so Kleines so viele Leben beeinflußt hatte. Sie schlug wahllos eine Seite auf und sah, daß jemand eine Linie an den Rand gemalt und mit einer brutalen, aggressiven Handschrift daneben geschrieben hatte: *S. 32, Notizbuch Mannheim.* Sie schlug eine andere Seite auf und sah mit derselben Handschrift: *Ss. 40 – 43, Mannheim.* Lincoln Chancel hatte das gestohlene Notizbuch verlangt, das Manuskript behalten und alles angestrichen, was Driver von Katherine Mannheim gestohlen hatte. Sollte Driver je versuchen, ihn zu ruinieren, hätte er Driver ruiniert.

»Siehst du?« sagte Alden. »Driver hat das Buch geschrieben. Diese Mannheims haben überhaupt keinerlei Handhabe. Er hat ein paar Einfälle ausgeborgt, das ist alles. Schriftsteller machen so etwas andauernd.«

Nora legte Manuskript und Notizbuch wieder in die Schachtel. »Ich bin dir dankbar, Alden.«

»Ich verstehe immer noch nicht, warum das so wichtig war.«

»Ich wollte es einfach bis zum Ende durchstehen«, sagte sie. »In ein oder zwei Tagen werde ich eine Weile nach Massachusetts ziehen. Wo ich danach bleiben werde, weiß ich nicht, aber du mußt dir meinetwegen keine Sorgen machen.«

Alden sagte ihr, daß er Davey von ihr Lebewohl sagen würde.

»Das habe ich bereits getan«, sagte Nora.

Noras zweiter Botengang führte sie zum Postamt, wo sie aus einem offenen, an die *New York Times* adressierten Briefumschlag einen Brief zog, in dem beschrieben wurde, inwiefern Hugo Driver in der Schuld der vergessenen Dichterin Katherine Mannheim stand und auf welche Weise sie gestorben und ein paar Schritte nördlich des Areals namens Monty's Glen im Wald von Shorelands begraben worden war. Diesem Brief fügte sie in ihrer hastigen Handschrift folgenden Satz hinzu: »*Katherine Mannheims Originalnotizbuch und Hugo Drivers Manuskript mit Lincoln Chancels Randbemerkungen zu speziellen Passagen, die direkt aus dem Notizbuch übernommen wurden, befinden sich in einem Wandtresor in der Bibliothek von Alden Chancels Haus in Westerholm, Connecticut.*« Nachdem sie ihr Versprechen gehalten hatte, nicht davon zu sprechen, faltete sie den Brief wieder zusammen, legte ihn um eine zweite Kopie von Hugo Drivers Geständnis, schob alles wieder in den Umschlag, klebte ihn zu und schickte ihn als Einschreiben nach New York.

Noras dritter Botengang führte sie in die Redcoat Road. Natalie Weils Haus konnte immer noch einen frischen Anstrich vertragen, aber die Absperrbänder der Polizei waren entfernt worden. Sie hielt in der Einfahrt vor der Garage, ging den Weg zu Natalies Haustür hinauf und läutete. Eine freundliche Frauenstimme rief etwas, Schritte kamen die Treppe herunter zur Tür gelaufen. Kaum hatte Natalie sie gesehen, versuchte sie, die Tür zuzuschlagen, aber Nora drängte sich hinein und trieb Natalie zur Treppe zurück. »Ich möchte mit dir reden«, sagte sie.

»Kann ich mir denken«, sagte Natalie. Sie schien bedrückt und zurückhaltend zu sein, was Nora nicht schlecht gefiel. »Ich weiß, wie du dich fühlen mußt, aber plötzlich sind drei neue Objekte aufgetaucht, und ich muß meinem Boß beweisen, daß ich meine Arbeit noch erledigt kriege, außerdem habe ich ein kleines Problem mit der Polizei, irgendein Mist von wegen Drogen, aber nichts Stichhaltiges, also was soll's, richtig? Komm mit rauf und trink ein Bier.«

»Du bist ruhiger, als ich erwartet habe«, sagte Nora.

»Man gewinnt, man verliert. Ich werde ein Bier trinken, auch wenn du keins willst.«

Nora ging die Treppe hinauf und wartete auf Natalie. Trotz ihrer Westerholm-Wochenenduniform, verwaschenes Jeanshemd und Khakishorts, sah sie argwöhnisch und defensiv aus, und älter, als Nora sie in Erinnerung hatte, wenn auch nicht so uralt wie auf Barbara Widdoes' Couch. Sie machte die Kühlschranktür auf, holte eine Flasche Corona heraus und hebelte den Kronkorken hoch. »Komm schon, setz dich, wir kennen uns schon so lange, und was ist schon ein bißchen Ehemannvögeln unter alten Freundinnen? Ich kann dir nicht verübeln, daß du wütend auf mich bist, aber es war sowieso nichts Tolles, wenn du die Wahrheit wissen willst.«

»Ja«, sagte Nora. »Das will ich.« Sie kam in die Küche und nahm gegenüber von Natalie am Küchentisch Platz. »Ganz genau die will ich wissen.«

»Willkommen im Club.« Natalie trank aus der Bierflasche und stellte sie behutsam ab. Ihre Augen wirkten verquollen. »He, zumindest vorläufig bin ich noch in der Immobilienbranche. Weißt du, was das bedeutet? Wir verkaufen Träume. Die Wahrheit ist das, was man dafür ausgibt, richtig?«

»Das glauben viele Leute«, sagte Nora. Die Handschellen-Fotos waren von der Pinnwand entfernt worden, die Magneten am Kühlschrank hatte sie weggeworfen.

Natalie trank noch einen Schluck Corona. »Wie gefällt es dir, berühmt zu sein? Ist es nicht herrlich? Ich hätte nichts dagegen, berühmt zu sein.«

»Es ist nicht herrlich.«

»Aber du hast Dick Dart getötet. Du hast den Dreckskerl umgenietet.« Das Bier vor Natalie war nicht ihr erstes.

»Das behauptet man«, sagte Nora.

Natalie prostete ihr mit der Flasche Corona zu. »Mit dir und Davey alles in Ordnung?«

»Er ist wieder zu seinem Vater gezogen, und ich verlasse die Stadt. Ja, wahrscheinlich ist alles mit uns in Ordnung.«

»Großer Gott, er geht zu Alden zurück.« Natalie verzog den Mund zu einem ansatzweisen Lächeln. »Ich habe gehört, Daisy ist ausgezogen. Wurde auch Zeit. Der Mann ist eine Katastrophe, und das ist er immer gewesen. Ich meine, man macht Fehler, aber Alden war so ziemlich der größte Fehler, den ich je gemacht habe. Aber wechseln wir das Thema.«

»Bleiben wir dabei«, sagte Nora. »Schließlich habt ihr, du und Alden, mir eine Menge Kummer bereitet. Ich sollte gerade verhaftet werden, als der wunderbare Dick Dart mich entführt hat.«

»Niemand ist perfekt. Was es auch immer bedeuten mag, Nora, es tut mir leid.« Natalie konnte ihr kaum ins Gesicht sehen. »Manchmal tut man etwas aus den falschen Gründen. Es ist ein lausiges Abkommen, klar? Man läßt sich fesseln, man läßt sich zu etwas überreden, das man sonst niemals tun würde. Ich wollte dich nicht in Schwierigkeiten bringen – Scheiße, ich *mag* dich. Ich habe dich immer gemocht. Die ganze Sache war Aldens Idee. Es war nur ein Geschäft.«

»Geschäft ist Geschäft«, sagte Nora.

Natalie verzog das Gesicht. »Weißt du, wieviel Häuser hier letztes Jahr verkauft wurden? Genau neunzehn. Und nicht gerade an meinem Ende des Marktes, nein, Sir, ich bekomme das Beste vom unteren Ende der Skala, so wie euer Haus, nichts für ungut, aber im Büro überlassen sie mir nicht die Villen für zwei Millionen Dollar.« Sie nahm wieder einen Schluck Bier und stellte die Flasche hin. »Alden ist ein Wichser, aber er ist bereit, Geld auf den Tisch des Hauses zu legen. Das muß ich ihm lassen. Und ich habe dich schließlich entlastet, oder nicht?«

»Ja«, sagte Nora. »Aber deinetwegen wäre ich beinahe wegen Entführung verhaftet worden.«

Natalie trank noch einen Schluck Corona. »Soweit hätte es nie kommen sollen, Nora. Er wollte nur Davey herumschubsen, das ist alles. Er war stinksauer. Wir wußten nicht, daß das mit Dick Dart passieren würde, wer hätte das ahnen können?«

»Erzähl mir von dem Blut in deinem Schlafzimmer.«

Natalie lächelte ihr verschwörerisch zu. »Einer von Aldens brillanten Einfällen. Er wollte alle in Aufruhr versetzen, meine Sache mit den Morden in Verbindung bringen. Das Feuer schüren, weißt du? Er hat sich Schweineblut von einem Metzger besorgt und mein Schlafzimmer versaut. Aber jetzt geht es dir wieder gut, oder nicht? Ich hab meine Nummer durchgezogen, es ist alles vorbei, was macht es für einen Unterschied?«

»Wenn du das nicht weißt, werde ich es dir nie erklären können«, sagte Nora.

Natalie wandte den Kopf ab.

»Natalie«, sagte Nora, worauf Natalie sie wieder ansah. »Du widerst mich an. Alden hat dich *gekauft*, und du hast mein Leben ruiniert.«

»Dein Leben hat dir sowieso nicht gefallen. Wie auch, wo du mit diesem Baby verheiratet warst?«

»Wieviel hat er dir bezahlt?« fragte Nora.

»Nicht annähernd genug«, sagte Natalie. »Wenn man bedenkt, was wahrscheinlich aus mir wird. Ich möchte, daß du mein Haus verläßt, wenn es dir nichts ausmacht. Ich glaube, wir sind fertig. Wenn du mich fragst, hab ich dir einen Gefallen getan. Du stehst nach dieser Sache viel besser da als ich.«

»Ich habe mich nicht freiwillig gemeldet«, sagte Nora. »Ich bin eingezogen worden.«

Ein fremder Wagen stand vor Noras Garagentor, und weil sie dachte, daß er wieder einem Reporter oder einem der unbekannten Männer gehören würde, die ihr Heiratsanträge machten, wäre sie fast bis zum Ende der Crooked Mile Road weitergefahren, aber dann sah sie Holly Fenn aus dem Auto aussteigen und zur Haustür gehen. Nora bog in die Einfahrt ein, und Fenn winkte ihr und ging langsam zur Garage zurück. Sie parkte neben seinem Auto, stieg aus und ging zu ihm. Er mußte zum Friseur, er trug die häßlichste Krawatte, die sie je gesehen hatte, und er hatte Tränensäcke unter den Augen. Er sah großartig aus.

»Da sind Sie ja«, sagte er. »Ich habe ein paarmal angerufen, aber nur Ihren Anrufbeantworter bekommen.«

»Ich gehe nicht besonders oft ans Telefon.«

»Jede Wette. Wie auch immer, ich wollte Sie sehen, also dachte ich mir, ich gehe das Risiko ein und komme einfach so vorbei.« Er zog das Kinn ein, steckte die Hände in die Hosentaschen und sah sie unter seinen Augenbrauen hervor an. Ein emotionaler Funke sprang zwischen ihnen über. »Ich muß Ihnen etwas erzählen, aber hauptsächlich wollte ich einfach sehen, wie Sie sich machen.«

»Wie mache ich mich?«

»Ziemlich gut, würde ich sagen. Ich mag Ihre neue Frisur. Niedlich.«

»Danke, aber Sie lügen. Die alte hat Ihnen besser gefallen. Mir auch. Ich werde die Farbe herauswachsen lassen.«

Fenn nickte langsam, als würde er mit ihr in einer Frage von eminenter Bedeutung übereinstimmen. »Gut. Bekommen Sie Ihr Leben wieder zusammengesetzt?«

»Ich nehme es ziemlich gut auseinander, also kann ich das wohl mit ja beantworten. Es ist einfach nicht dasselbe Leben, das ist alles. Holly, möchten Sie gerne eine Tasse Kaffee oder so?«

»Ich wünschte, ich könnte. Ich muß in fünf Minuten woanders sein. Aber ich finde, Sie sollten etwas wissen, das ich über den alten Kindergarten in der South Post Road herausgefunden habe. Mir ist aufgefallen, daß ich gar nicht wußte, wem das Gebäude gehört, daher habe ich es nachgeprüft. Es gehört einem Mann namens Gerald Ambrose in New York. Ich habe ihn angerufen, und er sagte mir, daß ein Bürger aus Westerholm es für den Rest des Sommers gemietet hat.«

»Aha«, sagte Nora. »Sie sind ein guter Cop, Holly.«

»Ja, vielleicht, aber es stellt sich raus, daß ich ein bißchen langsam bin. Wenn ich das früher überprüft hätte, dann hätte ich Ihnen eine Menge Ärger ersparen können.«

Sie sah ihn lächelnd an. »Ich mache Ihnen keine Vorwürfe, Holly. Wer hat das Gebäude gemietet?«

Er lächelte ebenfalls. »Habe ich das Gefühl, als ob Sie das bereits wüßten, oder bilde ich es mir ein?«

»Ich habe eine Ahnung, aber sagen Sie es mir trotzdem.«

»Der Bürger, der das Gebäude gemietet hat, ist ein schwerreicher Verleger, der Ambrose sagte, daß er vorübergehend ein Zwischenlager für Überbestände brauche. Verstehen Sie sich gut mit Ihrem Schwiegervater?«

»Mein zukünftiger Ex-Schwiegervater und ich verabscheuen uns seit langer Zeit gegenseitig.« Sie erinnerte sich daran, wie Alden Chancel ihren Arm streichelte und sagte: *Ich würde dich gerne besser kennenlernen.* »Holly, wenn Sie bei Natalie Weil vorbeischauen, wird sie Ihnen wahrscheinlich eine interessante Geschichte erzählen. Ich habe sie gerade besucht, und sie schlägt irgendwie die Zeit tot, bis ihr Leben den Bach runtergeht.«

Fenn strich mit der Hand über seinen struppigen Schnurrbart, nickte und nahm die Bemerkung zur Kenntnis, während er Nora ansah. »Ihre Freundin hat eine ziemlich gute Vorstellung geliefert.«

»Sie hat sogar Slim und Slam getäuscht.«

Fenn bekam Fältchen um die Augen. »Ich schätze, Geld hat den Besitzer gewechselt.«

»Laut Natalie nicht genug.«

Fenn betrachtete grinsend die Einfahrt und staunte über die menschliche Fähigkeit, schwere Fehler zu begehen. »Und Sie haben mich einen guten Cop genannt.«

»Ich glaube, Sie sind ganz allgemein ziemlich gut«, sagte Nora. »Sie haben zu mir gehalten.«

»Ja, nun, ich habe es versucht.« Er betrachtete sie mit einem traurigen Blick, der Mitleid für das ausdrückte, was sie durchgemacht hatte, und zugleich Zorn, weil er nicht in der Lage gewesen war, es ihr zu ersparen. »Wie dem auch sei«, sagte er, »ich mach mich besser auf den Weg.«

»Wenn Sie müssen.« Sie brachte ihn zum Auto.

»Hören Sie, vielleicht geht es mich nichts an, aber sagten Sie nicht, daß Sie Ihren Mann verlassen werden?«

»Ich habe ihn schon verlassen.«

Fenn wandte den Blick ab. »Werden Sie in der Stadt bleiben?«

»Ich denke, ich gehe eine Weile nach Northampton. Ich kann ein paar Wochen bei einer Frau arbeiten, die einen Partyservice leitet. Ich möchte weg vom Telefon und wieder einen klaren Kopf bekommen. Danach, wer weiß?«

Fenn nickte mit seinem großen, zerzausten Kopf und dachte nach. »Wenn ich mit Mrs. Weil und Ihrem zukünftigen Ex-Schwiegervater fertig bin, meinen Sie, ich könnte dann wieder hierher kommen und Sie auf einen Kaffee einladen, oder so?«

»Holly, bitten Sie mich um ein Rendezvous?«

»Ich bin zu alt für Rendezvous«, sagte er.

»Ich auch. Also kommen Sie später zurück, und wir haben kein Rendezvous, sondern ziehen nur zusammen los. Ich möchte von Ihrer Begegnung mit Alden hören. Sie können mir Ihre tollsten Kriegsgeschichten erzählen.«

Fenn lächelte übers ganze Gesicht. »Und ich verspreche, daß ich Sie nicht nach Ihren fragen werde.«

»Oder mir Lügen auftischen.«

»Ich wüßte nicht, wie ich Sie belügen könnte.«

»Dann sind wir uns einig«, sagte Nora.

»Gut, okay.« Er ließ sich in sein Auto sinken, blinzelte ihr durch die Windschutzscheibe zu und setzte von der Garage zurück. Ein paar Sekunden später war er verschwunden.